Tocada

Tocada

TRADUCIDA POR ISABEL Z. BROWN

Carolyn Haines

*Todas las ganancias de la venta de este libro se donarán a
Good Fortune Farm Refuge, una organización de rescate de
animales 501 (c)(3) sin fines de lucro dedicada a brindar
hogares llenos de amor a los animales abandonados.*

First published (English) by Dutton, an imprint of Dutton Signet, a division of Penguin Books USA Inc.

2nd edition (English) published in 1997 by Plume.

3rd edition (English) published in 2004 by River City Publishing.

4th edition (English) published in 2011 by Tyrus Books, a division of F+W Media, Inc.

5th edition (English) published in 2022 by Good Fortune Farm Refuge.

Spanish edition published in 2023 by Good Fortune Farm Refuge.

Translated by Isabel Z. Brown
Cover Design by Nikkita Bhakta
Interior Design by Priya Bhakta

ISBN of Spanish translation hardcover: 978-1-7330169-8-8

Para Diana Hobby Knight—la niña del Río Cantante y del pueblo muerto desde hace mucho tiempo. El reconocimiento de su origen moldea vida.

Índice

Nota de la Traductora

ISABEL Z. BROWN

Es con gran humildad que les presento esta bellísima historia que evoca un pasado a la vez bello e inocente como maligno y despreciable – en fin, temas universales. Es la segunda novela de la reconocida autora Carolyn Haines que he tenido el privilegio de traducir. La primera se titula *Penumbra*. Carolyn Haines ha puesto su fe en mí como traductora de sus poderosas creaciones imaginativas con la esperanza compartida de encontrar a lectores con quienes compartir no solo narraciones interesantes e impactantes, sino que también la oportunidad de conocer ese mundo del sur de los Estados Unidos que escondía y sigue escondiendo infinitos misterios que abundan en la imaginación y en la realidad.

Tuve el honor de recibir comentarios generales además de sugerencias sintácticas de la parte de José Alcántara Almánzar el celebrado narrador, ensayista, catedrático y crítico literario dominicano, además de amigo, quien tuvo la gentileza de leer *Tocada* en una versión temprana de esta traducción. José me halagó un sinfín al expresar su apego a los personajes de *Tocada* y al ambiente sureño descrito en la novela que le trajo recuerdos de cuando él mismo pasó un año como becario del Fullbright en el estado de Alabama. Después de haber concluido su lectura José me dio un consejo valioso: el de volver al principio de la traducción y hacer mío el trabajo. Esas palabras importantes me liberaron y me posibilitaron esta última versión de *Tocada* que tiene usted en sus manos, un ensayo de expresión en español de esta hermosa historia de la autora Carolyn Haines. Yo sé que la va a disfrutar.

HECHOS: 28: 3 – 6

3: Entonces habiendo Pablo recogido algunos sarmientos, y puéstolos en el fuego, una víbora, huyendo del calor, le acometió a la mano.

4: Y como los bárbaros vieron la víbora colgando de su mano, decían los unos a los otros: Ciertamente este hombre es homicida, a quien, escapado de la mar, la justicia no deja vivir.

5: Mas él, sacudiendo la víbora en el fuego, ningún mal padeció.

6: Empero ellos estaban esperando cuándo se había de hinchar, o caer muerto de repente; mas habiendo esperado mucho, y viendo que ningún mal le venía, mudados, decían que era un dios.

Capítulo Uno

Dentro de esa zona sin aire del sudeste de Mississippi, el mes de julio lleva solo la promesa del porvenir. Las últimas tardes frescas y agradables de junio ya han pasado, y agosto se fortalec lentamente, lentamente en el centelleo del sol. Los días se hacen largos y calurosos, sin sosiego. Los zancudos y las serpientes mocasines languidecen en la sombra más fresca de los bosques de pinos. Se pueden soportar únicamente los amaneceres y atardeceres.

Aún hoy siento el toque de la mañana de julio sobre la piel, cuando la yerba, empapada de bolitas plateadas de rocío y los primeros rayos del sol queman el horizonte del pino verde para luego volverse el día oscuro y borroso. Aún hoy, unos veinte años más tarde, puedo recordarlo todo exactamente.

Era el primero de julio, 1926. Para mediodía el sol cabalgaba en alto en un cielo tan desteñido y pálido como encaje viejo. El aire era tanto agua como gas. Parada en mi cocina, apenas podía respirar.

Doblé la tapa de la caja de los caramelos para cerrarla y la até con una cinta roja que Elikah me había traído de la barbería.

Él me miraba, sentado en su silla en la mesa de la cocina. Terminó de almorzar y empujó el plato, satisfecho con las arvejas, el *okra* y el pan de maíz que le había preparado. Después de una semana de casados parecía estar complacido con lo que le cocinaba.

-Mándale decir a doña Annabelle que le deseo Feliz Cumpleaños a su hija, - dijo a la vez que se jalaba los tirantes, acoplándolos en su sitio sobre su pecho musculoso y alcanzando su saco.

-Te ves bien. - Yo era tímida con él, todavía tanteando cómo cabía yo en su vida. Era el hombre más guapo que había visto en mi vida. Tanto así que me dolía mirarlo y no podía hacerlo por más de unos segundos.

-Vete ya – dijo. – Ya es hora.

Yo tenía puesto el vestido de franela gris. Salí al porche al sol de la una de la tarde. Era el día de la fiesta de cumpleaños para Annabelle Lee Leatherwood, una pobre chica sin cuello y con papada, que cumplía nueve años y que tenía la mala fortuna de haber heredado de su madre tanto su apariencia física como su temperamento.

Primero de julio, 1926. Un nuevo mes. Una nueva vida para mí y yo llegaba tarde a la fiesta de cumpleaños. Chas Leatherwood, un hombre influyente era el dueño de *Jexville Feed and Seed*, una tienda que vendía pienso para ganado, alimento para caballos y semillas. Una invitación a la fiesta de su hija era un llamado y Elikah me hizo entender que yo asistiría, con aspecto presentable y con un regalo.

El sol cegaba, pero las nubes de la tarde ya habían comenzado a amontonarse en el oeste, a la distancia. Venían disfrazadas de castillos y dragones de un blanco aborregado y bordeadas de un gris amenazante. Yo sabía que esas masas engañosas iban a crecer, encontrándose con vientos para chocar y mezclarse hasta que, después de una media hora de choques espléndidos, al atardecer, llovería a cántaros. Calculé que me quedaban unas tres horas más soportando el sofocante calor antes de disfrutar del corto alivio proveído por la lluvia. Además, ya llegaba tarde.

Había preparado los caramelos como regalo, pero estos no se habían cuajado bien y yo podía sentir como se comenzaban a derretir y gotear a través de la caja y la envoltura mientras yo corría hacia la casa de los Leatherwood. La viscosidad de la caja era desagradable, caliente... como la sangre.

Las nubes al oeste se amontonaban rápidamente, todo un muro de formas fantasiosas. Estaban casi paralizadas, atrapadas por el calor, esperando el viento. Justo antes de que rompiera la tormenta se sentiría el bendito alivio de una brisa. Pero para eso aún faltaban horas.

Dos cenzontles chillaban y se peleaban en la gran magnolia en el jardín de Jeb Fairley y yo me paré para escucharlos y para descansar mis pies ardientes. A algunas personas no les gustaban esos pájaros, pero a mí sí. En la primavera, cuando su cría está en peligro, son atrevidos y hasta agresivos. Una vez un cenzontle voló de un árbol de Júpiter donde tenía tres polluelos en el nido y le dio un picotazo justo en la frente a mi padrastro. El pájaro no sobrevivió. Joselito Edwards no era el tipo de hombre que permitiera que un pájaro lo venciera. Mató a la madre y a los polluelos y taló el árbol para disipar cualquier duda de quién dominaba ahí.

Es una imagen que llevo grabada en el cerebro y a pesar del mucho tiempo que ha pasado no soy capaz de atenuarla. Sigo viendo la cara sudada y enojada de Joselito. Una mirada azul de odio brillaba a través de las rendijas de su cara gorda. Todavía oigo la navaja del hacha cortando la suave corteza del árbol de Júpiter. El sonido mismo es como un castigo. La navaja no agarra de la misma manera que lo hace con un árbol que tiene la corteza dura. Veo el trozo crudo al separarse la navaja, comparto la inutilidad del palpitar de las hojas al caer mezcladas con las plumas de los pajarillos muertos.

La memoria me dio escalofríos. Empecé a correr. Al doblar por la esquina de Canaan a la Calle Paradise escuché la música. Se trataba de un sonido metálico y tambaleante y parecía venir de lejos. En los cinco días que había estado en Jexville, como esposa de Elikah Mills, había entendido que esa música más bien podría venir desde la luna. El sonido prohibido entraba por mis oídos e iba directamente a la sangre. ¿Quién rayos poseería una victrola en Jexville? ¿Quién se atrevería a tocarla en la tarde de la fiesta del cumpleaños de Annabelle Lee Leatherwood? Me había olvidado del problema del dulce pegajoso y de los ojos crueles de Joselito al correr hacia la música que escuchaba.

Me daba igual que el polvo rojo del camino se esparciera por mis zapatos negros y cubriera el ruedo de mi vestido. La parte inferior de la caja empapada de caramelo se estaba cubriendo de una fina arenilla roja. Me quedé sin aire por la cerca blanca del jardín de Elmer Hinton y comencé a caminar más despacio. Era del todo impropio que una mujer casada estuviera corriendo por las calles, pero la música me animaba a correr aún más. No conocía la canción, pero se trataba de un ritmo rápido y picante. Prohibido.

La música se volvía más fuerte con cada paso que daba y cuando doblé a la derecha en Revelation Road la vi: Una pequeña bailadora de nueve años bailando el Charlestón con desenfreno, totalmente llevada por el ritmo. Duncan McVay.

La hubiera reconocido donde fuera.

Yo, parada con la caja del dulce pegajoso en las manos, me quedé sin habla al verla. Duncan llevaba un vestido amarillo sin mangas que caía recto de los hombros a sus caderas angostas, las cuales estaban envueltas con un ancho lazo amarillo. De ahí, una falda corta tapaba lo posible. Era alta para su edad y sus largas piernas no eran más que una confusión de movimiento.

La niña me tenía hechizada. Dando un paso hacia adelante y luego otro hacia atrás, jugando con su mirada y su risa para acompañar el baile, muerta de risa. Bailaba sola, consciente de que todos la miraban, pero sin darle importancia. Una docena de niños la rodeaban. Algunos parecían asustados y otros envidiosos. No obstante su reacción, ninguno la ignoraba. Duncan McVay era el centro de la atención de todos, incluyendo a la del grupo de mujeres paradas al lado de las escaleras traseras de la casa. No podían dejar de mirarla a pesar de su desaprobación.

Había una mujer operando la manivela de la victrola para que el disco girara con rapidez y la niña siguiera el compás. La mujer trataba de disimular una sonrisa. Echó un vistazo hacia el grupo de mujeres infelices y sonrió. Sus ojos azules alegres arrugándose igual que los de la niña.

Con un grito de júbilo la niña terminó de bailar y echó los brazos al aire. Los zapatos negros de charol que llevaba estaban cubiertos del polvo anaranjado que ella había revuelto bailando sobre el único pedacito de tierra en el jardín de los Leatherwood que no estaba cubierto de césped. ¡No faltaba mucho para que excavara un hoyo en la tierra!

- ¿Hay alguien que quiera bailar el Charlestón conmigo? - Duncan miraba al niño alto y flaco. Él bajó la cabeza y comenzó a jugar con la grama.

- ¿Robert? ¿Quieres bailar? – insistía Duncan. –Es bien divertido y es fácil. Mi mamá puede volver a poner el disco y yo te enseño.

Robert siguió mirando el césped. Los otros niños se quedaron todos callados hasta que una niña rompió en una risita.

Roberto miró a Duncan y vio que ella lo seguía esperando, ahora con impaciencia.

-No puedo, - susurró Robert. A nosotros no se nos permite bailar. - Con la cara roja de vergüenza se dio vuelta y se marchó pasando justo por mi lado.

Yo todavía tenía en la mano la caja de caramelos, ahora cubierta de polvo. La caja estaba cada vez más empapada. El implacable sol de la tarde estaba comenzando a asar la cima de mi cabeza y los hombros, pero yo no quería entrar en el jardín. Yo había escuchado cosas tan malas sobre JoHanna y su hija que las pude reconocer a ellas de inmediato. Para ser franca, esperaba más – al menos unos cuernos.

-Es hora para el helado – anunció Agnes Leatherwood en voz alta. Una niña gordita, cuya carita desafortunada se enterraba en los hombros sin la ventaja de una barbilla, respondió. Le dirigió una mirada de enojo a la niña vestida de amarillo.

-Yo quiero helado ya, - dijo la gordita con una voz que desafiaba a cualquier que se atreviera a contrariar sus deseos. Ninguno de los otros niños se levantó, así que, con las manos sobre las caderas dijo, -Si no vienen a la casa ahora mismo no se les da helado.

Dos de las niñas se levantaron para pararse al lado de ella. Esperaban, así como esperaban sus madres paradas en las escaleras. Agnes, una versión flaca de su hija, miraba a Duncan como si estuviera a punto de llorar.

-Pon otro disco, por favor, mamá. – Duncan posó con una mano sobre su pequeña cadera y miró hacia el grupo. ¿Hay alguien aquí que no sea miedica?

Se levantaron dos niñas más y fueron a pararse al lado de Agnes y Annabelle Lee y las madres. Las siguieron dos muchachos, y luego otra niña.

La música giró por el jardín una melodía viva que hizo volar los pies de Duncan nuevamente. JoHanna McVay se apoyaba con una mano en el gramófono y miraba a su hija bailar. Las mujeres, aparentemente paralizadas, no podían entrar a la casa hasta que se terminara la canción.

Duncan estaba sudando y su pelo negro, cortado en una media melena que le enmarcaba la cara y resaltaba los ojos oscuros, estaba empapado de sudor.

-Una canción más, y luego entra para comer helado, - dijo JoHanna, girando la manija y poniendo un disco de música más lenta. Por su tono y sus acciones, JoHanna McVay se comportaba como si nada fuera de lo común hubiera ocurrido en el jardín. Si la intención de las otras mujeres y niños había sido la de excluirla a ella y a Duncan, JoHanna no parecía haberse fijado en el desaire. Ajustó la aguja sobre el disco y se dio vuelta para entrar. Yo no me había fijado en ella, en realidad, hasta que se movió. El movimiento la definía. Caminaba con pasos largos, que la caracterizaba como mujer, desmintiendo los pasitos afeminados que a mí se me había instruido ejecutar.

En contraste con las blusas blancas y faldas de colores apagados de las otras mujeres, JoHanna llevaba un vestido de un color de cobre suave mezclado con flores doradas combinadas para hacer parecer que los colores se habían corrido un tanto. Los brazos los tenía atrevidamente descubiertos. El vestido no tenía cuello como tal, pero un poco de la tela del vestido caía libremente, en un suave pliegue a través de su generoso pecho. La confección suelta del vestido revelaba todo su cuello y parte del pecho. La falda colgaba en línea recta hasta las pantorrillas. Un largo corte osado de un lado de la falda daba lugar a los pasos largos del andar de JoHanna. Al mirarla se me hizo la ilusión que se trataba de una fuerza de la naturaleza. Viento. La brisa fresca y coquetona de un atardecer. JoHanna tenía el pelo amasado de una manera descuidada, en un moño encima de la cabeza. Era un pelo de color castaño rojizo. Capturaba la luz en un ir y venir todo suyo.

7

Parada al borde de las escaleras de la casa ella me vio. Yo seguía parada en una esquina del jardín. Algunas gotas del caramelo derretido se habían escurrido de la caja llamando la atención de unas hormigas que pasaban por ahí. Los pequeños insectos se iban juntando rápidamente, tan seducidos por el caramelo como yo lo había estado por el espectáculo de Duncan bailando.

-Tú has de ser la esposa de Elikah Mills. – Extendiendo la mano JoHanna avanzó hacia mí. – Soy JoHanna McVay. Bienvenida a Jexville.

Sus ojos azules me tasaron, pero no me sentí juzgada como me había sentido por el mirar de las otras mujeres. Ella se fijó en los lugares en mi vestido que habían sido ajustados y recosidos. El vestido había pertenecido a Callie, mi hermana menor, pero a mí me hizo falta para el viaje a Jexville y para casarme. No me quedaba bien ya que me apretaba el pecho y los brazos.

-Veo que le has traído a Annabelle caramelos hechos en casa. Es muy amable de tu parte. – Se fijó en el chorro pegajoso que caía a mis pies. – Si no te mueves, las hormigas te cubrirán entera.

Me agarró del brazo y me movió hacia la casa.

- ¿Cómo es que nadie en el pueblo avisó que eres muda? – me preguntó mirándome directamente a los ojos.

Yo sonreí y luego me reí, - No soy muda.

Ella asintió. – No pensaba que lo fueras. Un detalle así hubiera sido roído y lamido tanto en este pueblo que hasta yo me habría enterado.

Miré hacia la niña que seguía bailando. No tenía intención de parar a pesar de un ligero brillo de sudor que le cubría la cara y los brazos. Se había olvidado de dónde estaba y de quien estaba con ella. Con sus pasos intrincados se había dejado llevar por la música y el bailar.

-Mi hija, Duncan, - dijo JoHanna mientras me dirigía hacia

los escalones de la casa. – Ya habrás escuchado hablar de nosotras. Solo cree un décimo de lo que oyes y luego filtra todo eso
con un peine de malicia. Lo que te quedará son unos hechos
bastante aburridos.

Le eché una mirada por la primera vez dándome cuenta de
que era mayor de lo que me había parecido al principio. Las
líneas delgadas que rodeaban sus ojos solo eran visibles cuando
dejaba de sonreír. Su pelo castaño estaba avivado por las luces
rojizas, pero también se le notaban canas, particularmente en la
sien. Me volví para mirar a Duncan.

-Ella tiene nueve años y yo cuarenta y ocho. – JoHanna
habló sin darse vuelta. Yo era pecaminosamente vieja al
concebir y trágicamente vieja al dar a luz. La desilusión más
grande que sufrió el pueblo es que mi cuerpo viejo no cediera
para yo morir en parto.

Sonreía, pero tras sus palabras había una extraña energía.

-Usted se ve lo adecuadamente en forma. – Las palabras
habían brincado de mi boca sin yo considerarlas bien. El hablar
antes del pensar era una mala costumbre que me había metido
en líos más de una vez. Había jurado dominarla, pero hasta
ahora solamente había conseguido atenuarla un tanto.

JoHanna puso sus manos sobre mis hombros y se rio. -
¿Adecuadamente en buena forma para qué? – preguntó. –
¿Caer encinta o tener un bebé?

Sentía el rubor subir por la cara y noté que esto divertía a
JoHanna aún más. Continuaba riéndose, sacudiendo la cabeza
y apuntándome hacia lo cocina donde Agnes Leatherwood
sacaba el batidor del galón de helados que había hecho.

-La Sra. Mills trajo un regalo, - dijo Johanna acompañándome adentro.

Agnes le echó una mirada a la caja arruinada y dejo caer el
agitador de helados. – Gracias, Mattie. – Tomó la caja y la puso

en el fregadero. – Es muy considerado de tu parte. – Miró a JoHanna de reojo.

-El caramelo no se fijó bien. – Me estaba dando cuenta que debí haber tirado la caja. Todas las mujeres me miraban fijamente a mí y al chorrito de caramelo que se había formado sobre el piso cuando le había alcanzado la caja a la anfitriona.

-Hay demasiada humedad por aquí para que el dulce se fije bien, pero aun así fue lindo de tu parte haberlo intentado. – JoHanna fue al fregadero, sacó el trapito de lavar trastes y en un segundo limpió las gotas que habían caído al piso.

Al subir la cabeza se dio cuenta que todas las mujeres seguían mirándome a mí con fijeza. Tiró el trapito hacia el fregadero. – Sabes, Agnes, es una lástima que no le permitas bailar a Annabelle. La niña está gorda. Un poco de ejercicio le haría bien.

Noté el destello de humor en la cara de JoHanna mientras ella me guiñaba el ojo para luego enfrontar la furia de la mamá de Annabelle Lee.

-Annabelle no es gorda. Es muy sensata. El bailar es un pecado.

-También lo es la gula, pero eso no ha parado de comer a un gran número de la gente de Jexville. – JoHanna ponía cara de inocente como para disimular el hecho de que acababa de indicar que más de la mitad de las mujeres que estaban ahí eran gordas.

-Eres una desvergonzada, JoHanna McVay. Vas a ser la ruina de la fama de Will y de su negocio.– La mujer que había hablado era enorme y tenía la cara enrojecida de furia.

-Me atrevo a decir que Will es capaz de proteger su propia reputación tanto como su negocio. – Johanna se acercó al fregadero. – Y pues, ¿vamos a servir el helado o no?

Afuera, el gramófono había dejado de sonar. Se escuchaba el arrastre de la aguja por encima del disco y luego el sonido de

Duncan girando la manija. El disco comenzó a sonar, lentamente al principio y luego alcanzó velocidad para dar vueltas a un paso acelerado.

-Sirvan el helado, - mandó Agnes. Seguía enojada, pero le faltaba el valor para confrontar a JoHanna directamente.

JoHanna entró la cuchara grande al recipiente de metal y sacó una cucharada de helado que incluía grandes pedazos de durazno. – Se ve rico, Agnes. – Lo transfirió a un plato hondo y me la pasó a mí.

-Duncan parece tener calor. Yo se lo llevaré a ella. – No esperé para ver la reacción a mis palabras. Salí al calor del sol dejando que la puerta metálica se cerrara con un golpe detrás de mí. Debí haberle llevado el plato a uno de los niños esperando en el otro cuarto, pero en vez, caminé hacia Duncan

Duncan me saludó sin dejar de bailar.

Levanté el helado para que lo viera, la condensación del plato derramándose sobre mis dedos y cayendo al polvo. Duncan sonrió de buena gana y yo le hice una señal para que viniera a la sombra para comer el helado. La niña tenía tanto calor. El polvo había comenzado a pegársele a las piernas.

Como era típico en un día de julio, el sol seguía encandeciendo con un calor blanco por lo caliente, lo cual significaba que no existía temor de tormentas por lo pronto. El aire estaba completamente quieto. La canción alegre que estaba tocando era de tipo jazz. No recuerdo cuál era. Yo le tendía el plato a Duncan, contenta de estar lejos del grupo de aquellas mujeres, y fascinada por los pasitos que daba Duncan, contenta, por su parte, de bailar para mí.

Sin ninguna advertencia, el relámpago salió del cielo azul brumoso. Vino separado en dos rayos, uno chocando con el pino y el otro con Duncan. Una luz blanco-azul estalló por todo el jardín y una bola de fuego corrió el largo del pino y explotó de un lado de la casa.

Miré a Duncan y vi que ella estaba en el suelo, humo que salía de ella y del vestido amarillo que ahora tenía grandes agujeros.

Dejé caer el plato de helado, pero mis dedos seguían paralizados en la forma del plato como si aún lo tuviera. Recuerdo que no podía respirar. El vestido que yo llevaba era demasiado Estrecho y el aire había succionado todo el oxígeno a mi alrededor. Parecía que pasó una hora, yo parada ahí, tratando de correr hacia Duncan, tratando de respirar, y, tratando de gritar.

JoHanna salió volando por la puerta trasera de la casa haciendo caso omiso de los escalones. Corrió como una gacela, la falda volando por las piernas. Cayó de rodillas al lado de Duncan y la recogió en los brazos.

La cabeza de Duncan se desplomó hacia atrás y pude ver que tenía los ojos rodados hacia atrás. El humo salía de su pelo, el cual se había despegado de su cráneo en enormes pedazos. Yo podía oler pelo, tela, y carne quemada, y sentí que las lágrimas rodaban por mi cara.

Algunas de las otras mujeres habían salido de la casa y los niños miraban por la puerta de tela metálica. No hubo un solo sonido. Solo se escuchaba la música hasta que por fin la aguja llegó al final del disco y comenzó a golpear la etiqueta del disco.

-Busquen a un médico. – Sin creerlo, yo había hablado. Cuando me di vuelta y me di cuenta de que nadie se había movido, señalé a un niño llamado Roberto. – Corre y busca al médico.

El niño salió disparado con ojos demasiado grandes para su pequeña cara pálida.

JoHanna estaba sentada en la tierra agarrada de Duncan, meciéndola. Murmuraba algo que yo no lograba a entender.

Nadie fue hacia ella así que yo avancé. Era imposible no comprender, en los ojos rodados de Duncan, que ella ya no estaba ahí. El golpe le había quitado la vida con un solo poderoso fulgor.

Yo estaba parada detrás de JoHanna pensando en qué hacer, cuando comenzaron a llegar las nubes desde el oeste. Eran las mismas que habían estado cerniéndose en el horizonte desde el mediodía, creciendo cada vez más oscuras y furiosas al pasar las horas de la tarde. Avanzaron sobre nosotras tronando cada vez con más furia. Otro relámpago estalló de las nubes bajas en forma de horcón del diablo.

Me arrodillé y puse una mano encima del hombro de JoHanna. – Llevémosla adentro, - dije.

Me ignoró, murmurando en voz baja con una rítmica regularidad a su bebé muerto. Yo no lo sabía entonces, pero eran los mismos ruidos que una gata hace cuando lame a sus gatitos para hacerlos revivir. Las vacas, los perros y los caballos tienen su propia versión del mismo sonido. Supongo que todos los animales lo hacen.

-Sra. McVay, llevémosla adentro. Va a venir una tormenta. – La agarré del brazo intentando de separarla del cuerpo. Cuando miré detrás de mí, me di cuenta de que nadie había dado un paso. Nos miraban como si fuéramos criaturas importadas de una tierra lejana haciendo cosas que nunca habían visto antes.

- ¿Alguien me puede ayudar a llevarla adentro? Está por llover. - Traté de que no se me notara el enojo, pero odiaba esas caras bovinas, la manera estúpida en que estaban todos ahí parados, desbocados.

-No está muerta, - susurró JoHanna, dirigiéndose a mí. En ese momento, juro que pensé que me iba a morir de pena.

¿Cómo podía ella mirar ese cuerpo quemado que había sido tirado a través de más de la mitad del jardín y no darse cuenta de que ya no tenía vida?

Finalmente, Nell Anderson se acercó. –El médico está en

camino, JoHanna. Vamos a llevar a Duncan a la casa donde él la pueda examinar, - habló con gentileza.

-No está muerta, - Empujando con los hombros JoHanna se movió para alejarse un poco de las dos de nosotras. – Déjanos en paz. Váyanse y déjennos. – Luego se empinó más como para proteger a Duncan.

Detrás de mí Rachel Carpenter comenzó a llorar quedamente. – Alguien busque al Reverendo Bates, - dijo. Escuché a uno de los niños salir de la casa corriendo, golpeando la puerta. Yo nunca me volteé para ver de quién se trataba. Lo único que se me ocurría era que hacía poco Duncan estuvo viva bailando a todo dar. Ahora, ya no estaba.

Me volví a arrodillar al lado de JoHanna en el momento que comenzaron a caer las primeras gotas de lluvia. Pegaron la tierra donde Duncan había estado bailando, encendiendo pequeñas llamas de color anaranjado como si la tierra estuviera viva y pulsando. El tocón del pino crepitaba.

-Sra. McVay llevémosla adentro. Va a llover.

-No está muerta. - JoHanna no dejaba de mecerse. – No puede estarlo.

Yo oía la lluvia cayendo sobre las hojas del árbol de magnolia que estaba al lado del gramófono. Caía sobre las hojas lisas con chascos y pequeños disparos. Caía sobre mí también, pero yo no la sentía. Podía verla caer sobre los hombros de JoHanna, gotas gordas absorbidas por su vestido cobrizo.

Nell Anderson se arrodilló a la derecha de JoHanna. – Tenemos que encontrar a Will. ¿Dónde está esta semana? - Con la mano enderezó unas de las medias de Duncan. A la niña se le había volado el zapato.

-Está en Natchez.

-Le enviaremos un telegrama.

-Intenten con el hotel Claremont House. En algún momento llegará ahí en el día de hoy.

Nell lloraba y yo lloraba. JoHanna no lloraba. Nell se levantó para hacer los arreglos para enviar el telegrama, pero yo me quedé viendo la lluvia empapar a JoHanna McVay mientras ella dulcemente gemía de dolor por su hija muerta.

Me di cuenta de que los otros niños y sus madres se habían ido o habían entrado a la casa. Agnes y Annabelle Lee estaban paradas en la puerta, mirando. Las dos estaban llorando también.

La tierra comenzó a hacerse charcos, pero JoHanna rehusaba entrar a la casa. El Doctor Westfall llegó con su maletita negra en la mano y su pelo blanco haciendo un halo por la cabeza. Trató de levantar a JoHanna, pero ella estaba acuclillada sobre el cuerpo y exclamó que quería que la dejaran sola. Vi la mano del médico tocar el cuello de Duncan por un momento para luego levantarla y cerrar los ojos de la niña. Cuando se paró, indicó una negativa con la cabeza a Agnes y caminó hacia la puerta trasera de la casa.

Él y Agnes hablaron, se dijeron algo en voz baja y luego él entró en la casa.

-Sra. JoHanna, tenemos que salir de la lluvia. - Yo sabía que si ella no se

levantaba y se desplazaba los otros vendrían a forzarla a entrar. No me podía imaginar lo que estarían haciendo adentro. Lo más probable es que mandaran a buscar a un director Funerario. Inyectarían a JoHanna con un calmante y luego separarían a la madre de su hija. Puse mi mano en el brazo de JoHanna. – Tenemos que entrar si quiere quedarse con ella un poco más de tiempo.

-Que no me molesten. – Finalmente me miró. Estaba llorando. – No está muerta. La siento. Que nos dejen solas por un rato.

-Pues, múdese debajo de la magnolia. – El árbol no ofrecía mucha protección, pero al menos algo. La lluvia se había mitigado y ahora caía con un tamboreo ligero sobre las hojas. Juntas levantamos a Duncan y la llevamos unos pasos para llegar al árbol. JoHanna se sentó apoyándose del tronco meciendo a su hija.

-Diles que nos dejen en paz. – No estaba rogando, ni suplicando solo pidiendo un favor.

-Por un rato, está bien. – Yo no sabía por cuánto tiempo podía detenerlos a los otros. No sé por qué yo sentía que tenía que hacerlo. Lo único que sí sabía era que nunca le devolverían la niña una vez que se la llevaran. Un poco de tiempo adicional no era mucho pedir.

Crucé el jardín, el vestido gris empapado. En la casa escuché un murmullo de voces hablando quedamente. Ya estaban haciendo planes de qué hacer y cómo. El director Funerario ya estaba en camino a la casa y el Doctor Westfall estaba llenando la jeringa con algo. Obviamente aquello no estaba destinado para Duncan.

-Déjenla en paz.

Todos en la sala se dieron vuelta para mirarme. Vi, por la expresión en sus caras, que los había asustado.

-Ella está en estado de shock. La niña está muerta y no la podemos dejar ahí afuera en la lluvia. – Agnes se torcía las manos mientras hablaba. Agnes no era una mala persona, pero era incapaz de pensar más allá de lo que se acostumbraba a hacer.

-Déjenla. Es su hija. No hay nada que se pueda hacer por Duncan. Le hace falta un poco de tiempo a solas, - dije.

En mi vida nadie nunca me había prestado atención. Quizás no sabían qué hacer así que lo que yo dije era mejor que nada. Nos quedamos parados ahí unos quince a veinte minutos mirándonos y escuchando la lluvia caer. Agnes preparó café y nos lo sirvió. Nos sentamos alrededor de la mesa de cocina donde quedaban los platos hondos con helado ahora derretido y sin terminar, atrayendo moscas.

El director Funerario llegó a la puerta principal junto con el Pastor Metodista. Hacíamos un grupo triste y nadie quería ir a la puerta trasera de la casa para ver lo que pasaba en el jardín.

Sentados en la cocina cálida yo comprendí que a JoHanna no la querían pero que, a la vez, nadie le deseaba una tragedia como la que había sucedido. Ninguna mujer le desea la muerte de un hijo a otra. Al menos, eso es lo que yo creía.

La lluvia finalmente paró. Habían pasado unos treinta minutos o más. Yo sabía que no se podía esperar mucho más tiempo. Podía leer en la cara de los otros que temían por la cordura de JoHanna. Les repugnaba la sola idea de que la mujer pudiera abrazar un cuerpo muerto. Según ellos, lo mejor era acabar con todo lo más pronto posible

-Déjenme hablarle. – Me paré y esperé, pero nadie más se ofreció a acompañarme. Cruzando la cocina y saliendo por la puerta vi cosas con una claridad penosa. Las hojas de la magnolia habían sido lavadas y ahora brillaban con un color verde oscuro. Parte de la tierra roja del camino se había derramado hacia el jardín creando lodosos ríos rojos en miniatura que le daban vuelta a la magnolia, haciendo parecer que JoHanna y Duncan estaban encalladas sobre una isla. Encima de ellas el cielo era de un azul perfecto, más intenso en su color de lo que había estado en todo el verano.

JoHanna quedaba como yo la había dejado. Enfocaba toda su energía y atención a la niña. Acariciaba la cara de Duncan con las puntas de los dedos murmurando algo que yo no alcanzaba a escuchar. El pelo de JoHanna se había soltado del moño en que lo solía llevar y se me hizo más largo de lo que yo esperaba. Y ahora ese pelo estaba mojado y más oscuro. Se le pegaba al cuello y a los hombros y moldeaba los senos debajo del vestido mojado.

Crucé el jardín lentamente, temiendo cada paso. Quería llorar, pero no lo hice. A unos tres metros, me paré. –Ya es hora de entrar, JoHanna.

Me miró, pero no dijo nada.

Escuché la puerta metálica cerrarse detrás de mí y me di vuelta para encontrarme con Mary Lincoln, una niña de nueve años, acompañada de Annabelle Lee. Se pararon a medio camino.

- ¿Está muerta? – preguntó Mary. – Nunca he visto a una persona muerta.

-Yo sí. – Annabelle Lee miraba el suelo. – Muchas veces.

-Vuelvan a la casa. – Yo traté de no gritarles, pero no lo pude evitar. –Váyanse ahora mismo.

Corriendo a toda velocidad Mary me pasó y se encaramó en el árbol. Quedó pasmada al ver a Duncan.

A mí me dio por arrancarle toda la cabellera en ese mismo momento y estaba por hacerlo cuando a Duncan abrió los ojos. Miró a Mary.

-No cantes con la boca abierta Mary, porque te vas a ahogar, - dijo.

Capítulo Dos

JoHanna cerró los ojos por un momento y luego los abrió. Ese fue el único movimiento hasta que Mary se fue chillando para la casa detrás de Annabelle. Estaban como si acabaran de ver a Satanás. Duncan estaba espantosa. Se parecía a Job después de las plagas que Dios le había mandado, pero aún peor. El olor de su carne quemada era indescriptible, pero sí estaba viva.

Sin moverse, siguió a Mary y a Annabelle con la vista. Después de un rato JoHanna ajustó su espalda para que Duncan pudiera quedar sentada.

-Tenemos que limpiar esas quemaduras, - dijo JoHanna levantando la pierna de Duncan, mirando una herida que era tan grande como mi mano y que se veía muy mal. – ¿Está el Doctor Westfall en la casa todavía?

Estaba hablando conmigo, pero yo no podía hacer más que tragar. No podía creer aún que Duncan estuviera viva, pero la niña me estaba mirando. Tenía ojeras grandísimas. La lluvia había apagado todos los fueguitos que habían ardido en su ropa y pelo. Le faltaban grandes mechones de pelo y se veía horrible.

Se me ocurrió que yo estaba teniendo una pesadilla. Nadie podía sobrevivir el golpe de un rayo. Duncan estaba muerta. Yo estaba en shock.

-Mattie, ¿podrías hacer venir el médico hasta aquí? – JoHanna mecía a Duncan contra su pecho. Tenía los ojos apuntados hacia la casa.

No tuve tiempo para moverme. El Doctor Westfall ya había salido volando de la casa con su maletita negra en la mano, mandado ahí, sin duda, por Mary y Annabelle Lee. Agnes estaba en la puerta con los que quedaban de la fiesta. Todos estaban asombrados, así como yo, e igual de inservibles.

El Doctor Westfall se detuvo por un momento al ver a Duncan, pero luego se acercó en seguida y empezó a examinar tanto sus brazos como las piernas. Se arrodilló en el césped húmedo haciendo caso omiso del daño que esa humedad le podía hacer a los pantalones de su traje. La palidez de la cara de Duncan era grave, pero al menos no estaba quemada. Tenía el cuero cabelludo chamuscado pero el daño no era tan serio. El Doctor Westfall se concentró en las heridas más profundas de las piernas.

-Quemaduras de segundo grado, aquí, JoHanna. – Trabajaba mientras hablaba y de vez en cuando le echaba una mirada furtiva a Duncan. Aun tocándola y sintiendo el calor de su piel, no podía creer que estaba viva.

Nadie lo creía. Excepto JoHanna que había rehusado creer que había muerto.

-Vamos a moverla a la casa. –el Doctor Westfall se levantó de una rodilla.

-No. –La voz de JoHanna lo frenó.

-Necesito agua, desinfectante, un lugar donde trabajar. Esas quemaduras son graves. –Hacía todo lo posible por no mostrar su enojo.

-No. No vamos a entrar en esa casa. Nos vamos a nuestra casa.

-JoHanna...

-Hágalo aquí, Doctor. Son las piernas y la espalda. Puedo sentir el calor.

-Se trata de tener un lugar más estéril.

-Duncan no vuelve a entrar en esa casa. – JoHanna miró hacia la casa que no estaba a más de diez metros de donde estábamos. No había ni rabia ni miedo en su mirar. Era más bien como cuando una persona ve una serpiente en la calle y decide ir por otro camino.

-Busca agua y paños. –El médico se dirigía a mí, aunque no miró en mi dirección. – Anda vivo.

Salí corriendo como un gato escaldado y regresé con una fuente de la vajilla de Agnes llena de agua caliente y un montón de sus paños blancos.

Sacudiendo la cabeza por la terquedad de JoHanna, el Doctor Westfall vendó las peores quemaduras de Duncan, advirtiéndole a JoHanna, con voz brusca, de las que Duncan tenía en la espalda, explicando cómo lavarlas y vendarlas y qué hacer en caso de que se produjera una infección. Trabajaba eficazmente y sin hablar directamente con Duncan en ningún momento. Por su parte, la niña no lloró, aunque se le notaban los ojos nublados de dolor. Se quedó mirando los ojos de JoHanna buscando consuelo en ellos.

El médico al final miró directamente a los ojos de Duncan. A sus pies estaba la fuente de la vajilla de Agnes ahora llena de agua ensangrentada y botellas vacías de desinfectante.

- ¿Sabes quién eres? – le preguntó. –Le desconcertaba su silencio. Se trataba de una niña, y las heridas tenían que dolerle inmensamente. ¿Cómo es que no gritaba de dolor?

Duncan lo miró. Era evidente, por la expresión en su cara, que lo entendía perfectamente, pero no respondió.

-Duncan, ¿me escuchas? – preguntó el médico.

Ella asintió con la cabeza.

- ¿Te duele algo?

Ella sacudió la cabeza en una negativa.

- ¿Puede ella hablar? – le preguntó a JoHanna.

-Sí, habló. Le habló a Mary. – JoHanna colocó sus dedos sobre la garganta de Duncan. – Háblame, - le pidió quedamente.

Duncan tragó, pero no dijo nada.

-Podría tratarse de un shock. Puede ser algo que en uno o dos días se le pase.-El Doctor Westfall no parecía creer lo que acababa de decir. Pasó los dedos por su cabellera blanca. – Tráemela mañana, JoHanna. He hecho todo lo que puedo hasta ahora. Mañana podremos evaluar mejor su condición.

-Lo haré. Gracias Doctor. Gracias por su gentileza para con nosotras.

El médico gruñó, se levantó, y cerró su maletín. Sacudió las piernas para que no se le pegaran a la piel las partes mojadas de su pantalón.

JoHanna siguió sentada con Duncan en su regazo hasta que el Doctor Westfall se fue. Yo me fijé que el médico rodeó la casa y bajó por la calle. Era obvio que quería evitar las preguntas que las mujeres que estaban en la casa le hubieran lanzado.

-Vámonos, Duncan. – JoHanna se levantó y se dio vuelta para ayudar a su hija. La niña agarró la mano que le ofrecía su madre, pero no se levantó.

Sin que me lo pidieran yo fui detrás de ella y la agarré poniendo mis brazos debajo de los suyos. Tuve cuidado de no tocar su espalda. Duncan era alta y delgada. Yo había levantado muchas bolsas de pienso y muchas sandías en mi vida. Logré levantar a Duncan para pararla, las piernas debajo de ella, pero luego la bajé.

No sé si fue que Duncan había movido sus piernas o sencillamente que sus rodillas se desplomaron, pero no pudo soportar su propio peso. JoHanna llegó para ayudarme, pero después de tratar de ponerla de pie varias veces comprendimos que Duncan no podía o no quería pararse.

JoHanna se arrodilló y enderezó las piernas de Duncan. A la vez le ponía presión en los pies y los tobillos. - ¿Puedes sentir mi toque? – preguntó, mirando a su hija.

Yo estaba parada detrás de Duncan, sosteniéndola de pie. Por primera vez ese día noté temor en los ojos de JoHanna. A lo largo de todo había sabido que Duncan estaba viva. Pero no podía garantizar que la niña iba a ser normal.

Duncan sacudió la cabeza en una negativa.

JoHanna presionó las rodillas de su hija. – Y esto, ¿lo sientes?

Volvió a indicar que no.

Las manos de JoHanna subieron hasta los muslos de Duncan. - ¿Y aquí?

Duncan entendió de qué se trataba. Con sus propias manos agarró las de su madre que estaban presionando a lo largo de las piernas de su hija, ahora con un gesto de pánico. Duncan volvió a sacudir la cabeza rápidamente y luego con aún más vigor, mirando primero a JoHanna luego a mí. Abrió la boca, pero no emitió ningún sonido.

-Vamos a ponerla en la carreta, - dijo JoHanna, señalando la carreta roja detrás de la magnolia. Juntas la levantamos, JoHanna agarrada de las piernas y yo de los hombros y la llevamos hasta la carreta. En cuanto estuvo acomodada, JoHanna agarró la manija y volteó la carreta hacia Peterson Lane. Vivían a dos kilómetros, en las afueras del pueblo, en un sitio bastante aislado.

- ¿No vas a ir donde el médico? - Yo no podía creer que

JoHanna se dirigía en dirección contraria. Duncan no podía caminar. Sus piernas no eran más que dos palos muertos.

- ¿Y para qué? – JoHanna miró en la dirección en la que se había ido el médico. –Él ha hecho todo lo que puede.

No pude creer lo que decía. Quizás no tenían el dinero para pedirle al médico que regresara. – Él no te lo cobrará en este momento. Se lo puedes pagar cuando puedas. – Había hablado sin pensar, horrorizada al instante que las palabras salieron de mi boca.

-No es cuestión de dinero – dijo JoHanna, emprendiendo la marcha hacia la casa. – El viejo doctor ha hecho todo lo que puede. – Había logrado sacar la carretilla del jardín. Ahora caminaba por el borde de la calle.

- ¿Quieres que te acompañe? – Yo ya estaba caminando junto a ellas. No quería regresar a la fiesta ni a mi casa.

- No, no te preocupes. Estamos bien. Will regresará a casa si se entera. – JoHanna caminaba rápido. La carretilla iba dejando angostos surcos en la blanda tierra roja.

- ¿No hay nada que pueda hacer? – Yo me había parado en la esquina de Redemption con ganas de seguirlas, pero indecisa a la vez. Elikah me estaría esperando en la casa.

-Sí, hay algo que puedes hacer. – JoHanna se detuvo el suficiente tiempo para voltearse hacia mí. – Llévate el gramófono a tu casa y guárdalo para Duncan. Pídele a Agnes que te preste una carretilla. Ella te la prestará con gusto aun si es solo para sacar ese aparato de su casa.

-Yo lo cuidaré. – Yo tendría que ver cómo llevarlo a casa y esconderlo de Elikah. Él no aceptaría tener un artilugio como ese en su casa.

Como si hubiera adivinado mis inquietudes, JoHanna se paró. –¿Estás segura?

Mirando sus ojos azules yo me decidí. – Yo lo hago para Ud., Sra. McVay con mucho gusto.

-JoHanna- me corrigió, mirándome directamente a los ojos para asegurarse que yo sí podía llevar a cabo lo que me había pedido. –Tráelo a la casa mañana y te daré calabaza, frijoles y papas para la cena de tu marido.

-Espero que Duncan esté bien.

JoHanna no contestó. Comenzó a caminar nuevamente con pasos grandes y determinados. Nunca había visto a ninguna mujer caminar tan decidida, y la visión me dio un escalofrío. Iba hacia esa casa aislada, completamente sola con su hija casi muerta por el golpe de un relámpago.

No le conté a Elikah sobre el rayo. No tuve que hacerlo. Era el chisme de todo el pueblo antes de que JoHanna y Duncan hubieran doblado a Peterson Lane. Cuando yo primero había llegado a Jexville me asombró la velocidad con la cual los chismes pasaban de un lado del pueblo hasta el otro. Después de pocos días supe que cualquier hombre del pueblo era capaz de levantarse en el proceso de un corte de pelo y una afeitada para correr al café para una taza de café cuando se trataba de un chisme jugoso. Las mujeres, por su parte, se encontraban en las mesas de cocina de sus casas o por los tendederos de ropa.

Cuando al fin llegué a la casa tres hombres ya habían pasado por la barbería de Elikah para darle las noticias y él había ido a la tienda de botas para contárselas a Axim. Para cuando había llegado a casa se trataba de un hecho que la mano de Dios había aniquilado a Duncan McVay por su carácter rebelde y por el loco y excesivo comportamiento de su madre. Era el castigo de Dios sobre un nido de pecadores, a lo menos esos eran los sentimientos de la mayoría de la gente del pueblo. Si había compasión, era para Will, un hombre rodeado de mujeres complicadas

Me llevó más tiempo llegar a casa de lo acostumbrado

porque tenía que esconder el gramófono. Le había pedida prestada una carreta a Agnes. Entendía que no podía llevar el gramófono a casa. Elikah tenía opiniones muy fuertes en cuanto a la música y el bailar. Ya que yo era nueva en el pueblo, me tomó algo de tiempo solucionar el problema, pero por fin pude acunar la carreta y el gramófono al lado del pajar en las caballerizas. Era un lugar seguro y seco y era muy pequeño el riesgo de que alguien se topara con la carreta y el gramófono. Por lo menos para lo que duraba la noche. Luego corrí a casa para preparar la cena.

Una de las cosas que más me gustaba hacer después de la cena era sentarme en el columpio del porche. El rechinar de las viejas cadenas me daba un sentido de paz aun en las noches más calurosas.

De noche Jexville revelaba su verdadera belleza. Me recordaba de un perro que se había aparecido en mi casa cuando tenía catorce años. Suke era un animal feo, amarillo con ojos pequeños y con sarna. De noche, sin embargo, después de que los platos estuvieran lavados y que ya se habían acostado los niños de la familia, yo me sentaba en la escalera de la casa. Suke venía donde mí para acompañarme empujando su nariz en mi mano. Ahí, en la oscuridad, ambos éramos hermosos.

Jexville tenía algo de hechicero cuando salían las estrellas de noche y el viento susurraba a través de las agujas de los pinos ricos con su olor a resina. Había áreas donde el conjunto de magnolias y robles formaban bosquecillos frondosos. Algunos de los pobladores más recientes habían sembrado árboles de nuez pecana que solían formar arboledas de troncos grises con ramas pequeñas y elaboradas. El pueblo dejaría de ser tan desoladamente feo cuando disminuyera un poco la aspereza y lo rojo de la calle principal, que todavía estaba nueva, y el olor a madera recientemente cortada de algunas de las tiendas. Con algo de atención y cuidado

Jexville mejoraría. El trabajo duro conducía a cambios positivos.

Acabado el día y con la noche por delante yo podía permitirme fantasear. Se trataba de pensamientos tontos sacados de las páginas de revistas baratas y de atisbos de grupos representantes de comedias que de vez en cuando se presentaban en el teatro de ópera de Meridian. Sabía que eran imágenes basadas en falsedades, pero me proveían inmenso placer. Pasaron muchos años antes de que yo me preguntara cómo era posible que el corazón humano tratara con tanta desesperación de creer en algo, aun sabiendo que era algo completamente falso.

Pasó la noche y el caluroso, rosado beso del sol de la mañana me encontró vestida y caminando de un lado al otro de la cocina. Elikah era un hombre guapo entonces. Se enorgullecía de su bigote. Mientras yo le preparaba el desayuno, él se aseguraba que cada pelo estuviera en su lugar. Tenía puesta una camisa blanca, almidonada y tiradores negros. La verdad es que se ajustaba a la imagen de cirujano del pueblo mucho más que el verdadero médico, el Doctor Westfall, quien siempre parecía como si hubiera sido pisoteado. A Elikah le encantaba decir que el barbero servía de médico en los pueblos que carecían de la suerte de tener un médico. Cuando él decía eso yo sentía un escalofrío mientras él se sonreía todo satisfecho.

En cuanto él terminó los huevos con *grits* y yo terminé de lavar y secar los platos corrí para sacar el gramófono. Pensé en una ruta que corría por los límites del pueblo y que evitaba a Janelle Baxley. Desde mi primer día en el pueblo, Janelle Baxley se dedicó a meterse en mis asuntos. Al bajar del tren en Jexville yo estaba asustada y preocupada. Mi primera emoción, al recibir el caluroso abrazo y la mirada directa de los ojos azules de Janelle, fue de regocijo. Con su blusa de encaje y la falda estrecha parecía adulta y capaz. Eso fue antes de que ella me contara que todo el pueblo se había puesto de acuerdo en ayudarme a olvidar el hecho de que Elikah había estado expresando dudas en cuanto a mí en el café del pueblo. Dijo que era normal que un novio estuviera nervioso, pero también me contó que Elikah fue a la estación de trenes con suficiente dinero para mandarme de regreso si no parecía decente y tratable.

No me quería encontrar con Janelle mientras iba jalando el gramófono por Peterson Lane.

Me había decidido por una buena hora del día y logré cruzar los rieles sin ver ni siquiera un conejo. Una vez alejada del pueblo reduje el paso dejando el brazo descansar de tanto jalar la carreta. Hacía calor. Hacía demasiado calor para el vestido azul marino que llevaba, pero no tenía otra cosa que ponerme. Parecía repentino el cambio que di, de llevar vestiditos ligeros de algodón para llevar ropa de adulta. Fue un cambio que no me favorecía. Decidí no preocuparme, mientras caminaba, por las desilusiones que venían con el madurar. Una urraca me marcaba el paso con chillidos amenazadores tanto como la hierba alta que se mecía por el lado del camino. Completamente sola dejé volar la imaginación. Caminando me imaginaba que me iba a encontrar con una carreta de gitanos que me adoptarían y que me enseñarían a adivinar el destino y a cantar. Viajaríamos por el mundo y yo me haría famosa por mis sueños y revelaciones. Nos embarcaríamos a Europa donde el rey y la reina me invitarían a tomar té con ellos. Sería una vida maravillosa que brillaba justo a la próxima vuelta del camino en el calor de la tarde.

Peterson Lane trazaba una curva a lo largo de la ribera de Little Red Creek, un riachuelo de colores de ámbar y oro cristalinos que corría lentamente por pastizales y bosques hasta terminar en una ciénaga del lado oriental de Jexville. En algunos lugares, Little Red era lo suficientemente profundo que se podía cruzar a pie. El fondo, en esos lugares, era de una arena blanquísima y me pareció que la experiencia de experimentar la arena sería la que más me acercaría a playas de arena con olas azules del mar. Sin embargo, en algunos lugares había hoyos donde un árbol había caído y un dique natural se había formado. En esos lugares el agua estaba lo suficiente profunda para poder nadar. Yo no conocía esos lugares aún. JoHanna y Duncan me enseñarían tales deleites existentes en mi nuevo hogar.

Me paré para mirar la casa de JoHanna y Duncan por un tiempo. Lo primero que me llamó la atención fue el tendedero con ropa colgada, entre ella, lo que quedaba del vestido amarillo de Duncan. JoHanna se había levantado temprano para lavar.

Seis robles le daban sombra al jardín delantero. Estaban lo suficientemente alejados para dar sombra sin oscurecer la casa. Del lado oriental de la casa había una veranda con un mosquitero y un columpio. Una magnolia y un cedro le proveían sombra. El lado occidental del jardín estaba bañado por el sol. Es ahí donde estaba colgada la ropa, totalmente inmóvil esa mañana sin viento. Parecía tiritas de madera. Había un viejo árbol de paraíso un poco más allá de la casa. Un bellísimo coche rojo estaba estacionando detrás de él.

En Meridian había muchos coches. Joselito había comprado uno, pero no le duró. Un día amanecimos y no estaba y mamá nunca supo si Joselito lo había chocado o si el banco había venido a reclamarlo. Nadie se atrevió a preguntar. Había sido negro y feo, con olor a grasa y problemas. A mí no me importó que hubiera desaparecido excepto por el hecho de que el ruido que hacía nos advertía del regreso de Joselito a casa.

Este coche, sin embargo, escondido por la ropa tendida y el árbol, era algo como salido de aquellas revistas que a mí me encantaba leer. Era un coche para una estrella de cine. Alguien exactamente como JoHanna.

El sol que me estaba quemando la cima de la cabeza me volvió al presente; al camino de tierra donde estaba parada. No había caminado tanto, pero estaba sudada por el calor de julio. En parte era por el vestido. No era un vestido de verano, pero como mujer casada, tenía que llevar mangas largas y suficientes pliegues en la falda. Hasta que me casé, aunque ya era demasiado grande para ello, vestía vestidos de niña. No teníamos dinero para cosas extra y en cuanto a mí, nunca me sentí mal por estar fresca y cómoda los veranos. Este vestido azul me apretaba en la cintura de cuando Mamá quedó encinta de Lena Rae. Mamá no lo había llevado en años. Dijo que después de cuatro hijos nunca recuperó la cintura. Los otros cuatro habían estrechado todo hasta el punto de que ni siquiera una faja podía ayudarla. Así que cuando yo acepté la oferta de Elikah, recibí ese vestido azul.

Estaba perdida en algún momento entre el pasado y el presente cuando percibí un movimiento furtivo cerca del roble que estaba delante de la casa. En el jardín no había nada de hojas caídas y bellas flores florecían en matas todas rojas, amarillas, moradas y rosadas, tan eléctricas como el cielo a la puesta del sol. Entre todos esos colores se movía algo rojo con marrón.

¿Un perro?

No había escuchado ladrar un perro, pero había perros que no ladraran. Algunos preferían escurrirse y aproximarse desde atrás. A mí los perros no me daban miedo; de hecho, me llevaba bastante bien con ellos. Había aprendido, sin embargo, que un perro escurridizo era como una persona. Le dabas la espalda a tu propio riesgo. Siempre jalando la carreta reduje el paso entre los árboles. Si el perro no salía ladrando, quizás se escabulliría por ahí.

No estaba preparada para el repentino frenesí de plumas en

mi cara ni para el grito raro y roto que escuché. Me eché hacia atrás gritando y subiendo los brazos para protegerme la cara.

Sentí que algo cortó el centro de la palma de mi mano mientras que el aire todo a mi alrededor, reverberaba con la confusión del polvo, las plumas y las garras. Grité nuevamente, tratando de huir del animal, pero tropecé con la manija de la carreta y caí hacia atrás. El pájaro me persiguió empujando las garras hacia adelante mientras batía el aire con sus alas. Se me ocurrió que se trataba de un halcón o un águila, pero al fin pude mirarlo mientras pedía socorro. Era un gallo.

Se escuchó el cerrar de una puerta metálica. ¡Pecos! ¡Déjala! – se escuchaban pasos en el porche y luego a través del jardín.

Yo me había cubierto la cara con la pesada tela de la falda de mi vestido para protegerme la cara. Tanteando detrás de mí me sorprendió tocar un pie grande de una pierna fuerte. Sabía que tenía que ser de Will McVay, el esposo de JoHanna.

Antes de que me pudiera enderezar, él me levantó, bajando la falda y parándome en el sol y el aire lleno de pequeñas plumas de ave.

- ¿Te ha lastimado?

Con un tirante puesto y el otro colgando sobre la camiseta, tenía mitad de la cara llena de espuma y en la tierra, a sus pies, estaba la navaja que había dejado caer.

Viéndome reflejada en los ojos de Will vi a la vieja Suke mirándome. Yo estaba en un estado tan triste como lo había estado ese perro. Will McVay había visto mis bragas hechas de saco de harina. Yo tenía las mejillas rojas de vergüenza y mi cuero cabelludo me picaba como si le estuvieran picando hormigas. – He traído la máquina de Duncan, - murmuré porque, aunque podía hablar no podía mirarlo.

Como él no contestó ni se movió acabé mirándolo. En vez de estar mirándome a mí estaba mirando el suelo justo a mi lado. Yo miré ahí también y vi la sangre que chorreaba de todos mis cuatro dedos y, con más lentitud, de mi pulgar.

-Pecos te cortó con su espuela. – Agarró mi mano izquierda. La palma estaba cortada de un lado al otro. Will sacó un pañuelo blanco del bolsillo de su pantalón y con un nudo fuerte envolvió mi palma en él. – Los dedos requieren mucha sangre. Parece que Pecos te abrió unas arterias.

A mí no me importaba lo que decía. Estaba absorta mirando mover sus labios, la espuma ya seca en la cara. Tenía ojos de un café oscuro, el color del pastel de chocolate de Lizzie Maple, y el pelo negro peinado hacia atrás de su cara fuerte.

No era buen mozo como Elikah. No tenía un hoyuelo en su mejilla ni la habilidad veloz de mostrar ya sea rabia o placer. Se le notaba a Will una distancia para con sus propios sentimientos que él guardaba celosamente. Will no era un hombre guiado por sentimientos de rabia ni placer.

Will puso su mano debajo de mi codo y me sujetó mientras que a la vez se agachó para agarrar la manija de la carreta. Juntos caminamos al porche donde dejó la carreta para guiarme por las escaleras.

-Hannah, mi amor, ha habido un pequeño accidente. – Will abrió la puerta con tela metálica para mí y me dio un empujoncito hacia dentro.

Will olía a lluvia cuando cae entre el sol para golpear hojas verdes anchas, o, a césped recién cortado. Limpio. Pensé que yo me iba a desmayar al pisar la fresca penumbra del pasillo después de aquel sol duro. Will me sostuvo con un poco más de fuerza para darme apoyo y en unos segundos había cruzado la habitación y me había sentado en un sofá verde que tenía patas extrañamente esculpidas y una espalda que hacía un arco, en forma de espiral, como la espalda de un dragón. Creía estar soñando.

La alfombra era de un rojo oscuro tan oscuro como sangre

seca, pero con diseños en espirales de varios colores y diseños que me hacían querer llorar de lo bella que era. La silla que estaba frente a mí tenía una espalda alta y flecos que caían hacia el piso. En vez de una puerta para el comedor había cortinas, gruesas y pesadas, atadas con más flecos que eran tan gruesos como sogas y de un color dorado. La luz se filtraba a la sala por las ventanas a través de unas suaves cortinas blancas que parecían haber sido confeccionadas de encaje de gasa.

Sentía los ojos de Will sobre mí, esa mirada resguardada que no delataba nada. Sabía que él sentía pena por mí, pero sus sentimientos no se comparaban a la dura piedad de las mujeres de Jexville.

- ¿Ha sido tan duro tu matrimonio con Elikah que se te ha olvidado cómo hablar?

Su pregunta causó que la sangre me estallarla en las mejillas y orejas y miré la alfombra buscando consuelo en sus colores vívidos.

-Mattie habla cuando hace falta. Nos defendió brillantemente a Duncan y a mí ayer.

Al escuchar la voz de JoHanna levanté la cabeza. Me sentí aliviada al verla. Estaba parada al lado de las extrañas cortinas, los brazos levantados por encima de la cabeza para ajustarse el moño de su pelo castaño. Tenía horquillas en la boca, pero aun así se hacía entender con perfecta claridad. Solamente le llevó un minuto arreglarse el pelo y al terminar entró en la sala.

- ¿Cuán grave te picó Pecos?- Alcanzó la mano que yo le extendía. El pañuelo estaba empapado de sangre.

-Busca la trementina, Will. – Le echó una mirada.

- ¿Aguja?

El estómago se me hizo tripas. ¿Tendrían que coser la herida? Nunca había recibido puntos, pero Jane, mi hermana después de mí, se había cortado el pie un verano. Joselito la había sostenido mientras ella chillaba y se revolcaba y Pres

Warkins le cosía cinco puntos mal hechos en el pie. Mamá y yo estábamos sentadas en las escaleras detrás de la casa llorando.

Desatando el nudo se pudo ver la herida profunda. Con los dedos JoHanna tocó el área con la misma dulzura que había usado con Duncan. – Solo la trementina – le avisó, - y un paño limpio. Se viró hacia mí. – Esto quemará como un fuego infernal, pero al menos no tendrás una infección y así no tendrás puntos.

Sin poder hablar, nada más asentí con la cabeza. No era la primera vez que me echaban trementina en una herida. No obstante, era mejor que puntos.

Salimos al porche y Will me sostenía mientras JoHanna se paró delante de mí con mi mano en su mano.

Fue como fuego líquido, pero tan pronto como empezó, terminó. Me encontré de pronto nuevamente en la casa sentada a la mesa de la cocina con un paño limpio atado en la mano y una taza de café delante de mí.

-Pecos nunca ha atacado a nadie antes. – JoHanna miró a Will quien, habiéndose olvidado de terminar de afeitarse, estaba parado en la puerta. Luego me miró a mí. – Se ha vuelto loco desde que ella se lastimó.

- ¿El gallo? Observé cómo la luz de la ventana en la cocina transparentaba su cutis. Sus ojos azules estaban glaciales y parecían tragarse la luz para devolverla en una escarcha azul. Había dicho que tenía cuarenta y ocho años. Mi propia mamá era diecisiete años menor, pero era una mujer vieja en comparación.

-Pecos es la mascota de Duncan. Solíamos tener un perro, pero alguien lo envenenó. Duncan rehusaba reemplazarlo al principio. Encontró el gallo en la tienda de alimentos para animales. - JoHanna se sentó a la mesa y le hizo señas a Will para que se sentara con nosotras.

-Tenía la pata quebrada. – Will se sentó a horcajadas en la

silla frotándose la mejilla con el jabón seco. – JoHanna le enta-
blilló la pata y Duncan lo cuidó. – Will levantó un hombro, los
ojos oscuros emitiendo calor. –Pecos es un guardia maravilloso,
aun si, en esta ocasión se sobrepasó.

-Está molesto porque Duncan está tan mal – explicó
JoHanna. – Está tratando de protegerla.

Yo miré a uno y a otra. Parecían pensar que era algo
completamente normal que un gallo me hubiera atacado con
una ferocidad que yo no había visto ni siquiera en un cerdo
salvaje. El gallo protegía a su hija así que eso perdonaba todo.

-Me pudo haber cegado. – Tenía la mano con fuego aún.

-Sí, pudo haberlo hecho, pero no lo hizo, - aceptó Will.
Luego se levantó. – Tengo que terminar de vestirme. – La
mirada que le dio a JoHanna solo la comprendía ella.

Ella se levantó también. – Si te parece que es lo correcto
Will. – Su tono llevaba una advertencia que yo no comprendía.
Solo sabía que ellos se estaban diciendo una cosa y compren-
diendo otra.

Se miraron detenidamente. Duraron tanto tiempo mirándose que me dejaron sin aliento. Will se dio vuelta y JoHanna
me miró. – Duncan quiere verte.

Yo la seguí por un porche encerrado que estaba apiñado de
plantas que nunca había visto antes, y por ahí regresamos a la
parte principal de la casa. La habitación de Duncan estaba a la
izquierda. Era un cuarto grande con dos ventanas que se abrían
hacia el lado soleado del jardín. Unas cortinas de gasa de un
rosa dorado y de durazno fresco colgaban de las ventanas
proporcionándole a la habitación un mágico resplandor suave.

Al principio traté de no mirar a Duncan. Tenía miedo.
Estaba tan mal herida que no podía forzarme a mirarla para
confirmar lo que había visto.

-No ha hablado aun y no puede caminar. Pero no está
sufriendo. – JoHanna me guiaba dentro de la habitación

tomándome del codo. Con ella detrás de mí avancé a la cama. No había otro lugar donde mirar más que directamente hacia Duncan.

Una vez que nuestros ojos conectaron no pude desviar la vista. Estaba horripilante. Los moretones estaban perores y las quemaduras estaban más claramente definidas por su cuero cabelludo y los brazos. Sobre las piernas había un cubrecama amarillo de felpilla, pero yo podía ver los lugares donde se le habían puesto vendas gruesas. Lo raro es que Duncan parecía no darse cuenta de su apariencia ni de sus heridas. Sus ojos eran del mismo color de chocolate que los de Will e igual de firmes.

-He traído el gramófono, - le conté.

Ella asintió, pero no sonrió.

-A Pecos le dio por atacar a Mattie y le partió la mano.

Duncan se viró para mirar por la ventana abierta. El ave estaba ahí sentada. Me asustó porque no lo había visto. Yo había mirado las bonitas cortinas directamente, y únicamente había visto el sol. El gallo se había subido allí sin hacer un solo ruido.

-Pecos es solapado, – dijo JoHanna, pero se delataba cariño en la voz. – Solíamos dejarlo dormir en la cocina, pero se salía y me picaba en el trasero cada vez que me doblaba para sacar algo del horno. – Se rio y Duncan se sonrió. – Siempre ha sido mal educado, pero se pelearía hasta con el diablo para defender a mi beba.

Pecos aleteó, bajó del alféizar y desapareció.

Con una fuerza que de pronto me oprimió los pulmones me acordé de todos los chismes raros que había escuchado sobre JoHanna y Duncan. Como estaba mareada del olor a trementina y el calor puse la mano sobre la barra de hierro de la cama de Duncan para sostenerme.

-Will tiene que salir para Memphis hoy. - JoHanna hablaba con Duncan. Su voz no delataba ninguna emoción.

- ¿Se va hoy? – Yo había hablado sin pensar. Tuve que agarrarme del marco de la cama para no cubrirme la cara de vergüenza. ¿Por qué era que yo siempre hablaba sin pensar? Joselito me había castigado muchas veces por ello y era el único castigo de él que yo no resentía.

-Salió de Natchez ayer dejando un cargamento de cristalería en el muelle en espera del tren para Memphis. Él es responsable de esa carga y debe asegurarse que se transfiere al depósito cuidadosamente.

Memphis, Tennessee estaba hacia la frontera con la parte norte de Mississippi, pero para mí se trataba de una tierra distante. Había visto fotos de mujeres vestidas elegantemente con vestidos centelleantes reclinadas en lobbies de hoteles junto a hombres vestidos de negro – trajes negros con camisas blancas que los hacía parecer como personajes temerarios de una fantasía de Hollywood. Will se quedaba en hoteles como esos. Iba al lobby y se sentaba. Bellas luces se reflejaban desde el bar en la copa de cristal que tenía en la mano.

JoHanna enderezó las coberturas que cubrían las piernas de Duncan. Con su mano tocó la mano de su hija, luego su mejilla y luego le acarició el pelo. Sentí un dolor en el pecho.

-Háblame de tu mamá. – dijo JoHanna, sus dedos seguían acariciando el arruinado pelo de Duncan. – Háblanos de tu familia. - Me indicó una silla que estaba al lado de la cama de Duncan y ella se sentó en otra. Había un libro abierto en la mesita de noche.

¿Qué les podía contar? Mi madre nació con el nombre Lydia Belle Carter. Cuando tenía catorce años su padre abandonó la familia. A los quince años estaba encinta de mí y aceptó casarse con John Kimball. Mi Papá trabajaba para la Compañía Ferroviaria BM&O en Meridian como supervisor de la playa ferroviaria. Teníamos una casa pequeña. Yo tenía dos hermanas menores, y un hermano menor cuando Papá quedó atrapado y machucado entre dos vagones. Mamá nunca me lo contó, pero yo la escuché hablando, contando que él casi quedó partido en dos. De ahí fue una lenta caída hacia una miseria cada vez más aguda. El peor error se materializó en la forma de Joselito Edwards y cuatro hermanos más.

-Mi mamá sabe cantar, - por fin les conté. – Solía cantar mucho pero ya no tanto.

Capítulo Tres

JoHanna cargó la carretilla con las papas que habíamos sacado de la rica tierra en su jardín. Trabajaba con el oído concentrado en la ventana de Duncan por si fuera a llamarla. Sus manos exploraban la tierra como si se tratara de una piel conocida. Sacó puñados de cebollines y zanahorias. Cortó la calabaza amarilla y el quingombó espinoso de debajo sus hojas espesas y oscuras. Hablaba de lugares de los cuales yo solo había escuchado haciéndolos reales y de alguna manera accesibles. Una vez que llenó la carretilla me acompañó hasta el camino. Yo caminé con el sol en la cara tramando cómo podía regresar a la casa de JoHanna en otra ocasión.

Las volví a ver tres días más tarde, el Cuatro de Julio. Yo había escarbado sin éxito en la tienda de productos textiles en busca de una tela que de alguna manera se asemejara a la de las cortinas que JoHanna había colgado en la habitación de Duncan. Yo quería imitar el efecto de la luz que se filtraba a través de ellas, más suave que la de la luz severa del sol de julio. No había nada que se pareciera a lo que yo buscaba en la tienda. Tampoco fui capaz de explicar lo que buscaba así que me resigné. Ya tenía mi excusa para volver a la casa de los McVay en Peterson Lane. JoHanna podría decirme dónde conseguir la tela para las cortinas. Yo iría en cuanto se terminaban las fiestas que celebraban el Día de la Independencia.

Se servían comidas en las dos iglesias más grandes de Jexville para celebrar el día. Se trataba de una rivalidad que se suponía fuera amistosa solapada en sonrisas de amabilidad, pero sí había también agudos matices que comunicaban estatus y lealtad. Cada iglesia competía para ver cuál tendría el festín mejor y más elaborado; a cuál acudirían más congregantes.

El sol estaba caliente y en el pueblo todavía zumbaba con el cuento del golpe de rayo que sostuvo Duncan. Elikah se había levantado al amanecer para comenzar sus preparaciones con el hoyo, que se había excavado el día anterior, para la barbacoa de puerco. Yo preparé jarras de té helado endulzado y lo seguí al patio de la iglesia. A mí se me asignó el cortar los pollos que Elikah y otros dos hombres cocinaban sobre una enorme fogata. Un lechón entero chisporroteaba del lado oriental de la iglesia desprendiendo un maravilloso olor prometedor.

Haciéndole caso omiso al calor una docena de niños corría y gritaba por las mesas que se iban llenando poco a poco con pasteles y tortas y pepinillos y panes. Otto Kretzler, el hombre que había construido el ferrocarril había traído el lechón a nuestra iglesia y también otro a la iglesia Bautista, la cual estaba en diagonal a la nuestra. Estaban las iglesias tan cerca que los niños corrían de la una a la otra reportando sobre cada plato o decoración que iba apareciendo en la otra.

Elikah me había contado que Will McVay se había ido el día después del accidente y que no había regresado. Elikah opinó que Will jamás regresaría, que JoHanna finalmente lo había ahuyentado. Yo sabía que ese no era el caso, pero no dije nada. No era solo Elikah que decía tales cosas. Era todo el pueblo.

Corté los pollos, el sudor rodando por mi espalda, manchando mi vestido azul marino. Hasta mi pelo estaba caliente. Me lo había subido en imitación del moño que llevaba JoHanna con tanta facilidad. Como mi pelo era demasiado fino y además rizado se deslizaba de las horquillas y colgaba por mi cuello y ojos sacándome de quicio. Yo sabía que las mujeres me observaban y que pensaban que un hombre tan guapo como Elikah se pudo haber conseguido una mujer mejor que yo. Él había cortejado a algunas de las muchachas que ahora estaban paradas en la sombra del enorme roble. Ellas se estaban abanicando con paletas de cartón decoradas con imágenes de la funeraria local. Unían sus cabezas y se reían. Vestían vestidos de colores pálidos y tenían cintas en su pelo nítido. En vez de cocinar, a ellas se les había asignado el trabajo de pegar banderines todo alrededor de las mesas y de sujetar cintas en las solapas de los trajes que llevaban los hombres. Las odiaba a ellas y a mí misma.

Odiaba estos pollos, su carne amarilla con grasa y las feas arrugas de donde se les habían sacado las plumas. Mirando el animal muerto medio cortado recordé a Pecos. Tenía la mano tiesa y aún me dolía. Le había dicho a Elikah que me la había lastimado tratando de cortar una articulación de res. Lo miró y asintió con aprobación cuando le conté que le había echado trementina y me dijo que se sanaría. Me advirtió que debería de tener más cuidado y más tarde, esa noche, le echó más trementina. La segunda vez me dolió más.

Corté un muslo y una pierna y me detuve para limpiar el sudor de la frente con el dorso de la mano. Tenía el cuchillo sangriento en la mano cuando escuché el motor de un coche. En ese mismo momento vi a JoHanna. Llevaba un enorme sombrero que hacía caer una sombra sobre su busto. Era un sombrero de paja con flores rojas en el ala del sombrero.

Estaba sentada en el asiento de pasajeros del enorme

Auburn Touring rojo. Will manejaba. Duncan estaba en la parte trasera y Pecos estaba montado detrás de ella. Redujeron la velocidad para que Duncan pudiera gozar de la escena. JoHanna me señaló y se sonrió. Luego siguieron por la calle Main desapareciendo en una nube de polvo anaranjado.

-Van a ver al médico en Mobile, - dijo Janelle Baxley acercándose a mí, examinando, con un ojo crítico mi disección de los pollos. Señaló una mitad. – No lo dejes así. Está demasiado grueso para cocinar.

- ¿Cómo sabes? – Yo apuñalé con el cuchillo hundiendo la punta del filo en la mesa de madera.

Janelle se estremeció, pero no se alejó. – Los hombres son demasiado impacientes. No van a querer cocer un pedazo grande.

- ¿Cómo sabes que van donde el médico? – Tenía la manga llena de sudor, pero no me quedaba con qué más limpiarme la cara.

- Duncan no ha hablado ni dado un paso desde el rayo. El Doctor Westfall dice que no volverá a hablar ni a caminar.

Yo no creí que el Doctor Westfall estuviera haciendo vaticinios sobre Duncan, pero no dije nada.

Tuvo daño en el cerebro, - dijo Janelle con un ademán de sagacidad. – Lo más probable es que se quede como un viejo repollo el resto de su vida.

Yo había visto los ojos de Duncan. No tenían nada de repollo en ellos.

-Agnes dijo que la niña estaba muerta. – Janelle bajó la voz para susurrar. – Tú estabas parada al ladito de ella. ¿Estaba muerta?

-Sí.

Janelle se acercó. - ¿De veras que estaba muerta? Sabes que Agnes exagera así que yo no quería creerle. ¿Duncan estaba del todo muerta?

-Sí.- No pude aguantarme. Mi recompensa era el abrir de sus ojos, el parpadeo de los párpados como si acabara de ser aniquilada por el Santo Espíritu o por el olor verdaderamente asqueroso de algo bien podrido.

- ¡Dios mío! – Exclamó excitada. – Así que es verdad.

Me quedaba una docena de pollos para cortar y me dolía la mano. La miré y vi que la herida se había vuelto a abrir. La sangre había traspasado la venda que había atado. Janelle miró también y vio la venda, pero la ignoró. Ataviada en un vestido nuevo no quería tener nada que ver con el sangriento coágulo que conllevaba el cortar pollos.

-Sabes que dicen que ni siquiera el Diablo quería tener nada que ver con esa niña, así que nos la regresó. – Janelle no sonreía

Saqué el cuchillo de la madera pasando mis dedos a lo largo de filo en un gesto de descuido. –Yo había escuchado que fue Dios quien la regresó.

Janelle dio un paso hacia atrás. - ¿Dios?

Yo asentí con aire de gravedad. – Dios.

-Pues, al parecer, él tampoco la quería.

-Pues no exactamente. Le dio una tarea para cumplir. – Sin aviso bajé el cuchillo fuertemente sobre el pedazo de pollo del que habíamos hablado. El golpe lo partió. Miré a Janelle directamente. – Duncan ha sido elegida.

-Debo ocuparme del té. – Janelle se fue apuradamente. Con ojos muy abiertos se viró para mirarme.

Para cuando había terminado con los pollos y la comida estaba lista, el calor y la sangre de los pollos me habían enfermado. Elikah me trajo un vaso de té. Las otras chicas se habían ido con sus familias y sus novios y yo tenía el fuerte apoyo del roble contra el que me apoyaba y la sombra que me ofrecía únicamente a mí.

-Deberías regresar a casa, - dijo Elikah mirando mi vestido

arruinado, mi pelo y la sangre en la mano. Olía Whiskey en su aliento y sabía que, en las horas del amanecer, cuando comenzaron a asar el puerco, Tommy Ladnier se había aparecido con sus jarras de licor transparente.

El licor era el néctar de Satanás y Tommy Ladnier era su puro engendro. De hecho, Tommy Ladnier llevaba ropas finas y conducía el mejor carro y yo había escuchado ya tres veces desde mi llegada a Jexville, de su casa en el Golfo de Mississippi, con su terraza de ladrillo con terraplenes que llegaban justo a las aguas del Estrecho de Mississippi. Cada fin de semana músicos negros tocaban su música diabólica y hombres y mujeres bailaban, borrachos todos con whiskey a la luz de la luna y la promesa de sexo.

Según me contaron, Tommy Ladnier gastaba el dinero dando órdenes chasqueando los dedos y de inmediato alguien se lanzaba para cumplir con su capricho más estrambótico. Eso sí, Tommy trabajaba seis días de la semana repartiendo productos personalmente. Elikah siempre comentaba que esa era la característica de un comerciante excelente. Tanto mi esposo como la mayoría de los hombres de Jexville eran clientes desde siempre de Tommy Ladnier.

Le di a Elikah el vaso de té helado que no había terminado y comencé a caminar hacia la casa. Lo que más quería hacer era arrancarme el viejo vestido y tirarlo a la basura. Quería agarrar unas tijeras y cortar el vestido en pedacitos tan pequeños que ni siquiera mi mamá podría remendarlo. Y luego quería cortarme el pelo. Quería escuchar el agudo rasgarse del filo de las tijeras cerca de mi oreja. Era un sonido limpio y nítido que definía la independencia. Yo había pasado por la barbería dos o tres veces y me había quedado parada en la puerta mientras Elikah aliviaba al cliente de sus bucles fastidiosos.

Con un sonido penetrante el pelo caería revelando un

cuero cabelludo blanco o una oreja floja. Otro clic y saldría a relucir el cuello para disfrutar de la brisa fresca.

Mi mano sana ansiaba el peso de las tijeras. Era un deseo peligroso.

En vez de eso, me quité el vestido y lo puse a remojar en una cubeta de agua. Elikah había acarreado otra cubeta y yo me paré en la palangana y me eché el agua por la cabeza tan lentamente como pude. El agua pesaba y mis brazos temblaban por lo cual derramé un poco, pero mientras caía sobre mí se me afirmaron los brazos.

Al salir me sequé. Elikah no regresaría a la casa hasta mucho más tarde. Por la tarde habría cantos y al atardecer arderían unas fogatas. Había escuchado todos los planes propuestos escondidos como estaban en un oculto engaño. Mientras los niños se adormecían en la tarde calurosa y las mujeres comenzaban a poner todo en orden, los hombres continuarían bebiendo. Tarde en la noche, una vez que las fogatas se apagaran por falta de madera, los hombres irían dando tumbos hasta sus respectivas casas donde ya tanto las esposas como los niños estarían dormidos. Era así como Elikah y muchos de los hombres siempre habían celebrado el Día de la Independencia.

Me froté con la deliciosa aspereza de la toalla secada al sol. Aunque trabajaba más estaba comenzando a engordar. Había más comida en la casa de Elikah y menos bocas que nutrir. Me palpé la barriga. El miedo más grande que tenía era el de quedar encinta. El tener un bebé apuntaba a la esclavitud de por vida. El embarazo era la muerte de toda la esperanza. El embarazo era el terror de un niño hambriento y ninguna manera de alimentarlo.

Tiesa y asustada me metí en la cama y me escondí bajo las limpias sábanas de algodón, el pelo mojado rodeando mi cara.

Soñé con Pecos. Al principio manejaba el bello coche rojo de Will, sus glugluteas volando locamente en el viento mientras manejaba con la punta de sus alas. Luego bailaba desnudo en el jardín de la casa de JoHanna con los cuerpos de las gallinas que yo había preparado para la fiesta. A pesar de carecer tanto de cabezas como de plumas, tenían patas y podían bailar el Charlestón. Fue un sueño extraño, pero no inquietante. Me desperté en la quietud de la noche y en una cama vacía.

Yo nunca había estado sola en la noche en toda mi vida y me estreché, encontrando un espacio más fresco del lado de la cama de Elikah. Había una brisa ligera que venía por la ventana que yo había dejado abierta y me di cuenta de que yo estaba desnuda. Elikah estaría escandalizado. La idea me complació, pero me levanté y me puse una de las camisas limpias de Elikah que aún no había planchado. Él no se daría cuenta que me la había puesto.

Descalza salí a columpiarme en el porche. La noche estaba oscura pero las estrellas brillaban. No estaba segura, pero se me hacía que podía vislumbrar las brasas de la fogata. Elikah estaría de regreso a la casa pronto y me convendría tener puesto un camisón y estar dormida en la cama cuando él regresara. Se consideraba impropio que una mujer estuviera vestida con nada más que la camisa de su marido sentada en el columpio de su casa nueva. Pero el aire fresco de la noche sobre los muslos me recordaba las raras libertades de mi juventud. Cuando Joselito no estaba en la casa yo solía escurrirme al porche de la vieja casa para soñar y pensar. Tenía puestas las viejas camisas de mis hermanos ya que como era solo una niña nadie se oponía a ello. Era un bonito recuerdo.

En el momento de sentarme en el columpio mi mano rozó la cima de algo extraño, una caja en el columpio. La caja no estaba ahí cuando regresé y me acosté. Era una caja grande.

Al principio no sabía qué hacer excepto quedarme parada ahí, mi mano posada sobre el objeto. ¿Qué podría esto significar, una caja en el columpio? Me la llevé para adentro y fui a la habitación para prender la luz. En un segundo hallé la tarjeta que rezaba: Para Mattie. Gracias por ayudar a Duncan y a JoHanna. Will

En toda mi vida jamás había recibido un regalo inesperado. Lo abrí volviendo a pensar que estaba soñando y que este sueño era mucho más agradable que aquel sobre Pecos.

La caja estaba forrada con papel de seda y contenía una blusa blanca y una falda de un verde pálido. La tela de ambas piezas era como crema, tan suave era y tan fresca. Una blusa blanca y una falda. La blusa tenía pliegues y botones pequeños. No era severa sino muy elegante. Tratando de no tocarla demasiado doblé la ropa exactamente como había estado acomodada en la caja, la tapé, y la metí debajo de la cama hasta saber qué hacer.

Elikah me obligaría a devolver el regalo. Además, estaría furioso conmigo. Le había mentido sobre los vegetales diciéndole que había cambiado algunos de los caramelos que había hecho a un hombre viejo que jalaba una carreta por el pueblo. Elikah había levantado la tapa de la olla para ver bullir las papas. Observó los blancos tubérculos desplazarse y rodar en las burbujas del agua en la olla. Habíamos decidido que para el otoño yo sembraría los nabos, cebollas y calabaza de invierno ya que se daban muy bien en Jexville. No había razón para hacer trueques cuando se sabía que yo tenía tanto éxito al cultivar.

Él no me había hecho muchas preguntas y yo no había desarrollado mis mentiras. Pero ¿cómo le iba a explicar lo de la blusa y la falda? Si le contara que era un regalo de los McVay me preguntaría por qué me estaban mandando regalos. Las complicaciones del regalo se volvieron espirales en mi cabeza y todo alrededor de la cama haciendo que la habitación girara con todas las posibles terribles consecuencias.

Will había firmado la nota. Recordaba claramente cómo el jabón se le había secado de un lado de la cara al interrumpirse su afeitada por el ataque del gallo. No recordaba la cortada de mi mano, pero si cerraba los ojos, aún podía oler la cara enjabonada de Will, todavía ver la pequeña cicatriz de su mano derecha mientras el sostenía la compresa contra mi herida. Tenía los ojos de un pastel de chocolate, algo más claros en el centro que por el oscuro borde. Duncan tenía en sus ojos, que eran del mismo color que los de su padre, el destello de desafío que había heredado de su madre.

Tenía que devolver el regalo. No había manera de evitarlo. Pero aun al tratar de obligarme a aceptar esa decisión me encogía de vergüenza frente a la imagen de mí, parada en el porche de ellos, con la caja en la mano, levantándola lentamente sobre el umbral para ponerlo en las manos de JoHanna. Nunca en mi vida había deseado ropa tanto como en ese momento. Al pasar mis manos sobre el ordinario algodón de las sábanas, me imaginaba el deslizamiento de la tela. Era como un susurro, como el susurrar de un amante sobre la piel. La sensación de la falda por mis piernas sería como pequeños descargos de placer con cada paso. No podía renunciar a ello. Pero sabía que tenía que hacerlo.

La cara de Elikah estaba roja e hinchada. Su bigote insoportablemente torcido sobre la almohada mientras dormía en la suave luz grisácea del amanecer. No estaba segura si debía despertarlo para que fuera al trabajo o si debía dejarlo dormir ya que parecía estar enfermo. Preparé su café y lo desperté con una taza cuando solo le quedaba justo el tiempo para abrir la barbería a las siete. Trabajaba largas horas y ganaba relativamente bien. A diferencia de la mayoría de los hombres que yo conocía, no tomaba todos los días.

Me sorprendí cuando él aceptó la taza de café y ajustó las

almohadas detrás de la cabeza. – Mattie, te hacen falta unos vestidos nuevos. Ve al almacén y escoge algo. Asegúrate de que lo puedas devolver si no te gusta. –Sorbió el café de la taza. – Algo verde. Que haga juego con tus ojos.

Pensé que el suelo se movía debajo de mis pies. Mi conciencia culpable por poco me quitaba la capacidad de hablar, pero al darme vuelta para mirarlo vi que él estaba concentrado en una uña del pie que le había estado molestando. Como barbero del pueblo se sentía obligado a dar una presentación de cómo cortar la uña de la carne viva y pensaba hacerlo ese mismo día. Era parte de su rivalidad con el Doctor Westfall. A Elikah le era importante sostener el papel tradicional del barbero como cirujano y curador, aun cuando llevara a cabo las cirugías él mismo.

-Te traeré agua con sal para remojar eso, - ofrecí.

Bajó los pies al piso, me pasó la taza y me dijo, - No hay tiempo. Fríe los huevos, en vez de eso.

Se fue, rozándome con su bigote que ahora volvía a estar perfectamente cepillado y recordándome que me buscara algo bonito.

Quizás yo había soñado lo de la blusa y la falda, un presagio de la repentina generosidad de parte de Elikah. Un vestido comprado en una tienda. Era algo que yo nunca había tenido hasta la noche anterior. Tampoco era algo que jamás hubiera pensado comprarme. Un vestido confeccionado de un almacén.

Sentada a la mesa, terminé el café sabiendo que lo primero que tenía que hacer era devolver la blusa y la falda a JoHanna. ¿Qué habría dicho el médico de Mobile sobre Duncan? Podría hacer esa pregunta y esperar que Will no estuviera en la casa cuando devolviera el regalo. Solo la idea de tener que mirarlo mientras le devolvía el regalo me hacía tripas el corazón.

El próximo pensamiento que tuve casi me desmorona hasta

el punto de por poco dejar caer la taza de café. ¿Podría ser que JoHanna no supiera que Will me había dejado este regalo? Ciertamente era imposible. Pero ¿qué sucedería si yo me apareciera en la casa con el regalo en la mano solo para abrir la puerta y encarar una situación que se veía mal, tanto para Will como para mí?

Un sinsonte aleteó en el árbol de paraíso que estaba cerca de la ventana de la cocina. Me miraba con sus penetrantes ojos negros, moviendo la cabeza de un lado a otro como si midiera la pureza de mis pensamientos. Yo no quería devolver la blusa ni la falda; ¿es que acababa de encontrar una excusa para quedarme con ellas?

Puse el agua a calentar y saqué la tina. Eché el agua fría de la noche anterior al jardín. El agua fría de anoche me había refrescado del calor del día, pero ahora quería remojarme en agua caliente. Una vez limpia, saqué la caja de debajo de la cama y me puse la blusa. La falda flotó sobre mi cabeza como una ola verde de musgo. Abotoné la falda en mi cintura y sabía que no la iba a devolver. No podía hacerlo, no importara el costo.

Capítulo Cuatro

Estás ruborizada como una novia recién casada, y de hecho lo eres. Olivia McAdams sacó un vestido amarillo pálido del estante donde colgaba. – Es un vestido para todos los días. Fresco. La gente por aquí tiene que hacerle concesiones al calor. –Con ojo de empatía miraba el vestido de franela gris que yo llevaba.

Ella misma vestía una blusa blanca con una falda y zapatos oscuros, un estilo que, según las revistas, se denominaba mujer de negocios. También llevaba pintalabios y medias oscuras.

-Elikah dijo verde. –Hablé sin pensar así que tuve que completar la oración. – Y debo poder devolverlo si a él no le complace.

Olivia se rio de buena gana. – Pues, me imagino que él lo está comprando. Mira por ahí y yo veré si tenemos algo apropiado aquí entre los vestidos que están en rebaja. Si encontramos algo a buen precio te sobrará dinero para comprarte zapatos. –Ella intencionadamente no bajó su vista a mis pies, sino que se puso a buscar entre los vestidos colgados en la pared.

La tienda Gordon's Dry Goods era un edificio grande de madera divido en dos. En la parte occidental se vendían herramientas y cosas esenciales, overoles y calzoncillos largos, dulces y armas, modelos para costureras, rollos de telas y lazos. Siempre olía a metal y a la mordida punzante de madera nueva, la resina todavía filtrándose de algunas de las tablas guardadas en seco al fondo. Hombres sudados de los campos llegaban para comprar una pieza de arnés o aceite para alguna herramienta. Se quedaban merodeando igual que lo hacían en la barbería, el tiempo suficiente para pasar el tiempo y para enterarse de quién compraba qué. O, si entraban las mujeres para comprar pinzas de ropa o almidón descubrían que la Sra. Johnson tenía una receta nueva para un pastel de tres kilos que requería un molde especial para hornear acabado de llegar de Mobile o de Nueva Orleans.

La ropa que llegaba de una fábrica se vendía en otra caja que quedaba al lado oriental del edificio. En ese lugar se filtraba la luz por una ventana grande de cristal resaltada de maniquíes con ropa bien hecha. No había pared para dividir la tienda, pero sí había dos puertas de entrada separadas para que el cliente indicara su preferencia al escoger por donde entraba como si el olorcillo a polvo perfumado o loción para después de afeitarse no fuera suficiente para señalar las diferencias de intención.

Olivia tenía el vestido amarillo colgado del brazo. Me miraba mientras yo me quedaba cautivada por la variedad de opciones y por la pálida luz que atravesaba por la enorme ventana tiñendo todo de oro.

-Te dejaré este en el mostrador. Sigue mirando, - me sugirió, alentándome como si fuera ella la madre de un niño tímido. Supongo que era evidente para todos que yo nunca había comprado nada para mí misma hasta ese momento. Había estado en grandes almacenes en Meridian y en Gordon's una que otra vez, pero nunca con la idea que yo podría tener algo que yo misma escogiera. Algo nada más que para mí.

-Gracias. – Fui hacia el centro de la tienda y me di vuelta. Había muchos vestidos, faldas, y blusas colgadas e inclusive una instalación de sombreritos para damas. Eran sombreros de domingo. No había nada como el gran y decorado sombrero de paja de JoHanna. Yo jamás me atrevería a llevar un sombrero como ese, pero quizás sí podría llevar unos de los pequeños sombreros de felpa con su ramito de follaje o con una pluma bonita que encontrara en el bosque. Los pasé sin tocarlos.

Arrimados contra la pared había gavetas con cajones con hermosos pantis de seda en cajas forradas con papel tisú. Los había mirado en otra ocasión cuando Janelle me había arrastrado a la tienda con ella para comprar su vestido para la fiesta del Cuatro de Julio. Ella tampoco no compró nada, pero sí hizo que Olivia McAdams abriera cada cajón para sacar cada uno de los pantis, cada sostén y hasta unas medias de seda que flotaban sobre mi mano como agua batida con espuma.

Del mismo lado de la tienda, pero al fondo, estaba la ropa para hombres. Los sacos oscuros colgaban de una pared mientras que los pantalones colgaban en el centro de la tienda sobre grandes cilindros de madera. Había un estante redondo lleno de cinturones según las medidas de las cinturas, y otro estante más grande con la única ropa masculina de colores bonitos: las corbatas. Había cajas de tirantes y de corbatas de moño y de maravillosos sombreros de paja como los que llevaba Will en una pose tan elegante.

Olivia desplazaba vestidos de otro estante. Después de descartar unos cinco o seis vestidos, levantó uno con un estampado verde. - ¿Qué tal este de percal? Debería de quedarte bien. Podemos hacer alteraciones si hace falta. – Me indicó que pasara al fondo de la tienda. – Hay probadores ahí, detrás de la cortina.

Me congelé, mi mano tratando de alcanzar una bufanda roja y amarilla que no era para mí pero que quería tocar.

- ¿Quieres probártelos? –preguntó Olivia, su vista seguía la mía a través de la tienda. – Estamos solas aquí, no hay más nadie.

No se me había ocurrido que tendría que quitarme la ropa en la tienda. Olivia adivinó mis pensamientos y volvió a reír, dándome palmaditas en el hombro. – Si quieres, te los puedes llevar a tu casa y probártelos ahí, si eso te hace sentir mejor. El viejo Gordon no tiene que enterarse.

-No. Me los probaré aquí. No tiene sentido llevarme todo esto a casa para luego tener que devolverlo. –La verdad era que en casa yo no tendría con quien compartir la experiencia del primer vestido comprado en una tienda. Lo que me había mandado Will sí era para probarme en casa sola. Pero para este vestido quería otro punto de vista, el de una mujer.

La sonrisa de Olivia era alegre y juvenil. Por la primera vez yo me di cuenta de que ella no era una vieja matrona. Tenía el busto grande y era gordita, lo que le hacía parecer madura. Pero no estaba casada. Ayudaba a mantener los nueve hijos de su mamá en un caserón de madera que les pertenecía situado en la calle Canaan. La casa estaba llena de rincones y recovecos. Janelle me había contado todo esto en un susurro el día en que habíamos ido a la tienda en busca de su vestido para la fiesta. Yo había temido entonces que Olivia nos escuchara.

- Pruébate los dos, - sugirió Olivia quitando el vestido amarillo del mostrador. – Así no tienes que salir para buscar el otro.

¿Qué daño me haría probarme el amarillo? Me los llevé ambos y entré al pequeño closet que tenía ganchos de cada lado para colgar ropa. Era un probador muy pequeño pero lo suficientemente grande para probarme la ropa.

El quitarme la franela gris era como despojarme del pasado.

Pensé en mi hermana y me acuchilló una punzada de temor. ¿Qué pasaría con ella ahora que yo no estaba? Será que Joselito le encontraría un hombre que se la compraría, así como hizo conmigo. Yo estaba casada, al menos eso, Joselito se había asegurado de ello.

Me probé el amarillo primero. Era de algodón con mangas cortas dobladas en puños de encaje y un dobladillo a unas cuatro pulgadas sobre los tobillos. Yo ya era demasiado vieja para una faja, pero el vestido tenía un cinturón blanco que apuntaba a mi cintura.

-Sal, - dijo Olivia. – Hay un espejo aquí afuera donde te puedes contemplar.

No quería ponerme los zapatos feos así que salí descalza, sacando la cabeza primero para asegurarme de que nadie hubiera entrado en la tienda mientras me estaba cambiando. Del otro lado de la tienda la vieja Sra. Tisdale le estaba vendiendo frijoles a un niño que yo no conocía. Se escuchaba el sonido de los frijoles duros caer sobre la báscula al ella pesarlas.

Olivia miró mis pies descalzos y con las manos sobre las caderas comentó, - Al parecer estamos aquí con Cenicienta.

Mi imagen en el espejo me hechizó. Instintivamente traté de sujetar mi pelo desordenado para hacerme parecer mayor.

-Pruébate el verde, - dijo ella sin moverse del piso de pino gastado.

El verde no era tan bonito, pero sí me hacía parecer una mujer casada. También no me sentía tan nerviosa en él. El amarillo me hacía sentir expuesta, revelando algo indecente a pesar de ser un vestido totalmente recatado.

-Me gusta este, - le dije a Olivia.

-Me imagino que a tu esposo también. – Había algo de oscuro en sus ojos que contrastaba con su risa franca y rigurosa. - ¿Quieres llevártelo puesto?

Quería, pero no podía. –Elikah debe verlo antes de yo comprarlo.

-Puedes ponértelo e ir hasta la barbería. Yo no entiendo por qué no le gustaría.

Indiqué que no con la cabeza. A él no le gustaría que yo lo pusiera en un apuro, en público, para colmo. Le gustaba hacer las decisiones en casa después de tener tiempo para pensarlo. Si llevara el vestido por la calle sería igual que declarar que ya era mío. Volví al closet, lo desabotoné dejándolo caer a mis pies para pisar fuera de él.

Escuché un golpecito. La puerta se abrió y Olivia estaba ahí con otro vestido en la mano. – Ponte este. Estaba colgado en el... - Dejó de hablar al ver la parte trasera de mis piernas desnudas.

Me di vuelta rápidamente.

-Ah, colgado en la parte delantera de la tienda, - terminó, la voz muerta. – Quizás te quede mejor que el estampado verde. – Se quedó ahí parada con el vestido mientras que yo me quedé mirando el piso, incapaz de tomar el vestido.

- ¿Cuántos años tienes al fin? – preguntó

-Dieciséis. – Acababa de cumplirlos la semana pasada, en junio. De hecho, fue el mismo día en que me casé.

- ¿Estás bien? – Se quedó ahí parada.

Asentí con la cabeza. – Yo, pues, se me quebró la taza favorita de Elikah. -Traté de explicar las marcas.

- Me pareces demasiado joven para estar casada y un poco demasiado grande para que te estén golpeando con un cinturón. – Me pasó el vestido y cerró la puerta.

Me llevé el vestido verde sin estampado con el cuello blanco. Era de algodón y estaba fresco. No era alegre como el vestido amarillo. Olivia no me lo había dicho, pero el amarillo correspondía con mi edad. Joven. Había muchísimas chicas de dieciséis años que estaban casadas y empezando familias. Mi mamá se había casado a los quince años. Me tuvo a mí justo después de haber cumplido dieciséis. Era joven y decía que jamás se arrepintió de aquellos años con papá. Yo apenas lo recordaba, sentado a la mesa con su gorra de ingeniero y sus manos grandes manchadas de carbón. Yo tenía siete años cuando murió en el accidente. Al año siguiente mamá se metió con Joselito. La compañía ferroviaria nos iba a sacar de la casa, aunque ella hacía el lavado y el planchado para algunos de los oficiales de la compañía. Ella no ganaba lo suficiente para pagar el alquiler y darle de comer a cuatro hijos. Era morir de hambre o unirse a Joselito dijo.

Cuando Elikah regresó para cenar le mostré el vestido. Me hizo darme vuelta y sujetar mi pelo con alfileres. Luego sonrió. Me mandó volver a la tienda para comprarme zapatos decentes que no me hacían parecer como si viviera en una finca de cerdos donde tenía que vadear el lodo todos los días. También me mandó comprar ropa interior y detalló cómo quería que fuera. Seguía sonriendo socarronamente al preguntarme si me hacía falta que hiciera una lista de lo que me hacía falta, según él.

En vez de ir a la tienda Gordon después de lavar los platos, salí por la puerta trasera de la casa y crucé el campo ferroviario en dirección de los McVay. Hacía un calor del diablo sobre el camino de tierra dura. Mi mente giraba con la misma rapidez con la que movía los pies

¿Qué habría dicho el médico sobre Duncan? Los McVay habrían regresado en algún momento de la noche para poder dejar el regalo en el columpio. Mientras más lo pensaba más decidida estaba que JoHanna había convencido a Will a comprarme la blusa y la falda. A Will, como tal, no se le habría ocurrido. De hecho, a ningún hombre. Era demasiado que el conjunto era exactamente como yo habría escogido para mí misma y los hombres no eran capaces de pensar de esta manera. Fue la idea de JoHanna y fue ella quien le pidió a Will que firmara su nombre para que yo. . . ¿qué? ¿Me quedara con él? No pude seguir esos pensamientos ya que no sabía cómo manejarlos. Según mi experiencia los adultos no hacían nada sin esperar algo. ¿Pero qué rayos podrían querer JoHanna y Will de mí? Yo no tenía nada que pudiera darles.

Vislumbré la casa. Me detuve buscando dos cosas – el coche rojo de Will y el maldito gallo. El jabón de lejía se comía la carne viva de la palma de la mano herida haciendo que el dolor continuara cuando lavaba platos. No había infección y se estaba curando, pero no quería arriesgar otro encuentro con Pecos.

El carro rojo no estaba, pero JoHanna estaba parada en el tendero quitando la ropa lavada antes de que llegara la tormenta de la tarde. De espaldas al camino estaba doblando las toallas y colocándolas en la cesta para ropa lavada. Pecos se pavoneaba de un lado para otro al lado de ella, su pequeña cabecita de gallo saltando de un lado al otro como si estuviera boxeando.

- ¡Sra. McVay! ¡JoHanna! – grité preparada para correr en la otra dirección si a Pecos se le ocurriera venir hacia mí.

JoHanna se dio vuelta, su brazo en el tendero. Al verme sonrió y me hizo un gesto para que me acercara. Mi vacilación se le hizo obvia. –Pecos no te va a molestar mientras yo esté aquí. – Por si acaso metió al gallo en sus brazos.

Los pequeños ojos brillantes del gallo penetraron en mí como si fueran las puntas de un lápiz, pero no hizo ningún sonido ni tampoco movió las plumas al yo entrar en el jardín.

- ¿Cómo está Duncan? - Observé que JoHanna había envejecido en los últimos días.

Se quitó el sombrero de paja y comenzó a contestar. Yo no escuché nada de lo que dijo. Alguien había machacado su cabello. Yo me di cuenta de que yo estaba ahí parada con la boca abierta sin poder retenerme. En partes de la cabeza parecía que las tijeras se habían acercado tanto que exponían un cuero cabelludo al parecer quemado. En otras partes tenía pedazos de pelo de como tres pulgadas. Se había cortado la hermosa cabellera castaña.

JoHanna dejó caer el sombrero y pasó la mano sobre la cabeza. –Ah, así que se ve muy mal, ¿no es así?

- ¿Qué pasó?

Se dobló para recoger el sombrero, se lo puso en la cabeza y tiró al gallo al pasto. Luego regresó a su trabajo en el tendero. – Duncan. – Fue todo lo que dijo.

Yo podía sentir los pelos de mi mano pararse de horror, pero no hice ningún movimiento en su dirección. –JoHanna. – Susurré el nombre.

-Dios mío, Mattie, te estás portando como una tonta. No es más que pelo. Ya verás que me volverá a crecer. – Doblaba otra toalla con movimientos fluidos y mecánicos.

-Era tan bello.

-Me volverá a crecer. – La voz delataba impaciencia, pero al volverse hacia mí dejó de doblar la toalla y sonrió. – Para tener algo con que entretener a Duncan, le hice una trenza de mi pelo. Las dos vamos a ver crecer nuestras cabelleras a la vez.

Luego al fin pude fijarme en algo más allá de la cabeza arruinada de JoHanna. Miré la ventana donde ondulaban con una dulce brisa las bellas cortinas de la habitación de Duncan. - ¿Qué dijo el médico en Mobile?

-Ah, ya veo que todo el mundo está chismeando. – JoHanna se volvió hacia el tendero y su trabajo. En vez de guardar las pinzas las dejó en el tendero. – Me imagino que todo el mundo estaba hablando en el picnic.

-Janelle. – No dije más

-Pues, el Dr. Liebermann – especialista en neurología- dijo

que era posible que algo en el cerebro de Duncan estuviera lastimado por el rayo. – Lo único que delataba el dolor y el miedo que sentía JoHanna era la ligera tembladera en las manos al fallar volviendo la pinza al tendero. – No hay manera de saber. Puede que vuelva a caminar y a hablar. – Se encogió de hombros – Igual, puede que nunca vuelva ni a caminar ni a hablar. – Desprendió una de las camisas de Will. Sin darse cuenta dejó que sus manos rozaran el collar. Era como si tratara de extraer de la tela la esencia de su esposo.

Yo alcancé su mano y la tuve en la mía.

-No puedo dejar que Duncan me vea llorar. – Dejó que yo tomara la camisa y JoHanna se movió hacia otra, desprendiéndola y doblándola para dejarla caer en la cesta de mimbre que empujaba con el pie.

-El rumor es que Duncan murió. – No sabía de dónde habían salido esas palabras, pero las dejé volar antes de considerar lo que podrían significar.

JoHanna no perdió el ritmo al bajar la ropa con gestos fluidos y mecánicos. – Lo sé.

- ¿Qué debería decir? Le dije a Janelle que era verdad, porque...

JoHanna paró y me miró con ojos de una joya extraña y fracturada, destellada en astillas azules.

-...Porque dicen que ni Satanás la quería y que la devolvió. Así que yo dije que no, que fue Dios quien la devolvió porque le había asignado una tarea. – Yo estaba encendida, apremiada por el deseo de confesar lo que había dicho. ¿Qué pasaría si lo que había dicho empeoraba la situación?

La risa de JoHanna sonó a través de todo el jardín provocando a Pecos que voló hacia nosotras, alas levantadas, preparadas para atacar.

-Quítate, Pecos. – Le dio con la cola de una camisa antes de girar y abrazarme. – Mattie Mills, eres increíble. – Volvió a reír, esta vez con ternura. Luego se secó los ojos y volvió a abrazarme. – Apuesto que tu comentario la sacó de quicio a esa vieja.

- ¿No estás enojada conmigo? – No lo creía.

- ¿Por qué he de estar enojada? Fue la respuesta perfecta para amordazar a esa bruja. ¿Cómo se atreve ella a hablar mal de Duncan sin reconocer que Duncan fue bendecida? – Una idea le alumbró la cara. –¿Sabes, hay un bautizo el domingo en Cedar Creek? Algunas de las chicas de la edad de Duncan van a recibir el Santo Espíritu en el agua del arroyo. Su sonrisa se agrandó y se despejaron las preocupaciones que la habían agobiado desde ya hacía unos días. – Yo creo que deberíamos asistir al bautizo para mirar. Tú, Duncan y yo.

-Está bien. – Me puse de acuerdo sabiendo que yo haría todo lo necesario por escaparme de la casa. - ¿Y Will?

-Él se fue a Washington para repartir unas mercancías a unos viejos políticos de por allá.

Esas noticias me sorprendieron tanto que no pude ni siquiera comentar. Will debería de estar en su casa y no a tantas leguas de distancia.

-Domingo. Yo pasaré a buscarte a eso de las nueve de la mañana. Voy a preparar unos sándwiches para llevar.

- ¿Cómo me vas a buscar? – El coche no estaba.

-Pues, Duncan y yo hemos estado tramando esto. – Dobló la última toalla, levantó la cesta y comenzó a caminar hacia el cobertizo que estaba en la parte trasera del jardín. Yo la seguí con Pecos detrás. El gallo tenía las alas levantadas y extendidas mientras se movía escabulléndose de un lado para otro vigilándome en caso de que yo fuera a hacer algún movimiento inesperado por el cual él tendría que castigarme.

Al llegar al cobertizo JoHanna hizo un gesto con la cabeza hacia la carretilla roja que había utilizado para llevar el gramófono. Ahora la carretilla cargaba una mecedora de cuero atada a la carretilla con dos cinturones de cuero. JoHanna bajó las ropas y tocó la silla haciéndola mecer. Las correas permitían que se moviera un tanto, pero no demasiado.

-Es la camilla de Duncan y nosotras seremos las transportadoras. – La sonrisa de JoHanna era burlona y alegre a la vez. – Ya la hemos ensayado y ella la encuentra de lo más cómoda. La puedo tirar y me queda lugar para la cesta y para los artículos del picnic.

-De acuerdo. – Yo estaba convencida de que JoHanna podía hacer cualquier cosa que se le ocurriera. Si de pronto, por acto de magia, fuera a sacar una alfombra bordada y decir que podíamos volar en ella hasta Cedar Creek, yo me pondría de acuerdo.

-Pues, está decidido entonces. Ven a la casa para tomarte un vaso de té helado. - Levantó la cesta, se la acomodó sobre las caderas y empezó a caminar hacia la casa. Yo tuve que estrechar las piernas para alcanzarla. JoHanna no desperdiciaba un solo movimiento. Era directa e intencional. Yo, vestida siempre con el vestido de franela gris, la seguía como una ovejita dispuesta.

Capítulo Cinco

Yo estaba sentada en el columpio con el vestido verde que me había comprado Elikah puesto cuando vi a JoHanna. Aunque la estaba esperando no estuve preparada para lo que veía. JoHanna llevaba su enorme sombrero de paja decorado con una mezcla de florecitas amarillas con centros negros y por el borde plumas de cola de gallo de un color rojo-café. El vestido amarillo sin manga tenía una rueda de flecos que se balanceaban con cada movimiento. Habría capturado la atención hasta de un ciego en un huracán. Ella avanzó con las manos detrás de la espalda, el pecho cortando el aire delante de ella como un mascarón de proa de algún bote de vela bizarro. Detrás de ella venía el carrete con Duncan en la mecedora la cual se mecía ligeramente hacia adelante y hacia atrás. Pecos estaba en la parte trasera de la carreta, levantando las alas en cada momento en caso de que tuviera que atacar para proteger a su amada Duncan.

Yo salí corriendo para encontrarme con ellos en la esquina. Elikah había ido a la tienda a pesar de que era domingo. Tommy Ladnier hacía entregas los domingos en el condado de

Chickasaw una vez al mes. No era su área de más provecho, pero Tommy no estaba dispuesto a ceder el territorio a los muchachos Dillard del Condado Greene, así que hacía sus entregas regulares y así imponía los parámetros de su territorio. Yo deduje que dejaba las entregas en la barbería. Todos los hombres bajaban a la barbería para tomarse unos traguitos e investigar las mercancías de Tommy. Elikah decía que a los hombres les gustaban las sillas de barbero de la tienda, pero a mí se me ocurrió que lo que les gustaba era el hecho de que la tienda fuera larga y angosta y cuando las persianas del escaparate estaban cerradas, era un lugar privado. En el fondo de la tienda había también una mesa plegable con cinco sillas. La única vez en la que fui a limpiar la tienda encontré un juego de naipes y las fichas coloridas que utilizan los jugadores como dinero. No se trataba del único juego de naipes ilegal en Jexville, pero sí era el que tenía lugar con más regularidad. Y era además uno de los más protegidos. El Alguacil Quincy Grissham era uno de los que se asomaban a la puerta trasera de la barbería los domingos por la mañana.

A Elikah le gustaba que yo fuera a la iglesia. Decía que era la responsabilidad de la mujer de mantener ese aspecto del hogar para su familia. Cuando le conté que yo iba al bautizo en Cedar Creek se puso tan feliz como un perro bizco en la carretilla de un carnicero. No le molestó que se tratara de un servicio bautista. Elikah era metodista porque allí fue donde acabó al principio llegar a Jexville. Para él no había ninguna diferencia entre los dos, así no le importaba para nada que yo asistiera a un servicio bautista. Habría mucha gente de la iglesia metodista allí.

-Hola. – Llegué a la esquina sin aliento. Era mejor encontrarme con ellas en la calle y no que se vieran llegando hasta la casa. –

Hola, Duncan. – Me miró con su mirada directa y compuesta. Se le había quitado mucho del morado de la cara, pero aun así se veía terrible. Tenía las piernas vendadas con vendas limpias cubriendo las peores quemaduras, pero su pelo seguía siendo un desastre.

- ¿Nos has estado esperando? – preguntó JoHanna al yo juntarme al paso de ella.

-Sí.

-A Elikah no le gustaría saber que nos acompañas.

Lo dijo en forma de una declaración. Yo no sentí la obligación de mentir así que no dije nada.

-Es un hombre guapo.

-Sí lo es. – Me ruboricé. La miré con una mirada rápida para ver si nada más hablaba con buenos modales o si lo decía con sinceridad. Era con sinceridad. - ¿Por qué no se casó con una chica local? Las vi en el picnic del cuatro de julio. Ellas se habrían casado con él. ¿Por qué no lo hizo?

JoHanna miró hacia atrás para sonreírle a Duncan. No se dijeron nada, pero sí se comunicaron con la mirada.

-Yo me imagino que Elikah no quería una mujer que tuviera familia cerca.

Yo asentí. Elikah nunca había demostrado ningún interés en cuanto a mi familia ni de cómo les iba. Me había dado dinero para mandarles en una carta, pero aun cuando mamá me mandó una carta a mí, Elikah me la entregó sin luego preguntar sobre su contenido. Tampoco me contó si él tenía familia. Al parecer era un hombre a quien no le hacía falta tener muchas conexiones.

- ¿Cómo está Elikah?

-Bien.– Bajé la vista a mis zapatos nuevos. – Me compró un vestido y zapatos, pero el vestido no es tan bonito como lo que Uds. me mandaron.

JoHanna jalaba la carretilla. Habíamos pasado el último

edificio en la calle antes de llegar a la granja Hancock, como a media milla fuera del pueblo. El arroyo Cedar Creek quedaba a una milla más allá. Se trataba de una larga marcha en el calor.

-Will tiene un gusto excelente en lo que es ropa de mujer. Seleccionó ese conjunto contigo en mente. – Sonrió al ver mi expresión de sorpresa. – Mi única preocupación fue que te pudo haber traído dificultades, pero Will comentó que tú eres lo suficientemente inteligente como para saber cómo manejar la situación.

-No le he mostrado la ropa a Elikah.

-Ve cómo lo vas a hacer.

Caminamos en silencio. El único sonido era el rechinar de la mecedora y un aleteo ocasional de Pecos. El gallo me tenía nerviosa al principio, pero luego se me hizo obvio que él no iba a dejar su lugar al lado de Duncan.

- ¿Por qué van al bautizo? – Yo había ido a la iglesia metodista, la Mississippi Methodist Church dos veces desde mi llegada a Jexville y ninguno de los McVay había estado presente. –¿Son Uds. bautistas?

-No. – Me miró – ¿Por qué vas tú? ¿Eres religiosa?

La pregunta fue inesperada. Yo iba para estar con ella. Hasta la hora, Dios no había intervenido en mi vida de una manera notable. La Iglesia era el deber de la mujer y era un lugar donde ir. –Voy porque me invitaste, - contesté al fin. - ¿Crees que Dios pueda sanar a Duncan? –Esa idea había estado en mi mente también. Me preguntaba si JoHanna esperaba un milagro.

JoHanna caminó un tanto más; la cara serena y tranquila. – Es difícil expresar lo que yo creo, -dijo, su paso fijo, el sol calentando nuestros hombros. – Yo creo que Dios está en todo lo que está vivo, hasta en la grama y en los árboles. Es una creencia difícil de defender en un pueblito cuya industria principal es el aserradero. – Se burlaba de sí misma.

- ¿Así que piensas que Dios está en los árboles? – Miré a mi alrededor. Los enormes pinos que solían bordear el camino ya habían sido cosechados. En un campo cercano los tocones sangraban resina, un olor tan acre como el de cualquier otra muerte. Del otro lado de la calle los tocones habían sido quemados y sacados para dejar crecer el pasto. Media milla hacia atrás, los pinos aún sin cosechar formaban una pared parda y sin hojas.

-Creo que todo lo que está vivo tiene algo de un alma. – Me miró de soslayo. – Inclusive los hombres.

Sabía que se estaba burlando de mí, pero la idea era tan fantasiosa que yo no la podía soltar. - ¿Quién más cree estas cosas?

JoHanna se encogió de hombros. – No muchos de por aquí, te lo puedo asegurar. Pero es una religión muy antigua. Yo no me la inventé.

- ¿Te bautizaron?

Ella se rio. – Si para ti un bautizo incluye el nadar desnuda en un arroyo frío y el exaltar la belleza del agua entonces me he sumergido como se hace en los bautizos. Pero hasta donde sé, la gente que cree como yo no tiene un lugar fijo que sirva de iglesia ni practica ningún ritual formalizado.

Le miré la cara y noté el humor y la chispa de travesura que había visto también en la cara de Duncan, el día en que bailó en la fiesta de cumpleaños. Ahora yo comprendía mejor porque los hombres de Jexville no querían a JoHanna para nada. Decía locuras. Sus palabras constituían pequeños dardos de libertad que picaban a los hombres aun cuando nada más hablaba de árboles y arroyos. Su conocimiento de las cosas daba justo en las raíces de las vidas de los hombres. Yo no comprendía por qué se sentían amenazados por ello, pero sabía que sí lo estaban.

- ¿Por qué vamos al bautizo, pues? Se trata de la Iglesia Bautista de Jexville.

-Lo sé. – Sus ojos azules dispararon una luz que reflejó la vista de la foresta de pinos y el cielo azul. – Ya que has estado diciendo por ahí que a Duncan la devolvieron de la muerte para cumplir con una misión de Dios, pensé que sería divertido aparecernos y simplemente mirar.

- ¡JoHanna!

-El mirar no le hace daño a nadie. – Seguía con la manija de la carretilla a su espalda y se enderezó hacia la calle nuevamente. Comenzó a caminar sabiendo que yo la acompañaría.

Comprendí que JoHanna buscaba provocar chismes sobre ella. Mediante acciones intencionadas incendiaba la conjetura. - ¿Y Duncan? – Miré a la niña por sobre mi hombro y mis ojos se encontraron con su mirada oscurecida. Era imposible leer la expresión en su cara, pero a mí me dio la impresión de que por un momento una sombra de tristeza le rozó los ojos y juntó las cejas. Y así de rápido despareció al fijar su vista en la espalda de su madre. Como si la hubiera tocado, JoHanna se dio vuelta para mirarla a ella. Una comunicación silenciosa pasó entre ellas.

-No te preocupes, Duncan, - le dijo su madre. – Vas a estar bailando sobre las tumbas de todos ellos dentro de poco tiempo.

- ¡JoHanna!

Ella se rio y de haber cerrado los ojos la habría visto como había sido de niña. Era toda una contradicción.

-Háblame de tu vida de cuando eras pequeña, - me dijo. - ¿Cuál es tu recuerdo preferido?

Yo sentía tiesos los zapatos nuevos, pero al menos los estaba acomodando a mis pies a medida que bajaba por el camino. No había tráfico y hacía mucho tiempo que no me había sentido tan feliz y segura. La memoria que ella me pidió no era tan difícil de encontrar. En su compañía me sentía lo suficiente-mente audaz como para contarla.

-Mi hermana Callie y yo nos metimos en el Teatro de Ópera de Meridian una tarde. –

- Ah, las delicias de las intrusiones ilegales. –Asintió. –Y un teatro de ópera es el lugar perfecto para una aventura. ¿Te gusta la ópera?

Miré por el camino. Los árboles estaban altos y había muchos en esta área echando sombra. Se había hablado de la posibilidad de que el estado mandara maquinaria para mejorar la carretera a Pascagoula. – No sé, - confesé. –No la llegué a escuchar. Era de tarde y Callie y yo nada más queríamos mirar el vestuario. Aun a esa distancia de la memoria el recuerdo me hizo sonreír. – Los vestidos eran hermosos. Eran suaves con cositas relucientes cosidas por todo el vestido como si fueran para hadas novias.

JoHanna sonrió. – Ni más ni menos que hadas novias. ¿Tenían Uds. miedo?

-Sí. Callie y yo temíamos que alguien nos descubriera. No debíamos estar allí. Mamá no tenía dinero para comprar boletos para poder ver una actuación. Solo queríamos sentir cómo se sentía uno en ese edificio del cual solía salir la gente tarde en la noche, toda vestida y riendo.

-Tengo discos de algunas óperas. Will me las consigue cuando viaja a las grandes ciudades. A él le parece como si se tratara de gatos peleando, pero a mí me gustan algunas.

- ¿Discos? – no podía esconder mi asombro. - ¿De ópera?

-No es lo mismo que ver el espectáculo en persona, pero al menos te da oportunidad de familiarizarte con la música si quieres. Quizás Will y yo podamos representar unas partes para ti.

Me reí de la ocurrencia. - ¿Harían tal cosa para mí? Está bien.

-Cuando él regrese, - prometió ella. – Quizás para entonces

Duncan estará lo suficientemente bien para hacer uno de los papeles. Nos disfrazaremos y todo.

Volví la vista hacia Duncan. Pecos se había mudado al brazo de la mecedora. El gallo escuchó algo a la distancia y volteó la cabeza sin mover el cuerpo. Este movimiento me alarmó.

-Aquí doblamos. – JoHanna jaló la carretilla por una barranca empinada que terminaba en un fondo de arena de unas seis pulgadas. Ambas tiramos de la carretilla para bajarla.

Se escuchaba el sonido de canto por el bosque como si fueran rayos de sol a través de las hojas espesas. Una frase musical aquí y allí. Se trataba de un himno antiguo, uno que mamá solía cantar mientras cortaba raíces de nabos, base de nuestra dieta otoñal. Decía que la canción la confortaba, pero a mí me asustaba. Era sobre el volver al hogar cruzando el Río Jordán. Eso significaba morir y subir al cielo. A mí no me gustaba la canción.

La pureza de voz de la cantante era fuerte al pasar por los árboles. Nosotras nos movíamos con cuidado hasta llegar a la cima de una cuesta que bajaba hasta el arroyo color ámbar.

El coro bautista estaba parado en la cuesta de arena vestido con las hermosas sotanas que llevaba cada domingo: de un rojo carmín haciendo contraste dramático con la arena más blanca que yo había visto en mi vida. Más allá, en la pequeña loma de la pradera, justo encima y detrás del coro, estaban los espectadores con sus cestas de picnic. Después del servicio habría comida.

Entre los dos grupos había un grupo de jovencitas vestidas de blanco. Habían venido para ser lavadas en la sangre y para ser aceptadas como miembros de la iglesia. El pastor descendía al remolino de agua ámbar justo cuando nosotras deteníamos la carretilla y soltábamos los cintos para sacar a Duncan con la silla. La ceremonia ya había comenzado.

El pastor era un hombre alto con pelo oscuro peinado

hacia atrás. Su cuerpo esbelto cortaba la corriente de agua mientras él vadeaba por el agua hasta que esta le llegaba a la cintura. Se volteó hacia el banco y levantó los brazos. El coro terminó la canción que estaba cantando sobre la venida del Señor. Las jóvenes se agruparon y luego una a una comenzaron a entrar en el agua.

-Es Lily Anderson – dijo JoHanna. Sacó una frazada de la carretilla y la puso en el suelo para que pudiéramos sentarnos con Duncan. Teníamos vista buena sentadas en la pendiente en la sombra de pequeños robles, pero no formábamos parte del evento. Una tira de arena blanca nos separaba de los otros como si fuera una barrera que ninguno querría cruzar.

Era un día brillante y caliente y el agua del arroyo atraía. Recordé lo que JoHanna había contado sobre nadar desnuda. La idea era escandalosa pero también tentadora. ¿Habría ella hecho tal cosa? Miré a Duncan, pero ella estaba echada hacia delante en su silla mirando a las jóvenes que eran más o menos de su edad. Estaban cantando, las voces jóvenes penetrantes y finas. Annabelle Lee tenía la mejor voz y lo sabía.

La mamá de Annabelle estaba tan llena de orgullo que parecía que iba a estallar de lo feliz que estaba. Había unos hombres, pero Elikah había dicho que la religión era asunto de la mujer y parecía que la mayoría de los hombres estaba de acuerdo. A la hora del servicio parecían desaparecer.

La pequeña Lily Anderson dio un grito de susto cuando el pastor la levantó y sumergió su cuerpo hacia atrás en el agua. Salió chorreando agua y alguna gente se rio. JoHanna sonrió. A Duncan no le divirtió la escena. Lo que me tenía preocupada a mí era que Pecos había intuido el humor de su dueña. El pájaro estaba erizado sentado en la espalda de la mecedora.

-Cállate, Pecos. – JoHanna alcanzó la cesta de picnic para sacar unos granos de maíz. Los repartió a los pies de Duncan, pero el pájaro los ignoró. Inclinaba y lanzaba su cabecita en todas las direcciones, sus ojos pequeños fijados en lo que sucedía en el arroyo.

- Yo tuve un perro una vez, hace mucho tiempo. – Pensé en Suke y sentía su pérdida tan presente como lo fue cuando Joselito se la llevó para matarla de un disparo. –Nunca pensé en tener un gallo como mascota.

JoHanna se echó para atrás sobre un brazo y con el otro tocaba el pie de Duncan. Duncan llevaba calcetines y zapatos, pies listos para acción, aunque no podía caminar.

Annabelle estaba entrando en el arroyo. El pastor hablaba, pero yo no le estaba haciendo caso a lo que decía. Se trataba de una especie de canto que me era conocido, pero no lo escuchaba bien y se me hacía opaco y difícil de distinguir. El sol hacía que la arena brillara y yo estaba comenzando a soñar con una de mis fantasías de islas cuando JoHanna se echó para delante.

-Annabelle se ve mucho mejor seca que mojada, - dijo.

Así era. Por primera vez la niña se veía genuinamente dichosa. ¿Habrá encontrado algo especial debajo del agua fría del arroyo Cedar Creek? - ¿Piensas que de verdad sientan algo? – pregunté.

JoHanna se encogió de hombros. – Pues, no sé. Puede que algunas sí sientan algo.

Yo limpié el sudor de mi frente. Quizás valdría la pena solo entrar en el arroyo. – Si esas chicas murieran en este instante, ¿irían al cielo?

JoHanna se rio quedamente. – Pues yo no apostaría que sí ni que no. Ahí va Mary.

Mary había sido la chica que había salido de la fiesta de cumpleaños para ver a Duncan muerta. Vadeó directamente el agua sin la vacilación de las otras. El pastor repitió su canto y alcanzó la espalda de Mary para apoyarla. Ella se echó para atrás y entró al agua.

En vez de levantarse riendo y goteando, Mary comenzó a pelear. Se revolcaba en el agua; la corriente ámbar se volvió una espuma blanca. Mezclado en todo ello estaba su vestido que flotaba a su alrededor.

El pastor se echó para atrás sobresaltado. Mary estaba justo debajo de la superficie del agua. Desde donde estábamos nosotras podíamos ver el contorno de su figura. Yo la veía, pero no podía ver contra qué estaba luchando.

El pastor la agarró de una pierna y jaló, pero perdió el equilibrio. Tenía los ojos agrandados de miedo. Metió el brazo dentro del agua. Los brazos de Mary lo agarraron a él por el cuello con tanta fuerza que al pastor le dio pánico. Con un grito ronco se soltó y corrió hacia el banco. Detrás de él unas piernas blancas de niña pateaban cada vez con más fuerza, revolviendo el agua.

- ¡Mary!

El grito partió el cielo.

-Maldición. – JoHanna se levantó. – Se está ahogando. – Dio unos pasos hacia adelante pero también algunos miembros del coro y de la congregación hicieron lo mismo. Fue como una pequeña estampida al agua.

- ¡Mary!

Yo me tapé los oídos, pero no podía quitar los ojos del arroyo. Había tanta gente en el agua que no comprendía exactamente lo que estaba pasando. El pastor estaba tumbado en la arena a la orilla del agua y unas mujeres lo estaban atendiendo. Él estaba a salvo, pero Mary no había vuelto a aparecer.

No pude deshacerme de la vista de las piernas de Mary pataleando y revoloteando como si algún monstruo grande hubiera salido de los oscuros pozos de agua para agarrarse de la cabeza de Mary.

- ¡Mary!- Brenda Lincoln trató de entrar en el agua, pero

unas mujeres la agarraron y la arrastraron sentada y forzándola a no pararse.

Los únicos hombres de la congregación que estaban ahí entraron en el agua. Ya ni se veían las piernas de Mary. No quedaba rastro de ella, pero los hombres seguían sumergiéndose para luego salir del agua haciendo gestos.

-Oh, no. – JoHanna se dejó caer en la arena. Tenía la cara blanca brillando de sudor. –No, - susurró. Luego me miró. – La dejaron ahogarse.

Duncan se meció hacia delante en la mecedora. Tenía una expresión de rabia en la cara, su voz clara e intensa estaba llena de emoción. – Le dije que no cantara con la boca abierta.

Capítulo Seis

Cargamos la carretilla rápidamente. Uno de los hombres logró sacar el cuerpo de Mary Lincoln. La sacó del arroyo y la acostó en la arena de blanca pureza. Brenda Lincoln se arrodilló en la arena al lado de Mary meciéndose y sollozando mientras Nell Anderson y Agnes Leatherwood trataban de consolarla.

Habían mandado a uno de los muchachos a subir la cuesta hacia la casa más cercana con teléfono para llamar al Doctor Westfall y pedirle que viniera al arroyo. El muchacho nos pasó de un lado y nos miró con curiosidad, pero no se paró para hacer preguntas sobre la mecedora ni sobre el gallo. Siguió corriendo.

JoHanna estaba blanca. Hasta los ojos azules palidecieron haciéndolos parecer completamente translúcidos. Yo no la podía mirar de la misma manera que a veces no podía mirar a Elikah. JoHanna no le hizo ninguna pregunta a Duncan ni expresó sorpresa por el hecho de que la niña había abierto la boca y hablada con la normalidad con la que habló el día en que le pegó el rayo. Lo que hizo fue doblar la frazada con arena y todo, para ponerla en la carretilla con la cesta y me hizo un gesto dándome de entender que teníamos que levantar a Duncan y la silla lo más rápido posible.

- ¿Puedes caminar? - Le pregunté a Duncan. Si podía hablar quizás podía caminar y JoHanna no tendría que jalar la carretilla para subir el cerro.

Duncan indicó que no con la cabeza.

- ¿Y sigues pudiendo hablar?

Me miró de soslayo. – Claro. –Su atención seguía enfocada en lo que estaba pasando abajo por el arroyo. – Le dije que no...

- ¡No digas más nada!

Fue la primera vez que había escuchado a JoHanna hablar con dureza a cualquier persona y mucho menos a Duncan. JoHanna estaba aterrada, pero yo no llegaba a comprender por qué. Duncan hablaba. Era un milagro.

-Levanta, - JoHanna y yo levantamos la silla y la pusimos en la carretilla. JoHanna abrochó los cinturones y levantó la manija. - ¿Puedes empujar? - Preguntó sin esperar mi respuesta y dando pasos hacia adelante. Ella se iba a su casa no obstante lo que yo estuviera dispuesta hacer.

Me doblé y empujé. La pesada arena atrapaba las ruedas y Pecos aleteó las alas hacia mí, picando con la cabeza como si quisiera probar mis ojos. Ignorándolo, apreté los dientes y empujé.

- ¡JoHanna McVay!

Me di vuelta y vi a una mujer gritando. Brenda Lincoln estaba parada, su hija muerta a sus pies, pero nos miraba a nosotras.

- ¡JoHanna McVay! ¡Trae a esa niña aquí!

JoHanna jaló la carretilla con una fuerza agresiva. – Empuja, Mattie, - susurró sin darse cuenta aparente de Brenda. – Empuja duro. Tenemos que irnos de aquí.

En vez de empujar, yo me di vuelta para mirar el arroyo.

Brenda Lincoln nos señalaba y todos los demás, como paralizados, estaban mirándonos subir el cerro. Las batas carmesíes del
coro batían con la brisa que surgió repentinamente. A la distancia, lejos, se escuchaban truenos.

- ¡Párenla! – Brenda miró a la gente a su alrededor. -
¡Párenla! - su voz subiendo histéricamente. – Ese monstruo. Esa
niña desgraciada, - maldijo a Mary. Ella es culpable de la muerte
de mi hija.

Bajo la voz histérica de Brenda se escuchaba el jadeo de la
respiración de JoHanna. Sus soplos rápidos delataban un
pánico íntimo y mucho más aterrador que la histeria que
provenía del fondo arenoso. Uno de mis zapatos se aflojó en la
arena profunda. Los dedos de mi pie desnudo se agarraron sóli-
damente de la arena y logré darle un fuerte empujón a la carretilla para llegar a tierra firme sobre el camino.

- ¡Empuja! – ordenó JoHanna. - ¡Empuja!

Detrás de nosotras la congregación había comenzado a
desplazarse y las voces de los miembros se oían con más claridad. No era posible que vinieran tras una niña indefensa, ni
contra su madre. No era posible. Pero yo había visto lo que el
miedo y la rabia podían causar en más de una ocasión. Joselito
nunca fue más cruel que cuando tenía miedo.

Mi propio jadeo causado por el esfuerzo de mover a
Duncan a un lugar seguro bloqueaba los sonidos de abajo.
Corríamos por el camino, el sol desdibujado por la prisa que
llevábamos. JoHanna tiraba de la carretilla y yo empujaba. Dejé
caer el otro zapato para poder usar los dedos del pie mejor. El
sombrero de JoHanna se quedó atrapado en una rama. Quedó
revelado el cuero cabelludo blanco bajo el pelito castaño de la
cabeza de JoHanna.

-Déjalo, - dijo JoHanna

Sin embargo, yo regresé por el sombrero. Sería el colmo que

vieran esa cabeza pelada, embriagados en su furia como estaban. Lo agarré y lo coloqué en la cabeza de Duncan.

Nos faltaba el aire para cuando por fin llegamos a la calle principal y estábamos trémulas. Nadie había tratado de pararnos. Nadie nos había seguido. Pero a mí me había dado tiempo a considerar qué me pasaría cuando Elikah se enterara de mis actividades aquel día. Yo hubiera preferido enfrentar a todo un grupo de bautistas furiosos que a Elikah de noche, y más después de él haber pasado tiempo con Tommy Ladnier.

-Lo siento, Mattie. No era mi intención meterte en esto. – JoHanna me indicó que me acercara a ella. El caminó era sólido y la carretilla rodaba con facilidad sin la necesidad de yo empujarla.

-Él va a estar furioso. - ¿Qué ganaba yo fingiendo que no tenía miedo? Lo estaba y se notaba.

-Ven conmigo a casa. Will regresará el martes y puede tratar de aclarar las cosas con Elikah. Ellos siempre se han llevado bien.

Yo se lo agradecí, pero le dije que no. El esconderme sólo alimentaría su rabia. Debía maniobrar un delicado equilibrio entre cohibirme y defenderme. Era mi matrimonio y yo tenía que aprender a cómo darle la mejor salida. Mamá me había inculcado eso al menos. La interferencia externa solía empeorar los asuntos.

-Oh, Mattie. – JoHanna dejó caer la manija de la carretilla y me abrazó.

Parecíamos un par de tontas paradas llorando a un lado de la calle. Duncan y Pecos nos miraban y yo no me podía imaginar lo que pensaban, ni la niña ni el ave. Los ojos negros de la niña no divulgaban nada. En ese sentido era exactamente como su padre.

Después de parar de llorar JoHanna miró mis pies y comenzó a reír. –Tus zapatos.

Yo también había pensado en eso. Eran nuevecitos y los había perdido. Quizás alguien del arroyo los recogería y me los traería. Yo no me atrevía a regresarme a buscarlos.

Seguimos en silencio. Al llegar a los límites del pueblo JoHanna indicó que ella iba a cruzar Jerusalem Road para llegar a Peterson Lane sin tener que entrar al pueblo. Yo no estaba segura si ella estaba tratando de ahorrarme alguna pena o si quería estar sola. Igual, me alegré. Ella me agarró de la mano.

-Siempre te puedes venir con nosotras.

-No, tengo que comenzar a preparar la cena.

-Si te hace falta llamarme, ve a la casa de Jeb Fairley y usa su teléfono, - me dijo.

-Está bien. Yo solo quería dirigirme hacia mi casa.

Soltó mi mano y dio un paso hacia atrás. Yo estaba por irme cuando Duncan me llamó.

-Cuando se mejoren mis piernas te voy a enseñar a bailar el Charlestón, - dijo.

Yo no había olvidado el hecho que, aunque una niña acababa de ahogarse, otra había sufrido un milagro. No había dicho nada porque me había molestado, pero ahora decidí enfrentar el hecho. - ¿Cómo sabías que Mary Lincoln iba a ahogarse? – le pregunté.

Duncan se movió para que Pecos pudiera cambiarse a los brazos de la mecedora. – Yo lo pude ver.

- ¿Así como sucedió?

Duncan inclinó la cabeza y el maldito gallo la imitó. – No exactamente como sucedió hoy. Escuché el cantar y vi a las niñas en sus vestidos blancos. Había un coro que llevaba túnicas rojas y el reverendo Bates estaba en el agua. Pude ver a Mary entrando en el agua y luego la vi salir buscando aire. Bajo el agua su boca se abría y se cerraba como si estuviera cantando. – Se frotó la frente con el dorso de su mano. – Mamá, jala la carretilla hacia la sombra, por favor.

Yo tenía el corazón aterrorizado. ¿Es que Satanás pudo haber empujado a esta niña? - ¿Has podido ver otras cosas?

JoHanna se paró al lado de Duncan y Pecos levantó las alas un tanto.

-Veo cosas a veces, pero no me son tan claras como lo de Mary. No se juntan en una forma lógica para poder contarlas. – Duncan tenía la cara seria y completamente compuesta. – Yo no estaba segura de que lo que le pasó a Mary verdaderamente le sucedería. Eran como imágenes en mi cabeza. – Duncan miró a JoHanna. – Traté de advertir a Mary, ¿verdad, Mamá? Le dije que no cantara con la boca abierta.

JoHanna se puso el sombrero que había quedado en la cabeza de Duncan. Ya no estábamos en un camino aislado. Tan cerca como estábamos del pueblo, cualquier persona podría aparecer y vernos. JoHanna se arrodilló. – Duncan, ¿has visto otra cosa? ¿Tienes otras imágenes en la cabeza?

Los ojos de Duncan se animaron de una manera traviesa. – Vi a mi amigo Floyd del taller de botas llegar a la casa para cenar y para contarme cuentos. -JoHanna acarició la cara de Duncan. – A ti te encantaría eso, ¿verdad? Tú no has visto a Floyd desde que te lastimaste.

Duncan se rio. Parecía que con cada segundo que pasaba la niña se volvía cada vez más fuerte y vivaz. – Me encantaría. Él me estaba contando del río y del nacimiento del pueblito de Fitler. Era un cuento maravilloso.

-Lo invitaré. – JoHanna se levantó. - ¿Es verdad que lo viste llegar a cenar igual que viste a Mary ahogarse?

- ¡No! Duncan se rio. Pero él vendrá si lo invitas.

-Sí, seguro que sí. - JoHanna estaba por levantar la manija de la carretilla.

- ¿Es ese el hombre que se cree un charro? – Yo había observado a un hombre torpe en las calles. Llevaba puesta una cartuchera y algún idiota le había tallado una pistola. Tenía la cansada costumbre de detenerse justo delante de una persona y fingir que estaba por tirarles con su pistola de madera. Yo lo había observado un par de veces, pero siempre guardando distancia. Siempre cruzaba la calle para evitarlo.

-Es Floyd. Él es el mejor amigo de Duncan.

-Es un loco. – Volví a hablar sin pensar.

- ¡De ninguna manera! Es un cuentista. – Una rabia repentina erizó a Duncan. Me señaló con el dedo. – Retira tus palabras. No es un loco. Es diferente, sólo eso.

-Retiro las palabras. – Me di vuelta. – Creo que es bueno que yo llegue a casa pronto.

Como tantas cosas en Jexville la noticia de lo que sucedió en el arroyo Cedar Creek le llegó a Elikah antes de que yo regresara a casa. Me había cambiado a mi vieja ropa y zapatos y comencé a preparar tomates pelados y pepinos en vinagre para la cena. Elikah había salido a buscar un bloque de hielo. Los vegetales frescos estarían ricos en un día de tanto calor.

La ensalada de papas con mostaza y cebollas rojas era uno de los platos favoritos de Elikah. Saqué unas papas del contenedor que estaba en la cocina y comencé a pelarlas. Había pelado una cuantas cuando Elikah entró.

-Hola, Elikah. – bajé el cuchillo y me di vuelta para saludarlo. Posé mi mirada en él sin parpadear.

Tenía mis nuevos zapatos en las manos. - ¿Es que se te quedó algo por el arroyo? Escuché que saliste de ahí muy apurada. – Los soltó y sonaron al caer al suelo.

-Gracias. Me alegro de que alguien los haya recogido.

Los zapatos permanecían entre nosotros como un pecado. Elikah le dio un empujón a uno de ellos con el pie. – Esa niña, Mary Lincoln, su vestido quedó agarrado en un tronco de árbol. Fue así como se ahogó. Sabes que en todos los años que se han llevado a cabo bautizos en ese arroyo, nadie se ha ahogado. El pastor Bates, pues él nunca vio ni sintió el tronco. Fue como si estuviera en el agua esperando precisamente a que Mary Lincoln se apareciera por ahí. El tronco se deslizó por el fondo arenoso y se agarró del vestido de ella. ¿Te lo puedes imaginar?

Mientras más hablaba él, más miedo sentía yo. – No, fue una tragedia terrible.

- ¿Tú lo presenciaste todo?

Asentí con la cabeza. – Bueno, más vale que termine de pelar estas papas. Me pareció que la ensalada acompañaría bien las chuletas de cerdo.

-Al diablo con las papas. - De pronto Elikah estaba agitado. – Insisto en saber lo que viste. Mi mujer es testimonio de un ahogamiento, pero quiere pelar papas.

Tragué. – Solo la vi entrar en el agua y el pastor como que la echó para atrás en el agua. Sus piernas comenzaron a patalear y no volvió a salir.

-Nada más. - Elikah hizo un gesto con las manos, las palmas hacia mí, un gesto de rendición que era todo menos eso.

-Eso fue lo que vi. Luego la gente corrió al agua a ayudarla y ya yo no vi más nada.

-Ya veo. – Volvió las manos como si fuera a investigar sus palmas. – Eso fue lo que viste. Nada más.

-Todo sucedió muy rápidamente.

- ¿Y luego corriste?

Fue una declaración-pregunta que no requería una respuesta excepto que me sentí obligada a decir algo. –Fue horrible. Decidimos volver a casa.

- ¿Con tanta rapidez que dejaste los zapatos?

-La carretilla se trabó en la arena y –. – No le iba a contar que JoHanna tenía miedo.

-Pues te fuiste corriendo porque sabías que estabas

haciendo algo que no debiste estar haciendo. –Daba vueltas por la cocina con pasos lentos. Se paró para mirar por la ventana que estaba encima del fregadero como si estuviera sopesando algo muy serio. Luego vino a pararse delante de mí. – La gente inocente no corre. Dime exactamente lo que le hizo esa niña McVay a Mary Lincoln ¿Qué maldición le echó?

-Elikah, no hubo ninguna maldición. - Traté de parecer razonable.

- ¿Es verdad o no? ¿Verdad o no? ¿Cuándo el relámpago le dio a Duncan McVay las únicas palabras que pronunció fueron que Mary moriría ahogada?

-Elikah, le acababa de pegar un relámpago. -

El golpeó la mesa con tanta fuerza que el salero saltó y se cayó. La sal quedó derramada por la mesa y por el piso.

- ¿Verdad o no? - Exigía.

No contesté. Me enfoqué en mis zapatos que estaban en el suelo. Estaban caídos de lado revelando suelas casi nuevas. El solo verlas tiradas así me dio ganas de llorar.

-Mattie, contesta.

-No, - dije yo, sin mirarlo.

No vi su mano al bajarme para recoger los zapatos y recibí el golpe en la cabeza. Perdí el equilibrio y caí de rodillas. Elikah me empujó con el pie hasta yo caer acostada.

-No vuelvas a ver a esa mujer. Todos en el pueblo saben que es una puta. Hasta su marido lo sabe. Yo lo sé y ahora tú lo sabes. Mantén distancia de todos ellos. Y si yo me entero de que los hayas acompañado a algún lugar te arrepentirás más de lo que te puedes imaginar.

Mirándolo desde el piso veía lo roja que estaba su cara y la dureza de sus ojos. No me moví. El moverme habría motivado otro castigo. No se trataba de miedo sino de cometer insensateces. Elikah era capaz de lastimarme y nadie haría ningún

83

comentario al respeto. Yo era su mujer y lo había avergonzado con mi comportamiento.

- ¿Me escuchas?

-Sí, Elikah.

Dio un paso hacia mi cabeza y me pisó el pelo. - ¿Cinturón o vara?

No me podía levantar ni tampoco moverme. El dedo de su pie estaba justo al lado de mi oreja. Tenía que levantar la vista para mirarlo. – Yo creo que puedo recordarme sin que me tengas que azotar.

Él se arrodilló y me jaló hasta sentarme. El aliento áspero de tabaco y Whisky. – Creo que te recordarás mejor cuando se te haga imposible sentarte por un día o dos.

-Elikah, por favor. . .- me callé. El rogar lo excitaba y entonces sería más que el azotarme con el cinturón. –Cinturón, dije.

Mi papá no me daba la oportunidad de escoger, - dijo, caminó a la alcoba y regresó con la correa que usaba para afilar la navaja en la barbería. – No, nunca me dio a escoger. Levanta la falda.

Capítulo Siete

Pasó el mes de julio. Agosto trajo consigo su propia pereza y el terror paralizante de que yo estaba encinta. Había escuchado que JoHanna y Duncan se habían ido a Fitler para quedarse con unos familiares de ellos. Al principio yo estaba feliz de que se hubieran ido. Ese día, después de regresar del arroyo, yo me sentía como si algo malo me hubiera tocado, solo un roce en la piel, pero aun así me dejó una mancha. La muerte de Mary Lincoln, Duncan recuperando el habla repentinamente y luego Elikah, todo había sido demasiado. Tenía que ocuparme de mi propia vida y debía concentrarme en ella.

Era un miércoles por la mañana cuando me desperté muy acalorada y enferma. Elikah seguía durmiendo con su brazo sobre mi cadera. No me quería mover, no quería despertarlo. Pero se trataba de correr a la letrina o ensuciar la cama. Moviéndome pasito a pasito para soltarme de su mano, por fin me liberé y corrí afuera.

La tranquila mañana de agosto se sentía muy cerca y sofocante, pero me senté en el columpio y traté de no pensar en la náusea que había sentido en la mañana. ¿Cuántas veces lo había visto? Siete, para ser exacta. Siete hermanos y hermanas. Siete bocas que nutrir. Con un hijo, jamás escaparía.

El sol llegó a la cima del horizonte con un beso caliente y dorado. La náusea pasó y yo entré para comenzar a preparar el desayuno, esperando que el olor a tocino no me afectara de mala manera. Lo único que tenía que hacer era asegurarme de que Elikah se fuera contento a su trabajo en la barbería. Si lograba eso, sobreviviría. Un paso a la vez. Luego iría donde Jeb Fairley.

-Estás muy calladita. – Elikah me observaba mientras desayunaba. - El pan está perfecto.

-Qué bueno que te guste. – Le unté mantequilla a un pedacito y osé probar un trozo.

-Vernell va a Mobile para agarrar el tren hacia Nueva Orleans el sábado. Se me ocurrió que nosotros podríamos acompañarlo a él y a Janelle.

El pedazo de pan se me pegó al paladar. - ¿Nueva Orleans? - Logré decir, - ¿Para qué?

-Solo para ir. Es una ciudad muy vieja. Hace cien años Andrew Jackson y sus hombres cabalgaron por todos estos lados camino a la Batalla de Nueva Orleans. Vernell dijo que hay cañones en campos de batalla. – Tenía el tenedor suspendido en el aire mientras hablaba como si quisiera convencerme, pero tampoco quería perder un minuto de la mañana. – Hasta podríamos montarnos en unos de esos vapores de rueda.

JoHanna me había contado sobre los vapores de rueda que solían transportar su carga bajando el río Pascagoula hacia Fitler. Fitler había sido un pueblo de gran prosperidad con jugadores, prostitutas y un restaurante francés con un chef de Nueva Orleans. En una de mis visitas JoHanna me había hablado un poco sobre Nueva Orleans y solo con como ella pronunciaba el nombre tenía ganas de ir. Había música y baile y era todo un pueblo de negros y mulatos. Las calles estaban hechas de ladrillo y Napoleón se había quedado ahí, tanto como Andrew Jackson y el pirata Jean Lafitte. Había vudú y cementerios con tumbas en la superficie de la tierra y mercados donde se podían ver y comprar vegetales y ropas exóticas.

- ¿Este sábado? - Mi entusiasmo era mucho más fuerte que el inconveniente de que Janelle Baxley iría también.

-Tendremos que salir temprano. Es más, podríamos viajar a Mobile el viernes por la noche. Nos podríamos quedar en uno de los bonitos hoteles en la ribera del río. Luego pasaríamos la noche del sábado en Nueva Orleans. ¿Te gustaría eso, Mattie?

Al parecer, Elikah podía ser tierno y generoso sin motivo. El viaje era un viaje para mí, como lo habían sido los zapatos y el vestido. Cosas que él se daba cuenta me hacían falta. Yo habría bailado hasta con Satanás solo por la oportunidad de viajar a cualquier lugar. –Sí, me encantaría.

Él sonrió en grande y alargó su brazo a través de la mesa para agarrar mi mano. –Yo no me equivoqué cuando decidí casarme contigo. Eres una buena muchacha.

Se levantó, se ajustó los tiradores, se puso el saco y se dobló para darme un beso en la mejilla.

-Que pases un buen día. - Mi sonrisa era sincera.

- ¿Qué tal si comemos judías esta noche?

-Veré lo que trae Bruner en su carreta. – Bruner era un viejo que llegaba al pueblo todas las mañanas a eso de las diez de la mañana con los vegetales que él cosechaba en su granja.

-El verano que viene tendremos nuestro propio jardín de vegetales, - dijo Elikah. – Tanto tú como tu papá tienen un don para el cultivo.

Quería decirle que Joselito no era mi padre, pero ya se lo había dicho tantas veces que él lo sabía. Joselito le hubiera dicho que yo tenía alas y podía volar si pensaba que Elikah pagaría más, pero la verdad era que yo, en general, sí tenía la capacidad de hacer que cualquier cosa floreciera. Siempre y cuando no se tratara de un hijo.

Elikah salió tirando la puerta metálica y caminó las pocas cuadras para llegar a su barbería. No teníamos un coche, solo una yegua vieja llamada Mable, que para efectos prácticos estaba más bien retirada. Ya que vivíamos en el pueblo podíamos conseguir todo lo que nos hacía falta caminando o pidiendo que se trajera a casa. A mí me gustaba caminar al mercado Royhill's Market y a la panadería de Mara Nyman. En cuanto salió Elikah yo había pensado ir donde Jeb, pero la pequeña sorpresa del viaje a Nueva Orleans cambió mis planes. Elikah quería judías para la cena y yo sabía que a él le encantaban también los panecillos acabados de hornear de la panadería de Mara. Yo había apartado unos diez centavos que habían sobrado de unas cuentas que había pagado. Esto era más que suficiente para conseguir unos panecillos frescos para la cena, pero debía pedirlos temprano porque los panecillos de Mara se vendían rápidamente. Ella los vendía en el orden en que se pedían.

Con mi apuro se me olvidó pensar en bebés y en todo lo demás. Me sentía muy bien. Se me había pasado la náusea y decidí que tuvo que haber sido causada por algo que había comido la noche anterior. Me quité el delantal y salí corriendo por la puerta sin siquiera limpiar la cocina después del desayuno. ¡Nueva Orleans! ¡Nueva Orleans! El nombre de la ciudad mágica explotaba con cada paso que daba. ¡Por tren! ¡Iba a Nueva Orleans!

Estaba tan emocionada que se me olvidó que estaba prohibido correr en público. Iba corriendo, el pelo, que se me iba soltado, caía sobre mis hombros. Ya estaba por llegar donde Mara cuando escuché risa. Era el sonido rico y espeso como el sirope de la caña de azúcar un día de invierno. De pronto me sentí como la mosca atrapada en la calima del sirope. Si Elikah se enterara que yo estaba corriendo por la calle con el pelo todo regado por mi espalda, como si fuera una loca, decidiría que yo no era lo suficientemente madura para acompañarlo a Nueva Orleans. Paré como si hubiera dado contra una pared y me di vuelta lentamente para ver quien se reía de mí.

Floyd era un hombre enorme, anchos los hombres con grandes músculos rebosantes. Si no fuera por la lenta sonrisa infantil y los ojos grises que contenían asombro y pena, sería el ejemplar ideal del macho para el pueblo. Pero la realidad era que era un bobo con la cara y el cuerpo de un dios. Estaba apoyado en la puerta del centro de teléfonos y caminó hacia mí. Sin pensar nada alcanzó el brazo y agarró una mecha de mi pelo, admirándolo en el sol de la mañana.

-Bonita, - dijo sonriéndome directamente a la cara. – Parecías una princesa corriendo en el sol.

-Floyd, - me eché para atrás. Yo lo había evitado desde que había llegado al pueblo, asustada de mi propia lástima y luego avergonzada por mi miedo. Mi papá me había enseñado que las madres del reino animal matan a sus crías cuando no son saludables. A Floyd se le había dado la vida y luego había quedado abandonado en la puerta de la iglesia bautista. Ahora vivía del salario que le pagaba Axim Moses en la tienda de botas y los donativos de los habitantes del pueblo. Quizás por haber estado yo misma tan cerca de circunstancias parecidas le temía tanto.

-Mattie, - sonrió en grande. –Tú eres amiga de Duncan. Yo también lo soy.

-Sí, - le sonreí, acogida por la completa falta de malicia en su mirada.

-Duncan y JoHanna se han ido a Fitler. Regresan hoy. Duncan viene para que yo pueda terminar el cuento de la mujer que vive debajo del puente del arroyo Courting Creek. Está muerta, sabes, pero vive ahí esperando el regreso de su amante. Él se fue a la Gran Guerra y nunca regresó. Así que ella se mató saltando del puente. Y ahora, espera a que él regrese.

Floyd volvió a intentar de tocar mi pelo una vez más, pero yo lo detuve al levantar la mano.

-No te iba a lastimar. - Su cara se volvió seria. – Soy grande pero no soy idiota.

-Lo sé. – Rápidamente recogí el pelo y me hice un moño para que no volviera a caer. Miré calle arriba y abajo y me relajé al ver que las calles estaban vacías. Solo había unos dos o tres clientes en el café cuando lo pasé. Era muy probable que nadie hubiera visto a Floyd tocarme el pelo. Era un hombre-niño inofensivo, pero yo no estaba segura de que Elikah estuviera de acuerdo con esa valoración.

-Cuéntame de la mujer que vive bajo el puente. - El puente Courting solamente estaba a unos cuatro metros por encima de un arroyo poco profundo. No tenía la distancia para permitir una caída fatal y el agua de seguro no era lo suficientemente profunda para que una mujer se ahogara a menos que se diera con la cabeza en el banco de arena. Me preguntaba cómo Floyd se había imaginado esta mórbida fantasía.

-Se llamaba Klancy con K y era la sobrina de Otto Kretzler. Había venido aquí de un lugar llamado T-r-i-s-t-e allá por Alemania antes de que la guerra se volviera tan mala. Ni ella ni su familia les daban razón a los alemanes así que dejaron todas sus cosas y vinieron para acá. Cuando sus familiares se enfermaron y murieron bajando el Mississippi, ella llegó donde su tío y terminó sus estudios. El hombre de quien se enamoró era un maestro llamado Harvey Finch. Se fue a luchar y murió en una de las grandes batallas. Ella. . .

-Espérate, Floyd. - Los tantos detalles que proveía me aturdían. - ¿Es esto verdad?

Él asintió. – Cada palabra.

- ¿Aún la parte sobre la mujer viviendo bajo el puente?

-Sí, esa parte también. Es la mejor.

-Pero, está muerta.

Floyd se encogió de hombros. - ¿Y qué? Es una fantasma. Es la mejor parte de la historia y la puedes ver en las noches despejadas y cuando brillan las estrellas. Está parada de un lado del puente mirando abajo, hacia el arroyo hinchado. Los caballos no quieren cruzar el puente de noche ya que la sienten aún más que los seres humanos. El viejo Doctor Westfall casi murió tratando de forzar a Jezebel a cruzar el puente el año pasado cuando la Sra. Conner tuvo el bebé que nació muerto.

Aunque estábamos parados en el sol de una mañana de un día de agosto sentí un escalofrío sobre los brazos. –Es una historia trágica, Floyd.

-Era una mujer hermosa. Como tú.

-Gracias por el cumplido. – Yo no sabía si se refería a la Sra. Conner o a la difunta Klancy y no tenía ganas de aclararlo.

-Pareces más una niña. JoHanna me ha contado que a ti se te ha robado la juventud.

Traté de no delatar mi sorpresa. ¿Sería que JoHanna verdaderamente hizo tal declaración o era una más de las historias de Floyd?

-Dijo que tú tienes po-ten-cial.

Su manera de pronunciar la palabra me dejaba entender que él no comprendía lo que significaba y así supe que JoHanna verdaderamente había dicho esas cosas de mí.

-Ella y Duncan regresan hoy. Con Pecos. Ese es un gallo mañoso.

En todo el tiempo que estuvimos hablando, Floyd no se había movido. Era como que si lo único que estuviera lubricado en su cuerpo fuera la mandíbula. Así, de pronto se volteó para acosar a Clyde Odom que acababa de salir del café y venía en nuestra dirección.

De hecho, observé sus manos cernerse sobre sobre los

mangos de las pistolas de madera que llevaba en la pistolera que le colgaba sobre las caderas y que le quedaba muy pequeña. Yo no me había fijado en ella antes, pero veía cómo Floyd se agachaba en pose de pistolero mirando a Clyde con recelo mientras este se acercaba. Casi sentí que yo debía protegerme y luego me ruboricé por lo tonto de la idea. Floyd sería un idiota, pero con eso y todo logró engañarme dos veces en un espacio de diez minutos, uno con su cuento y ahora con su pelea de pistolas.

-Tranquilo, Floyd. – dijo Clyde mientras se acercaba. – Estoy de un humor pasible hoy.

-A la cuenta de tres, - Floyd insistió.

-Hoy no.

Clyde me miró con cara avergonzada. Era evidente que él solía animar a Floyd con esta farsa para luego burlarse de él, pero le daba vergüenza hacerlo delante de mí.

-Ándele, Sr. Odom. A mí me encanta una pelea justa. – Las palabras salieron volando de mi boca, destilando el veneno del sarcasmo.

-Uno, – pronunció Floyd, su mirada fija en Clyde.

Clyde dejó caer el correo que traía en la mano y se agachó en posición de peleador.

-Dos.

Yo me apoyé contra la pared de madera del edificio del centro de teléfonos y dejé salir aire de mis pulmones.

-Tres.

Las manos de Floyd se movieron con mucha rapidez al sacar las dos pistolas. Él imitó los sonidos de un tiroteo.

Clyde se agarró el pecho, giró dos veces y luego tambaleó hasta el edificio donde yo seguía apoyada. Él se cayó contra las tablas del edificio justo al lado de mí, sus manos rozándome el busto.

-Es únicamente un juego, Sra. Mills, - me susurró. – Solo un juego con un muchacho idiota.

En voz alta dijo, - Me diste, Floyd. Ya voy a morir.

Floyd levantó una pistola y luego la otra y sopló los cañones como si estuviera aclarando el humo. Con los ojos todavía entrecerrados, concentrados, los guardó en la pistolera y se me acercó, ignorando por completo a Clyde Odom, como si este estuviera verdaderamente muerto.

-Tengo que volver al trabajo. El Sr. Axim ha traído cuero nuevo para yo labrar. Está hermoso. Voy a hacer las botas más bellas del mundo.

-De eso no hay duda. – Me alejé de ambos. No sabía cuál de los dos era el más loco, pero de seguro Clyde Odom era el más peligroso.

-Saluda a Elikah de mi parte, - dijo Clyde apartándose de la pared, haciéndome una reverencia. –Siempre ha tenido muy buen gusto en asuntos de mujeres.

Yo me di vuelta y huí, olvidándome de que no se debía correr en el pueblo. Alcancé a escuchar a Floyd reprimiendo a Clyde.

-La asustaste, Clyde. No debiste hacer eso.

Yo corrí las dos cuadras hasta la panadería y entré al caluroso olor femenino de pan fresco horneado.

Capítulo Ocho

E l viaje a Mobile fue difícil y aburrido. Hacía mucho calor. La única vez que me desperté de mi sopor fue en el ferry cruzando el arroyo Bad Creek. Mi letargo se debía en parte al calor y en parte a la creciente preocupación sobre mi condición. Había dejado de tener náusea por la mañana hasta el viernes en que salimos hacia Mobile. Me regresó con una violencia que me dejó agotada y aterrada.

En el hotel me lavé la cara con agua fresca y comí un poco de la sandía helada que Elikah me había buscado en el muelle del puerto. La dulzura de Elikah y la frescura del melón dulce me curaron. Para la tarde estaba con ánimo de conocer la ciudad que había crecido al lado del río Mobile.

Caminamos por los muelles y miramos a estibadores descargando monumentales cajas. A Elikah le atraía el bullicio, la idea de hombres trabajando con otros hombres y los enormes barcos gruñendo contra sus amarres. Para evitar la intensidad del sol volvimos a la ribera. Elikah me dejaba decidir por donde ir y caminamos por el centro comercial y más hacia adentro hasta llegar a las zonas residenciales.

Mobile era mucho más antigua que Jexville, como ciudad. Estaba abrigada por enormes robles de cuyas ramas guindaba el célebre musgo español. Las ramas de los árboles se entrelazaban sobre las calles del centro protegiéndolas del sol de agosto. Caminando por las calles sombreadas yo trataba de atisbar lo que podía de las hermosas casas con sus enormes puertas de vidrio biselado. Era como la sensación de abrir un libro el ver los pisos de madera pulida, los gabinetes de curiosidades llenos de platos pintados, tazas y platillos, y barandillas que conducían al segundo piso donde la gente vivía con riqueza y gracia. De seguro que esta gente jamás cometía actos ni de crueldad ni de maldad. Tenían de todo. No había por qué lastimar a otros. Pensé en JoHanna. Y en Duncan. Su casa no era como estas, pero ostentaba el mismo aire. Gente rodeada de color y confort. Y amor.

Elikah me esperaba mientras yo me acercaba sigilosamente a los porches para mirar hacia adentro. Se divertía con mi curiosidad, pero por fin cuando ya no lo pudo aguantar más, me jaló a la calle diciendo que la gente que vivía en esas casas pensaría que éramos limosneros o ladrones si yo no dejaba de mirar.

A mí no me importaba. Yo quería hundirme en los colores, los rojos y azules y los amarillos que creaban imágenes tan exóticas en algo tan común como lo era un plato.

Janelle y Vernell se habían ido por su cuenta y nosotros no los volvimos a ver ese día. Elikah dijo que habían ido a visitar a uno de los primos de Janelle, pero algo en la manera que lo dijo me hizo pensar que mentía. A mí me daba lo mismo. Janelle me hacía sentirme niña y estúpida y yo estaba feliz de que no estuviera con nosotros, aunque eso quería decir que me quedaba sola con Elikah. Bajo el amparo de los robles y entre el trajín de las calles que corrían por entre las casas de dos pisos y los negocios de edificios de ladrillo, todos juntos, altos e indestructibles, Elikah era diferente. Me fijé en cómo las mujeres lo miraban por las calles del centro. Tenían los ojos entreabiertos, pero los subían momentáneamente para volver a gozar contemplándole. Por la primera vez desde que me había casado valoraba mi lugar a su lado. Me tenía de la mano y yo de veras sentía que le pertenecía.

Esa noche en una cama nueva en un hotel tan lujoso que hasta tenía un ascensor yo pensé que no me podría dormir. En cuanto me cubrí con la sábana fresca y limpia me dormí. No me desperté hasta que Elikah me tocó en la cadera murmurando que ya era de día.

No sentía náusea y me moría de hambre. Elikah dijo que pediríamos servicio a la habitación, pero yo quería comer en el comedor con su alfombra diseñada de hojas blancas sobre un fondo de verde oscuro, con sus candelabros con luces que parecían estar vivas.

La electricidad. Nunca me había quedado en un lugar donde las luces se quedaban prendidas día y noche por bonitas. Había escuchado que se iban a extender cables escuchado hasta Jexville en un futuro cercano. De hecho, así lo había afirmado Janelle. Pero yo no me imaginaba que a Elikah se le ocurriría tender un cable hasta nuestra casa. Sin embargo, la mirada de Elikah parecía indicar que el accionar un interruptor y tener luz en nuestra casa sería posible. En cuanto terminamos de desayunar dejamos los platos sucios en la mesa, buscamos nuestras cosas y nos fuimos a la estación.

Todos los recuerdos de Mobile fueron abandonados en cuanto abordamos el tren, casi tan pronto nos sentamos y el tren comenzó a sacudirse y dar tumbos hacia New Orleans a una velocidad demasiado rápida, por trechos de pueblitos de la costa de Mississippi, y con demasiada lentitud a través de las forestas de pinos.

Janelle estaba sentada frente a mí, un secreto atrapado en sus ojos azules. Para evitarla fingí estar dormida. La observaba a través de párpados entrecortados con un sentimiento de creciente inquietud. Ella estaba esperando que me despertara. Cuando Elikah y Vernell se levantaron juntos y salieron del coche, ella se lanzó.

-Vamos a ir al Barrio Francés, - dijo, con sus labios tan cerca de los míos que pude sentir como ella cortaba el aire.

- ¿El Barrio Francés? – Mi curiosidad superó mi desagrado.

-La parte antigua de la ciudad, donde juegan y beben.

-Hacen eso en Jexville. – Estaba prohibido que las mujeres dijeran ni una sola palabra sobre tales cosas y me satisfizo ver que Janelle se retrajo en su asiento y me miró con remilgo. No debíamos admitir esas cosas, aun dentro de una conversación privada.

-Lo hacen en público. Hay mujeres de la calle, música y baile. – Se inclinó otra vez. –Vernell me dijo que me llevaría a bailar con tal de que no se lo contara a nadie.

Me enderecé. ¡Bailar! Me recordé de Duncan, sus zapatos brillosos volando en el polvo, los ojos oscuros ardiendo con delicia y travesura. - ¿Tú crees que de veras lo hará?

-Estoy segura. Elikah baila muy bien.

Yo me volví a acomodar en el asiento. –Elikah ni siquiera quiere escuchar el gramófono.

- ¡Se trata de Nueva Orleans! No estamos en Jexville. Nadie se va a enterar de lo que hacemos.

En ese momento vi a Elikah parado detrás de Janelle mirándome directamente a los ojos. Sonreía con cierta sorna y se veía más guapo que nunca.

- ¿Lista para la gran ciudad, muchacha? – preguntó.

No pude contestar. Su mirada me daba tanto terror como excitación, como si la luz de Luisiana que entraba por la ventana hubiera aumentado mi valor.

-Claro que lo está, Elikah. No seas bobo. Estamos tan listas que estamos por explotar. – Janelle se reía, un sonido femenino y seductor que parecía que tenía el poder de aferrarse a cualquier hombre y envolverlo.

-Estaremos allí en menos de diez minutos. Esa agua grande que cruzamos fue el Lago Pontchartrain. Y no falta mucho. – Elikah se fue en busca de Vernell.

Nunca se me había ocurrido que Elikah había estado en Nueva Orleans antes. Me había hecho creer que se trataba de su primer viaje también. Pero tampoco lo había expresado así. Sentí una pizca de curiosidad mientras recogía nuestra cesta para picnics y otras cosas, y me concentraba en no encontrar la mirada de Janelle.

Bailar. Nunca había considerado el hacer tal cosa en lo que concernía Elikah. Odiaba la idea que Janelle supiera más de mi esposo que yo, pero a la vez tenía que recordar que Janelle solía decir cosas que no sabía con certeza. Si Elikah quería bailar, me lo haría saber.

El tren paró y nos bajamos atrapados de inmediato por el remolino de movimiento y el trajín que nos sacudió por la plataforma de madera de la estación hacia el camino adoquinado. Era como si entráramos en la página de un libro. Hombres trajeados y mujeres en ropas profesionales nos pasaban a un paso rápido en pos de cumplir recados respectivos, mientras que las bocinas de los coches sonaban y los arneses de los caballos y las mulas se mezclaban con cientos de otros sonidos. Los edificios mismos eran de ladrillo o pintados de colores sobrios atenuados por los años. Antes de que pudiera recobrar el aliento, Elikah me agarró del brazo y me arrastró hacia un enorme coche que parecía una furgoneta con asientos.

-Es un tranvía, Mattie. Te va a encantar, - me susurró a la vez que apretó mi brazo con un gesto de ternura. Y así fue. Me arrodillé en el asiento y miré por la ventana mientras que el tranvía se movía atropelladamente por los rieles, en medio de la calle, por el corazón de la imponente ciudad.

Janelle no había mentido. Elikah y Vernell habían reservado habitaciones en uno de los hoteles más antiguos de Nueva Orleans en la calle Dumaine. Era un lugar lleno de una luz dorada y muebles que parecían contener el resplandor del sol poniente. Hasta el cubrecama centelleaba con su propia luz. Yo nunca había visto un lugar más hermoso. Afuera, por la ventana abierta, se oían los sonidos de la ciudad. Se escuchaban extrañas lenguas exóticas mezclados con los gritos de los vendedores ambulantes y también música alegre y libre.

Los cuatro caminamos por las calles mirando a los artistas haciendo negocios mientras que se oía música y risa salir de lugares donde bebían. Me quedé paralizada por las vistas y los sonidos. Comimos platos de comida picante de cangrejo, tortuga y camarón, una mezcla que sonaba horrible pero que sabía a gloria. Entramos en tiendas donde vendían joyas tan antiguas como Inglaterra y Francia. Como Elikah insistió, yo entré en una tienda de ropa y me compré un vestido nuevo. Él se quedó sentado en una silla mientras yo entré al probador que venía con taburete para sentarse y un espejo. Me probé el vestido rojo que Elikah había elegido para mí. Era un vestido de moda con mangas cortas, vaporosas y la cintura al nivel de mis caderas. Sorprendida por su selección me lo probé y salí para mostrárselo. Elikah lo aprobó. El vestido era mío.

Finalmente llegó la noche.

Janelle y Vernell habían vuelto a desparecer dejándonos a Elikah y a mí solos en el calor húmedo de agosto. Nuestra habitación tenía un balcón donde podíamos sentarnos y mirar a la calle. Era como si toda la gente del Barrio Francés se hubiera cambiado a pieles nuevas. De pronto caminaban con otro ritmo, un tipo de deslizamiento de pie fluido. En algunas esquinas había mujeres vestidas con ropa extravagante esperando un taxi mientras la música en vivo flotaba alrededor de ellas en lugares que Elikah denominaba antros. Janelle explicó que eran bares como el que operaba Tommy Ladnier en Biloxi.

-Ponte el vestido rojo. – dijo Elikah. Estaba sentado en uno de los asientos de herrería decorativa que hacían juego con el riel del balcón donde había subido las piernas. Fumaba un cigarrillo de un paquete que había comprado en la tienda de la esquina, la cual estaba llena de fuertes olores de quesos y de aceitunas verdes frescas que yo nunca había visto antes.

-Está bien. - Me sentía tímida. El vestido me hacía verme mayor. Una mujer sexy. Se veía bello en un piso de baile, con la falda flotando por mis caderas, más corta que cualquier otra cosa que yo poseía. Juguetón. Como si de pronto me hubiera vuelto parte de una noche rara y exótica.

La tela se deslizó por mis brazos, cabeza y torso y recordé la noche después de la barbacoa del cuatro de julio cuando me había echado agua fría por la cabeza y sentí que había dejado atrás más que el calor y la mugre del día. El vestido rojo me hacía sentir igual. Me puse las medias que él había comprado y los zapatos rojos que eran tan delicados que se me hacía difícil caminar con ellos. Me amarré el pelo. Ya lo hacía mejor después de observar cómo JoHanna ataba, el suyo. La mujer que me miró en el espejo iluminado del baño no era Mattie Mills. Era otra criatura, casi bonita. Si solo hubiera tenido el valor de pedir un pintalabios. Pero Elikah siempre había desaprobado tales cosas. Me mordí los labios para enrojecerlos, abrí la puerta del baño y salí.

Elikah seguía en el balcón, su cuerpo tenso mostrando el deseo que tenía de estar en la calle, de ser parte de la noche en un lugar donde nadie de Jexville podría verlo. Se dio vuelta lentamente tirando la colilla del cigarrillo a la calle.

-Vaya, Mattie, - dijo, mientras sus ojos se movían sobre mí, valorando cada punto. – Mi noviecita estaba escondiendo toda una mujer.

- ¿Te parece bien? – Quería correr donde él, acercarme para que dejara de mirarme de una manera que me hacía sentir desnuda y vulnerable. Su manera de mirarme era mucho más íntima que un contacto físico.

-El color rojo es tu color. – Me indicó con un gesto que me uniera a él en el balcón y luego me pasó el vaso de Whisky que estaba tomando. – Ahora, sorbe un poco. Ya que vas a parecer una mujer de la ciudad, es bueno que pruebes los placeres de esa vida.

El Whisky olía mal y sabía peor, me quemaba. Pero lo tragué y asentí devolviéndole el vaso a Elikah. Quizás las cosas serían diferentes ahora que no me veía como una niña. Quizás si me portaba como adulta, me trataría como mujer, como esposa.

-Ese Whisky es uno de los mejores del mundo. Tommy Ladnier lo surte aquí en Nueva Orleans. Tengo entendido que está ganando mucho dinero, pero tiene que tener cuidado que no lo vayan a asesinar los gánsteres de New Orleans. – Elikah se rio y me pasó el vaso.

Tragué de nuevo haciendo todo lo posible por no escupir.

Elikah señaló la otra silla. –Siéntate Mattie. Estaba pensado que podemos ir a uno de los clubes para escuchar música. Quizás hasta podamos bailar. ¿Qué piensas?

Me senté en el borde de la silla. El Whisky había calentado mi cara y no estaba segura de poder mantener mi dignidad de adulta al contestar. - Eso sería genial.

Él se rio de buena gana sin atisbo de burla. –Genial, dices. Pues te has transformado en una dama. Y eso es bueno. – Se rio otro poco y me pasó el vaso. – Les dije a todos en el pueblo que serías una buena esposa y ahora veo que como parte de la oferta me he conseguido una dama.

-Quiero ser una esposa buena para ti, Elikah. – Una ola de sinceridad me cubrió y dejé escapar las palabras. Él me había humillado y lastimado, pero yo podía olvidar todo eso. Solo deseaba el futuro. Quería algo para mí, algo que valiera la pena, un esposo guapo, una casa, y quizás, si fuéramos verdaderamente felices, un hijo.

-Eso es bueno, Mattie. Me consta que te esfuerzas mucho. Debo reconocerlo. – De pronto se quedó serio mientras me invitaba a tomar más Whisky.

Lo hice, casi tosiendo, pero logré tragármelo todo. El calor quemaba mi garganta y luego se subía hasta asentarse en la base de mi cráneo donde los tentáculos de calor subían y rodeaban mis mejillas y la cima de la cabeza.

-Vamos a ver si encontramos alguna música. – Me ofreció su mano y yo la agarré, haciendo todo lo posible por no caerme.

-Elikah, yo no sé bailar. - Se lo tenía que advertir antes de que llegáramos ahí y yo le hiciera pasar vergüenza.

-Yo creo que podemos remediar eso, Mattie. – Abrió la puerta al pasillo y a la noche que nos esperaba. En la calle íbamos desplazándonos de un charco de luz a otro igual como lo había hecho la gente que yo había observado desde el balcón. El Whisky me había hecho sentirme algo aturdida, libre y veía la noche y la ciudad como si estuvieran disfrazadas.

La música se deslizaba por las puertas de los bares y se movía por la vieja calzada, formando una neblina espesa en la que entramos. De pronto sentí como si los sonidos estuvieran rodeándome y entrando en mí hablando con mis huesos.

Elikah me llevó a un club a través de una puerta que estaba cerrada. Ni siquiera llegamos a una mesa. Elikah me condujo directamente a la pista de baile y me abrazó. La música que tocaba era una música lenta, lánguida, que parecía andar sin rumbo al paso de los sonidos profundos de un gran violín, la noche vibrando como las cuerdas espesas. La mano firme de

Elikah se posaba en mi espalda, presionando y soltando mientras me guiaba con la otra hasta que sentí mi cuerpo entero deslizarse al compás fácil de la música.

Otros bailaban en la sala oscurecida y se oía la risa, voces hablando y el olor a cigarrillo y perfume y la sensación del brazo de Elikah acercándome hasta que estaba apretada a él de un modo que no era decente pero que no quería parar.

-Eras una bailadora innata, Mattie, - me susurró Mattie al oído, su aliento un estremecimiento de placer.

Yo no podía hablar. La música me había ensimismado a tal grado que yo simplemente cerré los ojos y dejé que su cuerpo le indicara al mío lo que debía hacer.

Caminamos a una mesa oscura donde una mujer nos trajo bebidas en vasos grandes que estaban llenos de hielo. El líquido era dulce, frío y fácil de tragar. Volvimos a bailar. La falda de mi vestido rozaba contra la parte trasera de mis piernas, como un susurro mientras que las manos calurosas de Elikah me tocaban y me guiaban. Me entregué a él, a la música y a la extraña ciudad oscura que de alguna manera se había convertido en una larga nota haciendo espirales desde la boca de una trompa.

No sé cuánto tiempo duramos así, pero sentía que mis huesos se habían ablandado en mi carne. Por fin, Elikah me sostuvo con el brazo y salimos a la noche.

-Creo que te has emborrachado, dijo, riendo mientras me sostenía. - ¿Puedes caminar?

-Quizás-. Levanté la pierna y me quité un zapato, y luego el otro. Descalza tenía más equilibrio. – Sí, puedo.

La risa de Elikah fue como un beso. Como respuesta me puse de puntillas con el brazo alrededor de su cuello y lo besé. – Lo estoy pasando muy bien.

-Ni te imaginas lo bien que lo vas a pasar, - me prometió al caminar conmigo a la habitación.

Una vez dentro de la habitación él cerró la puerta y me

ayudó a quitarme el hermoso vestido rojo y a ponerme el camisón. Luego me condujo hacia la cama donde yo caí riéndome de la sensación de estar flotando en el placer de la noche.

Elikah me cubrió con la sábana y salió al balcón. Acostada de lado lo podía ver atento al bullicio de la ciudad, las manos agarradas de la baranda, absorto en la ciudad debajo. Solo eran las diez de la noche. Para Jexville era tarde, pero muy temprano para la Ciudad Olvidada por la Prudencia. JoHanna me había dicho que así se le decía a la ciudad. Ahora comprendía lo que quería decir.

¿-Elikah?

-Sí. –

– ¿No estás cansado? - Yo quería que se acostara a mi lado. Me había acostumbrado a tenerlo conmigo en la cama.

-No, no estoy cansado.

-Pues sal, - le dije. - Ha sido un día maravilloso.

Se dio vuelta y temí que estuviera enojado. No le hacía falta que yo le dijera lo que podía o no podía hacer. Vino hacia mí y agarró la solapa de mi camisón con los dedos, sosteniendo la tela de manera tierna, como si temiera rasgarla.

Está bien, - susurró, bajó la mano y salió de la habitación sin el sombrero.

Yo salí de la cama y lo observé cruzando la calle, sus botas golpeando las calles adoquinadas. Una de las mujeres paradas cerca de un edificio se le acercó para hablarle. Él se rio y siguió adelante desapareciendo en la esquina desde donde parecía salir la música.

Aún parada ahí, después de las diez de la noche, la ciudad parecía animarse cada vez más. Las lámparas de gas sobre los postes lanzaban pequeños charcos de luz y podía ver personas anónimas caminando de charco en charco como pescados dentro de un tanque, moviéndose sin lograr avanzar.

La música me agradaba y me hacía pensar en Duncan y su

promesa de enseñarme a bailar. Sentía un dolor punzante en los pies a causa de los hermosos zapatos nuevos y el bailar. Todo era como en un sueño. Cerré los y le permití a la ciudad invadir mi cabeza.

Mientras seguía sentada en la silla de hierro en el balcón me di cuenta de que mi cabeza se hundía sobre mi pecho. Me levanté y me acosté. Las sábanas eran de un algodón denso, frescas y con olor a sol.

Cuando escuché abrirse la puerta le murmuré algo a Elikah. El cuarto estaba oscuro, extraño y mi sueño era tan grueso y pesado como un edredón extendido sobre mí.

Escuché sus pasos, y la pequeña vacilación en el ritmo de estos me despertó del todo. Llegó con toda clase de olores, entre ellos licor y un olor pesado y dulce. Perfume. No me moví. Solo escuché y miré la oscuridad.

Un paso, un arrastrarse de pies, otro paso, y otro paso. Luego pasitos, más rápidos como si algo lo estuviera atentando a la habitación. Una confusión de ruidos, no como en casa. Aun en la extraña oscuridad de la habitación yo sabía que estaba borracho.

El miedo fue como el pinchazo de una aguja. Una advertencia. Elikah había estado tan diferente. En un solo día me había enamorado un tanto de mi esposo, pero yo le tenía miedo cuando estaba borracho. Además, estábamos solos en una ciudad donde nadie nos conocía y donde a nadie le importábamos.

Excepto que, no estábamos solos.

La escuché, su risita emocionada. –Cállate, Eli. - Continuó riéndose. –Está dormida.

-Y la vamos a despertar, - contestó él, también riendo.

Capítulo Nueve

El vaivén del tren era reconfortante. Sonidos y movimientos fuera de mi control. Sin levantar mi mano que parecía pesar cuarenta libras mi ser se arrojaba por el tiempo y el espacio. Estaba sentada con mi cara hacia el sol de la mañana recordando cuando papá trabajaba el turno de la noche. Regresaba a casa en las mañanas. Mamá ya estaba despierta preparando tocino y panecillos, y cocinando la salsa con grasa de jamón que a él le encantaba. Yo podía escucharlos hablando, la baja corriente de sus voces igualaba el movimiento del tren y la sensación del sol de la mañana que entraba por la ventana sobre las sábanas limpias en mi cama donde Callie y Jane dormían todavía a mi lado. Me encantaba escuchar los sonidos de la cocina, sabiendo que el día había comenzado y que continuaría. Papá se acostaría y nosotras las niñas saldríamos a cosechar los vegetales y ayudar a mamá con los hermanos menores. Trazábamos líneas en la tierra, diseñando nuestra casa imaginaria alrededor del viejo roble del jardín del patio. Las raíces estaban torcidas, grandes y fuertes, fungiendo de sofás, sillas y recovecos donde podíamos acurrucar a Josh, el bebé, en su propio cuartito.

Si apretaba los ojos y me dejaba llevar por el movimiento del tren podía regresar a aquel lugar y dibujar mi propio cuarto, todo a mi alrededor, las paredes invisibles pero respetadas por Callie y Jane y hasta papá cuando venía a ver qué estábamos haciendo. Siempre empleaba el espacio donde se había dibujado una puerta y tenía cuidado de no pisar los muebles que habíamos trazado. Apreté los ojos para contener las lágrimas.

Janelle se sentó a mi lado en cuanto Elikah salió. – Al parecer esa comida abundante no te cayó bien. – Habló como si se tratara de un hecho. – Elikah nos contó que comiste demasiado.

Yo me agarré del borde de mi asiento y me aferré al movimiento del tren.

-Antes de salir del hotel pedí un té helado para llevar. Ya no está frío, pero puede que te ayude. – Se acomodó en su asiento.

-No, gracias.

- ¿Bailaste anoche?

Recordé el salón decorado con luces y la orquesta cuyas resplandecientes trompas parecían soplar humo. – Sí, bailamos.

-Te lo dije. – Me tocó el brazo. - Tomaste demasiado, ¿no es así? No tiene nada que ver con la comida, sino que te emborrachaste.

No lo negué. Hubiera sido inútil.

-Vernell también tomó mucho, pero yo no. Y hoy me siento fabulosa.

Estábamos entrando en la estación de Bay St. Louis, la primera parada en Mississippi. Ya habíamos cruzado el lago Lake Pontchartrain, un espejo como lámina que se extendía de horizonte a horizonte. Ahora por la ventana se veía el Estrecho del Mississippi brillando a la distancia. Las playas eran de un color de muselina y no del blanco puro que yo siempre me había imaginado. Un detalle en el que no me había fijado cuando íbamos hacia Nueva Orleans.

-Vernell me pidió que no te molestara, pero he estado ansiosa de hablar contigo.

Sentí que me estaba poniendo tensa, sintiendo a la vez un dolor involuntario en mí. —No me siento bien, - le dije.

-Te quiero hablar de JoHanna McVay, - continuó ella, ignorándome. – Yo sé que tú eres bondadosa, Mattie, y algo inocente, pero no debes andar con esa mujer. Todo el mundo sabe que tú estabas en aquel bautizo con ella cuando Mary Lincoln se ahogó. Esa Duncan la maldijo, al parecer. Mira, Elikah ha pasado mucha vergüenza por causa tuya. ¿Es que no lo entiendes? Te debes proteger y vigilar tus movimientos. Todo lo que tú haces se refleja luego en él.

Mis dedos se hundieron en el asiento, agarrándose, controlándome. No la podía mirar porque si lo hubiera hecho, habrá aplastado su impertinente naricilla entre sus ojos azules. Dentro de mi encolerizado cerebro podía sentir su carne aplastada bajo de la palma de mi mano; la punta de su nariz tanto dura como blanda.

-Mattie, no estoy tratando de darte sermones, pero hay cosas sobre esa mujer que te hace falta saber. Tiene muy mala fama. De veras mala. Todo el mundo sabe que ha tenido amantes. Al menos dos.

La ignoré, fijándome en los pinos pasando con rapidez desdibujada. A la distancia se veía una casa de vez en cuando y por la playa habría casas mucho más grandes. Mansiones.

-JoHanna se pavonea por todo el pueblo. Aun su modo de caminar es para que le presten atención. Además, esa criatura que ha criado es un bicho raro. El único amigo que tiene es ese viejo gallo asqueroso.

-Pecos adora a Duncan. —Yo no lo decía para defender al

gallo. Yo no lo quería, pero reconocía que adoraba a Duncan. – Mataría a cualquiera que tratara de hacerle daño a Duncan.

-Eso es ridículo, Mattie. Un gallo no es un perro guardián. Lo que dices es una tontería. Y aun si ese gallo tuviera la inteligencia de Tomás Edison no exculpa lo que pasa en esa casa. ¡Dos amantes! Yo te los podría nombrar.

- ¿Lo sabe Will? - Yo no lo podía creer. ¿Qué mujer escogería a otro hombre por encima de Will McVay? No eran más que chismes de Janelle.

- ¿Quién sabe lo que Will sabe o por qué? Todos dicen que ella le tiene un candado puesto. Y es bien conocido que ella se deshizo de un bebé antes de que naciera Duncan. Es por eso por lo que está tan obsesionada con esa niña.

Las cosas que decía Janelle eran crueles y maliciosas. El librarse de un bebé no podía compararse con tener unos amantes. JoHanna nunca haría algo así. Nunca. La gente decente ni pensaba en cosas así. Ni siquiera cuando sentían desesperación y miedo al pensar que podían morir. El matar un bebé nonato sería el pecado más grave que una mujer podía cometer.

-JoHanna pretende que a ella no le importa nada, pero dentro de su corazón sí sabe que Dios la va a castigar. Y lo ha hecho ya.

- ¿Castigarla? ¿Cómo? ¿Qué quieres decir? - Janelle me había asustado. Yo estaba muy familiarizada con eso de un dios castigador. JoHanna no creía en esas cosas, pero Janelle sí, y yo no estaba segura en cuanto a mí. Para mí el mundo, por lo general, no era más que un castigo, merecido o no.

-Fíjate en lo que le pasó a Duncan. Esa fue solo una advertencia. Pero JoHanna no ha cambiado su manera de ser. No es natural. No sabe comportarse de una manera respetable. Quiero decir que se viste como una puta. Puede pensar que está de moda, pero se olvida de que tiene cuarenta y ocho años y se viste como si fuera una modelo de un prostíbulo en París. Sus sombreros y vestidos son indecentes. – Hizo gestos con las manos como de frustración. – Dios no acepta tal comportamiento dentro de un pueblo decente. Ella debería irse a París o a Europa o dondequiera que le parezca tan grande y fino.

-Es hermosa. – Pronuncié esas palabras tan calladamente que no estaba segura de que me había escuchado.

- ¿Hermosa? Si a uno le gusta que todos los hombres del pueblo te miren caminar. Deberías ver sus nalgas menearse debajo de esos vestidos delgados. Y sin mangas, para colmo. Y ese pequeño diablillo de ella bailando como poseído por Satanás.

-Duncan ya no puede bailar. Ni siquiera puede caminar.

- En esa carretilla con ese gallo. Es risible. Ella se pone en ridículo a sí misma y a ti – y a Elikah – cuando te ven con ella.

Solté el mango del asiento y me viré hacia ella. - ¿Por qué le tienes miedo?

Abrió la boca para decir algo, pero, por un momento, no pudo hablar. – ¿Cómo te atreves a hablarme de esa manera cuando lo único que estoy tratando de hacer es ayudarte al darte este consejo? ¿Cómo te atreves? – Se levantó agarrándose de la espalda de mi asiento mientras el tren daba tumbos. – Pues te puedo decir una cosa. No voy a desperdiciar más palabras aquí, pero recuerda lo que te digo; llegará el día en que vas a lamentar el día que la conociste. Si continúas viéndola vas a ser la ruina del pueblo. Nadie te va a invitar a su casa. – Con eso se volteó y salió huyendo.

-Nadie debería de invitarme. – Le contesté, aunque ya no me podía escuchar.

Capítulo Diez

P ara cuando regresamos de Nueva Orleans, Johanna y Duncan ya habían venido a Jexville y habían regresado a Fitler con la tía de JoHanna, la tía Sadie, según Floyd. Me doy cuenta de que al comprender la cercanía de la relación de Floyd con Johanna y Duncan me vi entrando en la tienda de botas ese miércoles. No le conté a nadie ni de lo que pasó en Nueva Orleans ni de la náusea que sentía. Había comenzado a pensar de cómo terminar mi vida. Quizás eran esos mismos pensamientos que me llevaron a buscar a alguien que podía tener mi desesperación a raya con palabras y cuentos y aún la más tenue conexión con JoHanna. En todo caso, fui a la tienda bajo el pretexto de encargar un par de zapatos a la medida.

Floyd estaba en el fondo de la tienda donde había poca luz y reinaban los olores de cuero y lustre. La tienda de Botas Moses estaba en un edificio de madera largo y angosto con unos estantes en los que exhibía botas expuestas. La sección delantera de los estantes dividía el taller grande, al fondo de la tienda. Ahí estaba Axim Moses inclinado sobre su escritorio. La oficina era de madera y había varillas de hierro que se extendían desde el suelo hasta el cielo raso haciendo parecer el espacio más como un compartimento de cuadra para caballos. Un pasillo angosto pasaba por la oficina y conducía al espacio donde Floyd estaba trabajando absorto, su trabajo iluminado por la luz natural que venía de la única ventana del lugar.

Estaba montado a horcajadas sobre un banco de madera que contenía un pie de madera puesto de tal manera que podía fabricar botas y zapatos sin tener que estar agarrado de ellos. Con mucho cuidado y muchísima destreza estaba ensamblando el empeine de cuero de un magnífico par de botas. El Sr. Moses parecía estar ocupado en la oficina con alguna papelería, así que yo me dirigí directamente al fondo del edificio.

La sonrisa de Floyd casi me hizo llorar. Estaba verdaderamente complacido de verme.

-Hola, Sra. Mills.

-No pares, - le pedí, no queriendo interrumpir su trabajo por causa de mi fingido objetivo.

- ¿Desea unos zapatos? – Me miró los zapatos que llevaba. Eran nuevos, pero no eran cómodos. Mi largo pie flaco estaba apretujado por los dedos del pie después de caminar un tanto. – Esos no parecen quedarle bien.

-Yo nada más vine para mirar. Quizás pueda obtener zapatos en otra ocasión.

Se levantó y vino donde mí, arrodillándose a mis pies, su vista fijada en mis zapatos. Con los dedos presionaba los dedos del pie. Traté de recuperar el aliento para evitar retroceder ante él. Elikah se ufanaba de su hermosura varonil, Will daba la suya por sentado y Floyd estaba completamente ajeno a la propia

-Estos no le quedan bien. Le aprietan los dedos del pie. – Presionó con tanta dureza que yo me quejé del dolor. – Lo siento, - dijo, mirándome. – Con estos zapatos le va a dar artritis si los sigue llevando. Le van a lisiar los pies.

Logró levantar mi pie y quitarme el zapato. Fue un alivio estar descalza, aunque fuera solo de un lado.

-Ahora el otro, - dijo.

_ ¿El otro?

No hay dos pies iguales. No tiene sentido el hacer un zapato para un pie y no para el otro.

Le dejé quitarme el zapato, quedándome parada ahí descalza como una tonta. Y era yo quien había dicho que Floyd era un bobo. Yo lo sentiría de mala manera si acaso Elikah entrara en la tienda en ese momento para encontrarme descalza con un hombre arrodillado delante de mí

-Floyd, yo –

Me agarró de la mano y la puso sobre su hombro para equilibrarme. – Deme un segundo más.

El lápiz le daba vuelta por el pie haciéndome cosquillas en el arco.

-Mire a ver. Le aprieta en el talón y justo en el dedo gordo. Tiene un pie angosto. - Sacó el dibujo de debajo del pie y me lo señaló con el lápiz.

Yo me cercioré de que el Sr. Moses siguiera ocupado en la oficina. Me estaba dando la espalda y tenía la cabeza inclinada sobre los papeles que tenía sobre el escritorio.

-Siéntese. – Floyd me indicó una silla. Seguía arrodillado mientras se me acercaba. –Tengo que hacer más medidas.

-Floyd, yo no puedo permitirme unos zapatos nuevos en este momento. – Se lo tenía que decir. Me avergonzaba su sinceridad. Además, me tenía algo nerviosa. –Yo solo pasé para saludarte. Quería saber si sabías algo de JoHanna.

-Regresan mañana. Vamos a hacer un picnic. JoHanna me lo mandó decir con Bruner esta mañana. – Con una cinta métrica en la mano se estiró para agarrar mi pie. –Párese, - dijo, agachado sobre mi pie.

Tomó medidas por todo el largo de mis dedos del pie, hasta

el arco, hasta el tobillo, anotando los detalles en el papel que tenía el dibujo de mi pie.

-Yo no me puedo comprar zapatos, - le volví a decir.

Con un gesto de la mano me indicó que me sentara y luego levantó mi pie izquierdo examinándolo fijamente mientras le daba vuelta de un lado a otro. Estaba tan inmerso en su tarea que hasta yo me interesé. Era como si se tratara del pie de otra persona y no del mío. Una cosa rara y pálida que había brotado de mi pierna, sin aviso y sin dolor. Con sus dedos Floyd comenzó a frotar la planta de mi pie, palpando gentilmente y volví a sentir que se trataba de mi propio pie.

Había comenzado a relajarme con Floyd y su atención a mis pies. Era su trabajo y lo hacía con cada persona que venía a comprar botas o un par de zapatos. De hecho, el sentir sus manos cálidas en mis pies era agradable. Con sus dedos palpó los callos en mi tobillo y en el tercio anterior del pie.

-Sus zapatos no le quedan bien por esto, - dijo con confianza. −Está frotando aquí. Esa es una definitiva señal de problemas.

Yo tenía pies largos y delgados, pero en la mano de Floyd se veían pequeños.

-Tengo un cuero de altísima calidad. Estoy haciéndole estas botas para el alcalde Grissham. - Se levantó con un movimiento rápido y fluido para ir a su banco de trabajo donde estaba la sin terminar. – Mire. Duncan me ayudó a escoger el patrón.

Tomé el cuero que parecía retener el calor de las manos de Floyd. El empeine de la bota estaba decorado con puntadas que formaban una imagen, una imagen de algo que yo nunca había visto antes.

-Es una serpiente de cascabel, - dijo señalando el extraño diseño. – Yo lo realicé exactamente como me indicó Duncan. Ella me hizo un dibujo para indicarme cómo era y así supe cómo realizarlo.

-Está hermoso. – Lo levanté dejando que le diera un amplio rayo de luz. El cuero de serpiente parecía avivarse a la luz del sol, recordando los movimientos sinuosos de su dueña original. – La verdad es que está bellísimo, Floyd. – Nunca me hubiera imaginado que él fuera un artesano de tanto talento. Era conocido por su confección de botas de piel. Pero la complejidad del diseño parecía más un cuadro.

Lo miré y noté que estaba frunciendo el ceño. - ¿Qué pasa? – De pronto sentí algo de modestia por tener un pie desnudo en el piso.

-Era de uno de los sueños de Duncan. Ella estaba molesta.

Yo no seguía su tren de pensamiento. - ¿Qué sueño? ¿Qué había en el sueño?

-La imagen en la bota. Duncan sueña con un hombre en el agua. No es todo un sueño, sino partes despedazadas. – Me miró, sus dedos inconscientemente masajeando mi pie. –Ese hombre del sueño le da miedo.

Sin duda el ahogamiento de Mary Lincoln tenía turbada a Duncan. Se me ocurrió que quizás era por lo que JoHanna pasaba tanto tiempo en Fitler. Después de lo que pasó en el bautizo era mejor que se ausentaran lo más posible. Al menos hasta que Will regresara de Washington. La gente en Jexville culpaba a Duncan por la muerte de Mary.

Me sobresalté al sentir la mano de Floyd sobre el hombro. – Duncan dice que el sueño es como estar atrapado debajo del agua. No se lo ha contado a JoHanna. Solo a mí. – Su preocupación se mezclaba con cierto orgullo. - No se lo comentará a nadie, ¿está bien? Duncan se enojaría.

-No, Floyd. No se lo contaré a nadie. – Él podía confiar en mí. Yo ya guardaba tantos secretos míos y no tenía con quién compartirlos. - ¿Has dicho que JoHanna regresa hoy?

-Puede ser que ya haya regresado. Doña Nell las trae. Se fue a Fitler para ver a la gente de su madre y aprovechó para que la acompañaran en su regreso. Yo voy a comprar panecillos donde Mara para sorprender a JoHanna y a Duncan. Puedo conseguir uno para Ud. también.

Le toqué el brazo. La dureza del músculo de su antebrazo debajo de la manga de su camisa me sorprendió. - Gracias, Floyd, pero es mejor que me quede en casa y que le prepare la cena a Elikah. – No podía ir de picnic, pero me urgía ver a JoHanna. Sola.

Él asintió. – Le voy a contar a Duncan la historia de los piratas del Río Pascagoula. Se trata de una historia verdadera.

-A mí me encantaría volver a escucharla.

-El pirata principal se llamaba Jean Picard. – Floyd me sonrió, muy satisfecho de sí mismo. – JoHanna me enseñó a pronunciar su nombre. Dice que era un nombre francés. Fue ahorcado en New Augusta. Construyeron la horca cerca del Palacio de Justicia. Fue el mismo lugar donde ahorcaron a James Copeland.

Había escuchado hablar del bandido James Copeland, pero nunca de Jean Picard. Lo más probable era que JoHanna lo hubiera inventado, se lo había pasado a Duncan, que contribuyó a que Floyd lo convirtiera en una más de las joyas de su cofre de historias atesoradas. Al repetirlas llegaba a creer que se trataba de historias verdaderas. Esa era una de las debilidades de Floyd. No era el bobo que yo había pensado que era al conocerlo, pero sí era inocente. Se creía todo lo que le decían, hasta aquello de que su padre había sido un pistolero. Esa había sido una de las mentiras más crueles por parte del pueblo, pero Floyd lo creía íntegramente y ni siquiera JoHanna lo podía disuadir.

-Me encantaría escuchar sobre James Copeland y Jean Picard, pero ahora no puedo. - No reparé en el hecho que JoHanna no me había invitado.

-Está bien. Se agachó hacia mí, su brazo largo tomando los

dibujos de mis pies. – Estoy preparado para cuando quiera los zapatos. Nada más me tiene que decir el modelo que quiere.

-En cuanto tenga un poco de dinero extra regresaré. – Me levanté poniéndome los zapatos. Floyd regresó a su banco y levantó el pequeño mazo con el que martillaba el cuero. Me quedé mirándolo un momento. ¿Qué enfermedad lo pudo haber dejado con la confianza inocente y la maravilla de un niño? ¿Era un regalo o un castigo?

Mirándolo trabajar me daba cuenta de que él era mucho más feliz que yo.

Capítulo Once

¿Quieres huevos con tocino, Mattie? –JoHanna tenía la espátula en la mano al darse vuelta para mirarme. La sartén de hierro fundido estaba escupiendo y haciendo chasquidos con las rajas de tocino que chisporroteaban al freírse.

-No, gracias. – Tragué, corriendo el dedo por el borde de la taza de café que no había probado. Me sentía aterrorizada sentada en la cocina de JoHanna. Había venido por los chismes de Janelle y mirándola parada en la estufa con brazos pálidos pero musculosos en la blusa de manga corta, la cabeza cubierta de un fino vello castaño no podía animarme a hacerle la pregunta que quería hacerle.

-No has estado durmiendo bien últimamente, ¿verdad?

Ni siquiera me estaba mirando. Estaba volteando el tocino.

-No.

- ¿Se trata de Elikah?

-No. – Volví a tragar, mientras dejaba que la taza de café me calentara las manos. – Bueno, digo, sí y no.

- ¿Estás encinta? – Se dio vuelta y me envolvió con su mirada azul.

-Puede que sí. – Comencé a llorar. – No quiero morir.

Sonrió al instante. – La mayoría de la gente no se muere en el parto, Mattie. Tú eso bien los sabes. Da miedo, sí, pero es algo completamente natural. – Bajó la espátula y vino a la mesa para poner sus manos en mis hombros, levantando la trenza pesada que colgaba por mi espalda.

Tenía ganas de poner mi cabeza en la mesa y romper en sollozos. Pero luché para detener las lágrimas y enderecé la espalda. No la podía mirar, pero sí se lo podía decir. –No quiero este bebé. Si debo tenerlo me mataré para que no nazca

Las manos de JoHanna continuaban jalando mi pelo, como una madre ordenando el desorden. Por fin dejó caer la trenza y volvió a la estufa para voltear el tocino. Lo sacó y lo puso a drenar sobre un pedazo de papel marrón y quitó la sartén de la estufa. -Espera que le prepare los huevos a Duncan, - dijo. – Y entonces podemos dar un paseo.

Yo había enjugado las lágrimas y estaba resuelta a no volver a llorar. Ella no me iba creer si yo lloraba. Pensaría que me estaba portando como una niña y que nada más estaba molesta por las circunstancias.

Con la destreza de una cocinera experimentada rompió los huevos en la grasa caliente y los volteó. En menos de un minuto el plato estaba listo. – Le sirvo el desayuno a Duncan en la cama, pero luego la obligo a que se levante y trate de caminar. Me parece que se está poniendo cada vez un poquito más fuerte.

Hablaba como si se le hubiera olvidado lo que le acababa de decir. Eso me hizo sentir más estable y me dio la oportunidad de calmarme.

Puso el plato en una bandeja en la cual había un vaso de leche y pan tostado. Usando su trasero para abrir la puerta se paró y me miró. – Mattie, ¿podrías tirarle esas migas de pan tostado a Pecos? – Y con eso desapareció por la puerta.

Agarré las migas y salí. Aunque no éramos amigos, Pecos y yo habíamos llegado a un acuerdo en el que él ya no me espoleaba cada vez que me veía. Acababa de darle las migas cuando JoHanna salió por la puerta, el delantal en la mano. Lo dejó caer sobre el escalón superior y me hizo una señal para que la siguiera por el patio hacia los bosques.

Caminamos unos quince minutos cuando llegamos a un pequeño arroyo completamente cubierto por las copas de los árboles. Caminamos en dirección de la corriente y llegamos a un lugar donde el arroyo estaba mucho más ancho y profundo, la corriente más lenta. JoHanna comenzó a quitarse la ropa. – Quiero nadar, - dijo.

Yo bajé la mirada al suelo, cohibida. Nunca me había quitado la ropa delante de una mujer excepto mis hermanas y mi madre y eso fue antes de casarme. JoHanna me había mencionado antes que ella nadaba desnuda, pero yo no se lo había creído. Ella no traía un traje de baño.

-En deferencia a tus sentimientos, no me quitaré toda la ropa si no, me quedaré con la ropa interior puesta. – JoHanna se estaba burlando de mí. Se notaba por su tono de voz y por sus palabras. Subí la cabeza y vi que llevaba solo el sostén y calzones. Su ropa interior estaba decorada con poco encaje. – Yo creo que tú deberías zambullirte en el agua también. Para mí el nadar tiene el efecto de hacerme pensar con más claridad. De hecho, no tenemos mucho tiempo. Duncan va a querer que la ayude a vestirse.

Ella entró en el agua dando gritos por el frío del agua. Una vez que llegó a una profundidad que cubría sus rodillas se zambulló emergiendo del otro lado del agua oscura. – Está un poco fría. Por aquí está lo suficientemente profundo para nadar. – Señaló agua abajo. Will ayudó a unos castores a construir su dique para crear un lugar donde nadar.

Me ruboricé al pensar en Will. No me fue difícil de imaginar a Will con JoHanna retozando tan desnudos como Adán y Eva en este lugar.

-Ven, Mattie. La ropa interior se te secará antes de que regreses a tu casa. Te aseguro que te hará sentirte mejor.

Me paré y desaboté el vestido verde. Cayó a mis pies y yo di un paso para salir del vestido dejando los zapatos también. La tierra era negra, escondida como estaba del sol y por la espesura de los árboles. Caminé hacia el agua y vadeé hasta que el agua subió a mis tobillos. El agua estaba helada.

-Métete un poco más y luego zambúllete. Es demasiado difícil entrar poco a poco. – Aunque JoHanna estaba nadando hacia delante, la corriente hacía parecer que no se movía. En vez de zambullirme yo medio me senté en cuclillas. El frío era tan intenso que sentía que el corazón iba a explotar.

-Estoy fascinada con mi pelo corto. – JoHanna pasó su mano por los vellos que de algún modo había logrado nivelar. Quizás su tía la había ayudado a emparejarlo. – Ahora, cuando me da calor, meto la cabeza bajo la bomba. Es fresco y fácil. – Se rio. Siempre me preguntaba por qué los hombres llevan el pelo corto. Ahora lo comprendo.

Para no morirme de frío movía los brazos y las piernas frenéticamente. JoHanna tenía razón, sin embargo. Comencé a acostumbrarme a la temperatura. – ¿Vas a . . .? dejar . . .. crecer tu cabello?, tartamudeé.

-Se rio de la pregunta. – Me imagino que tendré que hacerlo. La vida de Duncan ya es lo suficientemente mala sin yo agregar a ello. Ella tendrá que regresar a la escuela en el otoño.

Yo no había considerado el año escolar. Pobre Duncan. ¿Cómo soportaría a todos los niños que estaban convencidos que ella le había echado una maldición a Mary? Además, tendría que estar en una silla de ruedas.

-Ven hacia acá, Mattie.

La voz de JoHanna era dulce. La miré. Ella estaba parada en el agua que le llegaba a los senos, totalmente visibles a través del encaje de su sostén. Quería que me acercara a su lado en el agua más profunda.

El fondo estaba arenoso, aunque en algunos lugares los dedos del pie sentían el barro duro. No estaba tan resbaladizo como me había imaginado. Me acerqué a ella lentamente, un centímetro a la vez. Estaba también consciente del tirón de la corriente. Iba más rápida de lo que parecía aún en las partes más profundas. Si Will no hubiera construido el dique el agua, se habría movido a una velocidad repentina. Luchando contra la corriente llegué donde JoHanna sin dejar que la corriente me llevara. Al entrar en el agua más profunda, la corriente tiraba menos.

-Relájate. - JoHanna puso su brazo detrás de mi cuello empujando mi cuerpo hacia atrás. Sufrí un momento terrible al recordar cómo Mary Lincoln había luchado pero la voz de JoHanna me tranquilizaba.

-Relájate. Te tengo. Quédate acostada de espalda y flotarás. Yo te sostendré.

Yo sentía sus manos debajo de mis hombros. Mis piernas flotaron hacia arriba por su propia cuenta, y ella tenía una mano debajo de mis rodillas.

-Cierra los ojos. —JoHanna me sonreía, divertida por mi postura rígida. — No te soltaré, Mattie. Te lo juro. No permitiré que te hundas.

Cerré los ojos y dejé relajar mi cabeza en el agua hasta dejar que el agua cubriera mis orejas. Podía sentir el peso de mi pelo oleando detrás de mí. El juego de la luz del sol en las ramas de los árboles destellaba sobre mis párpados. Estaba hipnotizada y sentí mi cuerpo relajarse aún más.

-Así es, - dijo JoHanna.

Ella se mantuvo totalmente quieta, un acto de pura voluntad. Ella era mi ancla, mi amarre. Mientras me sostenía, la corriente no podía llevarme. La miré a la cara.

-Dime qué te pasa?, - preguntó.

Miré que movía sus labios y vi las formas de las palabras. Estaban distorsionadas, pero la podía escuchar. Todos los duros filos quedaban suavizados por el agua.

-Sí estoy encinta, no quiero el bebé. Preferiría morir que tener un bebé de él. – Mi voz se me hacía fuerte en mis oídos. Observé la cara de JoHanna, pero no vi ninguna reacción.

- ¿Elikah sabe algo?

Los labios de JoHanna volvían a formar palabras y me llegaban desde lejos, flotando hasta llegar a mis oídos.

-No.

Ella asintió. – Relájate. – Cerró los ojos y comenzó a moverse lentamente haciendo un círculo. Mi cuerpo seguía sus movimientos, mantenida a flote por sus manos y yo cerré los ojos dejando que el sol y la sombra jugaran como fuegos artificiales dentro de mis párpados. Había compartido mis peores pensamientos con ella, pero ella no me consideraba un ser repugnante a pesar de ello. No me había abandonado y no me tenía por un monstruo.

La manó que sostenía mis rodillas cayó y mis piernas bajaron lentamente hasta que mis pies tocaron la arena. Me fue difícil sacar la cabeza del agua. Mi cabello estaba mojado, saturado y pesado y me seguía jalando hacia atrás. Me paré y abrí los ojos.

-Hay un médico en Mobile. Cuando Will regrese con el coche te llevaré. Pero, no se lo puedes decir a nadie, Mattie. Y es importante que sepas que al hacer esto puede que nunca tengas un bebé.

Yo me sentía como si el agua me poseyera y como si yo no tuviera ningún control sobre lo que decía ni hacía. – Nunca quise tener hijos.

Ella me acarició la mejilla. - ¿Estás segura?

-Sí, lo estoy. –Yo entendía, por su expresión, lo que estaba sacrificando. Pero ella no tenía manera de saber por qué yo haría tal cosa. No había palabras para explicarlo. Ni yo misma lo entendía del todo, pero sí sabía que era la decisión correcta.

-Voy a nadar unos minutos. Tú deberías de salir y comenzar a secarte. Tu pelo es mucho más largo que el mío y te tomará más tiempo.

Ella sabía que yo no podía regresar a mi casa con el pelo mojado. Yo estaba segura de que se secaría mucha antes de que yo caminara hacia Jexville. Para mediodía la temperatura estaría a cuarenta grados. Era un día muy caluroso para el picnic de Duncan con Floyd.

Johanna estaba hablando de la mermelada de uvas silvestres que su Tía Sadie le había hecho. Ellas habían entrado en los pantanos que bordeaban el río Pascagoula para coger las uvas. Y así andaba parloteando para alejarnos mentalmente de mi terrible confesión. Habíamos llegado al jardín de la casa de JoHanna cuando escuchamos el estruendo de platos.

- ¡Duncan! – JoHanna salió corriendo por el jardín dejándome a mí corriendo detrás de ella.

El cascareo y el graznido de Pecos podía despertar hasta a los muertos. El gallo estaba posado en la ventana cuando nosotras entramos corriendo por la puerta trasera de la casa.

- ¡Duncan! – JoHanna no se detuvo en la cocina, sino que corrió directamente a la habitación de Duncan.

- ¡Mamá! – La voz de Duncan revelaba lo molesta que estaba. – Es el hombre otra vez. Estaba debajo de un puente. Estaba tratando de agarrarme. ¡Mamá, me estaba llamando por mi nombre y estaba tratando de agarrarme!

Yo me paré delante de la habitación, sin entrar. Sentía terror por lo que estaba diciendo la niña. Tenía la voz empapada de angustia, inundada de miedo. Me daba la impresión de que yo podía escuchar su corazón latir en sus palabras.

-Ay, Duncan. – Las palabras de JoHanna eran tranquilizantes, pero también revelaban su propio miedo. –Es solo un sueño, querida. Él no te puede alcanzar. Ya sabes que yo buscaría la pala del jardín para golpearlo a muerte antes de permitir que él te lleve.

La podía ver en la cama, Duncan en sus brazos. Pecos seguía cacareando en la ventana, pero se había calmado un poco. Yo no estaba preparada para la respuesta de Duncan.

-No lo puedes matar, mamá. Él ya está muerto.

Tuve que poner una mano en la pared para sostenerme. Al entrar por la puerta vi los platos rotos en el piso y a JoHanna en la cama con su hija, abrazándola fuertemente. Sin decir nada yo empecé a recoger los platos.

-No importa que esté muerto. Jamás permitiría que te llevara.

Miré a JoHanna y noté que estaba tan pálida como Duncan. Toda muestra de rubor saludable de nuestra natación había desaparecido de su cara.

Sintió que la estaba mirando. – Duncan ha estado teniendo esta pesadilla recurrente.

-Me dormí después de desayunar. – Duncan miró el piso. – Lo siento, Mattie. No fue mi intención romper los platos, pero estaba tratando de huirle. Estaba corriendo, pero estaba en el agua y las piernas no me funcionaban.

Yo puse mi mano sobre su pierna y le di unas palmaditas. –

Oye, no te preocupes. Tu mamá tiene platos de sobra. —Bajo mis dedos sentí su pierna dar un salto como si yo la hubiera pellizcado.

Me levanté lentamente. Me lo pude haber imaginado. —Tu pierna, Duncan. La sentí moverse.

JoHanna se enderezó y puso sus manos sobre las piernas de Duncan. - ¿Las puedes mover?

Duncan frunció el ceño, achicó los ojos concentrándose. Apretó los labios y se apretó contra las almohadas con los brazos.

- ¡Eso fue! – JoHanna saltó de la cama y echó los brazos al aire. – ¡Se movieron! ¡Ambas, Duncan! ¡Las vi moverse!- Se tiró a través de la cama, abrazó a Duncan y luego se levantó, corrió del otro lado de la cama para abrazarme a mí. - ¡Se movieron!

Pecos aleteó por el cuarto y se posó en la cama de Duncan. Me miró, inclinó la cabeza, me volvió a mirar y luego levantó las alas un tanto, como amenazándome que no me acercara en un momento donde toda la recámara estaba celebrando escandalosamente.

- ¡Pecos!- Duncan lo agarró de la pierna y lo jaló hacia ella. – No seas pesado con Mattie.

JoHanna besó a Duncan en la frente. —Tiene que ser el resultado de lo mucho que nadamos en Fitler. Te dije que el río era mágico y que podía hacer que tus músculos se fortalecieran. – Estaba casi brincando de regocijo.

Duncan le dio una amplia sonrisa. – No, la verdad es que fue un sueño. Soñé que estaba corriendo e intenté hacerlo. Es así como tiré la bandeja mientras dormía.

JoHanna agarró sus manos y se los acercó a sus labios para besarlas. – Gracias a Dios por el sueño, Duncan. Si hace falta que te persiga el hombre ahogado para hacerte correr vamos a buscarlo a él para que nos vuelva a perseguir.

- ¿Hombre ahogado? – Mi pregunta, sin ser escuchada, cayó en medio del jolgorio.

- ¿Hombre ahogado? –Volví a preguntar.

-El hombre del sueño. Él está en esa parte del puente que entra en el agua.

-El cimiento, - aclaró JoHanna.

-Él está como que sentado, apoyado contra él y me llama para que yo vaya donde él.

Mientras Duncan hablaba JoHanna quedó inmovilizada. Estaba observando a su hija y escuchando los pormenores del sueño con suma atención.

-Te llama por tu nombre.

La niña asintió con la cabeza. – Dice – ¡Dun - Can! Y extiende el brazo para agarrarme. Está rodeado de cadenas, pero estas se han caído a su regazo porque es. . . – por un momento no pudo continuar. – Es como un esqueleto, pero no del todo. Los peces salen nadando de sus costillas. – Cerró los ojos. –Él quiere que yo venga y me siente a su lado debajo del agua. – Pronunció las últimas palabras en un susurro.

-Tú no me habías contado todo eso antes, - dijo JoHanna acariciando la cabeza de Duncan.

-Cada vez que tengo el sueño, sé más. – Duncan miró a su madre. – Ya no quiero volver a soñar, mamá.

-Una vez que vuelvas a caminar – se agachó – y a bailar los sueños cesarán. Tu cuerpo está acostumbrado a que estés andando por todas partes. Normalmente te duermes antes de que tu cabeza toque la almohada. – Besó la cabeza de Duncan, acariciando el pelo oscuro y fino de una media pulgada que le había crecido a la niña. Las dos habían sido rubias y paradas en el sol habrían parecido girasoles. – Tu cuerpo y tu mente han estado confundidos, pero poco a poco las cosas están volviendo a la normalidad. Ya verás.

-Me alegro – Duncan le sonrió a JoHanna, luego a mí. –

Quédate para el picnic, Mattie. ¡Por favor! Nos vamos a divertir mucho. Floyd te quiere mucho.

- ¿Y cómo sabes tú eso? – yo entré a su humor juguetón con ganas de dejar la pesadilla detrás todas nosotras.

-Yo lo sé. – La sonrisa de Duncan era pícara y feliz.

-Es verdad, - dijo JoHanna, agregando su opinión. –Tú le caes muy bien. Dice que tú eres muy dulce.

-Apenas le he hablado. – Me estaban cohibiendo.

-Eso no importa. Floyd percibe la verdadera bondad en la gente. – Una mirada de consternación pasó por su frente. – Si solo pudiera leer la maldad de la gente con la misma exactitud. – Me miró y sonrió. – En fin, él piensa que tú eres la bondad personificada. – JoHanna levantó la bandeja donde yo había apilado los pedazos de platos rotos. – Voy a hacer sándwiches para el picnic. ¿Vienes con nosotros, Mattie? Floyd va a traer unos dulces especiales de la pastelería de Mara y dijo que traería uno especialmente para ti en caso de que cambiaras de idea.

¿Qué diría Elikah cuando volviera a su casa para almorzar sin encontrarme ahí y sin el almuerzo preparado? ¿Qué haría cuando yo regresara? Yo no tuve que expresar mis dudas. JoHanna me las había leído en la cara.

-Yo me encargaré de él. – Besó a Duncan otra vez y luego se levantó. – En un minuto Mattie va a venir para ayudarte con las piernas. Haz cada ejercicio, Duncan. No hagas trampas, ¿está bien?

Duncan giró los ojos. –Quizás prefiero soñar.

-Quizás yo prefiero pellizcarte. - JoHanna amenazó con pinchar a Duncan hasta que Duncan chilló y prometió completar los ejercicios de rehabilitación.

JoHanna me indicó que saliera del cuarto y que la acompañara a la cocina donde se paró delante del teléfono. –Elikah tiene un teléfono en la barbería, ¿no es así?

Yo asentí. Recién había instalado uno declarando que le

hacía falta para su negocio, pero yo sabía que era más para el chisme y la ventaja de Tommy Ladnier y sus compinches.

JoHanna manipuló la manivela del teléfono y le pidió a la operadora comunicarle con la barbería a la operadora. Me miró, los ojos azules de pronto alegres. Tapó el auricular del teléfono con la mano. – Sabes que esto va a llegar a todos, así que prepárate.

Volví a asentir sin comprender qué rayos iba a ella a decir y qué precio iba yo a pagar más tarde.

¿-Elikah? Te habla JoHanna McVay. – Enarcó las cejas. – Me da pena decírtelo, pero te llamo para avisarte de Mattie.

Yo escuchaba la voz de mi marido, pero no distinguía sus palabras.

-Iba hacia el pueblo temprano esta mañana y la encontré en una banqueta. Parece que está sufriendo de algo . . . cosas de mujeres, ya sabes. Me la traje a la casa y la he puesto en una cama. No creo que debería moverse.

Elikah volvió a hablar con voz más excitada.

-Pues es difícil cuando se es mujer. Creo que lo mejor sería que se quedara aquí. De todos modos, no puedo salir ya que tengo a Duncan, así que te la puedo cuidar. Ella no tiene a su gente cerca. ¿Qué tal si nos acompañas en la cena esta noche?

Yo estaba sacudiendo la cabeza, pero JoHanna estaba por estallar de risa. Con voz seria, muy calurosa y cordial, pero los ojos la delataban completamente.

-Voy a llama al Doctor Westfall, aunque creo que sé lo que le hace falta a ella. Si continúa sangrando te vuelvo a llamar.

Él dijo algo más.

-En realidad no puedo hablar en este momento. Ella está muy molesta y no quiero empeorar la situación.

Elikah volvió a hablar.

-Pues ya que no puedes acompañarnos en la cena te llamaré

a la barbería en la mañana para ponerte al día en cuanto a su bienestar. – Colgó.

- ¿Qué dijo?

JoHanna me miró. – Estuvo muy amable. Casi demasiado amable. – Esperó a que yo le respondiera.

Yo quería contarle de New Orleans, pero no podía. No había manera de que yo pudiera sacar aquello a relucir. Miré el suelo. Sentí la mano de JoHanna sobre mi hombro. – Mattie, ¿qué vas a hacer?

Sacudí la cabeza, –No sé.

-Le escribiremos a tu mamá.

Volví a sacudir mi cabeza en una negativa. – No puedo regresar ahí. Joselito es igual de malo. Es igual de cruel. – Una lágrima rodó por mi nariz.

-Qué lástima que no quiso venir a cenar. Hubiéramos podido envenenarlo.

La miré alarmada y no pude discernir si estaba bromeando para hacerme sentir mejor o si hablaba en serio.

Capítulo Doce

Cuéntanos de la desaparición del Sr. Senseney. – Duncan movía un sándwich medio comido en la mano como si fuera un cetro real.

-Está bien. –Floyd estaba apoyado contra un árbol, su pelo espeso, un manojo rubio y húmedo, cortado todo parejo justo a la altura de su quijada. Era el corte de pelo de un niño y como tal contrastaba marcadamente con sus hombros descubiertos y bronceados. JoHanna había dicho que tenía veintitrés años. Su pecho lampiño tostado no era el de un niño. Yo miraba el piso mientras escuchaba el chacareo alegre.

En vez de ir lejos para el picnic habíamos decidido volver al aislamiento del riachuelo que estaba detrás de la casa, donde JoHanna y yo habíamos nadado. No queríamos correr el riesgo de que alguien nos viera en la calle y se lo avisara a Elikah. O al Doctor Westfall. JoHanna lo había llamado dándole detalles más gráficos de los que parecía un aborto natural. El doctor prometió llamar a Elikah para convencerlo de que en realidad lo mejor para mí era quedarme unos días con una amiga, alguien que pudiera entenderme sin hacerme sentir vergüenza ni desgracia. Me hizo parecer una figura lamentable.

A pesar de mis preocupaciones y temores, me sentía feliz y tranquila sentada con ellos en el banco del riachuelo tan llena de comida que me tiré de espaldas en la tierra fresca mientras Floyd se preparaba a contar su historia.

JoHanna estaba apoyada contra el mismo tronco liso de una magnolia silvestre con Duncan en los brazos, así que yo estaba ubicada de tal manera que le servía más de audiencia a Floyd. Él estaba sentado con las piernas apartadas, y las manos balanceadas sobre las rodillas, inclinándose hacia adelante, ansioso de comenzar la historia. Floyd se regocijaba de sus momentos para brillar como pistolero y cuentista.

- ¿Ha estado alguna vez en Fitler, Mattie? – preguntó.

-No. Quiero ir. JoHanna me ha contado un poco sobre el lugar. Y, Floyd, por favor, tutéame.

-Oh, Mattie. Está bien. Voy a comenzar con el cuento. Pues una vez Fitler fue el pueblo más grande de esta área, un pueblo próspero. – Se inclinó más y miró hacia JoHanna, orgulloso de haberse apropiado de una expresión de ella. – Eso fue por el año 1880, hasta que el señor Kretzler construyó el ferrocarril aquí en Jexville. Eso le quitó la vida a Fitler.

-El ferrocarril anda según la hora y el rio tiene su propio horario, - dijo JoHanna. –La gente era más decente cuando dependía del río. No era tan fácil ser malo con otro ya que todos se ayudaban entre sí mucho más que ahora.

Floyd asintió como si lo hubiera comprobado con sus propios ojos. –Eso es verdad. Pero la historia es que, si el puente que está sobre el río Pascagoula en Fitler hubiera quedado terminado, entonces Jexville habría sido un pueblo muerto. Por eso hay tanto misterio alrededor de lo que le sucedió a Jaco Senseney, el hombre que tenía el dinero para hacer construir el puente.

Duncan se inclinó hacia adelante dentro de los brazos de su madre. Estaba exhausta después de la pesadilla, pero no consentía sacrificar el día por una siesta. – El viejo Senseney desapareció y nunca más se supo de él. Algunos dicen que –

- ¡Duncan! – JoHanna tapó su boca con su mano y la jaló hacia su pecho, riendo mientras Duncan fingía luchar en su contra. – Quieres que Floyd cuente la historia, así que no la eches a perder para Mattie.

Duncan chilló y luego indicó que sí, que si iba a comportar y JoHanna quitó su mano.

-Como decía, Fitler era un pueblo con mucha vida. – Floyd sacudió su pelo hacia atrás y me miró. – La avenida principal era de más de una milla y había cinco tabernas y tres de esas tenían burdeles en el segundo piso. Al lado del burdel más fino estaba la cárcel, seguida por la oficina de catastro y más hacia abajo había tres cafés y un restaurante con un chef francés de Nueva Orleans. – Miró a JoHanna para recibir su aprobación. – JoHanna solía comer en ese restaurante. Decía que comía crepas. – Floyd sonrió al usar esa palabra. – Y comía otras cosas de las cuales no quiero ni pensar.

JoHanna se rio. – Mis padres habían ido a Fitler para invertir en el negocio de la madera y en el pueblo. Iban a construir un aserradero grande para competir con el de Pascagoula. Pero la traba era que hacía falta una manera de traer la madera tierra dentro. En Pascagoula lo cargan y lo envían al mercado en barcos. A Fitler le hacía falta un sistema en el interior. Un ferrocarril. Y para llegar al ferrocarril hacía falta un puente. Cruzar por transbordador era muy arriesgado debido a las corrientes del río. – Acarició la cabeza de Duncan y paró de hablar.

Yo había escuchado hablar a Janelle de cómo los padres de JoHanna se habían ahogado en ese mismo transbordador. Pero aun así frecuentemente llevaba a Duncan a nadar en el río

Pascagoula. Era como si desafiara al río. O quizás estaba unida a él.

Floyd levantó un palito y lo giró en sus manos grandes. – El Sr. Senseney era un yanqui de Minnesota. Según se decía, era la oveja negra de su familia y había venido al sur huyendo de la ley.

- ¿Qué crimen había cometido? – yo interrumpí sin pensar. – Perdona, Floyd.

-No te preocupes. Circulan muchos cuentos en cuanto a eso. – Miró a JoHanna como si esperaba que ella agregara algo. Cuando no lo hizo, él continuó la narración con algo de duda en la voz. – Lo más convincente era que él era el segundo hijo de la familia y que su papá le dejó todo al primogénito. Mucha gente por aquí hace lo mismo, el mayor hereda todo y los otros se tienen que defender de alguna manera. Así no se divide la tierra.

-Para esas familias que tienen algo que dividir. – No había sido mi intención hacer un comentario con un tono amargado, pero cayó como piedra en el medio de la narración. Por unos segundos nadie dijo nada hasta que el silencio fue interrumpido por el chillido de un halcón de cola roja, lo cual rompió la tensión y Floyd continuó.

-Se decía que Jacob Senseney había robado todo el dinero del negocio familiar para largarse luego hacia el sur con motivo de hacer su propia fortuna. – Floyd sonrió. –Se dice también que dejó una nota en la que decía que se llevaba únicamente la porción que le tocaba justamente a él. No se sabe si hay verdad en eso. En cuanto yo he escuchado no fue perseguido por nadie y acabó haciendo una fortuna en Mississippi con la propiedad y la leña. Era el dueño de dos de las tabernas en Fitler y dos de las de más mala onda estaban en casas flotantes, flotando arriba y abajo por el río. Su orgullo más grande fue el viejo bote a pedales llamado *Mon Amour*. Esas son palabras francesas para decir 'mi amor'. Él sí adoraba el viejo bote ya que se quedó en él muchas veces, subiendo y bajando por el río, organizando partidos de naipes y otros juegos.

Yo comencé a contarles sobre el juego de cartas que Elikah tenía los domingos, pero guardé la lengua. No era mi lugar contar eso y además yo no quería arruinar el día tan bello pronunciando el nombre de mi esposo.

-El Sr. Senseney se asoció con el papá de JoHanna y fue entonces cuando la idea del puente se hizo más que un sueño. Construir el puente iba a costar ciento veinticinco mil dólares y el estado rehusó apoyar el proyecto. Los ingenieros del estado pretendían que la corriente era demasiado fuerte en ese lugar del cruce de los ríos Leaf y Chickasawhay, pero el Sr. Dunagan, el papá de JoHanna, y el Sr. Senseney emplearon a un ingeniero que decía que sí se podía lograr.

El ritmo de la narración de Floyd alcanzó un paso rápido para hacer parecer como si él hubiera contado la historia muchas veces después de aprendérsela de memoria al escuchar a otra persona narrarla. O quizás de veras gozaba del talento de cuentista. Tenía la cara llena de vida, sus ojos azules crédulos ligados a los míos descubriendo así su total carencia de recelo. Confiaba en que yo lo escuchara y que creyera lo que él creía. Confiaba en que yo me entregara tanto como él se entregaba y por eso él era el objeto de burla y broma en las calles de Jexville. Dentro de su total ingenuidad creía que Clyde Odom y otros de su índole estaban jugando con él y no burlándose despiadadamente de él.

- ¿Qué te pasa Mattie? – me miraba consternado.

-Nada, Floyd. – Le di una palmada en la rodilla y sentí el músculo de un hombre joven, duro como una piedra. --Yo te estaba prestando demasiada atención. Por favor, continúa.

Floyd asintió y continuó. – Así que fue acordado que si Dunagan y Senseney construían el puente, el estado mejoraría la calle al norte de Fitler hacia Meridian y al sur hacia Mobile. La calle era parte del viejo camino federal y era un camino bien trajinado. –Floyd miró a JoHanna. – El inconveniente radicaba en la dependencia en el transbordador.

- ¿Por qué no se decidieron a construir puentes más pequeños sobre los ríos Leaf y Chickasawhay? – Yo no había visto ninguno de los dos ríos, pero me encantaba la palabra Chickasawhay. Era como música.

Floyd miró a JoHanna, que ahora apoyaba la cabeza de Duncan sobre su pecho. Duncan estaba haciendo todo por no dormirse, pero sus ojos agudos se estaban volviendo lentos y perezosos. Hasta Pecos se había instalado, tranquilo, en un viejo arbusto de arándano al lado de ella.

La voz de JoHanna era dulce y baja. – Los pantanos en la encrucijada de los ríos son muy densos, y más en el lugar donde se habría construido el puente. Mudar los planes río arriba significaría abandonar todos los beneficios que el Pascagoula, un río mucho más ancho y profundo, le proveía al pueblo en cuanto a movimiento comercial fluvial. En la mente de papá y Senseney, sin embargo, tenía que ser en Fitler y no en otro lugar. Particularmente dado que la tierra de por ahí le pertenecía al Sr. Senseney. Él se habría enriquecido aún más con el desarrollo del área.

Yo asentí.

-Pues pasó lo del terrible accidente del transbordador en el que se ahogaron el Sr. y la Sra. Dunagan. Floyd era excesivamente compasivo y optó por hacer correr todas las palabras sin dilatar. – Pero el Sr. Senseney estaba decidido a continuar con el proyecto. Le llevó uno o dos años, pero juntó los materiales y comenzó a verter el cemento para los soportes que sostendrían el puente en la corriente rápida. Se trataba de una maravilla de ingeniería, y la gente llegaba de todas partes para mirar el trabajo que proseguía muy lentamente. Finalmente, los soportes quedaron instalados y se quedaron de pie. Esa primavera fue una primavera de las peores inundaciones de todos los tiempos. Una barcaza grande que se había soltado golpeó uno de los soportes y este no flaqueó. ¡Había llegado la hora para construir la plataforma!

Con ojos vivos, Floyd se inclinó hacia mí. ¡Dios! Qué bello era ese hombre. Y no parecía darse cuenta de ello para nada. Quería tocarle la cara, pero sabía que no se vería bien. No importaba cuáles fueran mis intenciones, sería un gesto incorrecto. No importaría que lo que yo quisiera tocar fuera su ternura, su sentido intrínseco de la curiosidad. Mi mano se quedó en el regazo.

-Esa noche el Sr. Senseney fue a su taberna más grande, *The Watering Hole* y contó que iba camino a New Augusta temprano por la mañana para comprar provisiones. Luego iba directamente a Pascagoula para comprar más provisiones ahí. ¡Se trataba de su plan para comenzar a construir el puente desde los dos lados! Decía que se podía lograr en seis meses y que tenía una cita con el encargado de la compañía ferroviaria South Central. Ya ves, que, si se podía construir un puente para carretas sobre el río, estaba convencido de que se podría poner un puente ferroviario río abajo. Estaba tan entusiasmado que le compró tragos a todos y de hecho bebió un poco demasiado él mismo. Luego se fue a su casa.

Duncan se había dormido escuchando la historia que le era bien conocida, pero yo quedaba fascinada. - ¿Y qué pasó?

-Puesto que el Sr. Senseney había dicho que salía antes del amanecer nadie se dio cuenta de su ausencia por varias semanas. Le habría llevado tiempo llegar a New Augusta y regresar y además él había contado que iba directamente rio abajo a Pascagoula y el *Mon Amour* había zarpado. Todos asumían que él estaba abordo. Pero después de cinco semanas no había ninguna señal de él ni de las provisiones y la gente comenzó a dudar. No llegó para cobrar sus alquileres ni encargarse de su negocio y el *Mon Amour* regresó y el capitán dijo que no lo había visto. Enviaron un telegrama a su familia en Foley, Minnesota, pero él no estaba ahí tampoco. Había desaparecido. Floyd arcó sus cejas por sobre sus dulces ojos azules. –Y nunca más se supo de él.

-¿Qué pasó con el puente? – pregunté.

-Nunca se terminó, - dijo JoHanna. Los soportes continúan en el agua tan sólidos como tanto él y Papá habían asegurado. Pero nadie nunca tuvo suficiente dinero para comprar los materiales y cuando la compañía ferroviaria decidió atravesar Jexville fue el fin de Fitler y el sueño del puente.

-Qué historia más triste. – Me había dejado con una sensación de vacío. –Todo ese trabajo, todos esos sueños. ¿Adónde piensan que se fue el Sr. Senseney?

-Mucha gente decía que lo habían asesinado, pero nunca se encontró un cuerpo. Otros dicen que se asustó, agarró el dinero y se fue. Parte de ese dinero le pertenecía a mi papá y se suponía que yo heredara una porción. – JoHanna hablaba sin darle importancia, como si se tratara de canicas o payanas.

- ¿Parte de los ciento y veinticinco mil dólares era tuyo?

La sonrisa de JoHanna era una sonrisa desalentada como si se hubiera desgastado tratando este tema. – La mitad. Papá invirtió la mitad para la construcción del puente y el Sr. Senseney dijo que él terminaría el sueño de mi Papá y luego me devolvería el dinero más una porción de las ganancias que recibiría por el terreno.

- ¿Y qué pasó?

-Nada estaba escrito. Se vendió la propiedad del Sr. Senseney o inclusive fue robada, y supongo que mandaron el dinero a su familia en Minnesota.

-JoHanna, eso es terrible.

-A mí no me ha faltado nada. – Alzó los hombros con

cuidado para no despertar a Duncan. – No te sientas mal por mí, Mattie. He gozado de una vida buena. Muy buena. Con la excepción de algunas adversidades, he tenido muchísima suerte. Como yo no había tenido el dinero no me hizo falta, como tal. Solo, a veces. – Su sonrisa se volvió más fatigada. – Solo aquellas veces que me parecía que podría haber hecho un bien. Pero. . . – Sacudió la cabeza para descartar lo que iba a decir. – A mí me parece que alguien mató al Sr. Senseney. La gente dice que era un canalla y que se robó el dinero, pero yo nunca lo creí.

-¿La policía lo buscó?

La sonrisa de JoHanna era apenas una sonrisa. La policía es únicamente tan buena como la comunidad a la que sirve.

- ¿Y Fitler era un lugar de malicia y maldad? – Había escuchado a JoHanna hablar de Fitler antes, como un lugar fuera de control, pero nunca me había dado la impresión de que era corrupto.

Jexville llegó a ser el centro administrativo del condado. El Alguacil estaba radicado aquí. No hubo mucho interés en lo que hubiera sucedido al Sr. Senseney.

-Era para el beneficio de Jexville. – No hacía falta un sabueso para seguir esa pista.

Floyd agarró el último de los sándwiches y lo mordió. Masticó y tragó. – Dicen que el fantasma del Sr. Senseney camina por la vieja calle principal de Fitler. JoHanna y Duncan me van a llevar un día para verlo. Apuesto a que podré hablarle.

-No lo dudo, Floyd. Tú eres un inocente y los espíritus saben que pueden confiar en ti. – JoHanna le dio una palmadita en su brazo. – Ahora el Sr. Moses va a estar esperándote para que regreses al taller para trabajar esta tarde y reponer el tiempo de tu salida hoy. Recuerda que no le puedes decir a nadie que Mattie está aquí con nosotros. Es nuestro secreto.

- ¿Mattie se está quedando aquí contigo y con Will? Floyd me sonrió. –Quizás yo pueda quedarme también.

-Yo debo regresar a casa con Elikah, le dije. – Mañana.

-Yo tengo que ir a trabajar. Se levantó y comenzó a quitar las cosas del picnic. – Déjame llevar a Duncan, - dijo al ver que a JoHanna se le hacía difícil levantarse con su hija todavía dormida en su regazo. Levantó a la niña en sus brazos como si ella fuera hecha de pelusa. Las piernitas le colgaban pálidas, con algunas cicatrices y de frágil apariencia, pero siguió dormida como un tronco. El hecho de que no hubiera logrado nada con los ejercicios que había hecho en la mañana la desalentó a JoHanna muchísimo.

JoHanna agarró uno de los pies muertos en su mano y lo tuvo como si lo estuviera examinando por primera vez. – Duncan ha vuelto a soñar ese sueño.

Floyd miró a JoHanna. –Nadie le hará daño, JoHanna. Yo nunca lo permitiría.

JoHanna se levantó. –Yo lo sé, Floyd. Tú y Pecos son sus ángeles guardianes.

-Duncan me ayuda con mi trabajo. – Floyd inclinó a Duncan en sus brazos para poder mirarle la carita. – Me dice cosas.

-De eso no hay duda, - el tono de JoHanna delataba un poco de escepticismo.

-Ella le dio un diseño a Floyd. – Sentí de pronto una extraña necesidad de tomar el lado del muchacho, de hacerle saber a JoHanna que Floyd decía la verdad; que no era una de sus invenciones. –Es hermoso. Es para una de las botas que está haciendo.

JoHanna cepilló la cabeza de Duncan con el pelito finito y oscuro ondeando como el pelo liso de un gato. – Ojalá Duncan llegue a ser pintora.

-O, una bailadora, - dije yo. – Cuando se le sanen las piernas.

-O, una cuentista, - agregó Floyd.

JoHanna le dio un besito en la cabeza a Duncan. – A nosotros no nos importa con tal de que sea feliz.

-Ella puede ser lo que quiera con tal de ser feliz, -dijo Floyd.

JoHanna levantó la cesta, le dio un empujoncito a Pecos con su rodilla, y me indicó con un gesto que me uniera a ella para tomar el camino con ella mientras Floyd cargaría a Duncan a casa detrás de nosotras.

Capítulo Trece

JoHanna dobló por el camino, riéndose de algo que Floyd había dicho de Pecos cuando nosotros salimos del bosque. Yo fui la primera que vio el coche de Will. Estaba estacionado debajo del árbol Paraíso. Todo un monstruo de rojo resplandeciente.

Tuve dos pensamientos a la vez. Will estaba de regreso, así que JoHanna podría llevarme a Mobile donde el médico. Sentí como si todo el aire hubiera desaparecido de los pulmones y que todos los sonidos de la tierra se hubieran parado. Solo escuchaba un silencio ensordecedor y sentía el calor, la luz del sol; una luz de un blanco vivo que bailaba en el capó del coche rojo.

- ¡Mattie! - La mano de JoHanna agarró mi codo apoyándome mientras que Floyd se me acercó por detrás y puso una mano entre mis omóplatos.

Los sonidos regresaron, la luz se atenuó y pude volver a respirar. –No se preocupen. Estoy bien.

-No me esperaba a Will hasta mucho más tarde. – JoHanna estaba tan preocupada como entusiasmada.

- ¿Quieres que deje a Duncan en la hamaca o que la acueste

en la cama? – preguntó Floyd. Miró hacia el camino. - Más vale que me vaya al trabajo antes de que el Sr. Moses piense que lo he dejado.

-La hamaca está perfecta. – JoHanna volvió a mirar la puerta trasera de la casa como si esperara que Will saliera en cualquier momento.

-Gracias por el picnic - dijo Floyd bajando a Duncan a la hamaca tejida que estaba colgada en el árbol Paraíso y la magnolia. Ambos árboles daban una sombra profunda bajando la temperatura ambiental unos siete grados. Un sinsonte nos lanzó una injuria por haber interrumpido su privacidad.

-Gracias por el cuento, Floyd. – Yo contesté porque JoHanna seguía mirando la puerta trasera. – Tú vete. Yo me quedaré aquí con Duncan.

Floyd saludó y se fue, sus largas piernas imitando el movimiento y la gracia de una pantera, ignorando completamente que su cuerpo emitía una señal que su mente no alcanzaba a comprender.

-Regreso en un momento, -JoHanna llegó hasta el tendedero dejando su mano izquierda descansar en él. No quitaba los ojos de la ventana de la cocina. - ¿Te molesta quedarte un rato con Duncan?

JoHanna se estaba portando como si estuviera nerviosa, y como si casi tuviera miedo. ¿Sería que Will y ella se habían peleado? – Ve a ver lo que pasa con Will. –Yo fui a la hamaca y me senté en la tierra, apoyándome contra el tronco liso del árbol de Paraíso, lo cual le molestó a Pecos. Ignoré los chillidos del pájaro y me enfoqué en Duncan. No quedaban rasgos en su rosto de la pesadilla que la había atormentado por la mañana. Tenía los ojos dulcemente cerrados y la boca fruncida en labios de rosa inocencia.

JoHanna me observó a mí con Duncan por un minuto y luego soltó el tendero. Se detuvo un momento como una cierva cerca de un ramo cuando huele a un ser humano acercándose, y luego se dirigió hacia la puerta. Una vez que se puso en movimiento ya no hubo ni dudas ni la posibilidad de considerar acciones alternativas.

- ¿Will? – Pronunció su nombre y subió las escaleras abriendo la puerta de red metálica. Él salió de las sombras. Gruñó, la agarró contra él y la levantó.

Me pareció que estaban luchando y yo medio me levanté de mi puesto en la tierra. Mi mano tomó un pedazo de leña que alguien había dejado en el jardín con la intención de partirlo. La puerta se cerró violentamente y los dos desaparecieron. Escuché el sonido de alguien cerrando la puerta de la estufa. Me levanté lentamente agarrando la madera y asegurándome de que Duncan dormía. Los volví a escuchar.

- ¡Bastardo! Te metiste en el asado. ¡Ahora veo porque estabas tan calladito al regresar a casa! ¡Ni siquiera saliste a buscarnos!

-Una buena esposa habría estado esperándome en la casa lista para darme de comer.

- ¿Así que quieres una esposa buena? ¿Es eso lo que quieres? –La voz de JoHanna subió al hacer la pregunta. Le eché una mirada a Duncan. Continuaba durmiendo y yo seguía con el pedazo de madera en la mano.

La risa de Will fue repentina y fuerte. –De haber querido una esposa buena jamás me habría casado contigo.

-¿Quieres el asado o quieres esto?

La voz de JoHanna era un reto de algo que era una locura atrevida. Yo sabía sin ver lo que ella le estaba ofreciendo y me volví a sentar debajo del árbol con las piernas débiles de alivio.

-Eres una pícara sinvergüenza. Espero que no hayas estado corrompiendo a Mattie con tu comportamiento.

-Ah, Mattie, - ya sin reír y con una voz tan baja que no la podía escuchar JoHanna le dijo algo a Will.

Yo me apoyé del árbol y solté la leña. Se me había metido una pequeña astilla bajo la piel de mi pulgar. Me dediqué a sacarla.

Escuché la puerta del horno cerrarse otra vez acompañado de un murmullo de voces y yo ya no tenía que saber lo que se estaba diciendo. No quería saber lo que JoHanna le había dicho a Will de mí. Miré la cara durmiente de Duncan. JoHanna tenía treinta y nueve años cuando nació Duncan. Su primera hija. Que yo supiera, su única hija.

Duncan tenía la nariz y las cejas de Johanna y la barbilla y los ojos de Will. Tenía también las pestañas largas y negras de Will. Y el espíritu de JoHanna. Era una mezcla perfecta de los dos McVay. Una criatura única. Le acaricié el pelo que le estaba volviendo a crecer, vellos cortos de pelusa. Aún en su sueño, la niña me sonrió.

Mi mano temblaba y la alejé antes de que la niña se despertara. La luz del sol se filtraba por las hojas de encaje del árbol Paraíso calentando su piel, dándole un tono de crema pálido. Era una niña hermosa, encantadora y viva. Miré sus piernas, de tonos más pálidos y veteados de azul como si no tuvieran circulación de sangre. Las quemaduras se habían curado y las cicatrices estaban desapareciendo. Ojalá que desaparecieran del todo algún día. Mientras la miraba su pie dio una pequeña sacudida.

Sentí que me estaba mirando y yo le regresé la mirada a sus hermosos ojos cafés.

-Mis piernas están mejorando, - dijo. - Quiero regresar a Fitler y nadar en el río. Mamá dice que ahí el agua es mágica.

-Estoy segura de que JoHanna te volverá a llevar a visitar a tu tía. Me parece que a ella le gusta más estar en Fitler que en Jexville.

- ¿Dónde están Mamá y Papá?

-Adentro.

Duncan sonrió. - ¿Están peleando?

-Yo pensaba que sí al principio, pero no creo.

La sonrisa de Duncan se volvió más amplia. – A veces es difícil saber, ¿verdad? A veces actúan como si fueran a destrozarse. – Duncan notó mi expresión. – De veras, no lo estoy inventando. Una vez Papá rasgó su blusa. Ella estaba en el fregadero de la cocina y él entró y –

-Duncan, yo no creo –

-Así son ellos, Mamá me dijo que un hombre y una mujer deben sentir pasión el uno por la otra. Claro, Papá no sabía que yo estaba ahí. Pensaba que yo estaba pasando la noche con la Tía Sadie. – Duncan rodó los ojos. – Estaba todo arrepentido. Me dio risa.

Sin poder resistir pregunté. - ¿Le rasgó la blusa? ¿Cómo reaccionó ella? ¿Le pegó?

Duncan se rio. – No, ella le rasgó su camisa. Luego comenzaron a besarse bien fuerte. Él se estaba inclinando sobre ella sobre la mesa de la cocina cuando yo entré por la puerta trasera. – Me sonreía a risa abierta. – Dejaron caer varios platos y vasos. Escandaloso, ¿no crees?

Su risa era contagiosa. –Pues sí, lo es.

-Cuéntame una historia, Mattie.

Escuché el silencio de la casa por unos segundos y decidí que era mejor que Duncan y yo nos quedáramos donde estábamos. No podía dejar escapar la imagen de Will con una blusa hecha trizas en sus manos. Me sentía sobrecalentada y no quería dejar la sombra de los árboles. Ya no se escuchaba risa desde dentro de la casa. Solamente había una brisa agitando las hojas encima de nosotros y la furia ocasional de un sinsonte. Estábamos bien como estábamos. – Yo no sé contar historias como lo hace Floyd. Donde yo crecí no había historias sobre el pueblo ni mucho menos. Mamá solía contarnos un poco de la vida en West Virginia, donde su papá murió cuando la mina de carbón se desplomó. - Mi mamá había querido mucho a su papá y el hablar de él parecía confortarla. Ella describía cómo su padre solía caminar a la mina cada mañana con su almuerzo. Pero la historia de los treinta y siete mineros que murieron enterrados vivos debajo de una montaña de tierra no sería de interés para Duncan.

Para mí, cuando me lo imaginaba, nada más pensaba en mi abuelo subiendo el camino hacia su sepultura. La apertura de la cueva tenía la forma de un ataúd parado. Yo podía imaginármelo caminando, caminando, caminando lentamente hacia la apertura para desaparecer en la oscuridad para nunca más salir. Yo no lo había conocido, por supuesto, pero me lo podía imaginar con mucha claridad.

- ¿Tu padre fue enterrado vivo? – Duncan se aferró de lo mórbido y lo estaba royendo con gusto.

-Pues, sí. Oye, ¿qué tal si te cuento una historia que una vez leí en un libro? – Me había olvidado de los libros en la biblioteca del pueblo que podía sacar en cualquier momento. Había uno ahí, rojo y forrado de cuero lleno de historias de todo el mundo. Adoraba ese libro. Lo había sacado tantas veces que la bibliotecaria me prohibió sacarlo por los próximos seis meses. Cuando regresé por él alguien se lo había robado.

-Yo tengo muchos libros. – Los ojos cafés de Duncan ponderaban. –Quizás te gustaría que te prestara algunos.

-Eso sería maravilloso. –No me importaba que se tratara de libros de una niña de nueve años. Yo leía bien y me encantaba leer cualquier cosa.

-Cuéntame de uno que hayas leído.

Así que le conté sobre la bella Walissa. Era una historia de una choza que estaba encima de unas patas y de una niña que quedó atrapada en ella. A Duncan le encantó tanto el cuento que le conté sobre los tres hombres con poderes mágicos que viajaban por el campo. Se llamaban Patilargas, Panza y Entusiasta. A Duncan le encantaron los nombres y me dedicó toda su atención.

-Tú no cuentas tus historias de la misma manera que lo hace Floyd, pero me gustan las tuyas también. De una manera diferente.

-¿Por qué no me cuentas tú una historia? – sugerí. La tarde pasaba y no había ni sonido ni movimiento que saliera de la casa. Miré a Duncan, pero ella no revelaba ni el más mínimo interés en sus padres.

-Mattie, ¿te quedarás en Jexville para siempre ahora que estás casada con el Sr. Mills?

Su pregunta me sorprendió. No me gustaba pensar en el futuro. Particularmente no en el por siempre jamás. JoHanna me había traído a pasar una tarde y noche en su casa con una mentirita o dos. ¿Después de eso? La respuesta a la pregunta me encumbraba con un sentimiento de vacío que temía más que el dolor.

-No te gusta estar en Jexville, ¿verdad? - preguntó Duncan.

-No he vivido aquí lo suficiente para saber, - No quería hablar de esto. – ¿Cuánto tiempo hace que tienes a Pecos?

-Al parecer no quieres hablar de ti. – Asintió con la cabeza. – Me regalaron a Pecos cuando tenía ocho años. Papá me lo consiguió en una tienda de alimentos para animales.

- ¿La de los Leatherwood? – la revelación me sorprendió. Yo le habría dado a Pecos un acervo más exótico que el de la tienda Jexville Feed and Seed.

-Tenía una pata quebrada y Papá se lo llevó. El Sr. Leatherwood iba a matarlo.

- ¿Will le reacomodó la pata?

-Mamá. Ella sabe algo de cómo hacer sanar a los animales. Y a las personas también. – Duncan tocó su pie. – Puedo sentir algo más de mi pie.

La casa seguía sumida en silencio y por primera vez yo

estaba gozando de una libertad desconocida. No tenía una larga lista de tareas que hacer. Como no iba a mi casa no tenía nada que hacer. Solo yo, Duncan y Pecos en el jardín.

-Mira. – Duncan señaló su pie izquierdo. –Mira. Puedo hacer que el pie apunte y flexione.

- ¿Qué apunte y flexione? – pregunté.

-Pues, eso es como el ballet. Es lo que hace una bailarina. Es uno de sus ejercicios. Mamá me estaba enseñando esto antes de que me diera el relámpago.

- ¿Ballet? – JoHanna no dejaba de sorprenderme.

-Bueno, Mamá decía que era su versión. Lo hacíamos nada más que para divertirnos.

-Ojalá, cuando estés mejor JoHanna nos pueda mostrar el ejercicio a las dos. – Eso sería lo suficiente para sacar a Elikah de quicio. La sola idea de que yo estuviera bailando ballet. Haría que me odiara de esa manera oscura que me asustaba pero que a la vez me daba un sentido de poder. El poder valía el miedo.

-Mattie, ¿me llevas adentro?

Yo dudé. – Quizás es mejor que nos quedemos aquí hasta que JoHanna nos dé una indicación de que podemos entrar.

-No seas tonta. No importa lo que estén haciendo, nosotras no los vamos a molestar. Ellos entran en su habitación y cierran la puerta y yo los dejo hacer. Tenemos un trato. A veces los escucho reír, pero nunca he tocado a la puerta.

- ¿Qué te parece si busco la carretilla y damos un paseo? Yo te jalo. – Yo no quería escuchar la risa de Will ni tampoco imaginármelo sin camisa.

Duncan ponderó la idea. – Está bien. Cuando regresemos le pediremos a mamá que nos haga una limonada. Hace mucho que no me preparado una y sé que papá me trajo limones. – Me miró. – Nunca se le olvida.

Capítulo Catorce

Cuando Duncan y yo regresamos de nuestro paseo, JoHanna nos recibió con una jarra de limonada que había preparado para nosotras. Will estaba descansando. No podía estar segura, pero me pareció que los ojos de JoHanna destellaban y que su paso era más ligero mientras se dedicaba a preparar nuestra cena de guisantes, molondrón y pan de maíz. Aprovechó el momento cuando Duncan estaba en la bañera y me indicó que me sentara en la cocina.

-Will me va a dejar el coche mañana. - ¿Estás segura, Mattie?

No obstante, cuan segura estuviera unos tres segundos antes cada vez que trataba de hablar de eso, me sentía como si estuviera de pronto envuelta en un seno de luz brillosa con un sonido ensordecedor de silencio, sin poder escapar.

JoHanna me tocó en el hombro. – Tú no tienes que hacer esto. El tener un bebé no significa el fin del mundo. Un bebé te puede traer dicha, amor y felicidad tales como no has conocido.

Encontré mi voz terriblemente forzada y sentía como si

algo me rasgara la garganta. – Con un bebé no podré escapar nunca.

JoHanna se levantó y se me acercó. Apretó mi cabeza contra su pecho. Acarició mi pelo como hacía con el de Duncan y me hizo callar. –Calla Mattie, calla. Nadie te va a forzar a tomar una decisión. Pero debes saber que esto es peligroso. Podrías morir. Podrías quedarte estéril.

Dejé que me acariciara, ávida por el consuelo de su toque. Mi mamá siempre había tenido un hijo en la cadera y otro a sus pies. No nos daba, a nosotros los hijos mayores, ni caricias, ni palabras de ternura. Ni siquiera se le ocurrió hacerlo.

-Nada más quiero que estés segura, Mattie. Tú no tienes que quedarte con Elikah. Si quieres volver a tu casa te puedo llevar a Meridian. Estoy segura de que podemos encargarnos de los arreglos necesarios. Si esa idea no te gusta hay hogares donde podrías ir. Son lugares decentes donde encontrarías un hospedaje de amor para tu bebé.

Yo no quería ir a un lugar donde había otras chicas encintas, chicas que darían a luz, harían las maletas y se marcharían dejando a su bebé como si fuera un viejo pellejo. Yo no podía abandonar a un niño. ¿Cómo podía yo explicar que mi vida no había sido más que una serie de hombres como Joselito o Elikah, y mujeres como mi mamá, demasiado abatida, demasiado débil para defender a sus hijos? Me quedaba solo una solución que garantizara que mi bebé no acabaría en un hogar como esos.

-No te decidas en este momento. –JoHanna me dio una palmadita en la cabeza, su aliento, un soplo de ternura hacia mí. – No pienses en esto por ahora. Mañana veremos lo que nos dice el doctor. Entonces te puedes decidir. – Me agarró por los hombros y se arrodilló para mirarme directamente a los ojos. – Te tengo que decir, Mattie, sin embargo, que un aborto es peligroso. Conlleva muchos riesgos. Tanto para tu cuerpo como para tu estado mental. Si es eso lo que decides hacer debes prometerme que nunca lo lamentarás. El arrepentimiento es un lujo que pocos se pueden permitir.

-El haber llegado a Jexville como hice, como esposa comprada, me quitó el pasado. Si estoy encinta, de seguro no tengo futuro.

-Oh, Mattie. – Los ojos de JoHanna se llenaron de lágrimas. – Claro que tienes un futuro, pero tú tienes que apoderarte de él. Alguna gente nace con el futuro ya definido, tienen un camino abierto sin ningún obstáculo que superar. Tú naciste en una grieta, pero puedes levantarte y salir de ahí. Puedes. Eres fuerte.

El azul de sus ojos fue el arranque que me convenció a creerla, a compartir su fuerza. – No sé, - contesté.

Ella asintió. – Mañana. - - Se levantó y fue a la estufa para mirar el pan de maíz en el horno. Hacía calor, demasiado calor para estar horneando panes, pero Will estaba en casa.

-Voy a sacar a Duncan de la tina y voy a calentar agua. Creo que un buen baño te haría mucho bien.

-No. – Me levanté. – Prefiero caminar al arroyo. Está haciendo tanto calor.

Con las manos en las caderas se apoyó del lavabo de la cocina. - ¿Quieres un traje de baño? Yo tengo uno extra.

Sacudí la cabeza. – No, gracias.

-Diviértete pues. – Sonrió. – Hay toallas colgadas en el tendero. Llévate una.

-Duncan me había dicho que podía pedir prestados algunos de sus libros.

-Están en su estante en su habitación.

Escogí uno grueso. Podía escuchar a Duncan en la bañera cantando a todo dar. Me parecía que Pecos la acompañaba con su propio canto. Salí por la puerta trasera con el libro en la mano, cuidando de que la puerta no golpeara. Quité una toalla verde vivo y una amarilla del tendero. Tenía toda la tarde por delante, podía disfrutar de un trozo de tiempo únicamente para mí. Sentí como si se hubiera abierto una caja oscura y de pronto se permitía que el sol se filtrara hacia mí. Podía disfrutar la bella soledad de los bosques y la magia de un libro por una hora o dos.

Al salir del bosque con el pelo chorreando por mi espalda, me paré bajo los últimos pinos para mirar a Will y a Duncan. Ella estaba en el columpio y él la empujaba. Noté la gran mejoría en sus piernas, las cuales podía sostener delante de ella, apuntando los dedos del pie mientras volaba por el aire chillando de alegría.

Will la empujaba con fuerza haciendo que volara hasta las ramas del árbol de magnolia con sus vainas llenas de semillas rojas. Mis hermanos, hermanas y yo solíamos tirarnos las vainas pesadas a veces como juego y a veces en serio, para golpear al uno o al otro. Los golpes eran tan duros que podían producir una roncha. A pesar de todo eso me gustaba tocarlas y mirarlas. JoHanna me daría cuantas quisiera. Me preguntaba si yo podría sembrar una y hacer que creciera en mi yermo jardín. El jardín de Elikah, en realidad. El haber tenido ese pensamiento me hizo ver que no lo había descartado.

- ¿Mattie?

Me di vuelta para encontrar a JoHanna en la hamaca. No la había visto. – Will se comió la mitad del asado, pero aún queda suficiente para la cena. – Sonreía mirando a su esposo e hija. – Las piernas de Duncan se están sanando.

-Sí, lo sé. – Me apoyé contra el tronco del árbol paraíso. Desde ese punto de observación podía estudiar a JoHanna de la misma manera que había estudiado a Duncan anteriormente. A la luz del sol de la tarde se le notaban más las pequeñas arrugas alrededor de los ojos. El corte de pelo tan corto la hacía parecer mayor y más gastada. Nada podía atenuar sus ojos azules. Como un mineral duro forjado en el calor de la tierra y luego acrisolado por el cielo, esos ojos no tenían edad.

-Will va a Nueva York mañana. Vamos a llevarlo a la estación de trenes en Mobile.

- ¿Y Duncan? – No podía creer que JoHanna dejaría que Will nos acompañara. Y menos cuando se trataba de ir al médico. Y Duncan definitivamente tampoco. A una niña no se la podía hacer partícipe de lo que yo trataba de no imaginarme porque sabía que iba a ser repugnante.

-Lo único que le dije a Will era que íbamos de compras. Duncan se puede pasar el día en el taller de botas con Floyd. Yo ya se lo he preguntado al Sr. Moses.

-Gracias. – Pude haber llorado de alivio. - ¿No le dijiste nada a Will?

Ella sacudió la cabeza. – Yo lo amo más que a nadie excepto a Duncan. Pero, los hombres son hombres. Hay cosas que no deben saber. Muchas veces son cosas que no quieren saber. Esto es entre tú y yo, Mattie. Para el resto de nuestras vidas. Solamente nosotras.

¿Por qué te estás arriesgando? – Me había preguntado. El aborto era ilegal. JoHanna podría acabar en la cárcel tanto como el médico. ¿Y yo? Yo sería tan culpable de asesinato como ellos dos.

JoHanna bajó la mano para jalar un largo hilo de césped bahía. Con los dientes masticó la raíz jugosa. –Yo creo que lo peor del mundo es ser un ser no querido. Lo segundo es ser el arma usada en contra de alguien a quien amas.

No fue exactamente la respuesta a mi pregunta. –Estás arriesgando tanto. ¿Por qué? ¿Por qué por mí?

Siguió masticando la raíz, frotando sus labios contra ella. – En un mundo perfecto, Mattie, solo la gente que desea tener un niño quedaría encinta. No sé la verdad en cuanto a ti y no te pido detalles, pero siento que tú carecías de opciones. Dejó que su mirada cayera al suelo. – Yo quiero que tú participes en la decisión. De toda la gente del mundo la madre debe desear tener a su hijo.

El recuerdo de la noche en Nueva Orleans me arrolló con una hoguera de vergüenza y horror y asco. –Es que no sabes lo que él me hizo. Enterré los dedos en la tierra. Las raíces de la grama se tenían de la tierra formando un mechón de tierra y grama a la cual me agarré hasta que se me pasó lo peor del recuerdo.

-Cuéntame si te hace sentir mejor, - dijo tan calladamente que tuve que tranquilizarme para poder escucharla. – Te escucho y te prometo no contárselo a nadie. Pero no te prometo que no lo odiaré y te hago saber que del odio a veces pueden nacer cosas muy extrañas.

La miré sin comprender.

-El amor y el odio. Los dos nutren reacciones poderosas, algunas buenas y otras malas.

La compulsión de contarle lo que me había pasado se aquietó en mí. Al escuchar lo que sucedió cambiaría nuestra relación para siempre. Ella no podría entender cómo fue. Mi narración no sería del todo verídica ya que la verdad cambiaba aún para mí en cada hora de cada día. A veces ni siquiera lo recordaba como una cosa tan mala. Podía alzar los hombros y de veras sentir que se trataba del pasado y como tal ya no existía, una noche de miles, una pesadilla que yo había superado y sobrevivido, completamente desvanecida con la luz del día. Otras veces sentía como si mi misma corteza hubiera sido tocada por la putrefacción y que yo me estaba muriendo gota a gota.

Si se lo contara, ¿cuál de las verdades sería? Si se lo contara, me cambiaría aún más.

-Cuando regresemos de Mobile, ¿me puedes llevar a Fitler contigo y con Duncan?

JoHanna levantó mi pelo mojado y sentí el fresco en mi espalda humedecida. – Fitler te encantará, Mattie.

De pronto sentí la necesidad de actuar, de ocuparme de algo que me definiría, al menos por unos momentos. – Tú quédate aquí y descansa. Yo me encargo de servir la cena. ¿Te parece bien que tomemos la limonada?

-Pues para Duncan, sí. Will nos trajo una botella de vino que le regaló uno de los senadores. Es un buen merlot. Combinará perfectamente con el asado. Las copas están en el comedor, las que tienen forma de platos hondos pequeños.

Yo me había fijado en las diferentes formas de las copas de la casa, pero no me había dado cuenta de que JoHanna me había visto mirándolas/ Me sentí como una niña, pero una niña querida y le sonreí ante de dar la vuelta y correr a través del jardín y subir las escaleras de la casa. En el peldaño superior olí el asado y la boca se me hizo saliva. Nunca había sentido tanta hambre ni estuve con tantas ganas de comer.

Todavía hacía calor cuando nos sentamos a la mesa, pero Will tenía que estar temprano en la estación de trenes, y nos recordó que nosotras teníamos que estar en Mobile lo más temprano posible. Me sorprendí a mí misma al reír y comer como si no tuviera preocupación en el mundo. Will McVay tenía ese efecto en las mujeres.

Se burló de mí en grande provocando a Duncan y JoHanna a reírse de mi sonrojo, lo cual se agregó al calor familiar de la tarde. Nos contó de reuniones en Washington con hombres importantes que se preocupaban de la cera aplicada en los automóviles que conducían o de que si sus trajes estaban a la moda. Nos hizo reír sobre esas figuras tan distantes que a mí nunca me habían parecido seres humanos. Logró abrirme al mundo un tanto al hacerme reír de esos manierismos. Cuando nos contó que el próximo verano, ya cuando Duncan estuviera del todo recuperada, nos iba a llevar a Nueva York en el tren con él, yo sentí que yo sí lo podría hacer. Con Will como guía, lo veía como algo posible.

JoHanna había estado allí más de una vez, pero Duncan no había ido nunca. Podríamos compartir la aventura juntas.

-Pues me tienes que enseñar a bailar antes que vayamos, - le dije a JoHanna. –He leído de hoteles donde hay orquestas que tocan toda la noche y clubes donde la gente va a bailar y a escuchar conjuntos musicales. – La imagen repentina de un conjunto musical dirigido por negros en una sala iluminada con una luz azulada me hizo parar. Me atraganté con el sabor dulce, vertiginoso de ron de contrabando. Dejé deslizarse el tenedor de mis manos.

- ¿Mattie? - Will, quien estaba sentado junto a mí, se agarró de mi brazo. – ¿Estás bien?

Mis ojos se conectaron con los de JoHanna. Ella tenía un trozo de pan de maíz en la mano que estaba por comer, pero no se movió. Sus ojos se llenaron de lágrimas al ver la expresión que yo tenía en la cara. Hasta Duncan palideció bajando los ojos a su plato.

Will se levantó con mi brazo en su mano. –Vamos al columpio para respirar aire fresco. – Me ayudó a levantarme dándole una mirada a JoHanna, que la interrogaba sobre qué diablos estaba sucediéndome.

Me puse en el columpio y se sentó a mi lado, ni cerca ni lejos. La distancia apropiada de un amigo. Empujó el columpio lo suficiente para que comenzara a columpiar, las cadenas rechinando su canción de desahogo.

Como yo no dije nada, él suspiró. – Mattie, si él te ha hecho daño me lo tienes que decir y yo me encargaré de él.

No creo que nunca hubiera sentido tanto miedo como el que sentí al escuchar esas palabras. Una vez, cuando Joselito me dio una patada en el estómago y yo vi su pie retroceder en preparación de darme otra, sentí que me iba a morir. Pero esto era diferente. Esto era más aterrador. No podía mirar a Will, no fuera qué él notara algo que le hiciera reaccionar. No dudaba que él se metería en su bello coche rojo brillante, manejaría hasta mi casa y arrastraría a Elikah a la calle para matarlo a golpes. Will era un hombre de acción. Era como los pasos resueltos de JoHanna que merecían respeto, y una vez comenzados eran como fuerzas elementales de la naturaleza desatadas que, una vez en marcha, no se podían parar.

Con el silencio creciente, nos seguimos meciendo.

-Mattie, si ese hombre te ha hecho cualquier daño me lo tienes que decir.

Tuve que responder. – Todo está bien, Will.

- ¿Te ha herido los sentimientos, pues? – En su voz se escuchaba cierto alivio.

-Sí. Mis sentimientos. – Sonaba como una tontería, como si Elikah se hubiera quejado de que el pollo frito que le preparé estaba seco o que los panecillos estaban desabridos. Pero, Santo Dios, de ninguna manera le iba dejar a Will saber lo que de verdad me había sucedido.

Me sobresalté al sentir su mano sobre mi brazo y cuando lo miré a los ojos en la luz del temprano anochecer comprendí que no me creía.

-Mattie, tienes que saber que yo me hago cargo si alguna vez te hace daño.

No pude dejar de mirar sus ojos castaños. El centro de ámbar de sus ojos había desaparecido. Tenía los ojos oscuros y duros, enojados, con un enojo frío.

-Ningún hombre tiene el derecho de herir a una mujer. Por ninguna causa ni en ninguna circunstancia. El hombre que le pega a la mujer es un cobarde.

Se me ocurrió por un segundo que de alguna manera sabía lo que Elikah me había hecho, pero al parecer tenía la impresión de que Elikah me golpeaba. El alivio me dio la fuerza de asentir. – Estoy bien, - asentí.

- ¿Estás segura?

Fuera del porche los grillos y los sapos comenzaban a cantar sus canciones del anochecer. Hasta el calor había amainado, posándose sobre mi piel con un toque suave y gentil. – La verdad es se puede decir que nunca he tenido tanta suerte. – Levanté el mentón. – Nunca había contado con amigos que me defendieran. Ahora te tengo a ti y a JoHanna. No estoy sola.

Él acarició mi mejilla con sus dedos para ver si yo reculaba. – Eres una niña estupenda, Mattie, y vas a llegar a ser una mujer bellísima. Yo no pienso permitir que ni Elikah ni ninguna otra persona perturbe ese proceso.

-Me irá bien.

En ese momento hasta yo lo creí.

Capítulo Quince

En el viaje a Mobile JoHanna llevaba el sombrero con las colas de gallo. Me prestó un vestido azul marino de un corte suelto, sombrío, pero sin mangas y fresco, por ser tan holgado. También me dio un sombrero azul marino con un velo. Lo tuve a mi lado en el asiento trasero mientras Will manejaba por los caminos interiores saliendo de Jexville hacia las viejas carreteras federales que iban a Mobile.

Will había amanecido y había llevado a Duncan a desayunar en el Café de Reba, según JoHanna, uno de los locales favoritos de ambos. JoHanna me había dicho que yo no debía ni comer ni tomar agua ya que luego me podría enfermar. De todas maneras, yo no habría comido. El apetito de la noche anterior había desaparecido con la pequeña esperanza que había tenido de que todo iba a resultar bien. Sentada en el asiento trasero iba con miedo y guardaba silencio. JoHanna me echaba miradas para animarme, pero de nada sirvieron.

En la estación de trenes le dijimos adiós a Will. Will le dio un beso grande y dramático a JoHanna delante de todos. El beso hizo sonreír a muchos y a otros fruncir el ceño. A ellos les daba igual. JoHanna dijo adiós con el brazo hasta que el tren desapareció en un silbido de vapor y una nube de polvo.

No habló mientras regresamos al coche. JoHanna manejaba con el mismo arrojo con el que caminaba. Con ambas manos sobre el volante y los ojos enfocados directamente delante de ella, apuntó a su destino. Yo no tenía ganas de conversar. Si ella fuera a volver a preguntarme lo que yo quería, temía que yo cambiara de idea.

Nos paramos delante de un edificio de ladrillo oscuro de tres pisos. El edificio tenía balcones ornamentados con hierro forjado en pequeños balcones en los cuales había puertas dobles a cada nivel. El edificio se veía sombrío y serio, pero no sucio. No se parecía en nada a lo que me había imaginado. Nos estacionamos a la sombra de un roble que parecía doblarse por la calle entera, como un gesto de buena voluntad.

-Espera aquí, - dijo JoHanna. –Tengo que hablar con él.

Sentí terror. - ¿Es que puede que no lo quiera hacer?

Por un segundo no dijo nada. –Mattie, no sabemos si de verdad estás encinta. Podría tratarse de otra cosa. Y sí, si lo estás es posible que él no lo quiera hacer.

-Pero ¿lo ha hecho antes? – Sentía desesperación. Me aferré de su brazo.

-Es médico. – Sacudió la cabeza. – Que si quiere o no. . .mientras menos sabes, mejor, para mí, para él y para ti.

La posibilidad de que el doctor no me ayudara cayó sobre mí como la tierra cae sobre una sepultura. Mi propia impotencia me sofocaba. Asentí indicando que la esperaría en el coche.

Ella salió, cruzó la calle con sus pasos largos y entró en el edificio.

No recuerdo cuánto tiempo estuvo adentro, pero sí se

demoró un rato. El cuero del coche comenzó a calentarse, aún bajo la sombra del árbol. Mi mente parecía haber dejado de funcionar. Miré a la gente ir y venir por la calle. La mayoría eran hombres; algunos en trajes, otros con los pantalones y las camisas que solían llevar los trabajadores. Algunos me miraron y otros pasaron como si no existiera. Me puse el sombrero, bajé el velo y esperé.

JoHanna volvió con una expresión en la cara que no revelaba nada. Se acercó a mi puerta, la abrió y me indicó que saliera. Juntas caminamos a la parte trasera del edificio. Adentro había una escalera y un pasillo largo oscurecido por un revestimiento de paneles de madera prieta.

JoHanna me condujo a un cuarto con una camilla en el centro. Había una luz a un extremo de la camilla. A través del velo el cuarto parecía pequeños pedazos de diamantes, pequeños trozos de horror. El sol pasaba por las tiras de madera que cubrían las ventanas grandes. Algunos rayos caían sobre arreglos nítidos de instrumentos plateados sobre una tela blanca y limpia. Sobre el mostrador había una botella al lado de un colador de color plata y una tela de algodón. Nada en el cuarto me era familiar con la excepción de JoHanna y yo me le acerqué.

-Él va a tener que examinarte. – JoHanna miró sus pies. – Yo tengo que esperar afuera.

-Quédate conmigo. – Agarré su brazo. – JoHanna, tengo miedo.

Me miró a los ojos sin ninguna emoción. – No me lo permite. Tengo que esperar afuera. Mattie, él está arriesgando mucho al hacer esto. Lo tenemos que hacer como él quiere o nos olvidamos de ello.

- ¿Me dolerá?

-Sí. - respondió sin titubear. –No te puede administrar éter.

Dijo que el éter relaja los músculos de útero y eso puede hacer que sangres demasiado. – Tragó. – Te dará morfina, pero no te adormecerá del todo. Yo puedo entrar y quedarme contigo una vez que termine. Luego, volveremos a casa. Tenemos que salir de aquí antes de que anochezca.

Miré por el cuarto. Los instrumentos eran horripilantes. Iba a tocar uno, pero la voz de JoHanna me detuvo.

-No toques nada.

- ¿Hay otras?

Ella no me contestó.

- ¿Hay otras mujeres a quiénes él les está haciendo esto? ¿Dónde están?

Vaciló. – No. Esto es especial.

-Pues, ¿Por qué está haciendo esto por mí?

Ella aspiró, sopesando cuánto de la verdad decirme. – Porque él no tiene otra opción.

Por mi parte yo no quería saber qué era lo que estaba obligando al médico a arriesgar su carrera, su libertad ni su futuro. Vio el miedo paralizante en mi cara y volvió a hablar.

-Nadie que está aquí quiere estar aquí. Ni tú, ni yo, ni él. Ninguno de nosotros está seguro de estar en lo correcto. Pero eso no importa ahora. Lo que importa es que tú salgas de esto bien.

JoHanna era la persona más fuerte que había conocido en mi vida, pero no podía darme lo que me hacía falta. - ¿Dónde vas a estar?

-Justo del otro lado de la puerta. – Me agarró de la mano. – Mattie, todavía puedes cambiar de idea.

- ¿Cuánto cuesta esto? – Ni se me había ocurrido pensar en cualquier costo. ¿Cómo es que no lo había considerado? Yo jamás le podría devolver a Will y a JoHanna lo debido.

-No se trata de dinero. Eso es lo último que te debe preocupar. –Hizo un ademán en el aire.

Miró hacia atrás por la puerta que daba al cuarto. Una sombra se movía en la pared opuesta. El médico estaría ahí, esperando. Por como se estaba moviendo era evidente que estaba impaciente.

-Me tengo que ir, dijo. - ¿Mattie...?

-Ve – apenas susurré la palabra.

-Quítate la ropa interior y sube al borde de la camilla. Acuéstate y cierra los ojos. No los abras en ninguna circunstancia. No mires y así no tendrás nada que recordar.

Ella hablaba con rapidez y desesperación. Estaba asustada y eso me alarmó a mí. ¿Qué pasaría si yo fuera a morir? ¿Qué haría ella con mi cuerpo? No podía dejarme en este cuarto vacío. ¿Cómo me llevaría de regreso a Jexville?

- ¡Ay, Mattie! – Se dio vuelta y salió del cuarto rápidamente.

Me quité la ropa interior y no sabía dónde ponerla. Tirada en el piso se veía obscena. La agarré en mi puño y me subí a la dura, angosta camilla. Cerré los ojos y esperé que la puerta se cerrara.

El médico no me habló. Mantuve los ojos cerrados. Traté de recordar los días de verano cuando Callie y Lena Rae y yo jugábamos en el campo detrás de la casa. Días antes de Joselito, cuando la tierra de barro rojo y mamá era todo lo que nos hacía falta.

Cuando el médico me lastimó yo no grité, pero me concentré en quedarme completamente quieta. Nunca dijo si estaba encinta ni tampoco dijo que no lo estaba. No dijo nada en absoluto.

Levantó mi brazo y le dio vuelta hasta exponer el codo. Sentí algo como una mordida. Traté de alejar el brazo, pero él me detuvo, su agarre más fuerte de lo que yo anticipaba.

-Es la morfina, - dijo. Bajó mi brazo y se alejó de mí. Sentía que se había ido. Luego lo escuché cerca de la bandeja, escuché el repiqueteo de los instrumentos de metal. Quería llorar, pero temía que él sería rechazado si lo hiciera. Él se aclaró la garganta, pero el ruido era raro como si algo deformado estuviera tratando de hacer el ruido.

En la oscuridad bajo mis ojos escuché un extraño ruido tumultuoso y los colores se volvieron todos uno. Escuché el sonido de un pájaro grande llamándome por mi nombre y el pulsar del agua contra la tierra. Abrí los ojos un poco y lo vi. Era un hombre de mediana edad que llevaba lentes y una expresión consternada en la cara. Estaba parado a mi lado y levantó mi brazo. Sentí que estaba empujándolo y traté de luchar, pero ya mis brazos no me respondían. Mi cuerpo no respondía a mi orden de huir.

-No te muevas, - me advirtió. No había ninguna emoción en su voz. Ni simpatía ni enojo por haberse visto forzado a esta situación. – La morfina va a ayudar, pero puede que esto te duela. Por favor, trata de no gritar.

Traté de responder, pero tenía la boca seca, los labios gruesos y pegados. Él ajustó mis piernas y comenzó el dolor.

No sé cuánto tiempo duró. En algún momento JoHanna estaba rondando sobre mí llorando, apretando una toalla sobre mi boca para sofocar los ruidos que yo estaba haciendo. Algo iba mal. Escuché el pánico en su voz y la respuesta del médico, ahora petrificado de preocupación. Mi cuerpo pesado quería levantarse e irse, pero no me podía mover. No sabría decir si era por las ataduras o por la morfina. Cedí totalmente a mi terror, a mi culpabilidad y a mi vergüenza.

Desperté en un túnel oscuro. A la distancia escuchaba niños cantando. Comprendí que, si me movía con el sonido, me salvaría. Sus voces me llevarían a la seguridad. JoHanna me llamaba, pero yo quería irme con los niños. El túnel estaba negro y yo corría. En cada momento me paraba. Había un saliente empinado. Los niños estaban al fondo, mirando hacia arriba y esperando. En las manos cargaban instrumentos afilados y tenían los ojos en blanco y estaban hambrientos. Todo alrededor de ellos se quemaba, y había un olor a azufre. Sentí mi garganta explotar con el grito.

-Mattie. – Escuché el susurro y sentí la caricia de una tela húmeda y fresca en la cara. –Ya terminó, Mattie. Te estás despertando.

Me parecía que tenía los ojos cerrados con pegamento, pero después de aquel sueño quería ver dónde estaba. Sabía que se trataba de un sueño. Una pesadilla. Pero mi corazón estaba latiendo fuertemente y sentí como si algo me había sido arrancado del cuerpo. - ¿Me voy a morir? - mi voz sonaba crudamente y me dolía mucho hablar.

-No, - JoHanna puso la tela sobre mis ojos para que el agua fresca se colara entre mis párpados.

- ¿El médico?

-Ya se fue.

- ¿Podemos irnos ya?

-Dentro de un rato. Con tal de que no vuelvas a sangrar.

Traté de tocar mi cuerpo, pero JoHanna agarró mi brazo.

-No, Mattie. Trata de estar quieta.

Me ofreció un pedacito de hielo. Inmediatamente sentí náuseas. JoHanna me sostuvo mientras vomité dentro de un recipiente de metal.

-Trata de no volver a hacer eso, -dijo, limpiándome la boca. –Puede hacer que vuelvas a sangrar.

Yo asentí sin fuerzas para intentar hablar. ¿Qué me iba a suceder? Abrí los ojos. Estaba en el mismo cuarto todavía acostada sobre la camilla angosta. La única diferencia era la inclinación de la luz que entraba por la ventana. Era tarde.

-Tenemos que irnos de aquí si puedes levantarte. -dijo JoHanna. Miró a su alrededor nerviosamente. –Voy a buscar el coche para acercarlo a las escaleras. Tú espérate aquí. No trates de moverte.

Ni por un millón de dólares me pude haber movido. Tenía el cuerpo encendido. Me latía con un dolor quemante que me enfermaba. No pregunté lo que tuvieron que hacer para deshacerse del bebé. No había querido saber. Ahora nunca lo iba a olvidar.

Mientras esperaba su regreso no sentí el paso del tiempo. Me dormía por momentos para regresar a una terrible realidad que era demasiado horrenda para ser verdadera. Pero yo entendía que sí lo era. Escuché los pasos de JoHanna y escuché la puerta abrirse. Sentí su mano sobre mi brazo. Con su ayuda me senté y forcé mis ojos a abrirse. El cuarto era el mismo. Por alguna razón ese hecho me asombraba.

-Si puedes bajar las escaleras nos iremos a casa. – Levantó mi sombrero del piso y me lo colocó sobre la cabeza ajustando el velo.

No pensaba poder bajar las escaleras, pero no tenía más remedio. Teníamos que irnos. Escuchaba la inquietud en la voz de JoHanna. El viaje a casa sería largo y ya se estaba oscureciendo.

¿Duncan? – pregunté.

-Floyd se encarga de ella. – Me agarró del codo. –Duncan está bien, Mattie. Por ahora nada más me preocupas tú. Una vez que lleguemos a casa todo va a estar mejor.

Me deslicé de la camilla y sentí mis pies sobre el piso. Estaba más estable de lo que me hubiera imaginado y con el apoyo de JoHanna caminé a través del cuarto y bajé por las escaleras. Sentí calambres dolorosos cuando ya estaba sentada en el coche, pero no dije nada. JoHanna estaba lo suficientemente preocupada. Una vez que regresáramos a Jexville me acostaría y estaría bien.

-Vamos, - le dije, cuando ella se sentó detrás del volante.

Y así lo hizo. Manejó más rápidamente que Will y con poca atención a lo que podría estar en el camino. Manejábamos hacia el sol poniente y yo cerré los ojos para entrar en un lugar infernalmente caliente donde corría la sangre por las paredes y se escuchaba el grito de bebés en un cuarto distante.

Capítulo Dieciséis

Nos paramos en Jexville solo el tiempo suficiente para recoger a Duncan. Ella y Floyd estaban donde Nell Anderson. Yo me encogí en el asiento del coche atrapada en una telaraña de imágenes fantasmagóricas mientras JoHanna entró a buscar a Duncan, Floyd y el gallo. Poco después íbamos los cinco, camino a Fitler para quedarnos con la Tía Sadie, tía de JoHanna.

En cuanto me vieron, Duncan y Floyd se quedaron silenciosos. JoHanna les preguntó sobre su día, excusándose por haber llegado tan tarde. –Mattie está bien enferma, dijo. La Tía Sadie sabrá cómo ayudarla.

¿Dónde está el Sr. Mills? – preguntó Duncan
-Tiene que trabajar. No nos puede acompañar. – JoHanna pisó el acelerador con más fuerza, lo cual empujó el coche a una velocidad temeraria sobre el camino con baches. Mi cuerpo se había despertado en el camino de tres horas hacia Fitler. El dolor que sentía era tan intenso que yo no podía identificar ni de dónde salía. Tenía deseos de enroscarme y esconderme. Ni

siquiera me molestó escuchar hablar de mi esposo. No podía hacerme más daño de lo que ya estaba sufriendo.

- ¿Qué le pasa a Mattie? – preguntó Duncan. Me acarició. – Está sudando y está fría.

-Tiene, pues, tiene un resfriado. – La mentira de JoHanna me sonaba falsa. Duncan tampoco la creía. Era evidente. Pero se acomodó en su asiento y dirigió sus preguntas hacia Floyd.

Sobre nosotros el cielo de la noche era de un terciopelo estrellado. Ya era septiembre. Dentro de poco las noches se refrescarían y el cielo se vería más negro, más severo. Normalmente octubre era un mes seco, pero noviembre podía ser tanto seco como lluvioso. Repasé los meses y las estaciones buscando patrones, profecías, un futuro que no había cambiado en el transcurso de las últimas doce horas.

Si pasamos por Fitler, a mí se me pasó completo. Había árboles y estrellas y un estrecho del camino iluminado por los faroles del coche. De pronto apareció un porche y el carro se detuvo.

-Floyd, ¿podrías cargar a Duncan? - preguntó JoHanna. – Duncan, tú ten a Pecos hasta que yo pueda llevarlo a tu cuarto. A Sadie le dará un ataque si ese gallo queda suelto corriendo por su casa Floyd, hazme el favor de decirle a la Tía Sadie que estoy aquí y que me hace falta su ayuda. Dile que traiga una linterna.

Traté de moverme, pero las piernas no me hicieron caso. – Mi cuerpo no me quiere responder, - dije riéndome un poco por lo inútil que me sentía.

-Quédate quieta – amonestó JoHanna con voz resuelta.

En la puerta apareció la figura erguida de una pequeña mujer. Llevaba una linterna prendida y llegó al coche del lado del pasajero. Levantó la linterna para poder ver mi cara. - ¿Qué sucede?

-Está sangrando. – suspiró JoHanna. –Tenemos que pararlo.

-Floyd la puede cargar. – La Tía Sadie se retiró y volvió a la casa. Regresó con Floyd y sostuvo la linterna.

Yo hice todo lo posible por no gritar, pero no lo pude evitar. Sonaba como un animal herido. Floyd me llevó a la casa al cuarto indicado por la Tía Sadie. La cama era angosta. Una cama sencilla con frescas sábanas blancas. Floyd me acostó y se retiró. Pude ver mi sangre sobre su brazo izquierdo saturando la manga. -¿Es que me voy a morir?

-Puede ser que sí, o quizás no. – la Tía Sadie le indicó a Floyd que debía salir del cuarto. – Vete a ver si puedes hacer algo por Duncan. – lo dirigió con una brusquedad que sonaba desalmada. – JoHanna, pon agua a hervir. – Le habló a su sobrina con la misma sequedad.

Cuando todos salieron del cuarto, se dirigió hacia mí. - ¿Es que perdiste el bebé o lo abortaste?

-Un médico . . .

No me dejó terminar. - ¿Estabas sangrando cuando saliste de Mobile?

-No, había parado.

-Bien. Quédate tan quieta como puedes. Lo más probable es que se te abrió la herida durante el viaje. Puede que se detenga por su propia cuenta. Si no. . . pues, lo más probable es que sí se pare por su propia cuenta. Te voy a preparar un té y te lo tendrás que tomar todo.

La sola idea de tener que tragar algo me dio náuseas, pero a esta pequeña mujer no se la podía contrariar. Salió del cuarto y yo dejé que mi cuerpo se hundiera en el blando colchón.

JoHanna trajo el té y yo me lo tomé, aunque sabía a rayos. Luego me dormí y en mi sueño escuchaba a Duncan y a Floyd. Estaban bailando. Duncan era una mujer joven con pelo largo, su cuerpo completo y entero. Y Floyd, de alguna manera había logrado encontrar agudeza intelectual. Estaban por casarse y salir de Fitler juntos y felices.

Al despertar la pequeña viejita estaba parada al pie de la cama mirándome fijamente. Tenía ojos de un claro azul duro. Las arrugas que los rodeaban no se habían formado como resultado de una vida alegre. En vez parecía que había confrontado la vida con demasiada dureza, y que le resultó triste.

-El sangrar ha parado por su propia cuenta, - dijo. –Si no te comienza otra vez te vas a recuperar. JoHanna te está preparando unos huevos. Come todo. Pareces una vaquilla abandonada en un campo yermo. De haber perdido más sangre no te habría podido salvar.

Salió del cuarto después de darme la buena noticia y yo traté de sentarme en la cama.

El cuarto era pequeño, pero había una ventana abierta que dejaba entrar la mañana de septiembre. Afuera había un túnel verde donde el camino serpenteaba entre robles tan grandes como los de Mobile e igualmente cargados de una maraña gris que les colgaba en montones flojos. Se trataba del famoso Musgo Español del cual me había hablado Elikah cuando habíamos estado en Mobile.

Mirando con más intensidad vi el contorno de lo que parecían ser edificios. Madera ennegrecida contra el paisaje del cielo. De la cama no pude decidir si se trataba de edificios en proceso de construcción o si eran andamios en descomposición de lo que había sido el pueblo próspero de que tanto había escuchado hablar.

JoHanna entró con una bandeja. –Es Fitler. O, al menos, lo que una vez fue el pueblo, - dijo colocando la bandeja sobre mi regazo. –La Tía Sadie dice que hoy no debes caminar, pero en uno o dos días iremos allí. Te contaré de cómo fue.

Un día o dos. Experimenté una ola de consternación. Ya hacía todo un día y noche que no había estado en casa, sin avisarle a Elikah. Y ahora estaba en otro pueblo y él no tenía idea de adónde me había ido.

-Si te estás preocupando por ese marido tuyo, no lo hagas. Le hará bien preocuparse por ti. Le pediré a Floyd que le lleve una notita ya sea mañana o pasado mañana. – Mostró la bandeja. – Ahora, debes comer. –Duncan tuvo otro sueño anoche. – JoHanna movió la cabeza. – Esa niña tiene mucha imaginación y ahora insiste en que yo la lleve a conversar con el Sr. Lassiter.

- ¿El Sr. Lassiter? – Nunca lo había escuchado nombrar.

-Pues, dirige una compañía de explotación forestal. Es un hombre bueno. Duncan insiste en que él está por ahogarse. – JoHanna me sonrió, pero yo entreví la falsedad de la sonrisa. Estaba preocupada pero no quería delatarlo. – Le voy a pedir a Duncan que venga aquí para contarte su sueño. Tú puedes hacer tu propia interpretación.

La Tía Sadie me trajo más té y sacó a JoHanna del cuarto. Este tenía un sabor algo diferente y había sido endulzado con miel para disimular el sabor que tenía que ser aguardiente casero. La sensación era la de una mordida rápida, limpia y caliente. Apenas haber terminado de tomarlo mis ojos se cerraron y yo me sentía flotando en una ola de aire tibio, flotando sobre los árboles que se mecían en una brisa deliciosa mientras que el Musgo Español bailaba y echaba extraños diseños sobre la arena de Fitler.

Me despertó el sonido de voces. Al principio no tenía idea de dónde estaba ni quién estaba hablando, pero luego distinguí la voz de JoHanna. Nerviosa. Luego la de Duncan y la de la Tía Sadie. Al coro se le agregó una voz masculina, pero no era la voz dulce y gentil de Floyd. La voz de este hombre era grave y rica, rebotando de inteligencia y una autoridad que mandaba ser respetada. Estaba segura de que era el alcalde que venía por mí y por JoHanna.

A través del peso de mi miedo me forcé a escuchar para distinguir sus palabras y comprender lo que decía.

-Ella insiste en hablarte en persona, Red. – La voz de JoHanna se escuchaba arrepentida. – Yo iba a llevarla al río para hablar contigo, pero ella mandó a Floyd sin yo darme cuenta.

-Él tiene que saber. – En la voz de Duncan no se escuchaba el tono de arrepentimiento. Lo que se escuchaba era enojo. – Tú no me lo quieres creer, Mamá, pero él tiene que saber esto. Si no se mantiene alejado del agua se va a ahogar.

-Duncan, - el tono de JoHanna era de reprobación.

-Se lo dije a Mary Lincoln y ella no me hizo caso. Se lo dije con toda la claridad del mundo. Entonces no sabía si mi advertencia se iba a hacer realidad. Pero, ahora sabemos que sí. Lo vi todo muy claramente esta vez.

-Duncan. - Ahora JoHanna sonaba furiosa.

-Jo. Está bien. Deja que me lo diga. La niña está tratando de cuidar de mí. – Bajo el tono de sinceridad había uno de tolerancia entretenida. Yo sabía bien cómo Duncan reaccionaria a ese tono desdeñoso. De poder caminar le daría una patada en la canilla a ese hombre. Pero no hubo una explosión. Duncan empezó a hablar.

-Era un día vigorizante, fresco como esos que de pronto sentimos hacia finales del verano cuando uno se desespera pensando que el otoño nunca llegará. –Duncan hizo una pausa. – Hacía buen tiempo. Eso es lo que recuerdo porque Mamá y yo íbamos por la arena. Yo estaba en la carretilla así que todavía no había recuperado el uso de las piernas. Íbamos a buscar a Floyd quien estaba pescando por el río.

Si no por otra cosa, la riqueza del detalle de su narración los calló. La estaban escuchando, así como yo distraída de mi propia pesadilla por las imágenes que Duncan tiraba hacia nosotros.

-Ud. tenía a sus hombres en el río con una balsa grande

cargada de troncos. Le pedí a Mamá que me acercara. Me encanta ver a los hombres arrear y amarrar las maderas. Papá me había prometido que un día me llevaría de paseo en una balsa.

Duncan hizo una pausa. Sabía que estaba desafiando a JoHanna para ver si su madre la obligaría a dejar de contar.

-Continúa con el sueño. – dijo JoHanna con una voz neutral.

Yo sabía que la idea de ir de campamento en una balsa sería un tema de discusión luego cuando el hombre se fuera a ocuparse de lo suyo.

-Ud. estaba en la balsa que los hombres estaban juntando con otra. Ud. tenía uno de los ganchos y estaba jalando un tronco grande. Todo el mundo estaba gozando. El tiempo estaba tan bueno y el río estaba poco profundo pero lo suficiente profundo para flotar los troncos hasta Pascagoula. – Duncan aspiró.

-No sé qué sucedió, pero el tronco se torció debajo e Ud. Por un momento parecía que Ud. iba a recuperar el equilibrio. Los hombres reían. Pero entonces Ud. se tropezó. Su pierna derecha se dejó caer entre los troncos y estos la apretaron bien duro.

El silencio era mortal. Yo sentí la piel enfriarse y picarme.

-Termina, Duncan. – La voz del hombre había dejado de ser desdeñosa.

-Escuché los huesos crujir y Ud. gritó. Trató de zafarse, pero los troncos estaban machucando su tobillo y su pierna. Los hombres corrieron hacia Ud., saltando sobre troncos, corriendo a través del río con una rapidez que yo nunca había presenciado. Pero los troncos que estaban prendidos de Ud. de pronto se abrieron y así de rápido Ud. desapareció por debajo de la balsa. Y, se ahogó.

-Vaya que sueño. – La voz del hombre era de una falsa jovialidad. - ¿Y tú estás segura de que de hecho se trataba de mí?

-Sí, Señor. Así que yo sabía que tenía que contárselo. No se acerque a las balsas mientras haga buen tiempo. Y así mi pesadilla no se vuelve una realidad. No se encontrará atrapado.

-Bien visto.

-Escucha, Red, –JoHanna interrumpió, - ella insistió en contártelo. Estoy de acuerdo con mi hija. Era mejor que tú lo escucharas.

-Pues, sí. Un hombre puede evitar un tren si lo ve viniendo sobre él.

Para mí que el hombre no creía del todo lo que Duncan le había contado. Pero ella sí lo había agitado en algo, ojalá que lo suficiente para que se mantuviera alejado de troncos por un rato.

-Al despertarme todavía sentía la arena caliente bajo mis pies desnudos mientras corría, - dijo Duncan.

-Red. . . –JoHanna no sabía qué más decir.

En mi habitación, separada de las voces por una pared de pino y puertas abiertas, jalé la sábana hasta mi mentón. Hacía calor afuera. Todavía se podía ver el ligero titileo del aire caluroso más allá del túnel de robles fuera de la ventana. Las palabras de Duncan me habían dado escalofríos. Esa niña tenía el don del habla, sino de la profecía. No dudaba que todos sentados en la mesa de la cocina sentían el mismo toque de muerte que había sentido yo.

-Cuídate, Red. No te subas a las balsas. Seguir ese consejo no te perjudica. Si la niña verdaderamente tiene un don, te salvas. Si no, tienes a tus hombres que pueden hacer ese trabajo tan bien como tú. No pierdes nada. – Como siempre la voz de la Tía Sadie era un martillo que daba duro.

Esa mujer no daba rodeos. Era directa. Pero por otra parte su pronunciación carecía de dictamen. Ella sabía que yo había tenido un aborto, pero para ella era solo un hecho que la ayudaba a saber cómo ayudarme, sin juzgar.

Escuché las sillas raspando sobre los pisos de madera. –
Gracias, Doña Sadie por el pastel delicioso y el café. –Se rio. –Se
lo agradezco. Ellos trabajan duro y muchos de ellos no ven a sus
familias por largos trechos.

-Un poco de pastel y café es un regalo sencillo. A través de
los años tú has sido muy bueno conmigo, Red. Tanto tú como
tus hombres. Si acaso ves a JoHanna y a Duncan por el río,
pídeles a tus muchachos que las vigilen. JoHanna tiene la idea
de que parte de ella es pez y Duncan también, pues, de hecho,
no sé exactamente qué Duncan ha decidido ser.

-Una bailarina, -dijo Duncan

Hubo un momento de silencio incómodo ya que sus palabras les recordaron a todos el hecho de que ella no tenía el uso
de sus piernas. Al menos no por lo pronto. Sí se estaban
poniendo más fuertes, pero la idea de bailar no era concebible.
Fue entonces que recordé la última imagen de su sueño: la
arena caliente mientras corría. Duncan no era vidente. Era una
niña con una imaginación vívida.

-JoHanna ha traído consigo a ese dulce muchacho Floyd. Él
está pescando por el río en este momento. – Se escuchaba el
traqueteo del movimiento de los platos y supe que la Tía Sadie
o JoHanna estaban quitando los platos de la mesa. – Es un
muchacho buen mozo, pero inocente. Vigílenlo también. Él no
se da cuenta que las corrientes del río pueden agarrar a un
hombre, bajarlo y tenerlo.

-Floyd les hará caso, - JoHanna estaba de acuerdo. –No
causa problemas y si acaso lo ven en un lugar peligroso, sencillamente díganselo. Él escucha.

-De acuerdo. Ahora mis hombres pensarán que me estoy
comiendo todo el pastel y tomando todo el café de la Tía Sadie.
No van a levantar un brazo por envidia.

Escuché pasos que iban hacia la puerta trasera.

-Regresa pronto - dijo la Tía Sadie.

-Cuídate, - agregó JoHanna

-No te ahogues, - añadió Duncan desde la mesa de la cocina donde seguía sentada. – Llévenme a ver a Mattie, por favor, - pidió tan pronto salió el hombre.

JoHanna se quedó callada, pero escuché el raspar de la silla. Estaba levantando a Duncan. En unos segundos estaban en la puerta de mi habitación.

-Estás despierta, - Duncan estaba encantada. – Te ves mucho mejor. Anoche te veías horrible. Ponme en su cama, Mamá.

Yo asentí como respuesta a la mirada perpleja de JoHanna. Me estaba sintiendo mucho mejor. Ya no sentía calambres. Estaba muriéndome de hambre y estaba entusiasmada con la visita de Duncan.

- ¿Quieres jugar a las cartas? – preguntó Duncan. – Mamá siempre juega cartas conmigo cuando estoy enferma.

JoHanna se quedó en la puerta para ver si yo quería que Duncan se quedara conmigo. Ese gesto sencillo me llenó los ojos de lágrimas.

- ¿Mattie? – JoHanna se acercó.

Yo me reí, dejando que las lágrimas bajaran por las mejillas. –Me emocionó el que te esperaras para asegurarte de qué era lo que yo quería. Me emocioné. – Me reí y Duncan y JoHanna rieron también. –Me encantaría jugar a las cartas con Duncan. – Me quité las lágrimas de la cara con la parte posterior de la mano. – Y me encantaría comer un pedazo de ese pastel con un poco de café.

-Tus pedidos serán fáciles de cumplir, - dijo JoHanna. – Voy en busca de las cartas primero.

Desapareció por la puerta y Duncan me miró con seriedad. – Yo quiero mucho al Sr. Lassiter, - dijo. –Le había pedido a Floyd que me pasara por tu cuarto antes de que se fuera de pesca, pero tú estabas dormida. Te iba a contar mi sueño.

-Lo escuché.

Bajó los ojos mirando el cubrecama color crema de felpilla, sus dedos jugando con los copetes del diseño. – Yo creo que me ha hecho caso. – Subió la cabeza, los ojos cafés aturdidos y perdidos. –A veces después de lo del relámpago puedo sentir colores.

Puse mi mano sobre la de ella, la cual había caído inmóvil sobre el cubrecama. -¿Qué quieres decir, Duncan. – Yo no estaba segura de que de verdad quería comprender, pero ella había decidido explicármelo.

-Los siento. Como lo caliente y lo frío, pero con más intensidad.

- ¿Cómo que con más intensidad?

-Pues, por ejemplo, Floyd me llevó al bosque donde encontramos una flor silvestre. Era tan azul que me hizo daño. Me sentía como si el corazón se me fuera a quebrar en dos.

Hablaba con sinceridad. Una niña algo asustada por la potencia de su sensibilidad.

- ¿Te ha sucedido alguna vez a ti? – preguntó.

-No. - Traté de recordar, pero no pude precisar nada como eso.

-Vi un cardenal por la ventana anteayer. Iba del tendero al árbol Paraíso y luego bajó al jardín para embromar a Pecos. – Sonrió. – A veces otros pájaros se meten con él porque él no está seguro de que es un gallo.

- ¿Dónde está Pecos?

-La Tía Sadie no lo quiere en la casa. Está bajo el porche, pero yo lo voy a entrar esta noche.

- ¿Y qué pasó con el cardenal? – Sentía una extraña curiosidad por saber lo que me iba a contar. Afuera se escuchó un estallo de risa de los hombres que trabajaban por el río. El eco se caracterizó por la oscilación del sonido arrojado desde el agua.

-Son los hombres del Sr. Lassiter. Tiene seis o siete campamentos en los bosques, cortando los árboles y juntándolos. Luego los hombres flotan troncos río abajo hasta Pascagoula. – Su sonrisa se fue disipando. – Pues, el cardenal estaba ahí afuera y yo lo estaba observando. De pronto, todo el mundo perdió el color. Ahí estaba el pájaro y el rojo era tan rojo que yo sentía el latir de su corazón. Estaba tan rojo que supe que no iba a vivir mucho más. Su corazón latía con demasiada rapidez. Yo empecé a llorar porque era tan bello y porque había nacido nada más que para morir tan pronto. – Sus ojos se llenaron de lágrimas mientras hacía el relato.

- ¿Y esto del color te ha sucedido en otras ocasiones?

-Desde que me pegó el relámpago. Me sucede cuando estoy sola y.. .

- ¿Y qué?

-En parte es una delicia y a la vez me duele tanto. – Su cara mostraba consternación. – Al principio el color parece ser. . . como todo el júbilo del mundo dentro de mi pecho. Es así por unos segundos y luego viene el dolor. – Me miró como si esperara una respuesta.

-Pues no sé, Duncan. ¿Puedes pararlo?

-No sé. Y no sé si quiero pararlo.

Escuché a JoHanna moviéndose en la cocina, el traqueteo de los platos. Me estaba preparando el pastel. - ¿Qué dice JoHanna?

Duncan miró el cubrecama y volvió a jugar con los copetes de la tela color crema. –Dijo que en la vida el placer y el dolor son mellizos. Uno viene, pero el otro no se queda atrás. – Levantó la cabeza para mirarme. –Dijo que el experimentar una sensación con intensidad es un don pero que yo tengo que aprender cuándo sentir y que tengo que aprender a cuidarme. – Aspiró. – Porque, dijo ella, que si no me protejo tendré miedo de sentir y que voy a ir muriéndome poco a poco.

No pude creer que JoHanna le hubiera dicho tal cosa a

Duncan, pero comprobé que era verdad nada más viendo la expresión que Duncan tenía en la cara. Tenía miedo y el miedo de ella me asustaba. – Pues, siempre es bueno cuidarte. – Traté de encontrar un camino entre las emociones y los miedos que no entendía. ¿De qué la estaba protegiendo JoHanna?

-Mattie, ¿alguna vez has tenido miedo de tus sentimientos?

-Sí. - Me volvió a la mente la noche en Nueva Orleans. La vergüenza que había sentido casi me mató. Tenía miedo De Elikah, de lo que me había hecho él y de mí misma. De lo que yo había sido capaz de hacer. Duncan me miraba con tanta intensidad que yo sabía que no tenía que contestar. Veía la respuesta en mi cara. –Duncan, a mí me parece que es importante protegerse de las acciones de otros. – Vacilé. – Los colores que sientes son puros. Son tú. Si tú sientes sobre otros así... por completo, te arriesgas. – Temía que mis palabras no ayudaran ni a mí ni a ella. Me sentí muy aliviada al escuchar los pasos de JoHanna. No quería hablar de esto. No quería recordarme de Elikah. Al moverme en la cama para acomodarme mejor, sentí la huella de Elikah sobre mi cuerpo entero. No podía escaparlo, pero no iba a permitir que entrara en este día, en esta mañana, en este momento con el sol brillando por la ventana con sus rayos cayendo a través de la cama. – Aquí está tu mamá.

-Es el pastel, - dijo Duncan, su humor cambiando. – Mamá dijo que vamos a ir al río más tarde hoy si Floyd puede encontrar otra carretilla.

JoHanna apareció en la entrada con una bandeja cargada con un cuarto del pastel, café caliente y una rosa en un florero pequeño. Yo no era capaz de percibir el rosado del cielo de octubre con la intensidad que sentía Duncan, pero la belleza de la hermosa flor me picó los ojos.

-Le estaba diciendo a Mattie que ella podía acompañarnos al río si quería y si la Tía Sadie se lo permite. Vamos a ver cómo se siente después de comer el pastel. – Me miró con picardía.

-Yo creo que el caminar me haría bien. Estoy algo adolorida. – En partes de mi cuerpo todavía sentía mucho dolor, pero en otras partes sentía que el caminar me haría sentir mejor.

-Ya veremos – Puso la bandeja sobre mi regazo y quitó el juego de cartas para pasárselo a Duncan. –Unos partidos y luego tú y yo tenemos que ir a la tienda.

- ¿A qué hora regresa Floyd?

-Para el almuerzo. Luego veremos lo del río. Caminó a la ventana y miró hacia afuera. – Si te paras aquí la puedes ver, - dijo.

-El río, - Duncan explicó. – Para mamá el agua es una mujer. – Notó que yo estaba interesada. – Ella dice que el nombrar el Mississippi el padre de todas las aguas' fue el único error cometido por los indígenas, aparte de no matar a los primeros hombres blancos que llegaron aquí.

-Yo no creo que los indígenas quisieron decir padre de las aguas. – JoHanna hablaba con la ventana, al parecer. Cuando se dio vuelta hacia nosotros vi la luz de travesura en sus ojos. – Padre es la interpretación que le dieron los españoles. En esa época era una sociedad patriarcal y supongo que lo sigue siendo. Para ellos cualquier figura reverente o de autoridad sería masculina. – Alzó las cejas. – Al menos según los hombres que lo escucharon.

Mi risa me sorprendió. - ¿De dónde sales tú con estas cosas? – le pregunté.

Sonrió en grande. – Will siempre me hace la misma pregunta, pero no se queda el tiempo suficiente para escuchar la respuesta. No creo que verdaderamente le interese. ¿Y a ti?

Me di cuenta de la trampa que se había tendido. Lo que ella proponía no era una respuesta sencilla a una pregunta - era una idea revolucionaria. Me di cuenta de que mi sonrisa se deshacía mientras hacía todo lo posible para sostenerme de lo que había sido un momento placentero.

JoHanna dejó la ventana y se acercó a la cama. Puso su mano sobre mi frente. – Está fresca, - dijo. - Ya has pasado por lo peor, Mattie. La Tía Sadie lo asegura. Yo sí creo que te puedes levantar después del almuerzo si quieres.

-Yo quiero.

-Bien, pues iremos al río. – Los ojos de Duncan brillaban, un diablillo de travesuras bailando en los ojos con el mismo abandono que Duncan había mostrado aquella vez bailando el Charlestón. –*Ella* te quiere conocer, Mattie. *Ella* ha escuchado hablar mucho de ti este verano tanto de mí como de Mamá.

Capítulo Diecisiete

El río Pascagoula no era lo que esperaba. Me lo había imaginado como un río profundamente azul con sauces inclinados por las orillas, un río de pintura, serpenteando por pequeños pueblos pintorescos. Tenía razón en eso de visualizarlo como bajo de un lado con un acantilado alto del otro, pero eso fue lo único en que acerté. El agua tenía un efecto hipnotizador. Habíamos llegado donde se terminaba el camino, donde se hubiera construido el puente hacía unos treinta años.

El río en sí era de un color amarillo-rojizo, de apariencia perezosa. Pero las apariencias engañan. Las lluvias que habían caído hacia el norte habían enturbiado e hinchado las aguas, lo cual contribuía a esa aparente pereza, explicó JoHanna. Nos advirtió que en realidad el río no era lento. Todo lo contrario. La corriente no fluía ininterrumpidamente como me la había imaginado, sino era toda una confusión de pequeños remolinos. En algunas partes, el rio era tan liso como un cristal. De pronto, un torbellino rompía el agua y se revelaba una espiral de succión. Cualquier cosita que tuviera la mala suerte de estar cerca de pronto quedaba absorbida en las profundidades del río. Podría tratarse de una rama flotando, o una botella, o un hombre. El río se lo llevaba todo, decía JoHanna. A veces el objeto desaparecía, el remolino cerrándose sobre él con la misma rapidez con la que había aparecido. Luego, quizás se soltaría río abajo o quizás desaparecía para siempre. JoHanna decía que había todo un tesoro de riquezas y sueños imposibles en el fondo del Pascagoula.

JoHanna anunció que el agua estaría clara para mañana y que entonces podríamos nadar en el río si la Tía Sadie me daba permiso. Ella sí aprobaba que yo me bañara en la tina del baño con agua caliente. Pero, por su parte, la Tía Sadie no creía en las propiedades curativas del Pascagoula y, al contrario, temía que me infectara si fuera a nadar en el río.

Me sentí aliviada, ya que yo estaba de acuerdo con las sospechas de la Tía Sadie. Estaba contenta de sentarme en la ribera del río para mirar a Duncan y JoHanna y Floyd, y hasta el loco de Pecos acercarse a las profundidades turbias del río.

Puesto que JoHanna había insistido en que yo fuera tirada en una carretilla por Floyd mientras ella tiraba a Duncan, no subimos tanto río arriba como hubiera querido Duncan. A Duncan le encantaba un lugar con un banco de arena que estaba ahí. JoHanna nos dijo que mañana iríamos ahí si podíamos caminar y nadar. Por ahora nada más podíamos mirar.

Los enormes pilotajes de ladrillo y mortero que encabritaban la corriente eran un recuerdo melancólico del puente que nunca se llegó a construir. Medían más de quince metros de altura y eran del ancho de la mitad de una locomotora. Se levantaban del río siempre resistiendo el constante tirar de la corriente. Había quince pares de ellos. Yo ni podía comenzar a imaginarme cómo los hombres habían hecho para meterlos en el fondo del río sin ser llevados por la corriente.

-Papá diseñó el puente, - dijo JoHanna. – No era arquitecto, pero tenía el don de poder conceptualizar cosas. Sus diseños eran muy detallados e incluían los toques decorativos en la herrería. – Sonrió. – Me alegro de que nunca llegara a ver estos soportes vacíos. Le hubieran roto el corazón.

- ¿Crees que el Sr. Senseney sigue vivo en alguna parte construyendo otras cosas? -Yo todavía pensaba en esos ciento veinticinco mil dólares que habían desaparecido con él. Los sesenta y dos mil de JoHanna, incluyendo cinco mil. Yo lo había calculado.

-No creo. –JoHanna tenía el mango de la carretilla de Duncan. – No creo para nada que esté vivo. Creo que lo mataron en New Augusta, donde fue a comprar los suministros. Esa parte del mundo está repleta de bandidos. Creo que el Sr. Senseney andaba con demasiado dinero y era el tipo de hombre que se jactaría de ello.

Los ojos de JoHanna estaban distantes, así que se me ocurrió sacar otro tema de conversación –Al regresar, ¿podríamos parar en el pueblo? – Habíamos pasado por él tan pronto como se pudo jalar las carretillas por el camino arenoso. JoHanna no había dicho mucho de las estructuras de madera adustas que habían quedado ahí esqueletos del pasado. No sabía si JoHanna había pasado por el pueblo a la carrera porque no quería hacer comentarios sobre él, o porque tenía tanta prisa para llegar al río. Duncan me había contado lo mucho que JoHanna deseaba el agua, aun solo para verla.

-Haremos una excursión, – dijo JoHanna.

-Luego quiero volver para pescar. – Floyd miraba el agua. - Hay uno grandote ahí. He escuchado hablar de ese enorme pez color tigre. - Nos miró una a una. – Pesa más de sesenta kilos. Si lo atrapara sería famoso.

El mango de la carretilla de Duncan cayó a la tierra con un ruido sordo. JoHanna estaba del lado de Floyd a un solo paso.

Con la mano sobre su mejilla mirándolo directamente a los ojos. – Tú ya eres alguien, Floyd. Eres muy especial e importante. No tienes que pescar un pez, ni hacer nada especial para probarlo.

Floyd tenía una sonrisa torcida y sus mejillas se pusieron coloradas. – Tú siempre me dices eso, doña JoHanna. Tú me crees algo, pero la gente de Jexville no está de acuerdo. Piensan que soy un bobo.

Me sentí avergonzada. Floyd no era tan tonto como yo misma lo había pensado. Se daba cuenta de cómo hablaba la gente de él. ¿Y cómo no saberlo si se lo hacían en la cara como si él no entendiera?

-Tú no te puedes hacer responsable por los defectos de otros, Floyd. Eres quien eres. Y eso está de más. Eres honesto y directo y la gente no sabe apreciar eso en ti. Sin embargo, si se le da un vestido bonito, por ejemplo, cree que tiene algo de valor. – Le acarició el mentón. –Eres muy especial. Pesca el pez si eso te hace feliz, pero hazlo únicamente por ti.

-Pues, es posible que hasta salga en el periódico, con foto y todo. – Floyd le dio la espalda para mirar el agua. – Eso sí sería notable. Mi mamá podría leerlo y así enterarse de que ahora soy un adulto hecho y derecho y que no debió haberme abandonado.

Río abajo se escuchaba el sonido de hombres trabajando con balsas llenas de troncos. Alguien silbaba. Miré mis manos pálidas en el brillante sol.

-Vamos para el pueblo, - dijo JoHanna. –Ya veremos qué nos cuenta el río mañana.

-Yo regreso más tarde hoy. –Floyd le hizo la promesa al río antes de darle vuelta a la carretilla en la que estaba yo y dirigirse hacia el pueblo fantasma de Fitler.

El pueblo de Fitler, como tal, había estado a solo un kilómetro del río. A diferencia de Jexville, donde se habían cortado todos los árboles para hacer que la calle Redemption Road fuera toda derecha, la calle principal de Fitler serpenteaba por gigantescos robles. Los edificios del pueblo estaban algo alejados de la calle, el área ahora dominada por arbustos revoltosos. Nos tomamos nuestro tiempo paseando por la calle, parando de vez en cuando para admirar las flores silvestres o las tunas cuyas espinas podían traspasar un zapato de cuero delgado. Yo presentía que alguien nos estaba siguiendo, un poco más allá del resguardo de los árboles que bordeaban ambos lados de las calles. Desde donde estaba sentada en la carretilla buscaba, pero no veía nada. Mi propia culpabilidad estaba jugando conmigo, como si Elikah hubiera dejado su barbería para venir a Fitler para espiarme. Como si él supiera lo que yo había hecho. Traté de ignorar el sentimiento de sentirme observada.

En medio del pueblo, JoHanna paró la carretilla donde iba Duncan y miró por todos lados. —Cuando era niña había un piano en ese bar. Era el bar del Sr. Senseney. Toda la tarde y entrada la noche se escuchaba música que a los hombres les gustaba escuchar. Pero a veces, muy temprano en la mañana, una de las prostitutas bajaría para tocar el piano. Yo nunca llegué a preguntarle sobre la melodía que tocaba. Era una melodía extraña e inquietante. La podía ver a través de las cortinas y no parecía ser mucho mayor que yo. Alguien la mató antes de yo llegar a hablarle.

- ¿Mató? – pregunté

-Un hombre la cortó con un cuchillo y ella se desangró antes de que llegara un médico. – JoHanna se quedó mirando la estructura de dos pisos. —Por el Pascagoula no era raro ver cuerpos flotando, a veces hasta dos por semana. Los juegos de apuestas de alto riesgo atraían a hombres muy violentos. Muchas de las matanzas se llevaban a cabo en las tabernas sobre botes en el río. Los botes se atracaban en los muelles que abordaban los jugadores y luego salían al río donde nadie podía ejercer ninguna autoridad legal.

-Hay tesoros dejados por piratas también, - agregó Duncan.

-Esa leyenda atrajo a muchos cazafortunas hasta Fitler. – JoHanna afirmó. –Floyd se sabe algunas historias sobre eso.

- ¿Adónde se fue todo el mundo? - pregunté yo mirando las estructuras dispersas que hacían pensar que una vez hubo unos treinta o más negocios en el pueblo. Lo único que quedaba era una pequeña tiendita que hacía la función de oficina de correos y de telegramas, con una tiendita de carnaza de un lado. Las estructuras de madera de los edificios del pasado eran un espejismo. Recordaban la existencia de un pueblo que ya no existía. El contraste con Jexville era extremo.

-La mayoría de la gente se mudó a otros pueblos por el río o a la costa. – dijo JoHanna bajando el ala de su siempre-presente sombrero para proteger sus ojos del sol de la tarde. – Escuché que Lonnie y Frank, los cantineros del *Last Chance* ahora trabajan para Tommy Ladnier en su casa. Los recuerdo como hombres guapos y jóvenes. Estoy segura de que con solo su presencia les agrega un dejo de elegancia a las pequeñas veladas de Tommy.

-El Sr. Ladnier se viste bien, - dijo Floyd. – Estoy confeccionándole un par de botas. Son bien especiales.

Volví a mirar la calle abandonada. –¿Qué habría pasado con Fitler durante la época de la Ley Seca?

JoHanna alzó los hombros. – Pues, nada. Igual que lo que sucedió en la costa. Igual que Jexville. Hay licor en todas las alacenas. La gente lo esconde y finge no beber. En este país hay mucho amor por la hipocresía.

Sentí la piel en carne viva en el momento justo que Pecos chilló con alarma y voló de la carretilla de Duncan. Todos estábamos sobresaltados y nos dimos vuelta para encontrarnos con un hombre alto, de pelo castaño, parado a unos metros de nosotros. Se había acercado tan silenciosamente que no habíamos escuchado nada.

-Tienen razón, - dijo como si hubiera sido parte de nuestra conversación. – La gente de este país quiere vivir la vida que ven en el cine, pero no quieren que otros lo sepan.

JoHanna debió haber respondido. Debió haber regañado al hombre por habernos asustado, por haberse acercado a hurtadillas y por escuchar nuestra conversación. En cambio, al mirarlo, ella aspiró como si le hubiera dolido algo de repente. Los ojos oscuros del hombre tenían una mirada franca y orgullosa. Real. Le habló a ella diciéndole algo que me dio un cosquilleo. Ella empezó a decir algo, pero no le salió ni una palabra

- ¿Quién eres? – preguntó al fin.

Antes de que pudiera responder, Floyd lo acosó. Se puso en la pose de pistolero, sus manos acercándose a las pistolas de madera que siempre llevaba puestas.

La cara del forastero tenía una expresión de cautela, sus ojos apretados mientras doblaba sus rodillas un poco y levantó los brazos a un lado. - ¿Podemos hablar? – preguntó con una voz tanto amenazadora como de petición.

-Cuidado, Floyd, - advirtió Duncan

Floyd vaciló moviendo su cuerpo de tal manera que protegía a JoHanna en caso de que volaran las balas. –Levanta las manos. – Sacó la pistola de su lado derecho y la apuntó al pecho del forastero.

El forastero cumplió con la orden moviendo sus brazos lentamente ante la petición de rendirse, aunque estaba claro que él veía que las pistolas de Floyd eran de madera. Según yo podía ver, el forastero no llevaba ningún arma. La cara del hombre no delató el hecho de que al parecer este era un juego de tontos. Trató a Floyd con la deferencia merecida por alguien que va armado de verdad. La cara de Floyd estaba sonrojada de orgullo por el aparente éxito de su maniobra.

-Con calma. – JoHanna colocó un brazo equilibrador sobre el brazo de Floyd, como si ella también creyera que se trataba de un arma cargada.

Para mí que todos habían perdido el quicio.

-Bueno, a ver si ahora nos dice su nombre, - JoHanna sugirió, - antes de que tengas que matarlo.

El forastero dio un paso hacia adelante con la mano izquierda todavía en el aire mientras extendía la derecha hacia ella. – John Doggett. Y Ud. es JoHanna McVay. – Miró a Duncan. –Tú eres la hija, Duncan. ¿Y? – Nos miró a mí y a Floyd. Yo noté que yo también había aguantado la respiración. Parecía un salteador de caminos, una figura de una fantasía misteriosa. Pensaba que con solo pestañear él desaparecería.

-Mattie y Floyd, mis amigos. – JoHanna dio un paso hacia adelante como si nos estuviera protegiendo del gran interés que parecía mostrar por nosotros.

Saludó a Floyd con la cabeza. – No pudiste haber protegido a la Sra. McVay mejor de lo que hiciste. – Me miró a mí, ubicando mi lugar con ese grupo. – Y a su familia. – Volvió a dirigirse a ella. –He escuchado hablar mucho de ti. – Le hablaba como si estuviera sola. Y luego al instante desmintió esa noción al sonreírle a Duncan. – Y tu bellísima hija.

-No hay duda. El chisme como la hipocresía son pecadillos deliciosos, ¿no es así? –La voz de JoHanna delataba una extraña nota de altivez.

En vez de enojarse él se rio. Por un instante de locura pensé en Will.

-Parte del chisme que para mí es tan enriquecedor es saber de tu entendimiento del rio. – Para la conclusión de su declaración había dejado de bromear. –Tú comprendes su poder.

JoHanna estaba como atrapada en la corriente de un viento errático. Parecía que era llevada por el viento tanto alejándose como acercándose hacia el forastero sin moverse ni una pulgada de donde estaba parada. –Yo respeto el río. Le tengo respeto a toda la naturaleza.

El forastero asintió, su mirada oscura tallando la cara de ella como si se tratara de una escultura. Él no parecía tener edad. O al menos me era imposible decidir. Podría tener veinticinco años tanto como cuarenta y cinco. Su piel, de un bronce otoñal parecía más natural que si hubiera adquirido ese color por exposición al sol. Tenía su pelo negro atado por una cuerda en la nuca de su cuello. No tenía canas, pero algunos de los movimientos en su cara le daban edad mientras que, si sonreía, se veía inmediatamente más joven. De algunas maneras parecía haber salido de una época del pasado.

-Mi gente solía vivir por el río.

Aunque las palabras que pronunció eran normales tuvieron un efecto profundo en JoHanna. Ella no podía dejar de mirarlo.

- ¿Es de por aquí? -Floyd se había parado al lado de Duncan y había puesto su gran y amable mano sobre la cabeza de Pecos acariciando las plumas erizadas del pájaro.

-Sí.

Como respuesta no era muy satisfactoria.

- ¿Vive aquí en Fitler? – pregunté yo. Me hacía sentir incómoda. No era que le tuviera miedo. Para nada. Pero, él exigía nuestra atención de una manera que me preocupaba. Era una presencia y comprendí que no iba a desaparecer en un pestañeo.

-A veces, - me sonrió y me sentí más segura e irritada.

-Eres de la tribu Chickasaw, ¿verdad? –JoHanna avanzó hacia él examinando su rostro como si se tratara de una estatua; una figura inmóvil alrededor de cual se podía caminar y estudiar sin ofender. Levantó la mano como si lo fuera a tocar, pero luego la dejó caer a su lado.

-Pascagoula, Chickasaw, Mingo, escocés, irlandés, de Gales –comprimió los labios y levantó las cejas, - todo un bárbaro.

JoHanna se rio de buena gana y Floyd y Duncan también. Sentada en la carretilla con el sol pegándome en la cabeza preguntándome si no se trataba todo de una fantasía provocada por el solazo. Me fijé en la ropa de John Doggett. Llevaba una camisa sin cuello desabotonada, pantalones grises que estaban bien gastados y le sentaban a lo largo de los contornos de un cuerpo en buenas condiciones físicas. Las botas rayadas habían sido caras. No había nada excepcional de su vestuario excepto que la ropa que llevaba parecía ser un aditamento. Bárbaro. Pues le quedaba bien el sobrenombre excepto que yo no percibía ninguna hambre de sangre en los ojos. Había otra cosa allí, pero no era la crueldad.

- ¿Qué hace Ud. en Fitler, Sr. Doggett? – JoHanna levantó el mango de la carretilla.

-He venido a aprender de una maestra severa.

JoHanna se rio de su ocurrencia. –Asumo que, del río, pues.

-El río es parte de su dominio. – Ya no bromeaba. Lo decía en serio, aunque mediante adivinanzas. – La naturaleza. He llegado para ver dónde quepo en ella.

JoHanna lo miró de soslayo, pero no dijo nada.

-Y, ¿hasta dónde va este pequeño tren? Ya que hemos decidido que soy un bárbaro, principalmente indígena y como traen su vaquero para protegerlos, podríamos montar una batalla.

JoHanna sacudió la cabeza. – No más balaceras por hoy. Nos vamos a casa. Tanto Duncan como Mattie han estado lo suficiente en el sol. – Comenzó a caminar y Floyd la siguió jalándome a mí detrás.

John Doggett se puso a caminar al lado de nosotros, a unos pasos detrás de JoHanna y a su izquierda. No ofreció ayudarla con la carretilla como si entendiera intuitivamente que ella no le cedería el control sobre su hija. Parecía no darse cuenta de que Floyd, Duncan y yo estábamos allí mismo con ellos; nada más le dirigía la conversación a JoHanna.

-El viejo pueblo me interesa. Me gusta esta área. He considerado comprar un terreno y construir una casa.

-Es difícil ganar dinero en un pueblo fantasma. – El tono de voz de JoHanna no criticaba, sino que expresaba la realidad.

-Soy autor. Es difícil ganarse la vida con esa profesión en cualquier parte.

JoHanna giró hacia atrás para mirarlo. - ¿Qué género trabajas?

-Escribo sobre la verdad.

El hombre estaba repleto de respuestas que no decían nada, pero si JoHanna se fijó en ello, no le molestó. Estaba fijada en el río donde un grupo de seis hombres estaban parados en grupo mientras había tres otros encima de los troncos, organizándolos para formar una balsa. Las lluvias habían subido el río a unas alturas inesperadas para septiembre y los hombres estaban ansiosos de mover los troncos mientras tenían el nivel de agua tan alto.

- ¿Escribe libros, Sr. Doggett? – pregunté.

-Escribo sobre el pasado. De cómo fue la vida una vez.

-Un historiador, - pronunció JoHanna.

-Aficionado. Y para decir la verdad agarro cualquier trabajo para sostenerme. He viajado mucho.

-Un vagabundo. – Era una valoración dura y no sé porque la dije. No me había hecho ningún daño para merecer tal comentario.

Se dio la vuelta para mirarme con una media-sonrisa. – Algunos me tacharían de vagabundo, pero me han llamado cosas mucho peores. Y luego sonrió en grande, – Algunos inclusive me han llamado cosas mucho más agradables, también.

La risa de JoHanna me hizo sonrojar.

- ¿Por qué están usted dos señoritas montadas en las carretillas? – preguntó él.

Duncan había sido excluida de la conversación por demasiado tiempo y contestó precipitadamente. – A mí me pegó un rayo y mis piernas no funcionan. Aún. Y Mattie estuvo sangrando anoche.

Me puse roja de vergüenza al cerrar los ojos; una ola de carmín quemándome. Al abrir los ojos me di cuenta de que nadie me miraba.

- ¿Te pegó un rayo? – John Doggett se interesó.

-Me pegó directamente. – Duncan se quitó el sombrero de paja que JoHanna había decorado para ella con cintas rojas. – El pelo se me quemó totalmente. Mamá se cortó el suyo. Yo creo que ella ha perdido el juicio, pero al final, no le gusta llevar el pelo corto. Puede que lo mantengamos así hasta Navidad. – Acarició la pelusa suave dejando ver el blanco de su cuero cabelludo.

- ¿Y tus piernas? – John Doggett preguntó echándose un poco hacia atrás para poder bien examinar las blancas piernas pálidas de Duncan.

-Mamá me asegura que el río me va a sanar. – Duncan se había quedado embelesada con el forastero.

- ¿Me permites?- preguntó, agachándose para levantar una de las piernas.

JoHanna había estado observando todo mirando por encima del hombro y paró la carretilla. Ya habíamos salido de Fitler y la casa de la Tía Sadie estaba a nada más de dos vueltas más allá por el camino. Como estábamos tan cerca tenía ganas de pedirle a Floyd que me llevara de una vez. Pero no lo hice.

Me quedé tan callada como una piedra mientras que John Doggett se agachó al lado de la carretilla para levantar la pierna izquierda de Duncan. Con una mano debajo de la rodilla sostuvo su tobillo en la otra haciendo la pierna moverse como si le perteneciera a una marioneta. Yo miré a los hombres en el agua. Estaban riéndose y bromeando en los troncos. Hacía calor y el agua no estaba para nada desagradable. Dos de los hombres están preparándose para competir. Los dos estaban parados sobre un enorme tronco de pino. Mientras uno comenzaba a girar el tronco en una dirección, el otro trataría de mantener su balance y cambiar la dirección de la rotación. Era una competencia que yo había visto antes en el río Pearl cerca de Meridian. Me enfoqué en lo que estaba pasando en el río, tratando de desconectarme de John Doggett y cualquier tontería que fuera a comenzar con Duncan. Me enojaba que JoHanna permitiera esto. El hombre alentaría a Duncan con unas predicciones tontas y luego ella estaría molesta por semanas si no se recuperaba con la rapidez que él hubiera prometido.

-Los músculos están ahí, pero están débiles, - dijo él mientras sondeaba la pierna por la pantorrilla y el muslo. - ¿Te puedes parar?

-No. – Al menos el tono de Duncan delataba cierta incertidumbre.

John Doggett la sacó de la carretilla. Yo abrí la boca para decir algo y luego me volteé nuevamente hacia el río. JoHanna estaba ahí mismo. Yo no podía entender por qué se quedaba ahí, plantada como un pino con el mango de la carretilla en su mano y sin decir nada.

Con mucho cuidado, John Doggett bajó a Duncan al suelo. La sostuvo y la animó a dar un paso. Con tanto esfuerzo que le distorsionó la cara, Duncan logró levantar una pierna y moverla hacia adelante unas cuantas pulgadas. La mano de John

Doggett la balanceó, su voz animándola. – Hazlo, Duncan. Tú puedes. Yo te sostengo. Da un paso.

JoHanna aspiró el nombre de su hija; un suspiro de esperanza, - Duncan.

Los hombres sobre el tronco habían parado. Los dos parados inmóviles sobre un tronco flotante, una hazaña en sí. Pero algo de su actitud me hizo mirar un poco hacia el norte. Había un hombre que yo no había visto antes; un hombre con sogas, y varillas y un martillo. Se levantó para pararse todo derecho y lo vi tambalearse.

De una distancia de trescientos metros donde estábamos parados en el camino, parecía que solo había perdido el equilibrio. Se escuchó un corte de troncos chocando, amortiguado por el agua, un choque apagado por el río que apartó los troncos y luego los juntó con violencia.

Miraba hacia el río, pero escuché la aspiración aguda de Duncan. Giré para mirarla y vi la contracción en su cara mientras ella levantó sus manos y comenzó a gritar.

- ¡Red! ¡Red! ¡Red! – corrió un paso con cada grito.

Escuché el grito del hombre agónico. Levanté la cabeza para ver al hombre alto del martillo hundirse en la balsa. Bajó lentamente como si hubiera sido obligado a doblarse de rodillas para pedir misericordia por algún terrible pecado. Los de la competencia comenzaron a correr hacia él como si fueran a intentar saltar por encima del río sin caer. Pero no llegaron; el río se movía con demasiada rapidez. Los troncos se separaron y Red Lassiter desapareció debajo de la balsa.

Capítulo Dieciocho

No se podía llamar al Doctor Westfall para Duncan y ninguna necesidad de llamar a un médico para Red Lassiter. El río se lo había llevado. Encontraron la bota de Red atrapada por uno de los troncos. Él: esfumado.

John Doggett cargó a Duncan en sus brazos hasta la casa de la Tía Sadie, con JoHanna siguiéndolo, a la carrera mientras que a Floyd lo dejaron para arrastrar la carretilla por la arena conmigo adentro. Yo habría caminado con gusto, pero JoHanna me había hecho prometerle que no lo haría. A decir verdad, yo no sabía si podía soportar mi peso. Desde el aborto había sido atacada por sensaciones y pensamientos extraños. A veces tenía la mente llena de imágenes tortuosas y no estaba segura si el presente era verdadero. Me lo pude haber soñado. Quería despertarme para enterarme que nadie se había ahogado ante mis ojos. Aunque yo nunca conocí a Red Lassiter, me había gustado su voz, su manera de expresarse.

Al llegar al porche insistí en entrar caminando. Adentro JoHanna y la Tía Sadie estaban atendiendo a Duncan. La niña había sido acostada sobre el sofá de brocado de la Tía Sadie. Su

205

extrema palidez contrastaba con el colorido de la tela. Tenía los ojos cerrados, como si estuviera muerta y un brazo colgado como si nunca más fuera a levantarse. Comprobé que había vuelto al espacio en el que no podía ni caminar, ni hablar, un lugar seguro, protegido por sus párpados y las profundas hendeduras de su mente.

-Caminó, -susurró JoHanna merodeando sobre su hija, - Sadie, ella de veras caminó.

-De hecho, corrió, - corrigió Floyd poniéndose al lado de JoHanna. –Quería salvar a ese hombre que se ahogó.

Yo me detuve en la puerta sin saber qué hacer. John Doggett había desaparecido, lo cual no me sorprendía. Yo había creído que se iba a desaparecer ante mis ojos cuando estábamos en el camino a la casa. Ahora me alegraba su ausencia. Su presencia me molestaba de una manera que no sabía definir.

-Duncan, - Johanna tocó la mejilla de su hija. - ¿Duncan?

Su voz revelaba miedo.

- ¿Crees que Red pudo haberle contado a alguien sobre la predicción de Duncan? –la pregunta de Sadie era directa, la implicación de lo que sugería clara como un cristal.

-Pues, no sé. – JoHanna no estaba pensando. - ¿Por qué?

-Es que, si se llega a saber por ahí que ella predijo otro ahogo, va a ser más duro que nunca. – Sadie se acercó a la ventana y bajó la persiana para bloquear el sol de la cara de Duncan. – Que duerma. Quiero que todos Uds. vayan a la cocina conmigo. – Con un control férreo tomó el brazo de JoHanna y la dirigió a la mesa de la cocina donde, con gentileza, la hizo sentar.

Como yo no hacía más que quedarme parada en la puerta, me alegré de recibir alguna orientación. Seguí a Sadie inmediatamente y entendí su señal de preparar café. Me fue más fácil respirar con las manos ocupadas.

- ¿Duncan se va a despertar? -Floyd no la quería dejar sola, aunque estaba en el cuarto al lado en el sofá. Tocó el codo de JoHanna. - ¿Qué pasa si se despierta y no encuentra a nadie aquí? Creo que debería de quedarme sentado aquí a su lado.

JoHanna se inmovilizó el tiempo suficiente para mirar a Floyd. Con los dedos peinó el pelo del hombre joven, que era de un rubio color espeso, quitándolo de su frente. Un gesto de cariño. - ¿Te quedas con ella, Floyd? Quizás le puedes contar uno de tus cuentos favoritos. Yo sé que ella está durmiendo, pero creo que te puede oír. Lo que le cuentes va a quedar como una de las sendas que hemos trazado por los bosques. Al escucharte puede seguir la senda para regresar aquí con nosotros. – Tenía la voz nublada de emoción, pero sonreía, conteniendo las lágrimas. - ¿Podrías hacer eso, Floyd?

–Yo la ayudaré a regresar, - dijo tocando las lágrimas de JoHanna. Se dio vuelta y salió.

En el silencio de la cocina, antes de que la tetera silbara para el café, se escuchaba la voz de Floyd claramente.

-Yo creo que tu cuento favorito es el del fantasma de la Srta. Kretzler en el Puente del Cortejo. Ése es el que te he contado con más frecuencia así que comenzaré con ése. Pero debes recordar que todo eso sucedió hace mucho tiempo, durante la Primera Guerra Mundial. . .

Que Dios lo bendiga, - dijo Sadie. Era la primera vez que yo la escuchaba decir algo tan dulce. – Siéntate aquí, JoHanna, antes de que te caigas. Es lo único que nos falta, otra cama ocupada de tragedia.

Ella tuvo que haber notado mi rubor porque inmediatamente se dirigió hacia mí. – Eso no estaba dirigido a ti, Mattie. Es que no quiero que a JoHanna le dé un patatús. Yo tengo que bajar al rio para saber qué Red Lassiter les dijo a esos hombres. Red fue una buena persona, pero le encantaba el chisme. Sacudió la cabeza. – Mientras más pronto nos enteramos de lo que se está diciendo, mejor nos podemos preparar. – Se quitó el delantal y me lo pasó a mí. –Hazle un café fuerte a JoHanna. Oblígala a que se quede sentada y que se lo tome todo. Tú también tómate uno, pero el tuyo con mucha leche y azúcar. Quédense las dos en la mesa hasta que yo regrese. Agarren fuerzas porque cuando yo regrese tendremos que comenzar a prepararnos.

Se dio vuelta y salió por la puerta trasera de la casa, la puerta de tela metálica golpeó tras ella. Yo caminé a la ventana de la cocina y la miré bajar por la calle, sus piececitos dejando pequeñas huellas en la arena mientras avanzaba hasta el lugar donde se había ahogado Red Lassiter.

-Yo no puedo más. – JoHanna tenía los codos en la mesa y la cara en las manos. –Duncan había dicho que iba a ser un día de otoño y que hacía fresco. Estamos en septiembre, aún es el verano, para efectos prácticos.

El agua en la tetera comenzó a hervir y yo vertí el agua en el colador y me ocupé de sacar las tazas y los platillos, las cucharas, la leche y el azúcar. Hacía demasiado calor para estar bebiendo café, pero me hacía falta.

Se escuchaba la voz de Floyd en la sala, subiendo y bajando mientras contaba el cuento que Duncan tanto adoraba. De pronto sentí lágrimas y a la vez me sentí irritada conmigo misma por mi exagerada sensibilidad. JoHanna había sido fuerte para mí. Ella había sostenido una toalla en mi boca para silenciar mis gritos mientras cosas horribles me sucedían. Floyd le estaba alcanzando a Duncan una cuerda salvavidas de palabras que adoraba. Y yo ni siquiera podía preparar café sin echarme a llorar.

Preparé dos tazas de café y empujé una hacia JoHanna. – Bébelo, - le dije.

JoHanna levantó la cabeza para mirarme y luego subió la taza a sus labios.

- ¿Cuándo regresa Will? – Me preguntaba si la viejísima

oficina telégrafos lograría mandar una noticia hasta Nueva York.

-Dos semanas. Yo no lo llamaré a menos que la situación se vuelva mucho peor.

-JoHanna – delataba mi incredulidad

Su pecho subió con una profunda exhalación. –Este viaje es muy importante, Mattie. Es nuestro sostén. Si yo le pido a Will que regrese, él volverá. Si no me hace falta que esté, entonces no tengo por qué preocuparlo. Está a más de dos mil kilómetros de distancia. Piensa en cómo él se sentiría si supiera lo que sucedió. Estaría loco de preocupación y aun si estuviera aquí, no hay nada que pueda hacer ahora. Nada.

Lo que decía era verdad. Caminé a la puerta de la sala y miré a Floyd. Había jalado una silla justo al lado del sofá y se quedó sentado ahí, agarrado de la mano inerte de Duncan, hablando como si la niña estuviera completamente despierta, absorta por cada palabra. En cambio, Duncan había decidido regresar a un sueño profundo. El despertarla de repente le podría hacer más daño que el dejar que se regresara por su propia cuenta. Will nada más podría quedarse allí parado mirándola, igual a lo que estaba haciendo yo. Regresé a la cocina.

JoHanna se estaba recomponiendo. El proceso era visible, como hormigas reconstruyendo su refugio después de una tormenta.

- ¿Qué pasa si hay problemas en Jexville? ¿Entonces llamarás a Will? Si se fueran a enterar de las predicciones de Duncan en Jexville, habría problemas.

-No la van a quemar en la hoguera como si fuera bruja, - dijo JoHanna con una sonrisa lánguida. Pero, al menos sonrió.

-Deberías de quedarte aquí en Fitler. –Vertí leche en mi café y le eché tres cucharadas de azúcar. Normalmente bebía café negro, pero se me antojó la suavidad de la leche. – Floyd y yo deberíamos regresar. Podemos tratar de parar cualquier disturbio.

JoHanna levantó su taza, pero no bebió de ella. - ¿Y Elikah?

Su nombre fue una sombra en la luz viva de la cocina de Sadie. ¿– Y qué de Elikah? Yo no sé, pues.

- ¿No tienes miedo?

-Puede que tenga miedo, pero debo volver. Tengo que regresar. – Bebí el café lamiendo lo dulce del azúcar en mis labios. –Todavía no estoy lista para irme. No sabría adónde ir. – agregué. –Aun no puedo pensar en dónde ir. – La última frase se acercaba más a la verdad.

Se escuchó el rechinar de la puerta metálica y Sadie vino por el porche y entró a la cocina. Fue directamente a la estufa y se preparó una taza de café antes de unirse a nosotras en la mesa. Me miró primero a mí y luego a JoHanna. – Él se lo contó a sus hombres.

JoHanna no movió un músculo. Así fue como supe que ella lo esperaba. Lo había sabido.

- ¿Qué andan diciendo?

-Que Duncan es profeta. Que puede prever el futuro. – Sadie desabrochó los primeros dos botones de su vestido y yo me di cuenta entonces que estaba sudando profusamente. Había caminado demasiado rápido en el calor del sol. Me levanté a traer la jarra de agua que ella había sacado del pozo esa mañana y le alcancé un vaso. Lo tomó dándome las gracias.

- ¿Qué tan mal se oye? – preguntó JoHanna

-Es difícil decir. En realidad, no parecen creerlo, pero sí están curiosos.

-La curiosidad en sí no es mala. – JoHanna pronunció las palabras con indecisión como si ella misma no las creyera tampoco.

-Esta gente por aquí no importa. Pero en Jexville no lo van a tomar con la misma ligereza. Van a creer que Duncan tiene el poder de predecir la muerte. – Sadie miró a JoHanna directamente. – Ya te tienen miedo a ti, JoHanna. Puede ser que se desquiten con Duncan.

JoHanna asintió con la cabeza erguida. –Ya se desquitan con ella. – De pronto sus ojos se alumbraron. – El miedo puede ser nuestro mejor aliado.

Sadie sacudió la cabeza en una negativa. – No hagas nada para provocar. Yo te conozco Jo. Te conozco a fondo. No puedes alardear de tus ideas y fantasías y salirte con la tuya cada vez. Para ellos lo que están viendo es la mano de Dios. Aún más probable es que lo tachen como la obra del diablo. Por Duncan no te pongas a incitarlos. Deja que esto se apacigüe y que la gente se olvide.

Las palabras de Sadie me helaron. JoHanna vivía con Will y Duncan y Pecos en una casa soleada fuera de los angostos límites del pueblo. Ella leía libros y escuchaba música y esperaba que Will regresara a casa para coquetear con ella y amarla. No escuchaba los murmullos de los hombres en el centro ni veía a las mujeres inclinadas una hacia la otra detrás de sus himnarios haciendo el sonido de avispas enrabiadas. JoHanna no era inocente. Ella sabía que las mujeres hablaban de ella. Pero no tenía manera de saber la dureza de los sentimientos en su contra. Para mí era un misterio el hecho que Will fuera bien querido y JoHanna tan odiada. Duncan estaba por heredar el cargo de su madre. De ser un niño le habrían tenido pena por ser hijo de JoHanna McVay. Como mujer, sin embargo, era una JoHanna en miniatura. Su don de profecía únicamente traería castigos.

- ¿Qué sugieres que haga? –pregunto fríamente. Yo entendía que las palabras de la Tía Sadie la habían herido profundamente.

-Quédate aquí conmigo, al menos hasta que regrese Will. Quizás por más tiempo, si es lo que hace falta.

- ¿Y sus estudios?

Sadie resopló. – Como si eso te importara un ápice. Duncan ni siquiera asiste a la escuela la mayoría de las veces. Todo lo que ella sabe se lo ha aprendido de ti. La niña sabe leer y escribir y sabe de aritmética. ¿Tú te imaginas que esa maestra idiota le puede decir a Duncan más sobre el mundo que tú? Yo no dudaría que Cornelia aún creyera que la tierra es plana.

Me levanté y rellené todas nuestras tazas para esconder mi sonrisa. La situación no era divertida. Para nada. Pero la evaluación de la Tía Sadie de la maestra Cornelia Tucker había dado justo en el clavo. De amplio pecho y cadera, Cornelia Tucker dirigía el coro metodista y la escuela pública de Jexville. Enseñaba, establecía normas, escogía el plan de estudios y recitaba la oración de cada mañana. Para asegurarse de que nadie le cuestionara su autoridad para hacer todo lo mencionado, suministraba el edificio para la escuela.

-Duncan debería de tener el derecho de asistir a la escuela. – JoHanna estaba enojada. – Will paga impuestos. Duncan debería poder asistir sin que se burlen de ella y sin que la castiguen.

-Si tú quieres que Duncan asista a esa escuela tendrás que dejarte crecer el cabello, tendrás que llevar faja y tendrás que llevar galletitas horneadas por ti a la escuela. – Furiosa, la Tía Sadie bajó su taza de café con tanta fuerza que la rompió junto con su platillo. – ¡Cuán codiciosa e hipócrita eres! Hablas de derechos, de querer que Duncan asista a la escuela. Todas tus pretensiones me enferman.

Con la taza en el aire, JoHanna se detuvo. Yo estaba paralizada justo en el momento de querer sentarme. El café de Sadie se derramó por los platos rotos y comenzó a avanzar a través de la mesa dejando una mancha mojada. Me quedé absorta, fascinada, con demasiado miedo de ir a buscar una toallita para limpiarla.

-Pues. – JoHanna pronunció esa sola palabra al romper la mirada con Sadie para mirarme a mí. – Pues, ¡qué carajo! – Comenzó a reír. - Me encantaría ocuparme de sanarte. – Volvió a reír, riendo tanto que al final estaba echada hacia atrás en su silla.

Sadie empezó a reír también. Su risa era una risa chillona, totalmente en contraste a su típica brusquedad. Como una bisagra oxidada que se había soltado repentinamente. Luego yo también empecé a reír y ya no pude escuchar ni a Sadie ni a JoHanna. Era como si se hubiera roto una presa. Nuestra risa corrió sobre nosotras liberándonos del miedo y el dolor que casi nos habían encarcelado. Cada vez que nos mirábamos volvíamos a las carcajadas hasta que yo estuve medio recostada sobre la mesa sin fuerzas para sentarme. JoHanna se levantó para limpiar el café derramado.

Sadie se paró y tiró los platos rotos a la basura. – Bueno, tenemos un trato, - dijo riéndose bajito. –Tú y Duncan se quedan a vivir conmigo.

Yo no quería eso, ya que quería que JoHanna regresara a Jexville conmigo. Quería que estuviera ahí. Pero sí era mejor para Duncan y JoHanna que se quedaran en Fitler. Floyd y yo regresaríamos, cada uno a nuestras respectivas vidas.

-De acuerdo, - dijo JoHanna. Se levantó. - Pero tú, Mattie no te tienes que regresar todavía. Quédate otro día o dos.

Sadie sintió la repentina tensión que surgió entre JoHanna y yo. – Voy a ver si la ropa está seca. Salió por la puerta trasera dejando que se cerrara con fuerza.

Yo miré a JoHanna. – Elikah. -Era como una enfermedad que yo ni podía curar ni evadir.

-Le enviaré una carta con Floyd.

Yo quería creer que lo que JoHanna escribiría sería algo mágico que me permitiría quedarme en la casa de la Tía Sadie por más tiempo. Pero, a la vez, tenía miedo. Elikah era muy exigente. El desayuno de huevos estrellados con los blancos cocidos y las yemas líquidas, el tocino crujiente pero no seco, el pan tostado del color del heno asándose en el campo. Había tantas cosas que hacer para él como lo exigía, y si yo no estaba, nadie podía hacerlo para él.

-Mattie, si te vas a la casa y tienes relaciones podrías volver a sangrar y hasta morir como resultado del sangrado.

JoHanna hablaba de manera práctica pero mi cara se ruborizó, no obstante. – Yo no haré eso. – Tragué la bilis que amenazaba con subir a mi garganta.

-A mí me da la impresión de que Elikah no te hace caso cuando le dices que no. Si ese es el caso te podría costar la vida.

Bajé la cabeza y escuché los pasos de Sadie acercándose a la puerta trasera de la casa. Sin duda tenía los brazos llenos de sábanas limpias y nuestra ropa sucia que había lavado con cuidado. Tenía su lado amable, aunque sabía esconderlo bien. – Debo regresar. – Yo hablaba con terquedad.

- ¿Quieres volver a tu casa?

Ella me estaba poniendo mucha presión. La miré. Sus ojos azules reflejaban amabilidad a la vez que firmeza. –No.

-Bueno, pues. Entonces te quedas un día más o dos. – JoHanna buscó una libreta y un lapicero en una gaveta. – Le voy a mandar una nota que Floyd le puede llevar, toda sellada. Te prometo que no te meteré en líos.

-Se va a enfurecer.

JoHanna se sentó a la mesa y comenzó a escribir. – Puede ser, pero no se atreverá a tocarte, - dijo al comenzar a escribir. – No se atreverá.

En pocos minutos escribió la nota sin vacilación ni manchas. Luego me la leyó. –Querido Elikah. Yo me he llevado a Mattie donde mi Tía Sadie para que me ayude con Mattie. Mattie tiene una fiebre alta y lo que dice no tiene sentido. Tiene miedo de que alguien le haga daño y luego te llama a ti. A ella le haría todo un mundo de bien si tú vinieras a verla, pero sé que te sería difícil dejar tu negocio. Por lo tanto, yo la cuidaré hasta que mejore. Está delirante sin comprender las cosas que dice y habla toda clase de cosas estrafalarias. ¿Cómo sabe de tales cosas? En fin, no te preocupes. Nosotros te la cuidaremos. JoHanna McVay.

La miré y vi su mirada expectante. Yo no estaba segura de que esta fuera una idea buena. - Va a sospechar que estoy hablando de cómo me ha lastimado.

-Sí, pero la mejor parte es que yo me doy por desentendida, o sea que no creo las cosas que supuestamente estás contando. Así que él va a querer que recobres el sentido antes de que yo comience a creer lo que estás diciendo. Él no querrá que regreses a Jexville porque teme que se tendrá que llamar al doctor Westfall y que él te escuchará desvariando locamente.

Jugar con el supuesto temor de Elikah era tan estimulante como aterrador. Él era el tipo de hombre capaz de amputarse la mitad de su dedo grande del pie simplemente para probar una teoría.

- ¿Cómo regresará Floyd a casa? - Yo no me había puesto de acuerdo con el plan aún.

-Nell viene para acá esta tarde o una de las personas de por aquí irá a Jexville para provisiones. – Me sonrió con travesura. – Y para chismear.

- ¿Floyd quiere regresar? – Me acababa de dar cuenta que Floyd había parado su narración en el momento que JoHanna y Sadie comenzaron a gritarse.

-Sí. – JoHanna hizo un gesto con la cabeza. – A Floyd le encanta su trabajo, Mattie. Él hace botas mejor que nadie. Eso le da mucho orgullo. Debe regresar.

-Se burlan de él.

-Sí, pero le encargan sus botas lujosas. – JoHanna se levantó. – Eso le basta a Floyd. – Fue hacia la puerta y miró a

Floyd que continuaba sentado al lado de Duncan con la mano de la niña en su mano. Se le llenaron los ojos de lágrimas.

- ¿Qué voy a hacer? – preguntó. - ¿Qué pasa si hemos regresado al comienzo cuando ella no podía ni hablar ni caminar?

-No seas tonta, JoHanna. – Levanté un hombro en un gesto que ignorabaque sabía hacer. – El shock de lo que sucedió la tiene durmiendo. Al despertarse va a estar exactamente como estaba. Y cada día va a ir mejorando. – Me acerqué a JoHanna y la abracé aprendiendo por primera vez en la vida el poder del mentirle a otra persona por el refugio de un momento. Yo le di un pagaré por todo lo que ella repartía a todos a su alrededor valerosamente. La abracé, aprendiendo que ella quería que me quedara y eso me daba la valentía para enfrentar a Elikah.

Capítulo Diecinueve

Escuchaba que alguien me hablaba como si estuviera distante; luego sentí el rápido reptar de algo trepando por mi mejilla. Me desprendí del sueño y me obligué a despertar a la vez que peleaba contra lo que trepaba por mi cara. Me encontré con la sonrisa de Duncan enmarcada por sus dedos, los cuales colgaban, como si fueran una araña sobre mi nariz.

-Levántate dormilona, - dijo. – Sadie ya tiene el desayuno preparado y me ha mandado decirte que bajes en camisón.

Floyd tenía a Duncan en los brazos y se estaba sonriendo en grande, para nada desconcertado de verme a mí, una mujer adulta, en la cama. Estaba claro que me consideraba ser nada más que una amiga de Duncan y de JoHanna. En vez de taparme con la sábana yo alcancé la mano de Duncan. – Pues, ya veo que tú misma estás despierta y que puedes hablar. La jalé como si mi intención fuera sacarla de los brazos de Floyd y ella chilló de deleite.

-Se despertó con hambre. – Floyd la zangoloteaba en sus

brazos. – Y yo también. Ven, Mattie. La Tía Sadie preparó panecillos con salsa de jamón.

Tiré la sábana y lentamente caminé descalza a la cocina, mi pelo toda una aureola alrededor de mi cabeza. Al deslizarme a mi silla en la mesa, JoHanna se rio de mí.

-Mira, nos ha llegado un hada a desayunar con nosotras, Duncan.

Se escuchaba el alivio y el júbilo en su voz. Vibraba con alegría, transmitiendo ondas de felicidad por toda la cocina. Al ver la mesa me di cuenta de que la Tía Sadie había respondido a la recuperación de Duncan a la manera del Sur de los Estados Unidos. En el centro de la mesa había una pila de jamón. Todo alrededor había panecillos apilados del tamaño de una pequeña torre. Había también una fuente llena de huevos revueltos con queso amarillo, una jarra de la famosa mermelada de majuela de Sadie, mantequilla y toda una cacerola humeante de *grits*. Tuve que tragar más de una vez por lo mucho que se hacía agua mi boca.

-Comienza. – dijo bruscamente.

Ni a Floyd ni a Duncan les hacía falta otra motivación. Cayeron sobre la comida al parecer compitiendo mientras JoHanna y yo compartimos una mirada.

La noche anterior nos acostamos finalmente y Duncan se quedó profundamente dormida. Le había regresado el color a la cara y las piernas se le retorcían de vez en cuando como las de un perro soñando que persigue un conejo. Ese pequeño movimiento le daba a JoHanna la fuerza para quedarse despierta esperando algún cambio en la condición de su hija. Floyd había acostado a Duncan en la cama de JoHanna y nosotros todos nos quedamos parados a su alrededor mirando por más de media hora. Pecos se había posicionado en la ventana abierta, sacudiendo las alas cuando alguien se movía. La Tía Sadie lo ignoraba renuente a continuar su pelea sobre el pájaro en la casa cuando Duncan, entre pequeñas sacudidas, estaba tan inmóvil como un cadáver. Preocupados como estábamos y sin saber cómo ayudar en la situación, nadie había pensado en la cena.

Dondequiera que Duncan fuera, regresó a nosotros durante la noche. El sueño la había sanado, o al menos le había dado la fuerza para seguir su lucha. La piel bajo los ojos estaba ligeramente amoratada y tenía una sonrisa forzada, pero tenía el apetito de un buey. Ella y Floyd se sirvieron varios pedazos de jamón con panecillos a los cuales untaban mantequilla.

Una vez que los dos buitres hubieran llenado sus platos, JoHanna, Sadie y yo empezamos a servirnos. No había necesidad de palabras. El traqueteo de los tenedores y los cuchillos lo decían todo. Las risitas entre Duncan y Floyd eran más que una riquísima conversación.

Yo misma comí hasta más no poder. Normalmente me sentía culpable por cometer el pecado de la gula, pero en este caso se trataba de un pecado compartido por todos en la mesa. JoHanna gimió de placer al recostarse contra la silla frotándose el estómago. Riendo dijo, – Yo pagaría por esta comida.

-Lo que nos hace falta ahora es nadar. Para bajar la comida – los ojos de Duncan estaban resueltos. – Mamá, tú nos habías dicho que podíamos ir al río hoy. Floyd va a tener que irse pronto y Mattie se tendrá que ir en un día o dos. No nos queda mucho tiempo.

No podía creer que Duncan quisiera regresar al río. No habían pasado ni veinticuatro horas desde que ella vio a un hombre ahogarse. El Pascagoula era hermoso, de eso no había duda. Pero era poderoso. Yo no podía competir con esa fuerza y mucho menos Duncan que no tenía el uso de las piernas. Si la corriente la agarraba no sobreviviría.

JoHanna pareció dudar. – Creo que sería mejor que nos quedáramos más cerca de casa, Duncan.

Yo sabía bien lo mucho que ella amaba ese río y el tono de

su voz me sorprendió. Quizás la preocupaba el chisme y no el rio. Ojos que no ven, corazón que no siente, pensaría ella.

-Tú piensas que yo le tendría miedo al río porque el Sr. Lassiter murió en él. Colocó el cuchillo y el tenedor encima de su plato. −Me consta que el río de por sí no es malo. Eso yo lo tengo muy claro.

Un silencio pesado cayó sobre la mesa y JoHanna rescató el momento como sólo ella podía. − Iremos al río, pero no prometo que podamos nadar. − Con las manos en la mesa se paró. − Todo depende de la corriente y de cuán clara está el agua. Ayer estaba demasiado lodosa. Ya veremos.

-Estará clara, - Duncan lo predijo con tanta certitud que todos callaron una vez más.

-Si no podemos nadar, siempre podemos pescar, - dijo Floyd dispuesto a cualquier plan. Para él, lo que dictara JoHanna era la ley.

Yo ayudé a lavar los platos y luego me excusé. Los eventos del día anterior habían reiniciado un poco el sangrar, pero yo no se lo había contado a JoHanna. Según yo, ella no podía con más de lo que ya tenía con Duncan. En cambio, le pedí a Sadie que me preparara un té de hierba medicinal. El viaje al río me tenía preocupada. Aunque Duncan no parecía estar asustada, yo sí lo estaba. Las aguas amarillas del río parecían tan espesas como la tierra. Capaz de agarrar un cuerpo y con su peso sumergirlo.

Mientras yo me entretenía en mis aseos, la Tía Sadie preparó un almuerzo para un picnic y Floyd buscó gusanos para la pesca. JoHanna bañó y vistió a Duncan y antes de que hiciera demasiado calor, salimos.

Yo insistí en caminar y Duncan convenció a Floyd de cargarla en la espalda. Sin la carretilla, Pecos tendría que caminar por su propia cuenta por la arena. Nos entretuvo corriendo delante de nosotros, picoteando alocadamente por el camino como si fuera encontrar diamantes y esmeraldas, y luego corriendo hacia delante otra vez. JoHanna cargaba con la cesta del almuerzo y yo tenía el sombrero de Duncan.

-Me da miedo dejarla nadar, - me dijo JoHanna al acompañarme, caminando un poco detrás de Duncan y Floyd. –Por primera vez en la vida le tengo miedo al río.

-Lo que pasó ayer fue más que suficiente para asustar a cualquiera.

JoHanna sacudió la cabeza. – No, no fue la muerte de Red. Más bien son los sueños de Duncan. –Bajo la sombra de su sombrero noté que tenía las cejas fruncidas. –El sueño en el que un hombre que está hundido en el agua la llama. – Reajustó la cesta a su otra mano.

- ¿Temes que haya otra muerte?

JoHanna se mordió el labio inferior. Yo estaba tan cerca de ella que podía ver el tejido del labio palidecer como resultado de la mordida. – Me temo que se trate de Duncan, susurró.

Sus palabras me chocaron como si me hubiera empujado con toda su fuerza. –Pero, es un hombre, dije. – Susurré con tanta urgencia que Floyd se detuvo y Duncan volteó la cabeza hacia nosotras.

- ¿Qué pasa? preguntó, su mirada café se fijó en JoHanna. Como JoHanna no respondió inmediatamente, Duncan se torció hasta que Floyd la cambió de posición de su espalda a sus brazos para que Duncan pudiera mirar a su madre por sobre el hombro de Floyd. - ¿Qué te pasa, mamá?

JoHanna soltó su labio y sonrió; el labio recuperó su color. –Mattie me estaba diciendo que no quería entrar en el agua hoy y esperaba que nosotros la acompañáramos.

Mirando a Pecos me di cuenta de que era la primera vez que había escuchado a JoHanna mentirle a Duncan. No me opuse. Tenía miedo, así que se trataba, en parte, de la verdad. El gallo sintió que lo estaba mirando. Se dio vuelta, movió la cabeza de su manera abusadora y me siseó.

Miré a Duncan que estaba riéndose. No se había molestado por la decisión que JoHanna había tomado, y estaba lo suficientemente generosa para permitir mi miedo y no protestar. – Pecos te persigue, Mattie.

-Pecos se encarga de que yo me porte bien, - dije, sonriendo por fin también.

-Podemos hacer un picnic y Floyd nos puede contar uno de sus cuentos. Duncan se esforzó para enderezarse sobre los anchos hombros de Floyd y luego se dobló por su espalda y le pellizcó el trasero. Él se echó hacia delante y luego comenzó a girar en el camino agarrándola por las piernas, dándole vueltas en un largo y lento arco. Duncan chillaba de alegría.

Estábamos completamente solos en el camino, libres de todas las limitaciones que yo solía sentir en Jexville. Me desabotoné los primeros botones de mi vestido para permitir que el aire de la mañana me refrescaba el cuello y el pecho. Me di cuenta en ese momento que JoHanna no había traído los trajes de baño. En ningún momento había pensado permitirle nadar a Duncan.

Seguimos caminando, Floyd jugando con Duncan en su modo gentil. JoHanna no volvió a hablar de sus temores en cuanto a la seguridad de Duncan, pero se le reflejaba la preocupación en los ojos. El azul de sus ojos parecía tornarse morado, como si los ojos estuvieran un poco amoratados.

En vez de ir hacia los soportes del puente adonde habíamos ido el día anterior, Duncan nos dirigió más hacia el norte, donde el angosto camino se volvía cada más espeso con bayas del saúco y arbustos de arándano. El bosque estaba repleto de cerezos silvestres cuyas hojas se estaban tornando de un verde brillante anunciando su muerte. El otoño, mi estación favorita del año, estaba por llegar.

Yo estaba familiarizada con la mayoría de los árboles y arbustos silvestres y también con la enredadera de uvas silvestres que mostraban señas del otoño. A no más de treinta pasos del camino, la tierra se volvía una jungla de árboles pequeños y arbustos enredados con nudos de espesas enredaderas.

Siguiendo las direcciones de Duncan, Floyd nos guio hacia una apertura en el muro de vegetación. Era casi como un pequeño túnel tan bajo que nos tuvimos que agachar para poder pasar por el verde denso, especialmente Floyd. Yo estaba tan entretenida mirando mis pies que cuando salí al sol estuve momentáneamente deslumbrada por la brillantez del sol y la arena blanca.

Yo había soñado con agua azul y playas de arena como azúcar. Nunca pensé que me iba a encontrar con parte de este sueño en Fitler, Mississippi. No había agua turquesa ni olas golpeando las orillas, pero la arena estaba tan pura como montes de azúcar o hielo. Se extendía en una línea larga que desaparecía por la curva del río, haciendo un contraste dramático con el agua amarillo-café.

-Es hermosa. –Yo agarré un poco de la arena, gozando de la blancura pura deslizándose por mis dedos.

-Quítenme los zapatos, -chilló Duncan rebotando con impaciencia en los brazos de Floyd. Él le quitó los zapatos dejándolos caer a la arena. Luego le quitó las medias. Con mucho cuidado la paró sin soltarla.

-Me encanta. – Con los dedos del pie hizo un pequeño hoyo en la arena.

-Maravilloso, - asintió JoHanna mirando los pies de Duncan. Duncan había recobrado más uso y control de sus piernas.

-Ándale, Mattie. Quítate los zapatos. Tú también, mamá. – ordenó Duncan. – Y entonces vamos a caminar hasta la orilla del agua. – Ella nos miró. – Todos.

JoHanna se sentó en la arena y se quitó los zapatos con impaciencia y yo seguí su ejemplo.

- ¿Floyd?

Duncan lo miró mientras él seguía sosteniéndola

- ¿Vamos a nadar? – Él miró a JoHanna.

-Vamos a mirar a Duncan caminar primero, - contestó JoHanna evasivamente. Se paró y se desabrochó la falda. Debió haber sentido que yo la miraba porque me miró y se rio mientras se salió de su falda dejándola ondular en la arena. –Mi enagua está de lo más decente. Te aconsejo que sigas mi ejemplo, – dijo mientras se desabrochaba la blusa.

Yo me quedé paralizada viéndola sacudir la blusa, dejándola caer al lado de su falda. La camisola que llevaba estaba decorada con encaje blanco, bordado con pequeñísimas rositas rosadas. La enagua llevaba el mismo bordado. Ambos de algodón. Temblaban en la brisa que venía del río.

-No seas burra, Mattie. Ponte cómoda. ¡Es el río! – La voz de Duncan se burlaba de mí y la miré para ver que ella misma estaba en calzones, su vestido a los pies de Floyd. El solo pensamiento de que Floyd podría quitarse los pantalones me ruborizó y miré para otro lado.

-Cuando nada más estábamos mamá y yo, nos desnudamos. – La voz de Duncan bromeaba, pero yo sabía que era verdad. Floyd quedó totalmente ajeno a la conversación.

Se me ocurrió entonces que quizás ellos todos eran verdaderamente inocentes y que yo era la única manchada por el pecado. Posiblemente a mí me adoctrinaron con la idea de que el entregarse a un placer inocente como el sentir el sol y el agua sobre la piel, conduciría inevitablemente a otra cosa. Por debajo de mi ceño observé a JoHanna dejarme a mí para alzar en brazos a Duncan, girando y girando hasta que las dos se hundieron riendo en la blanca arena caliente. No hacían nada malo y tampoco había nada malo en la manera en la que Floyd les sonreía, contento de verlas gozando. Lo malo estaba en mi propio sentimiento de vergüenza por no poder participar en acciones tan inocentes.

Mis dedos llegaron a los botones de mi blusa, pero ahí se quedaron. El terrible descubrimiento se me reveló y mi mano cayó en el regazo como una paloma herida. Duncan, Floyd y JoHanna eran inocentes, pero yo no lo era. Primero a mano de Elikah y luego por mi propia voluntad y decisión me había alejado de la inocencia. Sabía de cosas que nunca hubiera querido aprender y por ello quedaba permanentemente alterada. No podía arriesgar el dejar caer mi falda oscura. No tenía certeza de no haber sangrado. No era una madre despreocupada jugueteando con mi hija. Mi hijo nunca llegaría a pararse en la arena caliente al lado del río.

JoHanna comenzó a venir hacia mí, pero se detuvo. Vi que mi dolor se reflejaba en los ojos de ella. Sin poder socorrerme se volteó hacia Duncan extendiendo los brazos. - ¿Puedes caminar hacia mí?

La sonrisa de Duncan se volvió una mueca de concentración. Floyd la tenía estabilizada, agarrándola de los hombros. Ella contrajo el mentón y miró su pie derecho. – Camina, - le ordenó ella.

La pierna tembló, pero no se movió como lo había hecho el día anterior.

¡Camina! – La voz de Duncan penetró el sonido de los bosques y por un instante un zorzal pequeño que se movía por entre la maleza se paró. Pecos, que estaba picoteando por la ribera del agua levantó la cabeza con agresividad.

Duncan levantó la cara hacia su madre y no noté que tenía los ojos llenos de temor. – Mamá. . .

JoHanna le sonrió. – No te preocupes, Duncan Caminaste ayer. Volverás a caminar. Ya verás.

- ¡Mamá! - Los ojos de Duncan se oscurecieron y sin

ninguna advertencia levantó su puño y pegó su muslo. – ¡Maldita pierna! - Levantó el brazo nuevamente, pero Floyd reaccionó y lo agarró antes de que se volviera a pegar. Luchó para liberar su mano libre mientras JoHanna corría hacia ella.

-Duncan. – JoHanna la alzó en brazos. – Ay, Duncan.

-Estaba segura de que lo podía hacer. Estaba segura. – Duncan estaba jadeando con pena, pero no lloraba. – ¡Aborrezco mis piernas! Las odio. Ya no me funcionan y me he cansado de que me carguen como si fuera un bebé. ¡Quiero correr! ¡Quiero bailar!

Yo me senté en la arena sin saber qué hacer. Floyd se quedó parado sobre ellas igual de inútil que yo. Pecos dio la alarma. Con las alas erizadas de miedo corrió y medio voló de la ribera del agua hacia atrás, hacia un túnel verde donde estaba el camino a la calle. Yo miré y vi a un hombre alto, guapo y moreno parado, casi escondido en el bosque.

John Doggett caminó por la arena hacia JoHanna y Duncan. Ignorando a Pecos, como si el pájaro no existiera, me saludó a mí con un gesto de la cabeza y a Floyd con una sonrisa. Se dirigía hacia JoHanna. Se arrodilló al lado de ella en la arena y miró a Duncan.

-Hay cosas que puedes hacer en el agua que pueden fortalecer tus piernas. Los músculos están ahí. Han estado adormecidos y ayer los despertaste de golpe.

Su voz era fuerte, clara y tranquilizadora. Duncan levantó su cara de rabia hacia él. Yo sentía que estaba por decir algo furioso cuando la vi abrir la boca. Pero nada salió y el dolor se desvaneció de su cara.

JoHanna no se dio vuelta para mirarlo. Solo se dobló para acariciar la cara de Duncan con la palma de su mano.

- ¿Me permites llevarla al agua para mostrarle unos ejercicios que puede hacer?

-JoHanna ya ha hecho eso con ella. Hoy no pensamos

entrar en el agua. - Hablé levantándome. Mi intención era ir y buscar la ropa de JoHanna y pasársela a ella, pero de pronto no lo pude hacer. Cuando JoHanna me miró, de seguro vio la consternación que yo tenía porque sacudió la cabeza en una negativa. Fue un gesto gentil, pero uno que yo entendí claramente.

- ¿Qué ejercicios? – La furia de Duncan se había gastado. La frustración que sentía había disipado la esperanza de alguna ayuda.

-Pues patalear y levantar las piernas. La corriente te puede ayudar a hacer los movimientos y a la vez el peso del agua hace que los músculos trabajen. - Él hablaba con Duncan como si ella fuera adulta. – Estoy seguro de que Floyd me ayudará para que tu mamá sienta que estás del todo segura en el agua.

-JoHanna ya nos ha dicho que no vamos a entrar en el agua hoy. – Yo cerré la distancia entre nosotros, circulando para pararme al lado de Floyd, desde donde les podía encarar tanto a JoHanna como a John Doggett.

-Mattie. - JoHanna se veía confundida. - ¿Qué te pasa?

Yo miré a JoHanna ignorando a Doggett, que me miraba como si tratara de componer los pedazos que me constituían y que, como tal, yo no era un rompecabezas tan difícil. No le molestó mi tono agresivo. Más bien tenía curiosidad para comprender por qué yo reaccionaba con tanta vehemencia a una oferta sencilla de ayuda. Yo me dirigí a JoHanna. –Tú dijiste que no querías entrar en el río, ¿recuerdas?- Me sentía flaquear. Quería recordarle del sueño, pero Duncan no nos estaba escuchando.

-La sostenemos con fuerza, - Floyd me aseguró. –En ningún momento voy a dejar que se nos escape. – Él le sonrió a Duncan - ¿Quieres intentar?

-Claro. – Duncan le extendió los brazos.

Floyd la levantó, quitándole los zapatos y comenzó a

caminar hacia el río. John Doggett se levantó y se juntó con ellos, saltando primero sobre un pie y luego sobre el otro, quitándose las botas con un solo gesto largo para cada bota que, al hacerlo le apretaba la camisa a través de la espalda.

-JoHanna. – Yo susurré su nombre con un tono de alarma. – Tú no sabes nada de ese hombre. Le has permitido que se lleve a Duncan. – Yo no podía creer lo que estaba sucediendo. Busqué el gallo. Ni Pecos se preocupaba. Nos había avisado de la llegada de Doggett con su aleteo y había amenazado a Doggett, pero ahora había vuelto a picotear las conchas de mejillones secándose en el sol en un área de barro oscuro.

-No. - Johanna me dijo, mirando a los tres en la orilla del agua amarilla. –Yo permití que Floyd se la llevara. John Doggett no es más que ñapa.

-Puede que sea un asesino.

La sonrisa de JoHanna reflejaba su perplejidad, pero no me miró. –No, no es más que un hombre con elección de momento oportuno y con un poco de bondad hacia la niña.

- ¿Qué te hace pensar que él sabe cualquier cosa sobre sus piernas?

JoHanna finalmente me dirigió su mirada. – No importa lo que él sabe o no sabe, Mattie. Lo que importa es que Duncan cree que él la puede ayudar. Estaba vencida y si deja de tratar nunca más volverá a caminar. Él le dio una nueva esperanza; algo de magia para que ella continúe a luchar.

Yo resoplé. –Duncan no estaba por darse por vencida. Estaba frustrada, eso es todo.

Yo temía que mi persistencia enojara a JoHanna, pero no fue así. Me miró con una mirada que parecía estar llena de orgullo. – Mi pequeña zarza Mattie. – Se levantó para bajar al río.

-No soy una zarza, - sus palabras me habían picado.

Se volvió para mirarme. El sol estaba justo encima de nosotros y me di cuenta por primera vez que, aunque yo me había acostumbrado a su cabeza rapada, John Doggett no se la había visto. No dio ninguna indicación de haberse fijado en ello. – Un arbusto tiene más que espinas, Mattie, pero tú tienes algunas de esas también. Es un ingrediente necesario para la supervivencia. – Se rio y se volvió hacia el río al que caminó con sus pasos largos, hasta alcanzar el grupo que ya estaba hasta las cinturas dentro de la corriente.

Capítulo Veinte

Me quedé sentada en la arena por media hora hasta que los pliegues de mi falda oscura se convirtieron en brasas. Ni siquiera me alivió el jalar algo de la tela exponiendo las pantorrillas. En los primeros veinte minutos no le quitaba los ojos a John Doggett, pero él nada más estaba concentrado en Duncan. La tenía en el agua sobre sus brazos y la alentaba a patear. De vez en cuando la bajaba en el agua lo suficiente para que flotara por su propia cuenta. Según yo podía ver, él no le prestaba atención a JoHanna, aunque su enagua estaba ahora totalmente mojada y se le pegaba al cuerpo.

Estaba pensando en JoHanna. Tenía cuarenta y ocho años, muy entrada ya en la madurez. Pero no había llegado al punto al que llegaban otras mujeres de su edad. Lo único que señalaba su edad era la ligera caída de los senos y un algo demás de carne por los muslos. Tenía la cintura angosta y firme. Los brazos, que es donde la mayoría de las mujeres primero delatan el avance de los años, seguían siendo largos y delgados, elegantes. Los articulaba con la fluidez de una joven. Era vital. JoHanna

McVay estaba llena de vida. Quizás ese era el secreto de su juventud.

JoHanna le estaba prestando la misma atención a Doggett como a Floyd, riéndose con los dos hombres mientras Duncan luchaba contra el peso del agua con una resolución firme que a mí me atemorizaba. JoHanna conocía a su hija bien. Duncan temía que nunca volviera a caminar. Esa confianza que la niña proclamaba era en beneficio de su madre, y el mío, y el de Will, y el de Floyd. Para ella misma, temía lo peor.

Recordar a Will me inquietó. Qué diría él si viera el espectáculo de su mujer en ropa interior con dos hombres guapos, uno de ellos sin duda viril. Pero, JoHanna era tan natural y estaba tan a gusto, que de seguro no iba a hacer algo a que se opusiera Will. Amaba a su esposo.

La naturaleza infantil de Floyd se hizo tanto más evidente al contrastar con Doggett. Adoptó el papel de sirviente hacia el patrón, cumpliendo con cada orden que Doggett le impartía. Doggett daba sus órdenes disimuladas en un tono de seda, una voz que le contaba a Floyd que su ayuda era muy importante – la de levantar la pierna de Duncan y la de sostener su cabeza. Doggett era el tipo de hombre que había aprendido a salirse con la suya, sin importar quien se le cruzara en el camino.

De pronto sentí que algo me estaba haciendo cosquilla en el codo y vi que Pecos estaba a mi lado, sus plumas apenas rozando el brazo. Su mirada de ojos pequeños y brillantes estaba fijada en la escena que se llevaba a cabo en el río. De pronto sentí una inesperada alianza con el ave. Doggett tampoco le caía bien.

El sol caliente y deslumbrante me había dado dolor de cabeza y el desayuno copioso se había vuelto plomo en mi estómago. Sabía que tenía que levantarme, moverme y encontrar algún albergue del sol y de mis inquietudes de la escena que presenciaba. Mientras colocaba los brazos detrás de mí para alzarme, JoHanna se dio vuelta en el agua para mirarme.

-Es la hora de almorzar, - dijo saliendo del agua, su enagua adherida a su vientre y a sus muslos. Riendo corrió por la arena y se levantó la enagua. La torció con las manos dejando que el agua fresca cayera como pequeña cascada sobre mi cabeza. Yo quería enojarme, pero el agua se sentía tan bien y la cara de JoHanna exhibía una alegría pura. Se agachó para hablarme.

-Movió las piernas con fuerza. Están reviviendo.- Puso su palma sobre mi frente, los ojos oscuros de preocupación. – Estás muy caliente, Mattie. No debí haberte dejado en el sol. – Se levantó. - ¡Floyd!

-Yo me puedo levantar sola. – Negué con la cabeza hacia Floyd al ver que él se salía del agua con Duncan en los brazos. Al menos ella no le había pedido a Doggett que me ayudara.

El brazo de JoHanna me sujetó y Pecos como guardián mientras yo caminé sobre la caliente arena hacia el llamativo verde del bosque. Fue increíble. Al pisar bajo las ramas del enorme encino rodeado de serpenteantes espirales de glicinia silvestre, la temperatura bajó al menos diez grados. El ramaje espeso bloqueaba el resplandor blanco y caliente del sol y yo obligué a mi frente a relajarse. El alivio fue instantáneo. El dolor de cabeza amainó y mi estómago se calmó.

-Mattie, a ti te pudo haber dado un golpe de calor sentada ahí como estabas con esa falda oscura y sin sombrero. – La voz de JoHanna implicaba medio regaño para mí y medio hacia ella misma. – Pensaría que cualquiera de las dos tendría más sensatez.

¿Por qué no me había mudado a la sombra? Yo no era idiota. Había pasado toda mi vida en Mississippi y bien conocía los peligros del sol. Me toqué la cabeza y sentí el calor. La raya de mi cráneo estaría quemada, así como mi cara. Ese hecho era irritante pero no una tragedia. No era la primera vez que me había dejado quemar. Tenía las pecas para comprobarlo.

Floyd regresó corriendo al río para buscar la jarra de té que él había anclado en la profunda agua fresca y volvimos a sentarnos a comer otra vez. Tenía todavía en el estómago el desayuno que había comido esa mañana, pero sabía que si no intentaba comer JoHanna estaría aún más molesta conmigo. Tomé el sándwich envuelto en una hermosa servilleta de tela y un vaso de té. Floyd sirvió el té y luego se acomodó contra el tronco de una magnolia. La primera vez que yo había visto este árbol florecer fue cuando llegué por primera vez a Jexville. Vi las últimas flores de la temporada en el jardín de Jeb Fairley. Eran grandísimas y olían a un paraíso de limón. Jeb había notado mi interés y me explicó que con solo tocar el pétalo color blanco perla causaría que el pétalo se tornara marrón. Una flor muy delicada. Un símbolo de la mujer del Sur dijo él. Por otra parte, Jeb era un caballero tradicional, de esos que nunca pensarían golpear a su mujer.

Elikah surgió delante de mí, un espectro de terror y deseo. Sorbí el té y sentí la amargura de mi matrimonio en el sabor de la bebida. Reflexioné sobre cómo yo había cambiado como resultado de este matrimonio. ¿Qué pasó? Todo el mundo comentaba lo guapo que era Elikah. Will lo era también, pero no así. Elikah sufría de una vanidad que Will no poseía y además era muy cruel como persona. Yo había querido amarlo. Durante los primeros días de mi matrimonio pensaba que era posible. Miré el sándwich en mi mano y comencé a abrirlo mirando a JoHanna a través de la seguridad de mis pestañas. Yo deseaba lo que ella y Will compartían. Quería poder reír con mi marido, jugar, amar y conversar. Comenzar con un bebé deseado y amado.

-Mattie, ¿vas a comer?

La pregunta de Duncan me hizo subir la cabeza abruptamente y vi que todos me estaban mirando. Abrí el sándwich y lo mordí, forzándome a masticar y a tragar junto con un sorbo de té.

- ¿Qué tal si nos cuentas una historia, Floyd? – dijo JoHanna, y todos dejaron de mirarme. Ella se había acomodado contra el árbol de liquidámbar americano y estaba masticando una ramita con el sándwich medio comido en su regazo. La verdad era que todos habíamos comido demasiado a la hora del desayuno. Solo Floyd y Duncan, demasiado jóvenes para sentirse llenos, tenían hambre. Doggett comía un sándwich de jamón.

-Quizás John quiere contarnos algo. – Los ojos brillantes de Duncan lo retaban al desafío. –Floyd es el mejor cuentista en todo el condado de Chickasaw. Mattie también sabe contar historias.

La sonrisa de Doggett era lenta. – Yo sé de algunas historias, pero no afirmaría que soy un cuentista como tal.

Era un hombre avisado. Nos había contado que era escritor. No había duda de que podía hacernos un relato. ¿Por qué estaba fingiendo tanta modestia? Acomodé el sándwich que tenía en el regazo y le di un poquito del pan a Pecos. El pájaro y yo estábamos cada vez más vinculados. El ave no amenazaba a Doggett, pero tampoco tenía nada que ver con él.

Se quedó mirando a Doggett igual que yo.

Doggett se dio vuelta para mirarme. Aunque sonreía, frunció el ceño por unos segundos. –Pues, conozco una historia sobre el río, – dijo. –Es algo que he escuchado contar a mis antepasados.

- ¿Los indígenas, los irlandeses o los bárbaros? – escupí la pregunta.

JoHanna dejó de masticar y me miró, pero dejó que Doggett manejara la situación por su propia cuenta.

-Los indígenas, - contestó con su voz suave y compuesta. –

Los Pascagoula. Dejaron poco más que sus leyendas y los túmulos. A los que no mató inmediatamente, el hombre blanco los impulsó sobre el Camino de Lágrimas.

A pesar de que yo lo detestaba, su rabia triste me tocó el corazón. La historia de los indígenas no está escrita en los libros. Para los Seminoles los Choctaw y los Creek su historia completa se condensaba a un pequeño párrafo o dos sobre los primeros pobladores del área, o en algunos, se refería a ellos como los cochinos indígenas. No se les ha enseñado a los niños en las escuelas sobre las campañas para erradicarlos. Pero yo los había visto por mí misma en Meridian, Misisipí, que no estaba lejos de Filadelfia; Misisipí, donde habían arreado a los que quedaban en una reserva india. Era gente sin pasado ni futuro. Todo lo que habían sido una vez fue aniquilado por el blanco. Lo que pudieron haber sido estaba prohibido por la ley. Los indígenas no tenían ni un décimo de los derechos y poderes de los negros, ni siquiera.

- ¿Se trata de un cuento sobre este rio? – Duncan se había salido de los brazos de JoHanna para quedar sentada por su propia cuenta a solo unos pasos de las puntas de las botas de John Doggett. Me volví a fijar en cuan bellas serían sus botas si estuvieran pulidas y limpias. El diseño cosido en los empeines estaba hecho con un corte de cuero que yo no conocía. El haber pagado por botas de alta calidad era el único pedazo de vanidad que le pude achacar al hombre. Era triste que no las tenía cuidadas. Quizás se las había robado de un muerto. La satisfacción de esa noción me hizo sonreír.

-Bueno, parece que hasta Mattie está lista para escuchar. – Doggett levantó una ceja hacia mí y sentí un escalofrío bajar por los brazos. No le tenía miedo, pero para mí, él era como una serpiente. Hermoso, hechizante y con la probabilidad de ser mortal. Aun así, no pude negar su encanto. No tenía que tocarme para yo sentirlo.

-Hace muchos años cuando la luna iluminaba únicamente las pieles rojas de mi pueblo, había una hermosa princesa indígena llamada Anola. Su padre era el poderoso gobernante de la nación feroz de los Biloxi.

Doggett no era cuentista sino poeta. Su voz era un instrumento que fijaba la melodía, sus palabras, lo lírico. Me jalaba y atraía hacia él, acercándome a su calor. Me forcé a mirar a mi alrededor y me di cuenta de que él ejercía el mismo efecto sobre todos los otros. Hasta Pecos parecía haber caído en estupor.

-Sucedió que Anola había sido prometida a un joven guerrero de su tribu; un hombre a quien no amaba, pero como hija del jefe conocía su deber. Y así fue como la mandaron a la parte más oriental del territorio de los Biloxi para aprender las maneras de una esposa y para comenzar el adornar con cuentas las pieles de su boda.

- ¿Tuvo que ablandar las pieles mordisqueándolas? – La pregunta de Duncan fue pronunciada con extrema sinceridad y nada de juicio.

-Anola era princesa. Tales tareas no le tocaban. – Doggett, divertido, sonrió al contestar.

- ¿Dónde consiguió las cuentas? – preguntó Duncan.

-Pues claro que no se trataba de cuentas como se encuentran hoy en día. – Doggett agarró un palito y comenzó a dibujar en la tierra. – Usaban conchas de un bellísimo color o las pintaban con tintes naturales. También utilizaban piedras preciosas y semipreciosas, plumas y madera tallada y pintada. Los indígenas tenían mucho ingenio.

-El arte que he visto ha incluido pedazos de joyería y cerámica, rudimentarios, pero sumamente bellos. - JoHanna se incorporó a la conversación. – Algunos tintes naturales son de una intensidad asombrosa.

La mirada de Doggett se quedó posada en JoHanna por un segundo demás. Luego continuó su historia. – Para la novia se blanqueaban las pieles con yerbas naturales una y otra vez hasta que quedaban de un color beige claro para hacer resaltar el abalorio. Pero Anola no llegó a adelantar el trabajo de su atuendo de novia porque el destino le ofreció otra vía. Había salido al bosque para buscar decoraciones para el vestido de novia. Era un día de otoño templado y ella decidió bajar a la ribera del rio Pascagoula. Le habían advertido de tener cuidado y de no acercarse al agua. La corriente estaba peligrosa y había grupos de indígenas Pascagoula deambulando por la orilla. El río servía de frontera entre las dos tribus enemigas.

Doggett paró y miró a JoHanna. – Como mujer, Anola no podía comprender cómo los dos grupos se odiaban cuando ni siquiera se conocían. No creía que otro indígena, no obstante, la tribu a que pertenecía, le haría daño a una doncella inofensiva que busca adornitos para su vestido de boda.

- ¡La mataron! – gritó Duncan con los ojos muy abiertos de horror, así como lo estaba también Floyd quien se había acercado lentamente para terminar justo al lado de Duncan.

-No, no la mataron. – Doggett inmediatamente alejó la idea. –Con un palito Anola estaba cavando una concha de un mejillón del barro espeso y oscuro cuando escuchó el sonido de risa bajando por el agua. El sonido se transfiere fácilmente en el agua, especialmente en un río de corriente fuerte. Se daba cuenta que el hombre que reía estaba a cierta distancia. La curiosidad de saber quién se atrevía a hacer sonidos tan atrevidos sin temer ser descubierto la impulsó a abandonar todo lo recogido por la ribera del rio para meterse en el bosque y caminar hacia el sonido.

-Lo que presenció le cambiaría su vida para siempre. Un guerrero Pascagoula se bañaba en el río, salpicándose y riéndose de placer. Aunque Anola estaba escondida en el bosque el joven guerrero se levantó, el agua escurriendo por su cuerpo resplandeciente, y se avanzó hacia ella.

-La leyenda cuenta que Anola se levantó de su escondite al verlo. Él la vio y se quedaron mirándose por mucho tiempo mientras todas las criaturas del bosque dejaron de moverse maravillados por lo que estaba aconteciendo delante de ellos. Anola y Altama se enamoraron al instante. La hermosa doncella nunca regresó para recuperar los tesoros que había dejado por las orillas del río, ni tampoco regresó por su vestido de boda y olvidó el compromiso que tenía con su novio. Bajó al río y nadó al otro lado con Altama, el príncipe de la tribu Pascagoula.

La voz de Doggett bajó mientras bajaba la vista para mirar las puntas de sus botas que apuntaban hacia el aire. Casi tímidamente se agachó para quitarles el polvo como si de repente se fijara en lo empolvados que estaban.

-Pues, yo no esperaba una historia de amor, - el comentario de JoHanna era irónico pero sus labios mojados y ligeramente abiertos desmintieron el tono del comentario. El relato la había afectado a ella igual como a todos los demás.

- ¿Vivieron felices para siempre? – preguntó Floyd.

-Pues, no. – La respuesta de Doggett nos sorprendió a todos. – Ojalá pudiera contar que fue así. De hecho, nunca lo había pensado hasta ahora, pero los indígenas no tienen un final feliz, ni siquiera en sus leyendas. El amor entre la bella Anola y su príncipe guerrero terminó en una guerra. – Bajó la mirada para mirar los dibujos aleatorios que había trazado en la tierra.

- ¿Ganaron Altama y los Pascagoula? – preguntó Duncan, empujándolo para que diera más detalles.

Doggett suspiró como si los eventos que contó acabaran de suceder la semana anterior. – Era de noche y había luna llena cuando los Biloxi atacaron a los Pascagoula con la idea de matarlos a todos o hacerlos esclavos.

- ¿Los indígenas tenían esclavos? – Duncan estaba sorprendida.

-La esclavitud se ha practicado desde los principios de la civilización. – JoHanna le respondió señalando con su dedo que se mantuviera callada para permitirle a Doggett terminar el relato.

-Anola se subió al acantilado más elevado del río. Había seleccionado ese lugar para que la luna la perfilara y los Biloxis reconocieran su silueta. Llamó a su padre implorándole que parara la matanza. Le dijo que ella se había ido con Altama por su propio albedrío y que lo amaba más que a la vida. Le rogó a su padre, como la hija de su corazón, de declarar una tregua para que ambas tribus pudieran vivir en paz. Pero su padre no le hizo nada de caso. Alana había renunciado a su parentesco Biloxi al convertirse en la novia de Altama.

Llorando, Duncan preguntó, - ¿Cómo pudo haber sido tan cruel el padre?

-Como tribu los Pascagoula eran más pacíficos y ya habían sido diezmados por fiebres altas y enfermedades. Le temían a la esclavitud más que a la muerte misma. Fue Anola quien encontró la solución a su dilema. Reuniendo a la tribu a su alrededor los guio al borde del agua donde la luna creaba un camino de plata hacia la tierra de los espíritus. Con su dulce voz cuajada de lágrimas les pidió que se agarraran de manos, formando una línea recta por un banco de arena similar al que tenemos aquí delante. Como le tenían menos miedo a la muerte que a la esclavitud entraron al agua del río cantando su canto litúrgico mientras se iban ahogando en las aguas. Cuando la noche está muy quieta y hay luna llena del color de la sangre se pueden escuchar sus voces debajo del agua.

El viento agitó la glicinia silvestre que estaba sobre mí cubriéndome de pronto con una dispersión de hojas. Un pájaro cardenal hembra se posó en una rama al lado de Doggett e intercambió miradas con Pecos. Trinó dos veces terminando su canto con notas altas como si dudara de las amistades de Pecos.

- ¿Es una historia verdadera? - La voz de Duncan indicaba tanto que hubiera querido que fuera verdad como incierta.

-Es una leyenda de mi pueblo. Sucedió mucho antes de que yo naciera, pero te puedo confirmar que lo que sí es verdad es lo del canto. Es por eso por lo que el río se apoda El Río Cantante.

- ¿Tú mismo lo has escuchado? –preguntó Floyd

-Sí, en dos ocasiones. Ambas veces bajo la luz de la luna llena del color de la sangre.

Duncan lo tocó a Doggett en su pantorrilla. - ¿Nos acompañas a escucharlo este octubre el día de luna llena?

Doggett miró más allá de Duncan para mirar a JoHanna para ver cómo respondería ella a la petición de su hija. JoHanna asintió.

-Claro, me encantaría, pero tienes que prometerme, Duncan, que para entonces ya estarás caminando. Quiero vadear por el agua para que podamos sentir la vibración de las voces en nuestra piel.

Abrí la boca para protestar, pero me detuve. Yo no tenía derecho de oponerme, pero no podía creer que JoHanna se dejara llevar por tales tonterías. La idea de Duncan entrando en el río de noche en octubre era pura locura. ¿Y si no caminara para entonces? Su madre no tenía razón de ponerle ese grado de presión a su hija.

-Yo estaré caminando para entonces, ¿no creen? - La confianza de la niña brillaba en sus ojos. –Tú me ayudarás, ¿verdad, John?

-Tanto como te haga falta, - contestó Doggett.

- ¿Podemos volver a ejercitar mis piernas en el rio un poco más?

Otra vez Doggett esperó la anuencia de JoHanna. –Seguro,

pero no por mucho más tiempo. El despertar un músculo es como despertar a una persona. No quieres hacerlo con demasiada rapidez y sobresaltarlo.

Duncan se rio y Floyd se paró para cargarla al río sin que nadie se lo pidiera. JoHanna se levantó y yo también.

-Yo voy a regresar a la casa para ayudarle a la Tía Sadie a buscar unas yerbas. Me dijo que me mostraría algunos de sus métodos para parar la hemorragia. Me interesa aprender.

A JoHanna no la engañé con mi pequeño discurso sincero, pero no me presionó.

-La verdad es que no es muy divertido quedarse sentado en la arena caliente. - Su mirada bajó por mi falda. - ¿Estás sangrando?

-No creo. – Sacudí la cabeza. – Pero no estoy segura. Me siento bien, pero creo que ya he estado en el sol más de la cuenta. Y de veras quiero aprender lo que Sadie esté dispuesta a enseñarme.

-Es prácticamente una bruja. – JoHanna me pasó su sombrero. –Llévalo. La cima de tu cabeza ya está quemada aun aquí en la sombra.

- ¿Y qué pasa con. . .?

-Aunque no lo creas, el corte de pelo que tengo ahora bloquea el sol.

Me pareció un disparate, pero me hizo reír.

-Vamos, pues. Toma tu tiempo y ten cuidado. ¿Quieres que te acompañe?

- ¿Y dejar a Duncan con John Doggett y Floyd? ¡Jamás!

Se volvió a reír y me guio hacia el túnel de verdor y luego se volvió hacia el río y los dos hombres parados en el agua que les llegaba a la cintura; las botas y los zapatos dispersos como las migas de pan de Hansel y Gretel indicando el camino por el cual habían llegado. La gota que colmó la prisa de JoHanna fue el grito de horror fingido de Duncan. JoHanna me dejaba con una rapidez de la que ni se daba cuenta. Se dio vuelta para mirarme. —Ten cuidado, Mattie y no te preocupes. Todo está bien aquí. Duncan va mejorando.

Yo le dije adiós con la mano sin decir nada y me encaminé.

Me demoré examinando las hojas y los arbustos que me eran extraños, arrancando las cosas que quería que la Tía Sadie identificara para mí. Hasta podía ser que le llevara algo útil. Yo solo arrancaba lo raro, a veces jalándolo con raíz, flor y hoja en su integridad. Al concentrarme en mi proyecto sentí que la ansiedad que había sentido se me iba desvaneciendo. Podría ser que John Doggett fuera exactamente lo había dicho que era; un escritor medio-indígena que adoraba el área y se decidió por describirla. Quizás lo que yo sentía era mi propia atracción hacia él y no la de JoHanna. Aunque me asustaba por razones que yo no podía entender, al menos yo era lo suficientemente honesta conmigo misma para confesar que él me fascinaba. Y me excitaba.

A decir la verdad, me tentaba ofreciéndome algo indefinible, algo que parecía delicioso y peligroso a la vez. Lo prohibido. Me acordé de la serpiente y de Adán y Eva.

Mis pensamientos ya eran bastante siniestros cuando de pronto John Doggett se apareció ante mí.

Yo no grité, pero me mordí la parte interior de la boca en el esfuerzo de no gritar. - ¿Qué quieres? – La pregunta fue hostil.

-No fue mi intención darte un susto, Mattie. Me fui por un atajo que me es conocido para poder alcanzarte antes de que te alejaras demasiado.

- ¿Dónde están JoHanna y Duncan?

-En el río con Floyd. Esperándome.

-Y entonces, ¿qué haces aquí?

-Estoy aquí por curiosidad. ¿Por qué, es que te caigo mal? O, para decirlo de otra manera, ¿por qué parece que me aborreces? No te he hecho ningún daño.

Pensé que quizás ya lo había adivinado y que nada más se estaba burlando de mí, pero sus ojos oscuros delataban preocupación.

-Me gustaría ser tu amigo.

Su franqueza me hizo bajar la mirada. No podía responderle con una mirada abierta.

-Tú estás convencida que yo haré algo para hacerle daño a JoHanna, ¿verdad?

En eso levanté la cabeza y lo miré directamente. –Sí.

-Sería una mentira decirte que no me atrae.

Ahí estaba. Entre nosotros. –Está casada con Will y lo ama. – Se me estaba haciendo difícil inhalar suficiente aire para completar las oraciones. –Se aman. No te metas, Doggett. Déjalos en paz.

No se burló de mí como yo pensaba que haría. –No le quiero hacer ningún daño.

- ¿Y Will? ¿Puedes decir lo mismo en cuanto a él?

Su sonrisa no era burlona sino triste. –En ti él tiene a un campeón así que ha de ser un hombre bueno. Veo que tú misma estás un poco enamorada de él.

-Yo nunca.

Él sacudió su cabeza lentamente parando mi negación antes de que fuera pronunciada. –Tú eres una mujer noble, Mattie. Yo nunca cuestionaría eso. Y eres demasiado joven para estar casada con Elikah Mills.

La mención de Elikah me cayó como una bofetada. - ¿Qué sabes tú de Elikah?

-Lo suficiente. – Siguió mirándome

Recordé entonces que él había dicho que había escuchado la canción de los indígenas ahogados dos veces, ambas veces en las noches de lunas azules. Así que había estado en Fitler o al menos en alguna parte por el río, al menos los últimos dos años. ¿Había ido a Jexville? ¿Fue Elikah quien lo mandó a buscarme? Yo me estaba sofocando y no podía respirar.

Me sostuvo con sus brazos. – Tranquila, - dijo, observándome. – Elikah tiene mucho poder sobre ti, ya que el solo mencionar su nombre aterroriza a su novia.

Su voz delataba desdén y así comprendí que él no había sido enviado a espiarme ni a llevarme a casa.

- ¿Cómo es que conoces a mi marido?

Su mirada oscura se ensombreció con algo que parecía piedad. - ¿Quieres que te diga la verdad?

-Claro.

-Sé de él por su mala fama. La tiene en algunos de los pueblos más grandes.

Me sacudió una ola de vergüenza, pero me mantuve firme. Yo ya me podía imaginar la fama que Elikah se estaba construyendo.

-Lo único que quiero decir es que en ti veo la bondad y la inocencia. Me duele que estés casada con Elikah, porque en él no veo ninguna bondad.

Tanto que quise defender a mi marido, pero no pude hacerlo. Tragué. –Yo no elegí a mi marido, pero sí he escogido a mis amigos. Cualquier cosa que estés pensando, no hagas nada que le cause problemas a JoHanna o a Duncan. – Me di vuelta y seguí por el camino arenoso que conducía a Fitler. Por encima de los encinos a la distancia podía ver el andamiaje quemado de algunos de los edificios más altos.

Sentía la mirada de John Doggett sobre mi espalda, pero él no me llamó y yo no me di vuelta hasta pasar por la curva. A hurtadillas me regresé unos pasos y me asomé por un enorme encino y vi que el camino estaba totalmente vacío.

Sin duda él había entrado en el bosque siguiendo el mismo atajo que yo no conocía. Pero tuve la sensación inquietante de que él se había esfumado en el aire.

Capítulo Veintiuno

La Tía Sadie escogió cinco de las flores, raíces y hojas que yo había juntado y las puso a secar. Examinó con mucho interés una de las pequeñas plantas, de menos de doce pulgas de largo con flores de trompeta amarillas que se abrían para revelar un fondo de púrpura oscura. Yo la había escogido por la flor más que nada, pero la Tía Sadie la tenía en la palma de su mano como si pesara cinco libras.

- ¿Qué clase de planta es? –Saqué la mano para tocarla, pero ella la alejó.

-Pues, la gente le ha puesto varios nombres. ¿Dónde la encontraste?

Urdida por lo que una vez había sido una cerca de madera blanca yo me había alejado del camino hacia una antigua casa. – En un cementerio pequeño. La tumba rezaba el apellido Eckhart. – Me sentía como si hubiera confesado el haber cometido una transgresión. – El lugar estaba del todo abandonado. No quedaba más que una chimenea y algunas viejas tablas.

-Conozco el lugar. – Sin dejar la planta, la tía Sadie fue a la estufa y la prendió. - ¿Estaba creciendo por el camino?

-Yo estaba recolectando las azucenas que rodeaban el arrayán y vi las viejas lápidas. Al agacharme para mirarlas más de cerca me fijé en las flores. Son algo fuera de lo común.

- ¿Había más?

-Sólo rodeando la tumba. Lillith Eckhart. Falleció en 1885. No era ni tan mayor. Había nacido durante la guerra.

Sadie levantó su mano y miró la planta. -La Guerra Entre los Estados. Lillith era de mi edad. Ambas llegamos a Fitler más o menos en la misma ocasión. Cuando yo la conocí, era una belleza. - Pinchó una hoja, la olió y reculó un poco. –Huele a tabaco.

Esperé que dijera algo más pero no dijo más nada. - ¿Qué tipo de planta es?

-Alguna gente la nombra Frijol de Júpiter o el Ojo del Diablo.

- ¿Es una planta buena?

-Sí, puede calmar a una persona que está agitada.

-Como un té de manzanilla. – La Tía Sadie me había servido ese té que sí me había hecho sentirme mejor.

-Pues, sí. –Salió al porche y colocó la planta en un rincón con sombra.

- ¿Las raíces o las hojas? – le pregunté. Ella me había estado explicando las calidades de plantas y sus partes útiles.

-Ambas, y en unas semanas producirá semillas. Ésas también son útiles. Pero teniendo el té de manzanilla en realidad no hace falta también usar el Ojo del Diablo. Puso su mano sobre la tetera en el momento que esta comenzó a silbar. - ¿Qué tal si te preparo un té y después de tomarlo puedes tomar una siesta? El sol te ha quemado la piel y te ha consumido la energía. Te ves agotada.

Era verdad, lo estaba. El sol, la ansiedad que me causaba la presencia de John Doggett y la frescura de la casa, la seguridad que sentía cuando estaba con la Tía Sadie, todo había contribuido a debilitarme. Tenía que confesar que no estaba tan fuerte como lo estaba normalmente. —Sí, me gustaría acostarme si no quieres que te ayude con las plantas.

-Descansa mientras Duncan y ese gallo están fuera de la casa. ¡Ave María Purísima! No tengo idea de cómo es que permití a ese gallo entrar en mi casa. Asqueroso pájaro.

Yo sonreí por la emoción en su voz. Yo era la única con quien verdaderamente podía expresarse en cuanto a Pecos. Tanto Duncan, Floyd y JoHanna defendían el derecho del pájaro de poder estar adentro. Hasta yo le había cogido más aprecio cuando me di cuenta de que no quería a John Doggett.

Fruncí el ceño al solo pensar en John Doggett y la Tía Sadie se fijó.

- ¿Qué te pasa?

-Ese hombre, John Doggett. Dice ser escritor. ¿Será verdad?

-Yo había escuchado decir que él vivía en algún lugar por el río Chickasawhay y que estaba escribiendo alguna historia de algo. Hasta ayer, sin embargo, yo había tenido la impresión de que hacía mucho tiempo que había dejado el área.

-Ah, pues, ya tiene mucho tiempo por aquí.

-Va y viene. En el momento que la gente medio se acostumbra a su presencia, desaparece. Tengo entendido que es mitad-indígena.

-Lo es, o por lo menos eso es lo que afirma.

Esto le despertó el interés a la Tía Sadie. —Hasta que no lo vi con mis propios ojos ayer pensaba que se trataba de un fantasma. Aunque circulan muchos rumores sobre él poca gente lo ha visto en persona. Es muy apuesto.

Sí era guapo, pero yo no lo quería aceptar. – Es diferente. Levanté un hombro y acepté la taza de té de manzanilla que ella me había preparado. El frasquito de miel estaba algo pegajoso.

–Está por el río con Duncan y JoHanna y Floyd. La miré para ver si notaba alguna reacción. Desengañada, no vi ninguna.

La Tía Sadie estrujó el paño para luego pasarlo por la estufa. – Espero que JoHanna se entere sobre él para satisfacer mi curiosidad. Va y viene, pero no se mete con nadie. Se rio por debajo. – Esa es una cualidad que admiro en las personas. Eso demuestra que pueden defenderse por sí solas. Poca gente es así.

-O quizás tienen algo que esconder.

A la Tía Sadie se le disipó la sonrisa. - ¿Qué te sucede, Mattie?

El tener la taza en mi mano con el té caliente me confortaba. –Es que creo que le gusta JoHanna.

La Tía Sadie no delató ninguna emoción, pero sacó una silla para sentarse al borde de ella. - ¿Están ellos en el banco de arena?

Yo indiqué que sí con la cabeza. –Están ejercitando las piernas de Duncan. El Sr. Doggett dice que ella podrá caminar para la noche de luna llena en octubre. Espero que ella no quede desengañada.

La Tía Sadie se secó las manos con el delantal, se levantó y comenzó a quitárselo. Agarró el sombrero de JoHanna que yo había puesto en la silla al lado de la mía.

-Voy a llevarle el sombrero. A su edad no debe estar con la cara al sol.

- ¿Quieres que te acompañe?

La Tía Sadie indicó que no con la cabeza. –Mejor que tomes una siesta. Voy a buscar raíces de sasafrás. Sé que hay un terrenito cerca del banco de arena y de esa manera puedo alcanzar un doble objetivo. Se puso el sombrero y se dirigió hacia la puerta principal. Con una sonrisa pícara y levantando la barbilla dijo: - Cuando era joven me encantaban los sombreros. Al parecer JoHanna ha heredado ese gusto de mí. Aun ahora, a mi edad, al ponerme el sombrero siento que tengo derecho a pavonearme. Al salir de la casa cerró la puerta con suavidad.

Yo seguía sonriendo mientras terminaba de tomar el té y me desabotoné la blusa y la falda. Las sábanas blancas de mi cama me estaban llamando.

Me despertó el dulce olor de algo en el horno y con el zumbido de una conversación emanando de la cocina. Se escuchaba la risa de Duncan como una campana que se columpia. El sonido de esa risa me llegaba en olas suaves. Como una fisgona sinvergüenza, me estiré y me puse a escuchar a la familia McVay. La conversación vivaz me tranquilizaba, recordándome las raras veces que me quedaba dormida por la mañana y escuchaba a mamá y a Callie y a Lena Rae trabajando en la cocina para preparar el desayuno para los demás. Mi estómago rugió fuertemente al reconocer el inequívoco aroma de galletitas de mantequilla de maní.

Duncan prometía: -Voy a estar caminando dentro de dos semanas. John dijo que sentía que los músculos estaban por despertarse.

JoHanna le contestó: - Caminarás cuando estés lista para hacerlo, pero sin duda vas a volver a caminar.

-Es una lástima que John no pudiera venir a cenar con nosotras, - dijo la Tía Sadie.

-Es una lástima que Floyd tuviera que regresar también - dijo Duncan, su voz delatando un ligero tono de pena.

Me levanté. El placer que había sentido por el dulce sueño fue rebotado por el comentario de la Tía Sadie. Ella había invitado a John Doggett a cenar con nosotras. Sin duda la había seducido con su encanto como lo había hecho con todas las demás. Con la excepción de Pecos y yo.

Tenía el pelo revuelto, pero me dolía la cabeza así que me lo arreglé como pude y fui a la cocina.

-Mattie. – JoHanna se me acercó y agarró mis manos. En su mejilla izquierda tenía un pedacito de la masa de las galletitas. - ¿Cómo te sientes?

-Bien, - Escondí mis preocupaciones. – El sueño me hizo un mar de bien. Algo aquí huele maravilloso.

-Pude caminar en el río, - Duncan reclamó mi atención, sentada a la mesa con un platillo de galletitas medio vacío. Pecos estaba sentado debajo de la mesa picoteando las migas que ella le estaba ofreciendo con su mano.

- ¿Cuánto tiempo hace que regresaron? – Sentía como si hubieran pasado semanas.

-Como una hora. El suficiente tiempo para hornear estas galletitas que Duncan está por terminar. O al menos la parte que no le ha ofrecido a ese maldito pájaro. - La Tía Sadie miró por encima de sus lentes a Duncan para dejarle saber que estaba del todo enterada de lo que estaba haciendo la niña debajo de la mesa.

-Caminé en el río. – Duncan demandaba un comentario.

- ¿Cómo que caminaste?

-John dijo que el agua me estaba sosteniendo pero que con práctica y mucho esfuerzo voy a poder caminar fuera del agua. ¡Me tildó de anfibia! Golpeó la mesa ligeramente con las palmas y se rio. – Soy como un sapo. Ellos caminan mejor en el agua que sobre la tierra.

Al parecer mi cara delató mi sorpresa porque JoHanna me abrazó por los hombros y me acompañó al pequeño porche que estaba al lado de la cocina. La Tía Sadie había colgado mis plantas ahí para secar.

-Mattie.

- ¿Qué van a hacer si no logra caminar? – Me volteé sobre

ella. −Estás permitiendo que ese hombre la exponga a un fuerte desengaño.

-Mattie.

- ¿Cómo puedes permitir esto JoHanna? Tú no sabes nada de él.

-Mattie.

- ¿Qué diría Will si se enterara?

- ¡Mattie! - Su voz tronaba y me sacó de mi ensimismamiento. La miré y me di cuenta de que yo estaba jadeando.

-Las piernas de Duncan están mucho más fuertes. Ayer caminó; y hoy ha progresado aún más. John no le está poniendo una trampa. Yo estoy segura de que en cuestión de dos semanas estará caminando.

-Solo porque él lo dice. ¿Cómo puedes estar tan segura? pregunté con dulzura.

-En dos semanas ella estará caminando. − Me acarició el pelo quitándome un rizo que se me había pegado a la boca. − Soy yo quien dijo dos semanas. John solo lo repitió. No fue él quien salió con esa idea.

Con eso me quitó el viento a las alas y me cambié de posición para alejarme un tanto de ella. −Lo siento. No debí haber dicho esas cosas.

-Yo sé que no quieres a John y que te preocupa que a Duncan le hagan daño. Yo comprendo, Mattie.

- ¿Floyd se ha ido?

-Sí, aprovechó que Nell iba a Jexville y se fue con ella.

-Quizás yo debí haberme ido con ellos. Me arrepentí en el momento de pronunciar esas palabras, pero por alguna razón John Doggett me había hecho sentirme indeseada en Fitler. Su presencia lo había alterado todo. El único lugar donde yo cabía era en Jexville. Mientras más lo posponía más difícil se me iba hacer.

-Tú nunca tienes que volver ahí.

Ella podía decir eso, pero no era verdad. Yo tenía que regresar. Ya sea para terminar lo que yo había empezado o para seguir la vida que tenía antes. – Si yo fuera tú yo no sentiría la necesidad de regresar. Pero yo no soy tú. No la podía mirar. – No me queda otro remedio.

JoHanna me envolvió con sus brazos y me abrazó, apretándome contra su cuerpo que aún emanaba el calor del horno. – Ay, Mattie. Tú debes hacer lo que tú piensas es lo correcto. Si se trata de regresar, pues es lo que tienes que hacer. Pero me tienes que prometer que si ese hombre te hace cualquier daño me llamarás.

Yo quería decir que en cambio yo llamaría a Will, pero ahogué el impulso que tenía de lastimarla, sin entender lo que yo estaba haciendo, aun a sabiendas de que lo que sentía era lo incorrecto. Le prometí, -si él vuelve a ser malo conmigo, me volveré a ir.

-Jeb viene por aquí mañana para ayudar con la búsqueda del cuerpo de Red Lassiter. Estoy segura de que te puede llevar de regreso. JoHanna suspiró. –Ya quisiera yo que todos nos pudiéramos quedar juntos aquí en Fitler.

- ¿Por qué no te mudas aquí? Will viajaba mucho pero igual podía salir de Fitler como de Jexville. Es más, Uds. podrían mudarse a Natchez, o Nueva Orleans o hasta Nueva York. La mayoría de los clientes de Will estaban en las grandes ciudades. En realidad, tenía mucho más sentido que ellos vivieran en una ciudad donde JoHanna pudiera disfrutar del teatro, del baile y de las bibliotecas como otras mujeres liberales como ella.

JoHanna observó mi tren de pensamiento y se sonrió en grande. –Vivo en Jexville, por las escuelas, por Duncan, a pesar de los comentarios mordaces de la Tía Sadie. No sé si te has fijado, pero en Fitler no hay otros niños. Además, el hermano de Will tiene un lugar en Kali Oka, cerca de aquí, lo cual nos provee de un lazo familiar. Sacudió la cabeza – Y también refleja la testarudez de los Dunagan. Mis padres llegaron aquí con la idea de hacerse ricos. En cuanto a mí, supongo que no quiero dejar el área simplemente porque me incomode alguna gente santurrona de mentes pequeñas. Y, por último, está la Tía Sadie. Ya se está poniendo mayor y no quiero abandonarla. Por su parte, ella no quiere que yo esté metida en sus asuntos en todo momento, pero es importante que me quede lo suficientemente cerca en caso de que me necesite para algo.

¿Pues cómo podía yo responder a todo eso? Al menos no se estaba quedando por miedo.

-No obstante lo que decidas hoy, siempre está el día de mañana. Si te regresas a Jexville, puedes salir de ahí en cuestión de una semana, un mes, o un año.

Sentí la presión de las lágrimas calientes y quemándome detrás de los ojos. – A menos que me quede encinta. –Tragué. - ¿Cómo puede ser que la cosa que más podría querer con todo mi corazón sea a la vez la cosa que me destruya?

JoHanna me agarró por los hombros y me apretó. – Un hijo o una hija siempre significa eso para una mujer, Mattie. Siempre está el riesgo de una destrucción posible si lo amas lo suficiente. Cuando seas mayor y estés más fuerte quizás no sientas que es un riesgo. O quizás ni te importe para entonces.

Mirando su dulce cara comprendí que yo nunca tendría un hijo. Estaba tan segura de ello como lo estaba que no iba a crecer más, ni de que sería tan rubia como Callie. Era un hecho. Un hecho que por más pena o arrepentimiento no cambiaría. Crucé las manos instintivamente sobre la barriga. JoHanna se fijó en el acto reflexivo, pero no comprendió su significado.

- ¿Te está doliendo?

-No. Bajé los brazos. – No, estoy bien. Pero comprendí que algo dentro de mí había muerto. No se trataba necesariamente de un órgano o de tejido, pero sí de algo necesario para poder crear una vida nueva. Debido a los instrumentos que usó el médico o por mi propio miedo, estaba muerto. No importaba.

-Mattie, ¿estás segura? JoHanna me miró a la cara y luego el cuerpo. - ¿Seguro que no estás sangrando?

-No, de veras. Levanté los hombros. –Nada más me tengo que asegurar de no embarazarme de nuevo.

- ¿Y cómo lograrás eso?

Su voz cargaba una pista de humor. Yo no era tan tonta como para comprender que al regresar a casa Elikah esperaría que cumpliera con mis deberes de esposa con él. Me quedé mirando el lugar gastado en el piso, sintiendo el calor de mi quemadura con más fuerza que antes.

-Sí hay métodos para prevenir un embarazo. JoHanna se compadecía de mí y había dejado de bromear.

-Elikah jamás se pondría uno de esos. Había hablado largo y tendido sobre el placer de sentir a la mujer natural. Además, no haría nada que amenazara la imagen de su machismo perfecto que él sentía que personificaba.

-Pues, existe otra cosa. Te la pones dentro del cuerpo y te la quitas al terminar.

- ¿Dentro de mí? - Por fin la miré, medio asqueada por lo que ella acababa de decir y medio esperando volver a ver el destello del diablo en sus ojos azules. Pero ella no estaba bromeando. - Contrariamente a la creencia popular, Mattie, tus dedos no se te caerán ni tampoco te van a crecer cuernos si te tocas ahí.

No me lo podía ni imaginar. - ¿Qué es?

-Es como una esponja. No permite que el esperma suba dentro de uno. Es como un bloqueo, por decirlo así.

Ahora JoHanna volvía a sonreír y la verdad es que lo que acababa de contar sí tenía algo de cómico.

- ¿Cómo se saca una vez puesto?

-Uno mismo lo logra, aunque requiere un poco de práctica,

pero puedes aprender a hacerlo. Lo mejor de todo es que Elikah no se dará por enterado.

- ¿Es garantizado?

JoHanna se frotó la masa de galletas que tenía en la mejilla. – Pues, nada es infalible, pero funciona bastante bien.

A mí se me hacía difícil imaginar que yo fuera capaz de lograr ponerme la esponja, pero al recordarme del médico de Mobile y de lo que me había sucedido en su consultorio me di cuenta de que yo sí podía manejar una esponja.

- ¿Cómo la consigo?

-Con el Doctor Westfall.

Subí la cabeza de repente. –No hay manera de que yo pueda pedírsela. Elikah se sentiría humillado. ¡Nadie lo debe saber! La seguridad que ella me había ofrecido desapareció con la rapidez que apareció y sentí un pánico invadirme.

-El Doctor Westfall no se lo va a contar a Elikah. Además, él ya sospecha que has sufrido un aborto natural. Él va a asumir que te hace falta tiempo para sanarte antes de intentar otra vez. Hasta le puedes decir eso.

Yo no le quería creer. - ¿No se lo comentará a Elikah? Todos esos hombres se hablan.

La sonrisa de JoHanna me tranquilizó. –Él no va a decir nada y mucho menos a Elikah.

Yo asentí. –Yo puedo hacer esto. Aspiré hondo. Sí puedo.

-Sí, puedes. Caminó a la cuerda donde la Tía Sadie había colgado las plantas a secar. –Consuelda, murmuró. Estoy segura de que a Sadie le encantó conseguir esta planta.

No vi la flor extraña que yo había encontrado. Yo sospeché que la había tirado, pero no quería ofenderme. Por más brusca que parecía, la Tía Sadie tenía un corazón tierno.

- ¡Mamá! - El grito feliz de Duncan condujo a JoHanna a la cocina. –Pecos picó a la Tía Sadie en el trasero! Se rio y podíamos escuchar la diatriba furiosa que le estaba lanzando la Tía Sadie al ave.

-Criatura asquerosa. Ya verás lo que te pasará cuando te agarre.

-¡Mamá! - Ahora la voz de Duncan daba la alarma.

Entramos a la cocina corriendo y encontramos a Sadie corriendo detrás del gallo, alrededor de la mesa con una escoba en la mano.

- ¡Hay que salvar a Pecos! Duncan se estaba riendo, pero a la vez su cara llevaba una mueca de preocupación.

-Ya es hora de que salgas de la cocina, ¡Satanás con garras! – Sadie tumbó una de las sillas con la escoba.

- ¡Sadie! – JoHanna entró en la pelea persiguiendo a su tía y no al ave.

- ¡Corre, Pecos! ¡Corre! Duncan le dio a la mesa animando al gallo.

Pecos se dio vuelta hacia mí y ya que él había tomado mi lado en mis opiniones sobre John Doggett yo corrí hacia la puerta trasera de la casa y se la abrí. Pecos se escapó al jardín donde se paró batiendo las alas. Inclinó la cabeza mirando a la Tía Sadie, que estaba jadeando en la puerta, con la escoba como un arma.

-Ese gallo va a terminar en una de mis ollas, - juró Sadie. – Lo voy a preparar con unos deliciosos *dumplings*.

Pecos levantó las alas y las sacudió hacia ella. Emitió un graznido cruel.

- ¡Eres un diablo! – Sadie agitó la escoba. –Tienes los días contados.

JoHanna estaba haciendo todo lo posible para no morirse de la risa y hasta yo no podía dejar de sonreír.

-Yo creo que más bien Pecos te va a causar un derrame, - dijo JoHanna. Agarró la escoba. –Ven a la cocina y yo te serviré un poco de ese vino de las uvas *scuppernong* que tienes guardado debajo del fregadero.

Sadie giró hacia JoHanna. –Me tiene harta, JoHanna. Yo me había agachado para sacar las galletitas del horno y ese cabrón me picó.

La risa de JoHanna se derramó. –Así de duro como está tu trasero dudo que te haya lastimado. Vamos a tomar una copa de vino.

Capítulo Veintidós

JoHanna me sirvió una taza de café asegurándome que me ayudaría con la jaqueca que tronaba detrás de mis ojos. Acababa de descubrir que el vino causaba fuertes resacas. Las tres nos habíamos emborrachado un poquito, riéndonos y subiendo el volumen de la victrola de la sala. La Tía Sadie me enseñó a bailar el vals y JoHanna me instruyó en los pasos del Charlestón. Duncan, feliz con la idea de que faltaba poco para que ella misma bailara, nos gritaba instrucciones y nos animaba. Exhausta del placer de esa diversión yo me había echado en la cama ardiendo con la tontería y la alegría, sin darme cuenta del martirio que se cernía sobre mi almohada esperando el amanecer.

-Es solo una resaca, - dijo JoHanna. – Ya se te pasará.

Le lancé una mirada asesina preguntándome porqué ella no estaba sufriendo. Ella había bebido tanto como yo, quizás más.

-No es la primera vez, - me contestó al interpretar la expresión de mi cara. –Además, peso veinte libras más que tú. Una vez que engordes un poco vas a poder tomar más y sufrir menos. – Ella se rio.

La Tía Sadie entró en el cuarto con una alegría que yo no le conocía. Llevaba un bello vestido color lavanda que brillaba en la tenue luz blanca de la mañana. Detrás de sus lentes yo noté que llevaba rímel y sus labios estaban rosados. En vez de tumbarla, el vino parecía haberla renovado con sangre nueva.

- ¿Dónde está Duncan?, - preguntó.

-Todavía está durmiendo, - sonrió JoHanna. –Se agotó en el rio y luego mirándonos bailar anoche. Creo que dormirá unas dos horas más.

Sadie asintió acercando su taza de café a la mesa donde estábamos sentadas. –Me alegro. Hoy van a estar rastreando el rio en busca del cuerpo de Red. Cuando fui a recoger el correo ayer, Karl dijo que iban a llegar hombres de Jexville y Leakesville. Creo que es mejor que Duncan no vea nada de eso.

-Estoy de acuerdo, pero. . . –JoHanna tenía los ojos preocupados. –Vamos a tener que ir al río. Para parar el chisme. Si nos escondemos aquí en la casa nos arriesgamos a darle justificación al chisme.

La Tía Sadie tamboreó en la mesa con los dedos. - ¿No crees que sería mejor hacer nuestro acto de presencia en otro lugar y no ahí donde rastrean el río? ¿Quién sabe lo que van a sacar ni cómo se va a ver?

-Es en el rio que debemos tomar nuestra posición. No nos quedaremos mucho tiempo y Duncan no llegará a ver nada. Tenemos que aparecer y dejarle a la gente saber que no estamos escondidas. Si tienen algo que decir, quiero que sepan que no tengo miedo de enfrentarlos. Duncan no tiene miedo tampoco. Llegaremos temprano, mientras se están preparando y luego, en seguida, nos regresamos. – JoHanna se quedó mirando su taza de café al terminar de hablar.

Ella no tenía miedo. Al menos para sí misma, pero sí tenía miedo para Duncan y no lo podía esconder. Yo esperaba que pudiera disimular ese miedo delante de los hombres que iba a enfrentar. Si se daban cuenta de cualquier debilidad en ella... ya me podía imaginar el regocijo que Elikah sentiría al hablar de cualquier rastro de miedo en JoHanna. Elikah no era el único que quería verla humillada- sin hacer caso del motivo.

-Jeb estará ahí. –Sadie se levantó para agregar otro palo a la estufa. –Pan francés, – dijo a manera de explicación. –Duncan me lo pidió anoche.

El estómago se encogió al solo pensar en comer, pero yo tenía hambre. Las sensaciones opuestas me hacían sentir peor y el dolor de cabeza era un tanto más fuerte.

-El almidón ayudará a absorber el alcohol. Si puedes comer, te sentirás mejor. – Con todo lo preocupada que estaba JoHanna por Duncan, aun así, se sonreía de mi condición.

Sadie se levantó y comenzó a romper los huevos en una fuente. –Yo voy a comenzar esto ya que tengo bastante que hacer esta mañana.

Levantándose JoHanna le quitó la fuente a su tía. –Soy más que capaz de preparar pan francés para Duncan para cuando ella se despierte. Tú debes seguir con lo tuyo. – Levantó una ceja. – Aún si se trata de payasadas.

Sadie le dio una palmada ligera a JoHanna. –Yo soy demasiado vieja para que te estés burlando de mí.

-Jamás lo serás, Sadie. Nunca. –Se inclinó para darle un besito en la mejilla y luego la alejó de la cocina. –No regreses por aquí por ahora o le digo a Pecos que te persiga.

Pudimos escuchar la voz de Sadie desde su habitación. – Si ese maldito pájaro mete una sola garra nudosa en esta casa se va a encontrar nadando en una olla de *dumplings*.

Entonces se escuchó la voz de Duncan. –Tía Sadie, quizás si le das un beso a Pecos él se convertirá en el Príncipe Encantado. – Después de la risa, continuó. –Mamá, me estoy muriendo de hambre. ¿Puedes venir a buscarme?

Le hice una señal a JoHanna para indicar que yo me encargaría de traer a Duncan. Yo no la podía cargar con la fuerza aparentemente cómoda de Floyd ni con la seguridad que demostraba JoHanna, pero la podía cargar los pocos metros de su cama a la mesa de la cocina aún si tenía que pararme para descansar. Me levanté con demasiada rapidez y me di cuenta de que el menor esfuerzo me daba dolor de cabeza como si alguien estuviera ahí golpeándome con un yunque, martillando una herradura ardiente. Con los oídos sonando por los golpes y maldiciendo, fui al cuarto de Duncan.

-Te ves enferma, - me saludó Duncan con una sonrisa amplia.

-Me duele la cabeza.

-Resaca, - comentó la niña, a sabiendas. –Te excediste. –Se rio de mi condición.

-No es chistoso.

-No, no lo es. – Su voz cambió de tono. –Soñé algo rarísimo. – Me tendió los brazos para ponerlos alrededor de mi cuello, abrazándome a ella. Agachada sobre su cama yo quedé paralizada.

- ¿Qué clase de sueño?

-Fue horrible. – Su voz contrastaba con lo que decía. Se la escuchaba cómoda, sin miedo.

La levanté para llevarla a la cocina.

-Se lo contaré a ti y a mamá a la vez. Me canso de tener que repetir las cosas más de una vez.

-No te lo creo. – La zangoloteé. –Te encanta la atención.

La puse en su silla justo en el momento en que JoHanna puso dos pedazos de pan empapados de mezcla en la sartén, con la grasa del tocino chisporroteando.

-Soñé que hubo una tormenta terrible. El viento soplaba tan fuerte que tumbaba las casas y lanzaba árboles por todas partes.

Las palabras de Duncan tenían el efecto de parar la marcha

del tiempo. Lo único que seguía era el pan friéndose en la grasa, con pequeñas explosiones, chisporroteando esporádicamente. JoHanna no se movió y yo quedé atrapada en las palabras de Duncan.

JoHanna fue la primera en recuperarse, volteando el pan con destreza. –Al menos nadie se ahogó.

- ¡Ay! Pero sí. Docenas de personas. – Duncan se inclinó hacia adelante. –Fue una tragedia horrorosa. Cuerpos por todas partes, inclusive algunos en los árboles.

- ¡Duncan! – Con voz cortante JoHanna se volteó hacia su hija.

La cara de Duncan llena de vida y entusiasta cayó herida. Sus ojos se llenaron de lágrimas y ella parpadeó para pararlas.

JoHanna dejó caer la espátula en la sartén y fue donde su hija. –Perdóname... Es que sonabas como si estuvieras animada. . . sobre la muerte.

Luchando contra las lágrimas, Duncan miró a su madre. – Pues fue emocionante. – Tragó. - ¿Es que soy malvada?

JoHanna jaló a su hija hacia su pecho y la tuvo cerca. Yo me levanté para rescatar el pan en la sartén, haciendo una pila en un plato antes de poner dos pedazos más en la masa para luego pasarlos a la sartén. Ahora la crepitación se mezclaba con los callados sollozos de Duncan creando un sonido no confortante sino triste.

-Ay, mi amor, no eres malévola.

-Pues reaccionaste como si lo fuera. – Duncan tenía la voz amortiguada por su dolor y el pecho de JoHanna.

-No fue mi intención. Es que tengo el alma en vilo por tus sueños.

-Yo sé por qué los tengo.

-Yo sé, - JoHanna la meció con dulzura. –Yo sé. – Se echó un poco hacia atrás para poder secar las lágrimas de su hija usando su blusa como pañuelo. – Cuéntanos el sueño mientras desayunamos. Gracias a Dios por Mattie, o si no el pan se hubiera quemado.

Puso un plato delante de cada una de ellas y más pan en la sartén para mí. Yo tenía hambre, aunque en realidad no quería comer. Pero quería superar la resaca más que consentir mi estómago. Y quería escuchar la narración del sueño.

-No fue tan claro como el que tuve sobre Red Lassiter. – Duncan agarró la jarra con el jarabe dulce que JoHanna le pasó y lo vertió sobre el pan francés. – Era más confuso. Como si partes estuvieran revueltas sin entender las secuencias. Yo no conocía a ninguno de los muertos.

-Pues, al menos eso. – La voz de JoHanna era marcada pero las manos le temblaban al agarrar la jarra del jarabe. –Quizá el sueño no tuvo lugar ni en Jexville ni en Fitler.

Con un pedazo de pan en la boca Duncan dejó de masticar. –Creo que tienes razón, – dijo lamiendo unas gotas del jarabe que estaban en sus labios. –No reconocí nada. Y todo fue como si estuviera. . . volando. Pude ver cosas, pero se estaban moviendo con tanta velocidad que se me hacía difícil fijarlas. En realidad, no entendía qué eran.

- ¿Cosas? – JoHanna esperaba sin haber probado un bocado.

-Árboles tumbados, edificios caídos. – Vacilando, Duncan bajó el tenedor. –Los cuerpos que estaban en los árboles parecían haber sido tirados ahí como si alguien los hubiera recogido para luego tirarlos. Como en los mitos, cuando Zeus se enfurece con los mortales y pierde las riendas. –Levantó la barbilla de la misma manera que la levantaba JoHanna. Se miraron. – Fue horrible verlo todo, pero no me hizo sentir mal.

-Entonces, -JoHanna vaciló, - ¿no fue un sueño como los que tuviste con Mary Lincoln o Red? Quiero decir, que los cuerpos estaban todos en la tierra y no ahogándose, ¿verdad?

-Había gente en barcos en el océano. Les estaba yendo muy

mal ya que las olas eran de más de cincuenta pies de alto y las mismas se estrellaban contra los barcos. El viento soplaba con mucha violencia. Pero, realmente no sé qué pasó ni con los barcos ni con la gente en sus casas. Yo seguí adelante. Pero, todo a mi alrededor se escuchaban gemidos y llanto. Como si se tratara de todo un pueblo.

JoHanna señaló el vaso de leche que estaba al lado del plato de Duncan. – Bébelo, dijo. – En su voz y en su manera se escuchaba alivio. – Parece que has soñado con una tormenta terrible. Quizás Floyd te haya contado del huracán que dio con estas partes hace veinte años. Causó mucho daño inclusive tan tierra adentro como Fitler.

Duncan levantó las cejas. –Floyd sí me habló de eso. - Ella asintió y yo podía notar que ella sentía tanto alivio como JoHanna, no obstante la indiferencia que había demostrado al narrar el sueño. – No es la primera vez que he soñado algunos de sus cuentos. Especialmente el de la Srta. Kretzler, debajo del Puente de Cortejo, ahogada y sola. – Duncan se estremeció.

JoHanna había recuperado el equilibrio. Se levantó para rellenar nuestras tazas de café. –Bebe la leche, Duncan. Es buena para los huesos. Yo pienso que tu sueño es algo que Floyd te contó y algo que recordaste mientras dormías. – Frotó la cabeza de su hija. – Y tú has dicho que sus cuentos no te asustan.

Duncan tenía la boca llena y no pudo contestar. Sacudió la cabeza tragando con un gran bocado. –No era como si estuviera por encima de todo lo que sucedía. – Escogía las palabras cuidadosamente. –No pude ayudar a nadie, ni siquiera a aquellos llorando y pidiendo ayuda. Solo podía mirar lo que estaba pasando.

-Pues como no te ha molestado, a mí me parece que deberíamos de olvidarlo. Tienes que bañarte. Jeb Fairley viene hoy y tenemos que bajar al río con él.

-Buscan al Sr. Lassiter, ¿verdad?

Dejé mi taza chocar con el platillo. Duncan era muy astuta para su edad.

-Sí, - JoHanna terminó de desayunar. – Y vamos a llevarles comida. No quiero que la gente crea que tenemos o miedo o que nos estamos escondiendo.

-Porque yo le conté el sueño y luego él se lo contó a otros. Y luego, murió ahogado.

Levantándose de la mesa JoHanna asintió. – Sí, fue así como pasó.

- ¿La gente va a decir que soy malévola?

JoHanna iba hacia el fregadero. Se paró y miró a su hija largamente. –Puede ser. No queremos animar tales chismes actuando como si tuviéramos miedo, pero a la vez no vamos a dejar que nos moleste si dicen tales cosas.

Duncan no dijo nada, pero dejó de comer el desayuno. – No tenía tanta hambre como pensaba.

-Yo me encargo de lavar los platos mientras tú le das un baño a Duncan, - dije, deslizándome entre JoHanna y el fregadero.

-Jeb estará aquí dentro de una hora. Va a querer tomar una taza de café y Sadie se levantó esta mañana para hornear un pastel. – La cara de JoHanna se endulzó. –Pues vamos a prepararnos y vamos a bajar al río para escuchar lo que están diciendo, en persona.

Duncan estaba montada en la carretilla con Pecos posado a su lado con todo el orgullo de un gallo vanidoso. La Tía Sadie había desaparecido por la puerta trasera una media hora antes de que estuviéramos listas. Estaba muy apurada y llevaba un sombrero de paja decorado con altramuces silvestres y margaritas por la corona. El sombrero era demasiado modesto para ser una de las creaciones de JoHanna.

Caminamos sin prisa y sin rumbo aprovechando la sombra de un roble y luego del próximo. Si JoHanna quería parar los chismes, no hizo nada. Todo lo contrario. Llevaba el sombrero grande que en sí era una manifestación de individualidad, pero al menos, no tan provocativo como su pelo corto. La cabeza de Duncan consistía de sedosos flecos negros. No llevaba sombrero y mantenía el ritmo de los pasos de JoHanna golpeando los talones en la carretilla. De haber sido yo, habría llevado el coche y hubiera encerrado a Pecos en la casa.

Había unos treinta hombres reunidos donde la ribera descendía gradualmente hacia el rio. Hablaban calladamente señalando diferentes partes del rio. Algunos de los hombres vadeaban por el agua con sus manos agarradas de los lados de madera del grupo de pequeños botes agrupados ahí. Mientras nos íbamos acercando la mayoría de los botes comenzaron a apartarse, cada uno con dos o tres hombres a bordo.

El día estaba particularmente tranquilo. No se escuchaba ninguna risa por el agua, ningunos chistes ni bromas. Al acercarnos podíamos escuchar el sonido del agua acariciando los botes que quedaban.

-La Tía Sadie me ha pedido que les avise que ella va a traer pollo con albóndigas de masa a la hora de la comida. – JoHanna hablaba con un hombre alto, anguloso quien acababa de entrar en el agua para abordar unos de los botes. Estaba quemado por el sol y llevaba un rollo de soga en su hombro. Se volteó hacia ella mirando más allá de ella para mirar a Duncan.

-Los hombres apreciarán eso. – Miró el rio nerviosamente.

-Ven, Diego. – El hombre en el bote le hizo señas de impaciencia. –Dentro de poco hará un calor de infierno en el agua.

Diego levantó la soga columpiándola en alto sobre el agua. El sol reflejó las cuatro puntas del gancho afilado mientras este se movió trazando un arco en el aire para caer con un ruido sordo en el fondo de madera. Volvió a mirar a Duncan y luego nos dio la espalda. Hizo una señal de la cruz antes del entrar en el bote, usando su pie para lanzar el bote.

-No lo encontrarán esta mañana. –La voz sonora de Duncan se escuchó claramente a través del agua. El que se llamaba Diego la miró asustado antes de levantar el remo y hacer funcionar sus brazos musculosos.

JoHanna jalaba la carretilla por el mango y miraba a los hombres dispersarse por el rio comenzando en el lugar donde Red había desaparecido debajo de la balsa y luego moviendo rio abajo.

-A estas alturas ya podría estar a mitad del camino a Pasca-goula – dijo Duncan sin dirigirse a nadie en particular. – Una vez que el rio se agarra de algo. . . –dejó el pensamiento sin completar.

-Vamos a preparar las albóndigas de masa– JoHanna ya se dirigía hacia la casa.

-Pero si yo quiero nadar. Quiero ejercitar las piernas. – La voz de la niña tenía un tono quisquilloso.

-Hoy no. – JoHanna se paró y miró a su hija largamente. – Yo regresaré aquí con comida y esperaré hasta que los hombres vengan para comer. Duncan, tú y Mattie se quedarán donde Sadie y no dirás nada que ni siquiera alude a una predicción.

-No lo encontrarán hasta la mañana. –Duncan había cuadrado su mentón. Sus ojos cafés contenían enojo y algo de dolencia.

-Es posible que nunca lo encuentren, Duncan pero que yo no quiero que tú digas nada sobre eso.

Capítulo Veintitrés

Encontraron a Red a las tres de la tarde. Cuando el gancho afilado lo agarró del fondo del rio subió otra cosa también; un gorrito de bebé tejido en crochet que una vez había sido blanco. Había sido de una niña ya que se notaba que la pequeñísima visera llevaba una puntilla de lo que quedaba de una cinta rosada. La corriente peligrosa del rio había atado los lazos del gorrito alrededor de la mano de Red. Cuando jalaban su cuerpo a la orilla la tela blanca flotaba a su lado.

Yo había ido al rio para buscar la olla en la que Sadie había preparado las albóndigas de masa mientras que JoHanna y Duncan tomaban una siesta. Apenas había colocado la olla en la carretilla cuando se escuchó un grito haciendo eco a través del rio. Fue el gancho de Diego que había encontrado el cuerpo de Red a unos dos cientos metros de donde se había visto atrapado entre las balsas.

El bote se acercó a la ribera arrastrando el cuerpo. Vi un brazo levantarse del agua casi como si Red estuviera saludando o tratando de nadar. Pero no fue el caso. Tenía los brazos arrestados en una posición que parecía indicar que estaba protegiéndose de un esperpento.

Diego me miró nerviosamente antes de saltar al bajío y jalar el cuerpo al pedazo de arena. Yo no me podía forzar a no mirar, inclusive cuando se agachó para quitar el gancho. Lo escuché mascullando una maldición y toda una hilera de palabras en español mientras traía el cuerpo a la ribera. La gorrita seguía colgada del brazo de Red.

El grito de Diego llamó a todos los otros hombres en los pequeños botes ahora moviéndose con la sobriedad de un ritual. Red Lassiter se había ahogado. El rio lo acababa de comprobar.

~

Jeb Fairley me esperaba donde la Tía Sadie cuando regresé con la olla de las albóndigas de masa y con las noticias que habían encontrado a Red Lassiter. Jeb dejó su asiento en el porche y bajó al rio. Regresó dentro de la hora ya listo para viajar a Jexville. Iba de aquí para allá en el jardín mientras yo me despedía de todos. La Tía Sadie me dio un abrazo rápido y trató de atrapar a Pecos para meterlo en el auto con nosotros. Duncan me dijo adiós del porche y JoHanna le pidió a Jeb que me tuviera bajo su cuidado. Ellos se quedarían a esperar el regreso de Will a menos que algo inesperado ocurriera.

Condujimos hacia el este. El sol poniente a nuestras espaldas polvoreaba los robles cubiertos de musgo con llamas rosadas. El cuerpo de Red Lassiter, envuelto en sábanas, iba con nosotros en el asiento trasero. No teníamos mucho tiempo. Las aguas tibias del Pascagoula y el calor de setiembre ya habían comenzado la función de la deterioración. Red estaba bien apretadamente envuelto de la cabeza hasta los pies. Yo no pregunté cómo hicieron para bajar sus brazos. Jeb había quitado el gorrito de bebé de su brazo y lo había dejado para que se secara en el porche de Sadie. Sadie no se recordaba de ningún bebé que se hubiera ahogado en Fitler, pero sí recordaba algunos accidentes de lanchas en los que se perdían cofres enteros llenos de ropas. Y quién sabe de las tragedias que ocurrían río arriba. Era algo que yo trataba de considerar mientras la luz se desplazaba y cambiaba y el coche se movía hacia Jexville.

La noche cayó antes de que Jeb hablara con voz tenue como si no quisiera despertar a Red en el asiento trasero.

-Jexville está en revuelta por lo de Duncan – Jeb me miró. – Y están hablando de ti también.

- ¿Cómo está Elikah? - Yo jugaba nerviosamente con mis dedos en mi regazo. A mi esposo no le gustaría para nada que se estuviera hablando de mí en el pueblo.

-No ha dicho nada.

El camino estaba lleno de baches e íbamos lentamente. Jeb no forzaba el viejo coche. Aclaró la garganta en forma de advertencia para mí y yo hice todo lo posible para no sentir vergüenza. ¿Qué habría dicho Elikah?

-Yo debí haberme casado con Sadie.

Me pareció que no escuché bien pero cuando miré me di cuenta de que sí. Jeb estaba mirando fijamente delante hacia la pequeña vanguardia de luz creada por los faros del coche sobre la tierra roja del camino. Tenía las manos agarradas del volante, parecían estar relajadas, pero no lo estaban. Me fijé, por primera vez, que Jeb era mayor de lo que yo había pensado. También recordé que no había visto a la Tía Sadie, con su sombrero bonito puesto, en todo el día.

¿Por qué no lo hiciste? – Según yo sabía ninguno se había casado antes.

-Lo he pensado mucho y he elaborado más de cien buenas razones para esquivar el hecho de que soy un cobarde.

Estaba por darle una palmada de apoyo, pero su mentón rígido me paró. A él no le hacía falta ningún consuelo que yo le pudiera dar. Quería otra cosa. Algo que era demasiado difícil para yo entender.

-Llegué a Fitler en 1883, en la época en que esta área apenas se recuperaba de los estragos de la guerra. Fue por pura casualidad que acabé en el lugar, pero lo primero que vi al bajar de la lancha fue a Sadie. Ella estaba parada a la sombra de un roble grande con otra joven, riéndose las dos sobre algo que la otra había dicho. Siempre se ha contado que Lillith era la verdadera belleza, pero te juro que yo nunca la vi. Sólo veía a Sadie.

El aire más fresco de septiembre soplaba por la ventana abierta del coche mientras seguíamos en movimiento. El zumbido del motor del coche, que al principio me había parecido fuerte, se había apaciguado en mi mente. Se escuchaba el sonido distante de sapitos al pasar un pequeño estanque creado por una presa en un riachuelo construida por castores. Por millas no se veía a otro ser viviente y yo estaba montada en un coche con un hombre perdido en el pasado y un cuerpo envuelto en sábanas. Me parecía que Jeb estaba hablando tanto con Red como conmigo.

-Me enamoré de Sadie en el momento en que la vi. Y nunca he amado a más nadie desde entonces.

- ¿Por qué no te casas con ella? - Yo todavía no había aprendido el acto de controlar mi lengua. Aunque mi pregunta pudo haber como una falta de cortesía, era sincera. Ninguno tenía ningún impedimento. No había hijos – que yo supiera – para poner alguna objeción.

Jeb me echó una mirada. – Es que tú no conoces toda la historia.

Seguimos por el camino un rato y yo me preguntaba si podía empujarlo un poco o si era mejor quedarme callada.

Justo cuando ya perdía la esperanza de que volviera hablar continuó la historia.

-Lillith D'Olive era una chica rara. Su papá era un agricultor que cultivaba el aceite de tungo y que tenía mucha tierra al norte de Fitler. Había traído a su hija a quedarse en Fitler con su hermana enferma y para que conociera a algunos jóvenes. Lillith tenía veinte años y estaba más que preparada para casarse. No faltaban propuestas de matrimonio, pero Lillith no podía decidirse. Tenía sus propias ilusiones de lo que era enamorarse y casarse. Lillith no podía bajar la calle sin atraer a cada hombre del pueblo. Estos se salían de las tiendas y las tabernas para acompañarla. Pudo haberse quedado con cualquier hombre del área y solo Dios sabe porque se decidió por Edgar Eckhart.

Lillith Eckhart. Me acordé del mármol frío de su lápida mortuoria bajo mi mano. Había muerto en 1885, solo un año después de que llegara Jeb a Fitler.

- ¿Sabes, Jeb? El otro día yo pasé por el cementerio en busca de flores silvestres donde Lillith está enterrada. Según la lápida era muy joven. ¿Cómo murió? –Sadie no me había contado nada de esto.

-Alguien la ahorcó. La colgó de una soga. – Jeb seguía mirando la luz de los faros bailando por el camino. –La única mujer en la vida de quedar ejecutada por estas partes.

Yo me sentí como si alguien me hubiera dado un golpe. -¿Ahorcada?

-Sí, construyeron una horca en la calle principal del pueblo.

- ¿En Fitler? -Me constaba que mi pregunta revelaba una ignorancia extrema, pero no lo podía evitar. Con todos los cuentos que me habían contado JoHanna y Duncan y con lo mucho que Sadie quería el pueblo a mí nunca se me hubiera ocurrido que hubiera un ahorcamiento público. Y mucho menos el de una mujer de veintidós años - ¿Qué había hecho ella?

Fue juzgada y condenada de haber matado a su esposo.

Casi di un grito por el punzón que sentí en el abdomen, pero me agarré de la manija de la puerta del coche y apreté los dientes. Comencé a sudar y emití un ligero gemido, pero el viento de la ventana abierta lo desplazó hacia los oídos del hombre en el asiento trasero que ya no podía escuchar. Jeb no oyó nada. No era un dolor real el que yo sentía sino la memoria de uno. Se me pasó con la rapidez que se me presentó.

-Edgar Eckhart era un hijo de puta. Era un hombre violento, aunque podía ser encantador cuando le daba la gana. Lillith lo amaba demasiado.

-Fue una tonta. – Hice mi declaración sin ninguna empatía por la muerta. ¿Cómo era que una mujer podía amar a un hombre que la lastimaba? Yo no comprendía eso. Yo no amaba a Elikah, aunque al principio quise amarlo. Aprendí rápidamente, sin embargo, que aunque no podía proteger mi cuerpo de su cinturón sí podía amparar mi corazón. – Era una tonta idiota.

-Pues, no más que yo. – Jeb desaceleró el coche y estacionó el coche debajo de las ramas de un roble rojo.

Las hojas del árbol tapaban la claridad del cielo nocturno y yo sentí una punzada de aprehensión. Yo no quería que nos paráramos. Ya íbamos a llegar tarde, después del atardecer. Si perdiéramos tiempo yo podría perder el temple y jamás regresar con Elikah.

Jeb sintió mi consternación. - ¿Te molesta que paremos un momento? A Red no le va a molestar. – Se rio calladamente. – Fue un hombre paciente con sus amigos, pero me dijo, hacía ya casi cuarenta años que yo era un idiota. Me tachó correctamente.

Jeb Fairley había sido un vecino bueno, un hombre de edad

que no se metía en los asuntos de otros pero que siempre me saludaba a mí con una sonrisa. Ahora hablaba con crudeza en la boca. Tenía que hablar de lo que le estaba haciendo sufrir. - ¿Amaste a Lillith?

-No, a Lillith no. Siempre fue Sadie. Hasta el día de hoy

Recordé el sombrerito alegre y el toquecito de pintalabios. Sadie estaba enamorada de él también. Era obvio que habían pasado el día juntos. Sus sentimientos eran mutuos. ¿Por qué no se unían? -Me confundes sobremanera. – No pude disimular la nota de irritabilidad en mi voz.

-Todos en Fitler conocían las circunstancias del matrimonio de Lillith con Edgar. Él se pasaba los días en las tabernas bebiendo para luego regresar a su casa y golpearla. Al principio ella trató de esconder lo que le estaba pasando, quedándose escondida en su casa. Pero Sadie insistía en ir a visitarla y a obligarle a venir al centro. Cruzaban el centro por la calle principal; Sadie con ambos ojos ennegrecidos golpeados a puñetazos y el pelo sacado en pedazos.

Mi corazón latía con rapidez. Jeb Fairley se acercaba demasiado a la realidad de mi propia vida. Vivía demasiado cerca de nosotros. ¿Cuánto habría escuchado? ¿Cuánto sabía de nuestro matrimonio?

-Sadie insistía en que alguien interviniera. Pero, una vez que Lillith se casó con Edgar, era su esposa. La gente no se metía con un hombre que castigaba a su mujer y a sus hijos. Eran asuntos privados.

Yo sentía que Jeb me miraba y siguió hablando con voz suave. Él sabía – yo no sabía cuánto. Tragué y no dije nada.

-Aunque no debería ser así son asuntos privados. Y fue así como Lillith envenenó a Edgar. Como nadie la pudo ayudar, ella lo mató.

Ya yo no quería escuchar más. – Y la ahorcaron por ello.

-Así es. Delante de todo el pueblo. Y ninguno de nosotros

lo pudo parar, aunque bien sabíamos que lo único que había hecho Lillith era defenderse de un monstruo

-Así que Sadie jamás se casaría contigo.

-Ojalá ese fuera el caso. – Jeb aspiró hondamente. – Te voy a decir la verdad. Nunca le propuse matrimonio. Es que Sadie se subió al patíbulo con Lillith. Miró a todos los hombres del pueblo juntados ahí y nos tildó de cobardes. Sadie no abandonó a su amiga y trató de defenderla y después de eso fue marginada y rechazada. Sadie no se casó conmigo porque yo nunca se lo pedí. Ningún otro hombre lo haría tampoco.

Por la oscuridad que nos rodeaba no noté que Jeb se había movido, pero escuché la puerta del coche abrirse cuando él salió para hacer arrancar el motor de coche viejo. El coche se sacudió unas dos o tres veces y luego se regularizó, Jeb se situó detrás del volante.

No hablamos más todo el camino a Jexville. Jeb me había revelado su pasado y me había dado mucho en qué pensar. Se trataba de verdades horribles.

En vez de ir directamente a la funeraria Jeb se estacionó delante de mi casa. Dejó el motor prendido. - ¿Quieres que te acompañe?

Se veía una lámpara prendida en la cocina, pero el resto de la casa estaba a oscuras. Lo más probable era que Elikah estaba jugando a las cartas. –No. – Mi voz temblaba, aunque yo traté de controlarla. Tenía miedo.

-Mattie. – Rozó mi mejilla con la mano para que yo lo mirara directamente. – Esperemos que no llegue a esto, pero te juro que no vuelvo a ser cobarde. Si Elikah te vuelve a lastimar, ven donde mí.

-No te preocupes. No me va a pasar nadar. –Abrí la puerta del coche y moviéndome lentamente salí del coche. La verdad era que quería volver a meterme en él. Red Lassiter, en el asiento trasero parecía una momia emborrachada. De pronto me di cuenta de que ninguna persona de su familia había llegado al rio en su busca.

¿Red está casado?

Jeb aclaró la garganta. —No, y aunque no estoy cien por cien seguro creo que se enamoró de JoHanna. Cuando ella se casó con Will parece que decidió que estaba más feliz quedándose solo.

Tomé un paso hacia la casa. —Si puedo ayudar en algo en cuanto a él me avisas.

-Cuídate, Mattie, - dijo Jeb al entrar en su coche. Me dejó parada frente a mi casa oscurecida.

Capítulo Veinticuatro

-M attie.
Con el corazón paralizado y la sangre corriendo hacia mis oídos con el rugido de un tren me detuve. La voz de Elikah había venido del porche. Santo Dios. Él estaba sentado en el columpio en la oscuridad. En mi vida lo había visto ahí.

- ¿Te vas a quedar parada en el jardín o vas a venir a la casa?

No pude contestarle así que comencé a subir los escalones con la idea de entrar a la casa directamente.

-Siéntate un en el columpio conmigo, -dijo él. –He estado sentado aquí en el aire fresco de la noche preguntándome cuándo regresarías. Temía que no regresaras nunca.

Por más que busqué un tono de furia en su voz no lo pude detectar. Al contrario, lo escuché triste y algo rendido. Un Elikah a quien no conocía y de quien no me fiaba. La prueba auténtica estaría en su aliento. Eso, si me acercara lo suficientemente para olerlo.

-Estoy cansada, Elikah. El Sr. Fairley ha traído a Red Lassiter con nosotros. Lo encontraron en el rio hoy.

-Es una tragedia horrible. – El columpio rechinó mientras él se acomodaba en él. – Todo el mundo quería a Red. Era una poco raro viviendo en Fitler solo cuando más de cinco docenas de mujeres lo han perseguido por los últimos treinta años. Pero todos lo tenían por un hombre decente y honesto.

Tenía el pomo de la puerta de red metálica en la mano. Lo que él acababa de decir no requería respuesta y además él me ponía nerviosa. Este nuevo Elikah, tan callado e introspectivo, sentado solo en el columpio. Yo no me fiaba de eso para nada. La última vez que Elikah había decidido mostrarme otra de sus caras, pues mi cuerpo todavía se infundía de vergüenza al solo recordar.

-Ven a sentarte conmigo un ratito. – Elikah señaló el columpio. –Nos columpio a los dos. ¿Qué te pareció Fitler?

¿Qué había pasado con su antagonismo hacia JoHanna? ¿Por qué no estaba enojado conmigo por haberlo dejado? ¿Es que verdaderamente creyó lo que JoHanna le había escrito en la nota que le había enviado? Quizás nada más quería tenerme cerca para no tener que molestarse en perseguirme para golpearme. Mientras tanto mis dedos se calcificaban alrededor del pomo de la puerta. No quería soltarlo. Lo tenía como si fuera el único sustento de mi vida y el mismo terror me impedía abrir la puerta.

En la oscuridad Elikah buscaba algo a tientas en el asiento del columpio. –Tengo algo aquí, -dijo, con una voz que brillaba con la suave oscuridad. –Estaba aquí oliendo tu cepillo. Tú pelo Mattie siempre huele a lluvia. En la noche cuando me despierto me gusta oler tu olor en la almohada a mi lado.

Miré hacia la calle. ¿Acaso me había equivocado de casa? ¿Podría ser que Elikah estaba tan borracho que se había olvidado de cómo manejaba nuestro matrimonio?

-Ven para que te cepille el pelo.

Santo Jesús. No me podía mover. De alguna manera esto

era peor que su rabia, peor que su crueldad y su abuso. Peor que su correa.

-Estoy cansada. –Las palabras me salieron a duras penas. Odiaba mi cobardía.

-Perdiste el bebé, ¿verdad?

¿Su tono era acusatorio? Quería correr, bajar los escalones y salir gritando a la calle Redemption Road. Pero yo no era lo suficientemente rápida. Me agarraría y me jalaría a la casa. No había nadie quien me ayudaría. Jeb Fairley seguía en la funeraria.

-Ven aquí Mattie. Soy tu esposo. – Volvió a señalar el columpio

No me quedaba otro remedio. Tenía que sentarme con él. Mis dedos dejaron el pomo de la puerta y comencé a caminar sobre las tablas grises. Al llegar al columpio me di vuelta y me senté de perfil hacia él.

¿Perdiste el bebé? – volvió a preguntar.

-Sí. – Miré la oscuridad de la noche.

-Qué pena. – No se molestó en esconder el alivio que sentía.

Yo había pensado que estaría enojado pero su alivio fue peor. No quería este niño. Era tan contra natura como yo.

-Date vuelta. –Con las manos me agarró de los hombros y me movió para que le diera la espalda. –Ahora, quédate quieta.

Sentí el cepillo asir y tirar mi pelo. Todavía tenía el cuero cabelludo un poco quemado, pero no me retiré. Elikah era el tipo de hombre que se excitaba con el dolor de otros. Yo no quería que se excitara. –No puedo servirte de esposa por un rato. – Hablaba con la oscuridad y sentí que enterraba mis uñas en la palma de la mano.

- ¿Quién dice? – Continuaba pasando el cepillo por mi pelo con movimientos lentos y constantes.

-JoHanna habló con el Doctor Westfall.

-A JoHanna le gusta meterse en lo que no le importa, ¿verdad?

Ahí estaba. Ese susurro de enojo. —Yo estaba tan enferma que la asusté. No paraba de sangrar. Lo llamó porque temía que empeorara.

-Pero ya no estás sangrando. – Fue una declaración, no una pregunta.

-Sí, en gran parte. - Tenía ganas de huir del columpio. Quería correr y correr hasta volar. El cepillo seguía bajando por mi pelo.

-Tienes el pelo tan suave.

Se inclinó hacia mí. Podía sentir su aliento en mi cuello mientras levantaba mi pelo. La piel me picó. Su aliento era tibio en la frescura de la noche. Los labios, que apenas rozaban mi piel, estaban acalorados. Las lágrimas me estaban lastimando los ojos, pero traté de no pensar en ello a fuerza de voluntad.

Elikah se retrajo levantando el cepillo para pasarlo por la parte de mi pelo que se había enredado en el viaje en el coche. Con suavidad trabajó con los nudos y el silencio entre nosotros se hacía cada vez más grande, tan grande que absorbió todo el aire del porche.

El cepillo volvió a subir. Esta vez las cerdas susurrándome por la oreja.

-Yo pensaba que te habías escapado a tu casa. - Siguió cepillando mi pelo sin detenerse, desde arriba hasta abajo.

-No, yo no regreso a casa. – El volver a mi casa no habría resuelto nada. Al menos en Jexville yo tenía JoHanna. Y a Duncan a Floyd y a Will. En Meridian mi propia madre no podría ayudarme si me metiera en líos. – No, no vuelvo a casa. – Repetía las palabras sin querer.

- ¿Y cuándo podrás a volver a ser una esposa para mí según el doctor? – preguntó con un tono burlón.

-En dos semanas.

-Eso es mucho esperar para un hombre como yo. Yo pensé que me había casado con una chica buena y saludable. ¿Crees que tu papá me dio gato por liebre?

Me paré repentinamente. –Eso es algo que vas a tener que sacar a relucir con Joselito.

Su mano fue rápida en la oscuridad apretando mi muñeca y me jaló hacia él.

-Elikah, si vuelvo a sangrar. . .- Entendí que me convenía dejar de resistirlo.

Me acomodó en su regazo con sus manos ahora en mis hombros. – Tranquilízate, Mattie. – Hablaba suavemente. – Solo quería decirte que me has hecho falta.

Sentada en su regazo me aseguré de no hacer ningún movimiento.

- ¿No te hice falta yo, ni siquiera un poco?

Este era un lado desconocido de su atormentar. Hasta entonces nunca me había pedido que le dijera nada. Elikah era hombre de acción.

-Estaba muy enferma.

-Y en cuanto te repusiste regresaste a mí.

No lo negué. No había razón para provocarlo.

-Has madurado mucho desde que primero llegaste. – Con su pulgar y de la manera más ligera acarició mi mejilla. Yo había observado a Elikah afeitar a un hombre antes. Era diestro con sus manos cuando le convenía.

-Te has vuelto una mujer hermosa, Mattie. –Su pulgar trazó el borde de mi labio inferior. –Tan suave. – Me partió los labios a poco tocando mis dientes. - ¿No me quieres dar un beso? ¿Al menos un beso de bienvenida?

En mi mente me recordé de JoHanna y Will y como él la agarró para besarla al regresar de su viaje. Sentí un sollozo en la garganta. Inclinándome hacia Elikah lo besé ligeramente en los labios. Me sorprendí al notar que no olía a alcohol.

-Así se porta una niña obediente, Mattie. –Se movió para indicarme que me podía levantar. –Me imagino que te gustaría un baño caliente, ¿verdad? – Se paró a mi lado.

No sabía qué decirle.

-Mattie, ¿no te gustaría un baño caliente? Yo te corro el agua.

Estaba completamente loco. Se trataba de un truco nefasto, pero yo no podía desentrañarlo. –Pues, sí, me gustaría eso. –Di un paso hacia la puerta.

- ¡Ah! Por fin has mencionado algo que te gustaría. –Me abrió la puerta acompañándome dentro de la casa. Me siguió hasta la cocina. La casa estaba sorprendentemente limpia. Los platos en la cocina estaban todos lavados y guardados. Me di vuelta para mirarlo mostrando mi asombro.

-Me alegro de que estés en casa, Mattie. Levantó la tetera grande. –Ahora te preparo el agua para tu baño.

- ¿Quién limpió la cocina? –No creía que fuera él quien lo hiciera. Quizás había comido exclusivamente en uno de los restaurantes.

Con la tetera en la mano se paró en la puerta de la cocina. –Ah, pues aparentemente se me olvidó mencionarte mi prima.

Elikah no tenía familia. O al menos ninguna que me hubiera mencionado. -¿Qué prima?

-Lola. Ha estado pasando por aquí para acudir a mis necesidades. Ya que no vas a poder servirme de esposa quizás ella pueda quedarse unos días más. Para ayudar con tus tareas. –Se paró al lado mío con la cacerola aun vacía columpiando en sus dedos fuertes. –Claro que a ti no te molestará este arreglo. A Lola no le importará hacerte un lado en la cama.

Habrá leído los pensamientos reflejados en mis ojos porque se rio y corrió su dedo suavemente desde mi cuello hasta mi seno. –Siempre me imaginé que disfrutaste mucho esa noche en Nueva Orleans. Una vez que se te pasó la sorpresa te gustó mucho, ¿no es así? −Con la mano apretó mi seno. −Eso fue algo de ver, a las dos de ustedes.

-Elikah. . . -apenas pude pronunciar su nombre. Entendí que no había nada que yo podía decir si él ya estaba decidido. Lo había aprendido en Nueva Orleans. El rogarle solo lo excitaría más. − Yo no puedo...hacer nada. El médico...

Con los dedos me apretó duro y luego me soltó. Buscó el cubo para sacar agua llenando la tetera para luego ponerla en la estufa. Cuando volvió a mirarme la risa había desaparecido de su cara. La luz de la lámpara hacía que sus ojos parecieran huecos, indescifrables. Pero la voz estaba clara y yo comprendí que él disfrutaba de la espera, de la tormenta. −Quizás no esta noche, Mattie, ni mañana pero no falta mucho para que tengas que hacer todo lo que mando. Ahora, alístate para el baño.

Capítulo Veinticinco

No me molestaba que Lola entrara y saliera de la cama de Elikah. De hecho, tenía los sentimientos confundidos en cuanto a ello. La rabia que sentía tenía más que ver con el hecho de que él le permitía ir y venir de mi cocina como si fuera una invitada. Elikah aclaró que este arreglo duraría el largo de mi recuperación. El papel de Lola cambiaría una vez que yo volviera a ser esposa nuevamente. Y mi papel también cambiaría

A Lola los detalles del arreglo la aburrían. Su mirada parda y llana repasaba los gabinetes de la cocina y se detenía en las latas y en los contenedores.

Comía como un perro hambriento y con más o menos la misma finura. En las mañanas cuando Elikah se iba al trabajo ella desaparecía de la casa.

Yo no tenía idea de dónde la había buscado Elikah ni adónde se iba. No era de por ahí. No le parecía preocupar a dónde iba al salir de la casa. Su presencia en la casa era para servir dos propósitos. Satisfacer a Elikah y comer tanto como podía sin explotar. Mirando aquellos ojos vacíos yo no le podía envidiar la comida que comía, pero me picaba que yo tenía que preparar la comida y lavar los platos. Los términos del arreglo estaban claros. Si yo no podía cumplir con mis deberes conyugales podía mantener la casa.

Pasaron dos días durante los cuales yo cocinaba y pasaba tanto tiempo como posible en el centro del pueblo. Iba al almacén e investigaba cada contenedor empolvado, cada rollo de tela, cada caja de ropa interior de encaje. Olivia me mostraba medias de seda que parecían ser hechas del aire. Ella las enrollaba en su brazo color marfil para mostrar su transparencia. Asegurándose de que la Sra. Tisdale estuviera ocupada del otro lado de la tienda me mostraba cómo enrollar las medias por encima de la rodilla para estar más de moda. Noté que me miraba con curiosidad a la vez que me demostraba gentileza y amistad sinceras.

También pasaba al menos una hora en la panadería mirando los dedos fuertes de Mara trabajando la masa. Me enseñó a amasar la masa y sentir la vida dentro de la misma y luego cómo enlazar las mechas elásticas para formar los panes de moldes dulces que se vendían a un centavo cada uno. Feliz de tener unos brazos extras ayudándola no me preguntó porque no estaba en la casa esperando a mi esposo. De hecho, a nadie le parecía sorprender que yo no era la esposa dedicada que debía de ser.

Parte del día lo pasaba con Floyd en la tienda de botas. Él había avanzado con la elaboración de las hermosas botas para el Alguacil Grissham. Aún más maravillosas eran las botas destinadas para Tommy Ladnier, el contrabandista. El Sr. Ladnier había tenido su ocupación en mente al disponer el diseño de las botas que deseaba tener. Eran altas, negras y bellas de línea sencilla. De lo poco que lo había visto sabía que iba a parecer un pirata con sus camisas de seda blanca y esas botas que le daban hasta la rodilla. Me parecía un hombre que no titubearía en atravesar su espada a través de cualquiera que se le resistiera. Pero Floyd mantenía que a él no le había dado problemas. Floyd me contaba que el Sr. Ladnier tenía la voz como el rio Pascagoula acariciando la ribera y que nunca se le escuchaba ni enojo ni impaciencia en la voz, ni siquiera cuando Floyd tuvo que medir y volver a medir para que las botas le quedaran justas en la pantorrilla.

Al Sr. Moses no le importaba que yo me sentara en el taburete al fondo de su tienda acompañando a Floyd. Una vez hasta me pidió que manejara la caja en caso de que alguien entrara. Yo tomé eso como una señal de confianza en mí y me sentí bienvenida en la tienda hasta que se me ocurrió que Axim Moses sabía de la mujer en mi casa y que su gesto fue motivado por piedad. Elikah era el tipo de hombre que se jactaría de tal cosa, de eso estaba segura. Desde la ventana de la tienda de botas podía mirar a través de la calle y ver la barbería. La clientela de Elikah era constante y los hombres salían frotando sus caras recién rasuradas, sonriendo en grande. Elikah pasaría por la ventana chasqueando la tela de barbero antes de colocarla alrededor del cuello del siguiente cliente y por la calle se escuchaba tumbar el sonido de la risa proveniente de la barbería. A mí ese sonido me escaldaba y me volvía a sentarme con Floyd quien trabajaba a la luz de la ventana.

Fue Floyd quien me contó los planes para el funeral de Red Lassiter. Decidimos ir juntos como un frente unido en caso de que alguien intentara hacernos preguntas sobre Duncan. Representaríamos a los McVay.

El funeral estaba programado para las diez de la siguiente mañana. Me desperté en el sofá para descubrir que había llegado el otoño. Hacía días que los árboles daban señales, las hojas susurrando, aunque verdes pero el sol había brillado tan caluroso como siempre. Ahora había un toque de fresco en el aire mientras buscaba mi ropa para ponérmela. Era la hora para preparar el café y el desayuno de Elikah. Era hora de darle comida al perro. Según los sonidos y quejidos de la noche ella estaría muriéndose de hambre.

Puse el café a colar y comencé a freír el tocino y cocinar los *grits* y empecé a romper un huevo en la fuente para Elikah y Lola. Aunque era extraña, la presencia de Lola no me molestaba. No me había dirigido ni una sola palabra desde su llegada y yo no tenía ninguna gana de hablarle a ella. Sin embargo, resentía menos el tener que alimentarla. De hecho, tenía que confesar que no la resentía a *ella* para nada. Elikah venía a la mesa y nos ignoraba a ambas. Éramos mujeres, ahí nada más que para servir. Yo cocinaba y ella complacía. En realidad, no era tan mal arreglo.

- ¿Cuál es el secreto, Mattie?

La pregunta inesperada de Elikah casi me hizo tirar la fuente con los huevos. No podía confesarle lo mucho que me gustaba el castigo que me había impuesto. Puse los huevos a freír en la grasa caliente del tocino antes de contestar. –Hoy es el funeral de Red.

- ¿Y por eso sonríes? - Martilló en la mesa con su tenedor mostrando su impaciencia conmigo.

Volteé los huevos. –Esperaron tres días para que alguien de su familia se apareciera, pero no han encontrado a nadie. Yo me alegro de que van a proceder con el funeral. Red se merece un funeral digno. ¿Tú no vas?

–No, voy a cerrar la tienda, pero tengo que repasar unas cuentas. Puedo aprovechar el tiempo para hacer eso.

Yo asentí y le serví los huevos, cuatro rebanadas de tocino y los *grits*. En el horno me quedaban cuatro rebanadas de pan tostado.

- ¡Lola! -Elikah le gritó, aunque estaba sentada a unos tres pies de distancia de él.

-Dile a Mattie lo que quieres.

Se encogió los hombros mirando el plato de él con hambre. Su pelo de un castaño pálido, casi rubio, colgaba sobre sus ojos, tan lacios como una tabla. Volvió a encogerse los hombros. −Lo que ella quiera prepararme está bien.

Le preparé lo mismo que le había preparado a Elikah. Me serví una taza de café.

-Come algo, Mattie. Nunca te vas a mejorar si no comes más.

-Estoy mejorando, Elikah. − Caminé a la puerta. −Me voy a preparar para el funeral. Tengo unas diligencias que hacer antes de ir.

Floyd se sentó a mi lado en el banco acolchonado de la iglesia. El azul de sus ojos hacía juego con el azul de su camisa de franela. Las paredes de la iglesia eran blancas pero las vigas del cielo raso eran de una madera oscura e inacabada. La oscuridad le daba al santuario un aire de perdición. El pasillo central que conducía al altar dividía las filas de bancos oscuros. Frente al altar el féretro descansaba sobre unos caballetes. Se había tejido una cobija de margaritas gloriosas y margaritas cimarronas para cubrir el ataúd de pino. Las flores le daban una sensación de belleza al santuario con su colorido.

Habíamos llegado temprano y nos sentamos en la parte trasera de la iglesia. La gente se fijó en nosotros, pero sin exagerar. Estábamos ahí para mostrar respeto al hombre cuya muerte Duncan había predicho. Estábamos ahí por JoHanna y por Duncan.

Janelle Baxley se coló en el asiento al lado de mí. −No pensé que JoHanna tuviera el valor para mostrar su cara aquí. − Janelle mantenía la vista fija en el altar. −Traté de alertarte contra ella. Todo el mundo en el pueblo está hablando, y no sólo de los McVay sino de ti también.

En todo el tiempo que me hablaba no le quitaba la vista al ataúd de pino barnizado donde yacía el cuerpo de Red Lassiter. Janelle me hablaba de un lado de la boca sin echarme una sola mirada y sin reconocer la presencia de Floyd como si no quería que pensaran que tenía algo que ver con gente como nosotros. El Reverendo Bates, por su parte, no dejaba de echarnos largas ojeadas hostiles hacia mí y hacia Floyd desde el pequeño vestíbulo de un lado del altar. Yo tenía entendido que un pastor de Waynesboro iba a predicar en el funeral. De haber sabido que Bates, quien se había prostrado en la ribera del arroyo mientras Mary Lincoln se ahogaba, iba a estar ahí quizás no hubiera venido. Para mí no se trataba de un servidor de Dios según yo entendía. La voz de Janelle zumbaba en mi oído como si fuera una mosca azul.

-Se te rizaría el pelo si supiera de las cosas que JoHanna McVay se atreve a hacer. – Tenía un pañuelo agarrado en la mano, los dedos nerviosamente volviéndolo un nudo sudado. – A esa mujer hay que correrla del pueblo. A ella y a la pequeña profeta de muerte. Red estaría vivo y si...-

-Yo estaba ahí y yo vi lo que pasó, Janelle. Duncan no tuvo nada que ver con lo que le sucedió. Red te lo diría si pudiera, pero no creo que se metería a chismear.

- ¡Mattie! – Volvió sus ojos azules hacia mí con horror. - ¡Pero si él está muerto!

-Pues me parece bien ya que estamos por enterrarlo. – Esperé un momento antes de continuar. Ella deseaba detalles, chismes, algo escandaloso que podría roer. –Yo estaba ahí cuando encontraron el cuerpo. – Yo no me podía contener. – Aquel español, Diego, lo enganchó no muy lejos de donde Red se había caído debajo de la balsa. JoHanna comentó que no era común que el río jalara y guardara a alguien justo en el lugar donde cayó. Dijo que era como si el río lo tuviera cerca, como un niño perdido acercado al seno de su madre.

Janelle se movió como si fuera levantarse, pero en ese momento Agnes Leatherwood y su marido Chas se sentaron en el banco con su hija, Annabelle Lee, perfectamente arreglada, entre ellos. Había una docena de niños presentes. Agnes se inclinó hacia adelante inspeccionándome, para ver si algo de JoHanna se me había pegado como una mancha de estiércol, por ejemplo. No le dirigió palabra a Floyd. Él estaba sentado a mi otro lado y no percibió la ofensa. Por otra parte, él no esperaba ningún reconocimiento por parte de estas mujeres. Yo intuí que ellas hubieran sido más bondadosas con un idiota feo. Pero como Floyd era muy guapo y tenía un cuerpo perfecto se merecía ese duro maltrato por parte de ellas. Estas mujeres no se atrevían a fijarse en él porque el solo apreciar su hermosura se le hacía doloroso.

- ¿Es verdad que Duncan le advirtió a Red que se iba a ahogar? - Agnes se estiró a través de Janelle para hacerme la pregunta. Intentó hablar en voz baja, pero se escuchó su susurro por los bancos de la iglesia haciendo voltear cabezas que nos miraban con miradas de incredulidad, desaprobación y curiosidad.

Yo había ensayado la respuesta a esta pregunta, pero de pronto me pareció poco. Al fin y al cabo, ¿qué respuesta ayudaría a Duncan? Sentí los dedos de Floyd agarrarse de los míos. Él no les dirigiría una sola palabra a estas mujeres. De alguna manera comprendía que ni siquiera debería reconocerlas con su mirada. Sin embargo, las había escuchado.

Me volteé para hacerle cara a Agnes y a Janelle. Carecían totalmente de inteligencia. Pecos tenía más. –Duncan tuvo un sueño y le dijo al Sr. Lassiter que las balsas son peligrosas. Eso fue todo.

-Pero hemos oído que se lo dijo a solo unas horas de él

morirse. – El placer del chisme hizo que Janelle se olvidara de sentirse ofendida por mí.

-Red pasó a comer pastel y tomar café y Duncan conversó con él. Luego bajó al río y empezó a trabajar en una de las balsas. Se ahogó. Todos los que tienen un dedo de frente saben que esas balsas son sumamente inestables. Red tuvo la mala suerte de –

-Esa niña es peligrosa. Primero Mary y ahora Red. ¿A quién le tocará ser el próximo? - Agnes Leatherwood abrazó a su hija gordita Anabelle Lee y la apretó contra el seno. – Si se atreve a decir una sola palabra sobre mi bebé voy a.... voy. . .

- ¿Qué vas a hacer Agnes? - La miré furiosa retándola a amenzarme. –Duncan no mantuvo a Mary Lincoln bajo el agua. No empujó a Red debajo de la balsa. Es una niña que ni siquiera puede caminar. ¿Cómo es que le tienes tanto miedo?

Picada, Agnes levantó los hombros para enderezarse. - ¿Quién te crees tú? – preguntó. –Tu esposo te compró. Todo el mundo en el pueblo bien que lo sabe y te portas como si fueras la reina de Inglaterra.

Sin querer yo había cambiado la ira que iba dirigida hacia Duncan, hacia mí.

Janelle miró por la iglesia y se fijó que más de mitad de la gente ahí presente nos estaba mirando mientras susurrábamos acusaciones. El Reverendo Bates dio tres pasos hacia nosotras, pero luego dudó al ver que un hombre alto de pelo blanco, vestido de saco negro se acercaba al púlpito. Janelle posó una mano sobre la mía y otra sobre la de Agnes. – Ese ha de ser el Reverendo Ellzey. Agnes, tranquila. Mattie yo ya te dije que te ibas a meter en líos si tratabas a esa mujer. Ahora todos hablan de ti. Has avergonzado a tu marido, Mattie.

Casi perdí los estribos debido a la injusticia de ese comentario. El brazo de Floyd me tuvo sentada, pero logré voltearme hacia Janelle. —Tú no sabes nada de lo que es la vergüenza. ¡Nada! Si solo supieras. . .

-Mattie. – Con el brazo suelto Floyd agarró el hombro que estaba más cerca de Janelle para voltearme ya con más fuerza, hacia él. Yo luchaba para soltarme. —Mattie, quieta. – Hablaba quedamente, pero sus manos me tenían de manera que ahora le daba cara al altar.

- ¡Dios mío, miren eso! - Agnes se levantó al ver la mano de Floyd sobre mí. —La tocó. Se ha atrevido a tocarla y a decirle cómo se debe portar como si fuera su...No solo estamos delante una situación en la que JoHanna está criando una niña con los talentos de Satanás, están permitiendo que el idiota del pueblo las toque. – Agnes se encogió de mí como si fuera leprosa. – Hemos tolerado a Floyd en este pueblo porque le hemos tenido pena. Pero ahora veo que nos tenemos que reunir con la junta directiva del pueblo para ver qué hacer con él. No debe de estar andando por ahí suelto.

Todos en la iglesia se dieron vuelta para mirarnos. Por ignorancia yo había permitido que una mala situación se volviera peor, tanto para mí como para JoHanna y Duncan. Pero, más que nada para Floyd. Él es quien sufriría las consecuencias. Siempre se volvían en contra del más débil.

Suavemente quité la mano de Floyd y me puse de pie haciéndole frente a Agnes. —Floyd es un inocente. —Tenía que resistir unas ganas de arrancarle su pelo fibroso y forzarla a tragárselo. – Él no es capaz de la malicia con la que estás saturada. Sí me ha tocado y ese gesto te salvó a ti de los golpes que estaba por darte. Todo lo sucio que te imaginas en Floyd sale de tu propia mente sucia.

Rachel Carpentier quien estaba en el banco delante de mí Rachel se levantó casi empujando a su marido al piso con sus caderas anchas. Tenía la cara gorda blanca de furia. - ¿Cómo te atreves venir a nuestro pueblo para amenazarnos? Todos aquí han tratado de ayudarte pasando por alto que no eres más que un producto de chusma blanca. A nosotros no nos puedes amenazar, ni tú ni ese engendro de Satanás ni el idiota.

Floyd se levantó del banco lentamente sus manos en puños a su lado. Era altísimo. Con su mirada desafiaba a todos a que osaran seguir con el ataque en contra mía.

Rachel Carpenter dio un paso hacia atrás para alejarse de su alcance. —Está claro que tú tienes toda la culpa de haber empujado a tu marido hacia los brazos de esa puta. – Le dio un empujón al hombro de su esposo. – Vamos a sentarnos en otra parte. Miró a Agnes. Chas se había levantado también con su mano sobre el hombro redondeado de su mujer. La mirada que me dio contenía tanta piedad como desprecio. Jaló a su mujer con Annabelle Lee apretada entre ellos para buscar otro asiento.

El pecho de Janelle se movía con rapidez inhalando aire en soplidos cortos mientras se alejaba de mí también. Nos echó una mirada aterrada a mí y a Floyd al levantarse para mudarse al otro lado de la iglesia. El Pastor foráneo que había llegado para hacerle el sermón de despedida a Red Lassiter estaba parado en el púlpito con una mirada de preocupación que le hacía apretar la boca. Mientras yo lo miraba noté el cambio en su expresión. Seguí su vista a la puerta principal del santuario y vi que ahí estaban parada JoHanna con Duncan en los brazos.

- ¡JoHanna! - Gritó Floyd aliviado. Me pasó de lado para correr donde Duncan para alzarla en sus brazos.

Liberada del peso de su hija JoHanna tomó un paso hacia adelante. Los ojos azules ardiendo al mirar a todos los feligreses. Agnes Leatherwood se encogió dentro del pecho de su marido. Rachel Carpenter bajó la cabeza para mirar el piso y Janelle dio un pequeño grito como si la hubiera picado una avispa.

-Estamos aquí para rendirle honor a Red Lassiter – dijo el

pastor con voz suave. – Es hora de tomar sus asientos y de empezar.

Con un movimiento rápido el Pastor Bates llegó al púlpito apuntando hacia JoHanna con su brazo largo. –A esa mujer no se le puede permitir estar en esta iglesia. – Luego nos señaló a Lloyd y a mí con su dedo y gritó – Lárguense.

El Pastor foráneo no se movió. –Échese para atrás Reverendo Bates. La casa de Dios está abierta a todos.

Cobrando energía del grupo reunido el Reverendo Bates pronunció –Esto no se puede permitir.

-Uds. todos me enferman. – Las palabras de JoHanna hicieron un eco escalofriante a través del santuario. –Uds. se vuelven en contra y atacan a una chica de dieciséis años y a un joven que no es capaz de ni sabe cómo defenderse y se atreven a hacerlo dentro de este lugar que Uds. sostienen es el lugar sagrado de sus creencias religiosas. – Hizo un gesto abarcando toda la iglesia. –Si de veras hubiera un Dios todopoderoso él los devastaría a todos ustedes y a todos sus seres queridos con una desgracia de la cual no recuperarían nada. –Hizo un gesto hacia mí y yo me apresuré a juntarme con ella en la puerta de la iglesia. – Le voy a rendir mis honores a Red en el cementerio. – Se dio vuelta encabezando la pequeña procesión que salía de la oscuridad de la iglesia para entrar en el sol brillante y el aire crespo del otoño. Pecos nos esperaba posado sobre el brazo de la mecedora atada a la carretilla.

Se escuchaba el murmullo de la iglesia hasta en la calle. Se trataba de un enjambre de avispones, un nido de serpientes. Los dos Pastores se estaban gritando lo cual fue lo único que mantuvo a la congregación dentro de la iglesia en lugar de estar detrás de nosotros.

-Lo siento JoHanna, - yo había comenzado a llorar. –Lo siento mucho.

- ¿Por qué? - Estaba furiosa. Me agarró de los hombros y

me comenzó a sacudir. - ¿Por qué? Porque no eres ni cobarde ni cruel. Yo escuché lo suficiente para saber que tú estabas defendiendo a Duncan y a Floyd. Esa gente no es más que un grupo de locos intolerante de mente cerrada. Se imaginan ver la maldad porque son malditos.

Floyd había colocado a Duncan en la carretilla. La niña estaba muy callada. Él levantó el mango de la carretilla, le dio vuelta y comenzó en dirección de Peterson Lane. Entendía que urgía alejarse de ahí.

-No, no debemos huir. – Repentinamente JoHanna se había dado cuenta de lo que estaba haciendo Floyd. Corrió tras él y lo agarró del hombro. – Yo vine al servicio funerario para mostrarles que no les tengo miedo. Si piensan que les tengo miedo la cosa se vuelve aún peor.

-Me llevo a Duncan a la casa. – Floyd no se paró, con la mirada fijada en el suelo seguía caminando.

-No vamos a huir. – Lo agarró del brazo y se aferró a él.

Floyd la jaló a ella con todo y carretilla como si ella fuera un perrito reacio.

- ¡Floyd! ¡Para! No debemos huir.

Por fin se paró y se volvió para mirarla. Sus ojos azules revelaban su consternación – No nos quieren, ni a mí ni a Mattie. – Sacudió la cabeza con incredulidad. – No te quieren ni a ti ni a Duncan, tampoco. Querían hacernos daño. ¿Por qué, JoHanna?

Con eso la paró a ella finalmente. Ella posó su brazo sobre el de Floyd suavemente. – Porque es gente ignorante, Floyd. Es por la ignorancia que son como son. – Suspiró. – Tienes razón. Vámonos a casa. Este no es el momento de confrontarlos.

Yo me quedé atrás esperando que se fueran y que llegaran a la casa rápidamente. A mí no me tocaba correr a la seguridad de Peterson Lane con ellos. Lo que yo había hecho en la iglesia se escucharía en la barbería en cuestión de minutos. Para la hora de la cena, Elikah estaría bien enojado habiendo pensado sobre el incidente en todo el día. Lo mejor para mí era enfrentarlo directamente para salir de ello de una vez.

Duncan se volteó para verme parada sin moverme. Pecos corría todo a mi alrededor picando la parte trasera de mis suelas como si fuera su intención correrme hacia adelante.

-Mattie no nos está acompañando. – Duncan seguía con la cara muy pálida.

Floyd paró la carretilla y JoHanna comenzó a caminar hacia mí.

-No los puedo acompañar. Debo confrontar a Elikah.

JoHanna se paró. Las pequeñas arrugas de su cara quedaron marcadas por la preocupación que mostraba. –No te tienes que quedar en tu casa.

-Sí, debo.

- ¿Es verdad lo que dijo Rachel sobre Elikah?

-La puta vive con nosotros. – Sentí mis labios torcerse en una sonrisa amarga. – Hasta cuando yo pueda servirle de mujer.

Johanna apretó los labios. - ¿Por qué quieres regresar?

No sabía cómo contestar, pero sabía que tenía que regresar a mi casa. Además, tenía miedo por JoHanna y Duncan. Nada más tenían a Floyd para protegerlas. Al quedarme en el pueblo quizás la furia del pueblo se dirigiría hacia mí por lo pronto. Al menos hasta que regresara Will, y era mi intención hacer que eso sucediera lo más pronto posible.

-Mandaré a Floyd para ver cómo estás.

- ¡No! – Eso sería lo peor que ella podría hacer.

Ella entendió y se mordió el labio, mostrando su frustración. –Por favor, Mattie. Ven con nosotros.

-Debo enfrentarlo. Prefiero salirme de ello que dejar que Elikah se encone con esto.

Duncan levantó su mentón para mirarme directamente.

Como si fuera una señal tácita Pecos abandonó sus esfuerzos de tratar de arrearme y corrió hacia la carretilla cacareando. Con un aletazo y un salto torpe se encontró a lado de Duncan. – No te preocupes de los del pueblo, Mattie. – Sonreía levemente. – Dentro de poco estarán demasiado ocupados para hacerte daño. –Miró a Pecos y lo acarició.

Capítulo Veintiséis

Me despertaron unas voces calladas y teñidas de preocupación. Tenía un paño mojado sobre mi cara. Me quedé con los ojos cerrados sin comprender dónde estaba ni qué me había sucedido. No reconocía la voz de la mujer, pero su toque sobre mi garganta al sentir mi pulso era gentil.

-Por poco la matas. – Lo expresó como un hecho, sin emoción.

-Una esposa no puede abochornar a su esposo como lo hizo ella. Hasta le permitió que ese idiota la tocara. Poniéndose a decirle basura a la Sra. Leatherwood y a las otras señoras. – Elikah había perdido algo de su bravuconería, pero aun así se expresó audazmente.

-Un golpe más y la hubieras matado. Y tú habrías terminado en la prisión.

Así es como supe que era Lola la que me estaba cuidando. Era ella la que me había puesto el paño en la cara. Traté de abrir los ojos, pero no pude. Levanté una mano. Lola suspiró al verificar que yo estaba con vida.

Con los dedos me toqué la cara para descubrir que lo que habían sido mis ojos ahora no eran más que rajas hinchadas. Fue entonces que recordé los golpes de Elikah. El primero me partió el labio. Al parecer me había golpeado también con sus puños. Al aspirar profundamente eché un grito adolorido.

-Tiene las costillas quebradas. – Lola hablaba con autoridad. –Eso tuvo que haber pasado cuando le diste las patadas. – Hablaba con Elikah. – Yo creo que lo mejor que haces es buscar al médico.

- ¡No!

En su voz se escuchaba miedo. Verdadero miedo y no por mi condición. Él no quería pagar las consecuencias de lo que había hecho. JoHanna había tenido razón. Él no quería que nadie en absoluto se enterara de cómo me trataba.

-Si no buscas al médico yo no me quedo. Yo no quiero que nadie diga que yo tuve algo que ver con esto si ella se fuera a morir.

Aparentemente Lola era mucho más inteligente de lo que yo le había dado. Quería sonreírle, animarla, pero lo único que me salía era un quejido. Tenía la lengua tan hinchada que se me hacía imposible emitir un sonido comprensible.

Sentí un chorrito de agua fría por el borde de la boca. Partí los labios lo suficiente para que Lola pudiera echarme unas gotas. El solo tragar me hacía querer gritar de dolor.

-Busca al médico. Yo le diré que ella tropezó en la calle y que un caballo la pisoteó. – Lola hablaba con la confianza de alguien que tenía harta experiencia en inventar historias para explicar heridas y lesiones.

- ¿Qué caballo del diablo? - Elikah estaba tratando de agarrarse de la historia que Lola había inventado.

-Cualquier caballo del carajo que quieras. - Metió el paño en el agua y lo volvió a poner sobre mi cara. Esta vez con más brusquedad. –Tú caballo, pues. El que está en el jardín. No puedo ser otro.

-Tienes razón. –Elikah calculaba la posibilidad. Yo me sentí en algo satisfecha de ser la fuente de su ansiedad, por pequeña que fuera. –Tú vete a buscar al médico. Yo me quedo aquí. Cuéntale lo del caballo y de cómo yo la arrastré hasta aquí para tratar de ayudarla.

Lola se paró. –Pues, - dijo con amargura en la voz. – Jamás te tomé por héroe.

-Te callas o yo te...

-Si te atreves a hacerme cualquier cosa iré directamente donde el alguacil.

Los ojos cafés que se me habían hecho vacíos aparentemente escondían una mente lúcida. Y valor que yo no le conocía. Yo no quería que ella me dejara. Temía que Elikah se decidiera a matarme del todo mientras ella no estaba. Yo no me podía defender.

- ¡Sal de aquí! – gritó Elikah. –En cuanto el Doctor Westfall la revise tú te vas para siempre. ¿Me entiendes?

La aguda risa de Lola era como un ladrido. – Yo entiendo todo. Me da mucho gusto escaparme de un hombre miserable como tú, pero no voy a ninguna parte sin que me des el dinero que me debes. Me tienes que pagar para que me vaya. Recuerda que no soy tu mujer y no me puedes tratar de la manera que la tratas a ella.

- ¡Vete ya! - Elikah agarró algo de la cómoda y lo tiró hacia ella. El grito de Lola se mezcló con el del sonido del vidrio estrellándose. Había quebrado la botella de perfume que JoHanna me había regalado. En comparación con lo que había hecho con mi cuerpo el daño era menor. Me preguntaba que más tenía roto además de las costillas. La verdad era que no tenía ganas de saber.

Escuché el sonido de los pasos de Lola pasando por la

cocina hacia la puerta principal por la cual salió. ¿Cómo sabría dónde estaba el consultorio del Doctor Westfall? Dejé de pensar en ella al sentir los dedos de Elikah agarrar mi mano.

-Vas a mejorar, Mattie.

De haber podido aguantar mi respiración para morir lo habría hecho voluntariamente. En todo el cuerpo no cabía ni un solo lugar que no me dolía.

- ¿Cómo es que te dejaste tocar por ese Idiota? – Elikah siguió sin que yo pudiera decir nada, aunque la verdad era que no podía hablar. – Ese hombre no es tan inocente como cree la gente. Es lerdo, pero es lo suficientemente hábil para reconocer a una mujer dispuesta.

Moví la cabeza ligeramente y un dolor disparó llamas rojas dentro de mi cráneo. Tenía dos dientes sueltos del lado izquierdo de mi quijada. Sin querer sentí lágrimas calientes en la cara. ¿Estaba ciega? ¿Me había lastimado los ojos?

-No llores, - dijo él con un toque ligero en la cara. – Si lloras se te tapará la cabeza y te sentirás peor.

Hablaba con dulzura y razón lo cual me enfureció tanto que las lágrimas se me secaron. El cabrón me había abofeteado en la barbería delante de tres clientes y luego me jaló por el pelo por la calle hasta la casa. Nadie intervino para ayudarme y una vez que llegamos a la casa soltó las riendas. Por más odiosa que fuera, Lola fue la única que intentó frenarlo.

Apretó su agarre sobre mi mano. Intenté liberarme, pero cualquier movimiento me causaba dolores agudos de un lado del cuerpo los cuales hacían eco por el resto de mi ser.

-No le dices nada al doctor, ¿entiendes?

No podía hablar y temía que me matara antes de que el doctor pudiera llegar.

-Te has merecido esto, Mattie. Tú sabes lo que has hecho. Te escapaste con JoHanna McVay y te olvidaste de quién eres. El esposo de JoHanna puede permitirle hacer lo que quiere, pero yo no soy Will McVay. Yo no me dejo humillar, y mucho menos por ti. – Apretó mi mano con más fuerza y yo temí que los huesos se quebrarían. –No te olvides de eso nunca. ¿Me escuchas?

Asentí silenciosamente y soplé cuando me soltó la mano. Lo escuché levantarse y alejarse de la cama. Sus pasos se retiraron hacia la cocina donde lo escuché poner madera dentro de la estufa.

-Voy a calentarte agua. Un buen baño te ayudará.

Quería llorar. No pensaba poder moverme y mucho menos entrar dentro de una tina.

-Yo te ayudaré y luego puedes dormir. Quién sabe cuánto se tardará el doctor en llegar. Escuché que se tuvo que ir a ayudar en el parto de un bebé en Greene County. Eso nos da mucho tiempo para limpiarte antes de que él llegue.

Me desmayé durante el baño y me fui deslizando por la tina llena de sangre hasta que Lola me enderezó. De alguna manera Elikah y Lola lograron sacarme de la tina, ponerme un camisón y meterme en la cama antes de que llegara el Doctor Westfall.

Volví en mí al escuchar la voz del Doctor y abrí un ojo lo suficiente para ver su cara preocupada enmarcada por una nube de pelo blanco iluminado desde atrás por la ventana del dormitorio. El solo verlo me hizo sentirme mejor.

Me miró y sacó a Lola de la habitación. Elikah intentó quedarse pero el médico explicó que tenía que examinarme en privado. Si Elikah no saliera, el doctor les pediría a unos hombres que trajeran una camilla para llevarme al hospital donde me podrían examinar con más exactitud. Haciendo el papel del buen esposo Elikah se retiró a la cocina, pero dejó la puerta abierta para poder escuchar lo que yo fuera a decir.

- ¿Qué caballo haría tal cosa? – preguntó el Doctor separando mis párpados para mirarme.

Quizás al fin yo había aprendido a mantenerme callada. Yo no tenía ninguna intención de darle una excusa a Elikah para maltratarme aún más.

-La mujer que vino a buscarme me contó que te habías caído debajo de un caballo. ¿Cómo sucedió esto, Mattie?

Yo me concentré en respirar. Eché un grito de dolor cuando me palpó las costillas.

Pasó los dedos por mi cuerpo lentamente pasando revista de los moretones y los lugares hinchados. Se detuvo, palpando mi bajo vientre el cual hincó y punzó haciéndome gemir de dolor. Luego bajó los dedos aún más quitando las telas que Lola había colocado para sostener el sangrar.

-Jesús – susurró mientras siguió punzando.

- ¿Qué le parece, Doctor? – habló Elikah.

El Doctor no le contestó. Comenzó a vendarme con largas tiras de algodón. Me ayudó a sentarme mientras me envolvía las costillas. Las vendas me apretaban.

- ¿Los ojos? –Yo pronunciaba como si hablara a través de capas de algodón

-Creo que no hay daño allí pero sí vas a tener unos ojos morados. Por suerte no se te quebraron los pómulos.

- ¿Está hablando? – Elikah se asomó a la puerta.

-Estaba preguntándome sobre los ojos. Nunca he visto a un caballo dejar a nadie con dos ojos morados. – Lo dijo sin dejar de trabajar con las vendas. No esperaba una respuesta de Elikah.

-Fue lo más increíble que he visto en mi vida. Ella cayó justo debajo de la vieja yegua. Normalmente Hazel es tan estable como una piedra, sin embargo, por alguna razón esta vez se volvió loca. Mattie trataba de rodarse para salir de debajo de los cascos, pero no se pudo escapar. De no haberla escuchado gritar y salir ahí a sacarla de por debajo, el caballo la hubiera pisoteado hasta matarla.

-No lo dudo. -El Doctor puso su dedo sobre mis labios. –Abre aquí, Mattie. –Trató de mirar por la pequeñísima rendija que yo lo pude proveer. – Búsqueme agua fría.

Como Elikah no se movió el Doctor levantó la vista para mirarlo. –Búsqueme agua fría ya. No me importa si tiene que venderle su alma miserable a Satanás para conseguirla, pero me la busca y me la trae ya.

Elikah dio un puñetazo contra la puerta. –Esto no son asuntos suyos, Doctor.

El Doctor Westfall sacó los dedos de mi boca. –Tiene las costillas rotas, los ojos tan hinchados que no los puede abrir y con los golpes le has soltado unos dientes, - su voz iba subiendo con cada herida que detallaba – y eso es lo de menos. –Tiene una hemorragia, Mills. El útero está sangrando. No sé si hay algo roto allá adentro o si ha logrado golpearla hasta que haya abortado. Si ella no para de sangrar o si algo más le sucede yo me aseguraré de que lo ahorquen por asesinato.

-Esta es mi casa. Ella es mi esposa. . .

-Hágame caso, Elikah. Ud. ya ha dañado a esta niña más de lo suficiente. No sé lo que hizo, pero no se ha merecido esta golpiza que casi la mata.

-El hombre tiene el derecho de castigar a su mujer cuando ella lo avergüenza y lo humilla.

- ¿Esto es un castigo? - El Doctor se sentó con deliberación. –Traiga el agua fría y luego lárguese. Quizás debería llamar a JoHanna McVay.

-Ni loco la busco. Ella es la causa de todo esto.

El Doctor suspiró –Pues entonces trae a esa otra mujer para acá. Ella va a tener que ocuparse de Mattie.

Elikah fue a la cocina. - ¡Lola! - Gritó su nombre. - ¡Lola!

No hubo respuesta. Lola se había largado. No sabía si era

para siempre o no. De tener dos dedos de frente se escapó. Al regresar a la habitación Elikah traía el agua fresca que Doc derramó en gotas pequeñas en mi boca mandándome que las tragara.

-Tiene que tomar agua y además le voy a dar algo para el dolor. —Se agachó para sacar algo de su bolsa y sacó un frasco y una jeringa. —Es solo un poco de morfina, pero la ayudará a superar lo peor del dolor.

-No, - logré pronunciar la palabra. Recordaba la morfina del médico en Mobile. —No.

El Doctor vaciló. —Te va a ayudar con el dolor.

-No. – Yo no quería estar durmiendo a la merced de Elikah. Tenía que estar despierta y consciente para que no intentara matarme en el sueño.

-Mattie, esas costillas te van a doler y ni te puedo decir lo mucho que te dolerá lo demás.

-No se preocupe, - susurré. Yo solo quería mejorar lo suficiente para poder reptar por la puerta de la casa en dirección de la casa de JoHanna. Si solo pudiera dejar un mensaje con Floyd, él se aseguraría de que JoHanna me viniera a buscar. Y Will.

-Déjela. Ella no está tan lastimada como Usted parece creer. No le hace falta nada. —Elikah entró en la habitación – Mire – si ya terminó aquí, lo mejor es que se vaya. El que sea Doctor no le da derecho en meterse en asuntos ajenos.

El Doctor se levantó. —Regresaré mañana, Mattie.

-Doctor, Ud. comprende que esto no le concierne a nadie. Comprende, ¿verdad?

El Doctor cerró su maletín. Yo abrí mis ojos lo suficiente para verlo mirar a Elikah. – Es poco hombre el que se pone a golpear a una joven casi al punto de matarla. Yo sabía que era malo Elikah. Había escuchado unos rumores por ahí. Pero jamás pensé que bajaría a cometer tanta violencia contra una joven mujer. —Pasó a Elikah y salió de la casa con pasos lentos.

Elikah se aproximó a la cama. Tocó mi pie bajo las sábanas.
– Pues Mattie, quedamos nada más tú y yo. No te hice daño permanente.

Salió de la habitación y yo empecé a llorar.

~

Lola se había ido para siempre. Se fugó con la pinza para billetes de Elikah y más de veinte dólares. Sospechando que Elikah no iba a tratar de comprar su silencio, se escapó con lo que pudo. Me moría de envidia por ella.

Elikah le contó a todo el mundo en el pueblo que yo me había ido a mi casa a cuidar a mi madre por una semana o dos. Incluso paró en la tienda de botas para decírselo a Floyd sabiendo que así JoHanna se enteraría. Quería asegurarse de que ella no viniera a buscarme. Si Janelle, o Rachel o Agnes sospechaban algo diferente no se lo dijeron a nadie. Yo estaba sola en la casa con Elikah, dependiendo de él para comer y beber agua, para vaciar el orinal que estaba debajo de la cama. Hacía los quehaceres como si yo fuera su amada esposa de la cual se preocupaba y a la cual apreciaba con todo corazón. Después de darme de comer sopa traía su plato a la cama y me contaba los chismes del día mientras cenaba. Yo no entendía sus motivos. Se comportaba como si yo le importara. Como si mi impotencia le diera placer.

Mi aislamiento y humillación eran completos. La única persona que pasaba a verme era el Doctor Westfall y Elikah se aseguraba de que mi habitación estuviera en orden y de que yo misma estuviera limpia y peinada.

Para el cuarto día pude caminar por la habitación. Mientras Elikah estaba en el trabajo yo fui a la cocina, asegurándome de que nadie podía verme a través de las cortinas blancas de ojales que yo misma había colgado en los primeros días de mi matrimonio. Las cortinas habían sido un regalo de Callie. Me las había regalado con un abrazo diciendo que todas las novias jóvenes en las historias que leía tenían cortinas blancas de ojales en las ventanas de la cocina para darle más intimidad a la casa. Toqué la tela y quise estar de vuelta en Meridian, de vuelta a una época donde estaba segura. De eso hacía ya mucho tiempo, antes de que Papá muriera, pero yo lo tenía todo allí en mi mente y noté que cada vez se me hacía más fácil escaparme hacia ese pasado, y cada vez por más tiempo. Volvía al presente, al tormento que era mi vida, únicamente cuando regresaba Elikah del trabajo.

Parada en la ventana de la cocina o mirando por la de la habitación vi cómo el otoño se asentaba para hacernos una visita larga. Eran los mediados de setiembre y el frente frío que llegó el día del funeral de Red se había quedado. En el horizonte al sur se vislumbraban bancos de nubes acumulándose. No se movían hacia Jexville. Nada más estaban provocándome con la promesa de una tormenta feroz. El tiempo era perfecto, pero en realidad hacía falta que lloviera. Lo notaba en las hojas colgantes de los arbustos y en el color quemado del pasto.

Sentada cerca de las ventanas abiertas, asegurándome de quedar fuera de la vista, tapada por las cortinas, podía escuchar la llamada del verdulero Bruner. A veces veía a Jeb Fairley pasar al ir y venir a su casa. Me moría por hacerle alguna señal para que él viniera a socorrerme. Pero tenía miedo. Elikah casi me había matado y en los últimos días de dulzura y consideración me tenía muy confundida, además de asustada. No era posible que el hombre que se había reído al patear mis costillas fuera el mismo que ahora me daba de comer sopa con una cuchara. Algo faltaba y yo no recordaba qué.

Yo sabía que Elikah se pondría furioso por el hecho de que Floyd puso su brazo en mi hombro en la iglesia. Pero pensaba que me daría la oportunidad para explicar. Jamás me imaginé que llegaría al punto de matarme. Yo esperaba una paliza; una paliza dura. Pero no golpes salvajes. No pude negar que yo permití que Floyd me tocara familiarmente. Y, en público. Janelle me había advertido de las consecuencias, la furia que tal gesto provocaría en todo marido.

Pasaban las horas del día y yo me dejaba hacerme nudos de ansiedad. El Doctor Westfall pasaba por la casa todos los días para asegurarse que Elikah me estaba alimentando bien. Milagrosamente mis dientes se estabilizaron, pero aun así el médico mandaba que se me diera solamente comidas suaves. El sangrar había vuelto a parar y aunque el Doctor tenía curiosidad en lo que me había ocurrido en cuanto a ello, no me hizo preguntas que yo no podía evitar. Me contó que luego de lo sucedido en el funeral de Red, JoHanna y Duncan habían regresado a Fitler. Me contó que había escuchado que Duncan al fin estaba dando unos pasos. Y que, aunque estaba haciendo más fresco, JoHanna la llevaba al río cada día para ejercitar las piernas.

No mencionó a John Doggett y llegué a pensar que me había soñado todo aquello. Su imagen se me aparecía en mi sueño, un hombre alto, silencioso que no tenía que hablar para hacerse sentir. Se quedaba parado detrás de JoHanna cada vez que yo soñaba con ella. Estaba cuidándola o amenazándola; no estaba segura. Con cada encuentro se volvía más onírico. El recordar a John Doggett, fue la primera advertencia de que se me estaba haciendo difícil distinguir el pasado del presente, la realidad de lo recordado.

Me movía por la casa consciente del amanecer y de la puesta del sol. Mirando por las ventanas de la fachada de la casa observaba las nubes de tormenta juntarse mientras el sol brillaba dorado a través de los colores cambiantes del sicómoro en el lote vacío del otro lado de la calle. Me imaginaba ser una niña otra vez, arrastrando los zapatos a través de las primeras caídas hojas crujientes. Desde mi puesto en la ventana podía sentir el

delicioso crujir debajo de mis pies. El largo camino a la escuela.
El primer olor a cedro de los suéteres desempacados. Calcetines
gruesos. El otoño. Mi estación del año favorita.

A medida que los dolores de mi cuerpo aminoraban yo
reconstruía fragmentos de regocijo del pasado. Mi imaginación
me era más familiar que el presente, momentos únicos del
pasado, tejidos a días donde todos mis sentidos estaban asom-
brosamente agudos y donde no había ni sufrimiento ni crueldad. Elikah regresaba a casa y me encontraba sentada en
ventana contemplando alguna escena que yo había sacado del
pasado, que yo había adornado y esculpido hasta que era tan
real como el alféizar de la ventana. Con una dulzura rara me
guiaba a la cama para darme de comer, hablando de esto y de
aquello tratando de interesarme en un lugar o en una gente que
yo nunca había conocido y que yo había borrado completamente de mi mente.

Por fin me había escapado de Jexville.

No estaba infeliz. De hecho, podría ser que estaba lo más
feliz de toda la vida. Había perdido la capacidad de evaluar tales
cosas. Estaban las ventanas, Elikah, la comida que me traía. Yo
entendía que esas cosas eran reales, pero la realidad, como tal
había perdido razón de ser. En cuanto terminaba de comer o
Elikah se dormía yo me salía de la cama para regresar a la
ventana. Ahí yo sentía.

Desde la ventana de la cocina podía mirar el prado donde
pastaba Mable. Conocía la yegua y entres mis fantasías estaba la
de salir a hurtadillas, ponerle una silla y montarla. No tenía
dónde ir, pero quería sentir la sensación de cabalgar. Sin
embargo, yo comprendía que de ninguna manera debía salir de
la casa. Elikah se había asegurado de que todos en el pueblo
pensaran que yo estaba de viaje. Nadie, con la excepción del
Doctor Westfall podía saber que yo seguía en la casa, entrecru-
zándola de un lado a otra en busca de otra vista. Me hacía gracia

TOCADA

la idea que Elikah me tenía atrapada. Yo había aprendido a viajar lejos a lugares que él ni se podía imaginar. Él prisionero era él, no yo.

Yo no estaba tan ida que no apreciaba el hecho que él también se había convertido en un sirviente. Hacía mucho que yo no prendía el horno ni lavaba un plato. Esas eran las habilidades de la otra Mattie. A mí no me hacían falta ni comida ni platos, con la excepción de lo que él insistía que comiera. Lo único que me hacía falta era mi ventana donde observaba a la niña Mattie siguiendo los sonidos del lloro de un bebé. El bebé estaba afligido y la joven Mattie con su pelo espeso y rizado, peinado en dos colitas de caballo en la espalda buscaba en un angosto túnel de follaje verde que conducía a una arena blanca que centelleaba en la ribera de un río de agua rojiza. Allí en una zanja poco profunda en la arena blanca estaba el bebé. Encantada, Mattie levantaba el bebé en alto hacia el cielo azul. El bebé al fin contento estrechaba sus puñitos gordos hacia Mattie.

- ¿Mattie?

Alguien me estaba llamando desde el túnel verde pero yo no podía ver quien era. La voz me era conocida pero no recordaba de quién era.

- ¿Mattie? – La voz delataba temor y tanta emoción que me volteé de la ventana con trepidación. La mujer que estaba parada en la puerta de la cocina tenía el pelo cortado tan corto que parecía que llevaba una gorra de baño. Detrás de ella estaban parados el Doctor Westfall y Elikah.

-Mattie, soy yo, JoHanna.

Conocía la voz, pero le tuve miedo por su apariencia. Me tapé la cara con las manos.

- ¡Mattie! - Dio tres pasos para cruzar la sala y me tomó en sus brazos Su abrazo apretado me dolió en las costillas pero también me gustó por el calor de ella. Sus lágrimas cayeron sobre mi cabeza, pequeños clavitos ardientes de emoción.

-Para mí estás muerto, Elikah Mills. –Pronunció las palabras con tanto enojo que temía que fueran a volar como pequeñas hachas hacia Elikah para partirlo en dos. De pronto me lo imaginé como las gallinas que solía preparar para una barbacoa en un lugar del cual ya no me acordaba.

-Voy a recoger sus cosas. –El Doctor Westfall fue hacia la habitación y Elikah se quedó parado en la puerta con los brazos colgando como si estuvieran muertos. Yo había admirado sus manos mientras me daba de comer, la manera en que me daba justo la cantidad de puré de papas en la cucharada, levantándola suavemente hacia mi boca. Jamás se le derramaba. Nunca se equivocaba. Ahora esas manos estaban sin vida. No osaba mirarme.

El Doctor salió de la habitación con una maletita. Se le salía una parte de mi ropa interior. Elikah se movió para dejarlo pasar. La mujer seguía abrazándome y así me guio para salir de la casa y al gris de una tormenta que se acercaba. El sol había desaparecido y una acumulación de nubes pesadas se nos acercaba al fin.

Capítulo Veintisiete

Arrodillada ante mí en su cocina de un amarillo brillante la mujer del pelo extraño lloraba al tocar mi cara amoratada aún. Una niña con el pelo cortado de manera rara estaba parada en la puerta. Ella lloraba también. Ambas me miraban como si me faltara algo de muchísima importancia. Miré para ver si tenía las manos y los pies, para asegurarme de que todo estaba ahí. Ya habían pasado unos días desde que me habían traído a esta casa y cada día, en la mañana, lloraban las dos. Me preparaban el café, colocaban una taza delante de mí, me palpaban con delicadeza y se ponían a llorar.

-Mattie, mírame, - La mujer descansaba la palma de su mano contra mi mejilla y me bajaba la cara para que la mirara. Ella tenía ojos de un azul intenso. Mirarlos era como si me tocara. Y volvía a llorar.

- ¿Qué le pasa? – Mi voz me sonaba rara porque yo hablaba apenas. Ahí donde más me gustaba estar, no se hablaba. Solo me movía a través del tiempo. Solo sentía. Miré más allá de ella por la ventana donde veía un gallo grande posado, moviendo la cabeza de un lado para otro como si nos estuviera observando.

Al fijarse que lo estaba mirando levanto las alas y emitió sonidos amenazantes. Parecía bailar hacia mí, hinchando el pecho y aleteando. El gallo parecía estar presente todo el tiempo.

-Pecos. – La niña lo regañó. – Si no te puedes portar bien, sal.

Pero a mí no me molestaba. Me parecía interesante. Yo nunca había visto un gallo dentro de una casa antes.

La mujer me llevó al dormitorio donde dobló las frescas sábanas de algodón. Las cortinas eran de un bello color durazno. Se levantaban con la brisa. Podía oler el acercamiento de una tormenta y me di vuelta de la cama para mirar por la ventana. Hacía días que el cielo amenazaba, amasando nubes oscuras en el horizonte. Al fin estaba llegando.

-Mattie, le voy a escribir a tu mamá. Y a tus hermanas Callie y Lena Rae. Les voy a contar de cómo Elikah te golpeó y les voy a pedir que te vengan a ver.

- ¿Callie? - De pronto me acordé de algo que le tenía que decir a mi hermana. Era algo importante. ¡Me acordé! -Dile que no se case. Dile que no se case no obstante lo que diga Joselito.

La mujer presionó su palma ligeramente contra mi mentón. –De acuerdo, Mattie. Callie y Lena Rae. Te quieren. Nosotras te queremos Mattie. Duncan y yo. Trata de recordar. – Su cara se iluminó y salió volada de la habitación para regresar en unos segundos. Llevaba un enorme sombrero de paja decorado con plumas de gallo. –JoHanna McVay y su hija, Duncan. ¿Te recuerdas de nosotras? Muéstrale como bailas, Duncan.

Riéndose Duncan cantó y canturreó una melodía de música de ragtime y dio unos pasos de baile, la pierna inexplicablemente algo tiesa. Al terminar la mujer la aplaudió y yo lo hice también para no parecer inculta.

-JoHanna, - dijo la mujer. – Dilo, Mattie. Di mi nombre.

-Jo-Hanna- Sentí un grato calor cosquillear dentro de mí. – JoHanna McVay.

De una expresión de sorpresa su cara cambió a una de júbilo. –Sí, Mattie, sí. Soy JoHanna. – Indicó a la niña que se arrimó a mi lado tiernamente. –Y Duncan.

-Gramófono. – La recordaba con un gramófono.

-Oh, Mattie. – La mujer me abrazó de un lado y la niña del otro. Luego nos besó a ambas en la cabeza. – Estás regresándonos, lenta pero seguramente. Ahora quiero que duermas. El Doctor Westfall ha dicho que la mejor curación viene con el sueño. - Se arrodilló a mi lado para desenlazar mis zapatos. La niña se le juntó para desenlazar el otro. Yo lo hubiera podido hacer por mi propia cuenta, pero no me molestaba que ellas me ayudaran a quitarme los zapatos. Al terminar levantaron mis piernas y las colocaron en la cama. Me cubrieron hasta el mentón con el suave cubrecama.

-Desde ahí igual sigues poder mirar por la ventana. – JoHanna señaló las cortinas ondulando en la brisa. –Voy a comenzar a preparar la cena. Llámanos si te hace falta cualquier cosa. – Me plantó un beso en la frente. –Cualquier cosa.

En mi cabeza sonó una alarma. Ella estaba demasiado cerca, era demasiado real. Me podría lastimar. Miré más allá de ella por la ventana donde todo era más seguro. La ropa colgada para secar estaba chascando con las repentinas rachas de viento. Mi hermana menor apareció de detrás de la sábana. Ella y mi otra hermana estaban jugando por entre la ropa. No recordaba sus nombres, pero sabía que eran ellas, recordaba que tenían once y diez años respectivamente. Ellas corrían entre la ropa lavada, pero yo no las podía escuchar por el sonido de la tormenta que se acercaba.

-Mamá, afuera no hay nadie, - la niña en la puerta susurró. - ¿A quién le está saludando?

La mujer meneó la cabeza con una indicación a la niña para

que guardara silencio. – Cuando el Doctor vino a Fitler para buscarnos nos dijo que Mattie estaba teniendo dificultades para distinguir entre lo que es real y lo que se imagina. Ella de veras está viendo a alguien allá afuera, Duncan. La ve mejor de lo que nos puede ver a nosotras. Poco a poco vamos a tener que hacer que se pueda enfocar en nosotras nuevamente.

- ¿Cómo? - La niña se bamboleaba sobre las piernas inestables. Al caminar arrastraba un poco la pierna derecha tras ella.

Me estaba distrayendo del mirar a mis hermanas en el jardín. Me levanté y fui a la ventana para poder mirar mejor. El cielo se estaba poniendo cada vez más gris y cubierto. El viento soplaba fuerte. Se anunciaba una tormenta feroz.

La mujer se acercó y me guio a la cama. –Descansa un rato, Mattie. – Su voz era gentil pero también sentía que se trataba de una orden. Yo había aprendido a obedecer con Elikah. Me acosté en la cama cruzando las manos sobre mi estómago.

-Vaya, ¡parece un cadáver!

-¡Duncan! – La mujer hizo un gesto con la cabeza. – Ella te puede escuchar, aunque parezca que no.

-Él la golpeó a punto de casi matarla. – La voz de Duncan se quebró. –Mamá, ¿tú crees que va a mejorar? ¿Qué crees?

Su angustia me estaba lastimando, pero no podía hacer nada para aliviarla. Lo hubiera hecho de haber podido, pero no tenía nada para hacerla sentirse mejor. Miré la ventana deseando que se fueran para que yo pudiera volver a mirar fuera.

La mujer tomó a la niña por el hombro y salieron de la habitación dejando la puerta entreabierta. Yo me quedé acostada en la cama escuchando sus voces. Un hombre se había unido a ellas. Tenía una voz de tono profundo y agradable. Hablaba con dulzura. Una vez que me cercioré de que estaban ocupados conversando me salí de la cama y fui a la ventana. Debajo del árbol paraíso estaba estacionado un coche Auburn

Touring. Me quedé mirando el coche. Era bellísimo y recordé un hombre apuesto de pelo negro, bien vestido con ojos color chocolate que reían de un modo juguetón. Luego volví a escuchar la alarma en la cabeza y el coche se volvió un camión de bomberos. Mis hermanas estaban escondidas del otro lado, riéndose mientras se asomaban por el parachoques de color plata. De pronto estaban mayores de lo que habían estado mientras jugaban por entre la ropa. Mayores y más bonitas. Llevaban vestidos y se reían con los bomberos guapos del camión. Pero los bomberos me estaban señalando a mí. Con los brazos abiertos me hacían señas indicando que debía de salir por la ventana para subirme en el gran camión rojo. Me iban a llevar de paseo.

-Mattie.

Ignoré la voz del hombre que escuché detrás de mí. Los bomberos no hablaban. Solo sonreían y con gestos me hacían comprender que yo les caía bien y que querían que yo los acompañara en el gran camión rojo.

Unas manos fuertes me agarraron de los hombros. Eran demasiados reales. Su presencia traspasó mi vestido y piel hasta el hueso. Traté de zafarme, torciendo para soltarme de esas manos grandes que parecían tenerme en un lugar donde no quería estar.

-Mattie. – La voz era tranquila a pesar de que luchaba para tenerme quieta.

-Mattie. –Me guio hacia la cama donde logró hacerme sentar y donde me tuvo con una mano mientras se me sacaba el pelo largo y negro de su cara.

-Tranquila, Mattie. Soy yo, John Doggett.

El nombre hizo un eco dentro de mi cabeza y luego se salió.

-Tranquila. – Me tenía con un brazo y con la otra acercó una silla a la cama. – Tranquila. – Comenzó a quitarme la mano poco a poco, siempre asegurándose de que no iba a lanzarme para escaparme. Yo no me iba a mover. No quería que me golpeara.

-JoHanna y Duncan han ido a buscar a Floyd. Yo les dije que me quedaría contigo hasta que regresen. Les dije que te contaría una historia.

Me sonrió y yo me quedé pensando en lo guapo que era. Si solo dejara de hablarme. Si solo se limitara a callarse y mirarme con esos ojos. Yo puse un dedo sobre sus labios y él cerró la boca. Agarró mis dedos y los tuvo en su mano. Luego delicadamente colocó mi mano sobre la cama. Se quedó mirándome.

Tenía ojos de un negro intenso. Estaba frunciendo las cejas con concentración. Se acercó tanto que yo podía discernir la textura de sus pestañas las cuales eran espesas y largas. Igual pude detectar, desde cerca, las cerdas debajo de su cutis. Aunque mi mirada se desviaba, siempre regresaba a sus ojos. Luego me vi a mí misma en las profundidades oscuras. Ya no tenía la cara hinchada pero los morados estaban aún oscuros, bordados de verde. Se estaban sanando. Subí la mano para tocarme la cara y vi mi mano reflejada en sus ojos.

Mattie

No había pronunciado la palabra, pero yo la escuché.

Mattie. Regresa con nosotros.

Me hablaba con su mirada sin decir una sola palabra. Los labios no se le movían.

Por favor, Mattie.

Escuché su voz, aunque los labios no se le movían. Volví a tocar sus labios y los sentí alzarse un tanto para formar una sonrisa.

-JoHanna me pidió que te contara una historia, Mattie. Siempre con mi mano en sus labios él habló. Sentí su vida soplando ligeramente contra mis dedos. – He escogido una que creo que te gustará. Si no te parece buena ya sabes que Floyd, maestro cuentista, está por llegar y él puede mejorarla. Por el momento mi historia es sobre una muchacha joven que decidió tener una aventura en un río.

Cerré los ojos y sentí sus palabras contra mis dedos y comencé a escuchar.

Me desperté a una oscuridad inesperada y al ruido de pánico. Había gente corriendo apresuradamente y escuché el sonido de un vidrio quebrándose y a una mujer echando maldiciones. No tenía idea de cuánto tiempo había estado dormido ni de dónde estaba. Había dormido. Después de tantas noches sentada y mirando por la ventana me había quedado dormido. Las memorias en mi cabeza estaban quietas.

- ¿Dónde está Pecos? – La niña que tenía dificultad al caminar estaba insistiendo. Reconocí la voz.

-Duncan, ese pájaro tiene el sentido común de guarecerse. Es por eso que no lo hemos visto en la última hora. Es lo suficientemente inteligente para entender que se nos viene encima una tormenta mala y ha encontrado un lugar donde esconderse. Ahora nos toca a nosotras seguir su ejemplo.

-Yo lo voy a buscar.

-Ni se te ocurra. No me hacen falta más cosas de las que preocuparme. No vas a salir ahora.

Con un tono desafiante la niña declaró, - a mí las tormentas no me dan miedo.

-A mí tampoco, pero tú no vas a salir. No se trata de una tormenta cualquiera. ¿No te das cuenta, Duncan? Va a ser una tormenta particularmente feroz. ¿No lo sientes?

Se escuchó una suave voz masculina. –Imagínate, Duncan. Zeus allá arriba en las nubes alistándose para echar unas tragedias sobre nosotros los mortales. Lo dioses se están divirtiendo.

-Exactamente, - replicó con sarcasmo. –No es más que una

tormenta cualquiera. Desde que me pegó el relámpago Mamá pretende que cualquier lluviecita me va a matar.

-Duncan. Te quedas en la casa. Si a Pecos le da ganas de regresar a casa, él vendrá.

-Yo puedo buscar a Pecos, Duncan. – Otra voz. La voz de alguien más joven. Dorada y ligera. Me gustaba el sonido. Conocía a este hombre. Me sentía segura con él.

Se cerró una puerta y se escucharon pasos bajando las escaleras de madera.

Alguien había entrado a mi habitación para cerrar la ventana. Yo me levanté para levantarla. Las cortinas color durazno, de seda elegante ondeaban en la brisa, cubriendo mi cuerpo, acariciando mi piel, haciéndome cosquillas. En mi cuarto estaba tan oscuro como lo estaba afuera así que yo no me preocupaba de que alguien me podía ver ahí parada. Por la ventana escuchaba al hombre dorado buscando el gallo llamado Pecos. La tormenta había tapado completamente a la luna y a las estrellas. Las nubes parecían espesas y densas acercándose cada vez más como si fueran soldados marchando en la medianoche.

En la luz de la ventana de la cocina pude ver al hombre. Tenía el pelo largo y rubio. Floyd. Yo lo conocía. Sabía que lo quería. Era tierno y gentil. En algún momento del pasado había sido bueno conmigo, pero yo no recordaba ni cuándo ni por qué. El viento le aplastaba la camisa sobre su pecho fornido. Él levantó la cabeza y llamó al gallo. – ¡Pe-cos! - Se acercó al cobertizo. Trató de abrir la puerta, pero el viento soplaba en contra de sus esfuerzos. Yo podía ver que era un hombre fuerte pero el viento era fuerte también. Venía en ráfagas que eran difíciles de combatir. La puerta cedió de pronto abriéndose hacia él. Una explosión de plumas aleteando y chillando salió disparado del cobertizo. El ave medio-corrió, medio voló a través del jardín directamente a la ventana donde yo estaba parada.

Antes de que pudiera echarme a un lado el pájaro voló hacia mí con sus garras extendidas. Sentí las garras hundirse en mi brazo. Me escuché gritando, aunque me parecía como si el grito estuviera a una gran distancia.

Detrás de mí escuché pasos corriendo y luego el hombre y la mujer y la niña estaban todos a mi alrededor. La mujer tenía mi brazo mientras que el hombre le aplicaba presión para parar el sangrar. En la luz de la linterna podía ver la sangre oscura gotear por mis dedos y bailar contra el piso de madera pulido.

No me dolía. Por lo menos aún no, pero sabía que me iba a doler. Al levantar el brazo para sacar el pelo de mi cara vi la otra cicatriz en forma de un gancho en el centro de la palma de mi mano. El mismo gallo me había atacado ahí. Recordaba a Pecos. Ese rojo café frenesí de plumas y garras mientras estaba parada en el jardín caliente tirando de una carretilla con un gramófono dentro. ¡Pecos! Lo recordaba.

JoHanna, Duncan y John Doggett parloteaban, buscaban vendas y trementina. El gallo esperaba, sentado en una esquina de la habitación. Sus ojos pequeños y brillantes seguían cada movimiento que hacía. Nos miramos y él levantó sus alas y las agitó, amenazándome.

- ¡Maldito seas, Pecos!, - dije. —Esa es la segunda vez que me espoleas. Yo debería de cocinar tu esmirriado ano. Yo creo que la Tía Sadie tenía toda la razón cuando quería hacerte parte de su guiso de *dumplings*.

Todos a mi alrededor se callaron y yo los miré.

- ¿Qué hora es? – pregunté.

-Casi las diez de la noche. Has dormido doce horas seguidas. – la voz de JoHanna estaba controlada rígidamente, una voz tranquila y firme.

Yo asentí con la cabeza. JoHanna me estaba mirando con una mirada extraña y Duncan había dejado de llorar por fin. Floyd estaba parado en la puerta de la habitación y John

Doggett estaba sentado a mi lado en la cama, su mano grande apretando una tela contra el corte de diez centímetros que Pecos había abierto entre mi muñeca y codo. Me acordé con claridad de las cejas de John y de la manera en que se movían sus labios al hablar de alguna chica que se fue a vivir con los indígenas en el Río Pascagoula.

-Bienvenida a casa, Mattie, - dijo JoHanna. Cepilló su mano sobre mi cara y levantó mi mentón a la luz de la lámpara de queroseno que tenía en la otra. Estudió mi cara con intensidad. - ¿Me conoces?

-Sé que no eres Mary Pickford.

Todos se rieron con mi respuesta, una risa que comenzó tenuemente para convertirse en una risa a todo dar mientras compartían miradas entre ellos. Estaban riendo tanto que acabaron con lágrimas de pura alegría.

- ¿Quién habría creído que Pecos sería el que nos la devolvería? – preguntó Floyd. Fue hacia el gallo y se lo puso en el hombro. –En cuanto John termine con Mattie creo que debemos poner tablas contra las ventanas. El viento está cada vez más feroz. Esta tormenta va a ser verdaderamente mala.

Capítulo Veintiocho

Desinfectada y limpia me comí un plato hondo de sopa de papas después de quedar toda vendada con la herida que me había dado Pecos. Volví a la cama para dormir. Me desperté ocasionalmente al escuchar las garras de Pecos repiqueteando sobre el piso de madera al lado de la cama. No sabía si estaba de guardia de mi sueño o si estaba irritado por yo estar en la cama de su dueña, Duncan. No me dejé preocupar por esas cuestiones y volví a dormir en la dulce oscuridad de un sueño sin sueños. Cuando al fin me desperté se escuchaba el ulular del viento. El cuarto estaba iluminado con una luz gris escalofriante. La lluvia, impulsada por el viento, martilleaba las ventanas, las cuales estaban cubiertas de tablas entrecruzadas. Las ráfagas largas sonaban como piedras agitadas en un frasco. Lo primero que se me ocurrió fue esconderme dentro de las sábanas, con las almohadas sobre la cabeza. La casa se quejaba como si estuviera por deshacerse. Los árboles hacían su propia batalla contra los vientos huracanados. Gemían y se torcían respondiendo al desafío que les presentaba el viento.

Yo sabía exactamente dónde estaba. Mi brazo, la presencia de Pecos en la habitación, posado sobre la parte trasera de la mecedora donde JoHanna se había sentado más temprano para observarme, eran pruebas que yo no había soñado los eventos sucedidos justo antes de dormirme. Me quedé acostada en la cama de Duncan y decidí que estaba contenta de haber vuelto al presente. Mi retiro había sido hacia el pasado, un pasado que nunca existió. Yo lo sabía. Lo había escogido para evitar un presente que no podía aguantar. El rescate por JoHanna, el extraño poder de la voz de John Doggett y el ataque accidental de Pecos. De alguna manera esa combinación me había proveído con un enlace al presente, un camino de regreso.

Estrechada entre las limpias sábanas de algodón sentí una sensación peculiar filtrándose en mí. Entre breves momentos de calma escuchaba voces desde la cocina. La tormenta estaba sacudiendo la casa y debido a donde estaba me sentía segura. También tenía algo de miedo. Me levanté y me puse la bata que JoHanna había dejado al pie de la cama y salí en busca de ella.

Los encontré a todos en la cocina apiñados alrededor de la mesa de la cocina. Duncan estaba sentada en el regazo de JoHanna y Floyd y John estaban cada uno de un lado a ella. Pecos me siguió a la cocina y yo me senté en la silla que quedaba.

-Es un huracán, - dijo JoHanna. –Mucha gente va a padecer. – La única lámpara en la mesa de cocina arrojaba una luz dorada sobre nuestras manos y caras. Era una iluminación rara. La luz de afuera tenía una luz de perla, un gris brillante como si el sol nos hubiera abandonado, mandando a una prima febril en su lugar.

- ¿Se va a tumbar la casa? – Puesto que yo era de Meridian había escuchado hablar de huracanes y había pensado que únicamente afectaban la costa. Jexville estaba a unas cuarenta millas, tierra adentro de la Bahía de Mobile y aún más alejada de las aguas del Golfo de México. Obviamente esas grandes tormentas tenían un alcance enorme.

-La casa es maciza. – JoHanna miró por la cocina justo en el momento que una rama enorme pegó contra el lado de la casa. –Si uno de los árboles fuera a caer encima...- no tenía que terminar su oración. Los grandes robles del jardín tenían sistemas de raíces profundos, pero a la vez proveían un blanco para el viento. A pesar de querer mirar afuera estaba comprendía que no podía. El ruido del viento era lo suficiente- mente para convencerme que el bruto poder de la tormenta era más de lo que yo quería presenciar. Yo permanecería con la seguridad de la luz de la linterna con mis amigos.

- ¿Y Will? – pregunté.

-Sigue en Nueva York. Le dejaré saber que estamos seguros tan pronto como pueda. – abrazó a Duncan con más fuerza.

Duncan se corrió aflojando el abrazo de JoHanna. Inclinó su cabeza hacia un lado y Pecos la imitó de inmediato. – Me gusta esta tormenta, - dijo en voz baja. – Escuchen el viento. Es terrible. Tan enojado. – Tomó la mano de su mamá. – Pero, ninguno de nosotros estábamos en ese sueño. Todos eran desconocidos.

Por toda la mesa corría una corriente subterránea de emoción. ¿Miedo? ¿Temor? No estaba segura

-Te gusta porque piensas que no nos afectará. – JoHanna fruncía el ceño. – Mucha gente va a quedar lastimada por esto. La última tormenta que pasó en 1906 aplastó los pinos desde la costa hasta Fitler. La destrucción fue completa. Alguna gente aún no se ha recuperado y aquí nos viene encima otra.

Duncan se torció para poder mirar detrás de ella para leer la expresión de su madre más que sus palabras. –Siempre dices que la naturaleza reina. Dices que la naturaleza es la única fuerza que puede doblar al ser humano a su voluntad y que es bueno que recordemos que no somos todopoderosos.

Como nadie dijo nada, Duncan continuó, con un tono más resuelto. – Tú has dicho que cuando el hombre pueda controlar el tiempo el mundo llegará a su fin. – Se volteó para mirar a John Doggett. –Tú los has dicho también. Te escuché hablando con Mamá.

Doggett tenía una sonrisa triste. –Es verdad, Duncan. Pero algunas lecciones son dolorosas y difíciles de ver. La naturaleza tiende castigar lo bueno y lo mano sin discriminar.

Sus palabras me chocaron en la base de mi espina dorsal, un estremecimiento de aprensión. Yo había salido de mí misma usando sus palabras como escalas en una ladera. ¿Pero qué hacía él aquí? Bajé el mentón y lo observé a través de mis pestañas. Él estaba relajado pero triste.

-Algunas personas merecen ser lastimadas. – Duncan miró hacia abajo y apretó los labios lo cual la hacía aparentar mayor de lo que era. –Esto es lo que vi en mi sueño y le va a suceder a todos los de Jexville. A todos les va a afectar. – Colocó sus cartas, cara abajo en la mesa. – No puedo olvidar el sueño y sé que parte sucede aquí mismo en el condado de Chickasaw. Mucha gente se ahogó. Había agua corriendo por los arroyos y las cunetas. – Frotó su ceño fruncido con un puño cansado – Pero nada tiene sentido. La tierra donde se encuentran los cuerpos es de ranchos. No todo está en la costa.

JoHanna apretó a su hija con un abrazo apretado. – Cállate, Duncan. – Los ojos de JoHanna se encontraron con los ojos preocupados de Floyd.

- ¿Qué pasa? – Sentí la tensión circundante pero no entendía lo que estaba pasando del todo. La tormenta iba a causar mucho daño, pero nosotros no podíamos hacer nada para pararla y estábamos seguros. Will estaba seguro también, en Nueva York. ¿Qué sucedía?

Se intercambiaron una mirada como para decidir si compartir conmigo o no.

-Deberíamos irnos de Fitler tan pronto como podamos, - la mirada de JoHanna miró las manos de Duncan que seguían sobre la mesa. – Sería lo mejor.

Tenían miedo, o si no era miedo, estaban ansiosos. Pero ¿por qué?

-Mattie, ¿te recuerdas del funeral de Red?

La escena se me materializó con una vergüenza abrasadora. Sentía el rubor subirse por las mejillas cuando Floyd se volteó para mirarme. Él me había tocado. De una manera inocente, pero fue lo suficiente para que Elikah me golpeara. Yo sí recordaba

-Veo que te recuerdas, - JoHanna vaciló. – Ahí yo mencioné la posibilidad de un desastre natural, una situación grave iniciada por Dios. Pues, aquí la tenemos. - Con la palma de la mano y los dedos señaló la ventana. -Es la gota que colma el vaso. Se acordarán de Duncan y de que yo les impuse una maldición. No lo tildarán de brujería como tal, pero, en sus corazones, es lo que creerán.

-No tienen corazones. –Hablé con amargura. –Y, además, ¿a quién le importa lo que ellos piensan?

-Pues, yo. Yo he vivido aquí durante la mayoría de mi vida adulta sin importarme lo que pensaban. Siempre he sido una provocación para la gente de aquí, sin embargo, nunca les he tenido miedo. Pero esta tormenta. . . y la sensación de indefensión contra ella. Podrían volverse en contra de nosotros. Contra Duncan

Y lo harían. Ella no tenía que decirlo. Sin duda lo harían. La furia de la tormenta no se comparaba en nada con lo que ellos eran capaces de hacer. Tenían miedo y se sentían amenazados. Una niña indefensa constituía el blanco perfecto para su rabia.

-Dejé las botas de Tommy Ladnier afuera sobre el mostrador. – Floyd se levantó y caminó de un lado al otro de la cocina. –Debería guardarlos.

-No les pasará nada, - dijeron JoHanna y John a la vez. Luego, pensándolo bien, JoHanna fue al teléfono que colgaba de la pared de la cocina. – Quizás podamos encontrar a alguien en la tienda. - Ella marcó pero la línea estaba muerta.

-Un árbol sobre la línea, - dijo John. –Si funcionara el teléfono sería un milagro.

-El Sr. Ladnier va a estar muy enojado si algo les sucede. – Floyd se detuvo por la estufa y regresó a la mesa.

-El huracán no es tu culpa, Floyd. – dijo John levantándose. –Voy a prender la estufa y colar café. Está haciendo fresco en este momento, pero una vez que la tormenta se vaya, va a hacer un calor del infierno.

-Ya se terminó el verano, - calculé.

-No. Todavía falta. Ya verás. Después de la tormenta hará tanto calor como en agosto. Un calor pegajoso y húmedo. Yo me tomaré el café ahora y luego tendré calor. – Él fue a la estufa y preparó todo como si se hubiera pasado la mayoría de su vida en la cocina de JoHanna.

Yo iba a decir algo, pero me dije ¿para qué? Además, tenía ganas de tomar café. Café con un trozo de pan tostado. Me había regresado el apetito por fin.

Floyd fue quien más sufrió durante las largas horas de la tormenta, preocupado por las botas de Tommy Ladnier. Tomamos café y hablamos. John había vivido a lo largo de toda la costa y sabía de tormentas desde Key West hasta Galveston, Texas. Nos animó contándonos historias divertidas durante la tormenta. A él le parecía que a nosotros nos había tocado el lado oeste de la tormenta, el lado menos potente. El grado de destrucción dependía de la marea – si estaba alta o baja, y se solía sentir más si se recibía la tormenta del lado oriental.

Pasamos el rato tan bien como pudimos durante las largas horas de viento y lluvia, el chasquido de las ramas de los árboles, el repentino asalte de algún objeto llevado por el viento golpeando la casa. JoHanna y Duncan nos enseñaron a jugar al gin, un juego que no le interesaba a Floyd. Resultó que yo tenía cierta disposición hacia los juegos de cartas. Cuando JoHanna y Duncan se cansaron del juego de gin, él me enseñó a jugar al póker. Se me ocurrió que a Elikah estaría escandalizado y esto me dio mucho gusto. Me lo imaginé aplastado bajo el árbol más grande del mundo.

Colamos más café y comimos más pan tostado. El reloj indicaba que ya habían pasado las doce del día. Me parecía que la fuerza del viento se amainaba un tanto y fui a la ventana de la cocina para mirar hacia afuera.

John Doggett se paró a mi lado posando su mano ligeramente en mi espalda. – Tuvimos suerte. Lo peor ha pasado, por ahora.

- ¿Crees que habrá más daño? Yo podía ver un árbol grande con la punta de la bota de Elikah saliéndose por debajo, y tuve esperanza.

-El huracán no. Algunos árboles, algunos graneros y casas. El verdadero peligro para nosotros, así tierra adentro como estamos, son los tornados que vienen con los huracanes. De seguro habrá algunos y esos constituyen las verdaderas fuerzas de destrucción.

Ojalá que a Elikah lo hubiera levantado un tornado para llevárselo a un lugar donde nadie nunca más lo encontraría. Me gustó esa idea más que la de árbol. Yo no tendría que fingir una lamentación por su muerte. Yo podría sencillamente decir que él se había ido. Nada más ido.

Era después de las dos cuando los vientos dejaron de soplar y la lluvia paró. Así como lo predijo John el sol regresó con ganas. John y Floyd sacaron martillos y palancas y comenzaron a quitar las tablas que cubrían las ventanas. No se había roto ningún vidrio y una vez bajadas las tablas podíamos ver el jardín mejor.

Había pequeñas ramas y hojas dispersadas por todo el jardín del lado de la casa. El árbol paraíso quedaba intacto. John había colocado el Auburn de Will en un campo más abierto y hojas verdes y café se habían pegado de la pintura roja, sin embargo, no le causaron ningún daño. Salimos por la puerta trasera, JoHanna cargando a Duncan en sus brazos y fuimos hacia el jardín delantero.

Los grandes robles que bordeaban la calle habían sobrevivido con solo la pérdida de unas ramas grandes. Con un poco de cuidado para la próxima primavera, ya no revelarían los estragos de la tormenta. El cedro, por su parte, no había tenido la misma suerte.

Su tronco se había partido a unos treinta metros de la tierra y todo el árbol se había tumbado. Sus verdes ramas ocupaban más de mitad del jardín.

-Oh. - JoHanna posó a Duncan y corrió al árbol. Llegó al tronco y dejó que las palmas de sus manos se deslizaran sobre la corteza roja de la misma manera que me había palpado buscando huesos quebrados.

-Puede que sobreviva si lo cortamos por debajo de donde se partió – John caminaba a su lado y puso su mano sobre el hombre de JoHanna. –Lo siento, Jo.

-Yo pasé muchas tardes bajo de estas ramas. – suspiró JoHanna. –Saca el serrucho del cobertizo. Quizás tú y Floyd puedan encargarse de salvarlo antes de que tengamos que ir al pueblo. – Ella empezó a volver donde nosotras, acariciando a Duncan sobre la cabeza. – Sus hojas, tipo helecho, estaban demasiado densas. El viento. . . – JoHanna sacudió la cabeza.

Floyd sacó el serrucho del cobertizo cuya puerta había desaparecido. JoHanna entró en la casa, pero Duncan y yo sacamos las hojas de la hamaca y nos sentamos en la sombra para mirar. Yo estaba sumamente consciente de John mientras él trabajaba. Era algo más delgado por los hombros que Floyd, pero al quitarse la camisa los bultos y cordoncillos de sus músculos eran duros y esbeltos. Era un hombre que trabajaba para ganarse la vida y no solo con una pluma. Sacó una curda de su bolsillo y se amarró el largo pelo negro para agacharse sobre el serrucho sincronizando su ritmo de trabajo con el de Floyd. Se contrastaban perfectamente, uno claro y el otro oscuro. Aunque Floyd tenía calor, no se quitó la camisa. Estaba ansioso por irse para chequear el estado de las botas.

Duncan se cansó del calor y quiso volver a la casa. Yo la sostuve del brazo y ella caminó con pasos lentos y deliberados. Yo me quedé asombrada por la adusta determinación que forzaba la colocación de un pie delante del otro una y otra vez. Ella estaba más fuerte. Mucho más fuerte.

Ayudé a hacer una pila con los pedazos más pequeños de madera, preguntándome si JoHanna se decidiría a quemar su árbol en la chimenea este invierno. Floyd me aseguró que lo haría. JoHanna adoraba ese árbol, pero el dejarlo pudrirse en el jardín no lo devolvería a la vida. JoHanna esperaba que el tronco se podría salvar.

Terminamos después de trabajar una hora y media. El tronco rojo quedaba intacto. El resto del árbol había sido cortado y partido y se habían hecho pilas de la madera cortada. El sol quemaba con una furia que contribuyó a condensar los charcos de agua; el aire estaba grueso de humedad, tanto así que me daban ganas de nadar en agua fría.

Lo que sí pudimos hacer era echarnos agua fría del pozo por encima de las cabezas lo cual nos hacía jadear del efecto del agua. JoHanna y Duncan aparecieron en la puerta trasera con toallas, las llaves del coche y una canasta de picnic. Íbamos a llevar a Floyd a la tienda de botas para rescatar su obra. Luego haríamos un viaje por el campo hasta llegar a Fitler para asegurarnos de que la Tía Sadie estaba bien. Una vez metidos en el carro, Duncan, Floyd, Pecos y yo en el asiento de atrás, John nos advirtió que los caminos podrían estar impasables. El cedro de JoHanna no habría sido la única víctima de la tormenta y la probabilidad era grande de que muchos árboles hubieran caído por el camino. Metieron el serrucho en la cajuela junto con guantes y jarras de agua.

Una hora y dos árboles más tarde JoHanna concedió que fuera más rápido para Floyd llegar al pueblo a pie. La calle Peterson Lane terminaba por la casa de los McVay y por lo tanto no tenía mucho tráfico. Se limpiarían las calles principales primero, pero al parecer, por uno o dos días JoHanna no podría manejar a ningún lado.

JoHanna puso los sándwiches en los bolsillos de Floyd y vio que John también agarró unos para sí.

-Voy a acompañar a Floyd y para mirar el pueblo mientras él recoge sus cosas. Me interesa ver el daño que hubo. – Tras sus palabras parecía haber otra intención.

-Sí, buena idea. – JoHanna miró por el camino como si esperara ver al mismo General Sherman cabalgando hacia nosotras con antorchas levantados las manos. – Gracias John. Eres un buen amigo.

-Yo visitaré al esposo de Mattie, a la vez. – En la mejilla de John un músculo involuntario saltaba, los ojos achinados de furia. En un instante quedó transformado en un hombre fiero. Tuve que confesar que secretamente deseaba que los dos hombres se encontraran. A Elikah se le hacía fácil golpear a una mujer. John Doggett le mostraría lo que significaba ser golpeado.

-Que no se te ocurra nada, John. Hay gente sin culpa. . . – su mirada giró hacia Floyd quien se había quedado en medio de la calle, las piernas algo apartadas, esperando pacientemente a John.

El músculo en la cara de John volvió a retorcerse.

JoHanna habló con un tono de urgencia. –Tú te puedes

alejar, John, Yo también, si llega a ello. Mattie puede venir con nosotros. Pero Floyd no se irá. Ni siquiera conmigo. Este es su hogar. El único que quiere.

La cabeza oscura asintió levemente. Movió los sándwiches de una mano a otra y besó a JoHanna en la mejilla. El gesto me sorprendió, aunque no había sido un beso de un amante. Miré en otra dirección, hacia Duncan y Pecos, para proveerles privacidad a JoHanna y a John.

JoHanna volvió a hablar. Sus palabras me obligaron a levantar la cabeza para mirarla mientras ella le daba instrucciones a John.

- ¿Podrías parar en la oficina del telégrafo para mandarle un telegrama a Will para avisarle que estamos bien? No quiero que se preocupe.

John asintió y con un paso hacia atrás se juntó con Floyd en la calle. −Ya regresamos. Si hace falta que ayudemos en algo en Jexville nos quedaremos un rato. ¿Uds. estarán bien?

-Yo quiero ir a ver. – Duncan se había subido para sentarse al lado de Pecos. −Quiero ver si fue como lo soñé. Lo sabré si lo veo.

JoHanna ignoró a su hija. −Analiza la situación, John.

-De acuerdo. – Se fue caminando, ajustando su paso con el de Floyd.

John regresó solo, sucio y preocupado. Floyd había decidido quedarse para ayudar a Axim Moses a reorganizar la tienda. El poste de barbero del negocio de Elikah, el cual siempre había estado bien asegurado se había soltado y voló hasta romper la vitrina de la tienda de botas. Fuertes lluvias habían inundado la tienda. Las botas caras de Tommy Ladnier que estaban encima del mostrador no habían sido afectadas, pero todo lo demás en la tienda era un desastre. Aliviado, Floyd sintió la necesidad de ayudar a Axim a darle orden a la tienda.

Jexville no había sufrido mucho daño como consecuencia del huracán. Había ventanas rotas, árboles caídos sobre líneas de teléfono, y cobertizos y casetas completamente destruidos. Hubo una excepción.

Chas Leatherwood había muerto. Los vientos fuertes habían arrancado el techo del enorme granero para guardar heno al lado de la tienda de alimento y una pila de heno, empapada de lluvia había caído sobre él mientras él intentaba instalar un soporte nuevo.

JoHanna calentó el agua en la estufa para que John pudiera bañarse mientras él estaba sentado en la mesa de la cocina, con heno en el pelo y la ropa, tierra y mugre hasta los oídos, detallando la condición del pueblo. Yo me senté frente a él. Duncan, exhausta por sus intentos de caminar y su frustración por no haber visto el daño de la tormenta, tomaba una siesta en su cama con Pecos de guardián.

John recorrió el escenario en la tienda de alimento donde Chas murió. Agnes Leatherwood se había puesto histérica. Habían mandado a Annabelle Lee donde Rachel Carpenter mientras que el Doctor Westfall tranquilizaba a Agnes con una dosis de láudano.

-¿Agnes mencionó mi nombre o el de Duncan? – JoHanna intentaba disimular su preocupación, pero yo notaba que lo estaba. Bien preocupada, de hecho.

John sorbía el té helado dulce que ella le había ofrecido y me miró. – Sí.

Parada detrás de él JoHanna dejó caer su mano sobre el hombro de John. - ¿Qué tan malo fue lo que dijo?

-Yo creo que tú y Duncan deberían irse de aquí. Quizás puedan llevarse a Floyd consigo. – Quitándose unas mechas de pelo de la cara. – Se habló de castigos, de venganza. De venir aquí a confrontarte.

¿-Y Mattie?

-Al parecer se cree que Elikah ha sabido amaestrar a Mattie.

Sus palabras eran amargas y la manera en que agarraba el vaso blanqueaba los nudillos de la mano. – La actitud prevaleciente es que Elikah supo golpearla hasta la sensatez por parte de ella. Supongo que no se han dado cuenta aún que tú la tienes contigo.

-Agnes está alterada. Chas era su mundo. – JoHanna balbuceaba. –Esto se les pasará-

-No fue únicamente Agnes. Los otros, los hombres, estaban hablando como locos, JoHanna. En cuanto sacaron el cuerpo yo me regresé para acá. No quería dejarte sola.

- ¿Y Floyd? –JoHanna miraba la puerta trasera como si esperaba verlo entrar en cualquier momento.

-Está bien. Está con el Sr. Moses, del otro lado del pueblo. Me dijo que se quedaba con ellos esta noche.

JoHanna caminó hacia la puerta. –Yo me sentiría mejor si él estuviera aquí con nosotros.

-Nosotros no estamos del todo seguros aquí. Recuerda que no nos podemos ir aún, por la condición de los caminos.

JoHanna asintió, pero seguía mirando por la ventana. –Y ellos tampoco pueden llegar aquí. Al menos no en coche o carretilla.

-Son puras palabras, JoHanna – Traté de hablar como si yo misma creyera lo que decía. Yo había escuchado mucha habladuría iracunda con respecto a JoHanna en el pasado, hablando de lo mucho que no la querían. ¿Qué tipo de castigo tenían en mente? Yo quería preguntar, pero a la vez no quería saber.

-Tenemos que ir a Fitler. – John comenzó a levantarse, pero me miró y no lo hizo. –Le mandé un telegrama a Will. Las líneas de comunicación están caídas, pero las repararán pronto.

–John levantó el mentón. –Le pedí que regresara lo más pronto posible.

Parada en la puerta JoHanna giró. Puso su mano en el pecho y la dejó posar ahí. –Supongo que hiciste bien.

-Nadie en el pueblo sabe nada de mí. –Se levantó lentamente, quedándose parado en la mesa. – Me hicieron algunas preguntas, pero yo les dije que estaba pasando por Jexville y que me quedé varado a causa de la tormenta. Algunos de los hombres habían escuchado noticias de otros lugares. El huracán fue devastador. La Florida sufrió mucha destrucción. Hay miles de muertos allí. Mobile sufrió daño por su zona costera. Parece que el huracán dio con La Florida para luego retroceder y meterse en el Golfo de México. Desde ahí cobró más fuerza y se vino hacia Misisipí. Aun si Will recibe el mensaje mañana o pasado mañana quizás no pueda regresar por cuatro a cinco días. Pensé que lo mejor era que comenzara el viaje ya.

JoHanna asintió, - Sí.

-Tienes razón, JoHanna. Yo me puedo ir en cualquier momento. Te hace falta Will. Los hombres del pueblo lo respetan. Hasta puede que le tengan algo de miedo.

JoHanna se desplazó un poco, nos daba la espalda. - ¿Mattie? - me buscó con voz tremulosa.

-Sí.

- ¿Puedes cuidar a Duncan un rato? Yo debo salir por un momento para arreglar unas cosas.

Estaba llorando.

-Yo estaré pendiente de cuándo se despierte. También quiero preparar un budín de flan con caquis. Usaré las frutas en un árbol que está cerca de aquí. Cuando Duncan se despierte podemos ir allí y recoger los caquis tumbados por el viento.

-Gracias. – Los pasos alargados de JoHanna la movieron a través de la cocina y hasta la puerta trasera. Dejó el mosquitero cerrar detrás de ella y por la ventana la vi corriendo por el caminito hacia el riachuelo.

John se balanceó inquietamente de un pie al otro. Empezó a decir algo, pero se detuvo. La preocupación le marcaba líneas duras por la boca.

-Tengo miedo por ella, - dijo pausadamente.

- ¿Por los hombres del pueblo o por ti?

-De ambos. – Salió de la cocina. El mosquitero dio detrás de él.

La alcanzó justo antes del bosque. Con una mano la agarró del hombro y la jaló hacia sí. Ella dio un lloro que yo apenas escuché y se dejó caer en sus brazos donde lloró con la cabeza entrada en el pecho de John.

Capítulo Veintinueve

Duncan despertó en la tarde y me ayudó a recoger los pequeños y firmes caquis que crecían en abundancia en las áreas silvestres. Debíamos tener cuidado. Si estaban aún un poco verdes podían hacer que nuestras bocas se fruncieran por largo tiempo. Una vez madura la fruta silvestre era un ingrediente excelente para un budín de pan. Llegó el atardecer en eso de que estábamos cerniendo los ingredientes para el budín, haciendo puré de la fruta y poniéndolo todo en el horno. El aroma del budín flotaba por la cocina tentando a Duncan. Al sacarlo del horno esperamos un rato y luego disfrutamos del rico sabor del caqui. Duncan estaba todo sonrisas. JoHanna y John entraron ya después de que oscureciera. No tenían hambre y yo tampoco estaba interesada en cenar así que Duncan y yo nos acostamos en la cama doble en su cuarto.

El calor y la oscuridad se asentaron sobre la casa como si nosotros estuviéramos al fondo de una gran caldera negra con la tapa puesta encima. Duncan se había dormido profundamente, pero yo no me podía relajar. JoHanna y John se quedaron hablando en la sala por unas horas, pero ahora la puerta de la recámara estaba cerrada y no se escuchaba nada.

Las largas y oscuras horas de la noche pasaron interrumpidas únicamente por ocasionales murmullos quietos emitidos por Duncan y los sonidos de Pecos moviéndose por el cuarto. Afuera de la ventana con el mosquitero se escuchaba el zumbido de los mosquitos. El calor. El calor sofocante y opresivo llevaba el ritmo de los latidos de mi corazón.

Tenía demasiado calor en la cama así que me levanté y fui a la ventana. Las hermosas cortinas color durazno colgaban caídas. No había ni una sugerencia de una brisa para hacerlas ondear. Recordé el pronóstico de John. Había tenido razón. Hacía más calor que en agosto. La Naturaleza no había terminado con nosotros aún.

En su lado de la cama Duncan se movió. Enderezó los brazos y se torció.

-No. – La palabra, pequeña, estrangulada.

No se volvió a mover y yo esperé. Estaba soñando, pero quizás la pesadilla ya había pasado dejándola quieta.

Volvió a torcerse levantando las manos como para protegerse de un golpe. - ¡No! ¡No! – Está vez habló con más fuerza y claridad.

Caminé a su lado de la cama y puse una mano sobre su frente calentada. No tenía fiebre. Pero estaba caliente como todos y todo lo demás abandonado a la suerte del camino torcido del huracán.

-Por favor. – Movía la cabeza de un lado al otro. – Por favor, ¡no!

-Duncan. – La acaricié con la mano en la cara con la idea de calmarla para que pudiera volver al sueño profundo. –No pasa nada. Es solo un sueño.

¡No! – gritó. Se sentó toda derecha en la cama con los ojos abiertos en grande. La alumbraba la luz de la luna que entraba por la ventana. Tenía una mirada de enloquecida. - ¡Mamá! – gritó. - ¡Mamá!

La agarré de los hombros y la sacudí ligeramente y luego con más fuerza al no responderme. –Duncan, ¡despiértate!

- ¡Mamá! - Los ojos estaban abiertos tan anchos que se veían los blancos. En la esquina de la boca había un poco de espuma. - ¡Mamá! ¡No!

La puerta de la recámara de JoHanna se abrió a todo dar. Vestida únicamente en la bata de Will JoHanna entró corriendo. Detrás de ella John Doggett entró en sus calzoncillos de algodón blanco.

-Duncan. – JoHanna se sentó al lado de su hija. – Duncan, estoy aquí. ¿Qué te sucede?

Duncan parpadeó y la locura desapareció de los ojos al mirar a su madre y dejar que las lágrimas corrieran. –Me tuvo otra vez. En el fondo del río. ¡Me tenía y no me soltaba y yo me estaba ahogando! - La última palabra salió como un llanto. – Había tierra en el agua y yo podía sentirla en la nariz y la garganta y los ojos, ¡mis ojos todo granosos! Y lo miré y de la cuenca de su ojo salió una anguila. ¡Podía ver sus dientes en los huesos blancos de su barbilla! Su cara se deshizo y comenzó a llorar ciegamente.

JoHanna apretó a Duncan, acariciando la espalda de su hija mientras la mecía dulcemente. – Es solo un sueño Duncan. Solo un sueño. Estás completamente a salvo. Estás aquí conmigo y con Mattie y con John. Fue solo un sueño.

Sin poder hacer nada John y yo nos quedamos parados al pie de la cama. El terror de Duncan me asustaba. Sentí un esca-lofrío a pesar del calor y la humedad y me dio frío como si hubiera pasado una brisa fría.

John se excusó y salió para buscar sus pantalones mientras JoHanna mecía a Duncan y yo fui a la cocina para poner la tetera para preparar té. No había leche para hacer chocolate caliente. Con las calles bloqueadas no había manera de llegar al pueblo. A diferencia de la mayoría de la gente que vivía en el campo, JoHanna no tenía una vaca. Will estaba fuera demasiado y a JoHanna le gustaba poder ir a Jexville cuando tenía ganas. Una vaca no se podía defender a solas. Así que preparé el té de manzanilla que la Tía Sadie me había enseñado a hacer para calmar y aliviar.

JoHanna trajo a Duncan a la mesa donde prendió la lámpara y todos nos juntamos. Después de que Duncan hubiera sorbido el té y se hubiera calmado lo suficiente para respirar sin romper en llanto, JoHanna la tomó de la mano.

-Cuéntanos todo el sueño, Duncan. Completo.

Duncan indicó la negativa con la cabeza. –Es horrible. No quiero repetirlo.

JoHanna mantuvo su agarre de la mano. –Sí, puede ser, pero debes. Nos has contado todos tus otros sueños, sobre Mary y luego Red. Y sobre la tormenta. Y nos has contado este antes. Ahora cuéntalo desde el principio.

Duncan la miró directamente a los ojos. –No.

-Duncan, quizás si lo cuentas lo podemos descifrar y tratar de entenderlo. Tenemos que comprender por qué este sueño te asusta tanto puesto que los otros no te asustaron.

-Si tú vieras a un hombre con cachos de piel suelta colgando de sus huesos y un catán mirándote a través de la caja torácica; el hombre tratando de atraparte y tenerte bajo el agua con él, tú también estarías trastornada. – Mientras más decía más se enfurecía.

-Es un buen comienzo Duncan. Cuéntanos lo demás. ¿Sabes quién es este hombre?

Los ojos de Duncan se tornaron negros. Chisparon con rabia. –Quiero a mi papá.

JoHanna nunca se dejó desfallecer. –Will no te puede sacar de esto, Duncan. Esto es algo que tú tienes que enfrentar por tu propia cuenta. Te ayudaremos todos nosotros. Yo y John y Mattie. Y Floyd, cuando regrese mañana. Por lo pronto, dime, ¿conoces a este hombre?

Duncan vaciló. El fuego salió de los ojos, los cuales se llenaron de lágrimas otra vez. −Lo conocía, pero no podía reconocerlo. − Aspiró rajadamente. −No me caía bien. Trató de sostenerme con él debajo del agua.

- ¿Hubo algo de él que reconocías?, John preguntó quietamente.

Duncan asintió. −Las botas. − Susurró la respuesta.

JoHanna y yo nos miramos. - ¿Sus botas? ¿Qué tenían?

-Son como las que Floyd está haciendo.

- ¿Las de Tommy Ladnier? −pregunté.

Con la cabeza indicó que no. − Las otras. Las que tienen el diseño bonito. Ese mismo diseño está en estas botas. Es así como yo sabía dibujarlo porque el hombre debajo del agua tiene ese diseño en las botas. − Duncan miró dentro de su taza de té y pareció tener un escalofrío. −Señalaba las botas y su mandíbula trabajaba, pero no le salía ninguna palabra. Estaba tratando de decirme algo. Algo sobre las botas. −De pronto Duncan nos miró a todos, los ojos anchos y vidriados de miedo. −Estoy preocupada por Floyd, Mamá. Temo que algo le suceda.

En vez de negar su miedo, JoHanna besó la mano de Duncan y la apretó contra su mejilla. Con la otra mano acarició la cara de Duncan. −Yo también me preocupo por él. Ojalá John pueda ir mañana a buscarlo y traerlo para acá. Nosotros lo cuidaremos.

Duncan suspiró. - ¿Podrías, John?

-Claro. − Los hombros de John demostraban su alivio. Yo comprendí en ese momento que si Duncan le hubiera pedido que se fuera lo hubiera hecho. Yo no estaba segura si ella entendía el papel que John hacía en la vida de su madre. Ni en la de su padre. Yo tampoco estaba segura de nada, ni siquiera cómo me sentía hacia todo ello.

-Cuéntanos todo el sueño, - JoHanna la convencía.

John acercó su silla. –Puede que tenga alguna pista, Duncan. Algo que nos hace falta saber. Ya sea para protegerte a ti o a Floyd.

Duncan sorbió el té haciendo pequeños ruiditos. –Está bien, - dijo finalmente. –Es que es verdaderamente terrible. – Me miró. - ¿Te asusté Mattie?

-Pues sí. – Le sonreí. –Pero no tanto como te asustaste a ti misma.

-Supongo. – Se rio un poco. –Todo comienza conmigo parada en la ribera del Pascagoula. Es primavera y el río está alto, casi a nivel de inundación. Toda clase de cosas van flotando. Mecedoras con mujeres ancianas sentadas en ellas, tinas y hombres raros bañándose, pollos flotando posados sobre bultos de heno. – Sacudió la cabeza. –Es todo muy extraño porque todas esas cosas deberían haberse ahogado, hundido al fondo. Pero en vez, pasan con gran rapidez en la corriente porque el río parece tener prisa.

Miré la cara de JoHanna. Estaba sumamente preocupada y haciendo todo lo posible por disimularlo. Recordé su temor – que Duncan estaba prediciendo su propia muerte. Sentí el dedo de la muerte en el cuarto.

-Creo que era yo, pero mucho mayor. Aun mayor que Mattie. Era adulta. En fin, las aguas subían y llegaron a cubrir mis pies, luego mis tobillos y luego mis rodillas y cuando intenté retroceder no podía porque estaba estancada en el lodo. Sabía que me estaba hundiendo, pero no me preocupaba porque no le tenía miedo al río.

Nos agachamos más y más hacia Duncan paralizados por sus palabras y por la luz de la lámpara tirando sombras extrañas sobre su cara, ahora brillando de sudor. La noche no estaba nublada pero el calor parecía haber creado una neblina que tapaba la luz de las estrellas y que paró toda brisa. Duncan no le tenía miedo al río en su sueño, pero yo tuve que luchar contra la horrible sensación de sofocación generadas por sus palabras.

-El agua subió con rapidez y dentro de poco yo me deslicé debajo de ella, el lodo me soltó. -Las manos de Duncan se volvieron puños, pero las mantuvo en la mesa. La mano de JoHanna estaba al lado de ella, pero no la tocaba.

-Vi al hombre. Estaba por los soportes del puente mirándome. Esperaba que yo viniera donde él. La corriente se movía rápidamente a mi alrededor, pero yo no me movía, como un pescado grande que se puede quedar inmóvil en el agua sin aparentar ningún movimiento. Me apunté hacia él y comencé a moverme contra la corriente. Recuerdo cómo se sentía el agua contra mis ojos, la presión. El agua estaba turbia y no podía ver bien pero no tenía miedo. El hombre estaba sentado, apoyándose contra el soporte, la espalda contra las piedras como si estuviera descansando después de haber trabajado mucho. Cuando me acerqué, yo vi que – Por la primera vez en su relato desfalleció. –Que él no estaba entero. Le faltaban partes de la carne. Varios pedazos se le habían caído en andrajos.

John levantó una de las manos de Duncan y abrió el puño, enderezando sus dedos con la fuerza de los suyos.

- ¿Que más, Duncan? - preguntó con dulzura.

Duncan levantó su mirada para mirarlo a él. Sus ojos cafés, que se parecían tanto a los de Will, delataban el miedo – Levantó la mano y me indicó que me acercara. Dijo, -Duncan, tú me conoces. Di la verdad. Tú eres tan culpable como los demás. – Duncan aspiró. –Luego señaló las botas. Los huesos de las piernas estaban forzados dentro de las botas, pero las botas estaban nuevas y bellas con su bello empeine. Y mientras las admiraba sus dedos huesudos me agarraron de la muñeca. – Ahora miraba la mesa de la cocina contando el sueño en una voz casi sin expresión. −Lo miré y ahí estaba el pez aguja mirándome desde su caja torácica. El pescado me sonrió con malicia y luego se fue nadando. Una anguilla salió de la cuenca de su ojo y su mandíbula cayó mostrando sus dientes y se escuchaba que él se reía, pero no era risa. Eran burbujas de aire. Ahí fue cuando me di cuenta de que una cadena lo envolvía. Era una cadena grande, pesada y oxidada y él dijo que esa misma oxidación lo iba a soltar dentro de poco. Dijo que subiría y que se vengaría de todos nosotros... −Aspiró con aire raído y cansado. −Eso es todo.

- ¿A quién le pertenecen esas botas? - Preguntó John.

-Al Aguacil Grissham, - contesté. Recordé el día en el que había hablado con Floyd sobre ellos y él me contó cómo Duncan había imaginado el diseño del empeine. −El Aguacil se las ha pedido hacer a Floyd.

- ¿Están terminadas?

Yo no recordaba exactamente, pero recordaba que casi las había acabado de hacer cuando yo fui por la tienda. Antes de ser golpeada. − Lo más probable.

John asintió con la cabeza lentamente. −Pues, Duncan, ese sí que fue un sueño. - Todavía tenía la mano que había forzado a abrir. Se la trajo a los labios y la besó. −Yo creo que vas a hacerte actriz cuando seas grande. O quizás una escritora. ¿Qué piensas tú, JoHanna?

La sonrisa de JoHanna era una sonrisa forzada, pero al menos estaba ahí. −Yo siempre he pensado que Duncan va a hacerse bailarina. Como su tocaya, la Isidora Duncan. Alguien algo escandalosa, pero muy hermosa.

-Como su madre, entonces, - dijo John.

Estaban tratando de darle una cara optimista al sueño de Duncan y en cuanto a la niña tuvieron éxito. Estaba sonriendo un poco, una sonrisa titubeante. El haber contado el sueño había sido lo correcto. La había purgado del recuerdo. Yo me levanté, tomé su taza y le preparé más té. El sol estaba por salir y nosotros habíamos concordado ayudar en abrir el camino al pueblo si podíamos. Iba a ser un día largo y difícil, y más sin Floyd para ayudar a John con el serrucho. Pero yo quería que el camino se abriera lo más pronto posible en el caso de que Will regresara más rápidamente de lo que se pensaba. Yo no entendía el significado del sueño de Duncan. No creía que se iba a ahogar. Pero yo quería que Will regresara. Yo estaba segura de que la cordura regresaría con él.

Capítulo Treinta

Para las siete de mañana ya habíamos terminado de desayunar. Irónicamente, la única que parecía haber dormido era Duncan. Totalmente recuperada de su sueño se burló de los overoles que llevábamos su mamá y yo. JoHanna había insistido en que si íbamos a trabajar como los hombres, deberíamos vestirnos como los hombres. Las faldas eran peligrosas donde había serruchos y árboles. Yo quedé convencida inmediatamente. Aunque los pantalones que me dio me quedaban grandes yo los apreté por mi cintura con una de las correas de Will. Vestida así me sentí libre de un modo que no había sentido desde la niñez. Duncan me pescó admirando mi silueta masculina con los brazos sobre las caderas frente al espejo en la habitación de JoHanna.

Te estás volviendo cada vez más como mamá, - me avisó. Ella estaba parada en un rayo de luz blanco-amarilla de las tres ventanas que inundaba el cuarto bañando también la cama con su luz. Ella también llevaba pantalones. Llevaba una boina garbosa en la cabeza. – No falta mucho para que todos los hombres del pueblo te tengan miedo a ti también.

-Ojalá tengas razón. –Mis palabras salieron algo enojadas lo cual me sorprendió.

Ella se dio cuenta de lo que había dicho y se sonrojó. –Lo siento Mattie. –Se apoyó de la puerta. Sus piernas estaban cada vez más fuertes, pero todavía se cansaba si se quedaba parada por un tiempo alargado sin apoyo. –Siento todo lo que te ha sucedido. Los morados están desapareciendo y tus costillas van a mejorar dentro de poco también.

Mirándome en el espejo me di cuenta de que no me había fijado en los verdes moretones debajo de mis ojos y la costra en la mejilla. Me había mirado, pero había ignorado los remanentes de los golpes. No me había dado cuenta de los rasgos de mi cara, pero estaba sanando y dentro de poco, toda evidencia exterior de los golpes que me dio Elikah desaparecerían. Tenía ganas de trabajar. De hecho, quería ayudar a limpiar el camino. Me hacía falta trabajar duro. Algo dentro de mí estaba creciendo y empujando mi piel queriendo salir. Yo tenía miedo de dejarlo salir, temiendo en lo que me convertiría. Una manera de exorcizar ese sentido era quizás el trabajar hasta caerme de cansancio.

-Voy a estar bien. – Me di cuenta de que Duncan seguía mirándome en el espejo, esperando una respuesta.

-Cuando regrese papá, va a golpear a Elikah hasta más no poder. –Duncan hizo su oferta con una fuerza controlada.

Yo me di vuelta para mirarla directamente. –No quiero que Will haga eso.

- ¿No? –La expresión en la cara de Duncan cayó. ¿Por qué no?

¿Por qué no? La noción de la cara de Elikah destrozada y rota me agradaba mucho. En algún momento durante la tormenta la misma idea se me había ocurrido. La única manera de llevarse con un abusón era abusarlo al igual. Eso era verdad.

La única vez que vi a Elikah mostrar miedo fue cuando fue enfrentado por JoHanna. No le tenía miedo físicamente pero sí temía lo que ella podía hacer con su reputación por el pueblo. El Doctor Westfall había hecho un juramento profesional de no hablar de sus pacientes. Pero JoHanna no. Ella podía contarles a todos lo que él le había hecho a Mattie, y lo haría. Él no la podía intimidar de la manera que me intimidaba a mí.

- ¿Lo vamos a encarcelar? - Preguntó Duncan.

- ¡Qué ocurrencia! – Yo ni lo había pensado. Era mi esposo, después de todo. Ninguna corte lo encarcelaría por haberme pegado.

-Escuché a John hablando con mamá. John dijo que lo mejor sería buscar un buen abogado y hacer una acusación oficial. John decía que aún si no quedaba declarado culpable la vergüenza de lo que había hecho lo cambiaría. A menos que no te mate antes de que puedas dar testimonio.

La idea de acusarlo a Elikah formalmente no era mala, pero yo también sufriría ignominia pública. De pronto recordé la noche en Nueva Orleans. Imágenes torcidas y agitadas. Rompí el contacto visual con Duncan.

-¿Qué te pasa, Mattie? -La niña entró al cuarto con pasos lentos y cuidadosos. Puso su mano sobre mi hombro. -¿Qué te sucede?

-No creo que podemos resolver esto en una corte. –Forcé una sonrisa. –Pero sí me gusta la idea de los puños de Will sobre la cara de Elikah.

-A mí también. –Duncan sonrió. –Papá es un boxeador excelente. ¿Sabías eso?

- ¿Will? - Siempre andaba tan bien vestido, tan caballero, no me podía imaginármelo con los puños levantados punchando a otro en la cara por deporte.

-En la universidad él formaba parte del equipo de boxeo.

Yo me había imaginado que Will había hecho estudios universitarios. - ¿Dónde fue eso?

-Oh, en algún lugar en Virginia. – Duncan alzó los hombros. –Dice que le gustó, pero a la vez que estuvo contento de salirse de ahí.

- ¿Y llegó a ser comerciante? –Yo había pasado muchas horas preguntándome sobre Will. ¿De dónde había venido? ¿Cómo conoció a JoHanna? ¿Había sido amor a primera vista como en el caso de Jeb Fairley y Sadie? Aunque esas fantasías me entretenían había también un lado más oscuro en mis fantasías sobre JoHanna y Will. John Doggett. Yo ya no le tenía odio. Estábamos ligados por circunstancias y por nuestro amor mutuo por JoHanna. Pero el solo hecho de que John me cayera bien me hacía sentirme desleal hacia Will. Quizás no. Quizás no entendía nada sobre la vida.

- ¿Están listas? -JoHanna había aparecido en la puerta. Los pantalones enfatizaban sus nalgas redondeadas y su pequeña cintura. Llevaba una de las camisas de Will que le quedaba demasiado grande. La tenía metida dentro de los pantalones. El cuello desabotonado hasta el escote. Se veía elegante y sexy. Yo volví a mirarme en el espejo. Parecía un muchacho. Mi enfermedad me había robado las curvas que había estado desarrollando.

-Vengan. John ya tiene el coche empacado y quiero llegar a Jexville, buscar a Floyd e ir camino a Fitler.

No lo expresó, pero había a comenzado a preocuparse por Floyd. Había medio-esperado que él llegara para el desayuno. No era tan lejos. Con frecuencia se aparecía en la puerta trasera justo en el momento que ella servía la comida en la mesa. Para Duncan era como un premio estar en la compañía de Floyd desde el principio del día.

Salimos al sol que ya estaba demasiado caliente. Faltaba solo una semana para octubre, pero se sentía como si fuera julio. John nos esperaba sentado detrás del volante del carro, algo que me hizo parar. Me pareció incorrecto. Muy incorrecto, pero me metí en el asiento trasero con Duncan y el gallo y no dije nada.

-Una vez que hayamos despejado el camino tengo que ir al mercado y comprar algunas provisiones. –JoHanna se sentó en el asiento de pasajero.

-En esos pantalones, pues no. – John habló con un tono realista pero su tono hizo que JoHanna volteara la cabeza abruptamente.

-Yo. . .. –

-No quiero tener que enterrarte antes de la puesta del sol. JoHanna el pueblo ya está murmurando. ¿Quieres echarle sal a la herida? Y yo tampoco te voy a acompañar al pueblo. Ya hay demasiado chisme.

JoHanna miró todo derecho. En el asiento trasero Duncan me ponchó ligeramente en la cara. Hizo una mueca. - ¿Cómo vamos a obtener comida? -Preguntó. Nos hace falta leche, pan y los panecillos dulces con canela de Mara. Y harina de maíz. Y –

John levantó los ojos al cielo. –Pobrecita niña hambrienta- dijo. –Yo saldré del coche antes de que lleguemos a Jexville. Entraré y te conseguiré todo lo que quieres. Yo creo que está bien que manejen por el pueblo para darle a entender a la gente que no tienen miedo. Pero no se metan en más líos mostrán- dose en esos pantalones. Me pueden buscar camino a casa con las compras.

-Veo que lo tienes todo calculado, - era imposible leer la voz de JoHanna ya que nos daba su espalda.

-No estoy tratando de mandarte, JoHanna. Tengo miedo. El pueblo está más picado que un nido de avispas. No creo que te das cuenta. Los hombres. . . tienen miedo. El miedo puede hacer que la gente haga cosas terribles. Cosas que luego lamentan haber hecho, pero ya para entonces es demasiado tarde.

Los hombros de JoHanna se relajaron y también los míos.

–Tienes razón. No los queremos provocar. Me enfurece, sin embargo, que tengamos que consentir a sus estúpidas reglas y códigos.

-Pues no lo llamaría una concesión, -dijo John con su profunda voz llena de diversión. –Si no fuera por la tormenta y el daño, yo te diría que te mostraras con los pantalones. Pero la gente está molesta. Han sido víctimas de una fuerza que no saben controlar y buscan a quien echarle la culpa. Y ya sabes que esa eres tú. Y Duncan. Y yo y Mattie si nos metemos en su punto de mira.

-Tienes razón, - JoHanna cedió con gracia. –Es un buen plan, John. Vamos a comenzar con este árbol.

El daño severo causado por el viento nos asombró y al fin nos entumeció cuando por fin pudimos forjar un camino hacia Jexville. En algunas partes las líneas de árboles habían sido torcidas y rasgadas y en otras habían sido rotas a solo un medio metro de su base. John le explicó a Duncan que los pinos tenían una raíz larga. En cambio, algunos de los robles habían sido tumbados dado su sistema de raíz llano y extendido, expuesto al sol. Tirados y demasiado grandes para rescatar, morirían de una muerte lenta. JoHanna miró árboles heridos y luego miró hacia otro lado.

- ¿Y la gente? –preguntó Duncan.

-Ya nos enteraremos cuando lleguemos al pueblo, - JoHanna le respondió con un tono definitivo.

Para medio día habíamos quitado cinco árboles del camino, pero solo uno había sido verdaderamente grande un pino loblolly que de alguna manera se había salvado de los serruchos de los leñadores. Cuando sacamos el pino del camino pudimos manejar un poco más adelante y nos sorprendimos al ver que alguien ya había comenzado a despejar Peterson Lane, trabajando desde el pueblo hacia nosotros. Puesto que el camino estaba libre metimos el gran Auburn en una arboleda de árboles que no había sufrido mucho daño y comimos nuestro picnic. No estábamos del todo escondidos del camino, pero John se aseguró de estacionar de tal manera que estábamos parcialmente tapados y que podíamos salir del lugar rápidamente, si hiciera falta. Al desenvolver los sándwiches y servir el té dulce yo me dediqué a escuchar atentamente por si escuchaba algún vehículo o carretilla viniendo en nuestra dirección. No se escuchaba nada.

- ¿Te imaginas que las otras calles ya están despejadas también? – preguntó JoHanna, desconcertada por el hecho de que una callecita sin salida había recibido tanta atención.

-Puede ser. –John miró por el camino de tierra roja y caliente. Su cara no indicaba ningún sentimiento, como si sus pensamientos fueran lo demasiado privados para compartir.

JoHanna sí lo pudo entender. –Tú piensas que estaban encaminados hacia la casa, ¿verdad? – preguntó

-Sí, se me ocurrió. – Se paró y sacó un pañuelo del bolsillo y se secó la frente. El sándwich de huevo duro que JoHanna había preparada estaba a medio comer sobre una servilleta de lino de color amarillo pálido al lado de él.

- ¿Por qué no siguieron?

-Quizás el esfuerzo de quitar los árboles tuvo el efecto de calmar su rabia. – Él cambió de posición apoyado contra el sicómoro al cual le habían volado todas las hojas. –Quizás todas las calles han sido despejadas y estaban trabajando en esta en el momento que atardeció. – Subió una rodilla para asumir una pose relajada, pero los ojos contradecían el gesto.

Sentí un escalofrío al mirarle la cara. Al parecer no nos

había contado todo lo que vio durante su visita al pueblo el día anterior. Su prudencia era deliberadamente sutil para no antagonizar a JoHanna aún más. Pero estaba preocupado. Y al agacharse para levantar el sándwich sus pantalones se movieron por encima de la bota. Había una pistola metida adentro.

Tuvo que haber sentido mi mirada porque esperó hasta poder mirarme directamente. No tenía que pedirme que no dijera nada. Se comunicaba claramente conmigo en esa manera extraña de él. La pistola era para proteger a JoHanna y a Duncan y a mí, si llegara a ello. Pero ero mejor no darle importancia. Era mejor que JoHanna no lo supiera.

Yo lo escuché con claridad. Me levanté para ir hasta el coche para servirnos más té. Detrás de mí pude escuchar su paso suave sobre las agujas de los pinos que habían sido arrancados de los árboles y que estaban tirados por el suelo formando una especie de alfombra.

- ¿Sabes usar una pistola, Mattie? –me preguntó con voz suave.

Me concentré en llenar mi vaso con el té. Una vez cuando Joselito estuvo borracho me había obligado a disparar su pistola. Recordaba cómo se sentía la pistola en mi mano, el metal frio y el culatazo cuando jalé el gatillo. A Joselito le había divertido porque puso la pistola en mis manos, se paró detrás de mí y tuvo mis manos sobre la pistola mientras que la apuntó hacia Callie quien corría por el jardín. Su dedo forzó mi dedo a jalar el gatillo mientras Callie gritó aterrorizada y corrió y yo luché con todas mis fuerzas para que Joselito no la matara. El olor de su aliento a Whisky de mala muerte me daba náusea, pero yo no podía dejarme desmayar porque no podía permitir que él matara a Callie. Tuve que tirar con violencia para que bajara la pistola cuando sentí su dedo comenzar a apretar el gatillo. Jalando con brusquedad vi la tierra removerse debajo de mis pies mientras que Callie gritó y corrió a esconderse detrás de otro árbol o detrás de un viejo barril.

Las manos de John me agarraron por los hombros. - ¿Mattie?

Inhalé profundamente el aire dulce y limpio. No había ningún olor a Whisky, ni de pólvora y miedo. Lo miré y él me soltó. —No me pasa nada.

- ¿Sabes usar una pistola? – Se oía la urgencia en su voz.

-Si hace falta, sí. – De haber podido quitarle la pistola a Joselito lo pude haber matado. Lo podría volver a hacer por JoHanna y por Duncan.

John metió la mano en su bolsillo y sacó un pequeñísimo revólver de plata. —Este solo tiene precisión si se está cerca. Nada más tiene dos balas así que úsalas bien. Apunta hacia el corazón. El pecho es un blanco grande y por lo tanto más fácil de acertar. Además, es menos traumático después. Y Mattie, - dijo mientras cerraba mis dedos sobre el bellísima mango de hueso. —Úsalo únicamente si tienes que hacerlo. No les permites que agarren a Duncan. La matarán. Puede ser que se arrepienten luego, pero eso no nos la devuelve.

- ¿JoHanna tiene una pistola?

Me miró directamente a los ojos. —No. La verdad es que yo te creo más capaz que ella. He puesto mi fe en ti.

Comenzó a alejarse, pero mis dedos agarraron su camisa blanca y lo detuve. Se volvió para mirarme, sus rasgos, una máscara de tranquilidad.

- ¿Por qué no volvemos a la finca? No tenemos que ir al pueblo. Si esperamos quizás todo esto se olvide. ¿Para qué vamos allí a provocarnos a que nos lastimen?

-Porque me temo que si no vamos ellos nos perseguirán. Si rodean la finca y nos toman de sorpresa, ni Duncan ni Johanna sobrevivirán. Al menos de esta manera las calles principales están despejadas. Ella tiene el coche. No hay otro en Jexville que se le pueda acercar en cuanto a la velocidad del Auburn. Yo puedo cerrar el paso de un lado del pueblo y tenerlos hasta que ella se pueda alejar.

- ¿Y qué te pasará a ti?

Sonrió una sonrisa atrevida, otra de sus máscaras, el hombre de hazañas épicas. –Ya me cansé de escribir mi libro. Una vez que se tranquilicen no se meterán con un hombre – Soltó mis dedos y con pasos rápidos y determinados regresó al área del bosque donde JoHanna amasaba los artículos del picnic.

Al observarlos a los dos me di cuenta de que JoHanna estaba tan consciente de los peligros como John. Había tratado de esconderlos de mí y de Duncan. Ahora ya no simulaba. Íbamos hacia un lugar done cualquier cosa podía suceder. La gente que yo había llegado a conocer, la gente que ella había conocido casi toda la vida era capaz de cualquier traición. Eran capaces de atacar a su hija.

Cuando nos volvimos a meter en el coche, JoHanna tomó el volante y John se sentó a su lado. A petición de su madre, Duncan tuvo a Pecos al lado de ella en el asiento trasero, fuera de vista. Como desquite, Pecos me picó en la cadera lo cual me forzó a alejarme de él lo más posible.

Al llegar a la línea férrea del lado occidental del pueblo John salió del coche y yo me subí al asiento delantero. – Que te vean. Maneja lentamente, pero no demasiado lentamente. Por nada en el mundo no te pares. No importa qué hagan.

Con las manos en el volante JoHanna asintió. – Voy a dirigirme hacia Mobile y luego dar una vuelta para regresar y buscarte en el camino alternativo. Cuarenta minutos.

John asintió. ¿Y tú lista?

JoHanna sacó una hoja de papel del bolsillo de la camisa de Will. Vi que solo tenía tres artículos escritos al pasársela a John.

Leche, pan dulce y harina de maíz. Todo lo que Duncan había pedido.

-Pues ahí no están las cosas que verdaderamente me hacen falta, -JoHanna me quitó el papel antes de que pudiera dárselo a John.

-Si hay un problema, no voy a perder tiempo buscando leche. - Al alejarse del coche John sonrió. –Depende de ti, Mattie, -dijo suavemente.

Nos alejamos y lo dejamos parado del lado del camino mirándonos.

Justo del lado occidental de la línea férrea, JoHanna dobló a la calle Redemption Road y se dirigió hacia el pueblo. El coche dio un golpe leve al pasar sobre la línea férrea y luego JoHanna bajó la velocidad. La destrucción a la tienda de alimentación era terrible. La tienda en sí no había sido dañada pero el enorme granero de heno que había estado detrás de la tienda se había derrumbado. Yo no podía estar segura, pero parecía que quizás la tormenta había hecho volar parte del techo lo cual había permitido que la lluvia empapara el gran montón de heno. Una vez mojado el heno debió haber comenzado a deslizarse hacia los soportes de madera. Fue entonces que Chas Leatherwood había tratado de apuntalar el soporte para que el resto del techo no se desmoronara. Pero el heno, empapado de lluvia, ya había comenzado a deslizarse. Al pasar lentamente podíamos ver el montón de heno, oscuro y pesado. Olía a moho a pesar de que brillaba el sol. John había dicho que habían sacado el cuerpo de Chas por debajo del montón de heno que se había deslizado. Había sofocado por el peso del heno y la falta de oxígeno. Tuvo que haber sido una muerte atroz y aterradora.

Había al menos una docena de hombre trabajando en el jardín al lado del granero y mientras JoHanna pasaba lentamente dejaron de aserruchar y soltaron las sogas para pararse a mirarnos. No los saludamos, pero tampoco apartamos la vista. Seguimos todo derecho como si tuviéramos que cumplir un mandado en el pueblo.

Noté que la mirada de JoHanna se desvió momentáneamente a la ventanilla. Sin atraer la atención de Duncan me di vuelta lentamente para mirar detrás de nosotras. Los hombres se habían quedado agrupados en la maderera, horquillas y serruchos colgados a su lado, su agarre suelto y flojo. Estaban agrupados muy cerca, haciendo un pequeño grupo como si estuvieran acurrucados para hablar de algo. Para hacer un plan. Mientras los miraba, un adolescente se soltó del grupo y comenzó a correr, sus piernas flacas en plena función. Iba hacia el centro del pueblo, cortando por jardines y terrenos. Sentí el poder de la mirada de los hombres al ellos desviar su mirada del muchacho a nosotras y miré hasta que la casa de los Leatherwood nos bloqueó de su vista. Mi mano se deslizó hacia mi bolsillo y sentí la pistola. No me hacía sentirme segura, pero sí me daba cierto consuelo.

La casa de los Leatherwood estaba separada de la tienda de alimentación por un campo de una hectárea que ahora servía de estacionamiento para dos vehículos antiguos, y tres carretillas, una la del Doctor Westfall. Las cortinas de todas las ventanas de la casa estaban cerradas y JoHanna dobló a la izquierda en Paradise y luego tomó otra izquierda en Canaan para parar frente a mi casa. El pánico subió en mí cuando las ruedas del coche cesaron de rodar. Mientras nos movíamos, había cierta seguridad. Escape. Pero al mirar la garganta de JoHanna entendí que ella conocía bien el peligro y que te tenía un plan también.

Miré la casa a la que había llegado como novia. El columpio del porche delantero seguía colgado, pero faltaban dos contraventanas. El granero de atrás parecía estar bien y Mable estaba parada en la cancela masticando un bocado de hierba como si hubiera soportado la tormenta sin problemas. Habíamos pasado la casa de Jeb Fairley y me alivió ver que su magnolia grandiflora había sobrevivido el huracán. Yo temía que el árbol hubiera quedado derrumbado.

JoHanna puso la mano sobre la llave, pero no apagó el motor. —Corre adentro y busca más ropa. – dijo. —Yo te espero aquí con Duncan. Cuento con el hecho de que Elikah es demasiado tacaño para no abrir su tienda hoy. – No lo dijo, pero yo sabía que era mi oportunidad de para agarrar lo que yo quería de la casa de Elikah. En la mente de JoHanna yo no iba a regresar más nunca.

-No quiero mi ropa. – Solo el mirar la casa me daba miedo. Aun el porche, que había sido mi refugio, había quedado saqueado por el toque de Elikah. Yo no quería nada que me recordara de mi vida con Elikah Mills. Lo que yo deseaba era un nuevo comienzo en otro lugar.

- ¿Estás segura?

¿Había algo en esa casa que me haría falta? Algo que yo consideraba mío. Asentí. —Estoy segura. Vámonos.

JoHanna soltó el cambio y nos dimos vuelta siguiendo por Canaan hasta Mercy. En Mercy doblamos a la derecha y JoHanna disminuyó la velocidad al pasar el mercado donde John compraría nuestra comida.

Algo había roto el escaparate y había unos hombres adentro limpiando y pasando un trapeador. Al ver el coche rojo de turismo de dos puertas dejaron de trabajar y nos miraron fijamente. Como si atraídos por una fuerza mágica, dejaron caer sus trapeadores y escobas y salieron por el escaparte roto a la calle.

Nos siguieron. No se apuraron, pero nos siguieron y sentí el hormigueo de escalofrío por mi espina dorsal.

Doblamos a la derecha en Redemption, moviendo en dirección oriental una vez más y yo me reforcé. Las tiendas a lo largo de la calle principal del pueblo no estaban muy dañadas, algunas sin daño alguno. Pasaríamos la tienda del barbero y podría ser que vería a Elikah. Y que él me vería a mí. Con los dedos busqué una vez más el mango de la pistola en mi bolsillo. Me pregunté si JoHanna sabía que John me la había dado. Lo más probable era que no. De haberlo sabido me la habría quitado para tenerla ella misma.

La tienda de Elikah estaba de un lado de la calle y la tienda de botas del otro. Todas nosotras miramos hacia la tienda de botas. El escaparate estaba estrellado y la tienda a oscuras, dentro. Quizás Floyd y el Sr. Moses estaban en la parte trasera o quizás habían ido a la casa del Sr. Moses en la calle Liberty Street para buscar más provisiones. Diligentemente evité el mirar en la otra dirección, hacia la barbería. JoHanna bajó la velocidad, pero no paró.

- ¿Debería parar para buscar a Floyd? – preguntó

-No creo. – Yo miré hasta el otro lado del pueblo. Había unas carretillas y unas camionetas estacionadas por la calle, pero era evidente que no todos los negocios estaban abiertos. El sol golpeaba el camino de polvo rojo sin merced y yo sequé el sudor de mi frente antes de que mi picara los ojos. – No debemos parar.

Sin decidirse JoHanna apretó el acelerador un poco, sin dejar de mirar la tienda de botas. – John se enterará si algo le ha sucedido a Floyd.

Duncan estaba inusualmente calladita en el asiento de atrás. Abrazaba a Pecos y lo acariciaba en la cabeza mientras se quedaba mirando la tienda de botas. –Ojalá pudiéramos hablarle, - dijo suavemente.

Yo estaba enfocada en Duncan cuando JoHanna repentinamente pegó los frenos tirándome al tablero de control y a Duncan y al gallo contra el asiento trasero. Me enderecé y miré por el parabrisas para ver a cinco hombres bloqueando la calle con el alcalde Grissham en el medio. En lo primero en que pensé fue en Floyd. Él era capaz de ponerse en la pose de pistolero y apuntarle a estos hombres como si se tratara de un tiroteo del viejo oeste. La mano de Grissham estaba en el aire y yo me preguntaba si llevaba un revólver de seis tiros debajo de la chaqueta.

JoHanna paró el coche, pero no apagó el motor. Sacó el brazo por su ventanilla y sacó la cabeza y dijo, - Buenas tardes, alcalde.

Por lo que parecía una eternidad, nadie hizo ningún movimiento. Los hombres estaban parados sin saber qué hacer. JoHanna se apoyó en la puerta del coche con una tranquilidad impresionante. Detrás de nosotras los hombres del mercado y de la tienda de alimentación venían hacia nosotras. ¿Elikah estaba con ellos? Yo tenía miedo.

- ¿Has venido para ver tu obra? - preguntó Grissham con voz forzada. Sus dedos jugaban con su cadera derecha y sabía que llevaba una pistola.

-Vine a ver cómo le había ido al pueblo. Me fijé que alguien había estado tratando de llegar hasta nosotras para ver cómo andábamos. El camino estaba casi completamente despejado. Fue un gesto gentil y más sabiendo que Will está fuera. – El pie de JoHanna se posó sobre el acelerador asegurándose de que el coche respondería en el momento en el que ella soltara el cambio. – Me dio mucha tristeza saber de lo que le sucedió a Chas Leatherwood.

-Ya lo creo, - uno de los hombres dijo con desdén. Tomó un paso hacia mi lado del coche y aún a cierta distancia yo podía oler el alcohol en su aliento.

-Lo siento. – JoHanna vio los ojos del hombre echarle un vistazo a Duncan la cual estaba sentada muy quieta en el medio del asiento trasero con Pecos en su regazo. –Pero yo no lo siento hasta el punto de no arrollarte a ti Boley Odom como si fueras un insecto si te atreves a hacer cualquier gesto hacia mi hija.

Hablaba con la misma voz suave que había usado anteriormente, como si estuviera conversando. Al hombre le tomó unos segundos medir la gravedad de sus palabras. Al comprenderlas se echó hacia atrás unos pasos hasta que su vista chocó con la del alguacil y luego se paró.

-La gente de este pueblo sostiene algunas preocupaciones en cuanto a ti, JoHanna. Tú y esa niña. La gente cree que tú estás en un complot con Satanás. - Los ojos de Grissham carecían de color. Yo no podía discernir si verdaderamente creía lo que decía o no.

-La gente puede creer lo que quiera. Yo no creo que existan leyes en este país para prevenir que la gente tenga creencias tontas. Es un derecho de este país. –Sonrió. –Igual como yo tengo el derecho de manejar por esta calle a menos que Ud. tenga alguna acusación legal para hacer contra mí.

-Quizás yo deba arrestarte. Para tu propio bien. – Emparejó la sonrisa de JoHanna con una suya, una sonrisa fría y dura.

-Señor alcalde, con tal de que Ud. esté dispuesto a sufrir las repercusiones de tal acción. –La voz de JoHanna era cortante, como la de un cuchillo afilado. Su voz había perdido todo tono de dulzura. –Ya sabe que Will y yo llevaremos esto a las cortes superiores del país, si nos obliga a hacerlo. Apenas la semana pasada Will estuvo con el Senador Brady. Estoy segura de que al Senador le complacerá explicarle los derechos de un alcalde en la detención de una ciudadana respetuosa de las leyes para su propio bien. Estoy dispuesta a esperar si quiere mandarle un telegrama respecto a este asunto.

JoHanna lo había empujado demasiado. Vi al hombre del lado izquierdo sacar su pistola. Fue un movimiento casual y, por lo tanto, tanto más letal. No tenía miedo ni tampoco estaba agitado. Estaba calculando. El hombre cuyo nombre era Boley Odom también sacó su pistola.

Yo podía ver el pulso palpitando en el cuello de JoHanna. Cada palpitación emparejaba el duro golpe seco de mi corazón. Yo extendí mi mano al asiento trasero y agarré la mano de Duncan dándole a indicar que se quedara quieta.

-Apague el motor, Sra. McVay. – la voz del alcalde era mortal.

-No lo creo, Sr. Alcalde. Tengo que hacer unos mandados y quiero llevar a mi hija a la casa. Si quiere venir a buscarme más tarde, venga. Sugiero que envíe ese telegrama antes de que cometa un lamentable error.

El poder con el que JoHanna amenazaba estaba a más de miles de millas de distancia, muy alejado de este momento en Jexville. Las conexiones de Will en Washington era lo que había asegurado la seguridad de JoHanna. Ahora no parecía ser suficiente.

Los hombres de la tienda de alimentación y los del mercado estaban parados detrás del coche. Al mirar hacia atrás para ver cómo estaba Duncan vi que dos de ellos llevaban armas. Estábamos bloqueadas. JoHanna tendría que manejar por encima de los hombres del frente o los de atrás para poder escapar. Yo no pensaba que ni siquiera el enorme Auburn era lo suficiente rápido para hacer eso sin que nos mataran primero. Mi único consuelo era que Elikah no los acompañaba. No conocía a ninguno de estos hombres, salvo a Boley Odom, al hermano de Clyde, y al alguacil.

-Salga del coche. – Toda pretensión de respeto se había esfumado de la voz del alguacil. –En este pueblo se piensa que Ud. y esa niña paralítica saben más sobre el asesinato de Chas Leatherwood de lo que pretenden.

-Párese ahí mismo, Alguacil. –La voz masculina venía desde arriba y yo giré hacia el único edificio de dos pisos en Jexville.

Ahí vi que la ventana del consultorio del Doctor Westfall estaba abierta y que él apuntaba al pecho del alguacil con una escopeta. El pelo del doctor formaba una nube blanca tras él.

-Doctor, - el alcalde pronunció las palabras fuertemente, - le conviene salirse de esto mientras pueda. Esto no tiene nada que ver con su cuidado médico.

-No, pero sí tiene que ver con la estupidez y el miedo. – El Doctor no bajó la escopeta. Detrás de él noté un movimiento ligero. John Doggett. Él había acudido donde el doctor cuando se dio cuenta que JoHanna estaba metida en líos. O es que yo me lo había imaginado.

Grissham volvió a hablar. –No quiere pasar sus últimos años en la cárcel por asesinato, Doctor.

-Así como yo lo veo, Quincy, yo te puedo tirar en la barriga y si uno de tus pistoleros no me mata primero, puedo bajar por la escalera y curar la herida antes de que te mueras. Te dolería uno horror, pero no te mataría. En el peor de los casos me condenarían por homicidio imprudente. Y para cuando todo esto llegara a la corte me imagino que los sentimientos del pueblo habrán cambiado bastante. Para entonces la gente habrá recobrado el juicio y se habrá avergonzado por cómo le habían tenido miedo a una niña de nueve años. Retírate y deja que la Sra. McVay y su hija sigan adelante.

-Te vas a arrepentir. – Grissham no se movió, pero cuando al fin dio un paso hacia atrás supe que habíamos ganado. Solté mi agarre de la pistola y puse mi mano temblante en mi regazo.

JoHanna soltó el embrague, cuidando de que el coche no se sacudiera ni diera un jalón. Condujimos lentamente a través de los hombres hasta el otro extremo del pueblo sin más incidentes y salimos hacia el campo abierto. Habíamos pasado por encima de dos colinas antes de que yo viera a JoHanna respirar.

-Esto no se llevó a cabo como yo hubiera esperado, -dijo JoHanna concentrada en conducir.

-Yo los odio. – Duncan habló con tal vehemencia que JoHanna disminuyó la velocidad. Yo seguí mirando todo delante, mirando a ver cuál de los árboles iba a ser la causa de nuestro choque ya que JoHanna no estaba prestando atención.

Ella alcanzó el asiento trasero y tocó la rodilla de Duncan. – No los odies, Duncan. Yo no los odio. Hasta les tengo pena a algunos de ellos. Por Agnes. Ella no sabrá qué hacer sin Chas, – su voz se volvió más triste. – Ellos nos temen y nosotros les tenemos pena.

Para mí sus palabras fueron como una bofetada. – Todo esto se ha sobrepasado JoHanna. Ahora tu piedad para otros; ellos estaban dispuestos a lastimarte a ti o a Duncan o –me detuve antes de pronunciar el nombre de Floyd. – Aquí no hay una lección moral que puedas enseñarles. Actúas con la misma estupidez que ellos. Ellos no van a comprender ni ver la verdad de pronto. Ellos no comprenden. Quieren atacar y herir. A ellos eso les da placer.

La cara de JoHanna se llenó de color. Ella aceleró y el coche se adelantó con una arrancada de gravilla. –Tienes razón Mattie. – Aceleró aún más. –Vamos a conducir un rato para darle al Doctor la oportunidad de tranquilizarlos. Quizás ahora que hemos tenida esta confrontación nos dejarán en paz. John nos contará. –Su cara se aclaró con la brisa que la refrescó. Señaló un grupo de pinos torcidos y rotos. –Parece que el viento hizo tanto daño aquí como hizo por nuestra casa. Miren cómo todos los árboles cayeron en la misma dirección. Eso es debido a la fuerza del viento. Un tornado hace caer los árboles en muchas direcciones puesto que las corrientes de sus vientos son circulares y apretadas. – Siguió señalando el daño mientras viajábamos lo cual nos permitió calmarnos antes de que tuviéramos que dar la vuelta y volver hacia Jexville.

-Mamá, dobla aquí. –Fueron las primeras palabras que Duncan había pronunciado después de haber sufrido el acceso de ira. La calle que indicaba era angosta y no era más que raja roja entre dos robles enormes. Si Duncan no lo hubiera visto lo habríamos pasado de lado.

- ¿Por qué? –preguntó JoHanna. –Es apenas un camino.

-Quiero ver algo, -susurró Duncan. –No recuerdo Jexville de mi sueño, pero este camino...yo vi este camino y la familia que está en él. –Frunció el ceño.

-Duncan, se ve lodoso. No sería bueno que nos atracáramos aquí ahora. Y menos hoy. – No había ningún tráfico en ninguna dirección y JoHanna disminuyó la velocidad del coche y se quedó mirando el camino de tierra roja. –Tiene un nombre raro, pero no lo recuerdo. Creo que es un camino sin salida y que algunas familias campesinas viven ahí.

-Por favor, Mamá. –La súplica de Duncan contenía algo más, el susurro de algo siniestro. –Lo he soñado.

-Creo que mejor no. -JoHanna aceleró. –Vamos por el viejo camino Scott Dairy Loop.

- ¡Mama! –Duncan agarró el asiento y lo comenzó a agitar. –Regresa, por favor. Por favor. Yo debo ver si era...

Duncan era malcriada, pero hasta ahora nunca la había visto cabrearse así. Me di vuelta en mi asiento para darle una mirada de advertencia, pero al ver su cara no lo hice. - ¿Qué te pasa Duncan?

Ella había soltado a Pecos. El gallo estaba posado encima de su asiento, el viento plegando sus plumas, lo que a mí me pareció que se trataba de un gallo torpe pensando en tomar vuelo.

-Hay algo en ese camino. Por favor. Debo ver.

En cuanto pudo, Johanna dio vuelta al coche y regresamos al caminito rojo y angosto que se tendía entre los dos robles. Avanzamos dando tumbos por los surcos escuchando los graznidos indignados de Pecos. Cuando íbamos por la carretera a alta velocidad él podía soñar que era un águila planeada sobre el camino. Ahora tenía que agarrarse para no caer.

Después de tres kilómetros de golpes y de estremecimientos Johanna redujo la velocidad y paró. Se dio vuelta en su asiento.

–Duncan, hasta aquí llegamos. Me tienes hasta el colmo con esto de este camino. Se destruirá el coche. Lo único bueno es que no ha habido árboles en el camino.

De los dos lados había campo abierto. Ninguno de los árboles había sido afectado por el huracán. Solo pastizales planos con cercas descuidadas y alambre de púa oxidado.

-Solo un poco más, - instó Duncan. Su faz expresaba confusión en vez del mal que llevaba un poco antes. –Por favor, solo un poco más. – Estaba pálida, su boina verde resaltando el alabastro del cutis.

- ¿Qué es lo que piensas encontrar exactamente? –Johanna se dio vuelta completa en su asiento. –No seguiremos hasta que me digas.

- ¿Recuerdas el sueño sobre la tormenta? Yo había dicho que no se trataba de nadie a quien yo conociera. Había cuerpos en los árboles – De pronto agarró el asiento delantero con los dedos pequeños y fuertes. – Es aquí.

Fuera cierto o no, era imposible ignorar las palabras de Duncan. JoHanna movió el coche con cuidado. El camino se volvió aún más angosto hasta que las ramas de unos matorrales comenzaron a rozar el coche. JoHanna quitó el pie del acelerador y comenzó a buscar un lugar donde devolverse. – Tenemos que encontrarnos con John, - dijo. –No creo que este camino conduzca a ningún lugar, Duncan.

-Escucha, - ordenó Duncan. –Escucha.

JoHanna paró el coche, para poder escuchar. En la distancia se escuchaba el sonido de un animal afligido.

-Vaca, - dije yo con determinación. –Suena como si se

hubiera atascado en una cerca o que se haya metido en otro tipo de lío.

-No es la temporada de becerros, - observó JoHanna.

Yo encogía los hombros. Muchos granjeros no se llevaban de las temporadas. Esperaban únicamente para acercar su vaca al toro más cercano y no les importaba si el becerro nacía en la primavera o en el invierno.

JoHanna avanzó el coche hacia adelante. Era obvio que no estaba nada feliz. —Esto me está inquietando, - dijo, tratando de no parecer demasiado seria. Duncan estaba ansiosa y aunque hacía sol yo sentí un escalofrío en la base de mi espina dorsal. – Dijiste que nadie se ahogó por Jexville. La gente por aquí tendría que vadear por un arroyo o acostarse en el jardín con las narices al aire para poder ahogarse en la lluvia. No vivimos en la costa.

JoHanna hablaba y Duncan enterró los dedos en la parte trasera del sillón del conductor. Yo comencé a acariciar la pistola en mi bolsillo. Jamás en la vida hubiera pensado que una pistola me daría la sensación de seguridad. Mirando de lado a lado por el camino sabía que no dudaría en sacar y usar la pistola. Habría podido usarla en el pueblo tirándoles a hombres que había saludado al pasarlos en la calle. Yo no volvería a ser una víctima.

El desesperado mugir de la vaca se estaba haciendo más y más fuerte hasta que vimos al animal en el pastizal. Estaba parada con las patas encima de una enorme ubre llorando su dolor. Por el tamaño de la urbe entendí el problema. Nadie la había ordeñado en mucho tiempo. Estaba muy adolorida y a mí se me ocurrió que yo podría aliviarla. Yo no era mala en eso de ordeñar, pero no estaba segura de poder bajar la leche para darle el alivio que deseaba.

- ¿La puedes ayudar, Mattie? –JoHanna preguntó y yo abrí la puerta del coche y salí.

-Vamos a ver.

La vaca estaba tan adolorida que no había peligro de que se fugara de mí. Fue fácil examinarla, pero el tocar su enorme umbra fue otra cosa. Lloró del dolor y yo tuvo que armarme de valor para jalarle la teta para que el líquido cálido y descolorido cayera en la hierba. JoHanna estaba parada en la cabeza de la vaca acariciándola y hablándole. Duncan se había quedado en el carro. Lloraba por la vaca y su sufrimiento.

Yo no había pensado que las vacas tenían cualquier sentido común. Sin embargo, esta parecía entender que estábamos ahí para ayudarla y se quedó parada mientras yo jalaba y tiraba hasta que finalmente vacié la bolsa. Cuando terminé estaba cubierta de sudor y sentí un terrible dolor de espalda.

-Mattie, ¿está ella mejor? – preguntó JoHanna.

La vaca había dejado de mugir a medida que bajaba la tensión de su bolsa.

-Mejor por ahora, pero es importante que encontremos su dueño. Parece que ha pasado varios días sin que la ordeñaran.

-Quizás se escapó durante la tormenta. – JoHanna la frotó entre los ojos y se ganó una lamida de la lengua grande y descuidada de la vaca.

-Parece estar bien nutrida. No creo que se hubiera escapado para no volver a su casa a menos que la tormenta la haya desorientado. – La vaca estaba parada sobre un montículo en medio del pastizal y desde ahí se podía ver bastante lejos. Yo miré por el camino. No podía estar segura, pero parecía haber un grupo de robles que podría indicar una propiedad ocupada. –Quizás viva por ahí, - yo la acaricié en la cadera. –Vamos para ver.

-Luego es preciso que volvamos por John. No me gusta la idea de él ahí parado en la calle solo esperándonos. – No tenía que decir más. Si no hubiera sido por el Doctor que logró calmar la situación, se la hubieran sacado con el hombre foráneo. Y más si se dieran cuenta que estaba conectado con nosotras.

-Podemos darnos vuelta por esos árboles. Si ella no es de ellos, quizás se decidan cuidarla.

JoHanna caminó con sus pasos largos hasta el coche y lo prendió antes de que yo me volviera a sentar.

Duncan seguía en el asiento trasero, pero no estaba para nada más relajada. Llegamos a las capas de los árboles y encontramos una pequeña casa de hacienda. Unas gallinas se nos acercaron, pero luego retrocedieron cuando Pecos saltó del asiento trasero para correr hacia ellas.

- ¡Pecos! –gritó Duncan, corriendo tras el gallo tan bien como pudo. Aunque sus piernas le daban trabajo estaba decidida agarrar el gallo antes de que alguien saliera de la casa y lo matara.

JoHanna y Duncan estaban ocupadas con el maldito gallo, pero yo tuve tiempo de mirar la casa. Era sólida, y cuadrada, con sus cortinas de tela a cuadros en las ventanas delanteras. Nadie se apareció ni en la ventana ni en la puerta. Nadie salió. Había una quietud por el lugar que me hizo tragar. JoHanna también sintió algo. Me miró.

Había un aire de orden por el lugar, pero la tormenta había tumbado ramas que no habían sido recogidas. Faltaba una de las ventanas de la parte delantera pero no había señal de nadie limpiando el desorden. JoHanna salió del coche y se dirigió hacia la puerta principal. En vez de dar sus característicos pasos grandes, caminaba despacito y con cuidado y yo corrí para alcanzarla.

En la puerta tocó y el sonido hizo un eco en el vacío. No había nadie en la casa. La casa tenía ese silencio del vacío como si hubiera quedado abandonada desde ya hacía mucho tiempo. Como si sus residentes hubieran caído bajo un hechizo.

-Quizás están fuera y no pudieron regresar por la tormenta.

Quizás deberíamos dejarles una notita para avisarles que ordeñamos la vaca pero que ellos deben cuidarla. –Hablé al vacío que abrazaba la casa. Mis palabras parecían desaparecer dentro de las viejas tablas, completamente tragadas por ellas

- ¿Mamá? – la voz de Duncan sonaba rara.

- ¿Qué? - JoHanna fue hacia la ventana que había quedado destruida y miró hacia adentro.

¿Mamá? – ahora la voz era más exigente.

- ¿Qué? – la respuesta de JoHanna era corta y frunciendo el ceño se dio vuelta para hacerle faz a su hija. Se congeló al ver la expresión en la cara de su hija y miró en la dirección que señalaba el dedo hasta que los vio.

Los vimos.

A la vez.

Colgados de las ramas del roble del jardín de atrás de la casa había cinco cuerpos. Tres niños, de los tres una niña muy joven y un hombre y una mujer.

JoHanna se bamboleó en el porche y chocó conmigo. Nos agarramos y comenzamos a retroceder por las escaleras para llegar al coche. Pecos decidió atacar las gallinas en ese momento justo y ellas se dispersaron bajo los cuerpos colgados.

- ¡Jesús Cristo! -dije. Mi aliento sonaba como el repiqueteo de las hojas de maíz. –Santo Jesús de la Merced. – No pude quitar los ojos de la niña que no pudo haber tenido más de tres. Su camisón colgaba por debajo de los pies.

JoHanna respiraba por la boca abierta. -¿Qué les pudo haber pasado?

Parada al lado de la puerta pasajera del coche, Duncan miraba los cuerpos. -Él mató a la esposa y luego a los niños. En medio de la tormenta los tuvo en la zanja que está frente a la casa para ahogarlos a cada uno. Luego se mató.

- ¡Duncan! –JoHanna rompió con el horror de la escena para correr hasta su hija para abrazarla. Pero Duncan la empujó.

–El sueño me era tan confuso. Veía los cuerpos en los árboles, pero no veía las sogas. Sabía que se habían ahogado, pero no tenía claro el por qué estaban en los árboles. Yo pensé que era el sueño de los que tienen miedo de ahogarse. Ahora sé. Ahora veo lo que pasó. – Miró a su mamá, el miedo formando un diamante en los ojos. – Es exactamente como lo que soñé.

Capítulo Treinta Y Uno

Salimos de ahí con tanta rapidez que por poco nos olvidamos de Pecos pero Duncan se dio cuenta y JoHanna retrocedió lo suficiente para que yo pudiera saltar del coche para agarrar el gallo. Pero él rehusó venir donde mí. Fintaba y zigzagueaba ya que había gallinas para impresionar. Cuando por fin lo arrinconé por la cerca corrió debajo de los robles donde estaban colgados los cadáveres. Se paró debajo de las piernas colgantes y me retó a que lo persiguiera.

- ¡Pecos! – le siseé. Le hubiera torcido el cuello con mucho gusto en ese momento. Él salió en pos de una gallina y por fin lo agarré por las plumas de la cola y lo paré lo suficiente para poder poner mis dedos alrededor de su escuálida garganta. Él me picoteó una vez en la mejilla, rompiendo un ángulo de la piel de tal manera que batía libremente, pero aun así lo pude tener bien apretado hasta pasárselo a Duncan en el asiento trasero. JoHanna arrancó el coche antes de que yo me pudiera sentar y cerrar la puerta. Sin bajar la velocidad JoHanna me pasó un pañuelo limpio para contener el flujo de sangre de mi mejilla y Duncan me pidió perdón por el comportamiento de su gallo, quien por su parte no mostró ningún remordimiento.

Las ramas de los árboles golpeaban los lados del coche al nosotras hacer carrera sobre el camino surcado, pero JoHanna no disminuía la velocidad. Tenía los ojos alocados y los nudos de los dedos estaban blancos por como ella sujetaba el volante empujando el coche a velocidades peligrosas. Cuando llegamos a la calle principal JoHanna rompió en ella. El coche dio vueltas en la gravilla y luego se enderezó al correr hacia Jexville. Después del horror que habíamos visto Jexville nos parecía menos nocivo.

-Mamá, no podemos sencillamente correr y dejarlos colgados así.

La voz de Duncan causó que JoHanna frenara de golpe con tanta fuerza que Pecos fue tirado contra el asiento delantero.

- ¡Mamá! ¡Caramba! –Duncan le dio patadas al asiento y luego agarró a Pecos. Rehusó pronunciar otra palabra hasta examinar el gallo y tenerlo posado a su lado de nuevo.

- ¡Duncan McVay! – la voz de JoHanna se quebraba con miedo y dominio. –Lo que vimos allí queda olvidado. Tu sueño queda olvidado. Nunca volveremos a hablar de esto.

Con la cara desviada Duncan se ocupó de acariciar las plumas de Pecos con la cara desviada. Me fijé en las lágrimas grandes que caían sobre los pantalones, absorbidas inmediatamente por la tela color café.

- ¿Me escuchas Duncan?

Asintió creando otra cascada de lágrimas.

Yo me arrodillé en el asiento delantero y levanté su cara para que JoHanna pudiera ver las lágrimas.

-Ay, Duncan. –JoHanna apagó el motor y se metió en el asiento trasero. Abrazó a Duncan y la tuvo levantando su cara para besarla. –Lo siento Duncan. No fue mi intención gritarte de esa manera. Es solo que esa gente ya está muerta y yo no quiero que se nos eche la culpa a nosotras por nada de ello. Tenemos más que suficientes líos en Jexville sin agregar cinco muertos a ello.

JoHanna tenía razón. El solo estar paradas en medio de la calle me tenía nervios. El alguacil o cualquier otra persona podría estar esperándonos escondidos en los árboles. Yo me corrí detrás de volante y prendí el motor. John Doggett nos estaría esperando. Él sabría cómo tratar el asunto de los muertos en esa calle angosta. Yo no podía olvidarme de la imagen de ellos, colgados como cualquier venado o cerdos colgados por un carnicero. ¿Qué pudo haber pasado en esa granja tan bien ordenada? ¿Era posible que el hombre matara a toda su familia como decía Duncan? ¿O es que otra persona, algún foráneo se aprovechó de una familia aislada por un huracán?

Hacía un calor infernal pero el sudor que corría por mis costillas y rodillas era frío. Yo conduje cuidadosamente orando que recordaría lo que Joselito me había enseñado en cuanto al uso del embrague. Me había enseñado a manejar para que le buscara bebidas alcohólicas cuando él no quería salir de la casa.

Joselito no era el tipo de instructor que tenía mucha paciencia con cambios mal articulados y con coches que brincaban así que yo aprendí a manejar con bastante destreza, pero hacía mucho tiempo que no lo había hecho. El coche se movió a trompicones dos veces, pero luego se aniveló. Al acercarnos al pueblo doblé a la izquierda para agarrar la calle lateral. A través del brillo del limpiaparabrisas vi el alta y delgada forma de John Doggett esperando de un lado de la calle.

Para cuando él se sentó en el coche al lado mío, JoHanna, Duncan y el gallo se habían tranquilizado un poco, pero todas estábamos todavía pálidas y tremulosas. Yo apreté el acelerador hasta que John me tocó la mano que tenía en el volante. —Decelera un poco, Mattie, - dijo, mirando atrás para asegurarse de que nadie nos venía siguiendo. Señaló la bolsa que llevaba. –La leche no se echará a perder en los próximos diez minutos. – Hablaba con ligereza y su toque fue relajado, pero se sentía tensión en la manera en que en todo momento miraba detrás. Era como si estuviera seguro de que alguien nos iba a seguir.

JoHanna tenía a Duncan en su regazo, toda enrollada como si fuera un bebé. No la había visto así desde que le había dado el relámpago. - ¿Viste a Floyd?

John titubeó. –No lo pude encontrar, pero tampoco pude encontrar al Sr. Moses.

- ¿Le preguntaste a la esposa por ellos?

-Dijo que habían salido en busca de unas tablas para cubrir las ventanas quebradas pero que los esperaba para la hora del almuerzo. Se llevaron la mula y la carretilla al aserradero, dijo. Yo fui para allá pero no los vi. No había señal ni de la mula ni de la carretilla tampoco. Quizás tuvieron que ir a otro lugar.

Hablaba con mucho desasosiego. - ¿Habían ido donde los Leatherwood? – pregunté.

-Nadie dijo nada. – John se secó la frente con la manga. Tenía calor, estaba sucio y, además, cansado. –Puede que no querían hablar con alguien a quien no conocían. La tormenta ha dejado a mucha gente espantada.

-Por eso será.

Yo miré al asiento trasero. JoHanna estaba dándole un beso en la frente a Duncan y teniéndola muy cerca. Parecía que Duncan se había dormido. O quizás había vuelto a ese lugar de silencio que nos asustaba a todos.

JoHanna habló suavemente. –Mattie, cuéntale a John lo que encontramos.

Le conté todo, de cómo habíamos entrado por el camino por el sueño de Duncan, pasando el tiempo antes de tener que recogerlo a él. Justo cuando llegué a la parte sobre los cuerpos colgados en los árboles yo entraba en el jardín de los McVay.

Apagué el motor y le conté sobre los cuerpos. Estacionados bajo el árbol paraíso nos quedamos en el coche sin hablar. Pecos rompió el hechizo aleteando para salir del coche como que si ya se hubiera hartado de la necedad de los humanos que se quedan en el coche sin ir a ninguna parte.

John me tocó en la mejilla donde Pecos me había sacado sangre. – Te juro Mattie que pareces como si indígenas salvajes te hubieran atacado.

Yo empecé a llorar y provoqué lloros de JoHanna y Duncan. John, con el pañuelo en la mano no sabía a quién atender.

- ¿Qué vamos a hacer? – JoHanna aspiró ásperamente. – John, hay que bajar a esos niños. Pero no podemos arriesgar el pasar por el pueblo nuevamente.

-Tienes toda la razón. – Salió del coche y se agachó dentro del asiento trasero para sacar a Duncan de los brazos de JoHanna. La niña se agarró de su cuello y apretó su cara en su camisa, la cual estaba ahora mojada por el sudor del sol, un sol caliente.

-No podemos dejarlos... - JoHanna salió del coche.

-Podemos y vamos a hacerlo. –John habló con brusquedad camino a la casa con Duncan.

JoHanna me empujó para que saliera y nos siguió al caminar todos hacia la casa. Pecos nos seguía también. Me fijé que le faltaban algunas plumas de la cola.

-John, hay que hacer algo...

-No podemos acercarnos a ese lugar, - dije yo. –No hay nada que podamos hacer por gente que ya está muerta. –El dejarle el mundo saber que nosotros estábamos enterados de las muertes sería como el abrirle la puerta y dejar pasar conflictos. Nadie en ese pueblo creería que nosotras nos topamos con aquella escena bajo el largo camino torcido por casualidad. Si el alguacil y sus secuaces fueran a enterarse que JoHanna y

Duncan habían estado en la pequeña granja, habría consecuencias terribles. Los malos sentimientos de Jexville se hervirían y Duncan es la que quedaría quemada. No había nada que podíamos hacer por la familia ahora. Estaban todos muertos. Si no queríamos problemas era mejor quedarnos callados y mantener la distancia.

John atravesó la cocina y llevó a Duncan a su cuarto. La acostó en la cama y le secó las lágrimas que estaban pegadas a sus pestañas mientras que JoHanna se quedó mirándolos y yo merodeaba a unos pies detrás de ellos. Duncan estaba demasiado pálida, sus ojos demasiado grandes y negros.

- ¿Estás bien? – le preguntó John.

Duncan asintió.

- ¿Puedes hablar?- pregunté, temiendo que hubiera vuelto a su estado mudo.

Asintió, nuevamente.

-Pues habla. Di algo.

- ¿Esa gente está muerta por culpa mía?-le hizo la pregunta a JoHanna

JoHanna se sentó en la cama. Están muertos porque alguien hizo algo horrible. Tú no tuviste nada que ver.

-La gente pensará que yo lo hice. Mattie tiene razón. Si les dijimos que estuvimos allí pensarán que nosotras los matamos.

-Lo que la gente piensa no importa, Duncan. Tú sabes la verdad. –JoHanna acarició el pelo castaño de Duncan.

John me hizo una señal para indicar que quería hablarme, pero JoHanna me agarró de los pantalones. Sus dedos cayeron con la forma de la pistola y vi la sorpresa en los ojos, pero no dijo nada. –Yo quiero que todos oigan esto. Ahí en la granja tuve miedo y corrí. Al hacer eso actuó como si nosotras hubiéramos hecho algo malo. Pero no. Nosotras no hicimos nada malo. – Continuó acariciando el pelo de Duncan. – alguien mató a esa familia. Yo no sé quién haría tal cosa, pero es alguien que está verdaderamente enfermo mentalmente o alguien verdaderamente malo. Fue sencillamente mala suerte que nosotras encontramos lo que hicieron.

- ¿Los vamos a dejar así como están? – El labio inferior de Duncan temblaba. –Esa niña...

John se inclinó. –Duncan, están muertos. No podemos hacer nada para ayudarlos.

-Pero-

-No hay 'peros'. Alguien los encontrará y se ocupará de ellos. Nosotros no nos podemos acercar a esto. No hicimos nada malo, pero puede que la gente del pueblo no lo vea a de esa manera. Tienen mucho miedo.

-De mí.

-De ti, - concedió.

-Piensan que yo soy maléfica.

-Piensan muchas cosas. Eso no los justifica, pero por eso son peligrosos. -John puso sus manos sobre los hombros de JoHanna, pero hablaba con Duncan –En tu sueño, ¿viste al hombre ahogándolos a todos?

Los ojos de Duncan tenían una mirada confusa al concentrarse. –Los vi acostados en el campo al lado de la casa, uno al lado del otro, la mujer, y luego los niños, lo dos muchachos al lado de la madre y la niña, por último.

- ¿Qué hacía el hombre?

Él estaba de rodillas por la zanja donde el agua corría con rapidez. Estaba lloviendo fuertemente. Yo pensaba que estaba rezando. –Cerró los ojos. –Pero, él los había ahogado.

- ¿Estás segura? Preguntó John.

-Al fin y al cabo, ¿qué importa? - exclamó JoHanna. – Están muertos. Él está muerto.

John se enderezó y me miró. –Porque si él no los mató entonces otra persona lo hizo. Y esa persona puede andar libre por aquí. Por eso importa.

- ¿Qué debemos hacer, entonces? –preguntó JoHanna. La idea de toda la familia colgada ahí la minaba. Es verdad que estaban muertos y que el quedar colgados no les importaba a ellos. Pero parecía una transgresión dejarlos columpiarse en el sol como si fuera alguna fruta terrible, madurando lentamente. Lo correcto era avisarle al Aguacil Grissham y dejar que él los bajara. Pero el llamar al alguacil colocaba a JoHanna en medio de toda una serie de preguntas que no tenían respuestas lógicas

-Déjalo. – John me volvió a mandar una señal con sus ojos y salió del cuarto.

Yo lo encontré en la cocina. Estaba al lado del fregadero mirando por la ventana hacia el árbol paraíso. El jardín estaba cubierto de hojas tiradas por la tormenta.

-Las cosas están muy mal en el pueblo. – dijo. –Están muy excitados. Después de que Uds. se alejaron hicieron el plan de venir hasta aquí para echarle fuego a la casa.

- ¿Por qué no lo hicieron?

-El Doctor Westfall los hizo sentir vergüenza. Algunos de los hombres tienen miedo. Algunos se han convencido de que tanto JoHanna como Duncan tienen el poder de matar a la gente con solo mirarlos. Esos son a los que el Doctor hizo sentir oprobio. Pero los que están detrás de todo esto... Ellos saben más y están haciendo esto adrede. - No me miró.

-Tú crees que es Elikah, ¿verdad? – Mi estómago se había apretado, se calentó.

-Quizás. Él se quedó en la barbería como que para asegurarse de que no formaba parte de ninguna muchedumbre. No tiene sentido. – Sus manos se ejercían con el borde del fregadero. Las apretaba y luego las soltaba. –Eso es lo que me asusta. No tiene ningún sentido, pero actúan como si lo tuviera.

- ¿Nos van a atacar?

Sus manos apretaron la porcelana del fregadero, mostrando frustración. –Quiero que me ayudes a convencer a JoHanna de irse esta misma noche. Puede ir a New Augusta o a Hattiesburg. Yo iré a Mobile para esperar que llegue Will en el tren.

¿Por qué no podemos ir nosotras a Mobile también? –No tenía sentido ir en la dirección contraria de Will.

-Los caminos están dañados. No sé cuán mal está la situación, pero puede que no sea seguro para Ustedes. Los caminos hacia el norte van a estar más despejados. Además, hace calor. Después de una tormenta como está surgen enfermedades.

-Fiebre amarilla. – Yo había escuchado las historias sobre las epidemias. Eran epidemias de los tiempos de guerra. ¿Estaban ocurriendo de nuevo?

-Van a estar más seguras en Hattiesburg. – Soltó las manos con un gesto deliberado que estresó sus hombros. –No sé qué más sugerir.

-Yo le hablaré.

Finalmente se dio vuelta para mirarme. Tenía algo más que decir.

-Mattie, están diciendo cosas muy malvadas. Sobre JoHanna. Sobre su pasado

- ¿Qué están diciendo?

-Que ella tiene amantes cuando Will está fuera. Que Duncan no es la hija de él. –Titubeó. – Que Floyd es su amante y también el tuyo.

-Pues esas son locuras. Floyd ni siquiera entiende-

-Yo sé. –La suavidad en su voz me hizo parar. –En este momento la verdad no importa. Lo importante es que ustedes salgan de aquí lo más pronto posible.

- ¿Qué más dicen? – Podía ver que había algo mucho peor que lo de los amantes.

-Pues, Duncan. Dicen que es maligna. Qué está tocada. La hija del diablo mismo. Trató de sonreír, pero el miedo que tenía mantenía sus labios rígidos.

-Eso es lo más ridículo que he escuchado en mi vida. Con

una sola mirada se le ve la estampa de Will McVay sobre todo ella.

-Mattie, tienen miedo. No están ni mirando ni pensando. Lo que yo temo es que son capaces de bajar por esta calle y hacer algo que yo no puedo parar.

- ¿Saben que estás aquí con nosotras?

Caminó a la mesa y posó sus manos en la espalda de la silla. Era un hombre acostumbrado a la acción, a poder irse y ahora estaba, por decir, atrapado. Había perdido su libertad al comprometerse con nosotras. —Tienen curiosidad, pero hay otros foráneos en el pueblo, gente varada por la tormenta. Yo traté de no hacer demasiadas preguntas, pero sí sentía un indefinible hermetismo por parte de ellos. Dondequiera que fuera lo sentía. El pelo de mi nuca se erizaba. Me estaban mirando, haciendo cálculos. Están planeando algo y no iban a compartir sus planes con una persona desconocida. No se fían de nadie.

-No nos podemos ir sin Floyd. —Yo lo pasé a su lado para ir al fregadero. Ya era el atardecer y era la hora para comenzar la cena, pero yo no tenía apetito y no tenía idea qué preparar. JoHanna seguía en la recámara con Duncan. Yo podía escuchar el subir y bajar de su voz al hablar y hablar, confortante, materna, tranquilizante.

-Lo busqué por todas partes.

Me alertó algo en su tono. Me di vuelta para mirarlo. - ¿Crees que está lastimado?

Me contestó hablando lentamente. —Me temo que lo tengan.

- ¿Que lo tengan? —Mi corazón latía al pensar de Elikah, del placer que le daría torturar a alguien inocente como Floyd. - ¿De quién se trata?

-Algunos de los hombres. Tu marido, el alguacil, ese hombre Odom. No sé todos sus nombres.

- ¿Y el Sr. Moses?

-No sé. Su mujer estaba muy molesta. Yo no sé si ella sabe lo que están haciendo y no hablará, o si está preocupada por su marido.

-Ellos saben que Floyd no es del todo normal. –Sentí como si mi sangre se estuviera coagulando en mi corazón. No obstante la rapidez de los batidos, la sangre se había helado y no circulaba. Cada latido me lastimaba.

John estaba del otro lado de la cocina cuando lo vi moverse, sus manos ayudándome a sentarme.

-Busqué por todas partes. La caballeriza, la prisión. Me alcé para mirar por las barras. No está ahí. Fui por la parte trasera de la barbería y por la tienda de alimentación. No sé dónde podría estar. – Con sus manos masajeaba mis hombros; luego levantó una de mis manos frías y la frotó entre las suyas. –Escuché rumores de que se lo habían llevado a alguna parte.

- ¿Adónde? –Me di vuelta para mirarlo, quitando mi mano de su agarre. ¿Por qué no dijiste eso desde un principio? No tienes idea de lo que son capaces de hacerle.

Pude leer en su cara que él sí sabía dónde tenían a Floyd y que ya era demasiado tarde.

-Donde Tommy Ladnier.

Lo único que pude visualizar era la imagen de aquellas botas. De cuero negro, altas y muy elegantes. Botas negras, impecables que relucían en el sol. Eran las botas de un hombre de la delgadez de una serpiente con una sonrisa lenta, que tasaba a la gente a quien la dirigía.

-Tommy Ladnier, ¿el contrabandista?

-Yo no sé si se suponía que yo los escuchara hablar para que yo me fuera de allí confundido y sin entender. Pudo haber sido una trampa, pero las botas ya no están en la tienda.

- ¿Daban a entender que seguía vivo? –Algo me presionada el fondo de mi garganta, un tumor de miedo que amenazaba con ahogarme. El miedo, por Floyd y por todo lo que estaba pasando había empezado a crecer en mí como un nuevo funesto órgano con tentáculos atrapando mis piernas, entrando en el cerebro para forzarme a dejar de pensar

Yo estaba por despolomarme en la silla, pero John me agarró de la nuca. Me hizo sentarme derecho en la silla y luego puso sus manos en mis hombros para sostenerme. Se arrodilló a mi lado sacudiéndome. –No te vayas a desmayar Mattie. No te atrevas desmayarte. Ahora no. Te necesito. JoHanna te necesita. – Con sus manos sintió por los pantalones hasta encontrar la pistola, la cual seguía en mi bolsillo. –Carajo. No puedes fallarme ahora. – Presionó la pistola duramente en mi carne, con más dureza que el miedo, externo e interno dolor en conflicto, en mí.

Me hizo mirarlo, verlo. Su voz penetró el miedo y me alcanzó, trayéndome de vuelta a la silla, a la mesa, a la cocina de JoHanna, y por la ventana se escuchaba la burlona cháchara de un cuervo negro. Al fin y al cabo, lo que al fin me ancló fue la voz raspante del pájaro. El cuervo había llegado a investigar el escombro dejado por la tormenta. Los cuervos son pájaros carroñeros que comen cosas muertas, que esperan la muerte.

Casi me caí al levantarme, pero John me sostuvo y fui a la ventana. El cuervo estaba posado en el poste de una cerca mirándonos. Esperando.

- ¿Qué es lo que quieres que haga? –Yo haría lo que él me pidiera. Por mi propia cuenta no se me ocurría nada, pero yo sí podía obedecer.

-Comienza a hacer las maletas de JoHanna y de Duncan. No obstante lo que ella diga, tenemos que sacarlas de aquí. Al norte. A Hattiesburg.

-Ella no irá si se entera de Floyd.

En ese instante escuché un rechinar de la tarima. Había metido la pata. Miré por encima del hombro de John para verla parada en la puerta, apoyándose en el umbral con una mano de cada lado del marco.

- ¿Enterarme de qué con respeto a Floyd?

Hablaba suavemente, como una ondita de agua que corría sobre el suelo duro de barro de un arroyo poco profundo. Un susurro apenas, a la vez que una fuerza constante, una que no se podía negar.

John no dijo nada y se levantó de donde había estado arrodillado para hacerle frente. —Te tienes que ir esta noche. Con Mattie y con Duncan.

El miedo que sentía se movió trazando un arco por el cuarto haciendo que ella se encogiera de miedo. Se me ocurrió que JoHanna no estaba acostumbrada al miedo. Me dio mucha pena verlo manifestado en ella. Pero ella luchaba con más determinación. Sosteniéndose con el marco de la puerta luchaba para no dejarse guiar por el miedo.

- ¿Qué pasa con Floyd? —Su voz no temblaba. Hablaba con la misma tranquilidad que hubiera tenido para preguntar si en la casa quedaban huevos o si hacía falta comprar más.

-JoHanna, dicen que Duncan es la hija de Satanás. Han perdido la cabeza, todos guiados por sentimientos de miedo y de venganza. Quieren hacerte daño a Duncan y a ti si tratas de defenderla. —La voz de John era cruda, delataba preocupación e impotencia.

- ¿Y Floyd? – repitió JoHanna.

-A Floyd no lo podemos ayudar en este momento. Ni tú ni yo. Una vez que estés segura, una vez que Will esté de regreso, iremos en busca de él.

-Entonces, te consta que algo le ha sucedido.

-Me lo imagino. No sé nada de seguro.

- ¿Dónde está, John? ¿Adónde se lo han llevado? ¿Está vivo?

-No lo sé, JoHanna.

-Y si lo supieras no me lo dirías ahora, ¿verdad?

Suspiró, admitiendo su derrota. –No te puedo mentir Jo. Ni siquiera para tu propia seguridad. Escoge tu propio camino. Yo no te voy a dirigir mediante mentiras.

JoHanna asintió con un ligero movimiento de la cabeza. – Mattie, ¿podrías sacar las maletas de mi armario? Dos. Mete ahí algunas ropas mías y de Duncan. Cosas fáciles. Nada elaborado.

Volví a mirar el poste por la ventana de la cocina. El cuervo me miraba. Luego con un aleteo se levantó al aire torpemente hacia el cielo de color púrpura mientras se nos acercaba la noche desde el este.

Los dejé en la ventana y fui a su habitación donde todavía escuchaba cada palabra que se decían. Discutían, el uno con la otra. John le contó lo que me había contado a mí. No había querido contárselo, pero a la vez no le quería mentir. No era capaz de engañarla. Ni aún para su propia seguridad. El que hubiera pedido hacer las maletas le daba esperanza a John hasta que descubrió exactamente adónde tenía pensado ir.

Capítulo Treinta Y Dos

Estaba decidido. John iba a ir a la casa de Jeb Fairley para dejar una nota anónima sobre los muertos por la calle Red Licorice Road. JoHanna se había recordado del nombre del caminito torcido que nos había llevado a la escena horrorosa. Además del Doctor Westfall, JoHanna contaba con Jeb como la única otra persona que se pondría en contacto con las autoridades basándose únicamente en una carta sin firma que describía un suceso tan sangriento. Aunque Jeb sospechara la fuente de la información, no la revelaría. JoHanna estaba segura de ello. Confiaba en Jeb y yo estaba de acuerdo. Una vez que se haría llegar la nota, John se aprovecharía de la oscuridad para hacer una búsqueda por el pueblo. El Alguacil Grissham no solía patrullar las calles. Por lo general no había razón para tales tácticas. JoHanna había decidido que John descubriría más espiando por las ventanas de los Axim que haciendo preguntas. Si el Sr. Moses había regresado a su casa y estaba con su esposa –sin Floyd-entonces John podría hacer algunas preguntas.

John se puso de acuerdo, aunque no estaba del todo

convencido. Sin embargo, no se le ocurría otro plan. Con una pluma apuntó toda la información mientras él y JoHanna elaboraban el plan bajo la luz de la única lámpara en la mesa de la cocina. «Hay cinco personas muertas en la calle Red Licorice Road. No sé qué pasó, pero se trata de una vista repugnante. Está como a cinco millas de la vieja calle federal.» John dobló la nota y la metió en el bolsillo

Para cuando terminaron yo había hecho las maletas para todos nosotros con la excepción de John el cual se había asegurado de no tener ningún objeto personal dejado en la casa. Había llegado con poco, con lo que tenía en los bolsillos o el pequeño bulto de ropa que había atado con su diario con la pluma en el medio.

Después de explorar Jexville, si no fuera a descubrir nada John se llevaría a Mable de detrás de la casa de Elikah y la montaría hasta Mobile desde donde nos mandaría un telegrama con la información que tuviera. Ahí esperaría al tren que traería a Will. JoHanna quería que se robara un coche, pero John le indicó que un caballo podría proceder con más rapidez por un camino que sin duda seguía bloqueado por árboles. Mable era una montura estable y dispuesta.

Pusimos todo en el coche dentro de una oscuridad completa en caso de que alguien nos estuviera mirando. JoHanna caminó a la puerta trasera sin intención de cerrarla con llave. No había razón. Si venían y querían entrar, se meterían. JoHanna se sentó detrás del volante con John en el asiento del pasajero y manejamos por el calor pegajoso hacia Jexville.

John había convencido a JoHanna que el furor causado por la noticia de los ahorcados le daría más tiempo a Floyd si es que realmente lo tenían detrás de la casa de Tommy Ladnier en Biloxi, en el Golfo de México. JoHanna había prometido no hacer nada imprudente. Se iba a quedar observando la casa de Ladnier para ver si podía ver lo que estaba sucediendo allí y no hacer nada hasta que John llegara con Will. Los dos sabían que no hacía caso avisar a las autoridades de la costa. Aunque Tommy Ladnier carecía de las conexiones políticas que tenía Will, sí ejercía mucha influencia sobre los encargados de imponer la ley en el área. Pagaba mucho por la lealtad de la insignia.

En oraciones cortas y concisas describió lo que podría ser el mejor escenario de la situación de Floyd. Mientras que el automóvil rojo empujaba por la noche húmeda hacia el pueblo, John nos dijo que no creía que la vida de Floyd estuviera en peligro. Era posible que lo hubieran golpeado y sin duda humillado, pero John estaba seguro de que seguía vivo. John dijo que Floyd estaba indefenso y que hombres como Elikah y Clyde Odom no podían dejar pasar la oportunidad para torturar a una criatura desamparada. Pero no lo herirían gravemente. Lo más probable es que se hubieran divertido a expensas suyas mientras lo tenían donde Tommy, como un bufón para sus fiestas.

Sentada en el asiento de atrás con Duncan a mi lado y con un Pecos muy sumiso de su otro lado, traté de no pensar de mi marido ni de Clyde Odom, un hombre a quien había conocido de pasada por la calle Redemption Road. Era un hombre que se regodeó en denigrar a Floyd y en el poner su mano sobre mi seno porque estaba seguro de que las condiciones de mi vida no me permitirían protestar. Como Elikah, Clyde y su hermano Boley sabían cómo humillar y cómo ser crueles. Eran capaces de cosas que John no había considerado. Pero ¿hasta qué punto se permitiría Floyd que lo torturaran? Era un inocente, pero sí sabía la diferencia entre el bien y el mal. Y precisamente como era un inocente trataría de defenderse si se fueran a sobrepasar. Apreté los ojos y sentí el viento caliente batir mi pelo, libre de invisibles, por la cara.

Will sabría cómo rescatar a Floyd. Will con esos ojos intencionados y sus hombros anchos. Él los obligaría a soltar a Floyd. Porque Will, junto con fortaleza física y su cerebro, conocía a todo senador y representante en Washington. Trazando su camino a casa, John podría ponerlo al tanto enviándole un telegrama. Will podría detenerse en Jackson y hablar con el Gobernador del Estado. Floyd sería rescatado.

El coche saltó por los rieles del ferrocarril y yo abrí los ojos. JoHanna bajó la velocidad del coche y luego lo estacionó. John abrió la puerta del carro. La mano de JoHanna lo detuvo.

-Ten cuidado, - le susurró acercando su mano a sus labios, escondiendo la cara para que Duncan no pudiera ver sus lágrimas. – Ten cuidado, John.

-No te preocupes. –Salió del coche y se fue caminando sin dar la vuelta. En cuestión de segundos la oscuridad se lo tragó y yo recordé la primera vez que lo conocí. Siempre había pensado que en algún momento desaparecería y luego tuve un terrible presentimiento de que no lo volveríamos a ver más nunca. Al regresar Will, John buscaría refugio en la soledad del banco del río nuevamente. Volvería a sus escrituras y a su búsqueda del pasado porque no tendría la promesa del futuro que deseaba. Él no se atrevería a quitarle el futuro de JoHanna con Will. Ni se lo sugeriría. Lo que había entre él y JoHanna había llegado a su fin, matado por la monstruosidad de la gente de Jexville.

Puede ser que era incorrecto, prohibido, un pecado ante Dios. Pero no parecía ser algo tan malo.

Duncan se había dormido. Era un sueño turbulento y yo me metí en el asiento delantero mientras JoHanna doblaba el coche hacia el sur, hacia la costa.

-Es un buen hombre, - dijo JoHanna al acelerar.

-Así parece.

JoHanna se limpió las lágrimas de las mejillas. –John nos va a enviar un telegrama al Seaview si se entera de algo. Le conté que ahí nos hospedaríamos.

-JoHanna. –La palabra se me escapó. - ¿Qué vamos a hacer?

-Lo que tengamos que hacer, Mattie. Lo que haga falta para rescatar a Floyd. Entonces nos iremos. Yo nunca creí que era gente mala. Intolerantes, santurrones, hipócritas, todo eso en abundancia. Pero nunca pensé que de verdad se propondrían a hacerme daño.

-Tienen miedo.

- ¿De qué? – preguntó con voz frustrada. – ¿De una mujer que no se mete con otros? ¿De una niña que disfruta de la vida? Pues sí, es algo de temer.

-Los asustas porque te atreves a llevar los pantalones. No los de Will. No tienes que ponerte los de él porque tienes tus propios pantalones. Todas tus creencias van en contrapelo de las de esos hombres. –Pensé en lo que ella definía como su religión. –No les gusta para nada que tú quieres que consideren algo más allá de sus propias necesidades, de la tierra que trabajan, de los animales y los árboles que usan. De las mujeres y niños que dominan. No les gusta.

-Nunca he tratado de imponerle mis creencias a ninguno. - Ahí fue cuando yo verdaderamente la comprendí. – No, eso es verdad, pero los forzaste a pensar y eso, en un pueblo como Jexville, es imperdonable.

Continuamos por el camino en silencio por unos minutos. Finalmente, JoHanna me miró. En la pálida luz de la luna yo no podía distinguir si estaba abatida o simplemente cansada. – Deben pensar, Mattie. Son como vacas gordas, todas en fila siguiéndose. Se desesperan por ser guiados, para que se les diga lo que deben hacer y cómo hacerlo. Las mujeres más que nada. –El tono amargo hacía que su voz sonara dura. –Más que nada las mujeres. No era mi intención emprender una cruzada. Para nada. Pero lo que hice fue rehusar de fingir que aceptaba esta manera de ser. Y te digo una cosa. Ni una se merece una de las sonrisas de Floyd. Él ni tiene que pensarlo para ser bueno. Es toda bondad que viene directamente de su corazón. Lo encontraremos y luego nos iremos. Ni siquiera regresaremos por nuestras cosas. Tenemos lo suficiente aquí.

Así que ella entendía que no había posibilidad de regreso. No era una decisión voluntaria. Miré al asiento trasero, a Duncan dormida tranquilamente. Del todo confiada en que nosotras podríamos cuidarla. –La matarán, JoHanna.

-Sí. Son capaces de ello. Finalmente lo acepto.

-Debiste haber permitido que John nos acompañara.

-No. – Tuvo que virar para no chocar con parte de un árbol que seguía atravesado en la calle. – De estar segura de que Elikah no te volvería a golpear te hubiera dejado a ti también. Estar conmigo y ser mi amiga es peligroso. Es por mí que han pensado en lastimar a Floyd. Porque era mi amigo.

Recordé el día en el que habíamos caminado al arroyo para mirar el bautizo. El día en el que Mary Lincoln se ahogó vestida de blanco, el cinto largo colgado de las raíces del árbol sumergido. El riachuelo había movido el árbol lentamente, pulgada por pulgada, por un fondo profundo y arenoso. Había tomado años quizás para que el árbol apareciera de repente en un estanque de agua donde miles de otras personas se habían inmerso sin incidente. Camino al bautizo JoHanna me había hablado de los árboles y de la naturaleza, de percatarse de la importancia y del valor de todo lo vivo. En su mundo, sin embargo, no había cabida para bichos como Elikah. Puesto que ella no era capaz de hacerle daño a nadie le había costado aceptar que otros fueran capaces de crueldades malignas. Ahora lo comprendía, así como yo lo había aprendido hacía muchos años bajo la mano de Joselito. Luché para parar las lágrimas ardientes que amenazaban derramarse. Era una lección que me hubiera gustado poder ahorrarle.

-No era porque Floyd es tu amigo, - le dije, acariciándola. – Elikah y Clyde y los otros han hecho esto porque son quienes son. Habrían atacado a cualquier criatura que ellos percibían como más débil para destruir, porque así son ellos. – Le apreté el brazo y ella quitó su mano del volante para tomar la mía, agarrándose de mí. –Esta no es tu culpa como tampoco es culpa de Duncan lo que les pasó a aquellos muertos ahorcados. Hasta puede que como te tienen algo de miedo ellos no se decidieron a esto hasta ahora.

-Ay, Dios mío, Mattie, ¿crees que es por causa mía que nos pasa todo esto?

Yo sacudí la cabeza en una negativa. - Tú misma me lo dijiste JoHanna. Somos como somos por naturaleza. Alguna gente es mala. Tú no los hiciste así y no hay nada que puedas hacer para cambiarlos. Nada. – Dejé que contemplara lo que acababa de decir. –Podemos ser más inteligentes que ellos y no estoy del todo segura de que el ir a Biloxi es lo más prudente.

Con su hombro JoHanna limpió unas lágrimas de su mejilla. –Es lo único que sé hacer, Mattie. Tenemos que encontrar a Floyd antes de que sea demasiado tarde.

Duncan comenzó a despertarse en el asiento trasero. – Mamá, tengo que hacer pipí. – Puso su mejilla en la espalda del asiento de JoHanna. –También tengo hambre.

JoHanna me dio un apretón en la mano y luego la posó sobre el volante. La sentí enderezarse, componiéndose, alistándose para cumplir con las necesidades de su hija.

-Pararemos dentro de un rato, Duncan, pero vas a tener que esperar para comer hasta que lleguemos a la costa. No hemos traído comida.

En la oscuridad yo sonreí y me extendí para alcanzar un saco de la parte trasera del coche. – Equivocadas. Mientras que tú y John hacían los planes yo junté pan, queso y la leche fresca. Lo mejor es que nos la bebamos antes de que se eche a perder.

Duncan aplaudió despertando a Pecos el cual exigió un pedazo del pan. Mientras comíamos el pan grueso con el queso y pasamos la botella de leche por el coche dejamos atrás la peor parte de nuestros temores, al menos por el momento. Duncan sugirió que cantáramos todas las canciones de baile que conocíamos mientras seguíamos por la noche hacia el Estrecho del Mississippi y la casa de un contrabandista.

Capítulo Treinta Y Tres

Mi sueño profundo fue penetrado por sonidos extraños de risas y de chillidos. Abrí los ojos lentamente y mi mirada siguió el capó largo y rojo del coche hasta ver el agua más grande que había presenciado en mi vida. Era un paisaje de grises. Aún más extraña, era la vista de una mujer vestida de hombre con pantalones enrollados por la pantorrilla, con un sombrero de sol en la cabeza en la luz del amanecer persiguiendo un gallo quejumbroso que perseguía, por su parte, a un pájaro gris por la ribera de las olas. En el asiento trasero Duncan McVay se moría de risa.

-Agárralo, Mamá, - gritaba, encaramándose sobre el asiento para poder salir para seguir a su madre y a Pecos. Me froté los ojos mientras miraba a Duncan correr torpemente a través de la alta grama hacia el agua. Más allá de donde estaba JoHanna el gris del cielo se unía con el suave gris de lo que había de ser el Estrecho del Misisipí. Me subí las mangas y el collar. Ya no hacía calor. El otoño había regresado con sus neblinas húmedas del amanecer.

-Trata de desviarlo, Duncan. – Johanna mandó mientras ella misma corría tratando de flanquear a Pecos.

Con la cabeza moviéndose de lado a lado y las alas aleteando como si ejerciera un extraño rito Pecos corrió hacia el ave blanca, y luego trotaba para alejarse. El ave blanca tenía un pico grande. Parecía que con una sola mordida se tragaría a Pecos. Arriba de nosotras el cielo estaba lleno de chillidos desconocidos y miré para ver muchos más de los pájaros blancos, los cuales se veían mucho más elegantes volando que caminando en la arena. Volaban en círculos y se abalanzaban en el aire. Sentí pena por Pecos. Era una criatura tan desgarbada. No podía volar más de unos veinte pies. Sin embargo, estaba empecinado en hacerle la corte a uno de estos bellísimos pájaros. Salí del coche para ayudar a atraparlo. Era mucho más fácil correr vestida de pantalones y los zapatos atados con cuerdas. Corrí en un ángulo por la hierba para poder cruzar el camino de la madre, la hija y el gallo todos los cuales corrían por la playa.

Mientras corría recordaba los eventos de la noche. JoHanna y yo habíamos hablado hasta que la monotonía del sonido del motor y el ritmo de las luces parpadeantes a lo largo del camino arrullaron mi sueño. Me había unido a Duncan en el refugio del olvido. En vez de dirigirse hacia el hotel JoHanna había parado el coche por la carretera para dormir también. Todas nos habíamos despertado con la vista del agua. Era mi primera vez de ver un agua así. Will y JoHanna habían viajado a la costa en otras ocasiones. De hecho, me había enterado de que solían asistir a las fiestas de Tommy Ladnier.

JoHanna conocía a Tommy mucho más de lo que había indicado tanto a John como a mí. Ella y Will lo conocían. Era una idea que me molestaba porque no la entendía.

-Pecos. – JoHanna lo llamaba. –Ven aquí imbécil. Te has enamorado de una gaviota y ella no quiere tener nada que ver contigo.

Pecos no se dejó convencer. Comenzó a bailar hacia la gaviota y alzar las alas haciendo sonidos de gallo apasionado mientras brincaba y se pavoneaba. La gaviota lo miraba tranquilamente decidiendo si comérselo o no. Parada sobre sus patas flaquitas se dio vuelta hacia el mar, ignorándolo. Las otras gaviotas circulaban sobre nosotras, lanzándose de pronto hacia el agua, zambulléndose en las olas ondulantes. El sonido de explosión al impacto me hizo gritar alarmada. Vi espuma rodeando a una de las aves que luchaba para volver al aire con un pequeño pez en el pico.

Las otras aves circulaban y chillaban aleteando por el agua.

A Pecos no le interesaron las payasadas de las gaviotas. Estaba concentrado en la solitaria gaviota que seguía parada en la playa. Se le acercó y la circundó para poder observarla desde otro ángulo. Infló el pecho y la llamó con graznidos elaborados.

- ¿Por qué no se echa a volar? - Duncan había alcanzado a JoHanna. Estaba parada al lado de su madre al hacer la pregunta.

-Pues, no sé. –JoHanna había renunciado a perseguir a Pecos. Una vez que la gaviota se alejara podríamos atraparlo.

- ¿Crees que sabe que es un gallo? –preguntó Duncan.

-Me imagino que ella sabe que él no es gaviota. No sé si sabe exactamente lo que es. Pero te aseguro que si no lo atrapamos pronto nos lo vamos a comer para la cena esta noche. Ese pájaro no ha sido más que un estorbo en estos días. La Tía Sadie tenía razón. El único lugar donde debe de estar es en una olla.

Duncan se rio de las ocurrencias de su madre. –No es su culpa, Mamá. Se ha enamorado.

Aunque las palabras de Duncan fueron pronunciadas en broma penetraron el corazón de JoHanna. Palideció y luego forzó una sonrisa. –Supongo que el amor es una fuerza que ha de ganar la paciencia de otros, - dijo acariciando el pelo de

Duncan. – Deberíamos de registrarnos en el Seaview, desayunar y bañarnos.

- ¿Por qué no fuimos anoche? –preguntó Duncan. – Debiste habernos despertado a Mattie y a mí si íbamos a acampar en la playa.

-No fue mi intención dormir toda l noche. Nada más pensaba descansar un rato, pero no me desperté hasta sentir la neblina del amanecer en la cara. –JoHanna sonrió y se inclinó para darle un beso a Duncan en la mejilla. –Atrapa ese pájaro tuyo y vámonos al hotel.

- ¿Podemos pedir tocino de Biloxi con *grits*? – Duncan se estaba lamiendo los labios en anticipación.

-Me parece una idea excelente.

Para contestar mi mirada confundida, Duncan se rio. –Es un mújol frito, Mattie, con un plato lleno de *grits* en mantequilla. Y quizás panecillos, si tenemos suerte. Te va a encantar.

Yo me había acercado al agua analizando la sensación peculiar del aire y el sabor intrigante que se posaba en mi boca cuando la abría.

-Es el agua salada del mar, Mattie. La puedes sentir en tu piel y saborearla. –JoHanna sonreía. –De hecho, es más fácil nadar en agua salada ya que te sostiene mejor que el agua del río.

Miré hacia el horizonte donde me pareció ver algo a la distancia.

-Es una de las islas que sirve de barrera. Esta agua aquí es del Estrecho. Del otro lado de la isla está el Golfo de México. Yo recuerdo que me contaste una vez que soñabas con el agua azul y las playas blancas –JoHanna señaló hacia donde el pedacito de isla prometedora entraba y salía del marco de visibilidad. Se desaparecía en la neblina para luego aparecer por unos segundos. - Hay un transbordador que va para allá de vez en cuando. Es un bote de excursión que va hasta Ship Island. Un día podemos llevar un picnic para que puedas conocer el Golfo de México. Al menos después de que encontremos a Floyd.

Volvimos al coche y entonces me paré en el barro gris oscuro que hacía de borde a la playa. Con lo mucho que me había enfocado en Pecos y sus avances románticos nunca se me ocurrió mirar detrás de mí. La casa más grande y elegante que había visto en mi vida se levantaba detrás de mí a unos 100 metros. Los enormes robles parecían abrir sus brazos hacia el agua para abrazar el aire salado, invitando a todos a parar y admirarlos. Yo estaba tan capturada por la casa que al principio no me fijé en que en el jardín había un casco de un bote. El pórtico del lado derecho de la casa parecía estar cayéndose y una mecedora había chocado con uno de los árboles. Noté pedazos de escombros tirados por el jardín y mientras miraba vi a cinco hombres salir por un lado de la casa para poner laderas contra el pórtico.

-El huracán, - dijo JoHanna. –Pero no parece haber hecho mucho daño. Al menos no por aquí. Es la casa de los DeSalvo.

- ¿Yancy DeSalvo? - No lo pude creer. Yancy DeSalvo era actor de películas. Callie se había enamorado de su imagen en el afiche colgado fuera del Teatro Star en Meridian. De hecho, Callie reclamaba que él era de Misisipí. Se preocupaba de que no le iría bien en las nuevas películas sonoras por su acento sureño.

-La casa pertenece a sus padres. – JoHanna se sonrió de mi icónico asombro. –Él viene aquí con frecuencia.

- ¿Lo has conocido? – No lo pude creer.

JoHanna tenía una expresión especulativa mientras miraba la casa. – Sí, en algunas de las fiestas de Tommy Ladnier. Tommy atrae a gente interesante.

- ¿Qué estás pensando, JoHanna? – Yo notaba algo en el tranquilo sosiego de su expresión. Sus ojos no estaban tranquilos. Brillaban con una llama interna.

-La casa de Tommy está justo al lado del agua. Hay terrazas de ladrillo que conducen hasta el Estrecho. – Estaba pensando en voz alta. –Si los DeSalvo tienen a gente reparando la casa estoy segura de que Tommy también ha tenido que emplear a algunos y si los DeSalvo tienen cinco a diez hombres limpiando después de la tormenta, te puedo asegurar que Tommy tendrá cincuenta. Con él todo tiene que ser más grande y exagerado que los demás. Le advertí una vez que su vanidad sería su perdición.

No creí que fuera posible que yo pude intuir lo que ella sugería. - ¿De veras crees que nosotras podríamos pasar por obreros? –Miré su figura. Vestía pantalones, pero aun así de ningún lado que se la mirara parecía un hombre. Yo sí parecía un muchacho. Un muchacho flacucho y débil que nadie emplearía como trabajador de obra.

-No, no de obrero. –La sonrisa de JoHanna delataba satis-facción. – Podríamos traer sándwiches para venderles al equipo. Podríamos pasar por proveedores de comida. Y, lo podríamos hacer de tal manera que Tommy jamás me reconocería.

- ¿Y yo? –Duncan había estado escuchando la conversación con un interés agudo.

-Te vas a tener que quedar en el Seaview con Pecos.

- ¡No! –Duncan levantó la barbilla. –Quiero ayudar a Floyd.

JoHanna se movió para poder observar a Pecos. Él seguía con su baile de gallo persiguiendo a la gaviota la cual no se dejaba seducir por sus atenciones. –Si quieres ayudar a Floyd corre y agarra a ese maldito gallo para que podamos ir al Seaview. Tenemos que bañarnos, cambiarnos y comer. Entonces forjaremos un plan.

Duncan nos dio la espada dándole una patada a una matita de hierba centeno de arena. –No me van a dejar – voceó hacia el Estrecho – No.

Miré a JoHanna quien levantó un hombro. –Nunca le he negado nada que podía conseguirle. Supongo que hay veces que hay que aprender que no se puede tener todo lo que uno quiere en la vida.

Se metió en el coche y yo la seguí. Después de quince minutos llegó Duncan, sin aire, con el gallo envuelto en su blusa. Estaba desnuda desde la cintura para arriba y temblaba de frío, pero al menos, había agarrado a Pecos. Yo saqué el único suéter que se me había ocurrido empacar y se lo pasé. Nos dirigimos hacia el hotel.

No avanzamos con rapidez. No esperábamos ver tanto terrible daño por todas partes dejado por la furia del huracán. Hombres con sierras cortaban y quitaban los árboles desraizados por la fuerza del viento. Habían caído robles enormes con sistemas de raíces tan grandes como casas. JoHanna estaba a punto de llorar. –Algunos de estos árboles tienen más de cien años. Algunos sobrevivieron el huracán de 1906 pero esta vez cedieron.

–Todavía quedan muchos árboles, Mamá, - Duncan la acariciaba –Mira, ahí hay muchísimos.

Miramos hacia la arboleda de robles siempre verdes que delineaban la entrada a una casa grande alejada de la calle. Había hombres con laderas caminando hacia uno de los árboles y yo vi los restos de un bote en las ramas. Al parecer el viento y el agua lo habían aventado a los árboles.

Había casas sin techos, edificios tumbados por el peso del agua y el viento. Todo a lo largo del agua había muelles y embarcaderos destruidos. En la mayoría de los casos solo quedaban los postes marcando donde habían estado los muelles. JoHanna estaba afligida por lo que veía, pero seguía conduciendo hasta llegar a un enorme hotel blanco de estilo de vieja mansión. El letrero de madera rezaba que era el Hotel

Seaview, pero era casi imposible leerlo por las hojas que parecían haber quedado incrustadas en la madera del letrero

JoHanna bajó la velocidad al acercarse al hotel. Conducía sobre un camino de conchas blancas. –Gracias a Dios, - dijo. – Temía que quizás ni el hotel quedaría después de ese huracán.

El edificio gigante ostentaba quince enormes columnas que daban hacia la playa. Habría sido un blanco perfecto para el viento de no haber había sido construido con paredes macizas. JoHanna contó que los ladrillos de las paredes habían sido hechos a mano por esclavos, cubiertos de revoque, y luego pintados de blanco. Al llegar a la puerta un hombre vestido de uniforme rojo nos abrió la puerta y sacó nuestras maletas.

-El vestíbulo está algo húmedo, - dijo sin sonreír. – Pero las habitaciones en el segundo piso no quedaron afectadas.

JoHanna le agradeció la información y le dio una moneda. El hombre se llevó el coche y otro tomó nuestras maletas y nos siguió al vestíbulo.

Yo no me quedé boquiabierta ni me porté como una boba al ver el esplendor del hotel. El viaje que había hecho a Mobile y a Nueva Orleans me había preparado para ello. El hotel era fabuloso aun con las empleadas de rodillas limpiando el agua de las alfombras y los carpinteros reemplazando marcos y ventanillas de las ventanas. Los botones y el recepcionista se comportaban con alegría al registrarnos y llevarnos a nuestra habitación. Duncan estaba concentrada con la maleta donde tenía a Pecos escondido. Temía que Pecos se agitara y se delatara. No se fijó que JoHanna nos registró con los nombres de Martha Lindsey, Jane y Emily Lindsey. Sentí un escalofrío. Por un momento se me había olvidado nuestro propósito en Biloxi.

- ¿John sabrá cómo comunicarse con nosotras? – le susurré. Ella asintió mientras íbamos siguiendo a un joven de chaqueta refinada. –John sabe de esos nombres.

El botón cargaba nuestras maletas como si no pesaran nada.

Abriendo la puerta de la habitación, guardó nuestras maletas, abrió las ventanas y esperó su propina, con discreción, en la puerta. El solo llegar a la habitación en el Hotel Seaview era costoso.

Me acerqué a la ventana y acaricié la tela densa de las cortinas con su diseño de rosas. Hacían juego con el empapelado de rosas silvestres con hojas verdes que, por su parte, hacían juego con el sillón de color rosa oscura que estaba al lado de la ventana. Afuera el sol quemaba la neblina gris y aunque la brisa estaba algo fría se notaba que iba a ser un día hermoso.

-Yo me voy a bañar primero, - dijo JoHanna mirando a Duncan liberar a Pecos. – Luego le toca a Mattie.

-Tengo hambre, - anunció Duncan

-Llama al servicio de habitación, - sugirió JoHanna. –Y luego mira a ver cómo haces para esconder ese pájaro. No puede salir volando detrás de una gaviota cada vez que se le antoje.

Duncan suspiró mientras caminó a tirar de la campanilla. – Es como si tú no quisieras que yo tuviera a Pecos aquí.

JoHanna se dio vuelta en la puerta. – La verdad es que quisiera que tú misma no estuvieras aquí. Porque te quiero y quiero asegurarme de tu seguridad. De haber tenido tiempo de dejarte en Hattiesburg lo hubiera hecho. Y te advierto ahora, Duncan, si causas cualquier problema, por menor que sea, te voy a poner en un tren a Nueva Orleans. El primero que esté por salir. Te puedes quedar con Vanessa.

La amenaza funcionó y Duncan no dijo más nada. Esperó hasta que su madre hubiera entrado al baño y me dijo: - Vanessa es una lata. Yo la odio.

- ¿Quién es Vanessa? – pregunté. Nunca había escuchado a nadie hablar de ella.

-Es una prima de Papá. Desaprueba de Mamá y de mí. En su opinión, Papá cometió un grave error al casarse con Mamá.

- ¿Lo ha dicho? – no lo quise creer.

-Todo el tiempo, frente de Mamá y de Papá. – Duncan sonrió. – Dice que yo soy una niña malcriada y consentida. Dice también que Mamá sedujo a Papá con hechicería y que hasta ahora él sigue bajo el embrujamiento.

Me dejé hundir en el sillón esperando la comida o el baño. El que se me ofreciera primero. –Ojalá no la tengamos que conocer.

Duncan se acercó a la ventana y se quedó parada con su mano sobre la cabeza de Pecos. –Parece que me tengo que quedar aquí con el gallo mientras ustedes se la pasan divirtiéndose.

Capítulo Treinta Y Cuatro

Pues, no nos íbamos a divertir durante la visita a la casa de Tommy Ladnier. Aun con su pelo bien corto JoHanna seguía reconocible. De hecho, el corte la hacía resaltar aún más. Esto significaba que ella no se podía mezclar con los trabajadores vendiendo sándwiches y galletitas por cinco centavos. Y aunque me flaqueaban las rodillas al sólo pensarlo, yo estaba dispuesta a encontrar a Floyd.

JoHanna se las arregló para conseguir un vestido azul con su delantal blanco de una de las empleadas. Sus dedos hábiles trenzaron mi pelo indisciplinado para formar pequeñas coronas y me dio una canasta con sándwiches y galletas de avena que la cocina había preparado para nuestro «picnic» en la playa. Estacionó su enorme coche rojo a una cuarta milla del agua en una arboleda de nuez pacana que había sufrido mucho daño en la tormenta, pero al cual nadie le estaba haciendo caso ese día. Dijo que me esperaría mientras yo les vendía los sándwiches a los trabajadores y conversara con ellos. Me advirtió que tuviera cuidado con hombres vestidos de traje y que no me pusiera a hablar con ninguna de las mujeres que vivía en la casa y agregó

411

que una puta siempre es puta, dispuesta a vender cualquier cosa, ya sea a sí misma o un secreto, sin importarle un bledo.

La casa era gigantesca: un brebaje de estuco pintado de un coral claro con un techo de bellísima teja verde. Estaba rodeada de jardines de gardenias con hojas de verde oscuro y detrás había terrazas de ladrillo que caían como escalones enormes hasta el Estrecho. Había trabajadores por todas partes comenzando a reparar los daños causados por la tormenta, tanto severos como menores. Yo caminé por la propiedad cargando una cesta repleta de sándwiches con una sonrisa débil buscando cualquier pista del paradero de Floyd.

Los trabajadores tenían hambre y se me acabaron los sándwiches mucho antes de lograr investigar el área. Sí pude explorar un edificio con tres coches grandes estacionados dentro. No había traza de Floyd ahí. Otro edificio estaba lleno de herramientas y suministros, pero n de Floyd. Me regresé hacia las terrazas que antes de la tormenta estaban decoradas con hileras de macetas de flores vistosas. Las terrazas estaban hechas de ladrillo patinado y desgastado por el tiempo y el rocío salino. Fungían como graderías gigantes bajando hacia el agua. Había jardineros sacando crisantemos y gardenias destruidos por el agua salada. Ponían tierra nueva y sembraban plantas nuevas. Con la canasta vacía yo ambulaba por ahí, esperando que a nadie se le ocurriera cuestionar mi presencia.

Cuatro hombres vestidos con pantalones finos y camisas blancas supervisaban a los trabajadores sentados por las grandes puertas traseras con sus muchos cristales. Llevaban tirantes y sombreros, fumaban cigarrillos y se reían de buena gana. Uno de ellos se fijó en mí y se lo comentó a los demás. Se rieron, pero uno de ellos se paró lentamente. Yo me hice la tonta como si no los hubiera visto y comencé a caminar en la dirección contraria, la cesta vacía golpeando mis caderas mientras caminaba.

- ¡Oye! - El hombre estaba justo detrás de mí.

Lo ignoré e hice todo lo posible por no lanzarme a correr. El correr empeoraría la situación.

-Oye. Te estoy hablando a ti. – Había puesto su mano en mi hombro. Me di vuelta.

Noté sorpresa en su cara mientras él me estudiaba detalladamente. Los morados alrededor de mis ojos ya casi habían desaparecido, pero, mirándome así de cerca era evidente que se me había golpeado. El ataque reciente del gallo había dejado una herida abierta en la mejilla. - ¿Qué haces aquí? – quiso saber.

-Traje unos sándwiches para vender. – dije con voz de ovejita, con miedo, asustada. Aclaré la garganta – Para los trabajadores. Sándwiches para su almuerzo.

Miró la cesta. – Al parecer vendiste todos.

-Pues, sí. – Instintivamente toqué el bolsillo donde había guardado las monedas. – Los compraron todos. Estaba por volver a mi casa.

- ¿El Sr. Ladnier te dio permiso para vender sándwiches aquí? – La pregunta no era más que una formalidad. El hombre sabía que yo no tenía tal permiso.

-Pues, no. No me parecía que le importaría. Les ahorra tiempo a los trabajadores ya que no tienen que irse para conseguir el almuerzo. Así trabajan más.

-Ah, ¿así que tú estabas haciendo esto para ayudar a Tommy? - Al sonreír noté que el hombre tenía dientes enormes, como si fueran de un teclado de piano. Los ojos grises, sin embargo, estaban más duros que el ladrillo de la terraza.

-No. Estaba tratando de ganar un poco de dinero. El huracán... -No quería inventar más mentiras.

-Creo que deberías hablar con el Sr. Ladnier. No creo que esté contento con tu pequeño negocio. – Su aliento apestaba a cigarrillos y los dientes estaban teñidos de amarillo.

-No hay porque molestar al Sr. Ladnier. Me voy y no regresaré. – Traté de pasarlo, pero me agarró del brazo.

-Actúas como si estuvieras haciendo algo que no debes. – Tenía mi brazo fuertemente. Agrieté los dientes rehusando pegar un grito.

Lentamente pronuncié, -Yo no estoy haciendo nada malo aquí.

- ¿Y yo debo creerte? – preguntó con sarcasmo.

-Escuche, Sr...-El hombre ignoró mi intento de saber cómo se llamaba. –No quiero causar problemas. Quiero volver a casa.

-Pues, quizás deberías de compartir parte de tus ganancias con el Sr. Ladnier. Estabas vendiendo en su propiedad. Creo que se merece su parte.

Tragué. –No se me ocurrió que le importara. Los hombres tenían hambre. Fue sugerencia de mi Mamá. Ella dijo que debería de hacer los sándwiches y traérselos.

-Puede que le importe o puede que no. – El hombre rio y siempre agarrado de mi brazo me medio-arrastró hacia la casa. Los hombres que se quedaron en la puerta trasera se estaban riendo también.

- ¿Por lo visto pescaste a una empresaria? – dijo uno. –La verdad que parece muy peligrosa. De hecho, parece que ya la han golpeado por algo. –El hombre se agachó y subió mi mentón con su dedo. - ¿Qué crimen has cometido para que te golpearan así?

Yo estaba aterrorizada y no dije nada. Había cuatro de ellos y todos me miraban queriendo tocarme. JoHanna estaba a un kilómetro de ahí y no había nadie que me podía ayudar. Si Tommy fuera a enterarse la verdadera razón por la cual yo estaba ahí les ordenaría que me mataran y que botaran mi cuerpo en el Estrecho. Tenía que afrontar la situación con descaro.

La puerta de cristal se abrió y un hombre alto, esbelto, de bigote oscuro salió. Su peinado elegante al estilo Valentino estaba acicalado hacia atrás. Llevaba una camisa blanca, sin corbata, pantalones negros, y las botas negras hechas por Floyd.

Sonrió al notar mi interés en las botas y torció la pierna para que yo pudiera admirar la calidad de la bota. –Están hermosas, ¿verdad?

Yo asentí sin poder quitarle la vista.

- ¿Qué clase de criminal tiene aquí? – Tommy Ladnier le preguntó al hombre que me tenía del brazo. Olía a colonia, una fragancia tan intensa como sutil. Cara. Aun sin ser sofisticada yo lo entendía.

-Les estaba vendiendo sándwiches a los trabajadores.

Tommy Ladnier se me acercó y levantó el pedazo de tela que tenía en la cesta. - ¿Estuvieron ricos?

-Sí, señor. De rosbif y de jamón. – Yo miraba la cesta sin atreverme mirarle a los ojos. Él conocía a Elikah. Él conocía a todos en todas partes. ¿Podría reconocerme?

-Y esta niña de los sándwiches, ¿acaso tiene nombre?

Yo no estaba preparada para contestar. No tenía una respuesta. No podía usar mi nombre ni tampoco el nombre que JoHanna había usado en el Seaview.

-Creo que le hace falta beber algo, - dijo Tommy. –Está tan deshidratada que ni siquiera puede darnos su nombre.

Abrió la puerta y antes de que yo pudiera pedir ayuda, el hombre que me tenía me forzó a entrar.

JoHanna me había pedido explorar la casa. Dijo que Floyd probablemente estaría en uno de los edificios anexos, pero yo no lo había encontrado. Sin embargo, Tommy Ladnier tenía las botas puestas que Floyd le había hecho. Esa era la única evidencia que me hacía falta para confiar que Floyd tenía que estar cerca. Yo no le sería útil a Floyd si me portaba como una cobarde. Tenía que estar ahí. En alguna parte. Había logrado entrar, aunque iba empujada por uno de los matones de Tommy Ladnier.

- ¿La llevo a la cocina? - preguntó el hombre que me tenía.

Tommy sonrió lentamente. – No. Llévala a la biblioteca. La puedes soltar. Ella vende sándwiches. No es peligrosa.

El hombre me soltó violentamente. Escuché una risa baja, ronca.

-Pues, Teddy. Veo que haces cualquier cosa que te pide Tommy.

El hombre que me había tenido frunció el ceño. –Cállate, Myra.

-No me tengo que callar hasta que Tommy me lo ordene.

-Cállate, Myra, - dijo Tommy. – Deja de tirarle carnazas a Teddy. Si sigues así te tendré que mandar donde Mamá.

Impávida, la chica se sentó en la escalera mirándome a través del balaústre. La hermosa madera tallada enmarcaba su cara pálida, con pelo rojizo/dorado que corría por la madera. - ¿Quién es esa niña hermosa? – preguntó.

Tommy se rio y al contestar cambió la voz como para imitarme a mí. –Una doncella que ha venido a venderle sánd-wiches a los trabajadores. Una simple doncella buscando una manera para ganarse un poco de dinero para a ayudar a su pobre madre hambrienta. – Aunque la voz de Tommy tenía un tono juguetón yo reaccioné con un escalofrío.

-Ah. ¡Una chica noble! – la chica se rio. –Pues yo *siempre* he querido vender sándwiches para ganarme la vida.

Todos los hombres rieron y yo sentí una ola de pánico. Era una casa mala. La chica de la escalera llevaba un camisón a pesar de que ya eran pasadas las doce del día. El haber vivido con Elikah me había enseñado algunas cosas sobre la vida y ya yo no era la tonta inocente de hacía cuatro meses. Lo único de lo cual no estaba segura era que si ella era la novia de Tommy o de Teddy. O quizás estaba ahí para cualquiera que la deseara.

-Tráenos café, Myra, -ordenó Tommy y nosotros lo seguimos a un cuarto grande cuyas cuatro paredes estaban repletas de libros. No había fuego en la chimenea, pero se olía todavía el olor de madera quemada y el olor contrastaba con el de los libros. Dinero. Poder. El cuarto olía a todo eso.

- ¿Quién te mandó aquí? –Tommy me confrontó de pronto.

Me chocó su transformación de playboy alegre a inquisidor. –Pues na-nadie. – Las palabras salieron con dificultad. – Iba a vender los sándwiches en la playa, pero no había nadie ahí. Por la tormenta, supongo. –Me lamí los labios nerviosamente. Tenía la boca reseca, pero Myra todavía no había llegado con el café. –No había nadie en la playa. Escuché el martilleo. Pensé que quizás los hombres trabajando tendrían hambre. – Me callé porque no había más que decir.

Los ojos de Tommy Ladnier estaban raros. Se movían rápidamente de un lado a otro. Era un movimiento apenas detectable, pero me hizo pensar que él no dormía nunca. Se moverían bajo los párpados, mirando aun con los ojos cerrados. Miré a otro lado.

- ¿Qué más haces además de vender sándwiches?

Estaba jugando conmigo porque esto divertía a los hombres que se habían sentado cómodamente por el cuatro entretenidos por el espectáculo. Sus miradas burlonas enfatizaban el poder de Tommy en contraste con mi lamentable situación.

-Limpio, cocino y coso. Lo que haga falta. – La rabia que sentía me estaba dando valor y quería decirle que tramaba ayudar a mis amigos. Pero no lo expresé.

-Si de veras te hace falta trabajar yo te daré algo que hacer.

Su actuación era para el beneficio de los hombres así que yo no sabía si creerle o no. - ¿Qué tipo de trabajo sería? – Yo sospechaba que los trabajos que les ofrecía a las mujeres no serían de mi agrado.

-En la cocina. – Sonrió. –Yo no me aprovecho de niños. Ni

siquiera a aquellos a quienes les gusta ser golpeados. – Con una rapidez imprevista trazó el morado en mi cara.

Los hombres se estaban matando de risa. Yo sentí la sangre subir a mi cara. Lo miré. Trabajar en la cocina sería una gran oportunidad. - ¿Puedo ir a trabajar ya? -Se podían reír de mí todo lo que querían.

- ¿Qué sabes cocinar? – preguntó, sus ojos grises observándome.

-Cualquier cosa. Mi especialidad son el desayuno y los pasteles.

Tocó el pliegue de mi delantal blanco. – Poca gente sabe preparar los huevos como a mí me gustan.

-Eso es común con los hombres, ¿no es así? - contesté.

Esta vez los hombres se rieron conmigo.

-Dillard. Llévala a la cocina y dile a Love que esta niña va a ser su nueva ayudante. Love odia tener que amanecer para preparar el desayuno. Ojalá le caiga bien esta niña de los sándwiches.

Sentí una euforia que por poco salto y bailo de alegría, sin embargo me aseguré de no mostrar más que gratitud. – Gracias, - dije y me di vuelta para salir del cuarto.

La mano de Tommy me agarró por el cuello con suficiente fuerza para dejarme saber que él era capaz de hacerme daño. Cerré los ojos para apagar el pánico que él vería en ellos cuando me hizo volverme para mirarlo directamente.

-No me has dicho tu nombre.

Abriendo los ojos vi sus pestañas largas y negras enmarcando cada ojo gris. Tenía rasgos llamativos. Era un hombre impecablemente acicalado. – Lola, - susurré. Había decidido tomar el nombre de la mujer que me había remplazado en la cama de Elikah. Ella se había escapado con su dinero. Quizás el nombre me daría suerte.

-Pequeña Lola. – Me acarició la parte inferior de la barbilla.

—Si funcionas bien en la cocina, ya veremos qué otros talentos tienes.

Los hombres se volvieron a reír y él me indicó con su cabeza que tenía su permiso para salir del cuarto. El hombre alto llamado Dillard me esperaba en la puerta. Sin decir nada me guio hasta una cocina grande donde una enorme mujer negra estaba agachada sobre un horno lleno de panecillos calientes. El olor a levadura de pan caliente me recordó que ya era la tarde y que yo no había comido nada desde el desayuno.

-Mira, Love. Aquí te traigo a una asistente. Tommy dijo que ella se encargará del desayuno para que tú no te tengas que levantar.

Love tocó los panecillos mirándolos con ojo crítico y luego los empujó dentro del horno antes de pararse y mirarme. Era la mujer más alta que había visto en la vida. Una mujer negra de un color de chocolate oscuro, con ojos pequeños y una nariz afilada. - ¿Sabes preparar desayunos?

-Sí.

-Es bueno trabajar para el Sr. Tommy, pero si estropeas los huevos te va a estropear la cara peor de lo que ya la tienes.

Poder encontrar a Floyd dependía de yo poder quedarme en esa cocina. –Sé cocinar.

Su mirada bajó por mi cuerpo y se detuvo en mi barriga.

-No es que estás por hincharte con un bebé bastardo, ¿ah?

No esperaba la pregunta. –No.

-Asegúrate de ello. Si te quedas preñada no puedes trabajar en mi cocina. Nunca me ha ido tan mal como cuando Tommy me mandó esa puta preñada a trabajar aquí. Nada se horneaba. Estaba como hechizada. Nada se horneaba en esta cocina cuando ella estaba presente.

Miré la puerta y vi que Dillard se había ido. - ¿Me puedo ir a casa ahora y volver mañana?

Love sacó los panecillos del horno antes de contestar.

-Al Sr. Tommy le gusta que nos quedemos aquí. No aprueba que andemos corriendo por allí.

-Pues, al menos tengo que buscar mi ropa y mis cosas.

-Haz que ese vago de Dillard vaya a buscártelas. O pídele cosas nuevas al Sr. Tommy. Él es muy liberal con su dinero.

-Yo prefiero mis cosas. – Me fui acercando lentamente a la puerta. Tenía que volver donde JoHanna para avisarle que yo estaba bien. Estaría terriblemente preocupada. Ya llevaba media hora de retraso. –Estaré de regreso antes de que amanezca, lista para trabajar. ¿Para cuántos debo cocinar? ¿A qué hora le gusta desayunar al Sr. Ladnier?

-Por lo general vienen en turnos. Más o menos catorce personas. Las putas no desayunan así que no te tienes que preocupar por ellas. Tratarán de obligarte a que les lleves pan tostado sus habitaciones, pero no dejes que empiecen con esas majaderías. Se hacen las grandes damas importantes, pero no son más que putas y no lo olvides.

- ¿Estarás aquí mañana por la mañana? – Me preocupaba un poco la tarea que tenía por delante. Yo nunca había cocinado para catorce hombres.

Con los brazos sobre la ancha cadera me miró y esperó. Finalmente preguntó.

- ¿Qué es lo que haces aquí?

-Me hace falta un trabajo.

Le dio vuelta al mostrador para acercarse. Tenía los brazos empolvados de harina hasta los codos. – ¿Qué es lo que pretendes?

No sabía qué decir. Recordé la advertencia de JoHanna. Me había dicho que no hablara con las mujeres de la casa. Sentía los ojos de Love penetrarme, ojos pequeños y oscuros. Yo nunca había hablado con una persona negra antes. Quería convencerla. –Necesito trabajar.

-Pues, hija. Tú le vas a decir la verdad a Love o llamaré al Sr.

Tommy para que te haga la misma pregunta. Si tienes pensado robar puedes olvidarte de ello. Nadie le roba al Sr. Tommy. Nadie.

-No soy ladrona. –En mi vida me había llevado nada. Me enojaba la idea de que una negra se atreviera a pensar que yo era capaz de robar.

-Pues, tampoco eres cocinera. ¿Qué pretendes? Esta es tu última oportunidad para decirme la verdad.

Ella era capaz de llamar a Tommy Ladnier y hacer que me botara antes de yo ni siquiera comenzar a trabajar. Era una mujer grande y astuta. –Busco a alguien, - susurré.

- ¿A uno de los hombres del Sr. Tommy? – Me miró con desprecio. - ¿Te has entregado a uno de esos hombres? Eres más estúpida de lo que creía. Lo mejor es que te vayas de aquí.

Sacudí la cabeza. –Busco a otra persona.

Sus ojos pararon. No estaba ni mirando ni viendo sino pensando. Mientras pensaba se metió el labio inferior en la boca. - ¿Buscas a ese tonto? ¿Ese muchacho bien parecido que no está bien de la cabeza?

Asentí. – Floyd.

Soltó el labio y sacudió la cabeza. –Lo mejor es que salgas de aquí y que no regreses. – Se marchó al otro lado del mostrador y agarró un broche grande sin volver a mirarme metió el broche en una fuente de mantequilla derretida y comenzó a rociar la mantequilla sobre los panecillos. –Sal. Le diré al Sr. Tommy que tú no sabías nada de la cocina y que yo te eché. Él no te buscará si yo le digo que te eché.

-Tengo que encontrar a Floyd. – Yo noté que ella me tenía simpatía a pesar de ella misma.

-Ya no está aquí.

El desengaño hizo que yo voceara un pequeño grito y ella me miró de repente preocupada. - ¿Dónde está? - mi desesperación era evidente.

-No lo he visto por aquí hoy. – Mi pánico la había asustado y no me miraba.

-Pero ¿sí estuvo aquí ayer?

-Sal mientras puedas, hija. No me hagas más preguntas. – Los panecillos se bebían la mantequilla mientras ella pasaba el broche por encima.

-Tengo que encontrarlo. Él no es capaz de cuidarse a sí mismo. Nada más dime. ¿Estuvo aquí ayer?

-Sí, estuvo aquí ayer – confirmó. –Le preparé tostada francesa. Me contó que era su plato favorito. Le gustaba la tostada francesa rociada con azúcar en polvo y jarabe. ¡Ese muchacho tiene un gran apetito!

Mis emociones cambiaron del desengaño a profundo a alivio. – ¿Así que estaba bien? ¿No estaba lastimado?

-Pues no muy lastimado. – Volvió a untarle mantequilla a los panecillos. –Niña blanca, lo mejor que puedes hacer por ti misma es salirte de esta cocina y de esta casa. Vete ahora antes de que el Sr. Tommy se entere de tus preguntas. Porque si se entera te convertirá en una flaquita desgraciada. –No me miraba mientras me hablaba. Seguía con la brocha y los panecillos.

-Solo dime que Floyd estaba bien. ¿Me puedes decir eso?

Seguía untando la mantequilla hasta que los panecillos brillaban. –Sí, estaba bien.

-¿Sabes dónde se lo llevaron? ¿Lo regresaron a Jexville?

Love bajó la brocha. –Se lo llevaron a otra parte. El Sr. Tommy no se pone en preguntarle a Love adónde debe llevar a gente que le da problemas. Puede que se lo hayan llevado a su casa. O, puede que lo echaran a nadar. Y ahora tú, niña, ¡sal! – Al batir sus manos salió una nube de harina. - ¡Sal mientras puedas! Voy a contar hasta diez y si no te has ido voy a llamar al Sr. Tommy. No puedo arriesgarme en meterme yo misma en líos para salvarte a ti, mocosa. ¡Vete ya!

Capítulo Treinta Y Cinco

Corrí todo el camino hasta donde JoHanna había estacionado el coche. La grama en la huerta de las nueces pacanas no había sido cortada. Era un césped alto tipo bahía que se enredaba por mis pies y se agarraba de mi falda. Había ramas tiradas por toda la huerta y yo las evitaba al cortar por hileras e hileras de árboles grises, deshojados. Me mantuve lejos del camino en caso de que Love no cumpliera su palabra o que no pudiera convencer a Tommy y a sus muchachos que ella me había echado. Tenía que enfocarme en encontrar a JoHanna y no ser encontrada. A la vez atesoraba un júbilo de que Floyd hubiera estado en la casa de Tommy Ladnier y que al parecer estaba bien.

Vi a JoHanna dando sus grandes pasos cerca de su coche rojo en la huerta verde-gris. Ya se había dado vuelta como para regresarse al hotel cuando de pronto giró en mi dirección.

- ¡JoHanna! – la llamé en cuanto estaba a una distancia en la que pensaba que me podía escuchar.

- ¡Mattie! –Empezó a correr hacia mí. –Ay, Mattie. Pensaba que algo terrible te hubiera sucedido.

-Casi. – Aspiré. –Es Floyd. – La agarré de la mano que me extendía. –Estuvo ahí pero ya no. La cocinera dice que estaba bien pero que se lo han llevado a otra parte.

- ¿Adónde?

Sacudí la cabeza todavía tratando de reponer mi respiración para poder hablar –Ella no sabía.

- ¿Estás segura de que no estaba ahí? Ella podría estar mintiendo. Pudo haber inventado una historia para que salieras de ahí.

Me acordé de Love con los brazos en jarra sobre sus grandes caderas, los pequeños ojos observándome sin expresar ni pena ni compasión. –No creo que mintiera.

JoHanna me indicó que debía entrar dentro del coche. – Tenemos que regresar para ver en qué anda Duncan. Yo le dije que pidiera servicio de habitación y que se quedara en el cuarto.

-Pero.

No había que decirlo. Duncan había sido criada para no tener miedo. Ella no entendería el daño que podría cometer al merodear fuera del cuarto y ser vista por gente que no convenía. Era tan parecida a JoHanna que no entendería el peligro hasta que fuera demasiado tarde.

Tuvimos que bajar de velocidad al maniobrar hasta la calle principal. Había mulas y carretas de cada lado del camino. Hombres en mangas de camisa con caras brillando de sudor estaban llenando las carretas con escombro mientras que las mulas esperaban pacientemente, como vacas, sus colas batiendo moscas amarillas y mosquitos, de las cuales había miles después de la tormenta.

Por la playa también se veían otros trabajadores. El cielo estaba gris pero el sol quemaba ardiente y feroz, calentando las nubes para crear un ambiente de humedad pegajosa. Haciendo caso omiso del calor los hombres continuaban con su trabajo.

A veces se paraban al escuchar el motor de nuestro coche pasar y saludaban o silbaban al vernos pasar. Me llamó la atención que muchos tenían el pelo negro con piel bien bronceada. Gente de piel de oliva era descendiente de marineros, hombres guapos que nos sonreían mientras se limpiaban el sudor de la frente. La mayoría se estaba esforzando, pero en algunos lugares, donde había más destrucción, se quedaban sencillamente mirando el daño como si no pudieran comprender lo que miraban.

Pasmos una parte de la playa que estaba completamente vacía. Había lo que parecía unas cinco viejitas vestidas de negro paradas, pero, mientras JoHanna bajaba la velocidad me di cuenta de que se trataba de cinco coronas negras colgadas sobre atriles de alambre firmemente ancladas en la arena. Las cintas negras soplaban perezosamente en la brisa errática el Golfo. JoHanna suponía que alguien había muerto en el mar, lo más probable cinco pescadores y que las coronas simbolizaban la muerte y el duelo. Víctimas del mar.

Recordé la familia muerta en la calle Red Licorice, víctimas de una tormenta mucho más terrible que un huracán. ¿Qué tipo de locura había venido revolviéndose en la lluvia y el viento para parar en esa finca tan limpia? Yo no podía creer que un padre, aun estando enfermo de la cabeza, era capaz de ahogar a su esposa e hijos sistemáticamente. Y menos a la niña de tres años. Yo había evitado mirar directamente las caras retorcidas, pero no podía olvidar los pies de esa niña, oscuros y purpúreos bajo los pliegues de su camisón mojado. La imagen me perseguía, así como la de toda la familia, dejada ahí colgada en mi imaginación.

El manejar de JoHanna me sacó de mis pensamientos lúgubres. Una vez que JoHanna hubiera pasado las mulas y las carretas manejaba con demasiada velocidad. Sin embargo, nadie pareció fijarse mientras nosotras pasamos zumbando hacia el

Seaview. Al doblar sobre el camino de conchas blancas JoHanna se relajó y soltó su agarre del volante. Otra vez un joven nos encontró en la puerta y se llevó el coche mientras que nosotras nos apuramos para entrar.

- ¿Sra. Lindsey? – la voz del recepcionista nos paró a medio cruzar el lobby. –Tenemos un telegrama para Ud. – Indicó un sobre blanco que tenía y JoHanna se apresuró a la recepción para buscarlo.

Observé su cara mientras ella rompió el sobre y ojeó la delgada página blanca. Me miró con una cara en blanco. –Will está en camino para acá. John ha regresado a Jexville en busca de Floyd.

- ¿Es todo lo que dice? – Yo esperaba más. Más detalle. ¿Es que John había podido averiguar más sobre Floyd? ¿Sobre quién se lo había llevado y traído donde Tommy Ladnier? ¿Sobre la familia de muertos? ¿Cuándo llegaría Will?

JoHanna estrujó el telegrama y lo mantuvo en la mano al comenzar a dirigirse a nuestro cuarto. Después de ver la mirada en sus ojos entendía que yo hubiera preferido cruzar el pueblo totalmente desnuda que hacerle cualquier pregunta sobre el contenido de ese telegrama.

Duncan estaba sentada en el piso de la habitación con pedazos de periódico todo a su alrededor. Había pedido el periódico del servicio a habitación y se ocupó con tijeras que consiguió de la recepción para recortar todo artículo que trataba con el tema del huracán. Había ordenado los artículos en tres montículos. Uno para la Florida, uno para Alabama y uno para Misisipí. Hubo miles de muertos en la Florida ya que el huracán había cruzado el Atlántico volviéndose cada vez más poderoso. Luego, al entrar al Golfo de México, había vuelto a cobrar fuerzas para asaltar Mobile directamente.

JoHanna se dejó hundir en un sillón para leer los recortes. Me los pasaba a mí con un sacudir de la cabeza. La devastación en la Florida se estimaba a millones de dólares. El artículo más repugnante era la portada del periódico que proveía una lista de las víctimas: tanto los muertos como los heridos y los lugares más afectados. Miami: muertos 194, lastimados 75, muertos, se calcula otros 115 muertos; gravemente heridos 250. Más de 10,000 se han quedado sin hogar. Los cálculos se movían a través del estado. Miami Beach, Pompano, Hollywood, etc.

El huracán le había dado dos veces a Mobile según lo publicado en el periódico *Mobile Press Register* con vientos de más de 90 millas por hora. Sin embargo, no se reportaba ninguna muerte. JoHanna sacudió la cabeza. –Al fin y al cabo, tuvimos mucha suerte. Al parecer, el ojo del huracán pasó por encima de Mobile.

Iba a hacer el comentario de que, aunque en Mobile no murió nadie, en Jexville sí hubo cinco fatalidades. Pero no había porque recordarles eso a JoHanna y a Duncan así que me contenté observando a Pecos rasgando las partes del periódico que quedaron sin leer.

Era difícil imaginar el grado de destrucción estando ahí con Duncan acostada sobre su estómago con las piernas cruzadas detrás y la brisa delicada que aleteaba las cortinas. Me acerqué a la ventana y miré el Estrecho. El agua estaba agitada, gris con picos blancos. De pronto el sol se soltó de detrás de las nubes y el agua se volvió un millar de centellas.

- ¿Will viene para acá? – No pretendía fisgonear pero JoHanna no iba a compartir lo que sabía, al parecer.

-Sí, viene directamente para acá. No va a pasar por Mobile. John logró hacerle saber lo que estaba sucediendo.

- ¿Cuándo llega? - Me fijé que Duncan dejó de fingir que las noticias sobre su papá no le interesaban. Seguía irritada con nosotras por haberla dejado en el hotel, pero la idea de la llegada inminente de Will la sacó de su mal humor.

-Mañana por la tarde, - contestó JoHanna. Su voz no delataba ninguna emoción.

- ¿Papá llega mañana? – Duncan dejó caer las tijeras y se sentó. - ¡No veo la hora! Encontrará a Floyd y se encargará de todo. Podemos volver a casa. A Pecos y a mí no nos gusta estar aquí confinados, escondiéndonos.

JoHanna sonrió una sonrisa insegura. –Se encargará de las cosas, Duncan. De seguro. – Se levantó y caminó hasta el borde de la alfombra donde estaba sentada su hija.

- ¿Y encontrará a Floyd, no es así?

Ni JoHanna ni yo pasamos por alto que Duncan había cambiado su declaración a una pregunta. Aunque no lo había dicho antes, obviamente estaba pensando mucho en Floyd.

-Acaso tú...- mi voz sonaba algo chillona y Duncan y JoHanna se volvieron para mirarme. - ¿Has soñado con Floyd?

Duncan sacudió la cabeza en una negativa. Luego frunció el ceño. –Soñé con el hombre en el agua y ese ha sido el último sueño que he tenido. Mamá, tú no crees que Floyd se haya ahogado, ¿verdad que no? El huracán ya había pasado cuando nos separamos.

JoHanna respondió con un tono entristecido. –No creo que se haya ahogado. Levantó los brazos y los estrechó. - ¿Qué vamos a hacer hasta que llegue Papá? -Duncan me miró. JoHanna se salió de la habitación para entrar en el baño donde cerró la puerta.

-Podríamos conseguir naipes y quizás jugar al *gin* o a corazones. – Yo escuchaba a JoHanna. Estaba llorando y yo hacía todo lo posible para distraer a Duncan. –Puesto que tu mamá está aquí, tú y yo podemos salir a dar una vuelta por los jardines del hotel. Está todo muy bonito allá afuera.

Duncan fingió indiferencia, pero estaba cansada de estar encerrada y se levantó para ponerse los zapatos.

-JoHanna, Duncan y yo vamos a salir a pasear. Cuida a Pecos. – hablé a través de la puerta del baño.

-No se salgan del área del hotel. – Su voz estaba ronca.

- ¿Mamá? – Duncan tocó la puerta del baño ligeramente y luego se salió volada de la habitación tirando la puerta sobre mí y Pecos.

La alcancé en el pasillo. Las piernas de Duncan se estaban sanando cada vez más. Llevaba un vestido corto, de verde oscuro y me fijé que hasta las cicatrices de las quemaduras estaban desdibujándose. Su pelo había comenzado a crecer con desafuero. Era una cabellera castaña, plena y brillante en la que se reflejaban las luces del pasillo.

-Vamos a los jardines, - dijo, dirigiendo.

Los jardineros estaban trabajando con los rosales y los lechos de flores. El viento había arrancado todas las hojas de los enormes robles que bordeaban la propiedad. El sonido de las sierras era amenazante pero el olor a madera recién cortada me era familiar y los sentía confortantes. Había hombres recortando las ramas dañadas, sanando los estragos de la tormenta. Un hombre mayor vestido de overoles azules con una camisa de trabajo azul quedó encantado con Duncan. Le mostró donde en algunos lugares se había podido montar un soporte donde apoyar algunas de las ramas antiguas, tan pesadas y elegantes que tocaban el suelo. Nos aseguró que para primavera los jardines del Seaview volverían a fungir como el destino para bodas y fiestas donde los ricos bailaban por entre los árboles.

Yo observé que, de hecho, el huracán había hecho estragos, pero no del grado del daño causado por el agua salada sobre los jardines terraplenados de Tommy Ladnier. El hombre viejo se despidió de nosotras y volvió a su serrucho. Duncan y yo seguimos nuestro paseo por los caminos de conchas blancas. Duncan me explicaba de la increíble cantidad de ostras que habían sido cosechadas y comidas para poder obtener las conchas para hacer los caminos. El andar, la libertad de movimiento, el trajín en los jardines, la amabilidad de los trabajadores, lograron sacar a Duncan de su emotividad. Corría y hablaba con los jardineros, haciéndoles preguntas o riéndose, burlando a los jóvenes y a los viejos con su sonrisa pícara y su ingenio. Me daba placer verla como una niña normal de nueve años en los jardines de un hotel de lujo. Sin embargo, en cada vuelta que daba o cada vez que se me presentaba una vista nueva, quedaba impactada por la rareza de lo que estaba viendo. Hacía calor. Se me hacía que era el verano sin embargo no había nada de verdor en los jardines. Mi cuerpo registraba tiempo de verano mientras que mis ojos me presentaban la austeridad del invierno. El contraste me chocaba de una manera que también me inquietaba. Eran sensaciones que yo no quería ni explorar ni consentir así que decidí concentrarme en el alegre parloteo de Duncan y observar con placer como los trabajadores interactuaban con ella. Duncan era avispada y precoz y estaba en un lugar donde nadie la conocía ni sabía nada de su pasado. Era tan fácil quererla. Ojalá JoHanna y Will nunca regresarían a Jexville. Ojalá todos pudiéramos ir a vivir en otro lugar. Nueva Orleans. Natchez. St. Louis. Pueblos a lo largo de un río que JoHanna pudiera llegar a amar tanto como adoraba el Pascagoula.

Yo seguía vestida con el uniforme largo azul de la vendedora de sándwiches. Busqué unos lugares de sombra donde descansar y dejar la imaginación correr mientras Duncan jugaba. Quería darle espacio a JoHanna para que se pudiera componer. La noción de regresar a la habitación y el golpe de su emoción abierta nos mantenía afuera quizás por más tiempo de lo hubiéramos pensado.

Después de una hora, sin embargo, estábamos sudadas y rascándonos por las picaduras de los mosquitos y garrapatas. Hasta Duncan quería regresar a la frescura de la habitación.

JoHanna no llevaba ninguna señal de angustia al abrirnos la puerta de la habitación. Sonrió al tomar a Duncan en sus brazos y abrazarla. –Mañana nos levantaremos temprano para hacer una excursión a la isla Ship Island- dijo. –Mattie ha querido ver y conocer el Golfo de México. Ya que estamos tan cerca, no deberíamos dejar esta oportunidad pasar.

Duncan aplaudió con placer, pero luego su sonriso oscureció. - ¿Qué hacemos con Pecos?

JoHanna se rio. –Pues no me había acordado de él. –Miró el gallo que había saltado a la ventana para picotear la tela metálica. –Supongo que lo podemos llevar de regreso a la playa esta tarde para que se encuentre una vez más con su enamorada. Mañana, por otra parte, tendremos que encontrar un corral para pollos donde dejarlo mientras hacemos la excursión.

- ¿Y Papá?

-Ya estaremos de regreso y listas para salir antes de que él llegue.

Duncan asintió. - ¿Y luego buscaremos a Floyd?

El pecho de JoHanna subió repentinamente al ella aspirar profundamente. –Sí. Will lo puede encontrar, Duncan. Tu padre está en la posición de hacer cosas que nosotras no podemos. Si Floyd está de regreso en Jexville, los hombres le pueden decir dónde está.

Jexville. ¿Cómo era posible que una palabra tuviera el poder de un cuchillo afilado? Penetró en mi vientre y debilitó mis piernas. Me arrodillé para recoger los pedazos de periódico. Regresábamos a Jexville y sentí una corriente de miedo. De alguna manera, por un día pude olvidar que Jexville nos esperaba. Había llegado a ser una persona que vive en exclusivamente en el presente.

En el curso de los últimos días yo había cambiado. Puesto que JoHanna lo sugirió, yo me volví en la vendedora de sándwiches y en espía en la casa de Tommy Ladnier. Caminando por los terrenos vendía mis galletas y sándwiches a los trabajadores y ellos habían aceptado esa identidad. Cuando Teddy me agarró del brazo y cuando Tommy Ladnier me miró a los ojos, cuando el viento soplaba en mi cara o cuando las garrapatas me picaban en la nuca – yo era todas esas sensaciones y emociones. En esas actividades no había ninguna conexión a las cosas que había sentido en el pasado, ni un deseo para anticipar el futuro.

Al recoger el periódico mis dedos rozaron contra el color vino oscuro y gris de la alfombra. Color, textura y el leve olor a tiempo. Los rayos de sol que salieron de las nubes y cruzaron mis dedos cambiando el color de mi mano a un blanco ardiente. Aquí, en este momento yo era algo y era otra persona. Resistía el regreso a Jexville con cada onza de fuerza que poseía. La realidad, sin embargo, era mucho más fuerte que yo. Aun mientras tocaba la lana tejida de la alfombra y sentía el sol comprendía que yo era una pasajera en un lugar de consuelo transitorio. El Seaview significaba únicamente una pausa fugaz. Yo no era una McVay. JoHanna no podía absorberme por más que yo hubiera querido que lo hiciera.

Solté un sollozo y los pedazos de periódico cayeron de mis manos.

-Duncan, mete a Pecos en esa bolsa y bájalo al coche. Nosotras bajaremos en unos momentos. No dejes que se salga de la bolsa en ninguna circunstancia. Si lo ve el recepcionista nos hará sacarlo a fuerza del hotel. - JoHanna se arrodilló a mi lado. –No te tienes que regresar con nosotros Mattie. Podemos mantener esta habitación para ti y te puedes quedar aquí.

Pecos y yo lloramos juntos. Él resistía la trampa de las manos de Duncan con la misma fuerza con la que yo luchaba con la realidad de mi situación. JoHanna me tenía por los hombros y no dijo nada hasta que Duncan pudo agarrar el gallo, meterlo en la bolsa y salir por la puerta de la habitación con él.

-Mattie, escúchame. Te puedes quedar aquí y pedir un divorcio. Will y yo nos podemos encargar de todo para ti. No tienes por qué volver a Jexville. No tienes que volver a ver a Elikah más nunca. Bueno, con la excepción de la corte y quizás haya alguna manera para evitar tal encuentro. Yo misma no sé, pero Will sabe de estas cosas.

Me acarició el pelo y me sobó la espalda mientras hablaba. Mis lágrimas estaban gastadas y escuché. No dudaba nada de lo que ella decía, pero, era incapaz de explicarle que sus palabras me drenaban el meollo de los huesos. Si ella disolviera la Mattie de Jexville, no quedaría nadie. Yo me podía quedar en el Seaview, en esta misma habitación. Podría bañarme y vestirme y bajar al comedor a comer, pero ¿qué parte de mía sería esa persona?

Yo había dejado ir a la Mattie que buscaba zarzamoras con Callie y Lena Rae. De vez en cuando me parecía escucharlas reír. Pero esa memoria era distante ahora, soltada cuando decidí que no podía quedarme merodeando en el pasado. Lo único que veía al imaginarme viviendo en el Seaview era un vacío aterrador. Me veía participando en rutinas cuotidianas, durmiendo, vistiéndome, comiendo, caminando a lo largo de la playa. Ausentes estarían las emociones y los pensamientos de tal Mattie. Esa Mattie no existía. Aún no. Quizás nunca.

Escuché las palabras sensatas de JoHanna y entendí. Tenía que regresar a Jexville. No podía avanzar en la vida sin primero regresar.

Capítulo Treinta Y Seis

Sentada en la proa del bote sabía la espuma salada del mar mientras avanzábamos y chocábamos levemente con las olas. Miraba el horizonte y lo que al principio no fue más que una manchita de tierra comenzó a crecer y crecer a medida que nos acercábamos dando tumbados y revolcándonos en el bote hacia la isla Ship Island. Ya no hacía calor sino que se sentía el aire crespo del otoño. El día era perfecto para el tipo de excursión que emprendíamos. Se trataba de una aventura magnífica. O, al menos es así como JoHanna pretendía representarlo. Tenía que hacer algo para que no nos volviéramos locas al no poder ayudar a Floyd. La piel de JoHanna era de un lustre blanco, un lustre fino como el papel como si toda la humedad se estuviera quemando y quedando atrás. Duncan, por su parte, estaba conforme con la idea de que Will podría arreglar todo. Dondequiera que estaba Floyd, Will lo encontraría y lo traería de regreso. Yo me consolé con el pensamiento que al menos Duncan no había soñado con Floyd. El vínculo que los ataba era tan fuerte que yo estaba segura de que ella sentiría algo si algo verdaderamente malo le estuviera sucediendo. Cada vez que yo sentía la náusea roedora causada por la frustración o el escalofrío causado por mi temor, me atenía a ese pensamiento y echaba fuera mi humor negro. Yo no podía permitirme el lujo de albergar temores insostenibles. Tenía que enfrentar el futuro con valentía.

JoHanna tenía la cesta que yo había usado para venderle los sándwiches donde Tommy Ladnier. Ella estaba sentada en la popa del bote. Esta vez teníamos la cesta llena de un almuerzo para nosotras. JoHanna dijo que íbamos a caminar por la arena blanca de la isla y entrar un poco en las olas color aguamarina. Luego almorzaríamos y regresaríamos a Biloxi antes de que llegara el tren de Will a las tres de la tarde. Dejé que mi imaginación explorara la imagen de Will bajando del tren con su maleta en una mano y su sombrero en la otra.

Un estallo de risa y aplauso me llegó desde el fondo el bote. Me di vuelta para ver a Duncan, quien, sin música, daba los pasos el Charlestón mientras un joven pecoso la imitaba en cada movimiento.

-Así está mejor, Michael, - Duncan le dijo con un gesto de satisfacción. – Si vienes a la casa donde tenemos la música te lo puedo enseñar en diez minutos. Tienes un don para esto.

Duncan era la pasajera más popular del bote. La tripulación y los otros pasajeros todos le hablaban, encantados por su amplia sonrisa despreocupada que se parecía tanto a la de Will. JoHanna se mantuvo quieta agarrada e la cesta y yo notaba preocupación continua en la quietud de su postura.

-Pecos sabe bailar el Charlestón. – Duncan le anunció a su audiencia y luego comenzó a narrar varias anécdotas sobre el gallo.

A Pecos lo habíamos llevado donde un granjero a unas millas del Seaview. Él prometió que Pecos podría correr por todo el corral. Había que hacer algo para animar al gallo. La tarde anterior se había encontrado con otra gaviota sin lograr ni siquiera despertar su interés. Tenía la cresta tan baja que casi se le arrastraba por el suelo. Por más que se pavoneaba y se fanfarreaba las gaviotas no le prestaban atención alguna. JoHanna había esperado que un día con gallinas atentas ayudaría a reparar su sentido de amor propio. Yo estaba escuchando el cuento de Duncan a medias. Tuve que sonreír. Duncan amaba ese malgeniado gallo, pero creo que también la complacía poder deshacerse de él por un día. Pecos podía ser muy exigente.

El bote llegó a un punto muy alto en una ola grande y luego cayó con fuerza y tres de las otras pasajeras femeninas gritaron alarmadas. Al principio el movimiento del bote me había asustado mientras yo tambaleaba contra el barandal, pero me acostumbré a su sacudida y a su vaivén. Hasta me llegó a gustar. Mi única queja era que el bote estaba lleno y los lados estaban muy cerca del agua. Tenía la impresión de que si fuéramos a dar contra cierta ola el agua caería sobre el bote, cada vez más y nosotros acabaríamos por hundirnos. Me obligué a descartar mis mórbidas fantasías. Miré a JoHanna.

El joven que había estado bailando con JoHanna venía en mi dirección. Había al menos veinticinco pasajeros, todos curiosos en cuanto al daño que el huracán había hecho a la isla de barrera. Algunos traían equipo para representar, mediante gráficos, la velocidad de los vientos y de la marea para documentar cómo estos habían afectado la pequeña isla. El joven que caminaba hacia mía era uno de esos. Había pasado los primeros quince minutos del viaje contándome que la isla tenía solo unos tres kilómetros de ancho y que como tal era meramente un punto que dividía el Golfo de México del Estrecho de Misisipí. Me contó que había otras islas, Petite Bois, Horn y una llamada Dauphin más cerca de la costa de Alabama. Especuló que alguna vez tuvieron que haber formado una sola masa sólida pero que varias tormentas grandes las habían cortado en pedazos y que cambiaban de tamaño a medida que pasaba el tiempo.

Lo escuché hablar. Hablaba suavemente, pero con mucha intensidad sobre las islas y me di cuenta de que las amaba. Tenía pelo castaño crespo y pecas y me recordaba a Adam Maxwell un joven que había conocido en la escuela. En el primer grado hablaba de cómo quería aprender a ser un médico de animales. Hablaba con la misma pasión que el hombre que estaba a mi lado. El papá de Adam había quedado lesionado cuando un tronco le cayó encima y Adam tuvo que dejar la escuela en el quinto grado para ayudar a su madre con la granja. Dijo que regresaría a la escuela, pero no pudo; su padre quedó discapacitado.

-Mattie, la Sra. McVay me mandó a preguntarte si no tenías frío.

JoHanna había insistido en comprarnos tres suéteres gruesos, pero la verdad era que hacía más frío en la proa del bote que en la popa. Yo sabía que tenía las mejillas y la nariz rojas por el viento creado por el bote chocando con el viento, pero no quería sentarme atrás donde había más gente. Me gustaba estar más sola en la proa.

-Estoy bien.

- ¿Te puedo acompañar?

La pregunta me sorprendió. Lo había notado mirando mis manos. Me había quitado mi anillo de matrimonio en algún momento que no recordaba. Ni siquiera recordaba donde lo había dejado ni tampoco me importaba.

-Me encantaría, - le dije sinceramente. –Háblame más de la isla.

Se llamaba Michael Garvi y caminó con nosotras por la playa. Se había arrollado los pantalones para pararse en el agua y sentir las olas. Lo imitamos y Duncan gritó con júbilo. Yo no entendía cómo era posible que yo me había imaginado, tanto el color del agua azul y la blancura de la arena, con tanta precisión. A pesar de no tener el don profético de Duncan el agua y la arena eran exactamente como las había soñado. Atravesamos toda la isla caminando ya que eran tan ancha como Michael Garvi había dicho. El contraste entre el Estrecho de Misisipí y el Golfo de México era asombroso. Jugamos en la pura arena blanca y el agua espumaba todo a nuestro alrededor, riendo con nosotros. Construimos castillos que fueron inmediatamente destruidos por la marea con sus olas de crestas blancas. Quedamos rendidas con los ruedos de nuestros vestidos totalmente empapados. Decidimos sentarnos para comer nuestro almuerzo.

Michael comió con nosotras y mientras yo volví a meter todo en la cesta JoHanna y Duncan fueron en busca de conchas durante el poco tiempo nos quedaba en la playa.

- ¿Podría yo visitarte el domingo que viene? ¿Quizás me acompañarías a la iglesia?

Esta vez no me sorprendió su interés en mí. -No creo, Michael. - Terminé de empacar y lo miré. ¿Por qué lo estaba conociendo ahora? ¿Por qué no lo había conocido antes de que Joselito me vendiera a Elikah? -Estoy casada.

Las palabras me sonaban como si fueran una sentencia de muerte, pero era algo que yo tenía que decir. No tenía sentido arrastrar a otro inocente al desastre que era mi vida. Yo no sabía si me iba poder deshacer de Elikah. Por ley, yo seguía siendo su esposa. Le mostré mis manos a Michael. -Tiré el aro, pero igual sigo casada.

Michael bajó la vista. -La Sra. McVay ya me lo dijo.

- ¿Qué más te dijo?

Se alzó los hombros y luego me miró. -Que la vida tiene sus vueltas amargas. Me dijo que no pasaría nada si yo te invitara y que tú eres capaz de tomar tu propia decisión.

-Es que yo no tengo futuro. – Sacudí la cabeza al ver su reacción incrédula. -No, no así, sino que yo no sé para nada cómo debo seguir. – En forma de una V un grupo de pelícanos pardos surgió sobre la parte sur de la isla. Su formación era perfecta. Tenían las patas desgarbadas bien apretadas y los cuellos metidos. Parecían criaturas prehistóricas. -Debo volver al punto en mi vida donde perdí el hilo, por así decirlo.

- ¿Vas a regresar con tu marido? – Las pecas en su nariz parecían oscurecerse indicando su desaprobación. -La Sra. McVay me ha contado que no es un buen hombre.

-No sé si voy a regresar con mi marido, pero sí voy a regresar a Jexville con los McVay. Tenemos un amigo que tenemos que encontrar. Luego decidiré lo que voy a hacer.

-Si regresas a Biloxi, ¿te puedo visitar?

Sonreí. -Me encantaría que lo hicieras.

Duncan tambaleó por encima de una de las pequeñas dunas de arena. Gritaba y corría hacia nosotros a la vez que miraba hacia atrás por encima de su hombro. Detrás de ella JoHanna saltó de la grama que Michael me había dicho se denominaba avena del mar. Tenía una criatura espantosa en la mana con enormes pinzas que servían de garras. Intentó morder la cabeza de Duncan lo cual la echó a volver a chillar con gritos agudos. Al correr hacia nosotros, sus piernas se revolvían en la arena.

- ¡Socorro! ¡Ayúdenme! ¡Mamá se ha vuelto cangrejo!

Jadeando JoHanna caminó con delicadeza hacia nosotros agitando el cangrejo azul que tenía agarrado fuertemente en la espalda. Las garras mordían el aire.

-Aleja esa cosa de mí. – Yo me puse detrás de Michael ya que parecía que él
estaba de lo más entretenido con la criatura que JoHanna tenía.

-Mi amiguito tiene hambre. Quiere una mordisca de

Duncan para su postre. - JoHanna se nos acercaba extendiendo la cosa y sus garras.

Duncan chilló y se arrimó a mi espalda.

En unos pocos momentos estábamos todos tirados en la arena, riendo y escapándonos del cangrejo que JoHanna seguía teniendo justo fuera de nuestro alcance.

Con el silbido del bote que anunciaba su partida nos levantamos y JoHanna soltó el cangrejo rabioso. Este corrió rápidamente hacia el agua.

- ¿Cómo lo agarraste? -preguntó Michael.

- Con un hilo amarrado a un poco del pollo que quedó de nuestro picnic.

La gula lo conquistó y no quiso soltar. – JoHanna rio.

-Mamá lo atrajo y luego me persiguió. – Duncan la apuntó con su dedo. – Me voy a vengar. Ya verás. ¡Voy a recoger toda una jarra de cucarachas y las voy a vaciar sobre tu cama!

-Y yo te voy a cocer a ti con tu gallo en una cacerola llena de *dumplings.*

Yo me había alejado de las dos para despedirme del agua. Me la había imaginado por tanto tiempo y ahí estaba justo delante de mí, una fuerza que continuaría no obstante lo que ocurriera en mi vida. Michael me había dicho que alguna gente había construido cabañas modestas en algunas de las islas barreras. Dijo que las casas eran poco más que chozas pero que a veces se alquilaban para el fin de semana. En la Isla Horn, que era más grande, había pinos, venado y conejos que de alguna manera habían podido sobrevivir los huracanes.

Aún sin tener una cabaña se podía acampar en las islas. Simplemente erigiendo una tienda de campaña para dormir bajo las estrellas y con el sonido del agua a unos pasos. Mientras miraba el agua moverse y cambiar, sentí mi corazón responder al ritmo de la marea y sentí una paz interior que yo entendí que quería tener de nuevo. No importaba lo que sucediera con Elikah yo volvería aquí al menos una vez más para pasar la noche y pasar todo un día con el agua, la arena y las estrellas. Yo regresaría.

- ¿Lista Mattie? – Michael me tocó ligeramente en el hombro. Se escuchó

el silbido del bote una vez más; tres pitos cortos.

-Regresaré, - susurré las palabras al agua y a mí misma.

Michael cargaba la cesta mientras caminamos por la restinga de la isla arenosa para llegar al bote. En el viaje de regreso se sentó a mi lado y me habló de su niñez creciendo en una granja a unas veinte millas hacia norte de la playa. Yo no hablé de mi pasado. Tenía que separarme de él para poder sobrevivir. Fue agradable escucharle hablar de su amor por el agua y las islas barreras y su determinación de vivir en Biloxi. Pudo realizar ese sueño a fuerza de voluntad. En comparación, aunque a nadie más le parecería como mucho, yo al fin había realizado mi sueño de ver el azul de esa agua azul. Yo también me había hecho una promesa

La estación de trenes en Biloxi no consistía en más que una sala angosta con unas sillas y una plataforma verde de madera. La enorme máquina negra con el aterrador agarre de vacas en su frente entró de Hattiesburg con un soplo de humo negro y un bufo. Will bajó antes que cualquier otro pasajero con su maletín marrón de cuero en una mano y su abrigo sobre el brazo, y su sombrero en la otra mano. Como un actor de película abrió sus brazos en ancho y JoHanna corrió hacia ellos. Duncan se atajó a su pierna y lo abrazó con todas las fuerzas que tenía. Aun con toda esa emoción me guiñó el ojo y me dijo que estaba contento de verme. JoHanna lo besó y yo me di vuelta para no mirar, el corazón sobresaltado y la cara quemándose de emoción.

Había una confusión de gente saliendo o llegando al pueblo. Una mujer con siete niños pequeños había bajado del tren detrás de Will y los chicos estaban corriendo y gritando de aquí para allá en la plataforma, eludiendo cualquier autoridad y comportándose como diablillos. El conductor, exasperado con los niños le dio a uno en la cabeza y gritó, - ¡Todos a bordo!,- y las ruedas del tren comenzaron a rodar creando tanto ruido que yo me escurrí dentro de la estación y permitirle a los McVay un momento de reunión. Los observé por las ventanas sucias de la estación. Will se agachó para levantar a Duncan y el tren comenzó a alejarse.

JoHanna, Will y Duncan entraron a la estación con la estampida de niños, pero no parecían haberse fijado. Eran un torbellino de risas y abrazos que me llevó con ellos al jardín que estaba al lado de la estación. Nos montamos en el coche con Will al volante y salimos de allí manejando lentamente. JoHanna y Duncan le contaron detalles sobre la tormenta mientras pasábamos áreas donde se habían quitado árboles y se había recogido escombro. Will conocía a fondo la costa y pudo indicarnos a quién pertenecía cada propiedad y por cuánto tiempo la habían tenido y hasta si había probabilidad de que fueran a reconstruir o abandonar el proyecto. Para un hombre que se la pasaba en Washington, Nueva York, Natchez o Memphis, Will conocía bien Biloxi.

Regresamos al Seaview para buscar nuestros efectos. JoHanna había hecho las maletas, pero las había dejado en la habitación. Deseaba tener el momento para dejarle una propina a la mucama que había hecho la vista larga en cuanto a Pecos. -No me tardaré-, dijo al salir del coche.

Duncan corrió a los jardines para despedirse de los trabajadores con los cuales había hecho amistad. Yo no quería quedarme en el coche y esperar así que salí para darle una última revisada a la habitación cuando la mano de Will me agarró por el codo.

- ¿Cómo estás, Mattie? - preguntó. Sus ojos expresaban seriedad y preocupación. Alguien, JoHanna o John, en su telegrama, le habrían contado de mi golpiza y de la resultante enfermedad.

-Mejor.

-Te puedes quedar aquí, si quieres. Yo ofrezco pagar tu estancia.

Sacudí la cabeza. -No, no puedo.

Al mirarlo directamente me fijé que el anillo exterior de su iris era más oscuro que el centro. -Estoy segura de ello.

No me soltó. En vez miró más allá de mí para asegurarse que JoHanna no estaba por llegar.

- ¿Quién es John Doggett?

Era la pregunta que yo había temido, pero tampoco había esperado que él me la hiciera. JoHanna era su esposa. Ella tenía la respuesta a esa pregunta.

-Es un escritor. Lo conocimos en Fitler.

- ¿Qué significa él para JoHanna?

Yo recordé con claridad la primera vez que había escuchado a JoHanna mentirle a Duncan. Una mentira para protegerla. No había anticipado que ella hiciera eso ni siquiera en miras de proteger a su hija. La verdad era que yo no conocía la verdad sobre lo que John significaba para JoHanna. Yo no podía ni siquiera confrontar mi propia verdad en cuanto a mis sentimientos para con Will. Me había enamorado de él, sabiendo que era el esposo de la única persona que yo tenía de amiga. Confesar esto, aún a mí misma, era más de lo que yo podía aguantar. ¿Quién era yo para decidir cuál era la verdad en cuanto a los sentimientos de JoHanna?

-Cuando JoHanna escuchó que Elikah me había golpeado con tanta severidad le pidió a John que la acompañara para sacarme de esa casa. Tú no estabas aquí y creo que temía me lastimaría aún más a mí, sino también a ella. Luego se quedó varado por la tormenta.

Nada en su fisonomía se alteró, pero sus ojos se oscurecieron. -Perdona, Mattie, - me dijo al pasarme para seguir la ruta que su había tomado por las escaleras del hotel.

Me metí en el coche y esperé. Al rato llegó Duncan. Llevaba una corona de lirios color coral que el mayor de los jardineros había elaborado para ella como regalo de despedida. Radiaba alegría, mirando hacia la entrada del hotel de vez en cuando mientras charlaba y esperaba que saliera su padre. Tanto como amaba a su madre, Duncan adoraba a Will. Me esforcé en no imaginar lo que estaba pasando en el primer piso de la habitación del hotel donde se veían las cortinas subiendo y flotando en la brisa que corría por el agua aguamarina del Golfo de México, sobre el pedacito de tierra conocido como Ship Island, sobrevolando el oscuro gris del Estrecho para llegar por fin a la ventana.

¿Qué estarán haciendo? Ya hemos empacado y además tenemos que buscar a Pecos. -Duncan salió del coche y tiró la puerta con impaciencia. -Voy a buscarlos.

-Espera aquí conmigo, Duncan.

-Tenemos que regresar a Jexville. Va a ser de noche y no podremos buscar a Floyd. – Comenzó a subir por el camino a la entrada, las conchas crujiendo bajo sus pasos determinados.

-Espera, Duncan, por favor.

Se detuvo y se dio vuelta hacia mí lentamente.

- ¿Qué está pasando?

-Me parece que tus padres deberían de tener un poco de tiempo para hablar a solas. Dales unos minutos.

- ¿De qué?

-Las cosas que han sucedido. Will se ha perdido muchísimo

y JoHanna se lo tiene que contar todo para que él pueda hacer los mejores planes.

-Se lo puede contar en el camino. – Comenzó a caminar hacia el hotel nuevamente.

-Duncan...- En ese momento vi a JoHanna parada en las escaleras con una de las maletas en la mano. Mi corazón se detuvo. Will no iba a acompañarnos.

La puerta detrás de JoHanna se abrió y salió Will. Agarrando todas las maletas y con pasos más largos que los de ella la dejó atrás, vino al coche y guardó el equipaje. -Es hora de partir, - dijo al prender el motor y sentarse detrás del volante.

A Will no le molestó que JoHanna le diera direcciones para llegar a la granja para recoger a Pecos. No hizo ningún comentario. Duncan se inclinó sobre la parte trasera del asiento delantero y habló como una cotorra. Él, sin embargo, nada más le contestaba con monosílabos. Duncan se echó para atrás y me miró. - ¿Qué está pasando?- me susurró.

Yo sacudí la cabeza.

Llegamos a la granja y Duncan salió del coche y fue un busca de su gallo. Will salió también y fue a pagarle al granjero lo que debían por la estancia de Pecos.

Sola en el coche con JoHanna le quería contar lo que había dicho. Le di varias vueltas veces en la mente y sabía que no había dicho nada que aludiera a un romance entre JoHanna y John. Estaba segura de no haberlo hecho. -JoHanna, yo no le he dicho nada sobre John, - espeté finalmente.

Ella no dijo nada por un momento. Miraba detenidamente a Will quien nos daba la espalda mientras conversaba con el granjero. Sacó el dinero y el granjero lo tomó y lo guardó en su bolsillo.

¿Alguna vez has considerado el fenómeno de los grados de ausencia? - preguntó JoHanna. -Una persona puede estar ausente físicamente pero su presencia se siente ahí mismo. O, al revés, puede estar justo a tu lado y no estar. -Su voz quebró y tragó. -Debí haber comprado esos anteojos de sol que vendían en la playa. ¿Te fijaste en ellos?

Me enfurecí con la pregunta frívola y al comprender lo que acababa de confesar. Salí del coche con la idea de ayudarle a Duncan a agarrar su gallo. Si Pecos había recibido cualquier atención de parte de las gallinas del granjero quizá decidiría que no quería regresar con nosotros. Ya que JoHanna se apasionaba con la idea de que todos deben obedecer su naturaleza quizás le mandaría a Duncan a dejarlo en el lugar donde podía fungir de gallo de verdad. Tiré la puerta del coche y me marché.

Duncan se encontró conmigo a la vuelta de la casa. Pecos no estaba nada contento de haber sido capturado y tampoco lo estaba Duncan. Grandes lágrimas rodaban por sus mejillas. Tenía al gallo extendido delante de ella y él tenía las espuelas sacadas como para indicar que estaba dispuesto a luchar por su libertad.

-No quiere venir conmigo, - dijo entre sollozos. -Quiere quedarse aquí.

-Ay, Duncan. -Me quería acercarme a ella, pero no lo iba hacer con Pecos y esas espuelas. Me le había acercado en dos otras ocasiones y no me había olvidado de la agudeza de su corte.

-Me picó y me atacó. – Tomó un aliento. – Nunca me ha hecho eso. Jamás.

Podía escuchar a las gallinas chismeando sobre los últimos acontecimientos del gallinero. Pecos las escuchó también y comenzó a luchar para liberarse.

- ¿Qué debo hacer, Mattie?

- Ay, Duncan. Si fuera por mí yo le torcería el cuello a ese gallo. - ¿Cómo era posible que dos de los McVay hubieran sido traicionados en esos veinte minutos? -Tendrías que quererlo lo suficiente para tenerlo agarrado todo el camino hasta Jexville.

Me imagino que una vez de regreso se olvidará de todo esto. Ha tenido la oportunidad de saberse el rey de su mundo y se le hace difícil la transición de rey a mascota.

Duncan miró el gallinero. Las gallinas correteaban por todos lados frenéticamente. ¿Buscaban a Pecos? ¿Quién sabe?

- ¿Qué debo hacer, Mattie?

Noté que sus brazos temblaban un poco, cansados de sostener el pájaro. Pecos ya no estaba luchando, pero seguía interesado en las gallinas.

- ¿Qué pasa, Duncan? -Will estaba parado de un lado de la casa mirándonos.

-Pecos ya no quiere ser mi mascota. -Duncan logró sacar las palabras con cierta bravura. -Quiere ser el rey de los pollos.

- ¿Sí? -Will se acercó, despeinó su pelo y levantó a Pecos en sus brazos. Lo sostuvo contra su pecho como si fuera un bebé. Con un dedo dobló la cabeza del gallo. Los ojos pequeños de Pecos lo miraban directamente. - ¿Estás seguro de que esto es lo que quieres, Pecos? Ser el gallo rey no es para tanto, en la mayoría de los casos.

-Él se considera lo máximo.

Mirando a Duncan, Will levantó las cejas. – Quizás sería bueno que le avisaras a Pecos que él puede durar el resto de este año pero que para el otoño que viene va a quedar reemplazado. Llegará un gallo nuevo y Pecos será el blanco para una asadera.

A Duncan se le secaron las lágrimas. - ¿Se lo comerán?

-Querida, una vez que salgamos de aquí, ¿piensas que el Sr. Longeneaux sabrá distinguir a Pecos de los otros gallos de por aquí? Puede intentarlo, pero de una o dos semanas, un pájaro se mezclará con otro y para el año que viene. . .

Duncan miró las gallinas que se habían tranquilizado. Pecos, el cual seguía en los brazos de Will, se había vuelto dócil.

Duncan extendió los brazos hacia su padre. Will colocó a

Pecos cuidadosamente en ellos asegurándose de que las espuelas estaban relajadas.

-Creo que es hora de regresar a casa. – Duncan caminó hacia el coche con el gallo en los brazos. -La tormenta ha trastornado todo. Una vez que lleguemos a casa todo va a regresar a la normalidad, ¿verdad, Papá?

Will no le contestó así que Duncan se paró y se volteó hacia él. - ¿Todo regresará a la normalidad?

-Cuéntenme, ¿cuánto daño hubo en casa a causa de la tormenta?,- preguntó, abriendo la puerta del coche parra que Duncan y yo nos sentáramos en el asiento trasero. Duncan se puso cómoda; Pecos entre su cuerpo y la puerta. El coche cobró vida y entrando en la oscuridad de la noche, nos dirigimos a Jexville.

Capítulo Treinta Y Siete

Nos acercábamos a Jexville. Las estrellas brillaban y la luna creciente colgaba en el cielo. Me recordé de la leyenda de Anola y la Luna del Cazador que nos había contado John Doggett. La leyenda de un río donde los muertos cantaban en la noche para los que escuchaban.

Duncan se había dormido en mi regazo y yo agradecí el sólido calor de su cuerpo al lado del mío. Ya no era verano. El insidioso frío de la noche y el aire que soplaba sobre mí del movimiento del coche me tenían helada hasta los huesos. Aun así, por más frío que hiciera, nada se comparaba con el frío que se sentía en el asiento delantero. Las manos de Will se movieron sobre el volante al guiar el coche por la oscuridad que contenía únicamente el silencio de insectos invernando. Ese ligero movimiento de sus manos, de un lado a otro, ajustando el coche contra las curvas y los golpes era el único movimiento en el asiento delantero. JoHanna parecía haberse convertido en una piedra.

Yo me acurruqué a Duncan para no sentir la ira. Pecos, por su parte, se había dormido a fin entre sus pies.

Cuando el coche dobló sobre Peterson Lane yo sabía exactamente donde estábamos y me enderecé buscando puntos de referencia conocidos en el fugaz alumbramiento de los faros. Había tantas cosas que yo quería decir en los últimos momentos del viaje, antes que de que pararan las ruedas y la vida ya no estuviera suspendida; cosas que no tenían palabras ya que eran únicamente emociones. Quería decirles que no obstante lo sucedido los dos estaban hechos el uno para el otro. Eran dos partes de una sola cosa; una unión que les daba sustancia. Quería decirles que las acciones que se habían metido entre ellos no eran ni violentas, ni mezquinas, ni crueles, y por lo tanto eran perdonables. Quería decir todo eso, pero no pude hacer salir una sola palabra. Mis sentimientos eran verdaderos, pero también había otra verdad. JoHanna había traicionado a Will. Yo no entendía cómo dos cosas tan opuestas podían ser verdaderas. Mi falta de comprensión me mantuvo silente, tan silente como los dos de ellos.

En la luz de los faros del coche vi los grandes robles que formaban un marco alrededor de la casa. Sentí algo de alivio. Habíamos llegado. Quizás Duncan, al despertar, podría prevalecer sobre ellos para recordar una vida que no incluía a John Doggett, ni su sombra, la cual los separaba ahora.

Comencé a despertar a Duncan ya que Will había doblado por el camino de entrada a la casa. -Déjala que duerma, - dijo Will. En vez de estacionarse en la parte trasera de la casa manejó hasta la puerta principal para poder cargar a Duncan y el equipaje con más facilidad.

Yo estaba buscando mi zapato en el piso del coche cuando escuché a JoHanna pegar un pequeño grito. Will había parado el coche y yo pude escuchar el aire escapando sus pulmones. Miré la casa suponiendo que alguien la hubiera arrasado, pero ahí estaba, oscura contra la noche estrellada. En el rayo de luz de los faros distinguí a Jeb Fairley sentado en las escaleras.

Estaba tan quieto que no lo vi desde un principio. Se levantó lentamente y se quedó parado, alto, delgado y sin abrigo a pesar del frío con los brazos colgados de cado lado esperando que saliéramos de coche.

-Jeb! -JoHanna abrió la puerta del coche y Will apagó el motor. Su voz sonaba como una súplica de ayuda al tambalear hasta la entrada de la casa.

Will salió de su lado del coche dejando la puerta abierta mientras corrió hacia adelante agarrando a JoHanna delante del coche. Comenzaron a luchar. Will trataba de sostener a JoHanna mientras ella trataba de escapar de él para llegar al pórtico. Los faros echaban sombras contra la faz de la casa de imágenes distorsionadas unidas a cámara lenta, mezclándose para hacer una sola forma en el frente de la casa, trepando por la puerta principal y las ventanas, torcidos en una lucha horrible y silenciosa de voluntades.

- ¡Jeb! -JoHanna casi había logrado soltarse, pero Will la tenía aún.

-Yo no sabía adónde traerlo, - dijo Jeb

Fue entonces que vi el bulto de ropa en el pórtico. Reconocí el abrigo de Jeb y me pregunté por qué no lo tenía puesto. Yo me escurrí por debajo de la cabeza de Duncan y salí del coche, tratando de moverme rápidamente, pero algo me detenía, como un jarabe frío, demasiado frío para correr. Demasiado lenta, yo.

-¡Mattie !- Will gritó sin soltar a JoHanna. Ella se había convertido en un animal salvaje luchando contra él, dando golpes y emitiendo pequeños sonidos estridentes. Contra la pared de la casa se veía su sombra embistiendo y torciendo contra la alta figura de Will. Yo seguí caminando, subiendo las escaleras hasta llegar a Jeb.

-Lo siento, Mattie. Yo traté de pararlos.

Levanté el collar del abrigo y vi a Floyd. - ¿Floyd? - No pude creer lo que estaba viendo. No era posible que esos rasgos fríos, inmóviles eran los del hombre a quien había llegado a querer. - ¿Floyd? - volví a preguntar. Entendí que estaba muerto, pero aun así rocé mis dedos contra su mejilla esperando sentir una esperanza de calor humano. Estaba frío y la textura de su faz ya no era la de un ser humano.

Jeb me levantó y me ayudó con las escaleras. Detrás de él la sombra de JoHanna había dejado de luchar. Se apoyaba contra Will, sacudiendo y sollozando silenciosamente.

-Duncan sigue en el coche, - dijo Will. Quería ir con su hija, pero siguió dejando que JoHanna se apoyara de él dándole tanto soporte como control. Duncan seguía dormida. No la despertaríamos. Ella no vería a Floyd.

Mirando a Jeb no pude creer que estaba ahí. Lentamente bajé los brazos que él tenía agarrados y él me soltó. -Tenemos que entrar a Duncan por la puerta trasera, - le dije. Sin esperar, bajé por las escaleras y la levanté en los brazos. Jeb ofreció ayudarme con ella, pero yo sacudí la cabeza en una negativa. Su pequeño cuerpo estaba caliente, vivo. Real. Duncan no formaba parte de la pesadilla. Yo la tuve apretada mientras Jeb sacó las maletas y a Pecos, también durmiendo, del suelo del coche. Evitando las escaleras delanteras caminamos alrededor de la casa a la puerta trasera y entramos.

Duncan no pesaba nada en mis brazos. Pasé por la cocina y entré a su habitación donde la posé en su cama y la cubrí con la cobija. Seguía con los zapatos y el abrigo puestos, pero eso no importaba.

Jeb puso el gallo al pie de la cama y se retiró de la habitación. -Traté de pararlos, -volvió a decir. -No había nada que pude hacer. Me ataron a la silla de la barbería. En la silla del barbero. – Su tono era triste y amargo.

Miraba sus labios mover, aún delgados y azules por el frío. Escuché lo que decía y entendía las palabras, pero no su significado. -Iré a colar café, - caminé hacia la cocina cuando escuché el gemido de angustia. Era un sonido que no había escuchado antes. Un grito de furia y dolor, una herida mortal. Luego pude escuchar pies golpeando las tablas del porche y otro grito de JoHanna.

-Tranquila. – Jeb me asió del codo. Yo no sabía si me estaba sosteniendo o reteniendo, pero igual, yo no habría podido moverme si hubiera sabido hacia dónde ir. Así nos quedamos parados unidos por su agarre hasta que ya no se escuchaba nada.

Will abrió la puerta delantera y entró. Fue al armario para guardar ropa blanca y sacó una pila de sábanas blancas. Al darse vuelta me vio. -Mattie, ¿podrías prepararnos café? Jeb, si no te molesta, ¿me podrías echar una mano?

Antes de que Will se alejara lo llamé. - ¿Dónde está JoHanna? - ¿Está bien?

-Ella entrará en un momento. - Miró hacia la cocina. -El café nos caerá bien.

Salí del pasillo y fui a la cocina y prendí una lámpara de aceite. Con el mismo cerrillo encendí la estufa y esperé que la madera se prendiera. Mientras tanto eché agua a la olla y medí el café. En mi cabeza sentía los golpes de los segundos, del tiempo que escurría. La vida continuaba. Había otros ruidos. El agua se calentaba, la madera crujía en la estufa. El tiempo pasaba durante la breve pausa que se dio antes de que volvería a sentir nuevamente, cuando yo tendría que permitirme comprender lo que había sucedido.

Will entró por la puerta delantera. Fue a su habitación y salió con un traje, calcetines y un par de zapatos negros lustrados. El cuero pulido se reflejaba en la luz de la lámpara.

-Mattie, ¿podrías calentar más agua? No para el café. Busca una olla grande y calienta agua ahí. – Su voz estaba tranquila y revelaba su estado de shock. -JoHanna quiere lavar el cuerpo ahí mismo donde está, en el porche.

- ¿Quiere que la ayude? – Yo podría ayudar. Podría ayudar a lavar a Floyd. Había sido mi amigo.

-Le preguntaré. ¿Y el café?

Señalé la pequeña tetera que estaba por silbar. – En un minuto. Nada más me falta colarlo.

-Le preguntaré a JoHanna lo que ella quiere que hagas. - Volvió a salir al porche cerrando la puerta detrás de él sigilosamente.

De golpe entendí la importancia de las cosas más pequeñas cuando la vida se ha parado. Levanté la tetera y vertí el agua al colador escuchando cada gota caer en el colador y luego al fondo de la olla. Había escuchado ese sonido un millar de veces en mi vida sin jamás darme cuenta de él. Duncan dormía tranquila en la habitación de al lado. Su respiración era suave, rítmica; un sonido alentador. Afuera, un ave de la noche cantaba un canto triste.

Will entró en busca del agua calentada, sacando toallitas limpias de la gaveta que estaba al lado del lavabo. Jeb y él salieron al porche. El café estaba colado y yo lo vertí en cuatro tazas. El de Will era negro y el de JoHanna con una cucharadita de azúcar. Me imaginé que Jeb prefería el suyo con café y leche así que preparé las últimas dos de la misma manera. Mi idea era de poner los cafés sobre una bandeja y llevarlos al porche, pero me detuve. Me pareció algo rara la idea de que estuviéramos bebiendo café con Floyd ahí muerto a nuestros pies. Pero JoHanna rehusaba entrar y dejar a Floyd solo. Agarré mi taza y la de ella y bajé por el pasillo hacia la puerta de entrada.

Le di una pequeña patada con la punta del pie a la puerta de madera y Will abrió la puerta. Tenía una linterna en su mano. Los faroles del coche también seguían puestos. JoHanna estaba parada al lado de Floyd. Había desabotonado su camisa y estaba lavando su cara y pelo. Con el café humeante en mis manos, vacilé un momento.

JoHanna más bien parecía una silueta, iluminada como estaba por los faroles del coche. La luz que Will tenía en sus manos era débil, en contraste, llenando únicamente los planos menos profundos. Las manos de JoHanna trabajaban con tanta dulzura que escuché a Will tragar un sollozo.

- ¿Por qué no entran tú y Jeb para tomar sus cafés? – les dije. Yo ayudaré a JoHanna. Me sorprendí al escucharme a mí misma tan razonable, tan fuerte.

Will puse una mano sobre mi hombro. -No creo que deberías hacer eso, Mattie.

Se escuchaba su voz distante como si no pudiera expresar lo que estaba viendo. De seguro se trataba de una pesadilla que terminaría al salir el sol y podríamos ver bien. Por lo pronto eran trucos de la luz extraña, de los contrastes de las sombras y la noche.

-Ayudaré a JoHanna. – Levanté las dos tazas de café. -Traje estas para nosotras.

-Vamos a buscar café para nosotros, - dijo Jeb. Estaba parado en el porche sin su abrigo. Nunca dio señal del frío que debía de tener. Tomó la linterna de las manos de Will y la sentó sobre las tablas pintadas de gris. Puso su mano sobre la espalda de Will y suavemente lo empujó hacia la puerta que había quedado abierta. Will tambaleó un poco, pero luego entró por la puerta y Jeb la cerró. Jeb vino a mi lado. Sentí su mejilla fría contra mi oído.

-Es horrible, Mattie, pero JoHanna dice que piensa lavarlo y que piensa vestirlo en uno de los trajes de Will antes de que cualquier otra persona lo vea. El Doctor Westfall lo ha declarado muerto y ha apuntado todas sus heridas. No hemos podido localizar al alcalde Grissham en ninguna parte, así que supongo que no nos queda más remedio que preparar el cuerpo.

Yo no escuchaba más que balbuceo en mis oídos. Lo que me estaba diciendo era importante, pero en ese momento no quería molestarme con detalles como el paradero del alcalde Grissham. Lo del Doctor Westfall no me interesaba tampoco en ese momento. Ya no había nada que podían hacer por Floyd ahora. Le hacían falta únicamente las manos de JoHanna. Su toque, y mientras yo observaba, levantó un pedazo de tela enjabonada a su pecho, el vapor subiendo del calor del agua como si fuera el espíritu de Floyd escapándose.

Yo asentí distraídamente y Jeb caminó hacia las escaleras para bajar. Me di cuenta de que Jeb seguía en el porche, esperando. -Entra de una vez, Jeb. Aquí está haciendo un frío terrible. JoHanna y yo nos ocuparemos de él.

Sin decidirse, vaciló. Luego se dio vuelta y abrió la puerta solo lo suficiente para dejar su angosta figura pasar por ella. Yo bajé los últimos tres escalones y me posicioné al lado de JoHanna. Los faros detrás de mí hicieron cambiar la escena drásticamente. El perfil blanco y exangüe de Floyd relucía en la dura luz. Su pelo rubio mojado por el lavado de JoHanna se veía oscuro y aplastado a su cuero cabelludo. La punzada de dolor que sentí en ese momento fue tan amargo e intenso que por poco dejo caer el café. ¡Floyd! Su nombre aleteó de mis pulmones hasta mi cerebro. Quería llamarlo para que regresara. Quería gritar su nombre para que me escuchara y volviera.

-JoHanna, - empujé la taza de café hacia ella. -Bebe.

JoHanna agarró la taza y sorbió el café sin dejar de mirar la cara de Floyd.

- ¿Cómo pudieron hacer tal cosa? - Preguntó, como si esperara una respuesta mía que pudiera explicar la tragedia. - ¿Cómo es que pudieron hacer esto?

Toqué su mentón con dedos todavía calientes por haber

tenido la taza de café, pero no logré transferir mi calor a él. Llevaba unas horas muerto. JoHanna tragó el café y colocó la taza en el porche.

-Te juro con mi vida que pagarán por esto, -dijo, a la vez que empezó a desabotonar la camisa.

Juntas logramos quitar la camisa. Su pecho no revelaba la herida que lo había matado. Su espalda, por contrario, tenía una herida grande del disparo que había recibido.

A mí no me había sorprendido enterarme de que lo habían matado de espalda. Por una parte, me aliviaba saber que él no estaba mirándolos en el momento que apretaron el gatillo. No tuvo que confrontar la crueldad ni mirarla directamente al ojo. Floyd jamás habría comprendido el grado de maldad. Al menos tuvo la esperanza de huir. Ojalá falleciera con la esperanza.

JoHanna lo lavó y luego rasgó una sábana blanca con la cual vendó su torso, envolviéndolo con el limpio algodón blanco mientras yo lo sostenía. JoHanna lo vistió con una de las camisas bien almidonadas de Will y le puso un chaleco negro. Luego le puso el saco.

Aunque hacía frío, JoHanna y yo estábamos sudadas para cuando llegamos a la tarea de ponerle los pantalones. JoHanna desabrochó su cinturón, pero luego paró. - ¿Qué tal si tú buscas a Will para que él me ayude?

-Yo he visto a un hombre, antes. – Fueron las primeras palabras que habíamos intercambiado desde comenzar. No era la inocente que JoHanna había conocido en la fiesta de cumpleaños de la maravilla apocada. Yo podía ayudar a lavar a Floyd. Quería hacerlo para él.

-No se trata de eso, Mattie. Es que . . . – no dijo más.

Empujando sus manos desabotoné los botones de su braqueta. La tela estaba dura, torpe. Algo, dentro de mi cabeza me alertó, pero yo no dejé de hacer lo que estaba haciendo, ni escuché. Desabotoné sus pantalones en el duro arco de la luz de los faroles del coche y vi lo que le habían hecho.

Levanté mis manos y vi las manchas de sangre. Me inmovilicé. No emití ningún sonido. JoHanna agarró mis manos y las dobló dentro de las suyas. Contra el marco blanco de la casa blanca, nuestras sombras parecían estar rezando.

-Mattie, ve a la casa. Dile a Will que venga a ayudarme.

Las manos de JoHanna calentaban las mías y, luego de lo que pareció una eternidad, logré aspirar. Tenía un grito atrapado en lo profundo de mi ser. Estaba demasiado profundo para poder salir. Meneé la cabeza. Yo sabía exactamente quien había hecho esto. Y, sabía por qué. Pude reconocer la destreza en la obra del hombre quien alardeaba el gusto que sentía al usar un bisturí. La realización me dio la fuerza que necesitaba para no perder la cabeza.

No le concedería ese placer a Elikah.

-Vamos a lavarlo. -Sentí las lágrimas calientes contra mis mejillas heladas. -No quiero que nadie vea a Floyd así. Nadie ha de saber lo que Elikah le hizo. Nadie.

JoHanna comenzó a jalar sus pantalones quitándolos con dificultad. Floyd era pesado y tuvimos que luchar un poco. -Ah, ellos sabrán. Sabrán y lo pagarán. Pagarán por esto. Te lo juro.

A la vez que hablaba iba quitando sus pantalones y juntas lavamos su horrible herida y lo vendamos con tiras de la sábana de algodón. Logramos vestirlo con los pantalones del traje de Will. Juntas le colocamos los calcetines y los zapatos.

-A él le hubieran gustado estos zapatos, - dijo JoHanna. Su voz quebró, pero continuó hablando. – Son de un cuero fino. Will los consiguió en Nueva Orleans. Floyd apreciaría la artesanía.

- ¿Qué vamos a hacer ahora? Pregunté.

JoHanna se dio vuelta para poder apoyarse del porche. -No

sé excepto que ellos van a pagar esto. No me importa cómo. No importa lo que conlleve. Los buscaré y los haré pagar.

-Sabes que fue Elikah.

Pensé que lo iba a negar, pero no lo hizo. -Lo sé.

-Junto con algunos de los hombres de Tommy Ladnier, sino el mismo Tommy

-Es capaz.

- ¿Y el alcalde Grissham? – no estaba segura.

-Hasta las cuencas de sus ojos. – JoHanna no dudaba.

El alcalde Grissham y Tommy Ladnier eran los hombres más poderosos de nuestro condado. ¿Cómo podíamos vengarnos? JoHanna se paró. Bajó la rueda de las mangas de su vestido, pero aun así no dejó de temblar. Debíamos entrar, pero ella persistía apoyada contra el porche actuando como si tuviéramos el poder para vengar a Floyd.

-No podemos hacer nada contra ellos. -Para mí estaba claro, aun si para ella no,

-Ah, sí podemos. -Hablaba suavemente como si supiera un secreto. – Y lo haremos.

La puerta de la casa abrió lentamente. Will salió, su cara bien iluminada por los faroles del coche. -JoHanna. -Su voz parecía fantasmal y yo tuve que asegurarme que era él quien hablaba.

Algo en su voz la tocó a ella también. - ¿Qué? ¿Qué pasa Will?

Él se acercó al borde del porche, cerca de donde estaba Floyd y se arrodilló para tocar a Floyd en la frente. -Johanna, Jeb nos acaba de contar que han encarcelado a John Doggett. Lo acusan de haber asesinado a una familia de cinco personas por la calle Red Licorice Road.

Capítulo Treinta Y Ocho

Para el amanecer yo estaba sentada en el banco del arroyo que estaba detrás de la casa de JoHanna donde Floyd, Duncan, JoHanna y yo habíamos ido a nadar un día caluroso del verano. Floyd se había sentado apoyado contra el árbol donde yo estaba sentada ahora, y las densas hojas verdes moteaban su pelo rubio con el sol. Lo podía ver claramente. Podía escuchar su voz en el susurro de los árboles desnudos de septiembre que crujían con el viento fresco del otoño. Había gastado las lágrimas y sabía que debía estar en la casa para estar ahí cuando Duncan fuera a despertar. Cuando JoHanna y Will tendrían que hablarle de Floyd. Por alguna razón no podía forzarme a cambiar de sitio.

Aunque mi dolor estaba trillado mi furia comenzaba a crecer. Floyd estaba muerto, mutilado y disparado en la espalda. A John Doggett lo habían acusado falsamente de cinco asesinatos horripilantes. Los hombres que habían abusado y matado a Floyd andaban libres. Uno de ellos, dentro de poco, estaría colocando una tela blanca alrededor del cuello de uno de sus clientes. Levantaría el mismo bisturí que había usado para causar la máxima herida en un hombre joven e inocente. Al afeitar a su cliente estaría riéndose de un viejo chiste o repetiría algún chisme. Todo el tiempo con la certitud de que jamás recibiría ningún castigo por lo que había hecho.

La falta de justicia de todo ello me había sacado de la casa. Había huido al bosque. No podía hacerle faz a JoHanna. No había podido ser testigo de su impotencia para deshacer lo que se le había hecho a Floyd. Su inhabilidad de rescatar a John Doggett. Nadie me tenía que decir que por más poder que hubiera en Washington que Will pudiera aplicar; nada cambiaría para John

Cinco asesinatos. Una familia colgada de árboles. Un jurado no podría superar esa imagen horrorosa. A John lo ahorcarían.

Jeb contó que él había encontrado la nota que John había dejado en su puerta y que había reportado las muertes. Grissham y algunos de sus hombres fueron al camino Red Licorice Road donde encontraron a la pobre familia. Para cuando regresaron a Jexville ya habían tramado su plan. John había bajado a la casa de los Moses en busca de noticias sobre Floyd y fue ahí que lo arrestaron.

Habían encontrado el diario de John en sus pertenencias y pudieron emparejar su letra con la de la nota que había dejado donde Jeb. La evidencia no tenía fundamentos, pero era más que suficiente para cumplir con sus propósitos. El crimen de John era el estar relacionado con JoHanna y no el asesinato de cinco personas. Con sus maniobras, Grissham, Tommy Ladnier y Elikah acabarían a culpar a John Doggett por la muerte de Floyd.

Y JoHanna no tenía modo de pararlos.

Existía únicamente una pequeña falla en su plan. Uno que no tenían cómo saber. John había me había dejado la pistola.

La tenía en el bolsillo de la chaqueta que llevaba en ese momento.

Esperando el amanecer yo tramé un plan de acción. Nada podía devolvernos a Floyd y John Doggett de seguro sería ahorcado: Pero Elikah Mills no llegaría a ver su obra realizada. Quedaban dos tiros en esa pistola. Yo le haría a él lo que él le hizo a Floyd con el primer tiro y con el segundo yo haría explotar su cabeza. No es que yo quería morir junto con John Doggett, pero creía tener una salida. Todos en el pueblo sabían bien que Elikah me había golpeado. El Doctor Westfall atestaría a mi favor. Yo reclamaría defensa propia. Me encarcelarían, pero no me ahorcarían inmediatamente.

Los pájaros de los árboles y las matas a mi alrededor comenzaron a despertar. Crujían por las hojas muertas, cantaban y piaban en anticipación a la salida del sol. Yo me di vuelta hacia la casa y comencé a caminar lentamente hacia ella.

En el borde del bosque me paré y miré la casa de JoHanna. Una lámpara estaba prendida en la cocina y luego vi a Duncan sentada en los escalones de la puerta trasera con la cabeza en las manos. No hacía ningún sonido pero los hombros se sacudían. Pecos, quien ya no andaba distraído por sus varias conquistas, había vuelto a asumir su puesto de centinela al lado de su pie derecho. Al aproximarme, me alertó con una sacudida de sus alas.

-Duncan, - dije quedamente.

Mi respuesta fue un sollozo que sonaba como si hubiera desgarrado la garganta.

-Ay, Duncan, - Me senté a su lado y la abracé. Ella no dio ninguna indicación de saber que yo estaba a su lado. Sobé su espalda como había visto a JoHanna hacer y esperé que dejara de llorar. Yo ya no podía llorar. Toda agua, toda posibilidad de bondad se había vuelto piedra mientras estaba sentada en la ribera del pequeño arroyo formando mi plan.

- ¿Mattie? - JoHanna estaba en la puerta mirándonos en los escalones. -Quiero decirte algo.

-Duncan, ¿quieres entrar?, - la besé en la cabeza.

-Deja que llore, - dijo JoHanna. – Deja que llore.

Abrí la puerta y entré. Era evidente que JoHanna misma había estado llorando y Will también. Inclusive Jeb parecía como si la última gota de emoción hubiera sido estrujada de él. Habrían pasado toda la noche hablando, tratando de resolver el asunto. Al mirarlos yo sabía que no habían podido solucionar nada. Will podría extraer una venganza, pero no salvaría a John Doggett. Usaría su poder político para castigar al alcalde Grissham y haría todo lo posible por arruinar a Tommy Ladnier. Intentaría hacer papilla de ellos en público, incluyendo a Elikah. Pero no era suficiente el castigo y ya era demasiado tarde.

Tenemos que llevar a Floyd a la iglesia. – JoHanna me pasó una taza de café. -Yo voy a hacer los arreglos para su funeral y Will va a ir donde el Alguacil. Tenemos que decirle que fuimos nosotras quienes vimos a la familia asesinada y que luego se lo contamos a John. Debemos aclarar que él escribió la nota porque yo se lo pedí.

Aparentemente JoHanna había perdido el juicio. No importaba qué fuera a decirles. Todos sabían que John Doggett era inocente, pero les daba un pito. Lo iban a procesar, iban a fallar en contra de él, y lo matarían. Nada de lo que ella pudiera decirles iba a cambiar absolutamente nada. A menos que ella misma confesara los asesinatos. Ella o Duncan.

-Le dije que no iba a servir para nada. -Will había leído mi mente. -Jeb va a llevar su coche a Hattiesburg para buscar un abogado para John. Yo recomendaría a Theodore Isles, si toma el caso. Lucharemos por la justicia con todo lo que tenemos.

Las palabras de Will eran valientes, pero yo veía otra cosa en sus ojos. El pelearía hasta con su último centavo. Aunque bien sabía que era inútil. En ese momento lo admiré más que nunca.

-Mattie, ¿te quedas aquí con Duncan? – Aun haciendo la pregunta, JoHanna palideció. – Temo llevarla al pueblo e igual no la quiero dejar aquí sola.

-Yo me quedo con Duncan. – Yo podía matar a Elikah en cualquier momento, mañana o tarde. La verdad es que no importaba a qué hora.

- ¿Estás bien? – Will se levantó y vino donde mí. Levantó mi barbilla con un dedo y me miró directamente a los ojos.

-Tú harás pagar por lo que le hicieron a Floyd, ¿verdad? Harás pagar a los Odom y al Alguacil.

- ¿Y a Elikah? -preguntó.

-A él más que a nadie, - contesté. No quería que ni Will ni JoHanna supieran lo que yo pensaba hacer. -A él le haces lo que te dé la gana.

-Tú no tienes que volver a esa casa más nunca, - dijo JoHanna.

-Que ni lo piense, - dijo Jeb secamente. -Elikah está convencido de que él puede hacer lo que quiere; se cree impune. A que se atreve a tratar de matarla. – Se agachó para apagar la lámpara. Me fijé que ya era totalmente de día. Un día fresco y claro de otoño en el sur de Mississippi.

-Mattie, ¿podrías empacar tantas de nuestras ropas como puedas? -JoHanna miró por la cocina. -Luego enviaremos a alguien para buscar lo que quede.

- ¿A dónde vas?

-*Nosotros*...-enfatizó la palabra. -Nosotros vamos a Fitler para buscar a la Tía Sadie y luego nos vamos a Natchez a vivir.

- ¿Y John Doggett? – yo no podía creer que sencillamente lo dejaría solo en la cárcel.

JoHanna miró hacia Will y luego bajó la mirada.

-Lo mejor para John es que JoHanna se vaya del pueblo –

dijo Will. -En realidad no es a él que quieren lastimar, sino a ella. Quizás, si conseguimos un buen abogado y logramos retrasar el juicio, la gente se olvidará de él.

- ¿Van a olvidarse de cinco personas colgadas de un roble? - Yo no quise creer que podían ser tan ingenuos. No, Will no. Tampoco JoHanna.

-Puede que se olviden de la importancia de culpar a John Doggett.

- ¿A quién le echarán la culpa, entonces? Si JoHanna y Duncan se van, ¿a quién culparán?

Will meneó la cabeza. -Pues, no sé Mattie. Pero lo mejor para John es que JoHanna no esté aquí recordándoles el caso cada día. – Sus ojos me mandaron una alerta que pude leer claramente.

Will pagaría por el abogado. Él se quedaría para defender a Doggett si fuera necesario, pero no iba a sacrificar a su mujer. La decisión estaba hecha. JoHanna y Duncan se iban de Jexville para siempre.

- ¿Se lo han contado a Duncan?

JoHanna indicó que no con la cabeza. -No. Pero a ella no le importará.

Floyd era la única cosa que la ataba a este lugar. Era su puerto en Jexville. -Trató de sonreír, pero falló. -El mío también, supongo.

-Lo mejor es que se vayan. -Jeb se paró, drenó lo que quedaba en su taza de café en el lavabo. -Debemos ocuparnos de lo que nos queda por delante por hacer. Van a convenir un gran jurado para el caso de John en esta semana. Si quieren que encuentre a ese abogado importante, más vale que salga ahora mismo.

-Sí, el funeral. – JoHanna cepilló su cabello como si aún fuera largo. -Will, ¿estás listo?

Él se levantó y alcanzó su saco. Al ponérselo parecía que estaba por entrar en el tren para regresar a Nueva York.

-Cuida a Duncan, -JoHanna me besó en la mejilla. Me fijé, por la primera vez, que llevaba un vestido gris oscuro. Se parecía más a algo que la Tía Sadie se pondría, aunque le quedaba muy bien. Se colocó un pequeño sombrero negro con un velo y se apoyó del brazo de Will mientras bajaron por el pasillo hacia la puerta principal de la casa, con Jeb encabezando al trio.

Yo sabía que iban a colocar a Floyd en el coche, y que yo no quería mirar, así que salí por la puerta trasera para sentarme en los escalones para acompañar a Duncan.

- ¿Vas a venir con nosotros a Natchez? – La pregunta me sorprendió porque pensé que Duncan no lo sabía. Obviamente había podido escuchar algo de la conversación. La voz de Duncan estaba nublada por su dolor.

-Pues no lo había pensado. -No le quise decir que lo más probable era que iba estar en la cárcel.

-Quizá encuentre unos amigos ahí. Amigos de mi edad. – La mirada que me dirigió estaba llena de ira. -Amigos que no serán asesinados.

-A Floyd le encantaría que tuvieras amigos nuevos, - dije tiernamente.

Ella se levantó y frotó los ojos con sus puños. -Odio este lugar. Odio todo lo que conlleva. – Tenía los ojos oscuros llenos de furia. -Si yo pudiera maldecir este lugar, lo haría. Una maldición de verdad. De esas a que todos parecen temer. Una que haría rizar las uñas de sus pies.

No pude resistir una sonrisa, aunque lo que decía la niña era muy serio. Tenía apenas nueve años. Su vida con Will y JoHanna no la había preparado para hacerle faz a una realidad tan cruel. Lo que sí le habían dado era una fuerza de voluntad para luchar por ella misma. Ella no se dejaría vencer.

-Vamos a entrar. Tengo que hacer las maletas.

Juntas entramos en la casa y Duncan se quedó sentada en la cama mientras yo extendí una sábana en el piso y comencé a hacer una pila de su ropa en el centro. Atadas en la sábana serían más fáciles de cargar. JoHanna podía usar las maletas para los trajes de Will y sus vestidos elegantes.

Una vez que terminamos, Duncan me indicó que me sentara con ella en la cama. - ¿Cómo será vivir en Natchez, Mattie?

La idea de un cambio la estaba perturbando. No le gustaba Jexville, pero Natchez representaba lo desconocido. -Pues, está en el río Misisipí y tengo entendido que es una ciudad muy bonita con casas grandes y lujosas. Allí viven muchos más negros también. Por ahí hubo muchas grandes haciendas así que quedan muchos negros.

Duncan asintió. Se acomodó en la cama. -Cuéntame una historia sobre Natchez.

Bajo sus párpados brotaban lágrimas que luego bajaron por su cara. Estaba recordando a Floyd, recordando cómo él solía contarle historias. Le conté la historia de un joven blanco y un negro que habían bajado en el Misisipí en una balsa. Había leído la historia en un libro forrado de cuero que había encontrado en la biblioteca. Las partes que no recordaba, las inventaba, agregando a una niña de nueve años al grupo. La niña era la más inteligente de los tres.

A Duncan le gustó la historia mucho. Convirtió la idea de Natchez y el Río Misisipí en una aventura que estaba por disfrutar, nada más esperando su llegada para hacerla comenzar. Con sus miedos y dolor suspendidos, Duncan se quedó dormida.

Yo me quedé sentada a su lado por mucho tiempo sabiendo que esta quizás sería la última vez de estar con ella. Examiné sus pestañas, tan delicadas e infantiles. Sus ojos se movían bajo los párpados y me pregunté si acaso soñaba. Algo bello. Quizás se había unido con Floyd en ese mundo donde la vida y la muerte pueden mezclarse. Sus labios formaron una sonrisa antes de relajarse del todo y yo me levanté para dejarla. El subir y bajar de su pecho era todo un milagro. La misma Duncan McVay era todo un milagro.

-Te quiero, Duncan. – la besé en la mejilla y no me alteré cuando Pecos entró volando por la ventana de la habitación aleteando las alas, pero sin hacer sonido. -Deja que duerma, - le advertí al gallo al salir del cuarto e ir al de JoHanna para continuar la tarea de hacer las maletas.

El acumular las cosas de Duncan había sido una tarea fácil. Las de JoHanna – mucho más difícil. Había tantas cosas, todas delicadas o de fácil estrujar. No se podían apilar en una sábana. Saqué las maletas y empaqué las cosas más delicadas primero, preguntándome qué le haría falta a JoHanna en su nueva vida en Natchez. Levanté el famoso sombrero con las alas de gallo y las flores secas. ¿Llevaría este sombrero en Natchez? ¿Atraería las mismas miradas que había sabido ignorar en Jexville? ¿O es que la mudanza revelaría a una JoHanna más modesta? Yo no podía decidir qué parte de su identidad iba a dejar así que empaqué todo.

Acababa de doblar el vestido cobertizo que había llevado a la fiesta de Annabelle Lee cuando escuché a Duncan quejarse. Escuché y luego me dirigí a su cuarto incitada por una profunda oleada de terror ocasionada por la jeringonza y los sonidos sin sentido.

La puerta de la habitación había quedado abierta y yo corrí a su cama. La encontré retorciéndose y contorsionándose en la cama. Estaba como si alguien o algo la tenía del brazo y la jalaba. Ella luchaba y daba sacudidas para poder escaparse. Se quejaba y gritaba en un lenguaje extraño mientras luchaba.

Se trataba de una pesadilla. Era evidente.

-Duncan. – Agarré su pierna agitada y la tuve con una mano mientras inmovilicé su hombro con la otra. - ¡Duncan!

Estaba profundamente hechizada por el sueño y yo no lograba alcanzarla. Abrió la boca y luego la cerró, engullendo aire, como si se estuviera ahogando.

El temor me impulsó a actuar. Sin pensar le di un palmazo en la mejilla derecha. El ruido asustó a Pecos y crascitó castigo sobre mí. El gallo voló hacia mí con las garras extendidas y yo caí encima de Duncan, sobre su estómago. Sus rodillas y sus codos empujaban contra mí mientras yo trataba de evitar el gallo. Cuando por fin me pude liberar para pararme, Duncan dejó de moverse. El cambio fue tan repentino que yo sabía que algo terrible le había sucedido.

- ¡Duncan! – estaba jadeando. Enderezándome miré su cara. Tenía los ojos completamente abiertos con los globos oculares rodados hacia atrás. Abría y cerraba la boca. Abría y cerraba. No respiraba. Estaba ahogándose en su propia habitación.

- ¡Duncan! - Grité su nombre en un llanto. Me agaché sobre ella tratando de recordar cómo se empujaba el aire a los pulmones de otra persona. - ¡Duncan!

Su mano me azotó con una rapidez que no me dio tiempo pensar ni evitarla. De pronto me agarró de la garganta, un puño mortal que se encajaba alrededor de la tráquea.

-Duncan, - su nombre roto, oxidado. Yo no podía dejar de mirar dentro las cavidades oculares ciegas. No me podía mover. Me tenía en un agarre tan fuerte que yo sabía que me iba a ahorcar si no se ahogaba primero. Yo me torcí e intentaba liberarme, pero no pude. Sentí que perdía las fuerzas. -Duncan-rogué.

-Mattie. – Sus labios formaron la palabra, pero la que las pronunciaba no era Duncan. El ritmo era de otro.

- ¿Mattie? – Volvió a hablar la pesadilla a través de sus labios y esa voz.

Yo tambaleé perdiendo la fuerza de las piernas. Ella me tenía, su brazo rígido, los ojos muertos. Tuve que hacer un último esfuerzo para soltarme de su agarre. Antes de que pudiera hacer cualquier cosa, Pecos se posó en la almohada al lado de la cabeza de Duncan. La miró en los ojos y chilló una vez antes de comenzar a picar su frente agresivamente. La piel blanca rompió en pequeñas cortadas sangrantes mientras él ave le daba con su pico agudo en la carne tierna de su frente.

El brazo de Duncan tembló y los dedos se soltaron. Cerró la boca. Con la mano que quedó libre ahuyentó al pájaro.

Fue lo suficiente para que yo me pudiera soltar. Inhalé bocanadas de aire con mi adolorida garganta, haciendo todo lo posible por no vomitar. Pecos se alejó y se posó sobre el marco de la cama.

- ¡Duncan! - Justo cuando iba a volver a pegarla, abrió los ojos. Reinaba la confusión en la profundidad de sus ojos café. Levantó el brazo para palpar su frente. Cuando la miró vio que estaba cubierta de sangre. Eso pareció confundirla aún más.

-Él me tenía, Mattie, - susurró mientras me miraba a los ojos. -Esta vez sí que logró agarrarme y no me iba a soltar.

Yo sabía de quién hablaba. El hombre muerto debajo del puente del Río Pascagoula. El hombre de cuyas costillas salía un catán sonriente. -No te preocupes, Duncan. Estás aquí ahora.

Duncan se sentó, se apoyó contra las almohadas y puso a Pecos en su regazo. -Pecos, me has picado duro, - Lo acarició en la cabeza. -Pecos quería sacar a ese hombre de mi cerebro a todo costo.

Yo me dejé caer en la cama, mi mano temblando. -Casi me ahorcas, - dije.

Ella notó las marcas rojas en mi cuello y extendió una mano

hacia ellas. -Fue él, - dijo. -Él me tenía a mí, pero cuando te vio me soltó. Te alcanzó a través de mí.

El viejo reloj del pasillo tocó mediodía. Nos miramos, escuchando los repiques de las horas, contando y escuchando.

¿-Qué querrá contigo, Mattie? -preguntó.

Yo no la miré.

-Te llamó por tu nombre, Mattie.

Me levanté y me paré camino a la puerta. -Yo te escuché a ti llamarme, Duncan. Fuiste tú.

Al darme vuelta Duncan me miraba con una mirada de adulto en la cara. -Cuidado, Mattie, - me dijo. -El río puede ser muy peligroso.

-Duncan, ¿quién es el hombre en el río? ¿Cómo se ahogó?

Duncan sacó las piernas de las sábanas y salió de la cama. -Él no se ahogó de su propia cuenta, Mattie. – Caminó hacia la puerta y luego se volteó hacia mí. Para nada. – Se volteó para salir de la habitación y dijo, -Me muero de hambre. Preparemos algo para almorzar. – No me esperó. Salió sin voltearse.

Capítulo Treinta Y Nueve

Will y JoHanna regresaron tarde por la tarde. La camisa blanca y almidonada de Will tenía manchas de sangre y los nudos de su mano derecha estaban heridos. Las dos manos estaban magulladas. Lo único que dijo JoHanna era que el funeral de Floyd iba a ser la siguiente mañana en la iglesia metodista. El mismo ministro que había pronunciado el sermón en el funeral de Red Lassiter iba a regresar para el servicio. JoHanna había hecho los arreglos para el funeral mientras que Will se encargó de otras cosas. JoHanna habló vagamente de lo que Will había logrado. Yo llené los huecos de su narración según lo que no contó.

Primero Will fue a la cárcel. John Doggett no estaba lastimado y estaba de mejor humor de lo que se esperaría. John se sintió muy aliviado al saber que Will le iba a conseguir un abogado.

De la cárcel, Will había ido al pueblo. La tienda de botas estaba cerrada y los Moses habían salido de viaje. Will no pudo enterarse de adónde se habían ido ni de cuándo regresaban. Los hermanos Odom también se habían ido y el alcalde Grissham había ido a Ellisville a buscar algo muy especial. Will no pudo enterarse de qué se trataba, pero sí logró saber que tenía que ver con la inevitable rápida y veloz condena y ejecución de John.

El único que seguía en el pueblo era Elikah. No quería cerrar su tienda. Resultó ser mal idea. El Doctor Westfall tuvo que separar a Will de Elikah. Limpiando su mano con un pañuelo almidonado de lino Will entró en el Auburn con JoHanna en el volante y habían regresado a la casa.

Ni Duncan ni yo hablamos del sueño que ella había tenido. Explicamos que Pecos la había aruñado en la frente, sin querer. Yo me había puesto una blusa de collar alto para esconder mi garganta amoratada.

JoHanna y yo pelamos vegetales en preparación de una sopa de vegetales mientras Will estaba sentado en la mesa mirando a su esposa trabajar. Todos escuchamos a Duncan hablar. Estaba entusiasmada con la idea de Natchez. Le captivaba la imaginación la idea de vivir en una ciudad con botes grades y bellas casas de antes de la guerra. JoHanna no compartía su entusiasmo. Will contestaba las muchísimas preguntas que le hacía Duncan y una paz extraña se asentó sobre la cocina. La marcha constante hacia el borde de una confrontación había aflojado.

El cuerpo de Floyd era lo único que se interponía.

El funeral se cernía sobre nosotros, un obstáculo más inmediato. Luego el juicio. JoHanna y Duncan no se quedarían para el juicio, por el bien propio y por el de John. Yo había decidido esperar a que JoHanna se fuera para matar a Elikah. Ya había hecho el plan. Había decidido que nuestra habitación sería el mejor lugar. Sin hacer un esfuerzo consciente el escenario se había realizado en mi cabeza. Yo tendría que regresar a casa con Elikah. Después de ver las manos de Will entendí que mi marido no representaba una gran amenaza para mí. Yo le prepararía un baño a la temperatura que le gustaba. Una vez que estuviera desnudo e inmerso en la tina yo entraría al baño con una pistola. El primer tiro sería por Floyd y el segundo para dar fin a sus crueldades para siempre. Luego iría donde el alcalde donde me rendiría. Lo mejor de todo era que yo no tendría que encargarme de limpiar el desorden

- ¿Mattie?

Me volteé al escuchar la voz de Will.

- ¿Estás bien?

Tenía el pulso corriendo y sentía el rubor de la victoria sobre mi cara. Asentí y tragué.

- ¿Con qué estabas soñando? – preguntó Duncan. Sus ojos oscuros delataban comprensión.

-Natchez, - contesté, mintiendo con facilidad. Una mentira de una mujer que estaba contemplando el asesinato de su marido con una sonrisa.

Pusimos la mesa y comimos sopa acompañada de pan de maíz. Al terminar yo les dije a Will y a JoHanna que se fueran a pasear afuera mientras Duncan y yo limpiábamos la cocina y seguíamos haciendo las maletas. Para la mañana en la tarde se habrán ido de Jexville para siempre.

Duncan me mostró las cacerolas y ollas favoritas de su mamá y las empacamos, dejando otras cosas para los de la mudanza que JoHanna enviaría para buscar lo que quedaba de sus pertenencias. Iba a ser duro para JoHanna y quería tener algunas de las cosas que más le gustaban al establecerse en una nueva casa en Natchez.

Tú no vienes con nosotros, ¿verdad que no? -Duncan envolvía la jarra en una toalla de la cocina.

Yo estaba poniendo los platos en el estante. -No. Pero no se lo digas ni a JoHanna ni a Will.

- ¿Vienes a quedarte con nosotros luego?

Mis ojos se llenaron de lágrimas y yo no sabía si era por la pena de perder a JoHanna, a Duncan y a Will o si era la lástima que sentía por mí misma por el destino que había escogido. -Iré si puedo.

Esa respuesta no satisfizo a Duncan, pero dejó la cuestión al escuchar a sus padres entrar por la puerta principal de la casa. JoHanna fue a su habitación y Duncan la siguió. Will y yo nos quedamos en la cocina.

Los dos nos quedamos mirándonos por lo que pareció mucho tiempo. Finalmente, yo fui la primera en hablar. -Me quedo en Jexville.

Will no se demostró sorprendido. -Yo no creo que Elikah se atreverá a golpearte nunca más. Yo no sé qué puede hacer. Me temo que casi todos sus dedos están quebrados.

-Elikah depende de esas manos y por ellas ha tenido mucho éxito. Él mismo dice que son las manos de un cirujano.

-Pues, debió haber tenido más cuidado en cuanto a lo que hacía con esas manos. – Caminó hacia la ventana. – Yo preferiría que fueras con JoHanna y Duncan, pero si te vas a quedar, creo que me puedes ayudar con el caso de John.

-Haré lo que pueda. – Yo no sabía cómo iba poder ayudar estando en la celda al lado de John, pero no tenía por qué sacar a relucir ese punto en ese momento. -Entonces, ¿te quedas para el juicio?

-No pienso irme.

De pronto me di cuenta de que quizás él no pensaba reunirse con JoHanna en ningún momento. Fui donde él y lo agarré del brazo. - ¿No piensas dejarla, verdad que no?

Él indicó que no con la cabeza. -La verdad es que lo he pensado, pero no lo voy a hacer. -Sus ojos sonreían. -Hace mucho me enamoré de JoHanna y le entregué mi corazón. Pedir que me lo devuelva a estas alturas sería una necedad. Lo que quedaría no valdría la pena conservar.

-Ay, Will. – Yo nunca lo había amado tanto como en ese momento. Lo toqué en la mejilla, un gesto de consuelo. Puso su mano sobre la mía, presionando la palma contra su barba incipiente.

-Si fuera un hombre joven, libre y sin compromisos, yo me enamoraría de ti Mattie. Quédate en Jexville para el juicio de John, pero luego debes irte. No puedes pensar en quedarte con Elikah Mills.

No pude decir nada por las lágrimas que corrían. Comprendí que él sabía. Sabía lo mucho que yo lo amaba. Estaba segura de que el corazón se me quebraría cuando se agachó, besó las lágrimas en mi mejilla y me abrazó.

Will, JoHanna, Duncan y yo éramos las únicas personas en la iglesia para el funeral de Floyd. El reverendo habló mucho de la pérdida de la inocencia y del refugio que Floyd encontraría en el cielo. Fue un servicio corto. Todos sentíamos una creciente inquietud fuera de la iglesia. Seguimos el féretro ese día de soleada claridad de octubre.

Floyd reposaría en el cementerio de Jexville, bajo un cedro. Nosotras, las mujeres caminamos detrás del féretro que iba cargado por Will y los sepultureros. Habían preparado la sepultura y tomó pocos momentos para pronunciar las oraciones habituales y bajar el ataúd. Duncan sollozó como si acabaran de romper su corazón y los sepultureros comenzaron a llenar el hueco con tierra. Yo enfoqué la vista en una franja de árboles sin hojas que bordeaban el cementerio. Era un día hermoso, brillante, un día perfecto de otoño. Sin embargo, se sentía que el invierno ya estaba por llegar. Unos arrendajos y ruiseñores se burlaban de un pequeño grupo de estorninos que esperaban pacientemente para que saliéramos del cementerio para picar la tierra recientemente movida. Hasta los pájaros guardaban silencio. Esperaban. Si no fuera por el pequeño grupo de dolientes uno diría que el pueblo estaba abandonado.

Will le pagó al pastor y todos caminamos hacia el coche.

-Cuida mucho a Pecos, - le susurré a Duncan dándole un beso en la cabeza y luego en sus mejillas mojadas por las lágrimas.

-Ven con nosotros, - me rogó agarrando mi vestido. Yo llevaba unos de los vestidos de JoHanna. Lo había reducido a mi tamaño con un cinturón. Las lágrimas de Duncan emparon la franela gris.

-Ya me reuniré con Ustedes, - le mentí acariciándole el pelo, que ahora crecía abundante y sedoso.

¿-Mattie? -No te quedes por aquí. - JoHanna me miraba la cara.

Yo quería tirarme en sus brazos, hundir mi cara en sus hombros y llorar contra el dolor que me quemaba el pecho y la garganta. Pero lo que hice fue tomar su mano y tenerla, apretándola fuertemente. – No te preocupes por mí. Me voy a quedar para ayudar a Will.

- ¿Y luego vendrás? – insistió.

- Una vez que John quede libre.

-Quizás yo también debería quedarme, - dijo. Miró a Will. Él meneó la cabeza y ella apretó las llaves del coche. -Natchez no está tan lejos. Yo puedo regresar en solo un par de horas si me necesitas.

Ella me haría falta. Me harían falta Duncan y Will, pero lo único que yo podía hacer era lo que había que hacer. Y solo yo podía hacerlo. -Te quiero, - le susurré y me estiré para darle un besito en la mejilla. -Los quiero tanto a todos Ustedes.

Me di vuelta y de reojo vi que los sepultureros levantaban la tierra roja y la metían en la sepultura. -Los amo, - volví a decir. Caminé hacia el pueblo, el cual quedaba a poca distancia.

De haber vuelto la vista hacia ellos y si ellas me hubieran hecho cualquier señal yo no hubiera podido seguir. Así que no me di vuelta. Dejé a Will para que se despidiera de su mujer e hija y me dirigí a la calle Redemption Road. Al llegar a la esquina de Mercy y Redemption doblé hacia el este, hacia la tienda de botas. No habían reemplazado la vitrina que había quedado quebrada por el huracán. Había un tablón grande clavado sobre el vidrio quebrado y por la puerta yo podía ver que el interior de la tierra quedaba sin ordenar. Apoyé la mejilla contra la puerta, la cual estaba fría en el aire fresco de otoño. Trataba de recordar, pero por más que intentara no podía conjurar la imagen de Floyd trabajando. Ya no estaba. Hasta la memoria de él se había esfumado. Las botas negras para montar que había elaborado con tanto esmero ahora estaban en los pies de Tommy Ladnier. Las otras botas, las que Duncan había ayudado a diseñar tampoco estaban. Su artesanía había desaparecido con su vida.

Caminé por la calle y me fijé que Mara estaba en su panadería horneando. Me saludó con un brazo lleno de harina. Su sonrisa era una sonrisa triste y desvencijada. La saludé y luego me volví, forzándome a confrontar el otro lado de la calle.

La barbería estaba cerrada. Elikah no había podido trabajar gracias a la golpiza que le había dado Will. Yo me aseguraría de que él perdería más de un día de trabajo.

Crucé la calle y pasé por la tienda de los Gordon. Olivia me vio, vaciló y se agachó para arreglar unas cajas que estaban debajo del mostrador. Yo seguí caminando y me fijé que había unos vagones esperando a una cuadra del palacio de justicia. ¿Habrá llegado Will a la cárcel, ya? ¿Cuánto faltaría antes de que Jeb llegara con el abogado? Escuchaba mis pasos hacer eco en el camino de tierra compactada y sentía que el tiempo se había detenido. El reloj daba únicamente para mí. Los latidos de mi corazón marcaban los segundos.

Si Elikah no estaba en su tienda estaría en la casa. Cuando estaba por doblar en esa dirección me fijé en lo que estaba en la parte trasera de uno de los vagones. Sentí como si alguien me hubiera dado una punzada en el estómago. Quincy Grissham estaba parado al lado de un vagón que tenía adentro una caja negra grande. Dos de los secuaces sacaban una silla del vagón. Como las calles estaban tranquilas se escuchaban claramente los sonidos metálicos y los tintineos de las hebillas de las correas de cuero.

En mi vida había visto algo así, pero con solo una mirada comprendí que se trataba de algo siniestro.

La reída de Grissham cortó por la calle tan afilada como si hubiera sido una paliza al levantar un rollo de alambre y tirarlo. Parecía una culebra negra que dio con las barras de una de las celdas de donde de pronto salió una mano para agarrarla.

Obligué a mis pies a caminar, a dar los pasos largos y seguros de JoHanna

Al pasar la casa de Jeb Fairley escuché dos sinsontes peleando. Recordé a Joselito y me di cuenta de que hacía días no lo recordaba. Lo único que me hubiera complacido más era matarlo en el momento que matara a Elikah. Era una lástima dejarlo vivir. Quizás me escaparía, me montaría en el tren a Meridian donde terminaría la matanza.

Sonreía al cruzar el césped y subir por los escalones de mi casa. La puerta de entrada estaba abierta así que entré. Elikah estaba sentado en la mesa de la cocina con las manos vendadas y la cara hinchada. La piel en la comisura de sus labios se volvió blanca al verme.

-Hola, Elikah. – Fui a la alacena y saqué un vaso. Me serví agua de la jarra que estaba en el mostrador y me tomé la mitad antes de volver a mirarlo.

- ¿Qué haces aquí? – Sus ojos me miraban con sospecha, y aún mejor, con miedo. Miró por la ventana. Pensaba que Will me acompañaba.

-He vuelto a casa. – Coloqué el vaso en el lavabo y fui a la heladera para ver qué tenía adentro. - ¿Te apetece un guisado para la cena?

No dijo nada. Sus ojos corrieron de la ventana, hacia mí y luego hacia la puerta.

- ¿Qué tal si te preparo un pastel de carne? ¿Con la corteza tal y como te

gusta? Ya que está haciendo más fresco me parece que un pastel de carne nos caería muy bien. – Busqué la harina y la grasa y alcancé una cuenca para mezclar que estaba en el estante.

- ¿Qué es lo que te estás creyendo?

- He regresado a mi casa. – No quería que me viera la cara ya que

percibiría mi odio y sabría que se trataba de una trampa. Al levantar el brazo hacia el estante sentía la pistola de John Doggett contra la pierna.

- ¿Dónde está la puta McVay?

Me volteé para mirarlo, apoyándome contra el mostrador. - JoHanna se ha ido, - respondí dulcemente. – Se están mudando a otro pueblo.

Sonrió a medias, el bigote subiendo un poco de un lado. - Ah, pues, te han abandonado

Alcé los hombros y seguí el trabajo de la preparación de la corteza del pastel.

-No quisieron llevarte. – Un sentimiento de complacencia supuraba de él. -Sí pues, te dejaron como se tira un trapo viejo. Bueno, pues a su novio le toca una sorpresa muy grande. De hecho, un momento histórico para Jexville y el estado de Misisipí.

Su tono de voz hizo que me diera vuelta para mirarlo. Tenía los ojos prendidos y sus labios tenían una forma peculiar.

- ¿Alguna vez has escuchado hablar de la silla?

No respondí porque no pude. En ese momento recordaba

los tintineos y de los amarres y los cinturones de la silla que el alcalde Grissham sacaba del vagón.

-Es una nueva forma de ejecución. Una silla portátil con un generador. Van a amarrar a Doggett a esa silla y atar los conductores a su cabeza y a su corazón. Al pasar esa sacudida de electricidad por él, él saltará y corcoveará. Tengo entendido que a uno le hierve la sangre al pasar el corrientazo por el cuerpo. Es algo así como ser víctima de una fulminación de rayo, pero peor.

Combiné la grasa con la harina. No quería que viera cómo sus palabras me afectaban.

Como guardaba silencio él decidió abundar, ocupando más espacio en la cocina con sus palabras. – Ya no será un niño tan bonito una vez que quede frito. Me parece que JoHanna ha hecho una buena decisión. Su marido regresó y ella decidió por las buenas y se fue con él. Dejó que a John Doggett lo culparan por la matanza de aquella familia. Se dio cuenta que tenía mucho que perder, así que huyó.

Le eché una mirada. Había perdido el miedo. Tenía los ojos duros, llenos de furia. Estaban rodeados por moretones y tejido hinchado. Sin poder detenerme hablé. -Ya sabes que John Doggett no tuvo nada que ver con la muerte de esa gente.

- ¿Crees tú que eso le importe a nadie? – Se echó hacia atrás en la silla. –

El Doctor Westfall reportó que todos tenían agua en los pulmones con la excepción del hombre. Él tenía el cuello quebrado. Al parecer el banco estaba por incautar su propiedad. Quiero café.

Eché la cuenca hacia un lado y limpié las manos con una toalla y me aseguré de que había suficiente leña para poder poner la olla para calentar el agua.

- ¿Cuál era el apellido de esa familia?

-Spencer. – dijo quitándose uno de sus tirantes.

- ¿Los conocías? – Busqué el rodillo de amasar y puse la

cuenca en la mesa para poder amasar la masa. A Elikah le encantaba el chisme casi tanto como le gustaba golpearme.

- No eran de por aquí. Compraron la casa de los Dalton el año pasado. Según el alcalde no se metían con nadie y no tenían vecinos por ese camino sin salida.

Eché el agua caliente a colar. A Elikah le gustaba el café bien fuerte. Cuando terminó de colar, preparé dos tazas y me senté frente a él. No podía evitar mirar sus manos. - ¿Cómo te las arreglas?

Resopló. -Ya me las arreglaré. Y cuando se sanen mis manos voy a ajustar las cuentas con Will McVay. Lo voy a encontrar dondequiera que haya huido. – Me miró. Sabía, sin preguntarme, que yo no le iba a decir adónde se habían ido. -Tengo que ajustar cuentas contigo también, Mattie. -Hablaba quedamente pero su intención era clara. En el pasado ese tono de voz hubiera sido suficiente para acobardarme. Bajé la vista y volví a la preparación de la cena. Saqué unas cebollas, zanahorias y papas y las puse en la mesa para pelarlas y cortarlas.

Con la taza en las manos, Elikah se quedó observándome. Me señaló que quería más. Le eché más café y terminé de preparar el pastel. Al meterlo en el horno, me volteé hacia él. -¿Quieres que te prepare un baño? Puedo calentar más agua. Puede que te ayude con la rigidez de tus músculos.

-Mira que tenemos aquí. – Sonrió en grande. -Una esposa obediente y sumisa.

Yo me quedé parada sin moverme y mirando el piso. Temía que si fuera a mirarlo le dispararía ahí mismo.

-Mírame, Mattie.

Lentamente levanté la vista, del piso, por sus pies. Sin querer emití una pequeña queja al ver las botas que llevaba. Eran las botas que Floyd había diseñado para el alcalde Grissham.

Su risa fue suave y cruel. – Ah. ¿Te gustan? Floyd hizo una

buena labor, ¿no es así? No era más que un idiota, pero sí sabía hacer botas. El alcalde me dijo yo debería quedarme con ellas por mi destreza. Floyd no protestó. Estaba demasiado ocupado tratando de detener el derrame de sangre...

-Tú lo cortaste, ¿verdad? – Me agarré de la espalda de unas de las sillas para sostenerme y lo miré. Quería que lo dijera. Yo no podía de dejar de mirar sus ojos. Estaban afiebrados con emoción.

-La verdad es que mi deseo siempre había sido el de ser cirujano. – sonrió. -Pues anda y pon el agua para la tina.

- ¿Por qué le pegaste en la espalda?

Con la rapidez de una serpiente, Elikah se echó hacia adelante y tiró la cuenca y el rodillo de amasar al piso. La loza pesada cayó al piso y el piso se llenó de bolitas de masa.

-Porque intentó huir. -Elikah se levantó. -No quiso creer que yo lo había cortado. Cuando por fin comprendió, cuando se le pasó el shock y le comenzó a doler, trató de correr. Nadie quería alcanzarlo, así que Clyde le tiró. -Se quitó el otro tirante. -Fue un acto de merced. – Dio un paso hacia mí done me había quedado parada sin poder moverme, el aire silbando por mis dientes al tratar de no dejar de respirar. -Ve y pon el agua. Me hace falta bañarme y afeitarme. Tommy va a pasar al rato. Tenemos algo que arreglar. Ya que Will se ha ido Tommy está viendo cómo aprovechar en el negocio de la importación y exportación. – Levantó las cejas al notar la confusión que no supe esconder. Nunca se me había ocurrido cuestionar lo que Will vendía en sus viajes.

Elikah rio, encantado con la posibilidad de sorprenderme. - Así que tú no sabías que él es contrabandista. De los más exitoso, te lo aseguro. El licor abre muchas puertas en lugares de mucha importancia, Mattie. La ausencia de Will le da la oportunidad a Tommy a dominar la región.

No obstante las consecuencias ni para John ni para mí, no

veía la hora de matar a Elikah. Tenía que hacerlo ya. Me hacía falta un poco de tiempo para reflexionar. Volví a colocar la tetera en la estufa. No había contado con la visita de Tommy Ladnier. Tommy me reconocería como la chica que vendía sándwiches por su casa. No quería que Elikah tuviera ninguna duda en cuanto a mí. Era cruel pero no estúpido.

-Mattie, prepara la tina. – Entró al dormitorio. -Luego ven y quítame la ropa.

-Sí, Elikah. – le contesté con una voz falsamente tímida.

Quería que el agua bullera ya. Puse la tina y saqué sus herramientas de afeitar. La manga de la navaja tenía una mancha pequeña y oscura. Sabía que era la sangre de Floyd. Pero no podía dejarme obsesionar por ello. Tenía que obligar a mi mente en otra dirección. La de la venganza. Debía enforcarme en ello. En la venganza, simple y gratificante. Quería ver a Elikah suplicar y denigrarse antes de dispararle a los sesos. Quería ver la sangre derramarse en la tina, mezclarse con el agua. La imagen me tranquilizó y palmeé la pistola en mi bolsillo mientras puse la plancha en la estufa para calentar. Iba a plancharle una camisa a Elikah. El agua estaba casi lista. El tiempo latía en mi cabeza mientras yo lo escuchaba caminando desnudo por la habitación esperando que me ocupara de él.

Por fin estuvo el agua y la agregué al agua que ya había puesto en la tina. Metí la mano hasta la muñeca para probar la temperatura del agua. -Está perfecta. -dije.

-No esperaba menos. – Entró en la tina, bajando con cuidado al agua. Dio un suspiro de satisfacción. -Tendrás que afeitarme – Levantó las manos vendadas. -Gracias a ti soy incapacitado.

Enjaboné el jabón en su taza y con cuidado lo apliqué a su cara herida e hinchada con una brocha suave. Echó la cabeza para atrás, cerró los ojos, con toda confianza, seguro de que yo no le lastimaría.

Al levantar la navaja pensé en cuan fácil sería rajar su cuello. Demasiado fácil. ¿Sentiría yo algún remordimiento? No estaba segura pero no lo creía posible. Comencé a afeitarlo por la mejilla quitándoles el jabón y la barba incipiente. La navaja andaba debajo de su barbilla. La única cosa que me detenía era que yo hubiera querido darle en sus partes privadas. Me hacía falta ese gusto. Matarlo con la navaja sería demasiado rápido. Además, sentada detrás de él, como yo estaba, no podía apreciar su reacción.

Terminé de afeitarlo. – Voy a buscarte una toalla calentada, - dije levantándome. Mi idea era ir a la cocina y volver con la pistola en la mano. Quería mirarlo mientras me acercaba a la tina. Quería que comprendiera lo que yo estaba por hacer.

Estaba en el pasillo cuando escuché unos pasos. Me dio pánico al ver a Tommy Ladnier entrar a la cocina con su camisa blanca almidonada y sus botas negras brillando.

Sus ojos relucieron al reconocerme. -Hola chiquilla de los sándwiches. – Sonrió al comprender. -Pues, a ver, cuando enterraron a ese idiota hoy se les quedó su parte más importante. La parte que le faltaba. -Estaba riendo al pasarme y entrar al dormitorio.

-Tommy – Elikah le dio la bienvenida, complacido. -Mi esposa me estaba lavando.

-Tu esposa es una mujer interesante. – Me quedé totalmente indefensa mientras Tommy le comenzó a contar a Elikah sobre mi presencia en su casa.

Al fin pude pensar. Saqué la pistola del bolsillo y me paré en la entrada de la habitación. Tommy se había sentado en la silla en la que yo había afeitado a Elikah. Estaba detrás de la cabeza de Elikah, pero aun así le podía tirar. Y luego a Elikah. No era lo que había planeado, pero quizás era mejor: dos por uno.

Ninguno se movió al verme en la puerta. Los ojos de

Tommy me miraban sin emoción. -Me parece que vas a tener que matarla, - dijo en un tono conversacional. El agua de la tina chapoteaba puesto que Elikah estaba levantándose.

Levanté la pistola. Tenía un cañón de plata que reflejaba la luz de la habitación. -Siéntate o te disparo. – Me gustaba la tensión que sentía al apretar el gatillo.

Pasmado, Elikah se volvió a bajar en el agua.

-Mátala, - dijo Tommy cruzando sus piernas, las botas negras suaves y hermosas en la luz de la ventana.

Elikah no dejaba de mirarme. Su cara hinchada y la boca floja, incrédula. Luego su amor propio comenzó a tener efecto. -Pues sí, carajo. - Volvió a hacer movimientos como si fuera a levantarse, pero yo amartillé la pistola, y él se volvió a sentar en el agua recordando que yo sabía usar la pistola.

Echado hacia atrás en la silla Tommy suspiró y miró a Elikah con desprecio.

-Yo sé que fue Elikah quien cortó a Floyd. – yo estaba hablando con Tommy. Clyde lo mató, pero de todos modos hubiera sangrado hasta morir. ¿Cómo es, Tommy, que tú mismo nunca te ensucias las manos? -No había sido hasta el momento en que entró a la habitación que había comprendido su papel.

-Cabrón. – Tommy agarró el pelo de Elikah con una rapidez que casi me hizo disparar la pistola. -Tú se lo has contado todo, ¿no es así? Tenías que jactarte. Te dije que mantuvieras la boca cerrada, pero tenías que hablar.

Elikah soltó la cabeza. Sonreía de una manera vulgar. -Ella no puede hacer nada. No importa lo que yo le haya dicho, ello no puede hablar en contra mía. – Con la mano vendada alisó el pelo. -No puede hacer nada. Es mi esposa.

Yo sabía que él tenía razón y que yo no podía hacer nada. Mi testimonio contra él, siendo su esposa valía un comino.

-A ella no la pueden *forzar* a ser testigo. – La furia de Tommy era una furia fría. – Pero sí puede atestiguar.

- ¿Y quién la va a escuchar? – Elikah recobraba su sentido de confianza. Se retorcía en el agua, queriendo salir, pero sin saber exactamente cómo hacerlo y no verse tonto.

-La verdad que estando tú muerto, nada de esto tendrá importancia. – Notaba que mis palabras caían con menos potencia. Ellos eran dos y yo solo una. Ninguno creía que yo estaba por disparar.

Tommy se echó en la silla, salvando espacio entre él y la tina. Estaba por saltarme. A la misma vez, Elikah movió las piernas, posicionando los pies bajo de su cuerpo. Ninguno miró al otro.

-Ya veo que tu mujer no ha aprendido su lugar. – Tommy puso ambos pies en el piso. – Yo te creía más hombre que eso, Mills.

-Oh. Va a ser fácil manipular a Mattie. Ahora que se fue la mujer McVay, Mattie y yo vamos a llegar a un entendimiento. - Elikah se levantó de la tina. El agua caía de su cuerpo liso, goteando hacia la tina. Aun con sus moretones y sus vendas era un hombre buen mozo. El estómago era todo un músculo y el agua tenía el efecto de hacer que su piel brillara y reluciera. Estaba medio excitado, preparado para el peligro y la idea de hacerme pagar.

-Tienes razón, Elikah. – Hablé con tanta suavidad que el sonido del agua cayendo de su cuerpo era casi más fuerte que mi voz. -Soy tu esposa. Apunté a su pecho. -Nadie creería mi palabra contra la tuya.

Elikah sonrió confiada y lentamente. -Ya te dije Tommy. Mattie no va a ser un problema.

-Pues está apuntando su pistola a tu pecho, idiota. ¿Y tú dices que no será un problema? -La voz de Tommy era cruel. – Acabemos con esto y matémosla de una vez.

-No. -Elikah levantó una mano y paró a Tommy cuando este comenzó a moverse. -Todavía no. Si la matamos ahora le damos razón para que el tipo McVay y su esposo se queden por aquí. Están haciendo preparaciones para irse definitivamente. Una vez que Doggett esté muerto, se irán. -Elikah lamió los labios. Estaba haciendo cálculos. Era un hombre listo.

Tommy se relajó en la silla -Pues debes asegurarte de que no abra la boca. A mí no me importa cómo lo haces, pero te digo que debes hacerlo. Ella puede hacernos la vida muy difícil a todos.

-Dale la pistola, Mattie. – La voz de Elikah era un látigo. - Dale la pistola porque si yo tengo que quitártela Tommy podrá tenerte mientras yo te golpeo. – Miró de soslayo a Tommy. – A ti te gustaría eso, ¿no es verdad, Tommy?

Yo bajé la pistola y observé las sonrisas de victoria pasar lentamente por sus caras. Con un movimiento rápido, tal como me lo había enseñado Joselito, subí la pistola y apreté el gatillo. La sangre brotó del frente blanco de la camisa de Tommy Ladnier.

- ¡Mattie! ¡Jesús, Mattie! – Elikah saltó de la tina. Casi resbaló al golpear

las manos heridas contra los lados de la tina. - ¡Jesús Cristo, Mattie! - Agarró a Tommy justo al caer. Los dos, Elikah resbaladizo por el jabón y el agua, cayeron al piso de la habitación. Elikah tenía a Tommy en los brazos.

Tommy trataba de respirar. Su mirada corrió por la habitación como si buscara algo que lo salvara. No se podía hacer nada por él. Le había dado en el corazón y con cada palpitación la sangre corría. Elikah puso una palma sobre la herida, pero la sangre corría entre sus dedos. Tommy Ladnier estaría muerto en cuestión de segundos.

-Recuerda, Elikah. Soy tu mujer. Tu testimonio contra el mío es tan inútil como el mío contra el tuyo. Tommy Ladnier me atacó. Yo me estaba defendiendo. -Bajé la pistola y di un paso hacia atrás. Tenía un solo pensamiento en la cabeza. Yo había hecho exactamente lo que John Doggett me había dicho. Apunté al pecho.

Voy a la cárcel para buscar a Will y al abogado famoso de Hattiesburg. A ellos les interesará saber cómo Tommy Ladnier confesó el haber matado a la familia Spencer y que luego trató de atacarte mientras estabas en la tina. Al yo entrar para ayudarte, me atacó a mí.

Elikah tenía a Tommy Ladnier en los brazos. La sangre casi había dejado de correr. Apartándolo, Elikah me fulminó con la mirada. – Tú vas a estar en el infierno. Yo no voy a mentir para salvarte a ti, puta flaca.

Elikah iba a mentir. Yo me aseguraría de ello. -Puedes mentir o puedes decirle la verdad a Will McVay. Recuerda, Elikah, Tommy Ladnier no está aquí para protegerte. - Lo odiaba con una pureza que llenaba mis venas de fuego. – Una vez que dejen a John Doggett libre, te voy a divorciar. – Elikah comenzó a levantarse y yo apunté la pistola. -Me queda un tiro. Joselito me enseñó a no encoger. -Apunté a su entrepierna. – Pretendía dispararte ahí y luego matarte para darte tiempo de pensar en Floyd. Tommy Ladnier te ha salvado la vida.

Se quedó quieto dudando de que si le iba a disparar o no.

-Si estás dudando de lo que soy capaz, échale una mirada a tu amigo. – Esperé hasta que bajó la mirada. -En seguida regreso.

Elikah se levantó de repente y el cuerpo de Tommy, con los ojos abiertos, cayó al suelo. -No te puedes divorciar de mí.

Yo no le respondí.

-Apoyaré tu versión de la historia, pero no te voy a divorciar.

Tenía una mirada que yo no entendía. – Yo preferiría matarte que quedarme casada contigo.

Elikah meneó la cabeza. -Si hubieras querido matarme, ya lo habrías hecho.

Su confianza era de locos. Yo no lo había matado porque él era el único que podía salvarle la vida a John Doggett. Tenía razón al afirmar que nadie me creería a mí.

-Es mi acuerdo. – Hablaba rápidamente. -Vamos a decir que Tommy vino a matarme a porque yo sabía que él había matado a aquella familia. Tú lo mataste antes de que él me pudiera matar a mí. Así liberamos a Doggett. Pero tú te tienes que quedar conmigo. – La equina de su boca temblaba. -Como pareja casada no podemos testificar en contra del otro. Estamos empate. – Sus labios volvieron a retorcerse y luego vi en como la piel se le arrugaba en las comisuras de los ojos. Se estaba riendo de mí.

-Prefiero cadena perpetua que vivir contigo.

-Es el único plan para liberar a Doggett. Saldría en cuestión de una hora. La gente del pueblo me creerá si les digo lo que hizo Tommy. El alcalde Grissham tendrá que creerme.

- ¿Y Floyd?

Elikah alzó los hombros sin molestarse a continuar escondiendo la sonrisa. -Pues a Tommy lo podemos culpar de eso también, si alguien fuera a procesar el caso.

-No me voy a quedar.

-No tienes otra salida. Ese es el acuerdo. Te quedas. -Cruzó por encima del cuerpo de Tommy y fue a la cama a buscar la toalla que yo le había puesto ahí.

- Yo te odio tanto que estoy dispuesta a matarte ya.

Él se frotó el pelo y luego los hombros y brazos. Su confianza era suprema. -Pero no lo harás. Al menos no hoy. Hoy me necesitas. Y para mañana yo tendré los documentos arreglados para que en caso de que algo indecoroso me fuera a suceder te acusarían a ti.

No se molestó en mirarme siquiera mientras hablaba.

Había creado una trampa mejor de la que yo le había tendido a él. Lo podía matar, pero con eso John no se liberaría. Elikah era el único que lo podía lograr, pero para ello tenía que estar vivo. La vida de John Doggett era más importante que mi libertad. Él lo sabía. No tenía que esconder el engaño siquiera.

- ¿Por qué me haces esto? Te odio. ¿Para qué quieres que me quede? Tú me odias a mí tanto como yo te odio a ti.

Se dio vuelta. Ya no llevaba la sonrisa burlona. En su lugar expresaba un odio tan negro que me sobrecogí. – Es por eso mismo. Vas a pagar cada día. De maneras pequeñas. Te voy a dar el placer de crear una vida infernal para ti. -Volvió a sonreír. – La puta McVay está arruinada y se ha tenido que ir. Ella ya no está. Tú te vas a quedar aquí como mi esposa.

- ¿Por qué me odias tanto? – La pregunta se me salió. -Yo hice todo lo posible para ser una esposa buena. De veras que lo intenté al principio. Quería complacerte, hacerte feliz. Tú me has odiado desde el principio. ¿Por qué?

-Tú sacas lo mejor de mí, Mattie, respondió con socarronería. – Agarró la camisa que yo le había planchado y se la puso. - Ayúdame a abotonar esto. Quiero estar vestido para cuando traigas a Will por aquí. Ah, y si quieres que te crean me parece que debes gritar y llorar un poco mientras vas corriendo al palacio judicial. Así como estás no convences a nadie. Estás demasiado tranquila para ser una asesina accidental.

Capítulo Cuarenta

J ohn Doggett estaba parado en la estación de trenes en Mobile. Tenía un boleto para Nueva Orleans en la mano y todas sus pertenencias en una maleta que se apoyaba de su pierna derecha. A unos metros ya venía el tren, echando vapor y bufando. Listo para salir en cuanto todos los pasajeros hubieran abordado. John era el último.

- ¿Hay algo que quieres que le diga a JoHanna? – le pregunté. John no me pediría que yo arreglara una asignación ni tampoco que yo le transmitiera lo mucho que él la amaba. Era una cuestión de honor. Will había entrado para salvar su vida. Lo más importante era la felicidad de JoHanna.

Él meneó la cabeza y con la mirada me dio a indicar que él ya estaba lejos del lugar donde estaba parado. – Ya nos hemos dicho todo.

- ¿Y Duncan?

- Dile que no se olvide de regresar al Pascagoula en la noche de la Luna del Cazador para escuchar a mi gente. Dile que le mando que crezca fuerte y que baile. – Miró más allá de mí.

-Te encantará Nueva Orleans, John. Es un buen lugar para un escritor.

Tomó un paso hacia a mí y me agarró por los hombros. -Cuídate Mattie. No sé cómo lograste sacarme, pero sé que te debo la vida.

-No. No me debes nada en absoluto.

-Si vas a Natchez a visitar a JoHanna y a Duncan podrías montarte en el barco que baja el río Misisipí hasta New Orleans para visitarme.

-Yo no voy a viajar por un rato, John.

Su boca se volvió rígida. - ¿Por qué te estás quedando con ese hombre Mattie?

¿Cómo podía yo explicar? Elikah y yo estábamos aferrados en un abrazo mortal. El pacto que habíamos hecho era más coercitivo que los votos de matrimonio. -Hago lo que creo que debo hacer, John. Igual que tú. Igual que Will.

John suspiró y asintió con la cabeza. - ¿Él fue a Natchez?

-Salió esta mañana.

Él no podía admitir que todo eso estaba bien. Su amor por JoHanna era tan imposible como el mío por Will. Me parecía que John sufría más que yo porque había estado con JoHanna, sabía cómo era. Yo solo abrigaba fantasías. El amor de JoHanna no tenía límites y a la vez era incluyente. Lo desperdigaba entre todos nosotros como perlas. Yo puse mi mano en la mejilla de John. -Cuídate, John.

Detrás de él vi al conductor haciendo sus últimas señas. – ¡Todos abordo! – volvió a gritar.

- ¿Me mandarás cartas? – preguntó.

Yo asentí complacida de que me lo hubiera pedido. Si no podíamos tener a JoHanna al menos podíamos compartir nuestros recuerdos. John levantó su maleta y comenzó a caminar hacia el tren.

- ¿Me mandas noticias de JoHanna y de Duncan?

TOCADA

- De todo lo que me entere. – Yo caminaba a su lado mientras él se apuraba para subir en el tren. Caminaba como JoHanna con largos pasos determinados. Estaría bien. Él estaría bien. Me hacía bien creer eso porque me ayudaba a misma tener esperanza.

- ¡Ay, Mattie! – Me levantó con su brazo libre y me abrazó. - Recuerda los días que pasamos por el río Fitler, y recuerda el río como nuestro vínculo. Siempre regresaremos donde ella, cada uno por sus propias razones. En ese río vas a encontrar tu libertad, Mattie. – Me besó en la mejilla y me miró con esa mirada clara que parecía venir de otro lugar, de tiempos atrás. -Duncan me lo dijo.

Lo apreté con toda la fuerza que tenía. – Adiós. – le susurré y me dejé soltar de su abrazo. Comencé a correr en la dirección opuesta. Cuando llegué al final de la plataforma me di vuelta, pero él ya no estaba. Con un pitazo y una ráfaga de humo, el tren comenzó a alejarse.

Jeb Stuart me esperaba con un coche estacionado al lado de la estación. Nos había traído a mí y a John para asegurarse de que nadie se atreviera a detener a John de abordar el tren. La inocencia de John no era un hecho establecido por Jexville, y Jeb, Will, el abogado y yo decidimos mandar a John en el primer tren a Nueva Orleans, en caso de que Elikah decidiera no cumplir su promesa. El alcalde Grissham se sentía desengañado después de haber viajado hasta Ellisville en busca de la silla eléctrica. Ahora no tenía a quién amarrar en aquella silla ambulante.

Jeb meneó la cabeza mientras mirábamos el tren salir. - Mattie, hija, tú deberías estar en ese tren con eses hombre. Me parece un hombre decente y se ve que te quiere.

Abrí la puerta y entré en el coche sin intentar de tratar de esconder mis lágrimas. -Me cazarían como a un perro con rabia. – Intenté sonreír, pero no había caso.

497

Jeb metió la mano en el bolsillo y sacó un pañuelo limpio. Me lo pasó y me acarició en el brazo. -Jexville no es un lugar para ti. Es posible que Elikah te haya prometido que él va a cambiar, pero olvídalo, no lo hará. Sin JoHanna y Will para protegerte te podría hacer muchísimo daño.

Miré a Jeb. Era un buen hombre. Un viejo gentil. ¿Por qué se quedaba en ese pueblo? Había ahorrado suficiente dinero y podía mudarse adónde quisiera. -¿Por qué es que tú te quedas aquí?

Alzó los hombros. -Pues no sé. La verdad es que no sé. – Prendió el coche y viajamos camino a Jexville. -No he estado en ningún lugar que me pareciera mejor. Supongo que no me fio mucho en que el animal humano pueda trascender su naturaleza. Jexville es igual a muchos lugares, y mejor que algunos.

- ¿Te vas a casar con la Tía Sadie?

Se rio. -Sólo a una mujer se le ocurre pensar que todo se resuelve con un matrimonio.

- ¿Pues, lo vas a hacer?

- Le voy a pedir la mano. Es posible que no acepta mi propuesta.

- A que sí.

- Puede que seamos demasiado viejos para acostumbrarnos el uno al otro.

Me dio una mirada especulativa. -Ella no pensaría ir a Natchez para estar con JoHanna y no vendría a Jexville. Yo tendría que mudarme a Fitler. ¿Quién se ocuparía de cuidarte a ti?

-Elikah nunca va a volver a pegarme, Jeb. Te lo puedo prometer. – Froté los ojos y me acomodé en el coche.

Jeb echó el coche a andar. Cruzamos unos rieles para trenes de carga y luego manejamos por un camino de ladrillos. Jexville estaba lejos y yo quería disfrutar del aire fresco en la cara durante estas pocas horas de libertad que tenía. Yo no me engañaba en cuanto a Elikah. Sabía que no podríamos resolver nuestra situación. Nos unía el odio y el deseo común de castigarnos lo más posible. Yo prefería esta dinámica por más rara que pareciera. Yo no trataría de complacerlo como solía hacer. Pasaría los días haciendo sufrir a Elikah. La mano de Dios lo había tocado y yo fungía como un castigo enviado a plagarlo. La enfermedad, los chapulines, ríos de sangre; yo pretendía ser lo peor que podía ser. No era la vida que hubiera preferido, pero la toleraría.

Estaba segura de una cosa. Él no me volvería a golpear ni a romper.

-Dime, Mattie.

La voz de Job me trajo al presente. - ¿Qué cosa, Jeb?

-Los sueños que Duncan tenía, esas profecías. ¿Qué las causaba?

Yo había pensado mucho en ello. – Pues, comenzaron el día que le pegó el rayo cuando estaba afuera bailando el Charlestón en la fiesta de cumpleaños de Annabelle Lee.

-A Ansel Wells le pegó un rayo y él quedó ciego.

El olor al río de Mobile ya nos quedaba atrás, ese olor dulce a fruta madurando en el muelle y el agua uniéndose con tierra rica y marrón. Manejamos por la calle bordada de árboles que se volvería en la vieja calle federal que pasaba Jexville para terminar en Natchez, donde estaban los McVay.

Al no contestarle, Jeb volvió a hablar. -El año pasado rayos pegaron a tres vacas de Oscar File. Él cuenta que la sangre de los pobres animales quedó completamente frita.

Miré las casas a mi derecha, fijándome en los anchos porches y las casas al estilo de grandes haciendas construidas en pequeños lotes. Me parecía que gente que tenía suficiente dinero para construir ese tipo de casa debería de tener el dinero para comprar un tamaño de lote que correspondiera a la casa sin que esta se viera tan apretujada. Me recordé de las islas de barrera y las casuchas que habían sido construidas en el mismo Golfo de México. Soñaba con vivir en un lugar donde el viento soplaba libre y feroz y las olas chocaban con fuerza sobre la arena pura y blanca.

-Mattie, ¿Por qué a Duncan le dio con soñar el futuro en vez de quedar ciega o sorda?

No podía seguir ignorándolo. Iba a insistir. No eran el tipo de preguntas entrometidas de alguien, así como Janelle. – A Floyd le parecía un don.

¿Qué pensaba Duncan?

Yo no estaba segura, pero tenía una idea. – A Duncan no la asustaban los sueños. Los aceptaba como hechos. Entendía algunos mejor que otros, y cuando no, como en los casos de Mary Lincoln o Red, trató de advertir a los que corrían peligro. No se trataba de nada malo o cruel. Ella no pedía los sueños y no les tenía miedo.

- Hubo otros sueños? -Me miró alterado.

Se me había olvidado de que nunca le habíamos contado a nadie sobre la familia muerta, los Spencer que se volvieron locos y desesperados por cuestiones de dinero. Pensé que sería mejor no revelar ese sueño. Decidí que sí le podía contar sobre el sueño del hombre debajo del puente. -Sí, hubo otro, el único que verdaderamente ha asustado a Duncan. Todos creíamos que tenía que ver con el Sr. Senseney, el hombre que quiso construir el puente. En su sueño Duncan veía el cuerpo en la base del puente en Fitler, un hombre con botas como las que JoHanna dijo que Jacob Senseney solía llevar. En el sueño el hombre intentaba hablar con Duncan y eso la asustó de mala manera.

- ¿Qué decía?

-No sé Jeb. JoHanna temía que se tratara de la misma Duncan prediciendo su propia muerte.

- ¿Y qué pensabas tú, Mattie?

- Pues ese era el único sueño que verdaderamente atemorizaba a Duncan y supongo que es porque nadie lo entendía. También creo que no lo entendíamos porque contaba algo del pasado. Quizás el viejo Senseney estaba tratando de contar lo que le sucedió a él. Supongo que hay algunos misterios que no se pueden resolver.

La conversación acabó por deprimirme. Duncan y JoHanna me hacían muchísima falta. Me causaba un dolor mucho peor del había sentido con los golpes de Elikah. Traté de concentrarme en el paisaje afuera. Aunque ya había estado a Mobile en varias ocasiones, seguía descubriendo cosas nuevas. Habíamos salido de la sección residencial elegante y estábamos en las afueras. Las casas grandes se volvieron en casas pequeñas con más tierra. Al ver los jardines con nabos y calabazas me recordé del jardín de JoHanna. ¿La venderían? No se los había preguntado porque supongo que en realidad no quería saber la respuesta con certitud. Así yo podía siempre esperar que regresaran algún día.

Jeb aclaró la garganta para que le hiciera caso. - ¿Crees que Duncan va a continuar a sonar esos sueños estando en Natchez?

Yo me había hecho la misma pregunta. – Pues, no sé Jeb.

-La vida de los McVay será mucho más fácil si deja de tenerlos.

Yo sonreí. -Quizás. Quizás no. Lo único que facilitaría la vida para JoHanna sería que ella dejara de pensar, que siguiera a todos sin cuestionar. – Sonreí con más ganas. -De veras que no creo que eso vaya a suceder nunca. Igual como Duncan no puede controlar sus sueños.

Jeb manejó callado pensando en lo que yo había dicho. JoHanna sobreviviría. Era fuerte. La habían agotado, pero no derrotado, ni por mucho. Eso era lo que justificaba todo.

Capítulo Cuarenta Y Uno

Janelle asintió y sonrió una sonrisa amplia en reconocimiento del aplauso de las quince mujeres en la sala. – Las mujeres del Club de Mujeres de Jexville han reunido más de cinco mil libras de chatarra. El sábado va a llegar un camión desde Mobile para recogerlo como apoyo a la guerra. -La feria de tortas y la recaudación de fondos del sábado pasado fueron un éxito rotundo. – Janelle titubeó un momento. Los años no habían sido gentiles con ella. Había engordado bastante, especialmente en las caderas y en la cintura. Los ojos que una vez fueron grandes, llenos de chismes e intrigas, ahora estaban tapados por el desengaño. -Debemos reconocer la aportación de Mattie Mills que hizo los arreglos, la teatralidad. La compañía de artistas que trajo de New Orleans fue dramática. Una distinción de la misma Mattie.

Pocas personas aplaudieron, pero yo sonreí con gracia y luego miré por la ventana. Las nubes de la tormenta que habían comenzado a reunirse a mediodía ahora cubrían todo el horizonte oriental. Formaban una masa de gris que parecía apurar el atardecer. Las tormentas de abril solían ser intensas sino breves. Miré mi reloj y esperé que regresara a casa antes de que llegara. No me entusiasmaba la idea de quedar varada en la reunión por otros treinta minutos.

-En cuanto a los planes para el jardín del pueblo en celebración de la victoria, el Sr. Elmo ha arado el jardín y nosotras tenemos una lista de las plantas que cada una debe traer. -Janelle miró por la sala para asegurarse de que todas asentían de acuerdo. La verdad es que tenía talento para organizar. No hacía ningún trabajo físico, pero tenía el don para obligar a otros a trabajar. A todos excepto a mí. Como todos en el pueblo sabían, yo no había hecho ningún esfuerzo en más de veinte años. Tenía el trabajo de tiempo parcial como secretaria judicial. Me quedaba sentada en el columpio de mi porche escuchando discos o leyendo revistas que me llegaban en el correo junto con enormes paquetes de todo el mundo. Yo escribía muchas cartas. Cada día, al menos una que luego guardaba hasta poder ir a Fitler o a Mobile para enviar.

-El hijo de la Sra. Stewart salió esta mañana camino a Jackson donde va a quedar reclutado a la fuerza marítima. Estamos muy orgullosos de nuestros hijos valientes que van a pelear contra los alemanes y los japoneses. -la voz de Janelle quebró. Su propio hijo estaba en el Pacífico. Janelle no se había recuperado del todo del choque de su partida, de las amenazas diarias que recordaban que había una posibilidad que no sobreviviera. Sentí un momento de piedad por ella y una fuerte sensación de placer por no haberme sujetado a ese tipo de angustia.

Janelle se recuperó. — De todos modos, vamos a tomar un momento para recordar a la Sra. Stewart. Ella apreciaría muchísimo que la llamen; lo sé por haberlo hecho yo mismo. Quiero proponer que votemos para mandarle una bandera con una estrella para colgar en su ventana para que todos sepan que un miembro de su familia está luchando en la guerra. — Se limpió una lágrima. -Bueno, con eso terminamos esta parte de la reunión y serviremos el refrigerio. Carrie ha preparado un delicioso pastel de zarzamora. Su hijita Carol Beth fue quien recolectó las zarzamoras. Y Annabelle Lee Adams, cuyo nombre de soltera había sido Leatherwood, ha traído su helado hecho en casa para poner encima del pastel. – Janelle dio un paso hacia atrás del podio y se abanicó con el programa, aunque no hacía nada de calor en la gran sala de los Kittrell. Carrie Kittrell era la miembro más reciente del Club de Señoras de Jexville. Se había mudado a Jexville con su marido quien asumió la práctica médica del Doctor Westfall. Sentí que me miraba y supe que le habían hablado de mí.

Le sonreí y ella miró en otra dirección. Sentí un momento de remordimiento. Parecía ser de mi edad y se veía simpática. Pudo haber sido una amiga para mí; pero yo no podía permitirlo. La vida que yo había escogido no daba lugar para amistades. Si yo fuera a abrir la puerta de mis emociones no podría seguir con la vida que había construido. No podría continuar. Me consolaba con las cartas que recibía de JoHanna y Duncan y Will y John. También recibía notitas de vez en cuando de Callie, quien tenía cinco hijos y Lena Rae con sus dos hijos. Ese era todo el acercamiento que yo podía controlar, y únicamente porque estaba tan lejos de Jexville.

Mamá había fallecido la primavera pasada y nadie sabía si Joselito seguía vivito y coleando. Yo oraba que fuera a llegar a ser muy viejo. Se merecía una vida larga. Yo había llegado a comprender que ese es el castigo más grande.

-Pues, ahora tomen asiento y las serviremos, - dijo Agnes Leatherwood. No era más que un recuerdo de lo que había sido, un fantasma que perdía algo de su color y sustancia cada día. Vivía con su hija y nuero en la misma casa en la calle Redemption Road donde yo había visto a JoHanna y a Duncan por primera vez.

Puse mi bolsa y guantes de un lado del sofá y me levanté para ir a la cocina para ofrecer a ayudar. No me lo permitían igual como no tenían ningún interés en celebrar una reunión de los martes en mi casa. Me permitían pertenecer, pero únicamente en las márgenes. Nunca en el centro. Era una manera algo cómica sino ridícula de tratarme a mí. Yo había llenado el espacio que JoHanna dejó. Yo era la paria del pueblo y la activista. Pero no me odiaban como la habían odiado a ella. Faltaba el elemento del miedo.

No me tenían miedo porque yo no les daba razón para temerme. Nunca tuve la fuerza de JoHanna ni su pasión. No tenía su amor de la vida y al fin, para qué iban a malgastar su odio en una persona muerta.

La amargura de esa revelación casi me hizo encogerme, pero levanté los hombros y entré en la cocina.

-Annabelle Lee, deja que te ayude con el helado. – Traté de alcanzar la cuchara, pero ella se echó hacia atrás como si mis uñas pintadas de rojo la fueran a quemar

-No, no quiero que te manches el vestido. – Me miró fijamente, con la boca entreabierta y la cuchara en la mano. Su mamá estaba parada justo detrás de ella.

-El vestido que llevas, Mattie es muy interesante. Janelle se acercó hasta mi hombro. -No me había dado cuenta de que en eso de ayudar a la guerra habían comenzado a racionar la tela, a solo una yarda por vestido.

-Pues no, Janelle. Existen asignaciones para personas de tamaño más grande. Pero yo me alegro de aportar de cualquier manera que pueda para nuestros chicos en el frente. – JoHanna me había enviado el vestido desde Nueva York. Era sin mangas, apretado y caía sobre la rodilla. La escasez de tela sí tenía que ver con la guerra. El color rojo vivo era idea de JoHanna. Sonreí en grande a todas. – Acabo de recibir otro traje precioso. Se envuelve como si fuera un pelele que se abrocha en la cintura.

Obviamente los diseñadores en este país se han sobrepasado en creatividad para poder corresponder con las limitaciones y restricciones impuestas por la guerra. Yo no soy de esas que malgastan un cierre para un vestido de todos los días.

La cara de Janelle estaba de un color rojo vivo. Tenía el labio superior cubierto de sudor. Agitó el programa, que todavía tenía en la mano, como si intentara de refrescarse. Janelle y Vernelle seguían siendo grandes amigas de Elikah. Les tenían pena por tener a una mujer tan dura, una mujer que no le daba ni hijos ni comida. Una mujer que malgastaba su tiempo leyendo revistas y vistiéndose en estilos de ropa escandalosos que llamaban la atención.

-Elikah estuvo aquí esta mañana para desayunar - Janelle hablaba en voz alta para que todas pudieran escucharla, - nos dijo que había decidido alistarse en el ejército. Nos contó que había escuchado que a la infantería le hacía falta médicos. Siempre ha tenido ese tipo de talentos. Dijo que se iba a alistar para ayudar en la lucha. -Aunque la cara de Janelle había vuelto a la normalidad, seguía con los ojos azules en fuego. -Ya ha hecho sus maletas.

Las noticias de Janelle me callaron. Fueron totalmente inesperadas. Elikah tenía más de cuarenta años. Era delgado y estaba en buenas condiciones físicas. Seguía siendo un hombre bien parecido para los que no sabían nada de su tuétano. Bien adentro no tenía ni un solo hueso patriótico y no tenía ni la más mínima intención de arriesgarse. Nada más quería que lo tuvieran por noble.

- ¿Será verdad? – Agnes Leatherwood me miró detenidamente. -Lo podrían matar. Esos Nazis matarán a un médico igual que a cualquier soldado.

Alcé los hombros. – Sería noble de su parte. La verdad que es una pena desperdiciar un talento como el de él y más cuando hace tanta falta. – Saqué mi cajetilla de cigarrillos del único

bolsillo que se permitía en cualquier vestido o camisa. La cajetilla de oro con su prendedor había llegado de Londres, como
regalo de Duncan. Ella había viajado allí para bailar.

- ¿Quieres decir que no ha discutido esto contigo? – Agnes
perseguía la pista de la relación que yo podía tener con mi
esposo. Cuando se acababan temas para chismear en Jexville,
siempre se podía roer el hueso del chisme sobre Mattie y Elikah.
- ¿Nos dices que él pensaría en alistarse sin consultarte?

Yo sonreí lentamente, exhalando un hilo de humo. -Pues,
claro. No importa lo que haga Elikah. Siempre es lo justo, ¿no
es así? – Alcé los hombros y volví a inhalar. -Jamás tiene que
discutir nada conmigo. Yo siempre estoy de acuerdo con todo
lo que dice y hace. Ir a la guerra es exactamente lo que debe de
hacer.

- ¿Qué tal si apagas ese cigarrillo y comes un poco de
helado? -Agnes empujó el platillo hacia mí. -Estás demasiado
flaca. Ni que fueras un brote de bambú. A una mujer le hace
falta algo de carne en los huesos. – Me miró con intención. -
Hubieras podido tener hijos. Supongo que no fue la voluntad
de Dios para ti.

Yo estaba acostumbrada a la maldad de Janelle. Ya no me
dolía como me solía doler antes.

Antes de que yo pudiera contestarle Nell Anderson entró
en la cocina. - ¿Es que necesitan ayuda con el pastel y el helado?
-Hablaba calmadamente, pero estaba claro que venía como el
portavoz de las mujeres que se quedaron sentadas en la sala,
esperando, mientras nosotras reñíamos en la cocina. Era obvio
que todas habían escuchado nuestros intercambios verbales.

-No te preocupes. Ya vamos trayéndolo – dijo Annabelle
Lee moviéndose afanosamente con dos cuencas llenas de
helado en cada mano. Hubo exclamaciones de alegría que
venían desde la sala al ver a Agnes entrar con más helado.

- ¿Cómo estás, Mattie? – Nell se acercó. Mantenía una

postura recta y su pelo era completamente blanco. Su hijo mayor había sido matado en Normandía y la congoja la había vuelta vieja de repente.

-Estoy bien, Nell. ¿Y tú?

-Bien. Muy Bien. ¿Qué has sabido de JoHanna?

-Ella está en Washington con Will. – Me pareció que el interés expresado por Nell era sincero, pero yo había aprendido de nunca revelar más que lo más esencial.

- ¿Y Duncan? ¿Volvió a bailar después de tener su bebé?

-Está en Nueva York, - sonreí. – Ella ha sido toda una sensación. Dicen que la pequeña Clara está bailando en sus pañales. Igual como lo solía hacer Duncan.

-A mí me hacen falta los McVay. Hace ya veinte años desde que se fueron, pero todavía me hacen falta. – Nell sonrió también y por un momento sentí un dolor tan intenso que pensé que mi corazón se quebraba por las memorias.

Como si hubiera leído mi mente, Nell continuó. - Recuerdo el primer día que te conocí, Mattie. Fue en la casa de Agnes. El día en el que el rayo le pegó a Duncan.

Annabelle Lee se puso de mi lado y le pasó a Nell un plato con helado y pastel y metió uno en mi mano antes de que yo pudiera oponerme. – Pruébalo, Mattie, - dijo al retraerse.

-Eras una niña, apenas, - continuó Nell. -Todos estábamos en la cocina para servir el helado y Duncan estaba afuera bailando a todo dar. Sabes, yo estaba segura de que había muerto.

Afuera se escuchó el rumor de un trueno, un largo gruñido que venía de las nubes cargadas de lluvia. El helado estaba frio en mi mano y de pronto una ráfaga de aire frío sopló por la ventana. Temblé.

-Mattie, ¿estás bien? – Janelle bajó su plato y me agarró por el codo. -Pareces un fantasma, de lo blanca que te has puesto.

-Estoy bien. – Mis dedos estaban encalambrados por la

cuenca de helado. Se lo pasé a Nell y ella me lo quitó desenlazando mis dedos.

- ¿Qué te pasa? – Tenía mis manos entre las de ellas. Frotó mis dedos hasta que se relajaron.

Sacudí la cabeza.

Seguía teniéndome de la mano y en sus ojos vi que ella sospechaba la verdad sobre mi vida. No vi lástima sino tristeza. - Vine para contarte que recientemente leí un artículo sobre las islas en la costa que te encantan tanto. El gobierno acaba de ordenar evacuarlas completamente.

- ¿De veras? – recordé las casitas de madera que Michael Garvi me contó eran casas de veraneo. A veces, cuando me dejaba soñar, me imaginaba viviendo en una de ellas.

-Es por la guerra. No quieren que nadie esté ahí. Temen que submarinos alemanes puedan guiarse por las luces y acercarse a esa costa. Toda la cadena de islas está bajo una orden de apagón.

-Yo siempre he querido vivir en una de esas islas. – Era lo más íntimo que había expresado en veinte y años y me sorprendí al escucharme a mí misma pronunciar esas palabras.

-Mattie, eso no tiene ningún sentido. Cualquier huracán te llevaría con su viento, -a Nell le sorprendieron mis fantasías.

-Me imagino que sí. – estaba algo avergonzada.

-La verdad es que si eso lo que de veras quieres deberías de esperar hasta que se termine la guerra para viajar a México. Tengo entendido que es bello por la parte del Golfo de México. Agua azul, arena blanca. Mi hijo, Albert, fue ahí a ver las ruinas mayas. No sé si sabes, pero él era arqueólogo antes de la guerra. – Los ojos de Nell brillaban con lágrimas, pero su voz seguía fuerte. -Él decía que era el paraíso.

- ¿México?

-Su plan era mudarse ahí por un año o dos, después de la guerra. – Agarró su cuenca con el pastel y el helado y lo tuvo. –

Decía que era como si hubiera nacido en la piel de otro. -Caminó hasta el lavabo y colocó la cuenca adentro. -A veces, de noche, cuando no puedo dormir, me imagino que está en México.

Crucé la cocina y la abracé. Era la primera vez que yo tocaba a alguien por voluntad propia que no fuera ni JoHanna ni Duncan en veinte años. -Lo siento Nell.

-Albert pudo vivir más de su vida soñada de lo que le toca a la mayoría de la gente. -Nell estaba compuesta. – Albert y Duncan. Ellos han podido aprovechar más de la vida que nosotras. Tú eres una mujer muy apuesta, Mattie. No vaya a ser que un día despiertas vieja y resecada. – Nell se dio la vuelta y entró en la sala y pude escucharla despedirse de Carrie y de las otras mujeres

Afuera un rayo partió el cielo y el trueno que lo acompañó hizo agitar las ventanas. La tormenta había llegado. Sin buscar ni mis guantes ni mi bolsa, salí por la puerta trasera a la calle que una vez había sido tierra roja. Empecé a correr hacia mi casa justo cuando comenzaron a caer las primeras grandes, gordas gotas.

Más por irritar a Elikah que otra cosa yo había conseguido un trabajo como secretaria judicial. Me complacía la ironía. Cada vez que había un juicio en Jexville, yo estaba sentada detrás del juez como oficial de la corte. La mujer que había matado a Tommy Ladnier y a quien nunca habían acusado de un solo crimen. El trabajo me proveyó con dinero para comprarme un coche viejo. Yo usaba el viejo Ford para manejar a Fitler para visitar a la Tía Sadie y a Jeb o para ir al correo en Mobile donde a veces JoHanna me mandaba cartas.

Caminaba al trabajo, prefiriendo el ejercicio al coche. Caminaba también al café donde almorzaba. En general el comer no me interesaba mucho. Me había convencido de que me daba miedo probar cualquier cosa. El sabor de algo delicioso acabaría con mi determinación. En vez, caminaba y acaparaba mis cuotas para la gasolina.

Al correr por la lluvia pensé que tenía suficiente gasolina para llegar hasta la frontera. Nell Anderson me había abierto esa puerta. México. Había visto las aguas aguamarinas solo una vez. Ahora rebotaban en mi cabeza como pasos en el camino. Por años había podido controlar todo impulso con rigidez. Todo deseo. Toda vida. Ya no lo podía aguantar más.

Corrí tan rápido como me permitía la falda apretada del vestido. Pasé la barbería de Elikah sin importarme si él me veía o no. No podía pararme. Esta vez, no. Me iba, ya no me importaba con qué me amenazaba. Hacía mucho que John Doggett se había ido de New Orleans. Estaba de reportero de la guerra para el periódico Kansas City Star. Estaba lejos del alcance de Elikah. Quincy Grissham había sido derrotado en las elecciones de hacía seis años. Will y JoHanna estaban felices y a salvo. Y Duncan. Duncan había bailado en varios escenarios del mundo para caer en los brazos de un joven poeta que escribía la letra de canciones para ganarse la vida. Eran pobres pero felices viviendo en Nueva York donde Duncan me aseguraba, él iba a dar a conocerse con el próximo musical. Duncan seguía bailando, pero en general sus largas piernas elegantes se prestaban para darle carrera a Clara por su departamento.

La única que quedaba atrapada era yo. Capturada por mi propia inhabilidad para fugarme. Pero eso ya se había terminado. Ahora sí me iba y Elikah no me podía parar.

Entré de golpe a la casa y abrí la puerta del armario, el agua de la lluvia goteando de mi cara y pelo. Tenía maletas y más ropa de la que podría llevar. Agarré lo que pude del armario con las perchas y las solté para poder ponerlas de cualquier manera en la primera maleta que vi. Amontoné zapatos encima. Todo lo que tenía en mi armario había sido un regalo de Will o de JoHanna, vestidos extravagantes provocando chismes en Jexville. Había sido lo único que JoHanna había podido hacer para entretenerme. De no ser que ella me había mandado esa ropa yo la habría dejado.

- ¿Qué estás haciendo?

Me di vuelta para ver a Elikah parado en la puerta del dormitorio. Me había seguido corriendo hasta la casa. Un mechón, cubierto de lluvia y bastante canoso caía sobre su ojo izquierdo. Respiraba por el esfuerzo de haber corrido la distancia de su barbería hasta la casa. La mano izquierda, la de los dos dedos torcidos estaba agarrada de la jamba.

-Me voy.

Apartó las piernas en la entrada de la habitación. -No creo que hayas reflexionado bien.

Era el intercambio más civil que habíamos tenido en años.

-No más, Elikah. Ya me basta. Nos hemos castigo el uno al otro lo suficiente. -Cerré la maleta. -Nos hemos castigado bastante.

Al oírlo reírse entre dientes me di vuelta para mirarlo. -Ahí te equivocas, Mattie. Acabo de empezar mi tortura. – Dio un paso hacia mí.

Al principio creí que me iba a pegar y en ese instante volvía a sentir el miedo que yo pensaba haber dejado bien atrás. Al abrir la puerta a México yo también había abierto la puerta a la esperanza. Con eso venía el miedo y millares de sentimientos que no me había permitido por tanto tiempo y que estaba segura de que estaban muertos.

-Déjame ir, Elikah. Así ambos podemos vivir. – Le hablé tan razonablemente como pude. En mi recién encontrado deseo de vivir había olvidado quién era él.

Meneó la cabeza en una negativa. -Te crees que puedes dejar pasar veinte años y luego decidir que así no más te puedes ir. – Meneó la cabeza con más fuerza. -Vale la pena que lo pienses bien.

-Janelle me contó que pensabas alistarte. Cada uno podría tomar su propio camino. Empezar de nuevo. Puedes vender el negocio y la casa y quedarte con el dinero. Yo solo me quiero ir. Solo . . .

En ese momento sonó el teléfono. Nadie llamaba a la casa. Yo no tenía amigas. Los amigos de Elikah preferían encontrarse con él de noche en la barbería; hombres duros con caras enfadadas que bebían Whisky, lo cual seguía prohibido en el condado Chickasaw, aunque hacía mucho que en todo el país se había reconocido que no se podía prohibir la consumación del alcohol. Se sentaban en la tienda y jugaban a las cartas, bebiendo y hablando sobre el creciente «problema de la presencia del negro.»

Caminé al teléfono en el pequeño corredor y levanté el auricular negro. -Hola.

-Mattie, soy Sadie.

En su voz se escuchaba temor. - ¿Qué pasa, Tía Sadie?

-Duncan.

Como no había donde sentarme me apoyé de la mesa con la cadera para estabilizarme. - ¿Qué pasa?

-Ella está bien. – Sadie sonaba aún más preocupada. – Me llamó esta mañana. He tratado de comunicarse contigo todo el día. Ella estaba muy molesta. Dice que anoche tuvo un sueño. Sobre un hombre en un río tratando de alcanzarla y llamándola. Insistió en que te llame y te lo cuente. Ella dice que sabe quién era. Dijo que...

Miré a Elikah. Mi mirada cayó a sus pies y vi las botas. Eran nuevas. Acababa de mandárselas hacer por el hombre que le compró la tienda al Sr. Moses cuando él se jubiló. Eran exactamente como el par que Floyd había hecho para el alcalde Grissham. El par que Elikah había llevado cada día se había vuelto desgastado por el uso. Había obtenido el nuevo par hacía unos días. El bello diseño del empeine reflejó de pronto en la luz de la ventana. Afuera estaba escampando y el sol brillaba tenuemente.

- ¡Mattie! ¡Mattie! -La voz de la Tía Sadie sonaba preocupada. - ¿Escuchaste lo que te dije, Mattie?

No la había escuchado, pero tampoco me importaba. – Debo colgar, Tía. Tengo algo que hacer.

-Duncan dijo que te iba a llamar más tarde esta noche. Estaba muy agitada, Mattie. Tenía mucho miedo. Hablaba de ver si no agarraba un tren para bajar hasta aquí, pero con la guerra tales ideas se hacen difíciles.

-Si te llama, dile que estoy bien.

-No ha soñado desde que se fue de Jexville, Mattie. ¿Qué querrá decir esto? Ella dice que conocía al hombre del río y que tenía que hablar contigo.

-Dile que estoy bien. – Colgué el teléfono antes de que ella pudiera continuar. En otra ocasión le podría explicar.

Me di vuelta para hacerle faz a Elikah. Mi mirada subió de las botas hasta sus ojos. Por mucho tiempo no me había permitido sentir el odio que tenía por él. Me sorprendió la potencia de la emoción. Aún después de veinte años no se había apaciguado. Por su parte, él se había olvidado de lo que yo era capaz.

-Me voy, Elikah, quieras o no.

-De ninguna manera. He malgastado demasiados años para que me dejes ahora. Estamos juntos hasta el final.

Yo nunca entendería por qué me odiaba tanto. A JoHanna y a mí. Y probablemente a Duncan también, aunque nunca la había conocido como mujer. ¿Qué le habíamos hecho nosotras para que él se dedicara la vida a hacernos sufrir?

-Al menos estamos conversando sobre esto. -Entré en la cocina. -Colaré café. – La estufa ahora era de gas y las llamas azules saltaron tan pronto la prendí. La vieja tetera de hierro fundido había sido reemplazada con una de color plata que silbaba.

Elikah se sentó en la mesa. -De aquí no sales viva, Mattie. Sácalo de tu cabeza. Tú no vas a ninguna parte.

Puse el café en la olla. -Voy afuera a darle de comer a los pollos. Enseguida regreso. -Empujé la puerta metálica y fui al granero. Mable había muerto hacía ya unos diez años. La habíamos enterrado al lado del granero. Los únicos animales que teníamos ahora eran los pollos que yo criaba para sus huevos y en memoria de Pecos quien quedó enterrado en Natchez al lado del río Misisipí.

Caminé al granero donde guardaba el pienso de los pollos. Llené una bandeja y salí al jardín.

-Pollitos, pollitos, - los llamé a que vinieran. Ninguno tenía el sentido ni de una pulga, pero me encantaba escuchar los dulces cacareos que hacían al picar la tierra en busca del maíz que les tiraba.

Había cubierto el lugar de entierro de Mabel con unas flores. Eran de una planta que tenía un aspecto de maleza que luego en el verano producía unas pequeñísimas flores amarillas con una boca púrpura oscura. Había conseguido las plantas en Fitler en la tumba de una mujer a quien nunca había conocido, Lillith Eckhart. Ella tenía veintidós años cuando la ahorcaron por haber envenenado a su marido. Estaba desesperada y era muy joven e impetuosa. Mis planes resultaban mejores. Además, tenía la guerra a mi favor.

Miré hacia la ventana de la cocina para asegurarme de que Elikah no me estaba mirando al yo arrancar un manojo lleno de hojas y metérmelas en el bolsillo de mi vestido junto a mis cigarrillos. La savia manchó mi mano y tenía un olor fuerte, muy parecido al tabaco.

A mitad del camino hacia la casa me recordé de guardar la bandeja que había usado para el pienso de los pollos. Entré.

Elikah seguía en la mesa, esperándome. Sus ojos duros calculaban cuan duro tendría que castigarme por decir que me iba

Me apoyé de la estufa. -Puede que yo no haya pensado esto bien, - dije. -No quiero causarles problemas ni a JoHanna ni a John Doggett.

-Ni a ti. – Sonrió en grande echándose hacia atrás en la silla.

Palpité el bolsillo y hablaba distraídamente mientras buscaba una agarradera para coger la tetera. -Parece que he dejado mis cigarrillos en la habitación. – A él no le gustaba que yo fumara. Sin decir nada se levantó y fue a la habitación a buscarlos. Le daba gran placer romperlos delante de mí.

En cuanto salió, abrí la tetera y dejé caer adentro las frescas hojas verde adentro. Cuando él regresó a la cocina yo tenía un cigarrillo prendido. Soplé humo al aire.

- ¡Apaga ese cigarrillo! -gritó con las manos formadas en puños.

Detrás de mí silbó la tetera. Sin dejar de mirarlo crucé la cocina hacia la puerta trasera. Tiré el cigarrillo afuera.

-Ya que estamos hablando, es hora de que te dejes de esa costumbre vulgar.

Solo las mujeres de mala clase fuman. – Su pequeña victoria lo animaba.

Lo ignoré y fui a la estufa. Eché agua en el colador y apagué el gas.

-Las cosas están por cambiar mucho por aquí.

Al permitirme sentir de nuevo le había vuelto a indicar mi vulnerabilidad a Elikah. Él había esperado veinte años para este momento.

Se sentó en la mesa esperando el café. Mis manos temblaban mientras vertía el líquido negro y fuerte, así como le gustaba. Habían pasado veinte años, pero yo no había olvidado. Él miraba mis manos complaciéndose al notar mi miedo. Me eché una taza a mí misma y me apoyé del mostrador agarrada de la taza caliente con manos que temblaban visiblemente.

Sorbió el café e hizo una mueca. -Todo lo que tú tocas huele a tabaco. Ya no vuelves a fumar otro más nunca. ¿Comprendes?

El vapor del café subía delante de mi cara y yo también notaba el fuerte olor a tabaco. Elikah tomó otro sorbo. – Debo regresar a la barbería. Ya estaba por cerrar cuando tú pasaste corriendo como un gato en fuga. Debo poner los peines en el desinfectante y traer las toallas a casa para que las laves. – Volvió a tragar y luego empujó la taza hacia un lado. -Regresaré a cenar a casa y espero que me tengas una comida preparada como a mí me gusta.

El miedo me atragantaba. No podía emitir ni un solo sonido. Tragaba repetidamente pero no me salía nada.

Elikah se paró. La planta no había tenido ningún efecto. No sé lo que esperaba, pero no era esto. Elikah levantó la taza y se tomó lo que quedaba, ya que no le gustaba malgastar café caro. Sin mirarme comenzó a bajar por el pasillo. Fue solo al llegar a la puerta delantera de la casa que tambaleó.

Creo que en ese instante comprendió. Pero ya era demasiado tarde. Trató de salir al porche, se tropezó con la puerta de tela metálica y se tiró hacia afuera de un bandazo. Yo corrí tras él, lo agarré de la cintura y recorriendo a toda velocidad por las escaleras y luego al coche que estaba estacionado frente a la casa.

- ¿Qué te sucede, Elikah? – le pregunté. Tenía la cara cubierta con un brillo y los ojos parecían salirse de sus cuencas. – Me parece que estás mal. Te voy a llevar donde el nuevo médico.

Apenas podía caminar, pero lo pude meter en el asiento pasajero del coche y cerrar la puerta. Corrí dentro de la casa para buscar las llaves del coche y para luego sentarme en el asiento conductor. Tomé el camino menos frecuentado en dirección a Fitler.

Estaba anocheciendo y las nubes y el cielo se arremolinaban en tonos rosados y dorados. El cielo del atardecer se había despejado y el crepúsculo de abril fresco llevaba el olor a glicinia y madreselva. La noche, al caer, estaba bella mientras que el Ford susurraba por el camino pavimentado en dirección a Hattiesburg. El camino cambiaba a gravilla con baches donde se doblaba hacia Fitler. El coche saltaba de lado a lado por el camino angosto.

En los veinte años que habían pasado, Fitler había quedado olvidado mientras el resto del estado se modernizaba. Yo aceleré y nos dirigimos hacia el rio. Al lado de mí Elikah estaba o inconsciente o muerto. Había algo que yo de veras quería decirle. Una última cosa que me causaba delicia al solo pensarlo. - ¿Sabes Elikah? yo jamás hubiera pensado en esto si no hubiera sido por el hecho de que te pusiste a jactarte con Janelle. Imagina su cara cuando vaya donde ella para pedir mi bandera con una estrella para colgar en la ventana, cuando le diga que mi hombre se alistó con las Fuerzas Armadas. -Miré su perfil pálido. -Nadie en este mundo va a sospechar nada ya que tú le dijiste a todo el mundo que habías empacado y estabas listo para irte.

Pasé la calle donde se doblaba para llegar donde la Tía Sadie y seguí adelante. Jeb tenía un bote de pesca de madera. Normalmente estaba amarrado con una cadena a uno de los tocones de cipreses en uno de los pequeños embarcaderos. La cadena pesaba por lo menos cien libras. Jeb reía que preferiría ver su bote hundirse que robado. Pero me había dado una llave las raras veces que me daban ganas de ir de pesca. Bajé el coche en reversa hasta el embarcadero y luego empujé a Elikah. Él rodó hacia el borde del agua.

El miedo me dio la fuerza para meterlo en el bote. El miedo

y el odio. Mientras el bote comenzaba a dejarse llevar por la corriente yo envolví la cadena todo a su alrededor lo mejor que pude, pasándola por su pecho y entre las piernas y finalmente ajustándola firmemente con un enorme candado. El bote estaba a contracorriente del puente y justo cuando terminé, la luna se asomó por el horizonte de árboles espesos y yo vi las estructuras de pilotes como siluetas contra el agua del rio iluminada por la luz de la luna.

Me guíe usando un remo y me dejé llevar hasta una de las estructuras de pilotes y agarré una soga que algún pescador había dejado ahí para un amarre improvisado. El cuerpo de Elikah no se movía, pero yo sabía que no estaba muerto. Sabía porque Duncan nunca había predicho otra cosa que los ahogamientos.

Con toda la fuerza que tenía lo eché por el lado, justo a la base de la estructura de pilotes. Se escuchó el repiqueteo de las cadenas y el escurrir del aire atrapado en su ropa mientras él se hundía. Luego, salió una burbuja de aire como si el rio se lo hubiera tragado.

Me quedé sentada en el bote por largo tiempo tratando de tranquilizarme. Lo había logrado al fin. Por veinte años yo había estado pagando el precio de este asesinato. Ya había cumplido y ahora quedaba libre. Sentada al lado de la estructura de pilote, saqué un cigarrillo de mi bolsillo y fumé.

Tiré la colilla en el agua. Desaté el bote y lo guie hasta la orilla. Cuando estaba por llegar al banco, lo más lejos posible de la corriente movediza, salté del bote dándole una patada hacia la corriente rápida mientras que yo nadé hasta la ribera.

La noche estaba fresca y al tambalear saliendo del agua me di vuelta para ver el bote a flote por el agua plateada. Bajaba por el Pascagoula hacia el Estrecho del Misisipí y con tiempo llegaría hasta el Golfo de México. Jeb reportaría el robo con cadena y todo. Algún chatarrero lo encontraría y se quedaría con él.

La caminata hasta el coche por el bosque fue larga. Sentía que los árboles se me cerraban por encima. Seguí caminando sin poder ni pensar ni hacer planes. Lo único que veía en mi mente era un cordón litoral de arena blanca y una pequeña casa aislada en la playa con brillantes flores rojas en su jardín, retozadas por el fuerte viento. Yo mantendría la casa en Jexville porque necesitaría un lugar donde regresar cada primavera. Esperaría que las aguas del rio corrieran profundas, la hora cuando revelaba secretos desde sus profundidades turbias.

Quizás el cuerpo de Elikah aparecería algún día. Un día, quizás. Pero hasta esa hora yo quedaba libre. Del todo libre.

Reconocimientos

Una vez más quiero expresar mi agradecimiento al Deep South Writers Salon: Rebecca Barrett, Alice Jackson Baughn, Renee Paul, Susan Tanner, Stephanie Vincent y Jan Zimlich, con un reconocimiento especial para Pam Batson. Esta novela no se habría realizado sin su ayuda.

Las aportaciones de Janet Smith y la Biblioteca George Country Regional Library fueron inestimables –y siempre maravillosas – al ayudarme a penetrar la maraña de épocas pasadas para poder encontrar material. Conforme al rigor histórico, la silla eléctrica portátil no se usó en Mississippi hasta la década de 1920; hasta entonces, el modo oficial para la ejecución era la horca. Se llevaba la silla al condado donde se había llevado a cabo la sentencia. Gracias al personal de la Biblioteca, se pudieron encontrar miles de hechos como este.

Como lo ha hecho con cada novela, Marian Young, mi agente, me profirió apoyo a la vez que su franca opinión.

La redactora Audrey LaFehr y la editora Elaine Koster me ofrecieron tiempo y apoyo para terminar la novela. También me animaron a ir a Jexville para encontrar la historia que es esta novela. Muchísimas gracias por ello.

Debo de agradecerle a mi familia por apoyarme en todo lo que es la imaginación y el deseo de escribir. Mi abuela y mi madre me instruían a través de sus ejemplos para que yo entendiera lo que es la tenacidad y mi padre me enseñó lo que significa amar. Tarde en la noche, mientras escribía, el suave susurro de la voz de mi madre le daba forma a esta narración.

Carolyn Haines es la autora que ha vendido más libros con *USA TODAY*, con más de 80 libros de varios géneros incluyendo los de misterio de rica intriga, los de terror y relatos de ficción. En el año 2020 fue invitada a formar parte del Salón de la Fama de Escritores de Alabama. Ha recibido el premio Lifetime Achievement Award 2019 de la Asociación de Bibliotecarios de Alabama y de la Cofradía de Escritores de Mississippi, el Premio Harper Lee para la escritura distinguida, el premio Richard Wright para la excelencia literaria, así como el premio Best Amateur Sleuth de Romantic Times. Haines vive en una granja donde cuida de sus perros, gatos y caballos. Ella les insta a todos que castren a sus mascotas para ayudar a reducir el sufrimiento de los animales no deseados.

www.carolynhaines.com

Muchas gracias por leer este libro publicado por
Good Fortune Farm Refuge (GFFR).

El 100% de todos los ingresos de la venta de este libro se donará a GFFR, la organización que ayuda a colocar mascotas en hogares acogedores y a recibir todo el tratamiento médico que puedan necesitar. La venta de los tres libros de The Jexville Chronicles beneficiará a esta organización de rescate de animales 501 (c) (3) sin fines de lucro.

Escanee este código de QR con su teléfono inteligente para el enlace directo para donar a Good Fortune Farm Refuge.

facebook.com/AuthorCarolynHaines

twitter.com/DeltaGalCarolyn

instagram.com/carolynhaines

amazon.com/author/carolynhaines

goodreads.com/CarolynHaines

bookbub.com/authors/carolyn-haines

Acerca de la Traductora

Isabel Z. Brown se ha dedicado a ser profesora de español y de francés por treinta y cinco años. Es la autora de *Customs and Culture of the Dominican Republic* publicado por Curbstone Press y de algunos ensayos sobre aspectos de la literatura dominica, particularmente la que pertenece a la obra de la mujer. Empezó a traducir después de leer la provocativa y cautivante de ficción histórica *El tiempo del olvido* de la autora dominicana Marisela Rizik. Esta novela se titula *Of Forgotten Times* en inglés y fue publicada por Curbstone Press. Esa primera experiencia con la traducción incitó en Isabel el deseo de dar a conocer obras, particularmente las escritas por mujeres cuyas obras no se darían a conocer excepto mediante la traducción. Hasta la fecha, además de la novela de Rizik, Isabel ha traducido dos novelas de Carolyn Haines: *Penumbra* y *Tocada*. Actualmente Isabel está traduciendo la novela de Ángela Hernández Núñez' *Leona, o la fiera vida*.

Isabel divide su tiempo entre Ajijic, México y Mobile, Alabama. Su esposo Billy y ella tienen tres hijos.

9 781733 016988